MASON CROSS
Blutinstinkt

Lesen erleben

Buch

Als in den Santa Monica Mountains eine verstümmelte Frauenleiche entdeckt wird, erlebt LAPD Detective Jessica Allen ein grausiges Déjà-vu. Seit Jahren wütet in der Gegend ein Serienkiller. Seine Beute: Frauen, die nachts alleine unterwegs sind und mit einer Autopanne liegenbleiben. Weil der Mörder sich ihnen als Helfer andient, nur um sie auf bestialische Weise zu töten, hat die Presse ihn zynisch »Der Samariter« getauft. Die auf der Stelle tretende Polizei zieht den externen Berater Carter Blake hinzu. Blake will den Killer zur Strecke bringen – auch wenn er sich dafür den eigenen Dämonen stellen muss …

Mehr Informationen zum Autor und seinen Werken
finden Sie am Ende des Buches.

Mason Cross
Blutinstinkt

Thriller

GOLDMANN

Die Originalausgabe erschien 2015 unter dem Titel
»The Samaritan« bei Orion Books,
The Orion Publishing Group, London.

Der Goldmann Verlag weist ausdrücklich darauf hin, dass im Text enthaltene externe Links vom Verlag nur bis zum Zeitpunkt der Buchveröffentlichung eingesehen werden konnten. Auf spätere Veränderungen hat der Verlag keinerlei Einfluss. Eine Haftung des Verlags ist daher ausgeschlosssen.

Dieses Buch ist auch als E-Book erhältlich.

Verlagsgruppe Random House FSC® N001967

1. Auflage
Originalausgabe März 2016
Copyright © der Originalausgabe 2015 by Mason Cross
Copyright © der deutschsprachigen Ausgabe 2016
by Wilhelm Goldmann Verlag
Umschlaggestaltung: UNO Werbeagentur, München
Umschlagmotiv: Getty Images/Derek Bacon;
FinePic®, München
Redaktion: Martina Czekalla
LT · Herstellung: Str.
Satz: omnisatz GmbH, Berlin
Druck und Bindung: GGP Media GmbH, Pößneck
Printed in Germany
ISBN 978-3-442-48131-6
www.goldmann-verlag.de

Besuchen Sie den Goldmann Verlag im Netz:

Für Laura

ACHT JAHRE ZUVOR

Nevado Huacarán
Provinz Yungay, Peru

Ich beobachtete Murphy, der zum Rand des Überhangs krabbelte, das Fernglas an die Augen hob und auf eine Stelle drei Kilometer geradeaus richtete, wo die Straße aus dem engen Bergpass auftauchte. Regungslos blieb er fünf Minuten so liegen. Lange genug, damit sich eine feine Schicht aus Pulverschnee auf seinem Rücken bilden konnte.

»Sie werden nicht kommen.«

»Was willst du tun?«, fragte ich. »Feierabend machen? Nach Hause gehen und einen Kakao trinken?«

Er drehte seinen Kopf zu mir nach hinten. »Ich verstehe dich nicht, Mann«, erwiderte Murphy. »Du scheinst voll und ganz im Jagdfieber zu sein, und wenn's endlich so weit ist, bist du so … ich weiß nicht … unverbindlich. Was ist los? Angst hast du sicher keine.«

»Die harte Arbeit ist erledigt«, sagte ich. »Für diesen Teil hier braucht ihr mich im Grunde nicht mehr.«

»Und trotzdem – ich merke, dass du dir nie die Gelegenheit entgehen lässt, in denselben Gewässern zu fischen wie wir.«

»Ich mag die frische Luft.«

Murphy rutschte zurück und setzte sich neben mich, während er sich mit den Handschuhen den Schnee von den Schenkeln klopfte. »Für mich ist das zu kalt. Heißer Kakao dagegen klingt ziemlich gut. Was ist bloß los mit dem Wetter?«

»Das ist normal«, erklärte ich.

»Gestern war es warm.«

»Das verdanken wir El Niño. Die Abweichung war gestern, nicht heute. Und das wiederum ist normal.«

»Ich dachte, El Niño gäbe es nur in Mexiko.«

»Der zieht über ganz Südamerika.«

»Woher weißt du eigentlich diesen ganzen Scheiß?«

Ich zuckte mit den Schultern, die eineinhalb Kilometer entfernte Straße ließ ich nicht aus den Augen.

»Nein, mal im Ernst«, fuhr er fort. »Woher weißt du so viel? Zum Beispiel auch, dass sie hier entlangkommen?«

»Das weiß ich nicht.«

Er starrte mich ein paar Sekunden lang an, bevor er den Kopf schüttelte. Dann sah er wieder den Hang hinunter, wo fünfzehn Meter tiefer die Straße vorbeiführte.

»Meinst du, Crozier hat die Drähte richtig angebracht?«

»Er weiß, was er tut.«

Pause. »Ich mag ihn nicht. Crozier.«

Mein Interesse war geweckt. Aus irgendwelchen Gründen redeten die Menschen nicht gerne über Crozier. Es war beinahe, als hätten sie Angst, das Thema anzusprechen. Ich hatte ein- oder zweimal kurz mit diesem Mann ein paar Worte gewechselt. Das hatte gereicht, um zu dem Schluss zu kommen, dass ich ihn mir auf Abstand halten wollte. »Er ist ein ruhiger Typ«, sagte ich unverbindlich.

»Er ist nicht nur einfach ruhig. Er ist ein gottverdammter Psychopath.«

»Er spielt in der richtigen Mannschaft.«

»Nein, Mensch, du kapierst das nicht. Hast du vor ein paar Monaten von Baqubah gehört?«

»Klar. Crozier hat dort fünf oder sechs von den Ganoven erledigt. Das mit den Geiseln war nicht sein Fehler.«

»Es waren sechs. Du warst nicht dabei. Du hast nicht gesehen, was er mit ihnen gemacht hat.«

Ich wandte mich zu ihm und wartete, was er noch erzählen würde. Verglichen mit den anderen war Murphy eher ein Plappermaul.

»Das meine ich so. Es war, als hätte man da drin Ted Bundy losgelassen.«

»Er ist ein Schütze. Deswegen ist er hier.«

Murphy schwieg, als überlege er genau, was er als Nächstes sagen wollte. »Du hast von der Geschichte gehört.«

Ich hatte von der Geschichte gehört. Ich hatte sie sogar von ein paar Quellen gehört und war nicht sicher, ob ich sie glauben oder in die Kategorie Klatsch am Arbeitsplatz einordnen sollte. Das war das Komische: Bei Crozier hatte man immer das Gefühl, dass alles möglich war.

»Ich habe von dem Gerücht gehört.«

Murphy packte mich so an den Schultern, dass ich ihn ansehen musste. Ganz plötzlich schien ihm wichtig zu sein, dass ich ihm wirklich Gehör schenkte. »Es ist die Wahrheit.«

Ich war mir unschlüssig, was ich erwidern sollte. Da bemerkte ich, wie sich eineinhalb Kilometer entfernt ein Sonnenstrahl in Glas oder Metall spiegelte.

»Sie sind da.«

2015

SAMSTAG

1

Los Angeles

Die Menschen drehen durch, wenn es in L.A. regnet.

Das ist schlicht eine Binsenweisheit – es ist eine der Macken, die sich in jeder Großstadt bilden. Aber wie so oft steckt in der Tat eine gute Portion Wahrheit dahinter. Obwohl es in Los Angeles kaum an Regen mangelt, fällt er doch so selten, dass er zum Ereignis wird, wenn es dazu kommt. Und aus diesem Grund sind Angelenos nicht daran gewöhnt, bei Regen zu fahren. Das führt dazu, dass einige Menschen ihre lockere Art und ihre Nerven verlieren und viel zu schnell oder viel zu langsam unterwegs sind. Vielleicht eine enge Kurve in einem zu hohen Tempo nehmen, so als wäre die Straße trocken. Die Tatsache, dass die Stadt für Wüstenbedingungen errichtet wurde, hilft auch nicht gerade. Das Abflusssystem ist in null Komma nichts überlastet, was zu Überflutung und gestautem Wasser führt. Die Regenrillen in der Straßendecke füllen sich rasch mit Wasser und verursachen Aquaplaning. Die Statistik bestätigt die Legende: Wenn es regnet, steigt die Unfallrate um fünfzig Prozent. Wahnsinnig.

Genau daran dachte Kelly, als sie mit ihrem Porsche 911 den Mulholland Drive entlangfuhr, diesen gewundenen zweispurigen Asphaltstreifen. Der Regen flutete an der Windschutzscheibe nach unten wie in einer Waschstraße, nur etwa jede Sekunde von den Scheibenwischern unterbrochen, die sich auf höchster Stufe hin- und herbewegten. Im Moment schien es irrsinnig zu sein zu fahren. Basta. Einfach nur irrsinnig – egal wie vorsichtig man war.

Kelly umklammerte das Lenkrad und zog sich nach vorne, als würden die wenigen Zentimeter, die sie näher an der Windschutzscheibe saß, irgendeinen Unterschied machen. Sie lebte bereits fast ihr ganzes Leben in Los Angeles, konnte sich aber an einen solchen Regen nicht erinnern. Die Tachonadel tanzte knapp über fünfunddreißig, einer Geschwindigkeit, bei der sie sich angesichts des steilen Abhangs rechts von ihr noch einigermaßen wohlfühlte. Trotzdem überlegte sie, ob sie es riskieren sollte, das Gaspedal noch ein bisschen mehr durchzudrücken und vielleicht mit fünfzig zu fahren. Sie machte sich Sorgen wegen eines anderen Fahrzeugs, das sich ihr von hinten näherte und offensichtlich nichts davon hielt abzubremsen. Jemand, der weniger vorsichtig war. Jemand, der viel zu schnell fuhr.

Man musste schon selten bescheuert sein, an einem solchen Abend auf einer Straße wie dieser derart zu rasen, aber so war es nun einmal: Menschen werden wahnsinnig. Kelly entschied sich für einen Kompromiss und ließ die Tachonadel auf knapp über vierzig steigen. Sie atmete schnell durch die Nase und versuchte, nicht zu blinzeln.

Der Mulholland Drive war eine komische Straße, gebaut vor langer Zeit für weitaus weniger Verkehr. Er wand sich an den Häusern der Stars vorbei, aber auch durch dunklere, ländliche Gebiete, in denen man sich wie im sprichwörtlichen Niemandsland vorkam. Eine Menge überraschend auftauchender Kurven neben steilen Abhängen. Kelly fühlte sich auf dieser Straße auch unter den besten Bedingungen nicht wohl, doch an diesem Abend hätte sie genauso gut auf der anderen Seite des Planeten sein können. Es schien Stunden her zu sein, seit sie das Sloan's verlassen hatte. Sie riskierte einen Blick auf die Uhr am Armaturenbrett – erst fünfundzwanzig Minuten waren seitdem vergangen.

Vor fünfundzwanzig Minuten schien es noch eine gute Idee gewesen zu sein, sich von Sarah zu einer Probefahrt mit deren neuem Spielzeug verführen zu lassen und sich hinter das Lenkrad zu setzen. Zehn Minuten später, als sich der Himmel geöffnet hatte, hatte Kelly ihre Entscheidung bereut.

Noch um die siebzehn Kilometer bis zu Sarahs Haus. In den ersten segensreichen trockenen zehn Minuten hatte sie ein gutes Stück zurückgelegt – zu dieser Zeit herrschte auf der 405 nur schwacher Verkehr, selbst in der Autometropole des Planeten Erde. Wie weit war es noch? Acht Kilometer? Neun? Unter diesen Bedingungen könnte sie noch die ganze Nacht brauchen.

Kelly hielt den Atem an und tippte in der nächsten Kurve, die etwas enger war als erwartet, leicht auf die Bremse. In der Dunkelheit und bei dem starken Regen ließen sich die Straßenverhältnisse schwer einschätzen. Es gab keine Straßenlaternen, und die Scheinwerfer beleuchteten vor ihr nur ein winziges Stück der Straße, bevor sie sich in der Dunkelheit verloren. Die ganze Unternehmung war dumm, dachte sie erneut. Das war ... wahnsinnig. Sie sollte bei der nächsten Gelegenheit die Straße verlassen – vielleicht an einem der Aussichtspunkte – und das Ende des Regens abwarten.

Allerdings ließ sich nicht sagen, wie lange es noch regnen würde, und Sarah verließ sich auf sie, dass sie das Auto rechtzeitig zurückbrachte. Sarahs Vater würde um ein Uhr zu Hause sein, und sollte der Porsche nicht in der Garage stehen, würde er seine Tochter mit Sicherheit in ihrem Zimmer aufsuchen und sie zur Rechenschaft ziehen.

Unglaublich, aber der Regen schien noch stärker zu werden, als wolle er sie veräppeln. Die Scheibenwischer schienen immer weniger ausrichten zu können.

Plötzlich wurde sich Kelly bewusst, dass das Radio noch lief, ein lokaler Sender mit klassischem Rock. »Black Hole Sun« von Soundgarden. Für eine Sekunde zogen sich ihre Mundwinkel nach oben, als ihr in den Sinn kam, was wohl ihr eigener Vater dazu sagen würde – zu einem Lied mitten aus den Neunzigerjahren, das als Klassiker bezeichnet wird.

Doch sie wurde gleich in die Gegenwart zurückgerufen: In dem Augenblick zwischen einem Gang der Scheibenwischer und der neuen Schicht Regenwasser beleuchtete der Scheinwerfer des Porsche etwas Dunkles auf der Straße, das ihr den Weg versperrte. Die Scheibenwischer gewährten ihr einen weiteren kurzen Blick auf die Straße – das Dunkle waren Erde und Geröll, ein Erdrutsch, der von der linken Seite aus nur noch eine gefährlich schmale Lücke frei ließ. Mit angehaltenem Atem bremste Kelly und zielte auf diese Lücke zwischen dem Haufen und dem Straßenrand.

Sarah wird mich umbringen, dachte sie, als der linke Vorderreifen über einen ziegelsteingroßen Gesteinsbrocken knirschte, während rechts von ihr der Abhang steil nach unten fiel.

Doch der Porsche glitt durch den Spalt, ohne auch nur das Geröll zu streifen, und blieb wunderbarerweise mit allen vier Rädern auf der Straße.

Sie stieß die Luft mit einem kurzen Husten aus, gleichzeitig dankbar und schuldbewusst, als wäre sie einer Kugel ausgewichen. Sie quetschte sich am letzten Stück des Erdrutsches vorbei, hielt Ausschau nach entgegenkommenden Lichtern. Ohne den Blick von der Straße zu nehmen, löste sie ihre Hand zum ersten Mal seit zehn Minuten vom Lenkrad und schaltete das Radio aus. Chris Cornells Stimme erstarb, nur noch das Staccato des prasselnden Regens auf Glas war zu vernehmen.

Eine Ablenkung weniger, dachte sie, als sie ihre Hand wieder aufs Lenkrad legte. *Wenigstens eine weniger ...*

Ein lauter Knall durchbohrte den Rhythmus des Regens wie ein Schuss, und plötzlich rutschte das Heck des Wagens unter ihr weg. *Ein geplatzter Reifen?*

Der Wagen schlitterte nach rechts auf den Abhang zu. Kelly riss das Lenkrad herum, doch das Fahrzeug reagierte nicht, glitt immer näher auf den siebzig Meter tiefen Abhang und auf die Vergessenheit zu. Es gab keine Schutzplanke, weil hier die Straße relativ gerade war. Doch das war nur von Vorteil, wenn man den Wagen unter Kontrolle hätte.

Oh, Mist. Soll ich in die Richtung lenken, in die ich rutsche? Soll ich gegenlenken? Was tut man in einer solchen ...

So unvermittelt, wie die Schlingerpartie angefangen hatte, war sie zu Ende – das Lenkrad blieb wieder ruhig der Wagen richtete sich aus. Kelly drückte auf die Bremse, und an ihr Ohr drang ein metallenes Quietschen, das wie ein Nagel auf einer Tafel klang, als der Porsche genau am Rand des Abhangs stehen blieb.

Auf einen kurzen Moment der Euphorie – sie war sich ihres Todes sicher gewesen, doch irgendwie hatte sie überlebt – folgten die Gewissensbisse. Hatte sie an Sarahs neuem Porsche einen Totalschaden verursacht? In der Kneipe hatte Sarah behauptet, nicht zu wissen, wie viel der Wagen gekostet hatte, doch Matt hatte ihr, mit einem üblichen leichten missbilligenden Unterton in seiner Stimme, flüsternd verraten, es wären so was um die hunderttausend gewesen. Der Regen prasselte unvermindert weiter auf den Wagen, als wolle er sie am Denken hindern – daran, ihr Hirn auf den Punkt zu konzentrieren, von dem aus sie endlich herausfinden könnte, was passiert und was als Nächstes zu tun war. Doch bevor sie auch nur ansatzweise über den mehrere hunderttausend Dollar hohen Schaden nachdenken konnte, den sie womöglich verursacht hatte, wurden diese Sorgen – sowie alle anderen Gedanken – durch eine Gefahr ausgeblendet, die bis eben nicht an ihr Bewusstsein gedrungen war:

Um sie herum völlige Dunkelheit und ein Regensturm, und sie saß nahe einem steilen Abhang auf einem engen Highway in einem liegen gebliebenen Fahrzeug.

Hektisch tastete sie nach dem Türgriff, den sie erst nach einer Ewigkeit fand, und stieß die Tür auf. Sie kletterte aus dem Wagen – hinaus in den sintflutartigen Regen; die Wassermassen durchtränkten ihre Kleider, als würde sie in einen See eintauchen. Mit einer Hand über ihrer Stirn versuchte sie, den Regen abzuschirmen, und spähte blinzelnd die Straße entlang, zunächst in die eine, dann in die andere Richtung. Nachdem sie nirgendwo ein Licht entdecken konnte, griff sie ins Wageninnere, zog den Zündschlüssel ab und ging zum Heck des Wagens, um den Kofferraum zu öffnen. Sie machte sofort kehrt, als sie sich erinnerte, dass sie es mit einem Porsche zu tun hatte: im Heck der Motor, der Kofferraum vorne. Sie hoffte, dort einen Mantel, einen Schirm, eine Plane zu finden – egal was. Nichts. Der Kofferraum war völlig leer. *Verdammt.*

Wieder blickte sie auf die Straße, umrundete dann den Porsche, untersuchte ihn so gut sie konnte auf Schäden. Wie durch ein Wunder schimmerte die silberne Lackierung der Karosserie unversehrt durch den Regenvorhang – doch vorne links entdeckte sie den wahren Schaden: Der Reifen war tatsächlich geplatzt, und die Felge hatte sich zum Teil in die Straße gebohrt. Das war vermutlich die Ursache für das grausame Quietschen gewesen, als sie angehalten hatte. Laut fluchend wischte sie sich das Wasser aus den Augen.

Ein Lichtblitz riss sie aus ihren Gedanken. Von einem Fahrzeug, etwa hundert Meter entfernt, auch wenn sie den Motor noch nicht hören konnte. Es kam direkt auf sie zu. Kelly rannte über die Straße und dem Fahrzeug entgegen, rief laut und wedelte mit den Armen. Sie wünschte, sie hätte sich etwas Auffälligeres als eine Jeans und ein schwarzes Oberteil angezogen. Der Wagen, ein Ford, zischte an ihr vorbei, wich kurz darauf dem liegen gebliebenen Porsche aus, und verpasste dabei nur um ein Haar den linken hinteren Kotflügel, der auf die andere Fahrspur ragte. Das Arschloch am Steuer besaß auch noch die Frechheit, auf die Hupe zu drücken, während er munter seinen Weg fortsetzte. Kelly betete, er möge über das gleiche Hindernis fahren, von dem sie aufgehalten worden war, doch der Ford fuhr weiter, brachte den Erdhaufen unbeschadet hinter sich, und dann waren die Rücklichter verschwunden.

Kelly war nass bis auf die Haut. Sie rannte zum Wagen zurück und riss die Fahrertür auf. Ihre Tasche lag auf dem Beifahrersitz, sah auf dem teuren Leder irgendwie protzig aus. Sie schnappte sich die Tasche und setzte sich wieder hinters Steuer, beschloss, lieber eine Weile im Trockenen zu sitzen und das Risiko einzugehen, dass sich wieder ein Fahrzeug näherte. Man soll in einer solchen Situation aussteigen und sich an den Straßenrand stellen – aber diejenigen, die das verlangen, werden ja auch nicht klatschnass. Herannahende Scheinwerfer würde Kelly doch sowieso rechtzeitig bemerken. Oder etwa nicht? Sie verdrehte sich so auf dem Sitz, dass sie nach hinten auf die Straße sehen konnte, während sie in ihrer Tasche kramte; den Müll, der sich dort angesammelt hatte, schob sie hin und her, bis sie ihr Telefon in der Hand hielt. Sarah anzurufen und ihr zu erzählen, was passiert war, war keine Option. Selbst wenn sie ans Telefon gehen würde, könnte sie nicht helfen – Kelly hätte ihr lediglich den Abend mit Josh verdorben. Auch die Pannenhilfe schied aus: Kelly besaß kein eigenes Fahrzeug, und sofern ihr Chef nicht spontan den Entschluss fasste, ihr Gehalt zu verdoppeln, bezweifelte sie, dass sie sich in absehbarer Zeit eins kaufen könnte. Damit blieb ihr nur noch eine Option – ihr Vater.

Als Kelly die Taste drückte, um den Bildschirm zu aktivieren, blieb dieser jedoch hartnäckig dunkel. Verdammtes Apple-Teil! Vierhundert Kröten für ein Telefon, und der Akku schaffte auch bei geringer Nutzung nicht einmal acht Stunden. Vorhin in der Kneipe allerdings hatte sie es viel genutzt – Bilder gemacht, auf Facebook nachgesehen, Matt angerufen, als er zu spät dran war, ein Cocktailrezept im Internet gesucht, um einen Streit beizulegen ...

Toll. Toter Wagen, totes Telefon. Könnte es in dieser Nacht noch schlimmer kommen?

Kelly stieg aus und setzte sich dem Monsun erneut aus, blickte in beide Richtungen der Straße. Nichts. Sie ging ihre Möglichkeiten durch, bezweifelte, körperlich in der Lage zu sein, den Wagen auch ohne kaputten Reifen an den Straßenrand zu schieben. Aber mit einem Platten war es ganz aus. Sie saß ohne Mantel, ohne Telefon und ohne Hoffnung mitten im Nichts fest.

Doch dann ... ein Lichtschimmer.

In der Ferne sah sie, wie ein Scheinwerfer verschwand und wieder auftauchte, als ein Fahrzeug um eine Kurve bog. Kelly begab sich wieder auf die andere Straßenseite, hielt sich aber diesmal so weit in der Mitte wie möglich. Sie wedelte mit den Armen und rief noch heftiger und lauter als beim letzten Mal; das Wissen um ihr totes Telefon verlieh ihrer Stimme mehr Dringlichkeit.

Fünfzig Meter vor ihr verlangsamte der Fahrer das Tempo, als er sie erblickte. Sobald er noch ein Stück näher herangekommen war, erkannte Kelly, dass es sich um einen Pritschenwagen handelte. Das war gut, weil er vielleicht eine Winde oder dergleichen dabeihatte, um den Porsche von der Straße zu ziehen. Mit diesen Überlegungen ging sie allerdings schon wieder zu weit – zunächst einmal musste er anhalten. Wieder winkte Kelly, sprang diesmal sogar auf und ab aus Angst, der Fahrer könnte wieder aufs Gaspedal treten und an ihr vorbeisausen wie der davor. Doch das tat er nicht. Der dunkle Wagen – Kelly konnte bei diesen Wetter- und Lichtverhältnissen unmöglich die genaue Farbe ausmachen – bremste sanft ab und hielt mit laufendem Motor neben ihr. Langsam senkte sich das Fenster auf der Fahrerseite. Das mangelnde Licht und die Wand aus Regen sorgten auch hier dafür, dass Kelly nichts und niemanden im Wageninnern erkennen konnte.

»Hallo?«, sagte sie zaghaft.

Schließlich bewegte sich im Wageninnern etwas, und ein Kopf erschien am Fenster. Ein Mann, dachte sie, obwohl sie auch das nicht sagen konnte.

»Kann ich Ihnen helfen?«, fragte eine tiefe, aber leise Stimme, die über das Rauschen des Regens kaum zu verstehen war.

Der Kerl trug eine dunkelblaue oder dunkelgrüne Baseballkappe ohne Logo, die er so weit nach unten gezogen hatte, dass drei Viertel seines Gesichts durch den Schild verdeckt im Finstern lagen. Nur sein glatt rasiertes Kinn war sichtbar.

Kelly schluckte, und ihr lief es eiskalt den Rücken hinunter, was nichts mit den durchnässten Kleidern zu tun hatte. Sie war sich nicht sicher, ob seine Stimme oder eine Art Urangst daran schuld war, die daher rührte, dass sie das Gesicht ihres Gegenübers nicht sah – plötzlich spürte sie das Verlangen, dem Fahrer zu sagen, es wäre alles in Ordnung; sie wolle auf das nächste Fahrzeug warten.

Doch dies stand nicht zur Debatte. In einer solchen Nacht wäre es dumm ... nein, *wahnsinnig*, das Angebot abzulehnen.

»Ja.« Sie nickte. »Ja, Sie können mir wirklich helfen.«

2

Fort Lauderdale

Samstagabend, im Zentrum von Fort Lauderdale. Ich hatte das Gefühl, ganz weit vom Strand entfernt zu sein. Obwohl die Sonne bereits Stunden zuvor untergegangen war, war es in der Bar kühl im Vergleich zu draußen. Zu kühl für meinen Geschmack. Als würde man einen begehbaren Kühlschrank betreten. Ich blieb an der Tür stehen, ließ den Blick schweifen, um alle wichtigen Informationen aufzunehmen.

Die Decke war niedrig, und die Wände waren vor ein oder zwei Jahrzehnten schwarz gestrichen worden. Ein relativ großer offener Bereich, spärlich besucht für einen Samstagabend. Vielleicht zwei Dutzend Gäste. Am anderen Ende erstreckte sich die Theke fast die gesamte Wand entlang, lief in einer Kurve aus, bevor sie vor einem Durchgang endete, der laut Beschilderung zu den Toiletten und zum Notausgang führte. Runde Tische, geschmückt mit Kerzen in leeren Schnapsflaschen. Ich ging die zwei Stufen vom Eingang hinunter und quer durch den Raum, während mein Blick die Gesichter abtastete, als suchte ich nach einem Freund. Die meisten Gäste waren zu zweit oder in kleinen Gruppen hier, außer einer einsamen Blondine an einem der Tische in der Ecke. Sie hatte aufgesehen, den Blick aber wieder gesenkt, als ich die Bar betreten hatte. Ich betrachtete sie nicht länger als die anderen Gäste – eine unauffällige Mischung aus professionellen Kneipenhockern und verirrten Touristen.

Nur bei dem dunkelhaarigen Typ, der neben der Musikbox

saß, gingen meine Alarmglocken an. Unsere Blicke kreuzten sich, und er taxierte mich, als ich vorbeiging, wandte sich aber hierauf desinteressiert wieder ab. Seine besonderen Kennzeichen waren eine gebrochene Nase und große Hände. Ein Kämpfer, wenn auch nicht unbedingt ein guter. Er trug eine Lederjacke. Alles in allem eine passende Entsprechung zu den beiden ähnlich aussehenden Herren, die sich draußen gegenüber der Bar herumgetrieben hatten. Interessant, aber nichts für mich. Ich archivierte diesen Umstand für eine spätere Wiedervorlage und setzte mich ans Ende der Theke in die Nähe des Notausgangs.

Von dieser Position aus hatte ich die beste Übersicht über die Kneipe. Ich ließ den Blick ein zweites Mal über die Gesichter schweifen und nickte, als der Barmann auf mich zukam. Ich widerstand dem Drang, ein kaltes Bier zu bestellen, und entschied mich stattdessen für ein kaltes Mineralwasser mit einer Scheibe Zitrone. Nicht alkoholisch, sieht aber wie ein echter Drink aus, um keine unerwünschte Aufmerksamkeit zu erregen.

Ich trank mein Wasser und versuchte, das Europop-Geplärre aus dem Lautsprecher zu ignorieren, der eineinhalb Meter von meinem rechten Ohr an der Wand hing – der einzige Nachteil meiner ansonsten strategisch guten Position. Ich drehte den Kopf wieder von rechts nach links, um mein Bild von der Kneipe aufzufrischen. Der Typ an der Musikbox hatte sich nicht bewegt. Mein Blick wanderte in die Ecke, in der die Blondine saß. Oder vielmehr – in der sie nicht mehr saß, weil sie aufgestanden war und quer durch den Raum in meine Richtung ging.

Während sie näher kam, wurde mir bestätigt, dass ihr lockiges, schulterlanges Haar in überzeugender Weise – und damit für viel Geld – gefärbt war. Sie trug eine Jeans und eine schwarze Bluse, die einen kleinen Rettungsring erkennen ließ, dazu Lederstiefel mit Sieben-Zentimeter-Absätzen. Über ihrer rechten Schulter hing eine kleine Ledertasche.

Ich wandte den Blick ab Richtung Tür, als würde ich jemanden erwarten. Die Blondine blieb an der Theke stehen und stützte sich mit den Armen ab. Sie hatte am Hocker neben meinem Stellung bezogen, was bedeutete, dass sie einen Umweg von fünf Schritten gemacht hatte. Was bedeutete, dass sie absichtlich hier landen wollte. Was für mich eine Planänderung bedeutete.

Sie blickte geradeaus, während sie einen Wodka bestellte, drehte sich aber schließlich zu mir und lächelte.

»Hey.«

Ich lächelte zurück und versuchte, ihren Gesichtsausdruck zu deuten. Wusste sie, warum ich hier war? Ich vermutete, sie könnte durchaus bemerken, wenn sich jemand für sie interessierte, oder dass die Möglichkeit bestand, dass sie auf der Suche nach einem bestimmten Typ war. Aber genau darauf kommt es mir an: Ich arbeite hart daran, nicht wie ein bestimmter Typ auszusehen, egal welcher.

»Mir gefällt dieses Lied«, sagte sie nach einer Weile und musterte mich von oben bis unten. »Wie heißen Sie?«

Ich kam zu dem Schluss, dass ich mir keine Sorgen machen musste. Sie wusste nicht, wer ich war. Sie wollte nur ihren Spaß haben, tat interessiert an einem einsamen Fremden, der die Bar gerade betreten hatte. Betonung auf *tat interessiert*.

»Ich heiße Blake.«

»Aha.« Sie nickte, als hätte ein Name irgendeine Bedeutung. »Ich heiße Emma. Sind Sie mit jemandem hier?«

Sie drängte wie eine Telefonverkäuferin auf Kaltakquise, die an einem schlechten Arbeitstag noch kurz vor Feierabend eine Lebensversicherung an den Mann bringen wollte. Keine

Frau, die so aussah wie sie, würde es nötig haben, einen Kerl in einer Kneipe anzubaggern. Keine Frau, die aussah wie sie, hätte es nötig, sich einem Kerl überhaupt zu nähern. Worum ging es also? Es war mir nicht unangenehm, mich auf dieses Dilemma zu konzentrieren. Ich beschloss herauszufinden, wohin die Sache führen würde.

»Sagen Sie es mir.«

Lächelnd legte sie eine Hand auf meinen linken Arm gleich unterhalb der Schulter. Ich spürte durch den Ärmel ihren Druck, als würde sie mich testen, und dann war mir klar, was sie von mir wollte.

Sie ließ ihre Hand sinken, als der Barmann zurückkehrte, eine Serviette auf die Theke fallen ließ und darauf das Glas stellte. Er schielte zu meinem noch halb vollen Glas, ich schüttelte den Kopf.

»Und was tun Sie, Blake?«

Ich wägte meine Antwort ab und kam zu dem Schluss, dass es keinen Grund zum Lügen gab. »Ich bin so eine Art Berater.«

Sie kniff die Augen etwas zusammen. »Was für eine Art Berater?«

»Von der üblichen Sorte«, antwortete ich. »Menschen bezahlen mich dafür, dass ich Probleme löse, die sie selbst nicht lösen können.«

Sie lachte, als hätte ich den Witz des Jahrhunderts gerissen, und kippte ihren Schnaps in einem Zug. »Sie lösen *Probleme*. Hervorragend.«

»Mein Ziel ist es, meine Kundschaft zufriedenzustellen.«

»Und was ist Ihrer Meinung die wichtigste Fähigkeit, die einen Berater ausmacht?«

»Warum? Möchten Sie Beraterin werden?«

»Vielleicht.«

»Dann würde ich sagen: Improvisationstalent.«

»Gut.« Sie beugte sich zu mir. »Möchten Sie hier raus?«, flüsterte sie mit stark wodkageschwängertem Atem.

Ich blickte kurz zur Tür, dann zurück zu ihr. »Jetzt sofort?«

Sie nickte. »Hören Sie«, begann sie in verschwörerischem Ton. »Da draußen warten zwei Typen auf mich ...«

»Typen, denen Sie lieber aus dem Weg gehen würden?«

»Richtig.«

»Zwei Typen.«

»Das habe ich doch gesagt, oder?«

»Ich wollte nur sichergehen.«

Sie lachte unsicher, als hätte ich etwas falsch verstanden. »Na ja, es wird keine Schwierigkeiten geben oder so, wenn Sie mich zu meinem Wagen bringen.«

Angst zeigte sich in ihren Augen, die Sorge, dass sie mich abgeschreckt hatte. Was bedeutete, dass es doch Schwierigkeiten geben würde. Wahrscheinlich viel größere, als ihr klar war.

Ich lehnte mich zurück, nahm einen Schluck Wasser und tat so, als würde ich mir den Vorschlag gründlich durch den Kopf gehen lassen. Der Barmann am anderen Ende der Theke bediente Gäste. Das war gut.

»Wo steht Ihr Wagen?«

»Gleich draußen vor der Tür. Ein rotes Coupé.«

Das zumindest stimmte. Ich hatte den kleinen roten Audi A5 etwa zwanzig Meter vom Eingang entfernt am Straßenrand gesehen.

Ich beugte mich wieder nah zu ihr vor. »Also gut. Sie tun so, als hätte ich Sie beleidigt«, erklärte ich so leise, dass mich über die Musik hinweg niemand sonst hören konnte. »Sie stehen erbost auf und geben vor, auf die Toilette zu gehen. Im Flur hinter mir befindet sich der Notausgang. Dort verschwinden Sie nach draußen und warten auf mich.«

Einen Moment sah sie ziemlich verdutzt aus, wahrscheinlich weil sie eigentlich nicht erwartet hatte, dass ihr willfähriger Handlanger das Heft in die Hand nähme. Sie kam aber rasch darüber hinweg und signalisierte ihre Zustimmung mit einem kurzen, verschlagenen Lächeln – das erste ehrliche Zeichen an ihr, seit sie an mich herangetreten war.

Schon stieß sie ihren Hocker kräftig zurück und erhob sich, verdrehte verächtlich die Augen, während sie forteilte. Zum Glück hatte sie nicht übertrieben und mir eine Ohrfeige verpasst oder mich angeschrien. Sie spielte die Beleidigte viel besser als die Romantikerin.

Ich sah ihr hinterher und wartete ein paar Sekunden. Wie erwartet stand der Kerl in Lederjacke sogleich auf und ging schnurstracks Richtung Toiletten. Er konnte genauso gut lesen wie ich. Er wusste, wo sich der Notausgang befand. Deswegen hielt er sich in der Bar auf, während seine Freunde draußen warteten. Im Vorbeigehen warf er mir einen flüchtigen Blick zu; ich tat so, als merkte ich es nicht.

Stattdessen stand ich ebenfalls auf und folgte ihm, als er sein Tempo beschleunigte. Die Toilettentüren lagen links, ein weiterer Wegweiser für den Notausgang führte den Flur entlang nach rechts.

»Entschuldigung«, sagte ich.

Sobald er sich auch nur ein Stück weit zu mir umgedreht hatte, legte ich mein ganzes Gewicht in einen kurzen, schnellen Hieb auf seine Nase. Er schrie vor Schmerzen auf und wollte einen Satz nach vorne in meine Richtung machen, doch ich schnappte mir seinen Kopf und knallte ihn gegen mein Knie. Der Kerl fiel bewusstlos auf den mit Bierflecken übersäten Teppich. Ich blickte hinter mich, um sicherzugehen, dass sein Schrei von der Musik übertönt worden war, ging auf die Knie und suchte ihn ab. Seine Waffe steckte in einer Innentasche seiner Jacke. Es war eine Heckler & Koch

HK45. Nahezu mit allen Qualitäten einer Militärwaffe, bedeutete eindeutig Ärger. Ich nahm ihm die Last ab und schob sie hinten in meinen Gürtel.

Ich eilte das letzte Stück des Flurs entlang, wo die Blonde am offenen Notausgang stand. Natürlich hieß sie nicht Emma, sondern Caroline Elizabeth Church. Sie war vierundzwanzig Jahre alt. In ihrem Führerschein aus Massachusetts stand sie mit einer Größe von eins achtundsiebzig, braune Augen, braunes Haar. Die Beschreibung von zwei Drittel der Menschen passte auf die Person vor mir.

»Mein Wagen steht vor der Bar«, sagte sie, ohne das Chaos im Flur bemerkt zu haben.

»Vergiss es«, erwiderte ich.

Ich packte sie am Oberarm und zog sie nach draußen in eine enge, schmuddelige Gasse. Mülltonnen säumten die Mauer, aus einigen quoll der Abfall und war über den fleckigen Beton verteilt. Rechts von mir endete die Gasse nach sieben Metern als Sackgasse, links von mir führte sie nach zwanzig Metern auf die Straße, von welcher aus es wiederum auf die Hauptstraße vor der Bar ging. Die ein- und zweistöckigen Gebäude auf beiden Seiten waren die fensterlosen Rückseiten von Kneipen, Imbissbuden und anonymen Büros. Wenn wir schnell genug wären, könnten wir über die Straße und um den Block herum verschwinden und in meinen gemieteten Honda steigen, ohne dass uns die beiden Typen bemerkten, die die Bar im Auge behielten. Sofern sie ihre Position nicht verlassen hatten.

Im Vertrauen darauf, dass Caroline mir folgen würde, marschierte ich im Eilschritt los. Sie enttäuschte mich nicht.

»Was zum Teufel soll das heißen, ›Vergiss es‹?«, fragte sie, als sie mich eingeholt hatte.

Im Mündungsbereich der Gasse war noch immer niemand

zu sehen. Ich ließ meinen Blick über die niedrigen Dächer gleiten. »Die beiden Kerle vorne – wer sind sie?«

»Mach langsam!«

Ich blieb stehen und drehte mich zu ihr. »Wer sind die?«

Sie blickte zur Seite. »Niemand. Nur mein Exfreund. Er ist durchgedreht. Wollte mich nicht gehen lassen.«

»Nur ein Ex?« Ich ging weiter.

Wieder holte Caroline mich ein. Trotz ihrer hohen Absätze war sie überraschend schnell. »Ja! Warum?« Neugier in ihrer Stimme. Sie wusste – ich wusste –, dass sie Informationen zurückhielt, und war mehr interessiert daran, woher ich das wusste, als ihr Geheimnis für sich zu behalten.

»Weil ein normaler Ex dich zu Hause beobachtet und böse Nachrichten auf deine Facebook-Seite schreibt. Besonders Mutige werden auch schon mal handgreiflich. Sie lauern dir aber nicht mit bewaffneten Schergen auf. Es sei denn, diese gehören zum üblichen Umgang des Ex.«

»Wer ist ein bewaffneter Scherge?«

Ich zog die Waffe heraus und hielt sie ihr auf meiner offenen Hand vor die Nase. »Die habe ich gerade dem dritten Typ in der Bar abgenommen. Demjenigen, den du nicht auf dem Schirm hattest. Das ist eine HK45 Compact Tactical. Kostet etwa zwölfhundert Dollar. Das ist kein Anfängermodell. Wer ist dein Freund?«

»Oh, Scheiße. Er hat mir tatsächlich *angedroht*, mich umzubringen, aber ...«

Wir erreichten das Ende der Gasse. Ich bedeutete Caroline, stehen zu bleiben, und hielt die Waffe, den Finger am Abzug, vor mir. Als ich um die Ecke spähte, blickte ich meinerseits in die Mündung einer Waffe.

Was eine weitere Planänderung bedeutete.

3

Carolines Exfreund war der größere der beiden Männer, die ich bereits vorher draußen gesehen hatte. Ich schätzte ihn auf Mitte bis Ende vierzig, doch er war gut in Form, hatte pechschwarzes Haar und ein kantiges, hübsches Gesicht. Die Kombination aus Designerlederjacke, teurer Waffe und dem toten, desinteressierten Blick seiner grauen Augen sagten mir alles, was ich wissen musste.

Er winkte uns in die Gasse zurück und befahl mir, die Waffe fallen zu lassen. Das tat ich dann auch. In seinen Augen spielte sich mehr ab, als auf den ersten Blick erkennbar gewesen war: Berechnung, Vorsicht. Das war gut. Das hieß, ich hatte es nicht mit einem Durchgeknallten zu tun. Langsam hob ich meine Hände, spähte dabei die Straße entlang. Er war allein. Vermutlich bewachte der andere noch den Vordereingang.

»Was soll das, Lizzie?«, fragte er und warf dem Mädchen mit der endlosen Liste an Alias-Namen einen Blick zu. »Schon wieder ein Neuer?« Er sprach nahezu akzentfrei. Müsste ich raten, würde ich auf Serbe tippen. In Anbetracht seines Alters und seiner Bereitschaft, eine Waffe auf Menschen zu richten, würde ich die Wahl auf Kosovo-Veteran eingrenzen. Die Stimme bestärkte meinen Eindruck eines ruhigen, vorsichtigen Mannes; sie sagte mir auch, dass er Caroline nicht nur wegen ihrer weiblichen Tricks aufgelauert hatte.

»Das ist niemand, Zoran«, erklärte sie. »Lass ihn gehen.«

Er würdigte sie keines Blickes, sondern sah mich an. Ich freute mich über die leichte Bestürzung in seinem Gesicht. Wir beide hatten ein Problem: Ich war derjenige, dem eine Waffe vors Gesicht gehalten wurde, doch er musste entscheiden, was er damit anfangen sollte. Ein irrationaler Mensch würde mich niederknallen und mich auf dem Bürgersteig verbluten lassen. Stimmte meine Einschätzung, würde er die möglichen Folgen nicht tragen wollen, zumindest nicht ohne einen guten Grund dafür zu haben.

Zoran hielt die ganze Zeit über den Blick auf mich gerichtet. Das war schlau, weil er mir damit keine Gelegenheit gab, ihm die Waffe abzunehmen. Das hieß aber auch, dass er nicht nach unten geblickt hatte, um die Waffe in Augenschein zu nehmen, die ich dorthin gelegt hatte, und sie als die zu erkennen, die ich dem Kerl in der Bar abgenommen hatte. Damit blieb die Möglichkeit, dass er mich vielleicht unterschätzte.

Aus dem Augenwinkel heraus sah ich, wie Caroline sich anspannte, als wäge sie ab, ob sie sich aus dem Staub machen könnte. Ich hoffte, sie würde es nicht tun. Das wäre für uns beide eine schlechte Entscheidung, besonders aber für mich. Einen Moment schwiegen wir alle. Ich hörte das leise Rumpeln eines Richtung Norden fahrenden Zuges ein paar Straßenblöcke weiter.

»Was willst du?«, fragte ich den Mann, meinen Blick direkt auf seine Augen gerichtet, damit er erkannte, dass meine Frage nicht rhetorisch war. Wir waren einfach nur zwei Männer, die in aller Ruhe darüber sprachen, wie wir ein Problem lösen könnten.

Zoran nickte zu Caroline Church, ohne den Blick von mir abzuwenden. »Vor zwei Tagen wachte ich auf, und da war sie weg. Und mit ihr fehlten fünfzehntausend Piepen in bar.«

»Okay.« Und dann zu Caroline, ohne sie anzusehen: »Gib ihm deinen Wagenschlüssel.«

»Was?«

»Der Wagen ist mir scheißegal«, zischte Zoran leise. »Ich will nur mein Geld.«

Vom Klang seiner Stimme her zu urteilen schätzte ich, dass er log und es eigentlich nicht ums Geld ging. Oder zumindest nicht vordergründig. Es ging ums Prinzip – ein Mann in seiner Position konnte sich nicht in dieser Weise über den Tisch ziehen lassen.

Ich nickte in Carolines Richtung. »Sie hat die letzte Nacht in einem Hotel auf der North Andrews Avenue verbracht und es heute Morgen verlassen. Wenn sie dein Geld noch hat, liegt es in dem roten Audi vor der Bar.«

»Woher, zum Teufel ...«, begann Caroline, hielt aber inne. Dann rannte sie los.

Zoran traf eine blitzschnelle Entscheidung. Er hatte die Wahl, bei mir zu bleiben oder Caroline hinterherzujagen. Bliebe er bei mir, würden ihm sein Geld und seine Chance auf Wiedergutmachung erneut durch die Lappen gehen. Jagte er Caroline hinterher, würde er mich mit der abgelegten Waffe zurücklassen. Er entschied sich dafür, schlau, aber auch grausam zu sein. Aber er war nicht schnell genug.

Als er den Abzug betätigte, duckte ich mich bereits nach der Pistole.

Eine 45er-Kugel bohrte sich in die Mauer hinter der Stelle, wo sich mein Kopf noch einen winzigen Moment zuvor befunden hatte. Sowie ich auf dem Boden aufkam, rammte ich eine meiner Hacken so fest ich konnte in Zorans Kniekehle, gleichzeitig griff ich nach der Waffe auf dem Boden. Er knickte ein und stürzte, als sich gerade meine Finger um die Pistole schlossen. Er kam etwas aus dem Gleichgewicht, hatte sich aber schnell wieder im Griff und zielte wieder auf mein Gesicht. Ich schlug mit der linken Faust gegen seine Hand, als der laute Schuss seiner Waffe von den Mauern widerhallte. Bevor er noch einmal abdrücken konnte, drückte ich die Mündung der H&K genau zwischen seine Augen, die er einen

Moment lang vor Überraschung aufriss, bevor er sie wieder ein Stück zusammenkniff.

»Sei kein Idiot«, riet ich ihm.

Seit dem Schuss waren nur wenige Sekunden vergangen, in denen ich mir aber zweier Geräusche sehr bewusst war: Caroline Churchs Schritte, die in der Dunkelheit immer leiser wurden, und der Stimmen aus der entgegengesetzten Richtung. Jetzt war ich derjenige, der in der Klemme steckte. Wobei das nicht ganz stimmte. Zoran nämlich war derjenige, der entschied, was passieren sollte: ob er leben oder sterben würde.

Seine Hand lockerte sich, und er ließ die Waffe fallen, die auf den fleckigen Beton fiel. Ein rationaler Mensch. Ich zuckte entschuldigend mit den Schultern und rammte ihm den Knauf der Pistole in seine rechte Schläfe. Nicht tödlich, aber stark genug, um mir die Zeit zu einem eleganten Abgang zu geben. An dem Morgen, wenn die Gehirnerschütterung nachlassen würde, würde er mir dankbar sein.

Ich hob Zorans Waffe auf, während er auf den Bürgersteig kippte, und blickte zur Straße. Caroline war verschwunden. Wenn sie schlau wäre, würde sie den Wagen sowie die fünfzehn Riesen stehen lassen und in die Nacht untertauchen. Allerdings waren ihre bisherigen Aktionen nicht gerade durch übermäßigen Verstand ausgezeichnet.

Die Stimmen kamen näher. Ich erinnerte mich an den dritten Typ, der sich weniger als einen Block entfernt befand und den Schuss mit Sicherheit gehört hatte. Und er war der Einzige in Hörweite, der im Moment nicht mit seinem Mobiltelefon die Polizei rief.

Ich steckte die beiden H&Ks ein, rannte zum nächsten Müllcontainer, schob ihn ganz an die Mauer und hievte mich hinauf. Als ich dort mein Gleichgewicht wiedergefunden hatte, sprang ich senkrecht nach oben, hielt mich mit beiden Händen am Rand des Dachs fest und zog mich hinauf. Unten hörte ich einen Schrei und laute Stimmen. Geduckt riskierte ich einen Blick über die Dachkante nach unten. Drei Menschen standen an der Einmündung zur Gasse, einer von ihnen war der dritte Typ, der zu Zoran gehörte und vor der Bar seinen Posten bezogen hatte. Die beiden anderen, ein Pärchen mittleren Alters, schienen Touristen zu sein. Die Frau war diejenige, die geschrien hatte.

»Oh Gott, ist er tot?«

Der Ehemann kniete neben Zoran und überprüfte den Puls. Zorans Helfer sah hektisch die Straße auf und ab, die rechte Hand tief in seine Jackentasche geschoben. Ich duckte mich und krabbelte zurück, bevor er in meine Richtung blicken würde. Als ich weit genug vom Rand entfernt war, erhob ich mich und rannte zurück in Richtung der Gebäudereihe, in der sich die Bar befand. Meine Schuhe machten auf der geteerten, rechteckigen Dachfläche, die von Zehntausenden Sonnentagen verwittert war, kaum Geräusche. Das zweihundert Meter lange Dach, das mit den Ventilatoren der Klimaanlagen übersät war, reichte bis zur Hauptstraße, wo sich auch die Bar befand. Hinter diesem Straßenblock erkannte ich die oberen zwei Drittel der Palmen, die die Straße säumten.

Ich legte noch einen Zahn zu, während ich mir in Gedanken das Bild der Straße vor der Bar aufrief. Ich schätzte, Carolines Audi stand in der Nähe der höchsten Palme, die ich sehen konnte. Caroline hatte zwar einen guten Vorsprung, doch ich nahm den direkten Weg.

In nur wenigen Sekunden hatte ich die Strecke zurückgelegt, dankbar dafür, endlich meine Energie abbauen zu können, die sich nach den Tagen in Flugzeugen, Autos und

Kneipen aufgestaut hatte. Irgendwo hinter mir ertönte eine Polizeisirene, als ich den Rand des Dachs erreichte und nach unten spähte. Mit meiner Schätzung hatte ich ins Schwarze getroffen: Der rote Audi stand direkt unter mir, und Caroline Church war noch nicht da.

Sie rannte allerdings schnell darauf zu. Barfuß, ihre Schuhe in der linken Hand, während sie in ihrer Tasche nach dem Schlüssel kramte. Ich sah in die entgegengesetzte Richtung, wo, wie ich vermutete, der dritte Kerl um die Ecke auftauchen könnte. Grüppchen von Menschen begannen die Seitenstraße entlangzugehen, angezogen von dem Tumult wie kleine Eisenspäne von einem Magneten. Von dem dritten Mann allerdings keine Spur. Noch nicht.

Caroline Church erreichte den Wagen und fummelte am Schlüssel, bis sie endlich den richtigen Knopf fand, um die Lichter aufblinken und das Schloss mit einem Klack aufspringen zu lassen. Ich ging zwei Schritte zurück, sprang vom Dach und landete auf dem Auto, von dem ich seitlich nach unten rutschte und direkt vor Caroline landete.

»Ich fahre.«

Sie schnappte nach Luft, sah nach hinten in die Richtung, aus der sie gekommen war, und dann wieder zu mir. Sie wirkte verärgert. »Wer, zum Teufel, bist du? Und woher ...«

»Hey!«

Die Stimme aus der anderen Richtung ließ meinen Kopf herumschnellen. Die rechte Hand tief in seine Jackentasche geschoben rannte der dritte Mann direkt auf uns zu. Offenbar hatte er gesehen, was mit seinem Chef passiert war, und hatte es vorgezogen, sich vom Ort des Geschehens zu entfernen, bevor die Polizei eintreffen würde.

Ich riss die Fahrertür auf, nahm Caroline den Schlüssel aus der Hand und schob ihn ins Schloss, während Caroline sich auf den Beifahrersitz setzte und die Tür zuknallte. Der Motor surrte auf. Unser Verfolger schaffte es noch, aufs verbeulte Dach zu schlagen, bevor ich losfuhr.

Ich drückte Caroline an der Schulter nach unten und duckte mich ebenfalls, während ich einen Blick in den Rückspiegel wagte. Der Kerl stand noch immer am Straßenrand, hatte die Waffe aber immer noch nicht aus seiner Jacke gezogen, als ich nach links abbog. Vermutlich wollte er sein Glück in einer Nacht, in der er und seine Mannschaft vom Pech verfolgt waren, nicht noch mehr aufs Spiel setzen.

Ich widerstand dem Drang, das Gas durchzudrücken, auch wenn die Straßen ruhig waren. Kerl Nummer drei würde nur zwei Minuten brauchen, um seinen Wagen zu erreichen, sofern er einen hatte. Doch wenn ich wahllos immer wieder abbiegen würde, wären wir nicht mehr aufzuspüren. Auf keinen Fall wollte ich die Aufmerksamkeit auf einen Wagen lenken, der sich von einem Tatort entfernte. Nach einer Reihe von Seitenstraßen erreichte ich den South Federal Highway. Wir hatten uns bereits fast zwei Kilometer von der Bar entfernt, als ich das Tempo drosselte und mehr auf die Beschilderung achtete.

»Also gut, wer bist du nun wirklich?«

»Habe ich dir gesagt.«

»Quatsch. Du bist kein Berater. Und warum hast du mich verfolgt? Bist du so was wie ein Stalker? Geilst du dich an so was auf?«

Vor uns wies ein Schild den Weg zur A1A. Fort Lauderdale war absolutes Neuland für mich, doch vom Tag zuvor erinnerte ich mich daran, dass mich diese Straße ans gewünschte Ziel bringen würde.

»Gern geschehen«, erwiderte ich. »Du scheinst eine hohe Meinung von dir zu haben, Caroline.«

»Du weißt, wie ich heiße? Ach ja, natürlich.« Sie runzelte die Stirn. »Mein Vater hat dich geschickt, stimmt's? Was hat er dir angeboten? Dich bezahlt, um mich zu entführen?«

Ich bog nach Westen auf die A1A ab und hielt Ausschau nach einer Ausfahrt. Palmen säumten die Straße auf beiden Seiten. Obwohl ich den Atlantik nicht sehen konnte, wusste ich, dass er direkt vor uns unter dem schmutzig-orangen Nachthimmel lag.

»Ich entführe keine Menschen. Dein Vater hat mich engagiert, um dich zu suchen und ihm zu versichern, dass du in Sicherheit bist. Ob ich den zweiten Teil erfüllen kann, weiß ich nicht. Was ist mit dir?«

Bockig schweigend biss sie sich auf ihre Lippen.

»Ich wette, im Moment scheinen die Rückkehr nach Boston und das großzügige Taschengeld attraktiver zu sein als bisher. Jetzt mal ehrlich, du hast einen Gangster aus Florida wegen fünfzehntausend Dollar übers Ohr gehauen?«

»Mein Vater zahlt mir kein Taschengeld mehr. Ich brauche schließlich was zu essen.«

Die gewünschte Ausfahrt lag vor uns. Dort fuhr ich auf die Sebastian Street ab.

»Im Hotel hast du dich mit falschem Namen angemeldet. Der Typ, der dir den Wagen verkauft hat, wollte keinen Ausweis sehen. Das ist gut. Hast du irgendjemandem deinen echten Namen verraten?«

Einen Moment schwieg sie, bevor sie widerwillig den Kopf schüttelte.

»Das ist gut«, sagte ich. »Wenn man lügt, muss man konsequent bleiben. Also, ich entsorge den Wagen und die Waffen. Wie gesagt, ich kann dich zu nichts zwingen, aber wenn du auch nur zwei funktionierende Gehirnzellen besitzt, setzt du dich ins erste Flugzeug und kehrst mit deinem Vater nach Boston zurück.«

»Mein Vater ist *hier?*« Sie klang entsetzt.

Ich sah das Gebäude, das ich suchte, und blieb fünf Meter vom Eingang zum Sunnyside Beach Resort entfernt stehen. Ich zog mein Mobiltelefon aus der Tasche und wählte eine Nummer aus der Anruferliste. Schon nach dem ersten Klingeln wurde geantwortet.

»Blake – gibt's was Neues?«

»Mr Church, ich befinde mich vor Ihrem Hotel – mit Ihrer Tochter.« Ich schielte zu ihr hinüber, in der Erwartung, dass sie wieder ausreißen würde. Abhauen war das, was sie anscheinend am besten beherrschte. Doch sie rührte sich nicht, verdrehte nur ihre Augen, als sie sich für das kleinere der beiden Übel entschied.

»Gott sei Dank. Ist mit ihr alles in Ordnung?«

»Sie sitzt unversehrt neben mir.«

»Gott sei Dank. Ich danke *Ihnen*, Blake. Sie sind Ihr Geld wert. Sie sagten, Sie stehen vorm Hotel?«

»Genau. Ich bin sicher, Sie beide können sich irgendwie einigen. Am besten kommen Sie herunter.«

»Ich bin gleich da.«

Ich sah zu Caroline Church. Obwohl ich sie erst seit fünfundzwanzig Minuten kannte, hatte sie mich bereits so viel Mühe gekostet wie andere Menschen in einem Jahr.

»Beeilen Sie sich.«

SONNTAG

4
Los Angeles

Der Mann mit der Baseballkappe fuhr durch die dunkle Nacht.

Der Regen hatte eine Stunde zuvor nachgelassen, und die nassen Straßen glänzten in dem Scheinwerferlicht. Der Mann fuhr vorsichtig, doch nicht übervorsichtig, in dem Bewusstsein, keine roten Ampeln überfahren oder die Geschwindigkeitsbegrenzung überschreiten zu müssen, um die Aufmerksamkeit auf einen Wagen wie den seinen zu ziehen. Wenn alles glattging, würde es keine Schwierigkeiten geben, weil das Glück denjenigen begünstigt, der vorbereitet ist. Mit dem Reserverad hatte er das kaputte Hinterrad austauschen können, und er hatte sich die Zeit genommen, die Karosserie und die Fahrzeugbeleuchtung auf Schäden hin zu untersuchen.

Der Tank war noch ein Viertel voll, was mehr war, als er für sein angestrebtes Ziel benötigte, wobei dann noch genügend übrig sein würde, um mit dem Wagen weiterfahren zu können.

Die Uhr auf dem Armaturenbrett zeigte kurz vor fünf, was hieß, er hatte noch fast eine Stunde bis zum Tagesanbruch. Als er sich seinem Ziel näherte, achtete er sehr darauf, seine Aufmerksamkeit weiterhin unvermindert auf andere Fahrzeuge zu richten, die von vorne oder hinten auf ihn zufuhren.

Menschen, die nicht in Los Angeles leben, beschweren sich immer gerne darüber, dass hier alles gleich aussieht: ein endloses Netz aus Straßen, eine Straße wie die andere. Stimmt nicht. Erst an diesem Abend war er an mit Toren abgeriegelten Siedlungen und an mit Lattenzäunen eingefassten friedvollen Vierteln vorbeigefahren, an architektonischen Schmuckstücken und dem grauen praktischen Beton der Wohnhäuser aus den Sechzigerjahren. Und jetzt wechselte der Anblick wieder. Zugewucherte Gärten, zerbrochene Zäune, Graffiti. Mit Metallgittern eingefasste Wohnblöcke – abgeriegelte Siedlungen einer ganz anderen Art. In die Jahre gekommene Reihenhäuser, auf denen die Hausnummern an der Vorderseite aufgesprüht waren. Hin und wieder sah der Mann gepflegtere Grundstücke mit hübschem Rasen und frisch gestrichenen Türen. Er wusste, die meisten Menschen wunderten sich über ein solches Engagement, doch er verstand das. Es war schlicht die Freude, stolz auf sich und seine Arbeit zu sein, während alles andere den Bach runterging.

Den Blick fest auf die Straße gerichtet war der besondere Charakter dieses Viertels nur eine vorübergehende Ablenkung. Sollte er irgendwann während dieser Fahrt von einem Verkehrspolizisten angehalten werden, dann höchstwahrscheinlich hier. Der silberfarbene Porsche fiel auf wie eine Skulptur von Michelangelo auf einer Müllkippe. Aber das war genau der Grund, warum er hierhergefahren war. Damit würde er in der Lage sein, den Wagen für eine Weile verschwinden zu lassen.

Er fuhr an einer kurzen Gebäudereihe mit zwei Kreditgeschäften, einem leer stehenden Lokal und einem Schnapsladen vorbei. Zwei Latinos irgendwas über zwanzig standen sich auf dem Bürgersteig gegenüber. Sie sahen betrunken aus, waren entweder am Streiten oder im Begriff, übereinander herzufallen. Der größere der beiden trug ein ärmelloses Hemd, seine Arme waren mit Tätowierungen übersät.

Der Mann mit der Baseballkappe hielt am Straßenrand und zog die Handbremse. Ein letztes Mal sah er sich im Innern um. Die Ledersitze waren makellos, im Fußraum und im Handschuhfach befand sich nichts.

Er ließ den Motor laufen, als er die Tür öffnete und ausstieg. Jetzt bemerkten ihn die beiden Männer, der Widerspruch zwischen dem Porsche und dem Fahrer lenkte sie von ihrer Auseinandersetzung ab.

»Hey, Mann«, sprach ihn der mit den Tätowierungen an. »Hübscher Wagen.« Das klang aus seinem Mund so, als wöge er ab, ob er seine Worte als Drohung verstanden wissen wollte oder nicht.

Der Mann reagierte nur, indem er seine Baseballkappe ein Stück tiefer ins Gesicht zog. Als er an den beiden Männern vorbeikam, stellte sich ihm der Typ mit den Tätowierungen in den Weg und packte ihn am Arm.

»Ich rede mit dir, Mann.«

Der Mann mit der Baseballkappe blieb stehen, blickte auf die um seinen Unterarm gewickelten Finger und hob den Kopf wieder, um dem Tätowierten in die Augen zu sehen. Der Kerl blinzelte und ließ seine Finger aufschnappen, als hätte sich eine Haltefeder gelöst.

Der Mann mit der Baseballkappe blinzelte nicht.

Der Tätowierte drehte den Kopf zum Porsche, dessen Motor noch lief, dann sah er sich um, als wolle er sagen: *Weißt du nicht, wo du hier bist?* »Den lässt du einfach so stehen? Hier? Hast du 'nen Vogel?«

»Luis, was soll das?«, mischte sich der ältere ein, der sich auf Abstand hielt.

Der Mann wandte sich ab und ging zügig weiter. Schon

nach etwa zwanzig Schritten hörte er, wie die Tür des Porsche zugeschlagen wurde und der Motor aufheulte. Der Mann blieb auch nicht stehen, als er hörte, wie sich der Wagen auf der nassen Straße in Bewegung setzte, wendete und in die entgegengesetzte Richtung fortfuhr. Er ging weiter, als der Sechszylinder-Boxermotor lauter und dann wieder leiser wurde und das Surren sich schließlich in der dünnen Luft auflöste.

Der Mann mit der Baseballkappe ging zehn Straßenzüge Richtung Norden, und der Himmel am Horizont ließ das erste Licht durchsickern. Nach weiteren eineinhalb Kilometern würde er den nächsten Bus nehmen und sich unter die unglücklichen Sonntagmorgen-Schichtarbeiter setzen. Etwa eineinhalb Kilometer vom Haus entfernt würde er wieder aussteigen und den Rest zu Fuß gehen.

Und dann? Eine Dusche, vielleicht etwas essen, und anschließend schlafen. Es wäre gut, sich etwas auszuruhen. Auch diese Nacht war wieder anstrengend gewesen.

5
Los Angeles

Ein Mordfall am Sonntagmorgen und ein Kater – eine ungute Kombination, überlegte Detective Jessica Allen. Wie hieß es in diesem Lied von Johnny Cash? Irgendwas darüber, dass es keine Möglichkeit gab, den Kopf so zu halten, dass er nicht wehtat.

Zur Geburtstagsfeier von Dennys Freund mitzugehen war eine schlechte Idee gewesen, aber so viel zu trinken eine noch viel schlechtere. Das mit der großen Alkoholmenge passte nicht zu ihr, doch ihr wurde bewusst, dass dies in letzter Zeit bereits ein paarmal passiert war. Es wäre leicht, die Schuld auf die Arbeit zu schieben – und sie kannte einige, die genau das taten –, aber sie wusste, der Grund lag woanders. Sie trank mehr, weil die Zeit, die sie nüchtern mit ihrem Freund verbrachte, langsam anstrengend wurde. Das war offenbar kein gutes Zeichen. Sie nahm sich vor, das zu ändern – und dafür war ein Kater ein willkommener Auslöser.

Gott, ging es ihr schlecht! Ihr Kopf dröhnte so heftig, dass das Aufsuchen einer in den Santa Monica Mountains abgelegten Leiche – was eigentlich ganz absurd war – sogar als Erholung gelten könnte. Der Fundort bedeutete frische Luft und kühlen Wind, statt in den nächsten Stunden auf den Computerbildschirm starren zu müssen.

Oder zumindest würde er das bedeuten, sobald sie endlich aus diesem verdammten Wagen ausgestiegen sein würden.

Die Sonne hatte fast den gesamten Frühnebel aufgelöst, und es war bereits klar und warm. Jessica tat so, als blicke sie aus dem Fenster, während sie durch den für hiesige Verhältnisse leichten Verkehr auf der 405 Richtung Norden fuhren. Eigentlich aber gönnte sie ihren Augen hinter der Sonnenbrille eine Pause. Die Müdigkeit zerrte an ihr, doch sie widerstand dem Schlaf und wandte sich ihrem Partner auf dem Fahrersitz zu.

Jonathan Mazzucco war etwas älter als sie, wahrscheinlich Anfang vierzig, wobei sie ihn nie gefragt hatte. Er sah gut aus wie immer. Besser, als der Vater eines drei Monate alten Babys das Recht dazu hatte, sofern man von den dunklen Ringen unter seinen Augen absah. Nie eine Falte auf seinem Anzug, nie auch nur einen Bartstoppel in seinem makellosen Gesicht. Sein Haar schien immer die gleiche Länge zu haben, immer der gleiche nüchterne Bürstenschnitt. Allen zog ihn deswegen gerne auf. Sie hatte ihn gefragt, wie man sich als Pendler aus den Fünfzigern fühlt, doch ihn störte es nicht, und er schien keine Lust zu haben, auf solche Sprüche zu reagieren.

Mazzucco lächelte hinter seiner eigenen Sonnenbrille. Entweder weil er sich über Allens schwächlichen Zustand amüsierte, oder einfach nur weil er sich freute, fahren zu dürfen, ohne dass seine Partnerin gleich wieder zu streiten angefangen hatte.

»Hast du eine Aspirin genommen?«, fragte er, ohne sich zu ihr zu drehen.

Allen nickte. »Vier.«

»Ich glaube nicht, dass man vier auf einmal nehmen sollte.«

»Glaub mir, ich brauchte vier. Wie weit noch?«

Sie hatten den Freeway und die Stadt an sich hinter sich gelassen und fuhren auf der gewundenen Mandeville Canyon Road weiter Richtung Norden. Mazzucco rechnete in Gedanken nach. »Zehn Minuten. Hältst du durch?«

»Mir geht's gut.«

»Du siehst gut aus.«

»Leck mich.«

Mazzucco lachte.

Allen wandte sich wieder zum Beifahrerfenster, damit er nicht sehen konnte, wie sie lächelte. Sie mochte Mazzucco. Er gehörte zu den wenigen, die sie auch nach sechs langen Monaten noch mochte. Sechs Monate, und der Wechsel von D.C. nach L.A. hatte sich als schwieriger erwiesen, als der einfache Austausch von Großbuchstaben vermuten lassen würde. Es war nicht so, dass die anderen Jungs in ihrer Abteilung unangenehm wären. Abgesehen von Joe Coleman waren die meisten ganz in Ordnung. Aber Allen hatte den Eindruck, dass sie durch ein unsichtbares Kraftfeld von ihren Kollegen auf Abstand gehalten würde.

Oder vielleicht handelte es sich eher um einen Schutzwall,

um etwas, das den anderen Detectives die Möglichkeit gab, mit ihr zu interagieren und zu arbeiten, sie aber gleichzeitig auf Distanz zu halten. Zunächst war sie darüber nicht überrascht gewesen – es entsprach der Standardreaktion auf neue Mitarbeiter. Und bei Polizisten war dies sogar noch üblicher, weil sie von Berufs wegen misstrauischer waren als andere. Doch als aus den Wochen Monate wurden, überlegte sie sich, ob das eisige Verhalten wohl darauf zurückzuführen wäre, dass sie mit mehr Gepäck als die meisten anderen in die Abteilung gekommen war. So manches Mal hätte sie Mazzucco danach fragen wollen, ob die anderen Typen sie tatsächlich nicht mochten. Und jedes Mal wurde ihr klar, wie bemitleidenswert pubertär sie klingen würde, und verwarf das Vorhaben wieder.

Plötzlich fiel die Straße ab und verwies die Büropolitik erneut auf einen Nebenschauplatz. Die Welle der Übelkeit kam und verging, hinterließ bei Allen einen unangenehmen Gedanken wie Treibholz am Strand.

»Hat sich die Leiche etwa schon zersetzt?«

»Nö. Höchstens ein oder zwei Tage, hieß es. Und wenn erst ein Tag vergangen ist, finden wir vielleicht auch gleich heraus, um wen es sich handelt.«

»Ja?«

Mazzucco nickte. »Sarah Dutton. Wird seit letzter Nacht vermisst. Wohnt oben auf dem Mulholland.«

»Wie lange war sie weg, bevor sie als vermisst gemeldet wurde?«

»Seit letzter Nacht.«

»Und warum wissen wir schon darüber Bescheid?« Allen war neugierig. Es war ein Irrglaube, dass man offiziell vierundzwanzig Stunden warten müsste, bis man eine Vermisstenmeldung aufgeben konnte. Doch in der Praxis war dies durchaus üblich.

»Ich vermute, Papa hat die Sache beschleunigt.«

»Ah«, machte Allen. »Sie wohnt auf dem Mulholland. Und wer ist der Vater? Filmproduzent oder so was?«

»Ich glaube nicht, dass er in dieser Branche arbeitet«, antwortete Mazzucco. »Obwohl ich gehört habe, dass er in Marlon Brandos ehemaligem Haus wohnt.«

»Das ist neu für mich. Ich dachte schon, es gäbe in dieser Stadt keinen, der nicht Polizist oder arbeitsloser Schauspieler wäre.«

Mazzucco grinste. »Und wie geht's deinem neuen Freund? Dave, richtig?«

»Denny.« Sie seufzte. »Ich bin sicher, ihm geht's gut.«

»Ohhh-kay.« Mazzuccos Augenbrauen hoben sich hinter seiner Sonnenbrille.

»Nein, echt. Denny geht es blendend.«

»Aber ...«

»Aber ich glaube, er würde es vorziehen, wenn ich arbeitslose Schauspielerin statt Polizistin wäre.«

»Allen, an manchen Tagen würde selbst ich es vorziehen, arbeitsloser Schauspieler statt Polizist zu sein. An vielen Tagen.«

Allen lächelte und schob eine verirrte Strähne ihres blonden Haars hinter ihr Ohr. Ihre Kopfschmerzen waren so stark, dass sie ihr Haar nicht zu einem Pferdeschwanz zusammenbinden konnte. »Wie geht's Julia?«, fragte sie nach einer Minute. Das tat sie nur aus Höflichkeit, weil er sich die Mühe gemacht hatte, nach Denny zu fragen. Nach der Art und Weise, wie Mazzuccos Ehefrau sie bei dem einen Mal, als sie sich getroffen hatten, abschätzend angesehen hatte, zog sie den ziemlich sicheren Schluss, dass sie niemals gut miteinander zurechtkommen würden.

»Ihr geht es blendend«, sagte Mazzucco rasch, ohne sich

bewusst zu sein, dass er Allens halbherzige Bemerkung über Denny damit wiederholte. Allen wusste immer, wenn Mazzucco und seine Frau am Tag zuvor gestritten hatten. Dann war er immer etwas ruhiger, weniger geschwätzig. Sie vermutete, die Ehe eines Polizisten war an sich ziemlich stressig – fügte man der Konstellation dann noch ein Neugeborenes hinzu, verwundert es nicht, dass die Lage noch angespannter wird. Und auf einmal war Allen dankbar, dass sich die meisten ihrer nicht beruflichen Probleme mit einer Kopfschmerztablette lösen ließen.

Mazzucco drosselte das Tempo und bog scharf links auf die Feuerschneise ab. Der erste Abschnitt war uneben und voller Schlaglöcher. Eine Minute später sahen sie einen uniformierten Polizisten, der dort stand, wo die Straße vor einem Gatter in einen engen Schotterweg mündete. Er winkte sie zu sich herunter. Der Blick aus seinen zusammengekniffenen Augen verriet Allen, dass er wegen ihres Wagens mehr oder weniger überzeugt davon war, um wen es sich bei den Neuankömmlingen handelte, doch er wollte kein Risiko eingehen. Er trat ans Fahrerfenster, das bereits nach unten gekurbelt war, und Mazzucco zeigte ihm seine Dienstmarke.

»Detective Mazzucco, Detective Allen, Mordkommission.«

Der Polizist nickte, stellte sich ihnen als McComb von der West L.A. Division vor und winkte sie durch.

Mit etwa zwanzig Stundenkilometern fuhr Mazzucco durch die Einfahrt auf den Schotterweg.

Der Schauplatz befand sich ein paar Hundert Meter weiter die Feuerschneise entlang. Zwei Streifenwagen und der Transporter der Gerichtsmedizin standen hintereinander am Rand des Weges. Der Tätigkeitsschwerpunkt lag noch etwa fünfzig Meter weiter, wo der Weg sanft den Hügel hinaufführte. Mazzucco parkte am Wegesrand, und von dort aus gingen er und Allen zu Fuß weiter. Der Boden war noch feucht vom Regen der vergangenen Nacht.

Allen atmete durch die Nase ein und aus, dankbar darüber, endlich den Wagen verlassen zu haben. Sie redete sich ein, der Grund für ihre dröhnenden Kopfschmerzen wäre eher der Koffeinentzug als der Kater, und sie bedauerte es, keine Zeit mehr gehabt zu haben, sich einen starken Kaffee zu gönnen, bevor sie die Dienststelle verlassen hatten.

Hier oben befanden sich vier weitere uniformierte Polizisten. Sie hatten sich um eine nackte weibliche Leiche gruppiert. Die Frau war etwa eins achtzig, schlank, hatte dunkelbraunes Haar, lag mit dem Gesicht nach unten und war von oben bis unten mit Dreck beschmiert. Der Gerichtsmediziner kniete neben der Leiche und ließ den Dreck, den er ihr unter den Fingernägeln abkratzte, in eine Tüte gleiten. Im Lendenwirbelbereich der Leiche befand sich eine kleine Tätowierung – ein Schmetterling oder eine Fee oder dergleichen. Diesmal war es Allen, die ihre Dienstmarke zeigte und sich und ihren Partner vorstellte. Dann schlug sie ihren Block auf und notierte sich die Angaben zum Tatort, die ihr der ältere der vier Polizisten aufzählte.

»Weiblich, weiß, etwa zwanzig Jahre alt. Bisher keine Ausweispapiere gefunden.«

»Was ist damit?«, fragte Mazzucco und deutete auf die Tätowierung.

Der Polizist schnaubte. »Ja. Das engt die Möglichkeiten ein.«

»Vorläufige Todesursache?«, fragte Allen, diesmal an den Gerichtsmediziner gewandt.

»Durchschnittene Kehle, mehrere Stichwunden, teilweise stranguliert«, antwortete er, ohne aufzusehen. »Einige oberflächliche Schnittwunden am Gesicht und am Oberkörper.«

»Sie wurde gefoltert«, stellte Mazzucco fest.

»Mit Sicherheit.«

»Sexueller Übergriff?«, wollte Allen wissen.

»Das untersuchen wir später in der Gerichtsmedizin. Bis dahin steht alles in den Sternen. Vordergründig gibt es dafür aber keine physischen Beweise.«

»Okay«, sagte Allen. »Könnten Sie sie umdrehen?«

Der Gerichtsmediziner winkte einen der Polizisten zu sich. Zu zweit drehten sie die Leiche vorsichtig und rücksichtsvoll auf den Rücken, als bewegten sie eine lebende, vielleicht nur bewusstlose Person.

Auch die Vorderseite der Leiche war voller Erde, ihr Oberkörper dicht mit Wunden und Schnitten übersät, in denen der Dreck klebte. Auf ihren Wangen prangten zwei symmetrische diagonale Schnitte, die den Anschein erweckten, als würden sie den Verlauf von Tränen nachzeichnen. Die Augen waren geöffnet, starrten blind zu der Schar von Störenfrieden hinauf. Allen schätzte die Augenfarbe auf Grau oder auf ein verwaschenes Hellblau. Jedenfalls passten sie zum Rest ihres blassen Körpers. Die Kehle war von einem Ohr zum anderen tief aufgeschlitzt. Mit einem einzelnen Schnitt, wie es aussah. Der Mörder war kein Anfänger gewesen, dennoch wies der Schnitt seltsame Kanten auf, anders als die Schnitte auf dem Gesicht und dem Körper. Allen hatte schon mehrere durchgeschnittene Kehlen gesehen, mehr als sie sich zu erinnern wagte, doch diese hier sah irgendwie anders aus.

Mazzucco deutete auf die Schmutzschicht, mit der die Leiche überzogen war. »War sie vergraben, als sie gefunden wurde? Oder war sie teilweise in der Erde?«

Der Polizist, der geholfen hatte, die Leiche umzudrehen, deutete den Hügel hinauf, wo ein fluoreszierender Stab in der Erde steckte. Die Spur von dort oben bis nach hier unten verriet, dass die Leiche heruntergerutscht war.

»Das Grab befand sich dort oben«, erklärte er. »Sie können hochgehen und es sich ansehen, wenn Sie möchten. Der starke Regen hat zu einem Erdrutsch geführt. Echt irrsinnig, dieser Regen letzte Nacht – das haben Sie ja sicher mitbekommen.«

»Irrsinnig«, wiederholte Allen, die noch immer auf den gezackten Schnitt in der Kehle starrte, der in dieser Stadt irgendwie weniger ungewöhnlich wirkte als ungewöhnliches Wetter.

»Eigentlich war es ein gutes Grab«, fuhr er in einem Ton fort, als kenne er sich in diesen Dingen aus. »Der halbe Hügel kam letzte Nacht runter, ansonsten würde dieses Mädchen zu den Personen gehören, die auf immer und ewig vermisst werden.«

Mazzucco nickte. Die Santa Monica Mountains beherbergten wahrscheinlich mehr inoffizielle Grabstätten als irgendein Ort sonst in den Vereinigten Staaten. Natürlich mit Ausnahme der Wüste rund um Las Vegas.

Allen, die sich niedergekniet hatte, um die mit Erde gefüllten Wunden zu untersuchen, erhob sich und blickte sich um. Ihre Kopfschmerzen hatte sie im Moment vergessen.

»Das hier ist nicht der ursprüngliche Tatort, oder?«

Der Gerichtsmediziner schüttelte bereits mitfühlend den Kopf. Wenn Leichen abgelegt wurden, besonders in einer Umgebung wie dieser hier, war der Fall besonders schwierig – kein Tatort und keine Spuren. »Auch das lässt sich nur schwer sagen. Trotzdem glaube ich, dass die Leiche hier nur entsorgt worden ist.«

Allen nickte. »Weil der Ort gut dafür ist. Leicht zu erreichen, aber ein paar Kilometer von den nächsten Häusern entfernt, ein geschlossenes Tor, aber keine richtige Absicherung. Gute Sichtbarkeit in beide Richtungen, das heißt, gut zu erkennen, wenn sich jemand – egal aus welcher Richtung – nähert. Holen wir doch noch ein paar mehr Leute, um weiterzugraben.«

»Du glaubst, wir finden noch mehr?«, fragte Mazzucco. »Mehr von diesem Typen, meine ich.«

Allen sah noch einmal hinunter zu dem gezackten Schnitt in der Kehle des Opfers.

»Darauf würde ich wetten.«

6

Allen saß auf der Motorhaube des grauen Ford Taurus, ihres Dienstfahrzeugs, und setzte die Flasche mit lauwarmem Wasser an die Lippen, während sie den Männern beim Graben am Hang zusah. Sie waren bereits fast drei Stunden hier, jetzt war es kurz nach Mittag. Allen ließ sich die Einzelheiten durch den Kopf gehen. Dachte darüber nach, wie komisch es war, dass man sich immer noch an so viele Einzelheiten von etwas erinnerte, das man Jahre zuvor gesehen hatte, sofern es einen entsprechend starken Eindruck hinterlassen hatte.

»Woran denkst du?«

Die Stimme erschreckte Allen. Mazzucco stand hinter ihr auf der anderen Wagenseite – er hatte seine Jacke ausgezogen – und stützte sich mit verschränkten Armen auf dem Autodach ab.

Allen schraubte die Flasche zu und schluckte. »Was meinst du damit?«

»Du meinst wirklich, sie werden da oben noch weitere Leichen finden? Die auf das Konto dieses Typen gehen?«

»Ja. Du nicht?«

»Warum?«

»Warum wohl? Wie gesagt – dieser Ort eignet sich optimal zur Leichenbeseitigung, und es war nicht die Arbeit eines Ersttäters. Das würde auch jemand sehen, der neu bei der Polizei ist, Jon.«

Das stimmte. Alles, was sie bisher gesehen hatten, deutete darauf hin, dass die Leiche das letzte Opfer in einer Serie und keines einer Einzeltat war. Die Folterwunden zeugten von Ausdauer, Absicht, Selbstvertrauen. Vielleicht sogar von Beherrschung, sofern das kein Oxymoron war. Der Täter hatte darauf geachtet, dass das Mädchen noch eine Weile am Leben blieb. Der tödliche Stoß wurde schließlich mit Erfahrung und absoluter Entschlossenheit präzise ausgeführt. Mehr als eine Person hatte sich über die Professionalität des Grabes ausgelassen. Die Leiche war nur zufällig gefunden worden. Alles zusammengenommen ließ klar auf die Arbeit eines erfahrenen Mörders schließen.

Dies entsprach jedoch nicht der ganzen Wahrheit. Die ganze Wahrheit erforderte weitere Überlegungen, bevor Allen sie jemandem mitteilen könnte, auch dem Mann, dem sie in der Abteilung am meisten vertraute. Sie wusste nur, dass es weitere Leichen geben würde.

»Du hast recht«, stimmte Mazzucco zu. »Ich hätte auch gesagt, sie sollen graben. Ehrlich gesagt glaube ich nicht einmal, dass man es ihnen hätte sagen müssen. Aber die Art, wie du es gesagt hast und wie du dir die Leiche angesehen hast ... das war mehr als nur Berufserfahrung. Das war, als *wüsstest* du etwas.«

Allen lächelte und schüttelte schuldbewusst den Kopf. »Die Kopfschmerzen machen mich pessimistisch. Vielleicht finden sie ja gar nichts.«

»Vielleicht« wiederholte er, ohne überzeugt davon zu sein.

Allen, die sich bei Mazzuccos Gesichtsausdruck nicht

wohlfühlte, wandte sich ab und blickte erneut den Hügel hinauf. Die Leiche, die noch an derselben Stelle lag, war abgedeckt worden, bald würde sie in die Gerichtsmedizin von Los Angeles abtransportiert werden.

»Das vermisste Mädchen«, sagte Allen nach einer Weile. »Sie hieß Sarah Dutton, oder?«

»Sarah Dutton.«

»Glaubst du, sie ist es?«

»Ich habe kein Foto gesehen, aber die Beschreibung passt: schlank, weiß, brünett, zweiundzwanzig Jahre alt.«

»Der Mulholland ist nicht weit weg«, erklärte Allen, die sich hier in der Gegend freilich nicht gut auskannte. Sie deutete grob Richtung Norden. »Liegt da drüben, oder?«

Mazzucco lächelte, als hätte sie ihre Zustimmung für eine Transplantation gegeben. »Klar, aber wir müssen den weiten Weg nehmen. Die Mandeville endet kurz vor dem Mulholland.«

»Gut, machen wir. Lass uns dann mit dem Vater sprechen.«

7

Fort Lauderdale

Wenn ich nach dir suche, könnte ich dies aus mehr als hundert Gründen tun.

Vielleicht hast du etwas getan, das du nicht hättest tun sollen, oder du hast noch vor, es zu tun. Vielleicht hast du dir etwas genommen, das dir nicht gehört. Vielleicht hast du überhaupt nichts falsch gemacht, aber jemand würde gerne wissen, dass mit dir alles in Ordnung ist. Die einzige Konstante ist, dass ich die Zielperson finde – nicht die Person mich.

Der Auftrag, den anzunehmen mich Conrad Church gebeten hatte, war anfänglich ein einfaches Vorhaben gewesen.

Eigentlich fast zu einfach, um mein Interesse zu wecken. Die Probleme reicher Leute und ihrer verzogenen, launenhaften reichen Kinder gehören gewöhnlich nicht zu dem Feld, das ich bespiele. Ich bin dann am besten, wenn es um höhere Einsätze geht als bei diesem.

Da ich allerdings gerade nichts anderes zu tun hatte, stimmte ich dem Auftrag zu. Wie es allerdings hin und wieder passiert, erwies sich dieser vermeintlich einfache Auftrag als kompliziert. Church hatte einen Profi gebraucht, der nach seiner Tochter suchte. Caroline war zwar unberechenbar, aber bisher nie so lange und so erfolgreich weggeblieben wie diesmal, und er hatte sich Sorgen gemacht, dass ihr etwas zugestoßen wäre. Nach meiner ersten Begegnung mit Church war ich zu dem Schluss gekommen, dass er wohl ein ehrlicher Mensch war: Er wollte nur sicherstellen, dass seine Tochter lebte und in Sicherheit war. Ich nannte ihm die üblichen Bedingungen: keine Einmischung, keine Fragen, die Hälfte der Bezahlung im Voraus, die andere Hälfte am Ende. Er hatte bereitwillig zugestimmt, und ich hatte mich an die Arbeit gemacht. Ich fand es nett, endlich nach jemandem suchen zu können, der wahrscheinlich weder bewaffnet noch gefährlich war.

Es war Frühlingsanfang und noch kalt in Massachusetts, weshalb ich stark annahm, dass sie höchstwahrscheinlich Richtung Süden gegangen war. Nicht lange, und ich hatte eine Spur ausfindig gemacht, die ihre Reiseroute bestätigte; wie sich zeigte, war sie ganz in den Süden gegangen, nach Florida. Church wollte mit mir dorthin fahren. Ich erinnerte ihn an meine Bedingungen, sagte aber auch, ihm stehe es frei, seine eigenen Vorkehrungen zu treffen – was er dann auch tat.

Ich schränkte den Ort auf Lauderdale ein, und bereits vierundzwanzig Stunden später hatte ich sowohl sie im Hotel als auch den Typen ausfindig gemacht, der ihr für zweitausend Dollar einen gebrauchten Audi verkauft hatte. Bei allem Weiteren ging es nur mehr darum, Möglichkeiten auszuschließen. Es war Samstagabend, es gab hier eine bestimmte Anzahl von Kneipen, und nur vor einer stand ein roter Audi. Alles war glattgegangen, bis mir Carolines Exfreund in die Quere gekommen war.

Nachdem ich sie wieder mit ihrem Vater zusammengebracht hatte, war ich an einem ruhigen Strandabschnitt spazieren gegangen. Dort hatte ich die beiden Waffen abgewischt und so weit ins Meer geworfen, wie ich konnte. Darüber, dass sie wieder an Land geschwemmt werden könnten, machte ich mir keine Sorgen – schließlich gehörten sie nicht mir. Dann fuhr ich mit dem Audi zu einem Langzeitparkplatz, der zum Flughafen gehörte, und stellte ihn mittendrin ab. Anschließend wischte ich innen und außen alle Oberflächen ab, einschließlich der Stelle auf dem Dach, auf die Zorans Kollege geschlagen hatte. Ich sah im Kofferraum, im Handschuhfach und unter den Sitzen nach, fand aber nur einen gebrauchten Lippenstift. Plus fünfzehntausend Dollar, die ich doch völlig vergessen hatte! Beides nahm ich an mich, verschloss den Wagen, warf Schlüssel und Lippenstift in einen Mülleimer und verschwand.

Mit einem Shuttlebus fuhr ich zurück in die Stadt und stieg ein paar Häuserblocks von meinem Hotel entfernt wieder aus. Gleich an der Bushaltestelle befanden sich drei Wohltätigkeitsgeschäfte. Ich teilte das Geld grob in vier Haufen auf: drei Bündel mit mehr oder weniger viertausend Dollar, ein etwas kleineres Bündel mit dem Rest. Jeweils eins der drei Bündel schob ich in die Briefkästen der Geschäfte, das letzte, kleine legte ich einem Saxofonspieler in den offenen Instrumentenkasten. Der Straßenmusikant bemerkte meine großzügige Gabe nicht – und falls doch, unterbrach er deswegen seine Version von »Rhapsody in Blue« nicht.

Zehn Stunden und eine schlaflose Nacht später betrat ich ein nichtssagendes Schnellrestaurant auf der dem Strand abgewandten Seite des South Atlantic Boulevard. Die meisten Gäste schienen draußen unter roten und blauen Sonnenschirmen zu sitzen. Ich ging an ihnen vorbei, setzte mich drinnen an eins der Panoramafenster und bestellte eine Tasse Kaffee. Diesen trank ich und blickte hinaus aufs Meer. Aus den Lautsprechern ertönte ein Lied von Otis Redding – nicht »Dock of the Bay«, was zu diesem Ort gepasst hätte, sondern eins der weniger bekannten.

Ich hatte eine Nachricht von Church erhalten, in der er mich wissen ließ, dass er und Caroline den Acht-Uhr-Flug nach Logan genommen hatten. Solange sie ihr Haar wieder brünett färbte und die Einzelheiten über ihre Abenteuer in Florida nicht veröffentlichten, hielt ich es für äußerst unwahrscheinlich, dass Zoran ihnen Schwierigkeiten bereiten würde.

Es war komisch: Jedes Mal, wenn ich meinen Gedanken freien Lauf ließ, wanderten sie zu seinem Gesichtsausdruck, als ihm dämmerte, dass ich die Oberhand über ihn hatte und er davon ausgehen müsste, gleich zu sterben. Es war ein Ausdruck, der Überraschung zeigte. Ein Ausdruck, der sagte: *Moment mal, das war so eigentlich nicht vorgesehen, dass das mir passiert! Es muss sich hier um einen schrecklichen Fehler handeln.*

Ich überlegte, wie mein Gesichtsausdruck sein würde, wenn ich an der Reihe wäre. Jeder hält sich für unbesiegbar – bis er es nicht mehr ist.

In Gedanken versunken ließ ich meine Finger über das harte, wulstige Narbengewebe auf der rechten Seite meines

Oberkörpers gleiten. Eine Erinnerung an Wardell und an Chicago, als ich es war, der beinahe hätte abtreten müssen.

Percy Sledge löste Otis Redding nach seinem Lied ab. Draußen auf der Straße zog eine Gestalt meine Aufmerksamkeit auf sich: ein korpulenter, braun gebrannter Mann um die fünfzig, der sich bewegte, als hätte er leichte Schmerzen. Er trug eine verspiegelte Sonnenbrille, ein blaues T-Shirt, das ihm etwas zu klein, und eine knielange Hose, für die er etwa zwanzig Jahre zu alt war. Um das Bild zu vervollständigen, hielt er in der einen Hand einen Aktenkoffer aus abgenutztem braunem Leder. Ich tat so, als schaute ich aufs Meer hinaus, beobachtete aber den Mann aus dem Augenwinkel heraus, als er am Eingang anhielt und kurz darauf eintrat.

Ein Schatten überdeckte mein Gesicht. »Du wirst schlampig, Blake«, hörte ich eine vertraute Stimme. »Ich konnte mich an dich heranschleichen.«

Ich hielt den Blick aufs Meer gerichtet. »Du humpelst, Coop. Rheuma?«

Er lachte. »Ich habe mir den Knöchel beim Racquetball verstaucht. Mir gefällt es hier übrigens.«

Schließlich sah ich doch zu ihm auf. »Leicht für dich zu erreichen«, stimmte ich zu. »Oder meintest du dieses Lokal?«

»Nein, das Lokal könnte besser sein. Hier gibt's nichts Alkoholisches.«

»Es ist elf Uhr morgens, Coop.« Ich deutete nach draußen, was ihm nur ein Schulterzucken entlockte, und anschließend zu dem Stuhl mir gegenüber, auf den er sich setzte.

»Dann hast du also die verlorene Tochter gefunden. Lief alles glatt?«

»Es gab nichts, mit dem ich nicht hätte zurechtkommen können.«

»Das habe ich gehört.«

Dazu lächelte ich nur. Niemand war gestorben, und ich ging nicht davon aus, dass Zoran und seine Jungs in nächster Zeit bei der Polizei Anzeige erstatten würden. In den Nachrichten hatte es keine Meldung über eine Schießerei in einem zwielichtigen Viertel gegeben. Ich fragte mich, ob Coop etwas von einer anderen Quelle gehört hatte, oder ob das einfach nur typisch Coop war.

»Es ist mir also eine Ehre«, sagte Coop, der seine buschigen Augenbrauen hob. Er meinte, wie unüblich es für uns beide wäre, dass wir uns persönlich träfen, da die meisten unserer Interaktionen über Telefon oder gesicherten E-Mail-Verkehr abgehandelt wurden.

»Es wäre mir albern vorgekommen, sich nicht zu treffen, wenn ich schon mal hier in der Gegend bin.«

»Bei dieser Gelegenheit kannst du mich ja gleich zu einem Drink einladen und mir für alles danken, was ich für dich tue.«

»Schon vergessen? Hier wird kein Alkohol ausgeschenkt. Und abgesehen davon – danke ich dir nicht schon, indem ich dich bezahle?«

»Was du nicht sagst.«

»Also, was hast du für mich?«

Er lächelte. »Typisch Blake – immer gleich beim Geschäftlichen.« Er ließ die Schlösser des Aktenkoffers aufschnappen und nahm eine dünne Dokumentenmappe aus Plastik heraus. »Ich habe hier was.«

»Schmuddelig, Graubereich oder blütenweiß?«, fragte ich. Es war eine Standardfrage. Ich weiß gerne im Vorfeld um die Gesetzmäßigkeit bei einem potenziellen Auftrag, und das hängt vor allem vom Charakter des Auftraggebers ab. Ein schmuddeliger Auftrag oder einer im Graubereich ist nicht unbedingt ein Hindernis, aber es ist gut, ihn sehenden Auges anzugehen.

Er zögerte eine Sekunde. »Gedecktes Weiß.«

»Gedecktes Weiß?«, wiederholte ich skeptisch.

»Beim Auftraggeber handelt es sich um ein großes Unternehmen. Firmensitz ist in New Jersey. Denncorp. Sie stellen Halbleiter oder so was her.«

»Wen haben sie verloren?«

»Einen leitenden Buchhalter. Mit den Einzelheiten waren sie zurückhaltend. Er ist mit sensiblen Informationen von Bord, und Sie suchen ihn, um mit ihm darüber zu reden.«

»Dann weiß er, dass sie etwas tun, was sie nicht tun sollten, und sie möchten nicht, dass er jemand anderem davon erzählt. Wie sieht ihr gewünschtes Ergebnis aus?«

»Gewünschtes Ergebnis? Meine Güte, du klingst wie einer von ihnen.«

»Man muss sich der Terminologie seiner Mandanten anpassen, Coop.«

»Sie möchten, dass du ihn ausfindig machst und zu ihnen bringst. Der Ort folgt noch.«

Ich schüttelte den Kopf. »Sie meinen, sie möchten, dass ich ihn ausfindig mache und in eine Lagerhalle bringe, wo ihn jemand zusammenschlagen soll. Oder schlimmer.«

Coop zuckte mit den Schultern. »Ist ein gutes Angebot ...«

»Ich arbeite nicht für böse Jungs, Coop.«

»Quatsch«, fiel er mir ins Wort.

»Okay«, stimmte ich dem zu. »Aber ich helfe bösen Jungs nicht dabei, böse Sachen zu tun. Das ist meine Regel.«

»Du hast eine Menge Regeln, Blake. Hat dir schon mal jemand gesagt, dass du unter Zwangsneurosen leidest?«

»Ja. Allerdings nur du.«

Er lächelte, als hätte er irgendwie erwartet, dass ich diesen Auftrag ablehne, und schob die Dokumentenmappe zurück in seinen Aktenkoffer.

»Sonst nichts?«, erkundigte ich mich.

»Nichts, das deinen strengen Kriterien gerecht wird.«

»Dann will ich lieber nichts davon wissen.«

Darauf erwiderte Coop nichts. Er wandte sich von mir ab und winkte die Kellnerin an den Tisch, bei der er einen Eistee bestellte.

»Und jetzt?« fragte er, sobald die Kellnerin wieder gegangen war. »Eine Auszeit, in Florida in der Sonne liegen? Ein bisschen Sonne könntest du ja gebrauchen.«

»Ich halte mich nicht gerne lange an einem Ort auf, wenn ich einen Auftrag erledigt habe«, erwiderte ich. »Aber Auszeit klingt gut. Ich werde heute Nacht hierbleiben. Morgen werde ich mir wahrscheinlich ein Auto mieten und mir für die Fahrt nach Hause Zeit lassen.«

»Und wo ist dein Zuhause?«

»Es ist besser, wenn du das nicht weißt.«

Wieder lächelte Coop und blickte zum Fenster hinaus, hinüber zum Hafen und auf das glatte Meer. Eine andere Soulnummer wurde gespielt: »Bring It on Home to Me« von Sam Cooke. Dieses Lied erinnert mich immer an Carol, und mir fiel die lustige Szene ein, als wir in einem Hotelzimmer ziemlich ungeschickt einen Walzer dazu getanzt hatten, während draußen der Regen gegen die Scheiben schlug. Es war der Abend, bevor ich sie das letzte Mal sah.

»Das ist schon komisch, Blake«, fing Coop schließlich wieder zu reden an. »Wie leicht es für zwei sympathische Jungs wie dich und mich ist, eine Illusion aufrechtzuerhalten.«

»Welche Illusion?«

»Die Illusion, dass wir einander tatsächlich kennen.«

»Dem kann ich nicht zustimmen«, sagte ich nach einer Sekunde.

»Nein?«

Ich schüttelte den Kopf. »Wir wissen nichts *über*einander. Das ist nicht dasselbe. Wo ich lebe, woher ich komme ... Spielt das irgendeine Rolle? Wir wissen alles, was wir wissen müssen.«

Coop sah mich ernst und nachdenklich an. Zu guter Letzt nickte er. »Vermutlich hast du recht.« Wieder blickte er nach draußen. »Dort ist es kälter als hier, oder?«

»Bitte?«

»Zu Hause bei dir. Woher auch immer du kommst, dort ist es kälter als hier.«

Ich lächelte und wechselte das Thema. Wir unterhielten uns noch weitere zwanzig Minuten lang – noch ein Kaffee für mich und ein Eistee für Coop –, doch unser Gespräch wurde nicht mehr so tiefgründig oder seltsam persönlich wie zuvor. Wir redeten über Florida, über Musik, über die Wahlen im nächsten Jahr, über alles andere außer uns.

Nachdem Coop gegangen war, um mit Sicherheit jemand anders wegen des »gedeckt weißen Auftrags« in New York anzurufen, blieb ich noch eine Weile sitzen und beobachtete die Gäste, während sich das Restaurant zum Mittagessen füllte. Als ich genug Menschen gesehen hatte, begab ich mich wieder an den Strand und dachte an die verschiedenen Orte, die ich mein Zuhause genannt hatte. Ich dachte an Carol.

Ich dachte auch an Winterlong. Daran, woher ich kam und wo es kälter war.

8

Los Angeles

Walter Duttons Villa am Mulholland Drive war nur ein paar Kilometer Luftlinie von dem provisorischen Grab entfernt, die Autofahrt dauerte allerdings mehr als eine halbe Stunde.

Vielleicht lag es ja an der frischen Luft, doch höchstwahrscheinlich nur daran, dass sie sich auf etwas konzentrieren konnte, aber Allens Kopfschmerzen waren verschwunden – was die Fahrt für sie angenehmer machte. Oder zumindest so angenehm, wie eine Fahrt zu einem Mann sein konnte, dessen Tochter tot war.

Allen hatte schon Eigenheime wie die von Dutton gesehen, aber nur im Fernsehen. Wie viele der palastartigen Häuser, an denen sie vorbeikamen, lag es vornehm zurückgesetzt hinter einer zweieinhalb Meter hohen verputzten Mauer. Sie fragte sich, ob das Haus wirklich früher Marlon Brando gehört hatte. Zufällig hatte sie vor ein paar Tagen *Der Pate* im Fernsehen gesehen, doch ehrlich gesagt mochte sie ihn in seinen früheren Rollen lieber: *Die Faust im Nacken*, *Der Wilde* – Filme, in denen er noch jung und schön gewesen war.

Zwischen den Sandsteinsäulen befand sich ein Sicherheitstor, wahrscheinlich aus mit Holz verkleidetem Stahl. Mazzucco setzte die Schnauze des Ford mit weniger als zwanzig Zentimetern Abstand vor das Tor und stieg aus. In der linken Säule nahe der Fahrerseite waren ein Codeschloss und eine Gegensprechanlage eingelassen. Er drückte auf die Ruftaste der Anlage und wartete zehn Sekunden, bis ein Hallo über dem Rauschen zu hören war.

»Detectives Mazzucco und Allen, Mordkommission vom Los Angeles Police Department. Wir würden gerne mit Mr Dutton sprechen.«

Wegen der langen Pause, die daraufhin folgte, überlegte Allen, die im Wagen sitzen geblieben war, ob Mazzucco noch einmal klingeln müsste, doch schließlich meinte sie, ein »Jesus« zu hören.

Das Rauschen hörte mit einem Klicken auf, und das schwere Schloss wurde mit einem lauten Knacken entriegelt. Mit aufreizender Langsamkeit bewegten sich die Torflügel nach innen. Mazzucco stieg wieder ein und fuhr durch den Spalt, sobald er breit genug war.

Ein langer Kiesweg wand sich durch den gepflegtem Garten. Allen dachte an das gestohlene Wasser in Los Angeles, das solche Gärten möglich machte, und kam zu dem Schluss, dass sich William Mullholland wahrscheinlich mit diesem Filetstück an Immobilie einen Namen gemacht hatte.

Vor der Eingangstür der Villa wartete ein Mann: Anfang fünfzig, graue Hose, dunkelblaues Tennishemd. Er stand auf der obersten Stufe des Treppenaufgangs, eine Hand gegen eine Säule des Verandadachs gestützt. Er sah aus, als würde er überlegen, ob er darauf vertrauen könne, dass ihn seine Beine sicher die Stufen hinuntertrugen. Mazzucco parkte das Auto vor der Veranda, und er und Allen stiegen aus. Automatisch nahmen beide ihre Sonnenbrillen ab.

»Walter Dutton?«, fragte Allen.

Der Mann nickte widerwillig. »Was ist mit ihr passiert?«

Allen hielt ihre Dienstmarke hoch. »Ich bin Detective Jessica Allen, das ist Detective Jon Mazzucco.« Sie nickte zur offenen Tür hinter Dutton. »Könnten wir das bitte drin besprechen?«

Dutton löste seine Hand von der Säule und lud die beiden Detectives mit einer Geste ein einzutreten.

Mazzucco ging zuerst hinein. Als Allen über die Schwelle trat, musste sie sich zurückhalten, nicht zu pfeifen. Nicht nur ihre Wohnung hätte in Duttons Eingangshalle gepasst, sondern sogar das ganze Haus, in dem sie wohnte. Die riesige Halle war doppelt so hoch wie normal, der mit schwarzweißen Marmorfliesen ausgelegte Boden sah aus wie ein riesiges Schachbrett. Genau in der Mitte stand ein sprudelnder Springbrunnen, unmittelbar dahinter wanden sich träge zwei symmetrisch angeordnete Marmortreppenaufgänge nach oben bis zu einer Galerie, von der aus man einen Überblick über die Eingangshalle hatte, die von einem riesigen Kristallleuchter gekrönt wurde. In einem kurzen Blick tauschten Mazzucco und Allen eine telepathische Nachricht aus: *Wow*. Mazzucco mochte wohl in Los Angeles geboren sein, doch sein Gesicht verriet, dass er eine solche Umgebung genauso wenig kannte wie Allen. Sie sammelte sich wieder, bevor sie sich zu Dutton umwandte, der hinter ihnen die Tür schloss.

»Bringen wir die Sache hinter uns, Detectives.«

»Mr Dutton«, begann Mazzucco. »Ich denke, wir sollten uns setzen, bevor wir …«

»Meine Tochter ist tot, oder?« Der stahlharte Klang in Duttons Stimme stand in völligem Widerspruch zu seinen vorherigen, fast geflüsterten Worten. »Was für einen Unterschied macht das, ob ich sitze oder stehe, wenn Sie es mir sagen?«

»Es wurde noch nicht bestätigt, dass sie es ist«, erwiderte Allen. »Wir müssen …«

»*Noch nicht*. Oh mein Gott.«

Allen beschloss, ihre Taktik zu ändern. Vielleicht wäre es besser, wenn Dutton etwas zu tun bekäme, statt zu versuchen, dass er Ruhe bewahrte. Wie sollte man erwarten, dass jemand in einer solchen Situation Ruhe bewahrte? »Mr Dutton, haben Sie ein aktuelles Foto von ihrer Tochter?«

Er öffnete den Mund, als wolle er sie zurechtweisen, seufzte aber schließlich. »Einen Moment.«

Er durchquerte das Foyer, um durch einen etwa dreieinhalb Meter hohen Torbogen in einen anderen riesigen Raum zu gehen. Allen sah schnell zu Mazzucco, dessen Gesichtsausdruck sagte: *Sei vorsichtig!* Sie wusste jedoch nicht, ob sie darauf aufpassen sollte, einen emotionalen Verwandten nicht aufzuregen oder einen reichen, einflussreichen Geschäftsmann nicht vor den Kopf zu stoßen. Wahrscheinlich meinte er beides.

Dutton kehrte mit einem gerahmten Foto zurück; ohne Allen eines Blickes zu würdigen, ging er an ihr vorbei und reichte das Foto Mazzucco. Mazzucco hielt es in beiden Händen und trat, den Blick auf das Foto gerichtet, neben Allen, damit auch Sie es sich ansehen konnte. Der Rahmen war silberfarben, wahrscheinlich aus echtem Silber, und das Foto zeigte eine selbstbewusste, ziemlich junge Frau mit brünettem Haar. Sie trug eine schwarze Robe und einen schwarzen Akademikerhut. Sie hatte blaue Augen und perfekte Zähne, sah mehr oder weniger so aus wie die Leiche, die sie eine Stunde zuvor gesehen hatten. Andererseits konnte sie auch einfach eins der vielen anderen Mädchen in diesem Alter sein. Allen hob ihren Blick fragend zu Mazzucco, während Duttons erwartungsvoll auf sie beide gerichtet war.

Auch Mazzucco wirkte unsicher.

Dutton räusperte sich. »Sagen Sie es mir«, verlangte er mit fester Stimme – mit beinahe fester Stimme.

Allen öffnete den Mund, doch Mazzucco berührte kurz ihren Unterarm, um ihr zu bedeuten, dass er weitermachen wolle.

»Wir haben die Leiche einer jungen Frau nicht weit von hier entfernt gefunden«, erklärte er.

»Aber sie ist es, oder? Was ist mit ihr passiert? Sie sind doch von der Mordkommission, dann heißt das doch, dass irgendein Dreckschwein sie getötet hat, oder? War es dieser Josh? Dieser kleine …«

Mazzucco schüttelte den Kopf. »Moment, Moment! Die Leiche war … Wir haben bei der Leiche keine Ausweispapiere oder dergleichen gefunden. Wann haben Sie Ihre Tochter das letzte Mal gesehen?«

»Gestern Abend. Muss sechs Uhr ... nein, fünf Uhr gewesen sein. Sie wollte nach Santa Monica fahren. Irgendeine Geburtstagsparty, glaube ich. Ich wollte auch gerade das Haus verlassen.«

»Sie haben einen Typ namens Josh erwähnt.«

»Offenbar ihr Freund. Er war mit Sicherheit auch dort.«

»Mit ihm werden wir uns gewiss auch noch unterhalten«, versicherte Allen. »Wann haben Sie sie gestern Abend zurückerwartet?«

Dutton blinzelte und dachte nach. »Ich bin gegen 1:30 Uhr nach Hause gekommen. Ihr Wagen stand nicht in der Einfahrt oder in der Garage. Sie hat Ausgang bis halb zwölf.«

»Ausgang?«, wiederholte Allen, die sich nicht zurückhalten konnte.

Duttons Augen funkelten. »Ganz genau, Detective. Sie hat Ausgang. Solange sie in meinem Haus wohnt, befolgt sie meine Regeln. Haben Sie damit ein Problem?«

»Tut mir leid«, sagte Allen, auch wenn sie nicht wusste, warum es ihr leidtun sollte. Duttons Tochter war zweiundzwanzig. Alt genug, um bis nach Mitternacht fortzubleiben.

»Was für ein Auto fährt sie?«, fragte Mazzucco rasch, einerseits um die Situation zu entschärfen, andererseits weil dies die nächste natürliche Frage war.

»Einen Porsche 911 Carrera Cabrio. Silber. Den habe ich ihr letzten Dezember zum Geburtstag geschenkt.«

Allens Telefon vibrierte in ihrer Tasche. Dauerhaft, was hieß, jemand rief sie an. Sie achtete nicht darauf.

Mazzucco nickte und notierte sich die Information. »Wir brauchen das Autokennzeichen.«

»Natürlich«, erwiderte Dutton, der sich wieder zu beruhigen schien. »Die habe ich Ihren Kollegen schon gegeben, als ich meine Tochter als vermisst gemeldet habe, aber wenn es hilft ...« Er blickte nach unten und schien sich zu sammeln. »Die ganze Nacht habe ich versucht, Sarah anzurufen«, sagte er mit ruhiger Stimme, als er wieder zu Mazzucco aufblickte. »Ich landete aber immer gleich auf ihrer Mailbox. Glauben Sie, die Tote ist meine Tochter, Detective?«

Allen erinnerte sich an die Tätowierung. »Mr Dutton, weist ihre Tochter irgendwelche besonderen Merkmale auf? So was wie ein Piercing oder eine Tätowierung?«

Er zuckte mit den Schultern. »Klar, so was haben heute doch alle jungen Leute. Irgend so ein chinesisches Symbol, auf ihrer linken Schulter.« Aus der Art, wie Walter Dutton es sagte, schloss Allen, dass der alte Mann alles andere als glücklich darüber war. Doch dann kapierte sie, was er gesagt hatte und was es bedeutete. Sie sah zu Mazzucco, dann wieder zu Dutton. »Keine andere Tätowierung? Vielleicht einen Schmetterling?«

Dutton kniff die Augen zusammen. »Nicht dass ich wüsste.« Schließlich riss er die Augen wieder auf, als wäre ihm etwas eingefallen. »Ein Schmetterling? Hinten auf dem Kreuz?«

Allen nickte.

»Das ist nicht meine Tochter«, verkündete Dutton mit schwer zu deutendem Gesichtsausdruck – irgendwas zwischen Erleichterung und Schock. »Das ist nicht Sarah.«

Mazzucco und Allen sahen sich an, als Dutton zurück in den anderen Raum eilte und mit einem anderen Foto zurückkam, auf dem zwei junge Frauen zu sehen waren, die von Neonlicht beschienen wurden. Dieses Foto war natürlicher, nicht gestellt, und in einer Bar oder in einem Club aufgenommen worden. Sarah Dutton, die junge Frau vom Abschlussfoto, war rechts auf dem Bild. Auch das Mädchen links war gut zu erkennen. Dieses Mal gab es keinen Zweifel. Dieses Gesicht hatte Allen vor weniger als einer Stunde gesehen.

»Kelly«, sagte Dutton. »Sie heißt Kelly Boden.«

Dutton sprach schnell. Das Opfer sei eine Freundin seiner Tochter. Eigentlich ihre beste Freundin. Wie seine eigene Tochter sei Kelly zweiundzwanzig Jahre alt, eins fünfundsiebzig und schlank und habe dunkles Haar. Er könne den Polizisten die Verwechslung in Anbetracht der Umstände nicht verdenken. Er habe die beiden von hinten auch schon miteinander verwechselt.

Während Dutton erzählte und sie ihm zuhörten, meldete sich Allens Telefon in ihrer Tasche erneut; diesmal nur ein einmaliges Vibrieren. Sie zog ihr Telefon heraus und las die SMS, die aus drei Worten bestand.

Zwei weitere Leichen.

9

Die beiden Leichen hatten länger in der Erde gelegen als die von Kelly Boden, aber keine länger als zwei oder drei Wochen. Dessen war sich der Gerichtsmediziner ziemlich sicher. Bei beiden war die Zersetzung fortgeschrittener, doch sie waren beide noch ziemlich frisch. Eine war vielleicht erst seit einigen Tagen tot. Bei ihr waren an der Innenseite ihrer Handgelenke winzige Fasern gefunden worden, die darauf schließen ließen, dass sie gefesselt worden war.

Es bestand kein Zweifel, dass dies die Arbeit von demselben Mörder war.

Beide Leichen waren misshandelt worden, und ihre Kehlen wiesen denselben gezackten Schnitt auf. Auch die anderen Schnitte auf ihren Körpern waren ähnlich, ebenso wie die auffälligen Wunden an den Wangen, die Spuren von Tränen nachbildeten. Die Unterschrift des Mörders war unmissverständlich. Das entscheidende Kriterium war zweifelsohne ihr

Profil – beide hatten brünettes Haar, waren jung, weiß und von ähnlicher Statur wie Kelly Boden.

Zu Allens Überraschung sah keine von ihnen aus, als könnte man sie mit Sarah Dutton verwechseln, wenn man von diesen körperlichen Ähnlichkeiten absah. Sie hoffte, es wäre Zufall, doch ihre Erfahrung legte einen anderen Schluss nahe.

Sie hatten Walter Dutton versprochen, seine Tochter zu suchen, doch schon nach dieser kurzen Zeit, die sie mit diesem Mann verbracht hatten, wusste Allen, dass er ihre Vorgesetzten angerufen hatte, noch bevor sie durchs Tor des Anwesens weggefahren waren. Kollegen befragten bereits Freunde, sprachen mit den Mitarbeitern in der Bar und versuchten herauszufinden, wann sie zuletzt gesehen worden war. Ein interessanter Punkt: Sie hatten ihren Freund, Josh, noch nicht ausfindig gemacht. Doch auch das könnte genauso ein gutes wie ein schlechtes Zeichen sein.

Allen beobachtete, wie zwei neue Leichensäcke in den Transporter der Gerichtsmedizin geladen wurden. Die Türen wurden zugeschlagen, und der Transporter rumpelte langsam den Weg zurück zur Hauptstraße. Oben am Abhang, wo sich Reporter und Paparazzi auf einem Parallelweg versammelt hatten, surrten und klickten Digitalkameras, und über ihnen schwebte ein Hubschrauber des örtlichen Fernsehsenders. Ein leicht übergewichtiger Polizist in Uniform Anfang fünfzig schüttelte den Kopf, während er dem Transporter hinterhersah, der hinter der Biegung verschwand.

»Dieser Kerl war eine ziemlich fleißige kleine Bestie, was?«

Allen wollte gerade etwas antworten, als Mazzucco hinter ihr ihren Namen rief. Sie drehte sich um und sah, wie er sein Telefon in seine Jackentasche gleiten ließ, während er auf sie zukam.

»Ich habe was.«

»Das umfassende Geständnis eines Verdächtigen?«, fragte Allen.

Mazzucco lächelte ausdruckslos. »Eine der neuen Leichen wurde möglicherweise identifiziert. Wir müssen noch auf die Bestätigung warten, aber ...«

Der Polizist neben Allen hob eine Hand und unterbrach ihn mitten im Satz. »Maz, wie geht's, wie steht's, was macht die Kunst?«

»Federmeyer«, begrüßte Mazzucco ihn in neutralem Ton.

»Den Typ kenne ich schon seit einer Ewigkeit«, gab der Polizist an Allen gewandt zu verstehen. »Er schreibt nie, er ruft nie an ... Wie ist es beim Mord?«

»Viel zu tun«, antwortete Mazzucco und starrte Federmeyer an, bis dieser die Botschaft verstanden hatte und mürrisch auf Abstand ging.

Allen sah Mazzucco vergnügt an und forderte ihn auf weiterzureden.

»Eine Vermisstenmeldung, die ziemlich gut aussieht. Carrie Burnett.«

»Seit wann wird sie vermisst?«

»Seit einer Woche. Sonntagabend. Sagt dir der Name was?«

»Sollte er das?«

Mazzucco lächelte. »Mir auch. Offenbar macht sie bei einer Realityshow über irgendeinen Popsänger mit.«

Als Mazzucco ihr den Namen des Stars und der Show nannte, erinnerte sich Allen vage daran. Sie zuckte mit den Schultern. Dies wäre ein gefundenes Fressen für die Medien, ein einzigartiges Verkaufsargument für die Geschichte über die Morde – doch für ihre Arbeit machte es keinen Unterschied. Ein Opfer war ein Opfer, und es änderte nichts daran, was zu tun war.

Allerdings stimmte das nicht ganz, denn damit öffnete sich für die Ermittlungen eine mögliche neue Perspektive.

»Könnte der Mörder sie wegen der Show ins Visier genommen haben?«, überlegte sie. »Um sie zu belästigen oder so?«

Mazzucco zuckte mit den Schultern. »Ich weiß nicht. Stalker sind auf eine Person fokussiert. Wer sind die anderen Opfer? Kelly Boden war nie im Fernsehen.« Er schüttelte den Kopf. »Mein Bauchgefühl sagt Nein. Diese Frauen sehen sich alle ähnlich. Das gleiche Opferprofil. Das ist die Verbindung.«

»Vielleicht kannte Kelly diese Burnett. Reiche Kinder und Prominente vermischen sich.«

»Sarah Dutton ist das reiche Mädchen. Kelly war nicht reich, ihrer Adresse nach zu schließen.«

Allen fing noch einmal von vorne an. »Aber wo zum Teufel steckt Sarah Dutton?«

Mazzucco nickte, weil er ihren Frust verstand. Zu viele Berührungspunkte, zu wenig Beweise. Und die Uhr tickte. »Dieser Fall ist echt beschissen. Entschuldige, Jess.«

Mussten sie davon ausgehen, dass die beiden Mädchen gemeinsam entführt wurden? Wenn Dutton nicht hier war, bedeutete dies, dass sie möglicherweise woanders festgehalten wurde. Vielleicht noch am eigentlichen Tatort. Damit erhielt die Suche nach Dutton oberste Priorität. Doch bis jetzt gab es kein Zeichen, weder von ihr noch vom Porsche.

Allen seufzte. »Okay, erzähl mir, was wir über diesen Fernsehstar Carrie Burnett wissen. Letzten Sonntag würde zu dem passen, was der Gerichtsmediziner gesagt hat. Wo wurde sie zuletzt gesehen?«

»Hier wird die Sache interessant«, sagte Mazzucco. »Sie wurde zuletzt vor einem Club in West Hollywood gesehen, als sie in ihr Auto stieg, um nach Hause zu fahren. Sie war alleine, es war nachts, und sie wohnte in Studio City. Seitdem keine Spur mehr von ihr. Oder vom Wagen.«

Allens Adrenalinspiegel stieg schlagartig an. Die ähnlichen

Umstände könnten, sobald sich Kelly Bodens letzte Minuten nachweisen ließen, eine Bestätigung dafür sein, dass es eine Verbindung gab. Und nicht nur das: Es könnte der Beweis für eine bestimmte Vorgehensweise sein. Sie begann, die verschiedenen Szenarien durchzugehen, wobei Mazzucco ihr gegenüber ein paar Minuten Vorsprung hatte.

»Was denkst du? Ein Tramper?« Sobald sie die Worte ausgesprochen hatte, wusste sie, dass sie danebenlag. Keine Autofahrerin würde nachts für einen Tramper anhalten. Nicht in diesem Land.

Mazzucco schüttelte den Kopf. »Das glaube ich nicht. Es gibt da noch eine Sache: Die letzte Person, die von ihr gehört hat, war kein Freund oder Familienmitglied – es war jemand vom Pannendienst.«

»Sie hatte eine Autopanne?«

Mazzucco nickte. »Irgendwo auf dem Laurel Canyon Boulevard. Weder von ihr noch von ihrem Fahrzeug eine Spur, als der Abschleppwagen eintraf.«

»Er nimmt sie mit. Irgendwie spürt er Fahrerinnen auf, die in Schwierigkeiten stecken, und taucht auf wie eine Art ...«

»Barmherziger Samariter?«

Allen hob ihre Augenbrauen. »Eher wie ein böser. Lässt sich der Fahrer des Pannendienstes ermitteln?«

»Bin schon dabei.« Mazzucco zog sein Telefon wieder heraus und überflog eine E-Mail. »Kelly Bodens Vater wohnt unten in Reseda, jemand ist bei ihm. Willst du hinfahren?«

Allen nickte, merkte aber, dass Mazzucco ihr die Führungsrolle zuschob, auch wenn er bisher alle entscheidenden Punkte gesammelt hatte. »Ja, los, unterhalten wir uns mit ihnen. Ich werde fahren.«

Sie stiegen in den Ford. Diesmal setzte sich Allen auf den Fahrersitz. Nachdem sie die beiden anderen Leichen begutachtet hatte, hatte sich in ihr ein Gedanke festgesetzt: Die Arbeitsweise des Mörders hatte sie vorher schon einmal gesehen.

1996

Es war Mittwoch, der letzte Tag im Juli. Die Sonne stand am Morgen bereits hoch am blauen Himmel über Los Angeles und brannte sich entschlossen durch den Smog. Obwohl es erst sieben Uhr war, heizte sich das Dach des schwarzen Buick Century mächtig auf. Er legte beide Hände auf das Metall, genoss die Hitze. Er sah Richtung Norden zu den Santa Monica Mountains und dachte über den nächsten Tag nach.

Er hörte, dass hinter ihm Kimberley vom Eingang aus auf ihn zukam. Sie versuchte, sich heranzuschleichen. Er spielte mit, tat so, als wäre er überrascht, als sie ihn an den Schultern packte und »Hallo, aufwachen!« rief.

Er drehte sich zu ihr um. Sie trug eine kurze abgeschnittene Jeans und ein schwarzes Nirvana-T-Shirt, ihr langes schwarzes Haar hatte sie hinten durch die Öffnung ihrer Baseballkappe der Dodgers gezogen. Dank des Schildes lagen ihre braunen Augen zwar im Schatten, doch ihre Aufregung über das bevorstehende Abenteuer ließ sich nicht verbergen.

Vom Fahrersitz aus meldete sich eine wehleidige Stimme. »Hey, Leute, ich brauche Benzingeld.«

Er beugte sich vor, um ins Wageninnere sehen zu können. Robbie war ein dürrer, rothaariger Junge; er trug eine weite Basketballhose und ein graues T-Shirt mit dem Aufdruck »Die Wahrheit ist da draußen«. Er hatte Robbie erst vor zwei Tagen kennengelernt. Robbie ging nicht auf ihre Schule; er gehörte zu den anderen Kindern, die bei Kimberley hier in Black Stones lebten. Er war sich nicht sicher, warum sie Robbie gefragt hatte, ob er mitkommen wolle, vermutete aber, es lag daran, dass sie mit ihm noch nicht gerne alleine war. Das konnte er ihr nicht übel nehmen. Schließlich gäbe es für einige Menschen wahrscheinlich gute Gründe, sich ihm gegenüber so zu fühlen.

»Das haben wir schon hundertmal von dir gehört, Kleiner.«

»Sag nicht immer Kleiner zu mir – ich bin älter als du! Und Jason wird sauer sein, wenn ich ihm den Wagen mit leerem Tank zurückgebe. Weißt du, was Jason tut, wenn er sauer ist?«

Er wollte gerade etwas darauf erwidern, als er Kimberleys Hand erneut auf seiner Schulter spürte. Ihr Gesicht war nach oben gerichtet, der Ausdruck darin leicht zu deuten: *Sei nett zu ihm.*

»Du bist der Chef, Robbie«, sagte er deshalb nur und griff zu seinem Rucksack, den er auf den Rücksitz warf.

Kimberley rannte vorne um den Wagen herum und setzte sich auf die Beifahrerseite. »Seid Ihr fertig? Die Sache wird echt toll, das verspreche ich euch.«

Er stieg hinten ein und schloss die Tür. Er dachte, sie hätte unrecht – er dachte, es würde besser als *echt toll* werden.

10

Als er in der Ferne Schreie hörte, wachte er wieder auf.

Seine Träume waren wie immer bruchstückhaft und verworren. Ein bisschen aus der Vergangenheit, ein bisschen aus der Gegenwart, ein bisschen von dem, was er für die Zukunft hielt. Mit geschlossenen Augen genoss er den Nachgeschmack des Schlafs. Erinnerungen an einen langen, heißen Sommer vor zwei Jahrzehnten, insbesondere an einen bestimmten Tag. In diesem Traum waren die Bilder und Empfindungen von jenem Sommertag mit Ereignissen aus neuerer

Zeit vermischt. Vom letzten Abend. Dunkelheit und Regen und Blut. Sonnenschein und ein kühler Wind und das Quietschen eines alten Schildes, das vor einem leeren Gebäude hing. Ganz so in der Art, als würden sich Sonnenlicht und Mondlicht in einer Klinge spiegeln.

Dunkles Haar, braune Augen. Er wusste, dass er sie bald wiedersehen würde.

Langsam öffnete er die Augen, um sie an die Nachmittagssonne zu gewöhnen, die sich durch den schmalen Spalt zwischen den Vorhängen drängte. Staub tanzte träge in dem Licht. Als er zurück in der Welt war, wurde ihm bewusst, dass der Grund für die Schreie in der Ferne nicht Schmerz und Schrecken waren, sondern Freude: Irgendwo hinter einem Haus, vielleicht sogar draußen auf der Straße spielten Kinder.

Er ließ seine Beine aus dem Bett gleiten und erhob sich. Wie immer griff er nach dem Foto, das neben ihm lag, wenn er schlief. Einen Moment sah er es an, die Mundwinkel zu einem leisen Lächeln nach oben gezogen, bevor er es wieder auf dem Nachttisch ablegte.

Er öffnete die Tür und ging nackt durch den kleinen Flur in den Raum gegenüber. Dies war ursprünglich das zweite Schlafzimmer gewesen, damals als das ganze Haus noch bewohnt war, doch jetzt diente das Zimmer nur zum Arbeiten. Es lag auf der Rückseite des Hauses, zum Garten hin, der rundum mit hohen Büschen umgeben war und für Ruhe und Abgeschiedenheit sorgte. In dem Bett, das im Zimmer stand, hatte seit Monaten oder Jahren niemand mehr geschlafen, es gab außerdem eine niedrige Kommode mit zwei Schubladen, darauf einen altmodischen kastenförmigen Röhrenfernseher und daneben eine Stereoanlage sowie vor dem Fenster einen Schreibtisch. Auf dem Schreibtisch lagen jetzt verschiedene Werkzeuge, Instrumente und Ersatzteile, die entsprechend ihrem Verwendungszweck sortiert waren. Von den neueren, digitalen und elektronischen Teilen, die ebenso kompliziert wie kompakt waren, hätte man vor zehn Jahren nur träumen können. Andere waren eher traditioneller Art und hatten sich seit tausend Jahren nicht weiterentwickelt.

Er musste die nächsten Teile vorbereiten, weil er davon ausging, dass es bis zum nächsten Mal nicht mehr lange dauerte. Er setzte sich an den Schreibtisch und legte die Werkzeuge und Ersatzteile zurecht, die er brauchen würde.

Bevor er sich schließlich an die Arbeit machte, stand er noch einmal auf und ging zum Fernseher, den er einschaltete. Er mochte Hintergrundgeräusche, wenn er arbeitete. Dabei zog er Musik vor, vor allem alte Lieder, aber eigentlich funktionierte es mit allem. Gewöhnlich schaltete er den Fernseher oder die Stereoanlage ein, drehte den Ton etwas leiser und setzte sich wieder an den Schreibtisch, um zu arbeiten.

Doch heute blieb er stehen und starrte auf den Bildschirm.

Der Blick aus einem Hubschrauber auf einen Ort in den Bergen. Auf *seinen* Ort. Polizisten in Uniform und Polizisten in Anzügen und Polizisten in Overalls, die an seinem Ort die Erde umgruben. Etwas nahmen, das ihm gehörte.

Lange Zeit blieb er dort stehen, vergaß die Arbeit, die er begonnen hatte

11

Allen und Mazzucco verließen die Wohnung von Kelly Bodens Vater mit zwei Dingen: der Bestätigung für ihre Hypothese und dem noch stärker gewordenen Wunsch, das Schwein zu schnappen, das die drei in den Bergen vergrabenen Frauen getötet hatte.

Kelly Bodens Vater hatte seine Tochter von dem in den Bergen aufgenommenen Foto auf Anhieb erkannt. Allen hatte es ihm wegen der sichtbaren Wunden nur widerwillig gezeigt, doch er hatte darauf bestanden Er war ehemaliger Polizist, was die Sache etwas persönlicher machte. Er hatte keinen hysterischen Anfall bekommen, aber die Detectives eindringlich gebeten, alles zu tun, um den Verantwortlichen zu finden.

Beim Abschied an der Haustür hatte er sie noch gefragt, ob sie bereits Sarah Dutton gefunden hätten. Mazzucco schüttelte den Kopf. »Bislang nicht.«

Bodens Stimme hatte daraufhin leicht gedämpft geklungen, so als hätte er aus der Ferne zu ihnen gesprochen, sein Blick sich noch mehr verfinstert. »Ich hoffe, Sie finden sie! Wohlbehalten.«.

Auch Allen hoffte das.

Sie und Mazzucco stiegen in den Wagen. Allen startete den Motor und sah zu ihrem Kollegen, der, die Zähne fest zusammengebissen, seinen starren Blick unverwandt auf Richard Bodens geschlossene Haustür geheftet ließ. Sie wusste, dass er sich natürlich mindestens genauso stark wie sie wünschte, diesen Typ zu schnappen. Wenn nicht sogar mehr – er war auch Vater eines Kindes.

Mittlerweile hatte sie gemerkt, dass er nicht zu denjenigen gehörte, die sich dauernd über seine Familie ausließen. Selbstverständlich hatte er ihr gleich nach der Geburt die Babybilder gezeigt. Er hatte ihr und den anderen die obligatorischen Einzelheiten mitgeteilt – Geburtszeit, Gewicht, Mutter und Kind wohlbehalten –, doch abgesehen davon merkte man kaum, dass sich in seinem Leben etwas geändert hatte. Manchmal wirkte er lediglich etwas müde, und er überprüfte öfter als sonst die Nachrichten auf seinem Privathandy. Allen konnte es ihm nicht verdenken, dass er die beiden Hälften seines Lebens nicht miteinander vermischen und die Arbeit nicht sein Privatleben verseuchen lassen wollte. Doch ein Fall wie dieser musste Auswirkungen auf Mazzucco haben – die sie allerdings nicht vollständig nachvollziehen konnte.

»Hast du je darüber nachgedacht, was du tun würdest, Jon?«, fragte sie ihn, bevor sie sich zurückhalten konnte. »Wenn dein Kind in diesem Alter wäre, wenn ...«

»Ich denke nie darüber nach. Nie!«, unterbrach er sie mitten im Satz, den Blick immer noch zur Tür gewandt.

Die Fahrt zurück in die Stadt war dann noch weniger gesprächig als sonst. In den ersten zehn Minuten waren beide in ihre eigenen Gedanken versunken und wechselten kaum ein Wort. Als Mazzucco irgendwann das Gesicht verzog und auf seinem Sitz hin und her rutschte, nutzte Allen dankbar die Gelegenheit, das Thema zu wechseln.

»Typisch Taurus«, brummte sie in einer annehmbaren Imitation der Stimme ihres Partners.

Der Ford Taurus war der von der zentralen Polizeibehörde abgesegnete Ersatz für den alten Crown Victoria, das ehrwürdige Kriegspferd, das schließlich sein Gnadenbrot erhalten hatte. Mazzucco mit seinen eins fünfundachtzig war kein Freund der neuen Fahrzeuge, da ihm hier seine Beinfreiheit genommen wurde.

»Wie der Name schon sagt«, wiederholte er nicht zum ersten Mal. »*Los Angeles* Police Department. Wir verbringen die Hälfte unserer Arbeitszeit im Auto, dann hätte man doch erwarten können, dass ein bisschen mehr auf Bequemlichkeit geachtet wird.«

»Du hast recht. Vielleicht stellen sie uns ja das nächste Mal, wenn der Vertrag ausläuft, Straßenkreuzer hin.«

Kurz vor drei standen sie vor dem Amtsgebäude des Gerichtsmediziners. Burke war ein sehr dünner, sehr glatzköpfiger Mann und schon über sechzig. Wahrscheinlich trug er den weißen Kittel in der kleinsten Größe, die es gab, trotzdem hing er an ihm wie ein Sack. Die Ärmel hatte er hochgekrempelt, seine Hände steckten in Gummihandschuhen. Er führte Allen und Mazzucco in die Leichenhalle, in der Kelly und die anderen beiden, offiziell noch nicht identifizierten Frauen lagen. Die Halle war kalt, sowohl was die Temperatur als auch was das eisige Blau betraf. Grelles Neonlicht schluckte jeden Schatten.

Burke ging zu den entsprechenden, mit Nummern versehenen Schubladen und zog sie auf. Die drei Leichen, die mit dünnen grünen Tüchern bedeckt waren, lagen auf speziellen Metalltischen, den sogenannten Leichenmulden. Burke schlenderte an den drei Schubladen vorbei und schlug emotionslos die Tücher von den Leichen zurück. Allen zuckte zusammen, als sie die am schwersten verletzte Leiche sah – diejenige, deren Identität bis dato völlig im Unklaren lag. Die klaffende Wunde in ihrer Kehle war derart tief, der Schnitt hatte sie mehr oder weniger enthauptet.

»Gibt es schon Neues zur Identifizierung unserer Opfer, Detective Mazzucco?«, erkundigte sich Burke mit gelangweilter Stimme, die vermuten ließ, dass es ihm eigentlich egal war. Er sah weder sie noch Mazzucco an, zog aber wie üblich ihren männlichen Kollegen gegenüber Allen vor, wenn er einen von beiden Detectives direkt ansprechen musste. Allen war sich nicht sicher, ob er ein besonderes Problem mit ihr hatte, ließ ihm aber den Vorteil des Zweifels zugutekommen und nahm deshalb an, dass er schlicht nur ein sexistischer Wichser war.

Mazzucco lächelte schweigend und wies auf Allen, weil auch er sich darüber ärgerte.

»Ja, gibt es«, antwortete Allen. Sie konzentrierte ihren Blick auf das letzte der drei Opfer. »Kelly Boden. Sie war Kellnerin, arbeitete in einem Pfannkuchenladen drüben auf der Sepulveda. Wir haben gerade mit ihrem Vater gesprochen.«

Burke zuckte mit den Schultern. »Eine von drei – klingt nicht schlecht.«

»Das ist weiß Gott nicht schlecht«, meldete sich Mazzucco zu Wort, »wenn man bedenkt, dass die drei erst vor ein paar Stunden ausgegraben wurden. Und wir gehen sogar davon aus, auch die Identität von dieser hier geklärt zu haben. Dann sind jetzt wohl Sie an der Reihe, Doc.«

Burke ließ sich von dem Rüffel nicht beeindrucken, drehte sich auch nicht einmal zu ihnen um. »Ich würde sagen, nach der Obduktion habe ich mehr anzubieten, aber …« Er wedelte mit einer Hand zu den drei Leichen vor ihnen. »… Sie sehen hier schon eine wirklichkeitsgetreue Darstellung.«

»Und das heißt?«, wollte Allen wissen.

»Das heißt, Sie haben drei weiße Frauen mehr oder weniger im gleichen Alter. Alle drei wurden mit Messern gefoltert.« Er schwieg kurz, während er den Blick seiner trüben, farblosen Augen über die drei Leichen gleiten ließ. »Mindestens fünf verschiedene Messerarten, würde ich sagen. Der Mörder besitzt einen Werkzeugkasten. Die auffälligen Wunden auf den Wangen legen den Verdacht nahe, dass er eine Art Aussage machen will …«

»Den *Verdacht*?«, wiederholte Mazzucco und zog eine seiner Augenbrauen nach oben.

Sofern Burke ihn gehört hatte, ließ er sich nichts anmerken, sondern fuhr unbeirrt weiter. »Und natürlich sieht es so aus, als wäre die Todesursache in allen drei Fällen dieselbe: Kehle mitsamt der Halsschlagader mit einem einzigen Schnitt durchtrennt. Die Opfer bluteten aus, der Tod trat höchstwahrscheinlich sofort ein.«

Allen besah sich die Vielzahl der Schnitte auf den Frauen und überlegte, wie sich »sofort« für sie angefühlt haben müsste, nachdem sie davor mehrere Stunden diesem Schwein ausgeliefert gewesen waren – oder zumindest so lange, wie er brauchte, um ihnen all das hier anzutun.

»Bestehen Zweifel, dass dies die Arbeit ein und desselben Mannes ist?«, fragte sie.

Burke schüttelte den Kopf in einer Weise, als hielte er die Frage für lächerlich. »Keinerlei Zweifel, Detective. Das verrät nicht nur die Ähnlichkeit der Wunden, sondern auch die Art, wie sie zugefügt wurden.« Er berührte die gezackte Kante der Wunde an der Kehle der Leiche neben sich. Aus dem Augenwinkel heraus bemerkte Allen, wie Mazzucco zusammenzuckte und schluckte. Sie widerstand dem Drang, es ihm gleichzutun.

»Sehen sie sich die drei tödlichen Wunden an«, fuhr Burke fort. »Absolut kein Zögern, keine Übungsschnitte, nur ein einziger rascher, tiefer Schnitt von rechts nach links. Wir bekommen jedes Jahr ein paar Kehlkopfschnitte auf den Tisch, die sind aber nie so ... gekonnt. Das letzte Mal habe ich so was in Vietnam gesehen.«

»Was wollen sie damit sagen? Dass dieser Typ ein Soldat sein könnte?«, fragte Mazzucco.

Burke schüttelte den Kopf. »Nicht unbedingt. Ich will damit sagen, es handelt sich um jemanden, der das schon vorher getan hat. Jemand, der genau weiß, wie man eine Kehle durchschneidet, ohne die Sache zu verpatzen.«

Jemand, der das schon vorher getan hat. Allens Blick zuckte zu dem Schnitt über Kelly Bodens Kehle. »Haben Sie genau solche Wunden schon jemals zuvor gesehen, Doc? Auch in Vietnam?«

Für die wenigen Sekunden, in denen Burke die drei Leichen noch einmal musterte, verflog sein gelangweilter Gesichtsausdruck. »Wie gesagt, die Fähigkeit und Entschlossenheit, die hinter diesen tödlichen Schnitten stecken, habe ich auf dem Schlachtfeld bereits gesehen. Aber wenn Sie mich nach den gezackten Wundrändern fragen?« Er schüttelte den Kopf. »Die sind unüblich. Ein solcher Schnitt – ein schneller, einzelner Schnitt von der Art, den ich beschrieben habe – müsste ziemlich saubere Kanten erzeugen. Diese hier sind jedoch gezackt, als hätte der Mörder eine besondere, gezackte Klinge benutzt, oder als wäre die Klinge an mehreren Stellen gebogen.«

Allen legte ihre Stirn in Falten. »Wie sollen wir uns diese Klinge vorstellen? Eine exakte Beschreibung könnte es einfacher machen, etwas Passendes zu finden.«

Burke nickte. Er wirkte überrascht darüber, über zwei Polizeibeamte gestolpert zu sein, die die Fähigkeit besaßen, eigenständig zu denken. »Ja, mit etwas mehr Zeit kann ich sie Ihnen liefern. Für diese drei Damen habe ich heute extra meine Tanzkarte freigemacht, Detectives. Ich habe gehört, der Fall hier wird echt der Renner.«

12

»Was denkst du?«, fragte Mazzucco, als sie hinaus an die frische Luft traten.

»Ich denke, die meiste Zeit in Gegenwart von Toten zu verbringen hat eine nachteilige Auswirkung auf die zwischenmenschlichen Fähigkeiten«, lästerte Allen.

Mazzucco warf ihr einen sarkastischen Blick zu und schwieg, bis sie im Wagen saßen.

»Was denkst du über unseren Mörder?«, präzisierte er seine

Frage, und Allen startete den Motor, bog auf die North Mission und fuhr Richtung Südwesten zurück zu ihrer Dienststelle.

Allen drückte den Knopf, um das Fenster auf ihrer Seite herunterzulassen. Nach dem olfaktorischen Cocktail aus Formaldehyd und Körperflüssigkeiten genoss sie jetzt den Wind auf ihrem Gesicht.

»Er ist ein krankes Arschloch. Burke hat recht damit, dass er das bestimmt schon vorher einmal oder mehrmals getan hat – und er wird es wieder tun.«

»Und er arbeitet in einem ziemlich schnellen Rhythmus«, fügte Mazzucco hinzu. »Drei Opfer innerhalb von zwei Wochen, wenn die Schätzungen stimmen. Drei, von denen wir Kenntnis haben. Also, was tun wir als Nächstes?«

»Als Nächstes bestätigen wir die Identität von Burnett und versuchen herauszufinden, wer Nummer drei sein könnte. Vielleicht haben wir ja mit den Fingerabdrücken Glück, oder wir gehen ein weiteres Mal die Vermisstenmeldungen durch. Sie ist seit zwei Wochen tot, jemand muss sie doch vermisst haben. Ich meine, sie sieht nicht aus, als wäre sie auf der Flucht gewesen oder hätte Drogen genommen oder so was.«

Mazzucco zuckte mit den Schultern. »Aufgrund ihres Zustands, wie er sie alle zurücklässt, lässt sich das schwer sagen. Keine Kleider, keine persönlichen Sachen, nichts, um sie zu identifizieren – abgesehen von der Tätowierung bei Kelly Boden.«

»Und mit seiner DNA weiß er umzugehen. Der Gerichtsmediziner hat sich am Tatort klar ausgedrückt: keine fremden Haare, keine Hautpartikel unter den Fingernägeln. Der Täter ist vorsichtig.«

»Ich glaube, es steckt noch mehr dahinter. Es ist, als wolle er ihnen ihre Identität nehmen, alles, das sie zu Individuen macht. Als gehörten sie nur ihm.«

Allen schielte ihn mit zusammengekniffenen Augen von der Seite her an. »Hey, Mazzucco, du klingst ja wie ein Seelenklempner!«

Er lachte. »Nicht lange, und wir werden es mit einem echten zu tun haben, das weißt du. Serienmorde machen sich für sie immer bezahlt.«

»Na toll, dann zahlen wir achthundert Dollar die Stunde für irgendeinen Schreibtischhengst, damit der uns dann sagt, wir sollen nach einem weißen Mann zwischen zwanzig und fünfundvierzig suchen, der in seiner Vergangenheit gewalttätige Beziehungen hatte.«

Das neue Polizeiverwaltungsgebäude lag nur rund dreieinhalb Kilometer von der Gerichtsmedizin entfernt. Wie die anderen nannte auch Allen es immer das *neue* Gebäude, selbst wenn es in dieser Stadt die einzige Polizeizentrale war, die sie kannte. Das Los Angeles Police Department war bereits vor über fünfzig Jahren aus dem Parker Center ausgelagert worden, doch Allen ging davon aus, es würde noch mindestens zehn Jahre dauern, bis sich der neue Standort zwei Blocks weiter auf der West First Street als neues Zuhause durchsetzen würde – zumindest in den Köpfen der Leute von der Polizei.

Sie hatten keinen Anspruch auf einen der wenigen Plätze in der Tiefgarage unter der Verwaltung, sodass sie auf einen größeren Parkplatz im Freien zwei Blocks weiter auswich. Viele Polizisten parkten dort, was Nachteile hatte: Manchmal wartete dort jemand auf einen. Als sie auf den Parkplatz einbogen, schnellte Mazzuccos Kopf in die Richtung eines vertrauten Gesichts auf dem Bürgersteig. Beim Aussteigen blickte auch sie zu der Stelle, wo der Mann stand. Er war etwas größer als der Durchschnitt und ziemlich schlank. Sein T-Shirt unter einem Flanellhemd zeigte das Poster zum Originalfilm *Evil Dead*. Auf seinem Kopf trug er eine Kappe, um seinen Hals hing eine Kamera.

»Seelenklempner sind nicht die Schlimmsten, mit denen wir zu tun haben«, stöhnte Mazzucco, als sie auf den Mann zugingen. »Diese Ärsche kommen aus allen Löchern gekrochen.«

»Smith«, seufzte Allen. »Dachte, sie wären draußen in den Bergen«, begrüßte sie ihn.

Der Mann schüttelte grinsend den Kopf. »Hab schon alles, was ich brauche. So viele Bilder von Leuten, die in der Erde buddeln, braucht man auch wieder nicht. Dachte, ich sollte mal mein Glück bei Ihnen versuchen, um was Neues zu dem Fall zu bekommen.«

Wieder seufzte Allen. Eddie Smith war so übel wie der Rest von ihnen, vielleicht schlimmer, aber sie schuldete ihm was. Das hieß freilich nicht, dass sie bei der Rückzahlung nicht wählerisch sein konnte.

»Es gibt nichts Neues, Smith. Nur einen ungeklärten Todesfall.«

Smith legte den Kopf zur Seite. »Netter Versuch. Ich war gerade dort angekommen, kurz bevor sie die anderen beiden Leichen entdeckten. Verraten sie mir doch einfach, ob es sich um einen neuen Mörder handelt oder um jemanden, den Sie bereits auf dem Schirm haben.«

»Kein Kommentar«, fertigte Mazzucco ihn ab und schob sich an ihm vorbei.

»Sie haben es gehört«, fügte Allen hinzu.

Sie ließen Smith einfach stehen. Nicht ohne ihm im Vorbeieilen einen kurzen verächtlichen Seitenblick zuzuwerfen. Er erwiderte ihn – mit einem Ausdruck, als wüsste er etwas, das sie nicht wussten.

»Dämliche neue Mutation«, sagte Mazzucco leise, sobald sie den Eingang erreicht hatten.

»Hm?« Allen dachte, sie hätte ihn falsch verstanden.

»Ein Auswuchs der modernen Welt«, erklärte er und deutete mit dem Kopf nach hinten in die Richtung, wo sie Smith zurückgelassen hatten. »Früher konntest du Paparazzi und angestellte Journalisten klar voneinander abgrenzen. Dem landläufigen Journalisten konnte man sogar beinahe trauen. Seit die Printmedien anfingen, um ihr Überleben zu kämpfen, wurden sie alle freiberuflich und tun jetzt ein bisschen von allem. Ich weiß nicht, wie ich mit diesem neuen Mischtyp umgehen soll.«

»Die Kinder von heute eben«, meinte Allen fast schon gelassen, jedenfalls weniger aufgebracht als ihr Kollege.

Smith betrieb einen eigenen Blog über Verbrechen, der wie ein Einmann-Nachrichtensender agierte. Er zapfte die Artikel der Nachrichtenagentur zum Großraum Los Angeles an und pickte sich die Rosinen heraus, die er zu Sensationsartikeln aufblähte. Er hatte sich ein gutes Netzwerk aus Quellen aufgebaut und gehörte garantiert zu den Ersten, die bei einer großen Geschichte dabei waren, egal ob es sich um eine Überdosis eines Prominenten oder um eine Bandenschießerei handelte.

Nachdem sich seine Wege ein paarmal mit denen von Allen gekreuzt hatten, hatte sie seine Website aus Neugier aufgerufen. Sein Schreibstil war ganz in Ordnung, hätte vermutlich für ein Provinzblatt gereicht, doch seine Fotos waren echt der Hammer. Was das Licht, die Komposition und den ganzen Rest betraf, beherrschte er sein Handwerk – hervorstechend war jedoch sein Talent, bei seinen Aufnahmen wie ein Kriegsreporter die Folgen von Gewalt wirkungsvoll in Szene zu setzen. Er rühmte sich damit, Bilder zu zeigen, von denen übliche Medien Abstand nähmen, weswegen seine Seite öfter aufgerufen wurde als viele andere, die größer waren. *Wenn es blutet, steigt die Nachfrage.* Dies war bei den meisten Nachrichtenmedien die unausgesprochene Politik, doch Smith nutzte diesen Spruch sogar als Banner auf seiner Seite. Allen hatte keine Ahnung, wie das mit bezahlter Werbung auf Websites genau funktionierte, doch Smith schien ganz gut damit zurechtzukommen.

Die meisten Polizisten, die Smith kannten, hassten ihn. Sie hassten ihn, weil er seine Arbeit gut machte, und das hieß manchmal, dass er ihnen in die Quere kam. In den ersten Wochen, nachdem Allen nach Los Angeles gekommen war, hatte er es geschafft, sich mit ihr am Tatort eines angeblichen Selbstmordes zu unterhalten – ein Anwalt, der von der Brücke über den Arroyo Seco River in Pasadena gefallen war. Vielleicht hatte er gespürt, dass sie ähnlich isoliert war wie er.

Sie hatten Freundlichkeiten ausgetauscht, bis Smith beiläufig erwähnt hatte, dass er auf den Nahaufnahmen von der Leiche, bevor sie abgedeckt worden war, Kratzer am Handgelenk gesehen hatte. Nicht von der Art, von der man auf eine neue Art von Selbstmordversuch schließen würde, sondern Kratzer, die man bekommt, wenn man gefesselt worden war. Das passte nicht zu einem rasch abgeschlossenen Fall von Selbstmord. Allen war dies natürlich auch aufgefallen, doch sie wollte nicht, dass er die Nachricht verbreitete, worauf er sie lächelnd daran erinnert hatte, dass in diesem freien Land Pressefreiheit herrsche. Allen, der bei ihrer Arbeit in Washington die Verhandlungen mit Journalisten nicht fremd gewesen waren, merkte, dass sich ein anderer Ansatz bezahlt machen würde. Sie hatte ihn – ganz freundlich – gebeten, dieses Detail für sich zu behalten, bis die Polizei genügend Zeit gehabt haben würde, das Umfeld des Anwalts zu überprüfen. Zwölf Stunden später hatten sie die Ehefrau des Anwalts verhaftet und von ihr ein volles Geständnis erhalten, und Smith war der Erste, der die Geschichte herausbrachte. Allen nahm an, dass ihm die grausamen Bilder der Leiche des Anwalts eine Menge Aufrufe oder Klicks oder was auch immer eingebracht hatten.

Allen schüttelte bei der Erinnerung an diesen Fall den Kopf. Die Ehefrau hatte den Anwalt mit Schlaftabletten vollgestopft und ihn zur Brücke gefahren. Jeder Polizist, der auch nur annähernd in die Ermittlungen verwickelt war, zeigte sich zunächst skeptisch, dass eine relativ schlanke Frau in der Lage sein sollte, ihren hundert Kilo schweren Mann über die Brüstung zu schieben. Doch dann waren sie genauso offen beeindruckt, als die Frau stolz ihre Armmuskeln zeigte. Die stammten offenbar vom Unterricht im Poledance. Was für eine Stadt.

»Er mag dich, ganz eindeutig.« Mazzuccos Stimme holte sie in die Gegenwart zurück.

Dieser Gedanke war auch Allen gekommen. Smith hatte sie ein paarmal angerufen, nachdem sie mit ihm in Kontakt getreten war – weil sie den Fehler begangen hatte, ihre Nummer rauszurücken. Er rief nicht wegen etwas Bestimmtem an. *Wollte mich nur mal melden*, sagte er dann. Andererseits hatte er bestimmt eine Menge beruflicher Gründe, warum er eine offene Kommunikation mit einer Polizistin von der Mordkommission pflegen wollte. Und wenn sie schlau wäre, könnte sie dafür sorgen, mehr davon zu profitieren als Smith.

Mazzucco hatte sie davon kein Wort verraten. Sie glaubte nicht, dass er oder die anderen Kollegen damit einverstanden wären, wenn sie sich auf jemanden wie Smith zu sehr einließe. Doch darüber brauchten sie sich keine Sorgen zu machen.

Sie schüttelte erneut den Kopf. »Nö. Er hält mich nur für eine leichte Beute, weil ich neu bin. Damit kann ich umgehen.«

Mazzucco blieb stehen und sah ihr in die Augen. »Ich hoffe, du hast recht. Weil dieser Fall jetzt bereits auf dem Weg in die Hauptnachrichten ist. Alle Hoffnungen, uns mit diesem Fall bedeckt zu halten, haben sich durch ihn gerade in Luft aufgelöst.«

13

Sie fuhren mit dem Fahrstuhl in den sechsten Stock, wo Lieutenant Lawrence auf sie wartete. Lawrence war schon über sechzig, aber gut gebaut und gut in Schuss, und sein volles Haar hatte fast nichts von seiner ursprünglichen Farbe verloren. Das Einzige, das auf den Druck in seiner Arbeit schließen ließ, waren unter seinen Augen die Falten und die Tränensäcke. Sein Gesichtsausdruck verriet, dass sie auf die Begrüßungsfloskeln verzichten könnten.

»Gratuliere, Detective Allen!«, sagte er. »Erst sechs Monate bei uns, und schon sind Sie im Fernsehen.«

»Glückssache, Lieutenant, mehr nicht.«

Als er sie kurz prüfend ansah, erkannte sie, dass er sich nicht wohl dabei fühlte, ihr die Führung in einem so hochkarätigen Fall überlassen zu haben. Vielleicht weil es zu früh war, vielleicht aus anderen Gründen. Dachte er womöglich darüber nach, ihr den Fall wegzunehmen? Das wäre schlecht fürs Arbeitsklima, doch er war der Chef. Schließlich wanderte sein Blick von ihr zu Mazzucco, und er schien die Bedenken beiseitezuschieben, indem er die beiden zu sich winkte.

»Kommen Sie rein.«

Sie setzten sich in Lawrence' Büro und baldowerten in den nächsten vierzig Minuten einen Plan aus. Sie hielten ihn bewusst einfach und auf den Punkt gebracht, wohl wissend, dass sie sowieso schnell genug von komplexen Vorgängen, von Berührungspunkten und Faktoren, die alle außerhalb ihrer Kontrolle lägen, eingeholt werden würden.

Ziel Nummer eins: Sarah Dutton finden. Ziel Nummer zwei: die verbleibenden Opfer identifizieren. Ziel Nummer drei: Spuren verfolgen, Verdächtige aufspüren. Und selbstverständlich hatte Lawrence bereits einen forensischen Psychologen engagiert, um ein Profil vom Mörder erstellen zu lassen.

Der letzte Punkt war vielleicht der schwierigste: der Umgang mit den Medien.

»Wir gehen strikt nach Lehrbuch vor«, ordnete Lawrence an. »Nur das Grundlegende herausgeben: Fundort der Leiche, Anzahl der Opfer, Namen erst dann, wenn die nächsten Verwandten bereits benachrichtigt wurden, nicht vorher. Keine Spekulationen, keine Einzelheiten über die Todesursache. Wir verfolgen mehrere Spuren. Sie kennen das Prozedere.«

Allen nickte. Sie war sich der Notwendigkeit bewusst, die Medien zu füttern, ohne die Ermittlungen zu beeinträchtigen. Wenn sie die Spinner von den echten Verdächtigen auseinanderhalten wollten, mussten sie die Einzelheiten unter Verschluss halten: zum Beispiel die Tatsache, dass die Leichen vergraben wurden, dass sie nackt waren, dass sie gefoltert wurden … und natürlich insbesondere diese gezackten, klaffenden Schnitte quer über den Hals. Allens Gedanken wanderten zu diesen Wunden und dann zurück nach Washington.

»Allen?«

Mit dem Gefühl, während des Schulunterrichts beim Tagträumen erwischt worden zu sein, kehrte sie schlagartig in die Gegenwart zurück.

»Klingt ganz anständig«, improvisierte sie, in der Annahme, um eine allgemeine Rückmeldung gebeten worden zu sein. »Wir müssen Sarah finden, obwohl ich nicht glaube, dass einer von uns erwartet, sie noch lebend zu finden. Abgesehen davon liegt die Priorität darin herauszufinden, wo die Frauen waren, bevor sie verschwanden. Das und die Suche nach den Fahrzeugen. Sobald wir das wissen, sind wir auf dem besten Weg herauszufinden, wie er sie entführt hat.«

Lawrence blickte sie einen Moment starr an, und dann nickte er. »Okay. Wir erhalten diesbezüglich bereits eine Menge Anrufe; offenbar war eins der Opfer irgendwie prominent, was auch immer das heutzutage heißen mag. Der Polizeichef spricht von einer Pressekonferenz, und er hätte gerne neben sich auf dem Podium jemanden, der am Fall nah dran ist. Sind sie bereit dafür, Allen? Sie leiten den Fall.«

Sie nickte. »Klar.«

Lawrence gab den beiden noch mit, sich gleich an die Arbeit zu machen, und griff zum Telefon, nachdem sie sein Büro verlassen hatten.

Mazzucco rannte beinahe in Don McCall hinein, als er auf dem Gang um die Ecke bog. Der muskelbepackte, glatt rasierte SIS-Kapitän kam gerade aus der anderen Richtung, in der Hand einen Pappbecher mit Kaffee, den er in übertriebener Weise zur Seite schwenkte, um ihn in Sicherheit zu bringen.

»He, immer schön langsam, Tiger!«

Mazzucco murmelte eine Entschuldigung und versuchte weiterzugehen, doch McCall tippte ihm mit der freien Hand auf die Schulter. Ein Zuschauer hätte dies als freundliche Geste statt als den eigentlich beabsichtigten Eingriff in den persönlichen Distanzbereich deuten können.

»Ich habe gehört, ihr zwei habt euch einen großen Fall unter den Nagel gerissen. Braucht ihr Hilfe?«

Mazzucco seufzte und sah McCall in die Augen. »Danke. Wir schaffen das.«

McCall grinste und richtete seinen Blick auf Allen. »Darauf wette ich. Zusehen und lernen, Allen! Mazzy wird rechtzeitig für die nächste Leiche eine todschicke Netzwerkumgebung eingerichtet haben.«

Mazzucco beugte sich bis auf wenige Zentimeter zu McCalls Gesicht vor. »Sie haben recht, McCall. Vielleicht sollte ich ein paar unbewaffnete Verdächtige erschießen, um den Ball ins Rollen zu bringen. Wäre das für Sie ein besserer Ansatz?«

Das Lächeln verschwand aus McCalls Gesicht. »Die Voraussetzungen für den Schusswaffengebrauch wurden anerkannt, Mazzucco.«

Sie bezogen sich auf den Vorfall, der sich im Dezember zuvor ereignet hatte, kurz nach Allens Wechsel hierher nach L.A. McCalls Mannschaft, eine Spezialeinheit ausschließlich für Schwerkriminelle, hatte in Crenshaw zwei Männer beobachtet, die in Verdacht standen, an mehreren bewaffneten Raubüberfällen beteiligt gewesen zu sein. Sie hatten die beiden mit ihrem Fahrzeug in einen Hinterhalt gelockt, dann war die Sache ausgeufert. Das Nettoergebnis waren zwei tote Verdächtige, von denen nur einer bewaffnet gewesen war, und ein toter Unbeteiligter mit Namen Levon Jackson, ein vierundzwanzigjähriger Anwohner, der sich, wie mehrere Zeugen ausgesagt hatten, überhaupt nicht in der Nähe der beiden Verdächtigen und ihres Wagens aufgehalten hatte. Hätte Jackson nicht eine eindrucksvolle Liste von Vorstrafen für den Verkauf von Crackkokain gehabt, hätte die Sache für McCall weit schlimmer ausgehen können. Doch Allen wusste aus verlässlicher Quelle, dass er ziemlich glimpflich davongekommen war.

McCall öffnete den Mund, um etwas zu erwidern, besann sich aber eines anderen, weil ihm eine subtilere Möglichkeit einfiel, um Mazzucco in den Rücken zu fallen, und drehte sich lächelnd zu Allen.

»Gut, dass Ihre Partnerin den Fall leitet. Ich habe gehört, sie weiß, wie man Dinge erledigt. Stimmt das, Allen?«

Sie erwiderte sein Lächeln nicht. »Der Kaffee wird kalt, Don.«

McCall zuckte mit den Schultern, warf Mazzucco noch einen kalten Blick zu und rauschte an Ihnen vorbei. Mit einem beiläufigen Klopfen an Lawrence' Tür trat er ein.

»Was will er denn bei dem?«, wunderte sich Allen, als die Bürotür ins Schloss fiel.

Mazzucco hob die Achseln. »Vielleicht will er schon wieder fragen, warum wir hier keine taktischen Atomwaffen bekommen.«

»Vermutlich wäre er nicht mehr hier, wenn man keine Verwendung für ihn hätte«, überlegte Allen.

»So könnte man das auch sehen. Es sind jedenfalls Arschlöcher wie er, die uns alle in ein schlechtes Licht stellen.«

Sie betraten das Großraumbüro, wo das orange Licht auf Mazzuccos Telefon auf eine Nachricht hinwies. Allen hoffte, es handele sich um den Rückruf vom Automobilclub, auf den er wartete. Er setzte sich an seinen Schreibtisch, um die Nachricht abzuhören, während Allen zu ihrem eigenen Schreibtisch ging, der gegenüber dem Mazzuccos stand. Der ihres Kollegen war aufgeräumt und ordentlich, ihrer hingegen mit Berichten, Papierkram und bekritzelten Notizblättern übersät. Sie griff zum Telefonhörer und wählte die Nummer vom Metropolitan Police Department in Washington. Allen räusperte sich und sprach leise; sie wollte nicht, dass irgendjemand – auch Mazzucco nicht – zuhörte, bis sie sich sicher wäre. Sie nannte ihren Namen und bat, zu Lieutenant Michael Sanding von der Mordkommission durchgestellt zu werden. Eine Minute später meldete sich die vertraute Stimme.

»Sanding.«

»Hey, Mike. Hast du fünf Minuten für eine alte Bekannte?«

»Allen.« Seine Stimme klang plötzlich ganz munter. »Wie ist es dir ergangen? Bist du noch in L.A.?«

»Ja. Ich konnte nicht weiter, als ich merkte, dass man mir einen Ozean in den Weg gestellt hatte.«

»Und – wie läuft's denn dort so?« Er hielt kurz inne, klang vorsichtig, als interessiere er sich für die Antwort, ohne sie direkt fragen zu wollen. »Alles … in Ordnung?«

»Mir geht's prima«, antwortete sie spröde. »Aber mir ginge es besser, wenn du mir bei einer Sache helfen könntest.«

»Schieß los.«

»Vor zweieinhalb Jahren. Leiche im Potomac. Klingelt's da bei dir?«

»Du wirst schon genauer sein müssen.«, krächzte er mit brüchiger Stimme. Auf weniger gefährlichem Grund klang er glücklicher. Er hatte damit etwas übertrieben, dass sie genauer sein müsste. In der Leitung war jetzt Schweigen, doch Allen hörte im Hintergrund, wie er mit dem Stift auf seinen Schreibtisch tippte – wie immer, wenn er nachdachte. »Klar. Herbst. Obdachloser. Liege ich richtig? An den Namen erinnere ich mich nicht.«

»Es gab keinen. Wir konnten ihn nicht identifizieren.«

»Stimmt. Er lag schon eine Weile im Wasser, und es gab kaum Sachbeweise. Ich vermute, er wurde nicht vermisst. Die Leiche hätte ins Meer gespült werden können, und niemand hätte jemals erfahren, dass es einen Mord gegeben hatte.«

Irgendetwas in diesem Satz verursachte bei Allen eine Gänsehaut. Es erinnerte sie an etwas, das der uniformierte Polizist am Vormittag in den Bergen gesagt hatte. Sie fragte sich nämlich, wie lange Kelly Boden und die beiden anderen toten Mädchen in ihren namenlosen Gräbern gelegen hätten, wären sie nicht durch den Regen und den Erdrutsch freigelegt worden.

»Hallo?«, fragte Sanding. »Allen, bist du noch da?«

»Ja, tut mir leid, hab nur nachgedacht. Der Typ im Potomac – erinnerst du dich bei ihm noch an irgendwas anderes, was Besonderes vielleicht?«

»Er hatte diesen seltsamen Schnitt durch die Kehle. Als hätte jemand mit einem Buttermesser oder so was darauf rumgehackt. Der Gerichtsmediziner dachte, es könnte passiert sein, nachdem er ins Wasser geworfen worden war. Als wäre er an etwas hängen geblieben, das die Wunde weiter aufgerissen hatte.«

»Hast du so etwas irgendwo noch einmal gesehen?«

Am anderen Ende herrschte wieder kurzes Schweigen. Diesmal ohne Tippen.

»Doch, ja. Vielleicht zwei Monate vorher. Ein Informant in Columbia Heights. Wir fanden ihn in einer verbarrikadierten Wohnung, dachten, seine Kumpel hätten das getan. Sah aus, als hätten sie herausgefunden, dass er aus der Schule geplaudert hat.«

»Wie das?«

»Er war gefoltert worden. Es war schlimm, Allen. Vielleicht das Schlimmste, was ich je gesehen habe.«

»Durchgeschnittene Kehle?«

»Nö. Ausgedrückte Zigaretten, fehlende Finger, Kastration. Am Ende wurde sein Bauch aufgerissen, und seine Eingeweide quollen heraus. Und die Wunde sah irgendwie so aus wie diejenige an dem Obdachlosen.« Nach kurzem Innehalten sprach er mit lauterer Stimme weiter, als kehre er in die Gegenwart zurück. »Um was geht's denn, Jess?«

»Bin ich mir noch nicht sicher«, antwortete sie. »Aber schon mal danke, Mike. Ich melde mich bald wieder.«

Sie legte auf, bevor er weitere Fragen stellen könnte, und starrte auf die Postkarte, die sie an die Trennwand zwischen den Schreibtischen geheftet hatte. Es war eine Art Witz, eine Reproduktion einer Werbung aus den Fünfzigern, und zeigte ein mondänes Paar am Strand. *Komm nach Los Angeles, Kalifornien – die Stadt der Träume!* Sie hatte immer ihren Spaß an dieser Karte, wenn sie von irgendwelchen Tatortfotos eines grausamen Mordes aufsah. Auch jetzt verlor sie sich in den lebhaften Farben und dem optimistischen Gefühl.

Sie wurde aus ihren Gedanken gerissen, als Mazzucco an die Trennwand klopfte.

Sie hob den Kopf. »Was ist?«

»Der Schichtleiter vom Pannendienst hat den Zeitpunkt von Carrie Burnetts Anruf bestätigt. Sie haben in der Nacht vom vergangenen Sonntag tatsächlich einen Anruf von ihr erhalten. Sie sagte, sie hätte auf dem Laurel Canyon Boulevard eine Panne. Der Abschleppdienst war ziemlich schnell dort, weil sie Frauen, die allein unterwegs sind, vorziehen. Als er vor Ort ankam, war weder von ihr noch von ihrem Fahrzeug etwas zu sehen.«

Allen öffnete den Mund, um etwas über den Fahrer zu erfragen, doch Mazzucco ließ das gar nicht erst zu.

»Ein Kollege hat mit dem Fahrer gesprochen, aber ich denke, der ist sauber. Der Leiter hat die Aufzeichnungen überprüft, bevor er mich zurückgerufen hat. Alle Fahrzeuge der Pannenhelfer sind aus Sicherheitsgründen mit einer Videokamera ausgestattet. Er fuhr an den gemeldeten Standort, aber der Wagen war nicht da. Er rief die Zentrale wieder an, und sie sagten, er solle zurückfahren. Die Aufnahmen spiegeln seinen Bericht korrekt wider, ebenso wie die Kilometerangaben auf seinem Tachometer und die Tatsache, dass er eine halbe Stunde später einem Fahrer in West Hollywood half.«

Allen dachte darüber nach: »Können wir sie bitten zu überprüfen, ob es noch andere solche Einsätze gab, die ins Leere liefen? Jemand, dem wir nichts nachweisen können?«

»Einen Versuch ist es wert.«

Mazzucco hielt sein Telefon bereits in den Händen, um die Pannenhilfe noch einmal anzurufen, als das Telefon erneut klingelte. Er nahm das Gespräch an und lauschte. Nach einem »Okay« dankte er dem Anrufer und legte auf.

»Carrie Burnetts Identität wurde bestätigt. Ihre Fingerabdrücke waren im System, weil sie letztes Jahr betrunken Auto gefahren ist.«

»Okay«, sagte sie. »Wir müssen dringend Sarah Dutton finden, und wir müssen wissen, wer das dritte Opfer ist. Ich will diesen Kerl hochnehmen, Mazzucco.«

14

Fort Lauderdale

Da ich mich vorübergehend in der Situation befand, an keinem bestimmten Ort sein zu müssen, verbrachte ich einen Tag damit, Fort Lauderdale zu Fuß zu erkunden, um mich mit der Geografie vertrauter zu machen, falls mir die Ortskenntnisse irgendwann wieder von Nutzen sein sollten. Ich vermied den Bereich rund um die Bar vom Abend zuvor, lernte aber einen beträchtlichen Teil der Stadt kennen – auch die Sehenswürdigkeiten, die Geräusche und die Gerüche. Am Ende des Tages – auch wenn die Sonne auf meinem Gesicht nach einem langen Winter angenehm war, und auch wenn mich nichts drängte weiterzufahren – wurde ich wieder zappelig. Ich habe nie ein gutes Gefühl dabei, wenn ich mich nach Abschluss eines Auftrags zu lange an einem Ort aufhalte. In einem Restaurant am Strand aß ich einen riesigen Hamburger, bevor ich in mein Hotel zurückkehrte. An der Rezeption nannte ich meine Zimmernummer, eine attraktive rothaarige Frau nahm eine Schlüsselkarte aus dem Fach und tippte an Ihrem Computer auf ein paar Tasten. »Wissen Sie schon, ob Sie noch eine Nacht bei uns bleiben, Mr Adams?«

Lächelnd schüttelte ich den Kopf. Ich hatte vor, das Hotel am nächsten Morgen zu verlassen, dann wäre Mr Neal Adams aus Lansing verschwunden, und man würde ihn nie wieder sehen.

»Ich fürchte, morgen muss ich wieder nach Hause fahren.«

Mein Lächeln erwidernd versicherte sie mir, das Zimmer stehe mir zur Verfügung, sollte ich meine Meinung ändern. Ich bezahlte das Zimmer bereits jetzt, ging zu Fuß in den ersten Stock. Im ersten Stock wohne ich am liebsten: Es ist schwieriger, dort einzubrechen, und leichter für mich, schnell abzuhauen als weiter oben. Ich schob die Karte ins Schloss und drückte die Tür auf, überprüfte die Fallen, die ich ausgelegt hatte, um festzustellen, ob jemand eingebrochen war – eine Gewohnheit oder vielleicht nur Aberglaube –, doch das Haar auf der Schublade vom Nachttisch und die winzige Spur der Zahnpasta am Türknauf zum Badezimmer waren noch genau so wie vorher.

Zufrieden zog ich die Jacke aus und hängte sie in den Schrank, damit sie keine Falten bekäme. Mit der Fernbedienung am Nachttisch schaltete ich den Fernseher ein, ging ins Bad und drehte in der Dusche das Wasser auf. Während ich den Rest meiner Kleidung auszog, hörte ich über das Plätschern des Wassers hinweg undeutlich die Nachrichten. Irgendetwas über die Eskalation von Gewalt in Kaschmir. Ich konnte ein grimmiges Grinsen nicht unterdrücken. Je mehr sich die Dinge ändern ...

Ich schloss die Augen, als ich unter den kräftigen Wasserstrahl trat. Fast schon erwartete ich, wieder Zorans Gesicht vor mir zu sehen, seinen überraschten Ausdruck, doch meine Gedanken wanderten viel weiter zurück. Die Nachrichten hatten alte Erinnerungen an die Oberfläche gespült. Erinnerungen an meine eigenen Erfahrungen in Kaschmir, wo *plötzliche Eskalation von Gewalt* nur ein anderer Ausdruck für tägliches Leben war. NTGS hatte Murphy das genannt. Neuer Tag, gleiche Scheiße. Wir hatten den Auftrag erledigt, zu dem wir während unseres kurzen Aufenthalts hingeschickt worden waren, doch die Sache war nicht glatt über die Bühne gegangen. Ich fing an, Dinge wahrzunehmen, die ich bei einigen anderen Männern, wie Dixon und Crozier, nicht gerne sah. Vor allem bei Crozier. Ich hatte eigentlich nie darüber nachgedacht, doch Kaschmir war der Anfang einer langen Reise gewesen, die in Winterlong ihren Höhepunkt erreicht und mich dazu gebracht hatte, von da an wieder getrennte Wege zu gehen.

Zehn Minuten später verließ ich das Badezimmer, während ich mir das Haar trocknete. Die Nachrichten liefen noch, aber jetzt mit einer anderen Geschichte, näher an der Heimat. SONDERMELDUNG stand auf einem Balken unten am Bildschirm. Was sich gewöhnlich mit Nachrichten übersetzen lässt, die acht Stunden zuvor eine Besonderheit waren und seitdem ständig wiedergekäut und durch wilde Spekulationen und unbestätigte Berichte ergänzt wurden. Los Angeles. Irgendein neuer Serienmörder, bisher drei bestätigte Leichen. *Neuer Tag, gleiche Scheiße.*

Ich hielt den Blick eine Weile auf den Bildschirm mit den Luftaufnahmen von einem Tatort gerichtet, der in den Santa

Monica Mountains zu liegen schien. Anschließend wandte ich mich meinem Laptop zu und ging meine Möglichkeiten für die Heimreise durch. Obwohl, es *Heim* zu nennen, kam mir ziemlich unehrlich vor, wenn man bedachte, dass ich weniger als vier Monate im Jahr dort verbrachte. Vielleicht war es an der Zeit, dies zu ändern.

Vorher hatte ich Coop erzählt, ich hätte vor, mit dem Auto zurückzufahren. Das hatte ich aus zwei Gründen getan: Erstens hatte ich ihm damit nichts an die Hand gegeben, womit er etwas hätte anfangen können, wie es etwa eine Flugzeit oder ein spezieller Flughafen vermocht hätte. Ich mochte Coop, aber ich meinte es ernst, als ich ihm sagte, es wäre gut, wenn er so wenig wie möglich über mich wüsste. Ich zeigte mich gerne in der Welt, zum Beispiel als Neal Adams oder Carter Blake oder wer auch immer. Aber ich habe meine Gründe, eine Grenze zwischen all dem und dem Ort zu ziehen, an dem ich meine Beine hochlege. Wenn ein Auftrag zu Ende war, sorgte ich dafür, dass die Spuren hinter mir verwischt waren, noch bevor ich mein Zuhause erreichte.

Der zweite Grund war, dass ich tatsächlich noch nicht beschlossen hatte, wie ich nach Hause zurückkehren wollte. Je mehr ich darüber nachdachte, desto mehr sympathisierte ich mit einer Autofahrt. Es würde ein paar Tage dauern, wenn ich es eilig haben würde. Aber ich hatte es nicht eilig. Schließlich war es gut, dass man sich einfach ein paar Tage freinehmen konnte, wenn man selbstständig arbeitete. Ich beschloss, einen auf diesen Gedanken zu trinken, öffnete die Minibar und nahm eine kalte Flasche Bier heraus. Ich nahm einen kräftigen Zug und betrachtete die Lichter der Fahrzeuge entlang des North Atlantic Boulevard sowie den dahinterliegenden schwarzen Ozean. Zum ersten Mal nach Tagen, wenn nicht länger, begann ich zu entspannen.

Genau das war's. Am Morgen einen schnellen Wagen mieten, vielleicht ein Cabrio. Ich könnte mir eine Woche lang Zeit lassen, immer mehr Druck abbauen und, wenn ich zu Hause sein würde, vielleicht wissen, wer ich nach Dienstschluss war. Das Bier rutschte sanft und rasch die Kehle hinunter, und ich ließ meine Gedanken schweifen, nahm kaum die nervöse Stimme aus den Nachrichten wahr, die eine weitere Entwicklung kundtat.

»... laut unseren Quellen aus dem LAPD, dass alle drei Opfer in genau derselben Weise getötet wurden, und zwar indem ihnen die Kehlen brutal durchgeschnitten wurden. Auffällig ist, dass alle Opfer auch mit genau derselben Waffe getötet wurden, wie die Polizei vermutet mit einer Art gezackten, gebogenen Klinge.«

Ich erstarrte, die Flaschenöffnung noch immer an meinen Lippen, während mein Blick wieder zum Fernseher wanderte. Die Reporterin berichtete live vom Tatort aus L.A., der Titel verriet mir, dass es sich um Jennifer Quan von der ABC-Lokalredaktion handelte. Dort, am anderen Ende des Kontinents, war es noch immer hell. Jennifer umklammerte ihr Mikrofon und starrte mit aufgerissenen Augen in die Kamera – wie eine Grundschullehrerin, die an Halloween eine Gespenstergeschichte erzählt.

»Unserer Quelle zufolge scheinen diese Morde fast ritueller Natur zu sein ... ob eine Art Kult oder satanische Verbindung dahintersteckt, lässt sich gegenwärtig jedoch noch nicht sagen.«

Ich stellte meine Flasche ab und schluckte das, was ich noch in meinem Mund hatte. Und das schmeckte plötzlich gallenbitter.

Bloß nicht! Nein, nicht er.

15

Los Angeles

»Wer, zum Teufel, hat mit der Presse geredet?«

Es war abends kurz nach sieben. Allen wartete gerade auf einen Rückruf von Mike Sanding aus Washington, als Ed Simon an ihren Schreibtisch trat und ihr bedeutete, doch mal ihre Aufmerksamkeit auf den großen Wandbildschirm im Gruppenraum zu lenken, wo eine wasserstoffblonde Reporterin fröhlich geheime Informationen zu Allens Fall über den Äther verbreitete. Darauf reagierte Allen derart laut und impulsiv, dass alle anderen im Raum die Köpfe nach ihr drehten.

Die meisten ihrer Kollegen besaßen so viel gesunden Menschenverstand, dass sie jetzt den Mund hielten. Joe Coleman allerdings war nicht für seinen gesunden Menschenverstand bekannt. Der aufgeblähte Detective in den Fünfzigern verzog seinen Mund unter dem grau werdenden Schnauzer zu einem breiten Grinsen. Er wandte den Blick vom Bildschirm ab und grinste noch breiter, als er die Wut in Allens Gesicht bemerkte, während sein kleines Hirn sich schon geschäftig die nächste Witzelei ausgedacht hatte.

»Was ist los, Allen? Hast du nicht ...«

»Halt dein blödes Maul, Coleman.« Allen starrte ihn an, bis sein Grinsen erstarb und er sich wieder setzte.

Die Idiotin im Fernsehen plapperte weiter, erzählte der Welt, dass eins der Opfer gerade als Realtiy-TV-Star Carrie Burnett identifiziert wurde. Allen erachtete diese Bezeichnung als unpassende Ausweitung der Definition von »Star«, doch war sie nicht darüber überrascht. Außerdem berichtete die Reporterin, bei einem der anderen beiden Opfer handle es sich um Kelly Boden aus Reseda. Jesus, es wurde sogar ein Bild von ihr gezeigt! Eines dieser typischen Selfies für die sozialen Medien, die immer so unpassend wirkten, wenn sie im Fernsehen oder in der Zeitung verbreitet wurden, um irgendeinen gewaltsamen Tod zu veranschaulichen. Anschließend wurde noch gezeigt, wie sich eine große Gruppe Reporter vor Burnetts und eine andere, kleinere Gruppe vor Richard Bodens Haus herumdrückte. Allen hatte ein schlechtes Gefühl, aber sie wusste, dass es unvermeidlich war. Zumindest fand sie es tröstlich, dass Boden kein Problem damit haben würde, den Reportern zu sagen, wohin sie verschwinden sollten, falls er nicht mit ihnen sprechen wollte.

Mazzucco trat mit seinem Telefon in der Hand ein, besah sich die Szene mit den fasziniert auf den Bildschirm starrenden Kollegen und blickte dann Allen an. »Was ist los?«

Sie wandte den Blick nicht vom Bildschirm ab. »Sag mir, dass du gute Nachrichten hast!«

»Kommt drauf an, wie du ›gut‹ definierst.« Mazzucco wedelte mit seinem Telefon in der Hand, bis auch er zum Bildschirm sah und dort die Textzeile las. »Oh, Scheiße.«

»Jem ...« Allen räusperte sich und nahm sich zusammen. »Jemand hat mit den Medien gesprochen.« Sie richtete ihren Blick auf Mazzucco und deutete mit der Hand zum Fernseher. »Nicht nur gesprochen. Klingt, als verfügten sie über jedes Detail. Burnett, Bodens Name und Bild, die Anzahl der Leichen, sogar das Wundmuster.« Sie riss die Augen ungläubig auf, als die Worte *LAPD ERMITTELT IN SOGENANNTEN SAMARITERMORDEN* im *Nachrichtenticker auftauchten*. »Ach, du meine Güte!«

»Der Samariter«, tönte jemand auf der anderen Seite des Raums mit tiefer Filmtrailerstimme. »Euer Junge ist ein Star.«

»Halt's Maul, Coleman«, blaffte Mazzucco, ohne ihn auch nur eines Blickes zu würdigen. Er wandte sich wieder Allen zu. »Wer war's?«

»Die Sachen kann nur jemand wissen, der am Tatort war. Einer der Uniformierten, vielleicht auch einer der Gerichtsmediziner.«

»Hier – das könnte auch was Gutes haben«, sagte Mazzucco, als Sarah Duttons Bild im Fernseher erschien. Sie hatten bereits mit den Medien wegen der Suche nach Sarah zusammengearbeitet, aber wenn überhaupt, hatte dieser Teil der Ermittlungen nur zu höheren Einschaltquoten geführt.

»Unbestätigten Berichten zufolge steht die Suche nach dieser Frau, Sarah Dutton, mit den derzeitigen Ermittlungen in Zusammenhang«, fuhr die Blondierte im Fernsehen fort. »Jeder, der etwas über den Verbleib von Sarah weiß, wird dringend gebeten ...«

Allen schüttelte den Kopf. »Das ist die Sache nicht wert. Wir werden sie nicht finden, nicht wahr? Jedenfalls nicht lebend.«

Während der vergangenen Stunden hatten sie Spuren verfolgt. Silberfarbene Porsches, egal mit welchem Nummernschild, wurden angehalten, was vielen reichen Leuten den Hut hochgehen ließ. Der Pannendienst erstellte eine Liste mit den Einsätzen, bei denen niemand angetroffen worden war, doch alle Anrufer hatten ermittelt werden können. Allen und Mazzucco hatten das Telefon strapaziert, hatten bei zu vielen Tassen Kaffee verschiedene Theorien immer wieder durchgekaut. Dabei brachte Allen Mazzucco gerne dazu, beim Denken über den Tellerrand zu schauen, Mazzucco hingegen versuchte, dass Allen sich auf die wenigen Fakten konzentrierte, die auf dem Teller lagen. Sie führten eine relativ neue berufliche Beziehung, und jeder hatte noch seine eigene Art zu denken, zu lernen, mit den Stärken des anderen umzugehen. Allen wusste das Hin und Her zu schätzen, doch vermutlich waren beide gleichzeitig froh über die kurze Unterbrechung, als Mazzucco nach draußen gegangen war, um eine zu rauchen.

Jetzt war er aber wieder zurück, und er hielt ihr das Telefon hin, damit sie sich das Bild auf dem Display ansehen konnte: ein anderes sorgenfreies Profilbild aus einem der sozialen Medien, eine Frau mit brünettem Haar, etwas älter als die anderen, doch wahrscheinlich noch immer unter dreißig, Sie sah mehr oder weniger so aus wie das letzte nicht identifizierte Opfer.

Allens Blick zuckte vom Telefon zu Mazzuccos erwartungsvollem Gesicht. »Und? Wie lange willst du mich noch auf die Folter spannen?«

»Rachel Morrow, achtundzwanzig Jahre alt.«

Allen runzelte die Stirn. »Und sie ist auch nicht berühmt?«

Mazzucco schüttelte den Kopf.

»Reich?«

»Auch nicht. Also, sie ist Buchhalterin ... sie war Buchhalterin, meine ich, und kam ganz gut zurecht, aber reich war sie eher nicht, und ganz eindeutig nicht berühmt.«

»Und wir haben keine Fingerabdrücke von ihr, vermute ich.«

»Korrekt. Das hier ist von der Vermisstenstelle. Die Übereinstimmung mit ihr haben wir heute vor ein paar Stunden festgestellt, aber die Vermisstenanzeige wurde ja auch erst gestern aufgegeben. Ihr Mann war nämlich mehr als eine Woche außer Landes. Kam gestern in ein leeres Haus zurück.«

Allen konnte es nicht glauben. »Er hat mehr als eine Woche nicht mit seiner Frau telefoniert? Wie stichfest ist sein Alibi?«

Mazzucco zuckte mit den Schultern. »Ich habe schon komischere Sachen gehört. Er war auf irgendeiner Konferenz in Finnland. Hat jeden Tag Vorträge gehalten. Er ist aus dem Schneider, sofern er nicht ...«

»... sofern er nicht jemand anderes dafür beauftragt hat.«

»Genau – aber warum der Kollateralschaden? Die anderen beiden Opfer, meine ich.«

Die restlichen Kollegen im Büro sahen noch immer die Nachrichten an. Allen lehnte sich zurück und ging die neuen Informationen durch. »Wenn der Ehemann als Verdächtiger aus dem Rennen ist, wer war dann die letzte Person, die sie gesehen hat, bevor sie verschwunden ist?«

»Am Zehnten ging sie nach der Arbeit mit ein paar Leuten aus ihrem Büro in eine Kneipe. Sie hatte nur ein Getränk, dann fuhr sie nach Hause. Offenbar hatte sie Kopfschmerzen. Das war das letzte Mal, dass sie gesehen wurde. In der Woche darauf hatte sie Urlaub und wurde daher in der Arbeit nicht vermisst.«

»Weiß man, ob sie je zu Hause angekommen ist?«

Mazzucco hob wieder die Schultern. »Lässt sich nur schwer sagen. Eine Streife fuhr gestern beim Haus vorbei, nachdem der Ehemann die Anzeige aufgegeben hatte. Er sagte den Polizisten, das Haus sei abgeschlossen gewesen. Kein Wagen in der Garage, aber von ihren Kleidern oder den anderen Sachen hätte nichts gefehlt. Von den Lebensmitteln im Kühlschrank wären bereits einige am Vergammeln gewesen. Er hat sofort ihr gemeinsames Konto überprüft, von dem ist jedoch nach dem Zehnten nichts mehr abgehoben worden.«

»Dann könnte sie also auf dem Nachhauseweg nach diesem Arbeitsdings weggeschnappt worden sein.«

»Klingt wahrscheinlich. Das ist die Vorgehensweise des Samariters, oder?«

»Lass das!«, sagte Allen, wusste aber, dass ihr Kampf gegen den Spitznamen bereits verloren war. »Ich gehe davon aus, dass es von dem Wagen keine Spur gibt.«

»Ein blauer Honda Civic, wir haben schon die Fahndung raus.«

»Wir müssen die Fahrzeuge finden. Wenn uns das gelingt, finden wir vielleicht einen Anhaltspunkt über unseren Mörder.«

Allens Telefon klingelte. Sie meldete sich mit ihrem Namen. Während sie der Stimme am anderen Ende zuhörte, spannte sie sich zusehends an. Mazzuccos Blick heftete sich erwartungsvoll auf sie, nachdem sie das Gespräch beendet hatte.

»Sarah Dutton wurde gefunden. Lebendig.«

16

Fort Lauderdale

Sie hatten bereits einen eingängigen Namen für ihn gefunden. Klar. *Der Samariter* – weil er es offenbar auf einsame Autofahrerinnen abgesehen hatte, die nachts eine Panne hatten. Manchmal frage ich mich, ob sich Polizei und Presse nachts zusammensetzten und sich solche Spitznamen ausdachten. Schließlich lag es in ihrem gemeinsamen Interesse, solche medienwirksamen Bühnennamen zu erfinden. Die Erwähnung des gezackten Wundmusters sowie L.A. als Tatort war schon sehr viel, mehr hatten die Nachrichten freilich auch nicht zu bieten, woran ich mich halten konnte.

Als klar wurde, dass die Medien in den bequemen Wiederkäuermodus schalteten, setzte ich mich wieder an meinen Schreibtisch im Hotel und tippte weiter. Schließlich schloss ich das Browserfenster und öffnete die Seite der *Los Angeles Times*. Selbstverständlich rangierte die Samariter-Geschichte ganz oben. Der Bericht war etwas nüchterner gehalten als das, was die Reporterin im Fernsehen immer noch von sich gab, aber die Spekulationen waren identisch. Sie sicherten ihren journalistischen Wetteinsatz mit der Einleitung *unbe-*

stätigten Quellen zufolge ... ab, aber die Einzelheiten waren mehr oder weniger dieselben. Drei tote Frauen – gefoltert, ermordet und abgelegt. Alle mit einer gezackten Wunde an der Kehle erledigt.

Wenn ich meine Augen schloss, konnte ich mir die gezackte Wunde genau vorstellen. Und das Messer, mit dem die Wunde den Opfern zugefügt worden war.

Logisch gedacht wusste ich, dass dies nicht unbedingt bedeutete, was ich befürchtete. Gleiches Aussehen der Wunde hieß nicht gleicher Mörder. Es gab schließlich nur eine bestimmte Anzahl von Tötungsarten und eine bestimmte Anzahl von Waffenarten. Dazu kam, dass ich erst unmittelbar vor diesen Nachrichten über die Vergangenheit nachgedacht hatte – und die beruhigende, tröstliche Erklärung dafür war, dass dies nichts weiter als ein verwirrendes Echo fungierte, als eine unwillkommene Synchronizität. Als höre man ein Lied im Radio, das einen an eine alte Liebe erinnert, weil jemand im gleichen Moment ihren Namen nennt.

Doch das Muster passte: Entführung, Folter, Mord. Und nicht nur das: Es passierte in Los Angeles. Das war sein eigentliches Revier. Welche Erklärung auch immer ich mir zurechtlegte, es zählte nur eine Sache: Die Geschichte in den Nachrichten hatte in meinem Hinterkopf einen leisen Alarm ausgelöst, der mich nicht eher ruhen ließe, bevor ich nicht weitere Ermittlungen angestellt haben würde. Sechster Sinn? Intuition? Egal, meiner Erfahrung nach war es besser, so etwas nicht zu übergehen.

In die Suchmaschine eines zweiten Browserfensters tippte ich zwei Wörter ein – einen Namen. Als ich die Eingabetaste drückte, wusste ich nicht, ob ich wirklich etwas finden wollte oder nicht. Ich erwartete eigentlich nicht, allein über den Namen als Suchbegriff irgendetwas Sinnvolles zu finden, daher war ich nicht überrascht, als ich es wirklich nicht tat. Einige Bilder zeigten fremde Gesichter von Männern mit dem gleichen Namen – eine Einladung, deren Profile auf den sozialen Medien anzusehen. Selbst die Website eines Autors mit diesem Namen, der sich offenbar auf »sinnliche Erotika« spezialisiert hatte. Ich war mir ziemlich sicher, dass ich über diese Links nicht finden würde, wonach ich suchte.

Ich fügte im Eingabefeld zum Namen noch *Los Angeles* hinzu. Weitere Ergebnisse, alle aber ebenso wenig hilfreich. Auch das überraschte mich nicht. Die Art Mensch, nach der ich suchte, trieb sich nicht in sozialen Medien herum. Die Art von Mensch, nach der ich suchte, würde so wenig Spuren hinterlassen wie möglich. Was mich übrigens nicht so sehr von ihr unterschied.

Ich nahm einen großen Schluck von meinem Bier, sah aus dem bis zur Decke reichenden Fenster auf das schwarze, leere Meer. Ich dachte darüber nach, wie weit Kalifornien entfernt wäre. Fast fünftausend Kilometer. Etwa so weit entfernt, wie man kam, ohne das Festland der Vereinigten Staaten zu verlassen. Ich dachte noch etwas länger darüber nach – bis meine Hände zur Tastatur zurückkehrten, um den Vornamen zu löschen. Nur noch der Nachname und Los Angeles blieben.

Daraufhin erhielt ich ein paar weitere Facebook-Treffer und die Website einer Kleinkunstbühne sowie ein paar zufällige Sandkörner aus der Wüste des Internets … und einen Nachrichtenbeitrag, es war der zweitletzte Treffer auf der ersten Seite. Ein Artikel über ein Ereignis, das sich Ende der Neunziger zugetragen hatte.

In meinem Kopf hallte sofort ein Echo wider von etwas, das ich vor langer Zeit vernommen hatte: *Das ist die Wahrheit.*

Als ich auf den Link klickte, schrillten die Alarmglocken in meinem Hinterkopf um einiges lauter.

17

Los Angeles

Sarah Dutton war gefunden worden, nicht als Leiche, sondern als lebendige, atmende potenzielle Zeugin. Sie hatte zwar während der vergangenen vierundzwanzig Stunden nicht hinter dem Mond gelebt, sich aber dennoch von der Außenwelt völlig abgeschnitten – zurückgezogen in einer dreitausend Dollar pro Nacht teuren Penthouse-Suite im Chateau Marmont.

Ob das Zimmer nun teuer war oder nicht – Sarah lebte immer noch im einundzwanzigsten Jahrhundert. Erst um zwei Uhr nachts hatte sie erfahren, dass sie landesweit als mögliches Mordopfer gesucht wurde, hatte sich aber trotzdem noch ein paar Stunden lang bedeckt gehalten. Das hielt Allen für besonders seltsam. Sie war selbst nie in einer solchen Situation gewesen, so etwas hätte aber bei ihr, wie wohl bei jeder anderen jungen Frau, Panik ausgelöst. Davon aber einmal abgesehen – wenn Allen zwischen den Zeilen las, kam sie zu dem Schluss, das Sarah Duttons zögerliches Verhalten zum großen Teil auch daran gelegen haben mochte, dass sie das teure Hotelzimmer nicht allein bewohnt hatte.

Die Sonne war bereits völlig untergegangen, als sie sich auf den Weg machten, und der abendliche Verkehr ging wie üblich nur schleppend voran. Sie und Mazzucco machten nur langsame Fortschritte auf der Fahrt zurück zum Mulholland Drive. Das palastartige Haus sah jetzt im Dunkeln, vom Boden aus mit Scheinwerfern beleuchtet, irgendwie noch größer aus.

Walter Dutton war wie ein völlig neuer Mensch. Nachdem er bei der ersten Begegnung ungepflegt und mitgenommen ausgesehen hatte, wirkte er jetzt wie neugeboren. Er trug einen Anzug, der von Allens Monatsgehalt wohl nicht viel übrig gelassen hätte. Von dem Moment an, als er ihnen die Tür öffnete, schien er ungeduldig zu sein. War ihm seine vorherige Verletzlichkeit peinlich? Wollte er sie jetzt überkompensieren?

Er führte sie ins Wohnzimmer, wo zwei andere Personen warteten. Die erste war ein anderer Mann mit grauen Schläfen, in Anzug und mit Seidenkrawatte. Dank ihrer Zeit in Washington war Allen auf bestimmte Typen geeicht, und sie würde ihr dürftiges Monatsgehalt verwetten, dass dieser Mann Duttons Anwalt in dessen Unternehmen war.

Die zweite Person im Raum war – auch ohne den Instinkt eines Detectives einzuordnen – Duttons zweiundzwanzigjährige Tochter, Sarah. Sie saß zusammengekauert, die Arme verschränkt, auf einem antiken Stuhl. Im Gegensatz zu den Männern war sie schlicht gekleidet: lavendelfarbene Bluse, Jeans, und sie war barfuß. Mit ihren rot geweinten Augen wirkte sie, als wäre sie fast erleichtert, zwei Detectives von der Mordkommission zu sehen – was eher selten vorkam.

Dutton bot den beiden keinen Kaffee an, forderte sie nicht auf, sich zu setzen.

»Detectives Allen und Mazzarello, richtig?«

»Mazzucco.«

»Entschuldigen Sie.« Er nickte zum Anwalt. »Das ist Jack Carnegie aus meiner Rechtsabteilung. Und natürlich meine Tochter, Sarah. Mir ist klar, dass Sie Sarah ein paar Fragen stellen wollen. Wir würden diese Angelegenheit gerne so schnell wie möglich hinter uns bringen.«

»Wir werden versuchen, ihre Zeit nicht allzu sehr in Anspruch zu nehmen, Sir«, beteuerte Mazzucco. Allen war beeindruckt: Er war so zurückhaltend, dass wahrscheinlich niemand außer ihr seinen Sarkasmus bemerkt hatte. »Vielleicht wäre es besser, wenn wir mit Sarah allein sprechen könnten.«

»Das wird ... nicht geschehen, Detective«, widersprach Carnegie wie aus der Pistole geschossen. »Sie können Sarah Fragen stellen, aber nur in Anwesenheit von mir und Mr Dutton.«

Allen sah zu Sarah. »Ich denke, das sollte sie selbst entscheiden.«

Dutton warf Allen einen funkelnden Blick zu. Carnegie öffnete den Mund, doch Sarah kam ihm zuvor. »Ist schon in Ordnung. Ich möchte, dass sie bleiben.« Ihre Stimme klang einigermaßen sicher, doch Allen bemerkte das Flackern in ihren Augen, als sie zu ihrem Vater blickte, um dessen Zustimmung zu erhalten.

Allen unterdrückte den Drang auszurasten. Diese Vorgehensweise würde Zeit kosten, die sie nicht hatten. »Also gut, Sarah, wenn Sie sich sicher sind ... Es geht darum, dass wir diesen Kerl schnappen wollen, der Kelly umgebracht hat. Er hat auch ein paar andere Menschen getötet, und wir sind ziemlich sicher, dass er es wieder tun wird. Sie müssen uns also alles sagen, was Sie wissen, auch wenn Sie es nicht für wichtig halten. Das kleinste Detail kann uns helfen, ja?«

Sarah nickte und richtete sich auf.

»Erzählen Sie uns doch bitte von gestern Abend«, forderte Mazzucco sie auf. »Sie waren mit Kelly unterwegs? Mit wem sonst noch?«

Die Erwähnung des Namens ihrer ermordeten Freundin reichte, um sie zum Weinen zu bringen.

»Ja«, antwortete sie, als sie sich wieder gefangen hatte. »Kelly und ich und ... Josh.« Sie senkte den Blick, als sie den ihres Vaters auf sich spürte. Allen überlegte, ob das Ausgehverbot nicht wegen Jungs im Allgemeinen, sondern wegen dieses speziellen Jungen verhängt worden war. »Wir aßen im Mélisse zu Abend, dann gingen wir ins Sloan's, um was zu trinken. Ich hatte vor, gegen elf wieder zu Hause zu sein. Aber dann wollte Josh noch bleiben und schlug vor, er könne mich nach Hause fahren. Kelly ging's nicht so gut, daher bot sie an ... ich meine, sie sagte, sie könnte den Wagen ...«

»Das reicht, Sarah«, unterbrach Dutton sie mit hörbarem Seufzen. Er wandte sich an die Detectives. »Ich glaube, meine Tochter will sagen, dass sie die Nacht mit diesem ... *Josh* verbringen wollte, aber sie wusste, sie wäre erst nach mir zu Hause, und ich würde sehen, dass der Porsche fehlte. Genau das nämlich war der Grund, warum ich dann merkte, dass sie noch nicht zu Hause war, und warum ich die Polizei verständigte.«

Mazzuccos Stirn kräuselte sich. »Ansonsten hätten Sie nicht bemerkt, dass sie nicht hier war?«

»Meine Tochter bewohnt das Nebengebäude unten am Pool. Sonntags schläft sie gerne länger. Die Möglichkeit bestand also, dass ich sie nicht vermisst hätte. Damit rechnete sie, und deswegen bat sie wohl ihre Freundin, mit dem Porsche hierherzufahren.«

Allen kribbelte es auf der ganzen Haut, und sie wechselte einen Blick mit Mazzucco. Ja, auch er spürte es. Kelly Boden passte perfekt ins Muster: eine Frau, die nachts allein mit dem Wagen fuhr.

»Ist es so gewesen, Sarah?«, vergewisserte sich Allen. »Wir müssen in diesem Punkt sehr genau sein. Haben Sie mit Kelly verabredet, dass sie den Porsche zu Ihnen nach Hause bringt?«

Sarah hielt den Blick auf den Fußboden gerichtet und nickte widerwillig. »Ja, so war's.«

Mazzucco blätterte in seinem Notizbuch eine Seite zurück. »Diese Kneipe, das Sloan's. Die liegt auf dem Santa Monica Boulevard, stimmt's?«

Sarah nickte.

»Hatte Kelly vor, auf direktem Weg hierherzufahren?«

»Das war so geplant. Sie machte sich gegen halb elf auf den Weg. Kurz bevor es zu regnen anfing. Ich machte mir echt Sorgen um sie. Ich habe versucht, sie gegen Mitternacht anzurufen, um nachzuprüfen, ob alles in Ordnung war, aber es meldete sich gleich die Mailbox.«

Allen und Mazzucco sahen sich an. Der Samariter hatte möglicherweise um Mitternacht begonnen, sie umzubringen.

Allen hakte in ihrem Notizbuch eine weitere Frage ab. »Hatten Sie irgendwelche Probleme am Porsche bemerkt? Einen Mangel, einen Grund für eine Panne?«

Sarah machte ein verwirrtes Gesicht. »Nein. Er war neu. Ja gut, der Tank war fast leer, aber das habe ich Kelly gesagt. Ich habe ihr einen Zwanziger gegeben, damit sie tanken konnte.«

Mazzucco hob eine Augenbraue und machte sich eine Notiz.

Sie unterhielten sich noch eine weitere halbe Stunde mit Sarah, die ihnen aber nichts Nützliches mehr bot, da sie, nachdem Kelly gegangen war, keinen Kontakt mehr zu ihr gehabt hatte. Nachdem sie mehrmals die Einzelheiten zum Samstagabend durchdekliniert hatten, baten sie Sarah, genau darzulegen, wo sie sich wann selbst aufgehalten hatte. Dieser Zweig der Ermittlungen war weniger wichtig und würde sich rasch von einem der dem Fall zugewiesenen Uniformierten überprüfen lassen, der im Zuge dessen auch den Freund befragen könnte. Allen machte sich keine großen Hoffnungen wegen des Ergebnisses, da sich sein Alibi zusätzlich von den Sicherheitskameras im Hotel bestätigen lassen würde.

Immer häufiger unterbrachen Mr Dutton und sein Anwalt das Verhör mit ungeduldigen Bemerkungen und Fragen, daher setzten Allen und Mazzucco dem jetzt ein Ende. Die Fahrt hierher hatte sich gelohnt, weil Sarah mit zwei Informationen, die Gold wert waren, die Vermutungen der Detectives bestätigt hatte: Kelly Bodens Fortbewegungsmittel und ihr ungefährer Aufenthaltsort zur geschätzten Zeit ihrer Entführung. Dutton drängte sie nach draußen, als wolle er die Tür hinter dieser ganzen Geschichte schließen. Seine Eile ärgerte Allen, die sich zum Abschied einen Seitenhieb nicht verkneifen konnte.

»Noch eine Sache, Mr Dutton.«

Er dehnte das »Ja«, als bestünde es aus mehreren Silben.

»Ist das wirklich Marlon Brandos altes Haus?«, fragte sie nach einer Pause – und ohne auf den Blick ihres Partners zu achten.

Dutton schüttelte den Kopf. »Nein, Detective. Das befindet sich ein paar Kilometer von hier entfernt. Und ist kleiner.«

Die Tür hinter ihnen wurde sehr nachdrücklich geschlossen, beinahe schon zugeknallt.

Mazzucco bot an, Allen nach Hause zu fahren, da ihre Wohnung auf dem Weg lag. Allen stimmte zu – unter der Bedingung, dass sie ans Steuer durfte. Als sie den Wagen startete und auf den Mulholland Drive fuhr, schüttelte Mazzucco den Kopf.

»Brandos Haus. Nett.«

»Er hat mich echt auf die Palme gebracht«, erklärte Allen. Sie dachte kurz nach. »Meinst du nicht, das war ein bisschen komisch? Einen Anwalt als Aufpasser mit dazuzunehmen?«

Mazzucco überlegte. »Nö. Ich denke, er ist ein bisschen reich, mehr nicht. Reiche Typen halten sich gerne den Rücken frei, bis sie genau wissen, was vor sich geht. Sie möchten auch nicht, dass die kleinen Leute Einblick in ihre Geschäfte bekommen.«

»Wir wissen also eindeutig, dass Kelly mit dem Porsche fuhr und dass sie auf direktem Weg zu den Duttons nach Hause war«, resümierte Allen.

»Nicht auf direktem Weg. Sie musste ja noch tanken.«

»Das ließe sich noch nachprüfen, auch wenn sie wahrscheinlich bar bezahlt hat. Tankwarte erinnern sich gerne an hübsche Autos. Es hilft uns jedenfalls, die Fahrtroute einzugrenzen.«

»Dann können wir uns jetzt mehr oder weniger gut vorstellen, was passiert ist: Dieser Typ hat sie irgendwie dazu gebracht anzuhalten, er hat sie entführt und den Wagen mitgenommen.« Er zog sein Telefon heraus, suchte eine Nummer, die er anwählte, und hielt das Telefon ans Ohr. »Hi. Hier ist Detective Mazzucco, Mordkommission. Ich wollte nur mal hören, ob Sie schon was zur Fahndung nach dem silbernen Porsche wissen.« Pause. »Sicher? Ja, klar, ich denke, das würden Sie. Okay, danke.« Er drückte die Austaste.

»Nichts?«, fragte Allen.

Er schüttelte den Kopf. »Burnetts BMW wurde auch nicht gefunden. Das sind drei von drei.«

»Und wir wissen, alle Frauen wurden das letzte Mal in einem Umkreis von wenigen Kilometern vom Fundort ihrer Leichen gesehen – Burnett in Laurel Canyon, Boden auf dem Weg zum Mulholland Drive, und Morrow war auch ganz in der Nähe. Falls sich nun die Orte der Entführung in der Nähe des Fundorts der Leichen befinden …«

»… befindet sich womöglich auch der Tatort, an dem er sie ermordet hat, innerhalb dieses Radius«, beendete Mazzucco ihre Überlegung. »Vielleicht ein abgeschiedenes Haus.«

»Wissen wir schon, ob Rachel Morrow ebenfalls eine Panne hatte?«

Mazzucco rief die Vermisstenstelle an, musste aber ein paar Minuten warten, bis die entsprechende Akte aus der Datenbank aufgerufen worden war. Als er das Gespräch schließlich beendete, hielt Allen gerade mit dem grauen Ford vor ihrer Wohnung an.

»Sie war aber nicht im Automobilclub. Wir haben auch keinen registrierten Telefonvertrag von ihr, deswegen können wir nicht sagen, ob sie versucht hat, jemanden anzurufen.«

»Der Pannendienst hatte sich für Burnett aber auch nicht bezahlt gemacht. Eventuell gibt es eine andere Möglichkeit dafür, dass alle drei mit derselben Person in Kontakt kamen. Vielleicht haben sie alle drei an derselben Tankstelle getankt.«

Mazzucco lächelte. »Zwei Dumme, ein Gedanke.« Er seufzte und sah auf seine Uhr. »Ich werde noch mal zur Ranch fahren und ein paar von diesen Theorien überprüfen. Wir wissen, der Tank vom Porsche war leer, aber wer wird sich schon an einen Honda Civic von vor einer Woche erinnern? Ich werde die Tankstellen zwischen Santa Monica und dem Mulholland anrufen. Unter Umständen kann ich sogar mit demjenigen sprechen, der gestern Abend gearbeitet hat.«

»Hast du denn mit dem Chef wegen der Überstunden gesprochen?«

Mazzucco wollte bereits etwas erwidern, merkte dann aber, was sie gemeint hatte, und nickte sarkastisch. »Julia geht es gut. Ich habe sie vor einer halben Stunde angerufen.«

»Ich konnte nicht widerstehen. Tut mir leid«, entschuldigte sich Allen. »Die Tankstellen zu überprüfen ist eine gute Idee. Ich werde auch noch ein paar Anrufe erledigen, um einiges zu organisieren. Zum Beispiel brauchen wir Leute, die die Wohngegenden rund um die Berge durchkämmen. Vielleicht haben wir dabei Glück und finden das Haus, in dem er seine Morde begeht.«

Sie öffnete die Tür und stieg aus. Während Mazzucco um den Wagen herum zur Fahrerseite ging, sah sie ihm entgegen und dachte über den Anruf nach, den sie eben erwähnt hatte. »Das ist ein großer Fall, Mazzucco. Ich will nicht, dass ihn uns jemand wegnimmt, wenn wir es vermeiden können. Was wird Lawrence deiner Meinung nach tun?«

»Wenn das FBI an seine Tür klopft, meinst du?« Mazzucco nickte. »Es müssen noch ein Mord, vielleicht auch zwei weitere Morde begangen werden, bis das passiert, vermute ich. Aber Lawrence steht nicht aufs FBI. Er wird den Fall nicht kampflos aufgeben. Warum?«

»Nur so.«

Mazzucco lächelte und wollte schon ins Auto steigen. Doch ihm fiel noch etwas ein, und er zog ein zusammengefaltetes Blatt Papier aus seiner Jackentasche und reichte es ihr.

»Fast vergessen. Burke hat eine Skizze von dem Messer rübergeschickt.«

Allen blickte auf das Papier in ihrer Hand, es war ein Ausdruck von einer eingescannten Handzeichnung. Sie zeigte ein etwa fünfzehn Zentimeter langes Messer mit geschwungener Klinge. Glich eher einem Dolch. Allen erschauderte leicht, als sie sich an die Wunden erinnerte, die dieses Messer den Opfern zugefügt hatte.

Mazzucco stieg ein und warf durchs offene Seitenfenster einen Blick zu ihr hinauf, als er den Schlüssel im Zündschloss drehte. »Arbeite nicht zu lange.«

»Selber!«, rief sie ihm nach, als er losfuhr.

Während sie beobachtete, wie die Rücklichter um die Ecke verschwanden, machte Allen sich noch einmal Gedanken über Lawrence und das FBI. Es könnte leicht zu einem Kampf zwischen den Behörden kommen, selbst wenn die Leichen alle in den eigenen Zuständigkeitsbereich fielen – weil es eben nicht genau definiert war, wann das FBI zu den Ermittlungen in einem Fall von Serienmorden hinzugezogen werden müsste, und weil das LAPD sich im eigenen Bundesstaat besser auskannte als die meisten Behörden im Land.

Aber wenn ein Fall die Staatsgrenze überschritt? Dann wären alle Zweifel mit einem Schlag ausgelöscht.

18

Allen schob ihre Magnetkarte übers Lesegerät und betrat wie mit Autopilot gesteuert die Eingangshalle zu ihrem Apartmenthaus, da ihre Gedanken um die bekannten Fakten zu dem Fall kreisten. An einem normalen Abend entspannte sie sich nach der Arbeit gerne bei einem Film. Sie sah sich alles an – romantische Komödien, Western oder Actionfilme. Ein netter, ordentlich erfundener Plot, bei dem irgendwann alle offenen Enden zueinanderfanden, war ein effektives Mittel, nach dem Frust und den unbeantworteten Fragen, den schalen Beigeschmack wegzubekommen – selbst nach einem guten Arbeitstag. Dass sie immer ein definites Ende hatten, mochte sie an Filmen ganz besonders – es musste nicht einmal ein glückliches sein.

Doch an diesem Abend hatte sie keine Zeit für eine DVD. An diesem Abend würde die Zahl ihrer Überstunden in die Höhe schnellen. Als sie die vier Stockwerke bis zu ihrer Wohnung hinaufstieg, ging ihr auf, dass sich ihr Telefon seit dem Verhör von Sarah Dutton immer noch im Lautlos-Modus befand. Sie zog es aus der Innentasche heraus und registrierte lächelnd, dass sie einen Anruf mit der Vorwahlnummer 202 – Washington, D.C. – erhalten, aber leider verpasst hatte.

Es war kurz vor halb elf, und der verpasste Anruf war um 21:47 Uhr eingegangen, daher hoffte sie, Sanding würde noch auf sein. Die restlichen Stufen rannte sie hinauf, nahm hastig den Schlüssel aus ihrer Handtasche, öffnete die Tür und trat ein.

Und blieb wie erstarrt auf der Schwelle stehen.

Die Wohnungstür führte in einen kleinen Flur: Schlafzimmer rechts, Wohnzimmer links, Badezimmer geradeaus. Die Tür zum Wohnzimmer war angelehnt, im Zimmer brannte Licht. Hatte sie es am Morgen angelassen? Warum hätte sie das tun sollen, da es schon hell gewesen war? Dann hörte sie ein Geräusch im Wohnzimmer: Jemand ging über den knarrenden Dielenboden Richtung Fenster, danach wurden die Lamellen der Jalousien auseinandergezogen, um besser nach draußen sehen zu können.

Allen schlüpfte aus ihren Schuhen und ging barfuß weiter, achtete aber darauf, nicht auf die knarrende Diele vor der Badezimmertür zu treten. Sie zog ihre Waffe heraus, entsicherte und spannte sie vorsichtig und leise. Den Atem anhaltend drückte sie mit der Schulter die Tür auf, schwenkte die Waffe mit beiden Händen von einer Seite zur anderen und hielt sie schließlich auf die Person gerichtet, die am Fenster stand.

»Hände an den Kopf«, befahl sie deutlich und in aller Ruhe, bevor sie den großen, dunkelhaarigen Mann in dunklem Anzug erkannte, der in ihrer Wohnung umherschlich.

»Jesus, Jessica! Spinnst du?«

Allen seufzte und nahm die Waffe herunter. »Ich erinnere mich nicht, dir einen Schlüssel gegeben zu haben, Denny.«

»Ich habe den Ersatzschlüssel genommen, der im Treppenhaus hinter dem Bild hängt. Weißt du, für eine Polizistin sind deine Vorsichtsmaßnahmen ziemlich lasch.«

»Danke für den Hinweis.«

Er nickte Richtung Fenster. »Ich habe nach dir Ausschau gehalten.«

»Ich habe heute den Wagen zu Hause gelassen. Mazzucco hat mich hergefahren. Was ist los?«

Denny riss überrascht die Augen auf.

Dann machte es klick bei Allen. »Mist. Abendessen, oder?«

»Ja, Abendessen.«

»Tut mir leid«, sagte sie, auch wenn sie es nicht so meinte. Sie war immer noch sauer, weil er den Ersatzschlüssel benutzt hatte. »Heute haben wir einen großen Fall übernommen – drei Leichen, die in den Bergen vergraben waren.«

»Ja, habe ich in den Nachrichten gesehen. Du bist dabei, hm?« Dennys Interesse war in etwa so ernst gemeint wie Allens Entschuldigung. In den drei Monaten, in denen sie zusammen waren, hatte er ein durchgehendes Desinteresse an ihrer Arbeit gezeigt. Nicht dass Allen unbedingt auf seine Neugier scharf gewesen wäre, aber die meisten Menschen, die sie kennengelernt hatte, zeigten Interesse an ihrer Arbeit. Oder zumindest an den Horrorgeschichten, die zu hören sie erwarteten. Denny jedoch schien ihrer Arbeit bei der Mordkommission auch nicht mehr Beachtung zu schenken, als der einer stellvertretenden Leiterin eines Schnellimbisses. Das Komische aber war, dass er gerne über seine eigene Arbeit sprach. Das heißt, sofern er Arbeit hatte.

»Ja, ich arbeite an dem Fall. Scheint eine harte Nuss zu werden. Das mit heute Abend habe ich total vergessen.«

Denny neigte unbekümmert den Kopf zur Seite und schlenderte auf sie zu. »Das ist schon in Ordnung, Schatz.« Er umfasste ihre Hüfte und legte seine Hände auf ihren Hintern. »Mir fallen schon ein paar Dinge ein, wie du das wiedergutmachen kannst.«

Ihre Lippen berührten sich, Allen legte ihre Arme um seinen Hals, neigte dann aber ihren Kopf lächelnd nach hinten. »Einen Gutschein? Ich habe heute Abend immer noch viel auf dem Zettel.«

Er sah sie eine Sekunde lang an, bis sich sein Gesichtsausdruck von vergnügt in schockiert wandelte, nachdem er gemerkt hatte, dass sie es ernst meinte. »Willst du mich verarschen?«

Allen ließ ihre Hände nach unten schnellen und wich von ihm zurück. »Nein, ich verarsche dich nicht. Ich suche nach einem Geistesgestörten, der drei Frauen gefoltert und getötet hat, und ich muss noch ein paar Anrufe erledigen.«

Er schüttelte den Kopf. »Nun, dann entschuldige ich mich dafür, dass ich dachte, ich könnte mit meiner Freundin etwas Zeit verbringen, wenn sie Feierabend hat.«

Allen verdrehte die Augen, wandte sich von ihm ab und marschierte zu der kleinen Küchenzeile, wo das Telefon und die Speisekarte vom Chinesen lagen. »So funktioniert das nicht, Denny. Das hatten wir doch schon vorher so gehandhabt.«

Er schnaubte. »Du hast verdammt recht damit, dass wir das vorher schon so gehandhabt hatten. Das wievielte Mal ist das jetzt? Sind dir diese dämlichen Fälle wichtiger als wir beide?«

Wichtiger als du, meinst du, dachte sie. »Mit mir würdest du heute Abend sowieso nicht viel Spaß haben, Denny«, erwiderte sie und überflog die Speisekarte. Jedes Mal las sie die ganze Karte durch, obwohl sie immer dasselbe bestellte. »Soll ich dich morgen anrufen? Dann könnten wir das tun, was auch immer du heute Abend tun wolltest.«

»Was auch immer ...« Denny hielt inne und starrte sie kurz an, bevor er sich eines anderen besann, auf dem Absatz kehrtmachte und zur Tür schritt. »Weißt du was? Diesen Scheiß brauche ich nicht. Mach's gut, Jessica!«

Er knallte die Wohnzimmertür hinter sich zu, und Allen rief ihm schnell seinen Namen hinterher.

Die Tür öffnete sich einen Spaltbreit, er schob seinen Kopf herein und verzog bockig das Gesicht. »Was ist?«

»Der Ersatzschlüssel?«

Denny schüttelte noch einmal den Kopf, schob seine Hand in die Hosentasche und warf den Schlüssel auf den Beistelltisch. Wieder knallte er die Tür zu, und einen Moment später bedachte er die Wohnungstür mit der gleichen, aber intensiveren Behandlung.

Allens Blick blieb eine Weile an der Tür haften, fiel dann auf das Telefon in ihrer Hand, während sie den nächsten Schritt überlegte. Sie brauchte nicht lange für ihre Entscheidung: zuerst gebratene Nudeln mit Rindfleisch scharf, gleich anschließend Michael Sanding.

19

Fort Lauderdale

Sein Name war Dean Crozier.

Ich hatte neben ihm gearbeitet. Ich hatte schon einmal Leichen gesehen, die so ausgesehen hatten wie die in Los Angeles, und von anderen hatte ich gehört. Der entscheidende Punkt war der Zeitungsartikel aus den Neunzigern: Ein Ehepaar und ihre siebzehn Jahre alte Tochter waren abgeschlachtet in ihren Betten in Santa Monica gefunden worden. Es hatte nur einen Überlebenden gegeben – den sechzehnjährigen Sohn, der zum Tatzeitpunkt angeblich am anderen Ende der Stadt gewesen war. Die Polizei war sehr an ihm interessiert gewesen, hatte ihm aber nichts nachweisen können. Die Familie hatte Crozier geheißen.

Im Team war immer das Gerücht umgegangen, Crozier hätte seine Familie getötet. Keiner der anderen schien es besonders ernst zu nehmen, und ich war damals auch geneigt gewesen, das auch so einzuschätzen. Für völligen Quatsch hatte ich gehalten, dass Crozier höchstpersönlich das Gerücht in die Welt gesetzt hätte, um sich mit dem Ruhm eines Wahnsinnigen zu bekleckern. Oder vielleicht hatte ich es nur für Quatsch halten wollen, weil ich mir sonst genauer hätte ansehen müssen, was ich in einem Laden tat, der es für angebracht hielt, einen Mann wie Dean Crozier zu beschäftigen.

Nach Florida war ich mit wenig Gepäck gereist, doch die Dringlichkeit meiner Reise an die Westküste bedeutete, dass ich noch weniger dabeihaben würde. Die Waffe mitzunehmen kam nicht infrage. Selbst wenn ich sie auf beiden Seiten durch die nach dem 9. September aufgemotzten Sicherheitsvorkehrungen am Flughafen hätte schleusen können, wäre sie spätestens in L.A. eine Last. In Anbetracht ihrer langen Geschichte mit Bandenkriminalität war es wenig überraschend, dass die Stadt zu den strengsten in den USA gehörte, wenn es um den Besitz und vor allem um das Mitführen einer Waffe ging. Als Bewohner mit lupenreiner Akte ließe es sich eventuell einrichten, eine Erlaubnis für das verdeckte Mitführen einer Waffe zu erhalten – aber wenn nicht, dann nicht. Folglich packte ich etwas Kleidung, meinen Rechner und zwei Mobiltelefone in meinen kleinen Koffer – mein gewöhnliches plus ein billiges Prepaid-Handy, das ich immer dabeihatte, falls ich mal eins zum Wegwerfen brauchte.

Wie erwartet war es an diesem Tag zu spät für einen Direktflug von Fort Lauderdale nach Los Angeles. Daher musste ich über Fort Worth in Texas fliegen, planmäßige Ankunft in L.A. gegen Mitternacht Ortszeit.

Den ersten Teil der Reise verbrachte ich damit, mir die Einzelheiten der einzelnen Begegnungen mit Crozier durch den Kopf gehen zu lassen. Das dauerte nicht lange, da wir uns nicht oft unter vier Augen gesehen hatten. Ich hatte den Kerl von Anfang an nicht gemocht, und ich hatte den Eindruck, dass dieses Gefühl mehr als nur gegenseitig war. Das hieß nicht, dass er den anderen Jungs näher gewesen wäre. Crozier schien hart daran zu arbeiten, in einer Gruppe aus Einzelgängern der Außenseiter zu sein.

Winterlong war nicht der offizielle Name für die Operation, sondern einer der vielen Codenamen. Sie wurde Ende der Achtzigerjahre ins Leben gerufen, als sich der Kalte Krieg dem Ende näherte und kleinere, eher persönlichere Scharmützel auf die Tagesordnung rückten. Ich wurde vom Pentagon aus einem Schmiergeldfonds bezahlt und erhielt einen offiziellen Scheintitel, der so dämlich und bürokratisch klang, dass man ihn vergaß, sobald man ihn auf einem Haushaltsplan las. Die Codenamen sollten alle achtzehn Monate erneuert werden. Sie wechselten von Royal Blue über Silverlake zu Olympia, bevor beschlossen wurde, dass das, was hier geschaffen wurde, am besten namenlos bliebe. Aber dafür war es bereits zu spät, weil sich Winterlong längst durchgesetzt hatte.

Abgesehen von der persönlichen Abneigung hatten Crozier und ich dank unserer jeweiligen Spezialgebiete nicht viel miteinander zu tun. Ich gehörte einer kleinen Eliteeinheit von achtzehn bis zwanzig Männern an. Drakakis war der Chief Officer und Grant sein Stellvertreter. Das restliche Personal war vor allem auf drei getrennte, aber sich ergänzende Gruppen aufgeteilt. Die Signals Intelligence oder kurz SIGINT, die Signalaufklärung, war für Kommunikation, Geräte zur heimlichen Überwachung, Aufspüren und Knacken von Mobiltelefonen und das Eindringen in sichere Webserver und Datenbanken zuständig; die Human Intelligence oder HUMINT deckte die personenbezogene Seite ab, nämlich die Erkenntnisgewinnung aus menschlichen Quellen, indem sie potenzielle Agenten identifizierte und sich ihnen näherte, um sie dann für ihre Zwecke einzusetzen. SIGINT und HUMINT sollten üblicherweise die Grundlagen für die dritte Gruppe schaffen, sofern für diese Bedarf bestand: für die Schützen. Crozier gehörte zu dieser letzten Gruppe, die die Operation durchführte und das Ziel oft im wörtlichen Sinn anvisierte, die durch die geheimdienstlichen Tätigkeiten der anderen beiden Gruppen vorbereitet worden war. Winterlong hatte ein breites Einsatzgebiet, war nicht auf eine Region oder eine offiziell ausgewiesene Konfliktzone beschränkt. Gewöhnlich führten wir unsere Arbeit selbstständig aus, ohne mit der CIA oder den anderen, den sichtbareren Gruppen kooperieren zu müssen. Der Vorteil war, dass wir, wenn wir in ein Gebiet eindrangen, nicht auf eine vorhandene geheimdienstliche Infrastruktur zurückgreifen mussten, sondern rasch unser eigenes Netz auswerfen konnten. Hin und wieder beteiligte uns das Joint Special Operations Command an Operationen, die sich bereits in der Planungsphase befanden, aber von den Bossen hinsichtlich der Beteiligung der SEALs der Marine oder der Delta Force der US-Streitkräfte als ungeeignet erachtet und offiziell vom Plan gestrichen wurden. Zu hart für die Teams – so wurden uns die Fälle in der Regel verkauft. Der Wahrheit kam indessen näher, dass wir für zwei Arten von Aufträgen angeheuert worden waren: einmal für diejenigen, für die ein großer Querschnitt an Fähigkeiten innerhalb eines äußerst kompakten Teams notwendig war, und einmal für diejenigen, die noch geheimer als die gewöhnlichen geheimen Operationen bleiben mussten. Die Geheimhaltung war absolut: Wenn ein Mitglied der Einheit während eines Einsatzes getötet wurde, erfuhr davon niemand etwas, nicht einmal seine Familie. Die Toten von Winterlong verschwanden einfach, es war so, als hätten sie nie gelebt. Genauso bekamen wir nie mit, was mit den Schwerverletzten passierte – wobei ich da durchaus meine Vermutungen hatte. Höchstwahrscheinlich war dies auch der Grund, warum nur so wenige der Mitglieder, mich eingeschlossen, eine Familie hatten. Der Vorteil? Es gab eine Menge Geld und zwischen den Einsätzen lange Auszeiten.

Als Nichtmitglied von Winterlong wusste man nichts von Winterlong. Jahrelang ausgebildete Elitekämpfer hatten diesen Namen noch nie gehört. Nur an oberster Spitze dieser Einheiten konnte man ansatzweise etwas von hinter vorgehaltener Hand zugeflüsterten Gerüchten über ein Geheimteam vernehmen, das jenseits jeglicher Geheimhaltung operierte. Wenn man aufgefordert wurde, dieser Einheit beizutreten, dann nur, wenn vorher zwei Dinge abgeklärt worden waren: dass man zu den Besten der Besten gehörte und dass man das Angebot nicht ablehnte.

Ich passte in alle drei Abteilungen nicht so ganz. Begonnen hatte ich bei HUMINT, meiner Spezialität im Auffinden schwer auffindbarer Ziele, hatte aber mit Drakakis' Zustimmung rasch meine Fähigkeiten in den anderen beiden Bereichen entwickelt. Noch ein weiterer Mann befand sich in derselben Position. Drakakis nannte uns seine *Swingmen*: Wir konnten mit Menschen und Technik umgehen, aber bei Bedarf auch zur Waffe greifen.

Daher zog ich es vor, mich nicht allzu lange mit den Schützen abzugeben, sofern es der Auftrag nicht erforderte. Bei einer dieser sporadischen Gelegenheiten betrat ich Croziers Dunstkreis. Vermutlich war ich bei nicht mehr als zwei Gelegenheiten mit ihm alleine, während wir vielleicht bei sechs Operationen gleichzeitig eingesetzt waren. Die letzte Operation war für mich der Auslöser, über einen Ausstieg nachzudenken.

Wenige Minuten nach elf Uhr abends Pacific Standard

Time stieg ich nach kurzem Aufenthalt in Fort Worth in ein anderes Flugzeug um. Zum Glück waren beide Flüge pünktlich. Ich hatte ja nur Handgepäck, und mein Ausweis mit Foto verursachte keine Probleme. Der Weiterflug nach Los Angeles dauerte nicht lange. Ich verbrachte die Zeit damit, durchs Fenster das dunkle Flickwerk der Landschaft und die winzigen Lichter unter uns zu betrachten. Unterdessen dachte ich darüber nach, dass das LAPD mit so viel mehr zu tun hatte als nur mit einem einfachen Serienmörder. Ich dachte an das letzte Mal, als ich Crozier gesehen hatte, und dann an meinen letzten Einsatz in Karatschi. Hauptsächlich aber dachte ich an Croziers toten Blick und an die Gerüchte über ihn. Und ich fragte mich, warum mich die Vergangenheit nicht in Ruhe ließ.

20

Die Sonne war längst untergegangen, und durch die Jalousien drang nur das natriumgelbe Licht der Straßenlaternen, doch er hatte nicht das Verlangen, die Lampe einzuschalten.

Ein paar Stunden zuvor hatte er das Haus verlassen; jetzt war er wieder zurück und sah sich die Nachrichten an – mit einem Interesse, das ihn beinahe beschämte. Das war nicht Teil des Plans gewesen. Noch nicht. Tief in seinem Innern hatte er allerdings gewusst, dass es früher oder später unvermeidlich sein würde.

Ihm gefiel sogar der Name, den man ihm diesmal verpasst hatte. An anderen Orten hatte er andere Namen gehabt, Namen wie »der Waldbewohner« oder »der Diener«. Es war nichts, worauf er stolz sein könnte. Es hieß lediglich, dass man an jenen Orten bemerkt hatte, dass er nicht vorsichtig genug gewesen war. Meistens hatte er seine Aufgaben unauffällig durchgeführt und war schließlich weitergezogen, ohne Wellen zu schlagen; nur Fragen hatte er in seinem Kielwasser zurückgelassen – ein unerklärliches Verschwinden, einen zufälligen einzelnen Akt der Gewalt.

Mit dem Gefühl, sich an etwas geweidet zu haben, das nicht gut für ihn wäre, schaltete er den Fernseher aus und ging durch den engen Flur ins andere Zimmer. Dort legte er sich aufs Bett und verschränkte seine Hände hinter dem Kopf. Er starrte an die Decke, während er über das erste Mal nachdachte. Sechsundneunzig. Zu dritt waren sie in die Berge gewandert, nur zwei waren zurückgekommen.

Eine sich nähernde heulende Polizeisirene riss ihn aus seinen Gedanken und zurück in die Gegenwart. Er erhob sich wieder und trat ans Fenster, blieb an der Lücke in der Jalousie stehen, bis der Streifenwagen auf dem Weg zu einem namenlosen Vorfall vorbeigerast war, ohne das Tempo zu drosseln. Nachdem das Licht verschwunden und das Geräusch verebbt war, blieb er am Fenster stehen und überlegte, wie effektiv die Polizei hier in Los Angeles sein würde. Es bestand keine echte Gefahr, dass man ihn hier fand, bevor es Zeit war weiterzuziehen, doch vielleicht war es ja angebracht, etwas die Vorgehensweise zu ändern.

Der Samariter legte sich wieder aufs Bett und faltete erneut seine Hände hinter dem Kopf. Er überlegte, wie lange sie wohl brauchen würden, um das mit den anderen herauszufinden.

1996

Sie hatten den Wagen an einer breiten Stelle der Straße kurz vor dem Wanderweg stehen lassen. Er ließ Kimberley vorangehen, er selbst ging in der Mitte, Robbie bildete die Nachhut. Fast dreißig Grad, doch die Hitze machte ihm nichts aus. Auch Kimberley schien gut damit zurechtzukommen, Robbie allerdings machte schlapp.

»Scheiße«, schimpfte Robbie nach einer halben Stunde. »Wir werden es nie finden. Hey, Mann, gib mir noch mal das Wasser!«

Er hatte Robbie von Anfang an nicht gemocht und mochte ihn immer weniger, je später es wurde.

Trotzdem schüttelte er sich den Rucksack von den Schultern, griff hinein und reichte Robbie seine Wasserflasche. Sie hatten zu dritt nur einen Rucksack, und er hatte sich bereit erklärt, ihn zu tragen. Vermutlich dachte Robbie, er wollte Kimberley damit beeindrucken, und vielleicht dachte auch Kimberley das. Das aber war es ehrlich gesagt nicht – er verlangte immer gerne etwas mehr von sich. Die Wanderung reichte nicht. Die Hitze reichte nicht. Es war gut, mehr von sich zu verlangen. Abgesehen davon gab es einen anderen, einen eher praktischen Grund, den Rucksack zu tragen.

Kimberley blieb stehen, drehte sich um und bedachte Robbie mit einem missbilligenden Blick. Sie verwendete einen dicken Ast als Wanderstab, auch wenn der zu kurz und zu dick war, um ihn richtig einsetzen zu können. »Es ist da oben. Ich sag's euch.« Dann blickte sie ihm wieder direkt ins Gesicht. »Was ist mit dir? Du wirst mich doch nicht jetzt im Stich lassen?«

Er schüttelte den Kopf. »Gehen wir weiter.«

Kimberley grinste ihn breit an, ihre dunkelbraunen Augen tanzten. »Habe ich dir nicht gesagt, dass wir zusammen Spaß haben würden?«

Er nickte langsam und sah zu Robbie, der einen weiteren großen Schluck aus der Wasserflasche nahm. Arschloch.

Wenn der so weitermachte, würden sie für den Rückweg nichts mehr haben.

Als Robbie ihm endlich die Flasche zurückgab, war Kimberley mittlerweile gut zwanzig Meter weitergegangen. Er verstaute die Flasche wieder im Rucksack, den er sich umhängte, und marschierte ebenfalls los. *Hatte er sich entschieden, die Sache bis zuletzt durchzuziehen?*, überlegte er, während er Kimberley vor ihnen beobachtete, wie sie ihre eigene Müdigkeit überspielte. Vermutlich hatte er das. Ja, er hatte bereits beschlossen, dass dies ein perfekter Tag wäre, um Grenzen zu überschreiten.

21

Nachdem Allen ihr Essen bestellt hatte, rief sie Mike Sanding zurück. Er hatte bereits das Büro verlassen, doch sie konnte seine Kollegen überreden, ihr seine Mobilnummer zu geben.

»Ich habe mit dem Gerichtsmediziner gesprochen«, berichtete er, sobald er sich gemeldet hatte. »Wir haben hier die Akten der beiden ungelösten Fälle besorgt, über die wir zwei geredet hatten. Bei beiden Opfern hat er sogar die Obduktion auf Verdacht hin durchgeführt. Wir haben die Transkripte durchgelesen und uns die Fotos von den Wunden angesehen. Seiner Meinung nach könnten die Wunden in beiden Fällen von derselben Waffe stammen.«

»Mögliches Aussehen der Waffe?«

»Kurzes Messer oder Dolch, etwa fünfzehn Zentimeter lang. Beide Seiten der Klinge gebogen und gezackt.«

Allen dachte darüber nach. »Klingt nach dem, was man sich hier erzählt – möglicherweise eine Art zeremonieller Dolch.«

»Ja, ich habe die Nachrichten gesehen – die reden von irgendeinem Scheiß über schwarze Magie.«

»Erinnere mich nicht daran! Kann ich dich um einen Gefallen bitten?«

»Du willst mir die Bilder von den Wunden in L.A. schicken, und ich soll nachfragen, ob sie mit unseren hier übereinstimmen? Kein Problem, Jess. Ich habe schon angekündigt, dass ich vielleicht noch Nachschub bringe.«

»Das ist es eigentlich nicht, worum ich dich bitten wollte. Klar, ich möchte, dass du das tust, was du gerade gesagt hast, aber mir geht es darum, dass niemand davon erfährt.«

Sanding schwieg, schnappte aber einmal hörbar nach Luft. »Er wird nachfragen.«

»Ich weiß, Mike. Denk dir was aus. Sag ihm, du arbeitest an einem anderen Fall, und du müsstest es einfach wissen.« Sie brachte den Vorschlag genauso schwach vor, wie er war. Wenn der Gerichtsmediziner die Nachrichten aufmerksam verfolgt hatte, würde er eins und eins zusammenzählen können.

Sanding ließ sich ihre Bitte noch einmal durch den Kopf gehen, bevor er zustimmte. Als Allen auflegte, wusste sie, dass er eine recht gute Vorstellung davon hatte, worüber sie sich Sorgen machte. Sein Zögern vermittelte ihr den Eindruck, dass er zwar nicht hundertprozentig einverstanden war, doch er stimmte trotzdem zu. Mike war ein guter Mensch, und sein Versprechen hatte sie an ihrem letzten Tag in der Abteilung gerne für bare Münze genommen – *Egal was du brauchst, ruf mich an.* Er hatte ihr zu diesem Fall alles gegeben, was er ihr geben konnte – für den nächsten Teil war sie auf sich selbst gestellt, weil es niemanden in Washington gab, dem sie so sehr traute, dass sie ihm dieselbe Frage hätte stellen können.

Eine Viertelstunde später klingelte der Lieferant. Anschließend setzte sie sich mit dem chinesischen Essen und einer Cola aus dem Kühlschrank vor den Rechner. Wegen der Nachwirkungen vom Abend zuvor ließ sie das Bier lieber stehen.

Für den Fall, dass sie mit der Verbindung zwischen den Leichen in den Bergen und den beiden Opfern, über die sie mit Sanding gesprochen hatte, recht hatte, bestand die Möglichkeit, dass es in Washington noch weitere Opfer gäbe, die sich wahrscheinlich in dem Haufen ungelöster Morde aus diesem Jahr versteckten. Da die Ermittlungen nicht koordiniert worden waren, brauchte sie dringend Zugang zur zentralen Verbrecherdatenbank. Aber dies bedeutete, eine Spur im System zu hinterlassen, und das wollte sie erst tun, wenn es nicht anders ging.

Also rief sie die Website der Metropolitan Police von Washington auf, wurde sich aber bewusst, dass sie es eben das erste Mal tat, obwohl sie bei der MPDC beschäftigt gewesen war. Auf der Website gab es eine Liste mit den ungelösten Morden, die bis in die Fünfzigerjahre zurückreichte. Indem diese Infos der Öffentlichkeit zugänglich gemacht und Belohnungen versprochen wurden, ließ man die Tür offen für die tausendunderste Chance, dass jemand in einem alten Fall mit nützlichen Informationen aufwartete.

Die ganz alten Fälle waren nach Jahrzehnten sortiert, doch seit dem Jahrtausendwechsel hatte jeder Fall seine eigene Seite. Allen scrollte eine lange Liste mit etwa sechzig Opfern nach unten. In dem Jahr, das sie interessierte, gab es einige Morde in der Hauptstadt, bei denen die Täter bisher ungestraft davongekommen waren.

Die Liste führte jeweils den Namen und gewöhnlich ein Bild der Opfer sowie das Datum und den Ort des Todes auf. Jeder einzelne Eintrag ließ sich anklicken, um weitere Informationen aufzurufen. Allen fiel auf, wie viele der Gesichter auf den Fotos doch schwarz waren. Klar, der Anteil der Afroamerikaner in der Innenstadt betrug über sechzig Prozent – diese Liste der noch zu rächenden Toten wies demgegenüber mehr als neunzig Prozent Schwarze auf. Nachdem sie hier freilich keine soziologische Studie durchführte, sondern Opfer suchte, die zu ihrem Fall passten, begann sie damit in den Monaten zwischen August und Dezember. Innerhalb der Monate waren die Fälle dann alphabetisch nach den Namen der Opfer aufgeführt und ließen sich nicht anders sortieren, daher musste sie auf Stift und Papier zurückgreifen.

Dank der zeitlichen Eingrenzung reduzierte sich das Suchergebnis auf ein Dutzend Namen. Jeden einzelnen klickte sie an, um weitere Informationen zu erhalten. In den meisten Fällen wurden nicht viele Einzelheiten aufgeführt – die üblichen grundlegenden Details, über die Todesursache auch bloß sehr allgemein Gehaltenes. Jeder Eintrag enthielt einen Link zu einer PDF-Datei mit denselben Informationen und dem Versprechen auf eine Belohnung von bis zu fünfundzwanzigtausend Dollar für Hinweise, die zu einer Verurteilung führten. Die Info mit der Belohnung enthielt auch die Telefonnummer zur entsprechenden Abteilung der Mordkommission sowie die Mobil- und Festnetznummern der ermittelnden Detectives.

Fünfundzwanzig ziemlich deprimierende Minuten später war Allens Liste auf fünf Kandidaten geschrumpft; sie hatte diejenigen Opfer herausgenommen, deren Todesursache nicht auf Stichverletzungen zurückzuführen war, sondern etwa auf Schusswunden, Autounfälle mit Fahrerflucht oder auch auf eine Vergiftung. Einen dieser fünf Kandidaten konnte sie dann wiederum aus der Liste entfernen, weil er mit Stichwunden noch lebend aufgefunden worden und erst drei Tage später im Krankenhaus gestorben war. Sie war nur an den Opfern interessiert, die direkt getötet worden waren. Der Samariter beging keine Fehler, wenn er beschlossen hatte zu töten.

Allen machte eine Pause und kochte sich einen Kaffee, bevor sie sich an die vier Namen machte: Randy Solomon, gefunden am 12. September nachts um 2:31 Uhr mit einer Stichwunde im 700er-Block von Delafield Place; James Willis Hendrick, gefunden am 13. September mit Schädeltrauma in Lamont Park; Audra Baker, 5. Oktober, Stichwunden, Tatort im Lebensmittelladen auf der Fourth Street, wo sie arbeitete; Bennett Davis, 17. Oktober, Stichwunden, 1200er-Block der 6th Street.

Die Zusammenfassungen auf der Website boten auch bei diesen Fällen lediglich elementare Informationen. Allen wusste jedoch aus Erfahrung, dass es einen himmelweiten Unterschied zwischen zwei Morden geben könnte, die unter derselben Todesursache aufgeführt wurden. *Schädeltrauma* zum Beispiel umfasste alles – von zufälliger Gehirnerschütterung mit Todesfolge bis hin zur Enthauptung. Deshalb ging sie noch einmal die vier Namen durch, tippte sie der Reihe nach in eine Suchmaschine ein, um die wenigen nüchternen Fakten aus der Seite mit den ungelösten Fällen mit glaubwürdigen Informationen aus reißerischen Presse- oder Blogbeiträgen zu ergänzen.

Sie brauchte nicht lange, um mithilfe ihrer Recherche zwei weitere Namen streichen zu können: Randy Solomon hatte während eines Streits in einer Kneipe einen Stich in die Brust erhalten, und obwohl es Zeugen zu dem Mord gab, wurde der Verdächtige bisher nicht gefunden; Bennett Davis war mit dem Gesicht nach unten in einer Gasse gefunden worden. Seine Brieftasche fehlte. Er hatte nur eine Stichwunde abbekommen, doch zu seinem Unglück direkt in die Oberschenkelarterie. Er war nach einem offensichtlich eindeutigen Raubüberfall, der zum Totschlag ausartete, verblutet. In beiden Fällen waren die Opfer schnell – und wahrscheinlich sogar ohne Absicht oder Vorsatz – getötet und am Tatort liegen gelassen worden. Eine ganz andere Art von Tötung im Vergleich zu derjenigen der Opfer in L.A. oder derjenigen, über die sie mit Sanding gesprochen hatte.

Damit blieben nur noch James Hendrick, das Parkopfer, und Audra Baker, die Verkäuferin, übrig. Außer der geografisch nahen Örtlichkeit und der Art ihres vorzeitigen Todes schienen die beiden auf den ersten Blick nicht viel gemeinsam zu haben: Hendrick war ein weißer Büroleiter Ende vierzig, Baker eine siebzehnjährige schwarze Frau mit Mindestlohnjob. Doch sobald man vom Alter und von der ethnischen Herkunft absah, häuften sich die Gemeinsamkeiten. Und bevor man irgendetwas anderes in Betracht zog, fiel eine wichtige Sache besonders ins Auge: Beide Leichen waren an abgeschiedenen, ruhigen Orten gefunden worden. Orte, die ideal für das Ablegen von Leichen derjenigen Opfer waren, die vorher gewiss anderswo getötet worden waren. Oder anders ausgedrückt: Sie gaben dem Mörder Zeit, sich mit seinen Opfern zu beschäftigen.

Diese Gemeinsamkeit machte die beiden Opfer zu den besten Kandidaten auf der ursprünglichen Liste mit sechzig Namen. Die zusätzlichen Einzelheiten, die Allen in den Zeitungsberichten gefunden hatte, machten die Sache praktisch perfekt: Beide waren am Morgen gefunden worden, nachdem sie bereits seit Stunden tot gewesen waren; beide wiesen Folterspuren auf, beiden war die Kehle durchgeschnitten worden. In den Berichten stand nichts von einer gezackten Wunde, doch genau ein solches Detail würde man nie an die Presse herausgeben. Deswegen war sie auch so sauer über den

Maulwurf hier in L.A. Es war ausgemachte Sache, die entscheidenden Details zurückzuhalten, damit die Idioten ausgesiebt und Geständnisse bewertet werden konnten. Jetzt, nachdem Allen fast zwei Stunden damit verbracht hatte, den beiden Stecknadeln im Heuhaufen auf die Spur zu kommen, sah sie diesen Umstand – den Mangel einer entscheidenden Information – allerdings zum ersten Mal als ausgesprochenen Nachteil. Die Anzahl der in Washington verübten Morde war stetig von fast vierhundert pro Jahr Anfang der Neunziger gesunken, war aber immer noch beeindruckend, doch die Ressourcen, um sie aufzuklären, blieben sehr begrenzt. Mit unterschiedlichen Mitarbeitern für die unterschiedlichen Fälle ließen sich Übereinstimmungen locker übersehen, besonders wenn die Opferprofile so stark voneinander abwichen. Zudem waren Morde durch Erstechen anders als die durch Erschießen, weil man nicht die Ballistik zu Hilfe nehmen konnte, um zwei Morde auf eine Waffe zurückführen. Es ließe sich höchstens sagen, dass zwei Menschen mit ein und derselben Art von Messer umgebracht wurden, solange man das Messer nicht gesichert hatte.

Sie kehrte auf die Metro-PD-Website mit den ungelösten Fällen zurück und überprüfte die Belohnungsangebote für ihre beiden Opfer. Wie vermutet waren ihre Fälle von zwei verschiedenen Teams in verschiedenen Mordkommissionen untersucht worden. Mithilfe ihres privaten E-Mail-Kontos schickte sie die beiden Links zu Mike Sanding – mit einer kurzen Erklärung darüber, was sie von ihm brauchte. Mit etwas Überredungskunst würde er vielleicht Zugang zu den Obduktionsberichten erhalten und könnte sie dann mit dem Gerichtsmediziner durchsprechen – der sich mittlerweile keine Illusionen mehr darüber machen dürfte, gefragt zu werden, ob es sich hier um die Arbeit eines Serienmörders handelte. Das war allerdings in Ordnung, solange er annahm, es handle sich um einen derzeit untätigen Mörder, der vor zwei Jahren in Washington sein Unwesen getrieben hatte, und er die Fälle nicht mit denjenigen hier in L.A. in Verbindung brachte.

Nachdem sie die E-Mail an Sanding losgeschickt hatte, sah Allen auf die Uhrzeit in der rechten unteren Ecke ihres Computerbildschirms und war überrascht, dass sie bereits mehr als vier Stunden gearbeitet hatte. Sie lehnte sich zurück und rieb sich die Augen. Jetzt beschäftigte sie sich nicht mehr nur mit einer Theorie: Sie hatte drei Opfer von demselben Täter hier in L.A.; sie hatte insgesamt vier ähnliche Morde in Washington aufgespürt, die alle Ende 2012 in einem Zeitraum von vier Wochen begangen worden waren. Sie konnte sich nicht hundertprozentig sicher sein, ob es die Arbeit desselben Mannes war, doch ihrem Instinkt nach, den sie in ihren zwölf Jahren als Polizistin entwickelt hatte, gehörten die Fälle zusammen. Und sie wettete, wenn Sandings Gerichtsmediziner die typischen Wundmuster aus dem Jahr 2012 mit denen aus L.A. verglich, würden sie die Übereinstimmung haben.

Was zum Teufel hatte sie denn hier tatsächlich?

Den winzigen Rest an Zweifel mal einen Moment beiseitegelegt, könnte sie davon ausgehen, dass die vier Morde in Washington und die drei in L.A. eindeutig von demselben Mann begangen wurden. Was sagte das aus? Zunächst einmal, dass dieser Mörder in vielerlei Hinsicht ungewöhnlich war: Serienmörder hielten sich normalerweise nur an einem Fleck auf, in einer ihnen vertrauten Stadt oder Ortschaft. Hin und wieder zogen sie weitere Kreise, töteten entlang eines bestimmten Highways oder einer Bahnstrecke. Was hingegen weitaus seltener vorkam, war, dass ein Mörder schnell in einer Stadt tödlich zuschlug und dann verschwand, nur um mehr als zwei Jahre später in einer anderen Stadt auf der anderen Seite des Landes wieder aufzutauchen.

Es war leicht nachzuvollziehen, weshalb die Ähnlichkeiten höchstwahrscheinlich übersehen worden wären, wenn Allen nicht zufällig an zwei dem Anschein nach nicht miteinander zusammenhängenden Morden gearbeitet hätte. Seine Strategie war der Hinweis darauf, dass sie es hier mit einem schlauen, berechnenden Mörder zu tun hatten: sich eine Bandbreite von Opfertypen auszusuchen, die genaue Todesursache und die Methode der Beseitigung der Leiche zu variieren und dennoch nicht dem Drang widerstehen zu können, als Markenzeichen immer dieselbe Waffe zu verwenden. Falls es derselbe Kerl wie in Washington wäre, hatte er in Los Angeles eine andere Vorgehensweise gewählt: die Leichen zu verstecken, um seine Arbeit weiter erledigen zu können. Hätte ihn nicht der Erdrutsch verraten, würde Allen nicht hier sitzen und die Verbindungen herstellen.

Sie überlegte, was die zweieinhalbjährige Lücke zu bedeuten hatte. Auch so etwas kam ihrer Erfahrung nach nur selten vor – ein Mörder, der sich so lange zurückhielt. Serienmörder katapultierten sich in einen Wahnsinn, die Zeitfenster zwischen den Morden wurden immer kleiner, bis sie geschnappt oder in anderer Weise gestoppt wurden. Die einfachste Erklärung dafür war, dass er im Knast gesessen hatte. Dass er in den vergangenen dreißig Monaten wegen einer anderen, geringeren Strafe weggesperrt worden war. Mit dieser Theorie könnten sie eindeutig einer sinnvollen Spur folgen, wenn sie eine Liste mit in letzter Zeit entlassenen Häftlingen auftreiben könnte, die auf das Profil passten.

Aber das erklärte nicht unbedingt, warum der Mörder nach L.A. gezogen war.

Während Allen diesem Gedanken nachhing, drängte sich

ihr ein anderer, besorgniserregenderer Gedanke auf: Vier Morde in Washington, gefolgt von einer Lücke von zweieinhalb Jahren, und dann die Morde in Los Angeles innerhalb von drei Monaten – das war die Theorie, an der sie arbeitete. Was würde sein, sollte sie unrecht haben? Was würde sein, wenn es keine vier Morde in der einen und drei in der anderen Stadt gegeben hätte? Was würde sein, wenn es noch weitere Morde, noch weitere Städte gäbe?

Was würde sein, wenn gar keine Lücke existierte?

22

Nach der Landung am LAX 1 – dem Los Angeles International Airport, Terminal 1 – ging ich durch die Sicherheitskontrollen und zog mir etwas Geld. Auch hier der Zwang der Gewohnheit. Hätte jemand Interesse oder die entsprechenden Mittel, die von mir verwendeten Bankkonten zu überwachen, würde er nur wenig aussagekräftige Ergebnisse erzielen – ein Geldautomat am sechstgrößten Flughafen der Welt. Kreditkarten verwendete ich nur, wenn es sich nicht vermeiden ließ, weswegen ich dafür sorgte, dass ich stets genügend Bargeld für mindestens ein oder zwei Tage bei mir hatte.

Die Leichen waren abseits einer Feuerschneise in der Nähe der Mandeville Canyon Road und San Vicente Mountain gefunden worden. Das hieß, Encino oder Sherman Oaks waren die nächstgelegenen Städteteile, in denen ich meine Zelte aufschlagen würde. Zufällig kannte ich dank meines letzten Besuchs in Los Angeles ein passendes Hotel in Sherman Oaks.

Der Taxifahrer, ein großer Mann mit indischem Akzent, redete nicht mehr viel, nachdem ich ihm mein Ziel genannt hatte, was mir sehr angenehm war. Die Taxifahrer, die ich auf meiner ersten Fahrt nach L.A. kennengelernt hatte, hatten sich ausschweifend über den Verkehr beschwert, als handelte sich um ein einzigartiges Merkmal dieser Stadt. Auf ihre Art glaubte ich auch, dass dem so war, wenn man dies auf die Menschen bezog, die hier tagein, tagaus lebten oder länger zu Besuch waren. Der Freeway war auch zu dieser Nachtzeit viel befahren, doch auf der 405 brauchten wir vom Flughafen aus nur etwa eine halbe Stunde. Dass der Taxifahrer den Mund hielt, gestattete mir, weitere Überlegungen anzustellen sowie eine Entscheidung über den ersten Schritt zu treffen, den ich am nächsten Morgen einleiten müsste.

Eine meiner ersten Schlussfolgerungen war, dass Crozier seine Entscheidung, nach einer wohlverdienten Pause wieder mit dem Töten von Menschen anzufangen, nicht plötzlich getroffen hatte. Er hatte unseren gemeinsamen Arbeitgeber kurz vor mir verlassen, was etwa fünf Jahre her war. Wie üblich hatte es keine Vorwarnung und keine Kündigungsfrist gegeben. Menschen verließen Winterlong nicht einfach so. Während meiner Zeit in der Einheit sah ich einige, die ausgeschieden waren, entweder weil sie zu alt oder zu abgenutzt waren. Diese Menschen gingen nicht, sie wurden nur aus dem aktiven Dienst entlassen. Dann gab es natürlich diejenigen, die während eines Einsatzes getötet wurden. Doch Crozier war weder ausgemustert noch während eines Einsatzes getötet worden – er war einfach verschwunden. Und je länger ich darüber nachdachte, desto mehr hegte ich den Verdacht, Drakakis sei zu guter Letzt zu dem Schluss gekommen, dass Crozier in gewisser Weise zu verrückt war, was ihn zu einem Sicherheitsrisiko machte. Entweder war Crozier aussortiert und in ein anderes Team versetzt worden ... oder endgültig erledigt. Leider befürchtete ich, dass ich die zweite Möglichkeit ausschließen müsste.

Also bestand eine Lücke von fünf Jahren, in denen ich keine Erklärung für Croziers Aufenthaltsort hatte, die gestern mit der Entdeckung der drei vergrabenen Leichen endete, die ganz nach seinem Werk aussahen. Dass er in den vergangenen fünf Jahren nur herumgesessen und *World of Warcraft* gespielt hatte, war undenkbar, weswegen ich annahm, dass es mehr vergrabene Leichen in L.A. gäbe ... oder sonstwo.

Wir erreichten das Hotel, ein vierstöckiges Jugendstilgebäude in unmittelbarer Nähe des Ventura Boulevards.

»Sind Sie sicher, dass Sie hier absteigen wollen?«, fragte der Taxifahrer. »Es ist alt. Ich kann Sie zu einem hübscheren Hotel, nur einen Straßenblock weiter, bringen.«

»Nein, danke«, lehnte ich ab und reichte ihm das Geld. Ich mochte dieses Hotel, auch wenn es alt war. Ich ziehe immer alte Hotels vor, nicht nur aus ästhetischen Gründen. Dort gibt es weniger Überwachungskameras. Weniger Möglichkeiten, eine Spur zu hinterlassen. Auch dies wieder die Macht der Gewohnheit oder Aberglaube. Ich meldete mich als Gil Kane aus San Francisco an und nahm den Schlüssel für mein Zimmer im ersten Stock entgegen. Das Hotel mochte vielleicht alt sein, doch es hatte seinen Fuß weit genug in die Tür des einundzwanzigsten Jahrhundert gestellt, um WLAN in den Zimmern anzubieten. Vor dem nächsten Morgen wollte ich noch etwas schlafen, um dann in ausgeruhtem Zustand ein paar Orte zu überprüfen – doch zuerst wollte ich nachsehen, ob ich irgendwelche Hinweise auf Croziers Arbeit vor der gestrigen Exhumierung fände.

Ich öffnete meinen Laptop und rief die Website des LAPD auf. Für eine Stadt in dieser Größe und mit diesem Ruf gab es in Los Angeles relativ wenige ungeklärte Mordfälle während der vorangegangenen fünf Jahre, die ich nicht gleich aussortieren konnte. Ein Haufen Bandenschießereien, ein Haufen

Fälle mit eindeutigen Motiven, auch wenn der Verdächtige nicht gefunden werden konnte. Das beunruhigte mich. Es bedeutete, Crozier war vorsichtig gewesen – entweder weil er seine Opfer gut versteckt hatte, oder weil er ganz woanders tätig war. Im ersten Fall könnte ich nicht viel tun. Ich könnte die zahlreichen Quellen für vermisste Personen im Bereich von Los Angeles überprüfen, doch ohne eine Bestätigung für den Tod würde ich nicht weiterkommen.

Ich ging erst gar nicht davon aus, dass es möglich war, die Opfertypen einzuschränken, weil ich nicht glaubte, dass Crozier einen bestimmten Typ bevorzugte. Vermutlich war er im Grunde bereits zu der Zeit ein Serienmörder, als er Winterlong verließ – wenn auch in seiner beruflichen Funktion. Wenn er jedoch dieses Metier in seiner Freizeit fortführte, war ich ziemlich sicher, dass er bei der Opferwahl kein besonders anspruchsvoller Mörder war. Er hatte eine recht ausgefallene Persönlichkeit, aber eine, die mir sehr vertraut war – er gehörte zu der Art von Menschen, denen es einfach gefällt zu töten. Die den Nervenkitzel lustvoll genießen, ein Leben zu nehmen. Daher wäre für ihn gewiss die Gelegenheit wichtiger als Aussehen, Alter oder Geschlecht des Opfers.

Im Moment steckte ich in einer Sackgasse. Abgesehen von einer Möglichkeit ... ich wusste bereits, dass Crozier ein gebürtiger Angeleno war, eine seltene Spezies in Los Angeles, einer Stadt von zugezogenen »Transplantaten«. Die Geschichte über die ermordete Familie mit demselben Namen, die ich am Abend zuvor gelesen hatte, hatte es bestätigt. Aber ich erinnerte mich auch an eine Sache, die er bei einer der beiden Gelegenheiten erwähnt hatte, in denen wir so etwas wie ein Gespräch geführt hatten.

In jeder Einheit, die oft im Ausland in wenig gastfreundlichen Gegenden eingesetzt wurde, war es üblich, dass die

Männer über Dinge sprachen, die sie vermissten, und über Dinge, auf die sie sich freuten zu tun, sobald sie zu Hause sein würden. Bestimmte Mädchen oder Kneipen besuchen zum Beispiel. Crozier war wie immer etwas anders als die anderen: Er sprach davon, einen Typen töten zu wollen.

Bei der betreffenden Person handelte sich um einen Sergeant, der am Q Course in Fort Bragg unterrichtete, wo Crozier sich ein paar Jahre zuvor für die Green Berets beworben hatte. Crozier machte den Sergeant für einen Unfall verantwortlich, bei dem er sich einen Arm gebrochen hatte.

Woran ich mich nicht mehr erinnerte, war der Name jenes Sergeant oder daran, ob Crozier ihn überhaupt erwähnt hatte – doch ich hatte einen Ort und einen groben Zeitrahmen. Demzufolge könnte ich nach Armeeangehörigen suchen, die innerhalb der vergangenen fünf Jahre in der Nähe von Fort Bragg durch einen Mord oder Unfall ums Leben gekommen waren. Ich brauchte nur zu hoffen, dass Crozier innerhalb der Grenzen von North Carolina agiert hatte, wenn er denn seinen Rachegelüsten gefolgt war.

Es kostete mich weniger als fünf Minuten, um zu finden, wonach ich suchte. Es war kein ungelöster Mordfall. Eigentlich handelte es nicht einmal um einen bestätigten Mord. Ich lehnte mich zurück und betrachtete das kantige Gesicht auf dem Bildschirm, ein Foto über dem Nachrichtenbeitrag. Sergeant Willis Peterson, ein mit Orden ausgezeichneter Vietnamveteran und einer der angesehensten Ausbilder im Spezialeinheitenprogramm. Er war am 10. November 2010 irgendwann nach acht Uhr morgens auf dem Weg zur Arbeit verschwunden, und weder er noch sein Auto waren je wiedergesehen worden. Sein Name wurde 2013 noch einmal erwähnt, als Ermittler ihn mit einer zersetzten Leiche in Verbindung gebracht hatten, die im Wald entlang seiner

Fahrstrecke gefunden worden war, doch DNA-Tests hatten eine Übereinstimmung ausgeschlossen. Selbstmorde kamen bei Militärpersonal, die sich ans bürgerliche oder an das quasibürgerliche Leben eines Ausbilders anpassten, nicht gerade selten vor, und so bekam ich das Gefühl, dass Sergeant Petersons Verschwinden als Fall von nicht diagnostizierter posttraumatischer Störung abgetan worden war.

Ich hatte eine andere Theorie, und darüber hinaus ging ich nicht davon aus, dass die gefundene Leiche nichts mit dem Fall zu tun hatte.

Eine Minute später hatte ich die Telefonnummer von Cole Harding herausgefunden, dem Detective, der den Fall der Leiche aus dem Wald bearbeitet hatte. Nachdem ich auf seinen Anrufbeantworter durchgeschaltet worden war, suchte ich mir die Nummer seiner Abteilung heraus, und als ich diese wählte, sagte man mir, er sei am nächsten Morgen wieder in der Arbeit. Eine Nachricht wollte ich nicht hinterlassen, nein, sondern ich würde mich später wieder melden.

Jetzt war es drei Uhr morgens Ortszeit. Auf meiner inneren Uhr sechs. Der langsame Fortschritt frustrierte mich. Crozier bereitete sich in dieser Nacht vielleicht schon auf den nächsten Mord vor, und ich war noch kein Stück weiter.

Doch gegenwärtig konnte ich nicht mehr tun. Außer mich auszuruhen und meine Akkus wieder aufzuladen. Es sah aus, als hätte ich einen Anfangs- und Endpunkt für Croziers Bewegungen seit 2010 gefunden. Damit könnte ich am nächsten Tag weitermachen. Ich musste gleich am nächsten Morgen einen Anruf erledigen und mir ein paar Orte ansehen. Ich stellte den Wecker in meinem Telefon auf sieben Uhr, legte mich ins Bett eines Hotelzimmers, das fast fünftausend Kilometer entfernt von dem Zimmer lag, in dem die Nacht zu verbringen ich eigentlich erwartet hatte, und schloss die Augen.

MONTAG

23

Als ich kurz nach sieben mit dem Wegwerftelefon wieder anrief, erwischte ich Detective Harding diesmal auf Anhieb. Ich erzählte ihm, ich hätte Sergeant Peterson von meiner Ausbildung in Fort Bragg gekannt. Dass ich aus einer Laune heraus im Internet nach ihm gesucht hätte und schockiert sei, über sein Verschwinden zu lesen. Harding stellte mir ein paar unschuldig klingende Fragen, um mir etwas auf den Zahn zu fühlen, ob er mich ertappen könnte, doch ich schlug mich tapfer. Er wusste sehr wohl, dass er mit einem Informationsdefizit zu kämpfen hatte, da er angesichts der vielen Männer, die im Lauf von zehn Jahren durch Braggs Ausbildung gelaufen waren, als kleiner Polizist nicht wissen konnte, ob ich derjenige war, der zu sein ich behauptete. Abgesehen davon hatte ich den Eindruck, dass er eher neugierig war, warum jemand aus heiterem Himmel wegen eines Falls anrief, der so ungeklärt war, dass man ihn lieber vergaß.

»Peterson hatte eine Menge Freunde, eine nette, stabile Familie«, erzählte er. »Aber ich denke, das wissen Sie.«

»Sie gehen also nicht von einem Selbstmord aus?«, fragte ich, vermied aber, mehr preiszugeben als notwendig.

»Hm, das würde ich nicht ausschließen, Mr Blake. Sie wissen, wie das ist. Einem Menschen scheint es prima zu gehen, und eines Tages springt er plötzlich vor den Zug. Das lässt sich nie vorhersagen. Besonders nicht bei euch Typen vom Militär. Das soll keine Beleidigung sein.«

»Schon gut. Ich vermute, Sie haben eine Menge Fälle, die mit dem Stützpunkt zusammenhängen.«

»Wir haben ganz gut zu tun. Aber keine Sachen wie Peterson.«

»Wie das?«

Harding schwieg einen Moment. Ich spürte, dass er zögerte, und wartete ab. Schließlich seufzte er. »Sie werden verstehen, dass ich nicht in die Einzelheiten der Ermittlungen gehen kann, vor allem nicht jemandem gegenüber, der nicht zur Familie gehört.«

»Natürlich.«

»Aber ich mache schon seit dreißig Jahren diese Arbeit. Mord ist nicht gleich Mord, sondern bedeutet jede Art von verdächtigem oder mysteriösem Todesfall, aber auch wenn jemand verschwindet, was als Tod gewertet werden kann. Man bekommt so ein Gefühl für die Dinge. Für bestimmte Muster.«

Als er schwieg, sagte auch ich nichts, sondern verließ mich darauf, dass sein Frust ihn antrieb weiterzureden.

»Eine Menge Leute hier kamen zu dem Schluss, dass Sergeant Peterson in den Wald fuhr und sich eine Kugel in den Kopf jagte. Vielleicht schloss sich auch seine Familie dieser Erklärung an. Aber das habe ich nie geglaubt. Keine Sekunde lang.«

»Sie klingen ziemlich sicher.«

»Das bin ich. Na ja, ich könnte auch Gründe dafür anführen, zum Beispiel, dass er einen Urlaub gebucht und bereits bezahlt hatte, dass seine Tochter seinen ersten Enkel erwartete oder dass er keine Nachricht und keinen Hinweis hinterließ, wie seine Angelegenheiten geregelt werden sollten.

Aber diese konkreten Dinge sind es nicht einmal, die mich zweifeln lassen.«

»Sie haben ein Gefühl dafür.«

»Richtig.«

Ich überlegte, ob ich die nächste Frage stellen sollte, und beschloss, alles auf eine Karte zu setzen. Ich hatte alle Fakten beisammen, die zu erhalten ich hatte erwarten können. Könnte ich Harding dazu bringen, seinen Verdacht preiszugeben, wäre dies der kürzeste Weg zur Bestätigung meiner Theorie.

»Sie dachten wirklich, die Leiche, die Sie vor zwei Jahren im Wald fanden, war Peterson?«

Wieder schwieg er einen Moment, sprach dann aber sehr vorsichtig. Als hätte ich ihn in den letzten Minuten zur Offenheit verführt, was ihn jetzt dazu veranlasste, sein Schutzschild wieder zu aktivieren. »Das haben Sie in den Nachrichten gesehen, als Sie nach ihm suchten? Vermutlich, ja.«

»Ich habe es in den Berichten gelesen, stimmt. Aber dort hieß es nur, die DNA stimmte nicht überein. Es hieß nicht, dass die andere Leiche ein Selbstmord war.«

Schweigen am anderen Ende. Nur an dem Geschnatter im Hintergrund merkte ich, dass er nicht aufgelegt hatte.

»Sie glauben, da draußen gibt es noch andere Leichen, Detective Harding?«

»Wann, sagten Sie, sind Sie wieder in Fort Bragg, Mr Blake?«, fragte Harding schließlich mit ruhiger Stimme. »Ich glaube, wir sollten uns mal persönlich treffen.«

»Danke für Ihre Hilfe, Detective«, erwiderte ich, legte auf, schaltete das Telefon aus und nahm den Akku heraus. Wegwerfen könnte ich es später.

Mit geschlossenen Augen stellte ich mir eine Landkarte vor. North Carolina war ungefähr so weit von Kalifornien entfernt wie Florida. Es klang, als hätte Crozier hier mehr Menschen als nur Willis Peterson getötet, und seitdem hatte er viel Zeit und viel Raum gehabt, um noch viel mehr zu töten. Ein Mann, der eigentlich nicht existierte, hatte alle Freiheiten der Welt, um seinen Mordgelüsten zu folgen, solange er vorsichtig war und sich auf eine gewisse Portion Glück verlassen konnte. Crozier war vorsichtig gewesen, das stimmte – aber sein Glück war ihm gestern Morgen abhandengekommen.

Jetzt war es an der Zeit, ihm seine Freiheit zu beschneiden.

24

Ich zog mir rasch den dunklen Anzug und ein sauberes Hemd an. Nachdem ich meine üblichen Kontrollen ausgelegt hatte, schloss ich mein Hotelzimmer ab, begab mich nach unten und trat durch den Haupteingang auf die Straße. Auf dem Ventura Boulevard bog ich nach rechts ab und ging weiter, bis ich die übernächste Autovermietung erreicht hatte.

Mit meiner Entscheidungsfindung verbrachte ich nicht allzu viel Zeit und nahm einen dunkelblauen 2013er Chevrolet Malibu, weil er kaum auffiel. Nach einer kurzen Überprüfung des Wagens unterzeichnete ich die Papiere. Wie erwartet wies das Fahrzeug keine Aufkleber oder Veränderungen am Nummernschild auf, die ihn als Mietwagen verraten hätten – ein Vermächtnis der Diebstahlserie von Touristenfahrzeugen, von der die Stadt in den Neunzigern überrollt worden war. Wie üblich würdigte die Angestellte meinen Führerschein kaum eines Blickes. Zudem gehörte diese Autovermietung zu denjenigen, die einen Wagen nur mit zwei Litern Benzin statt mit vollem Tank herausgeben, ein Zeichen der Zeit, wie ich bemerken musste.

Ich war immer noch dabei, einen Aktionsplan zu konzipieren. Crozier würde schwer zu finden sein, auch für mich. Er würde eher gar nicht zu finden sein, wenn ich keine Hilfe bekommen oder mir nicht irgendein anderer Durchbruch beschert sein würde. Abgesehen von seinem Hintergrund verfügte er über Expertenwissen, was Los Angeles betraf. Der Mord an seinen Eltern und an seiner Schwester war 1997 verübt worden, als Crozier sechzehn oder siebzehn Jahre alt gewesen war. Das hieß, er hatte weitere sechzehn oder siebzehn Jahre mehr Erfahrung als ich, um seine Ortskenntnisse auszuweiten, plus die Zeit, wie lange auch immer diese sein mochte, die er in letzter Zeit hier verbrachte. Meine erste Aufgabe wäre also, mir eine Orientierung zu verschaffen – was in einer Stadt wie dieser nur mit dem Auto möglich war. Der logische Ort, um anzufangen, war der, mit dem sich meine Gedanken seit achtundvierzig Stunden beschäftigten: der Ort in den Bergen, wo die Leichen gefunden worden waren.

Ich tankte gleich nebenan und überflog bei der Gelegenheit die Titelblätter der Zeitungen. Die *LA Times* zeigte Fotos der drei in den Bergen gefundenen Leichen. Die Ähnlichkeit der drei Frauen war verblüffend und ließ mich an meiner Idee, dass Crozier nicht wählerisch war, zweifeln. Vielleicht war er es ja am Anfang nicht gewesen, aber diese letzten Morde legten den Schluss nahe, dass er eine Vorliebe für einen bestimmten Typ entwickelt hatte: junge weiße Frauen mit dunklem Haar. Warum war das so? Und tat er das nur in L.A.?

Nachdem ich das Benzin und eine *Times* bezahlt hatte, fuhr ich auf die 405. Zunächst gab ich dem morgendlichen Stoßverkehr die Schuld für das Chaos dort, bevor ich mich daran erinnerte, dass in L.A. verkehrstechnisch gesehen ständig Hochbetrieb herrschte, nicht nur am Morgen. Schließlich fuhr ich auf den Sunset Boulevard ab, dem ich bis zur Mandeville Canyon Road folgte. Wie erhofft wurde der Verkehr dünner. Befreit davon, mich auf den Wechsel zwischen Gas- und Bremspedal konzentrieren zu müssen, um nicht das Fahrzeug vor mir zu rammen oder mich von hinten anfahren zu lassen, konnte ich meine Gedanken wieder auf Crozier konzentrieren.

Mein Gespräch mit Detective Harding hatte meinen Verdacht bestätigt. Bei seinen Ermittlungen im Fall des Verschwindens von Sergeant Peterson war der erfahrene Detective wahrscheinlich auch von der Möglichkeit eines Selbstmords oder sogar von Fahnenflucht ausgegangen. Doch seiner Intuition folgend war er zu dem Schluss gekommen, dass der Sergeant nicht freiwillig verschwunden war, auch wenn er es nicht beweisen konnte. Weil ihm die Beweise für einen Unfall fehlten, blieben noch zwei Möglichkeiten: Entführung oder Mord. Da kein Lösegeld gefordert worden war und auch sonst keine Mitteilungen eingegangen waren, blieb also nur noch eine Möglichkeit.

Deswegen hatte sich Harding gedacht, die in der Gegend von Fort Bragg gefundene zersetzte Leiche könnte vom Aussehen und Alter her die von Peterson sein. Das war sie aber nicht, sondern die einer anderen, noch nicht identifizierten Person, die etwa zur selben Zeit und in derselben Gegend verschwunden war wie Peterson. Ich wusste, welche Gedanken sich in einem erfahrenen Polizisten abspielten: Die nicht übereinstimmende DNA machte es keineswegs unwahrscheinlicher, dass auch Peterson ermordet worden sein konnte. Im Gegenteil, der Fund einer anderen Leiche im selben Waldabschnitt legte diesen Schluss sogar noch näher. Harding hätte angenommen, so wie ich es auch tat, dass Petersons Leiche irgendwo da draußen war; und wenn es zwei Leichen gäbe, könnten es genauso gut drei oder noch mehr sein. Es ging nicht um Beweise, sondern um Erfahrung und das Abwägen von Wahrscheinlichkeiten. Um Muster, wie Harding mir am Telefon gesagt hatte.

Mir war genauso klar, dass der Mörder sich nicht auf diese Morde beschränkt hatte. Dort draußen warteten noch mehr Tote, die mit Crozier in Verbindung gebracht werden wollten. Vielleicht eine Menge mehr.

Wieder gabelte sich die Straße. Ich hatte mir den Weg vorher auf der Karte angesehen und war daher darüber im Bilde, dass ich rechts auf die höher gelegene Straße kommen würde. Also bog ich nach rechts ab und fuhr etwa eineinhalb Kilometer hoch. Ich hatte versucht, den ungefähren Ort des Leichenfunds durch Abgleich der Medienberichte herauszuarbeiten, aber irgendwann gemerkt, dass ich meine Zeit verschwendete, als ich die Hubschrauber der Fernsehsender sah, die etwa eineinhalb Kilometer vor mir wie riesige Hinweisschilder in der Luft hingen. Schon bald erreichte ich den Schauplatz, der sich mir so darbot, wie ich es erwartet hatte: Autos parkten am Straßenrand, Menschen standen an der Leitplanke und blickten den Hügel hinunter. Ich parkte am Ende der Fahrzeugschlange und stieg aus. Die Sonnenbrille, die ich während der Fahrt getragen hatte, nahm ich ab, weil diese Seite des Hügels im Schatten lag. Als ich mir die Leute an der Leitplanke genauer betrachtete, setzte ich sie allerdings lieber wieder auf.

Kurz darauf stand ich selbst an der Leitplanke und sah nach unten zum Fundort der Leichen. Die drei Stellen, an denen die Leichen gelegen hatten, waren leicht zu erkennen und umgeben von uniformierten Polizisten und ihren Kollegen von der Spurensicherung. Am Fuß des Hügels befand sich die Straße, die dahin führte, wenn man zuvor links abgebogen wäre. Allerdings hätte ich es nicht so weit geschafft, weil sie gesperrt war. Zwei dunkle Transporter, zwei Streifenwagen und ein Zivilfahrzeug standen auf der anderen Seite der Straße, der Hügel selbst war mit Löchern überzogen, weil man dort gegraben hatte. Mir war bekannt, dass die Anzahl der Polizisten reduziert worden war. Im Vergleich zu den von den Hubschraubern gemachten Bildern in den Nachrichten vom Abend zuvor war sie aufs Mindeste geschrumpft, und es schien keine neue Stelle zu geben, an der weitergegraben worden war. Einer der Polizisten blickte nach oben zu der Horde etwa dreißig Meter links von mir, dann drehte er den Kopf in meine Richtung; er schüttelte ihn und sah wieder nach unten. Die Menschenmenge, stellte ich fest, bestand hauptsächlich aus Männern zwischen dreißig und vierzig, von denen die meisten mit Kameras herumhantierten. Paparazzi. Auch das war für Los Angeles keine Einzelerscheinung, aber zumindest eine, mit der die Stadt gut zurechtkam. Zwei von ihnen sahen beiläufig in meine Richtung, doch keiner machte Anstalten, ein Foto von mir zu machen. Ich war erfreut, aber auch nicht überrascht, dass ich keinen Fotografen herausforderte.

Ich nahm vom Fuß des Hügels alle die Einzelheiten auf, die ich vorher auf Fotos oder Videoaufzeichnungen nicht gesehen hatte. Für die direkte Besichtigung eines Tatorts gibt es keinen Ersatz – ich erkannte auf Anhieb, warum Crozier genau diesen Ort ausgesucht hatte: Er war von zwei Seiten aus leicht erreichbar, dennoch hätte hier auch niemand einen Grund gehabt, einfach anzuhalten und sich umzusehen. Wanderer nutzten eher die beiden Seitenstraßen, sodass praktisch keine Gefahr bestand, dass hier jemand zu Fuß vorbeikam. Eine Stelle abseits einer der Wanderwege hätte zwar abgeschiedener sein können, ließe sich aber auch leichter entdecken, vor allem von Hunden. Im Gegensatz dazu bestand das Risiko, beim Graben gesehen zu werden, wenn jemand vorbeifuhr, was aber nachts weniger gefährlich wäre, wenn man dunkle Kleidung trug und sich flach hinlegte, sobald man einen Wagen hörte.

Das am nächsten gelegene Grab befand sich etwa fünfzehn Meter unterhalb der Leitplanke, das am weitesten entfernte zwischen den beiden Straßen. Es sah aus, als hätte der Mörder die Leichen von hier oben aus nach unten geschafft. Logisch, weil die Erdanziehungskraft ihm dabei geholfen hatte.

»Gute Aussicht von hier?«, fragte jemand mit strenger Stimme hinter mir.

Ich drehe mich um. Ein Mann Anfang fünfzig mit angehender Glatze stand dort. Er trug Jeans und ein kariertes Arbeiterhemd. Er hatte weder eine Kamera dabei, noch trug er eine Baseballkappe, was hieß, er gehörte nicht zu den Paparazzi. Seine lässige Kleidung sagte, dass er wahrscheinlich auch kein Polizist war. Doch dessen war ich mir nicht so sicher. Er strahlte durchaus Autorität aus. Vermutlich hatte er sich erst vor Kurzem aus dieser Art von Arbeit zurückgezogen, die ihm ein solches Auftreten verlieh. Was mir aber am meisten über ihn verriet, war nicht die Art, wie er angezogen war. Es war sein Gesichtsausdruck. Wütend, aber hinter der Wut steckte etwas anderes.

Ich nickte nach unten zu den Polizisten und sah zu den Paparazzi hinüber, bevor ich antwortete. »Guten Morgen. Wollte nur sehen, was das hier für ein Chaos ist.«

Der Mann schüttelte den Kopf. »Sie kommen ein bisschen spät. Die *Leichen* wurden schon abtransportiert.«

Die Art, wie er das Wort *Leichen* betonte, machte die Sache klar: trauerndes Familienmitglied, verständlicherweise angewidert von Leuten wie mir und den Herren entlang der Straße. Menschen, die seine Trauer störten, um schnelles Geld zu machen oder einen Kick aus zweiter Hand zu erleben. Er fixierte mich mit seinem glühenden Blick. Ich hielt ihm stand, sagte aber eine Weile nichts.

»Tut mir leid. Kannten Sie eins der Opfer?«

Er antwortete nicht gleich. Schien mich einzuschätzen, tat dasselbe, was ich getan hatte: erfasste die Art meiner Kleidung, meines Auftretens. Ich wurde selbst oft für einen Polizisten gehalten. Das tut nicht immer weh. Schließlich nickte er, weil er sich wohl dachte, dass ich einer näheren Untersuchung würdig war. »Genau. Meine Tochter, Kelly. Die Polizei hat es dem Vater ihrer Freundin zuerst erzählt. Können Sie das glauben? Mein einziges Kind.« Er sah nach unten zu den Ausgrabungsstellen, dann schnellte sein Blick zurück zu mir. »Wer sind Sie eigentlich? Sie sind keiner von den Geiern, aber auch kein Polizist.«

»Was macht Sie da so sicher?«

»Ich war dreißig Jahre bei der Polizei, bin letztes Jahr in den Ruhestand gegangen.«

»LAPD?«

»San Diego. Sie haben meine Frage nicht beantwortet.«

Ich reichte ihm meine Hand. »Carter Blake.«

»Dick Boden.« Er nahm meine Hand und schüttelte sie kurz.

»Ich habe ein berufliches Interesse. Meine Arbeit besteht darin, Menschen zu suchen, die eigentlich nicht gefunden werden wollen. Es kommt mir so vor, als handle es sich um einen Menschen, der gefunden werden muss.«

»Sie sehen auch nicht wie ein Kopfgeldjäger aus.«

»Weil ich keiner bin. Ich bin eher … Ortungsberater.«

Boden dachte darüber nach. »Vermutlich ein teurer. Wenn Sie gut sind.«

»Hängt vom Auftrag ab.«

»Und wer bezahlt Sie für diesen Auftrag?«

Es gab keinen Grund zu lügen, außerdem hatte ich das Gefühl, dass Boden Quatsch erkannte, sobald er ihn roch. »Niemand«, erwiderte ich schlicht.

Boden hob seine Augenbrauen, sagte aber nichts. Er wandte den Blick wieder nach unten zu den Löchern in der Erde und ballte seine Hände zu Fäusten. »Das Schwein hat sie wie einen Müllsack abgelegt, als er mit ihr fertig war.«

Ich sagte nichts. Er holte tief Luft und schloss die Augen. Ich merkte ihm an, wie er sich mental anstrengte, um objektiven Abstand zu bekommen, um den professionellen Teil seines Hirns in dieser persönlichsten Krise seines Lebens zu mobilisieren. »Und was halten Sie bis jetzt davon, Blake?«

Mit meiner Antwort ließ ich mir Zeit, weil ich nicht alles preisgeben konnte. So konnte ich nicht verraten, dass ich den Mörder kannte.

»Ich denke, das hier waren nicht seine ersten Morde, daher wäre es sinnvoll, wenn wir rückwärts suchen und nachweisen, dass einige der offenen und ungelösten Fälle ebenfalls auf seine Kappe gehen. Ich denke, er hat schon in der Vergangenheit gemordet und wird es auch in Zukunft tun, was heißt, er muss um jeden Preis gestoppt werden.«

Bei der letzten Bemerkung schnellte Bodens Blick zu mir, aber er sagte nichts. Die persönliche Seite, die die professionelle zurückdrängte.

»Der Fundort weist auf Planung, Vorbereitung und Ortskenntnisse hin. Er ist ein geübter Profi, der sich hier auskennt.«

»Sonst noch was?«

Ich zögerte. »Ja. Ich denke, er hat sie sich auf einer dieser Straßen geschnappt. Ich denke, er hat sie gezwungen anzuhalten und sie dann woanders hingebracht.«

Auch wenn ich die Männer mit den Kameras nicht direkt ansah, spürte ich, dass unsere Unterhaltung ihr Interesse geweckt hatte. Boden blickte zu ihnen hinüber, dann wieder zu mir, als hätte er eine Entscheidung getroffen. »Müssen Sie im Moment irgendwo sein, Blake?«

»Nein, alles, was ich zu erledigen habe, kann warten.«

»Okay.« Er deutete zu einem silberfarbenen Geländewagen, der etwa fünfzehn Meter entfernt auf der Straße stand. »Folgen Sie mir zu mir nach Hause. Es ist nicht weit.«

25

Mazzucco war todmüde. Spät ins Bett zu gehen und dann nicht durchschlafen zu können sorgte nicht gerade für gute Gefühle am Morgen.

Nachdem er Allen nach Hause gebracht hatte, war er nach Santa Monica zurückgefahren und ins Sloan's gegangen, der Kneipe, von der Sarah Dutton gesprochen hatte, und hatte den Mitarbeitern dort ein paar weitere Fragen gestellt. Die Antworten stimmten mit denen überein, die er bereits am Telefon erhalten hatte. Einer der Mitarbeiter erinnerte sich vage an die Gruppe, konnte aber nicht sagen, wann sie die Kneipe verlassen hatten oder ob sie gemeinsam gegangen waren. Er war sich ziemlich sicher, dass sie gegen halb zwölf gegangen waren. Nein, er hatte kein Video. Über der Bar hing eine Kamera, aber das war's. Der Bereich, wo die Gruppe gesessen hatte, war nicht erfasst worden.

Danach war Mazzucco zwei verschiedene Strecken von der Kneipe zu Walter Duttons Haus abgefahren und hatte an verschiedenen Tankstellen angehalten, an denen Kelly getankt haben könnte. An jeder stellte er ein paar Fragen. In drei der vier erhielt er gleich auf Anhieb eine Abfuhr – keiner erinnerte sich, zwischen elf und Mitternacht ein Mädchen in silberfarbenem Porsche bedient zu haben. Trotzdem bat er um die Aufnahmen der Überwachungskameras – diese würde er sich am nächsten Morgen im Schnelldurchlauf ansehen. Dies würde nicht lange dauern, da er wusste, wonach er suchte.

An der vierten Tankstelle hatte er keinen Erfolg. Er wurde auf Montag vertröstet, weil der Typ, der Samstagnacht gearbeitet hatte, erst am Montag wieder zu seiner Schicht antreten würde. Der Chef würde ihm die Aufnahmen der Überwachungskamera per E-Mail zuschicken, wenn er wiederkommen würde. Mazzucco hatte keine Hoffnung. Er beschloss, die Tankstelle am nächsten Morgen noch einmal anzurufen, aber noch einmal hinzufahren würde nicht nötig sein.

Zu Hause angekommen hatte Julia entgegen seinem Rat, als er angerufen hatte, auf ihn gewartet. Sie hatten den üblichen Streit.

»Warum arbeitest du immer so lange, verdammt?«

Sie wusste, warum.

»Warst du mit ihr zusammen?«

Mit *ihr*. Sie verwendete nie Allens Namen, solange sie es vermeiden konnte. Bevor er Jessica Allen als Partnerin bekommen hatte, wäre ihm nie in den Sinn gekommen, seine Frau als eifersüchtig zu bezeichnen. Aber bis dahin waren alle seine Partner männlich, übergewichtig und kurz vor der Pensionierung gewesen. Anders als Allen.

Es war immer so, wenn er besonders spät von der Arbeit kam. Julia setzte ihm zu, bis ihre Wut nachließ, und gegen zwei gingen sie schließlich zu Bett. Zumindest sie ging zu Bett. Mazzucco schlief auf dem Sofa im Wohnzimmer. Dann wachte Daisy eine halbe Stunden später auf, ihre Windel musste gewechselt werden, sie bekam ein Fläschchen, und der Streit wurde in einer kleineren Version fortgesetzt.

Anschließend lag er eine Stunde wach. Er war zu wütend, um zu schlafen. Julia hatte keinen Grund, wegen seiner Beziehung zu Allen misstrauisch zu sein. Oder doch? Er lenkte seine Gedanken zu weniger komplizierten Themen: dem dreifachen Mord.

Er hatte es geschafft, vielleicht eine halbe Stunde zu schlafen, war aber von Daisy irgendwann nach fünf wieder geweckt worden. Danach hatte er sie zu Julia ins Bett gelegt und beschlossen, den Tag lieber etwas früher beginnen zu lassen. Auf halbem Weg in die Stadt hatte dann sein Telefon geklingelt. Es zeigte eine Nummer an, die er nicht kannte. Er hatte angehalten und das Gespräch angenommen. Es war die Tankstelle. Der Typ von der Samstagnachtschicht war zur Arbeit zurückgekehrt. Und ... Überraschung! Er erinnerte sich an einen Porsche und eine Fahrerin. Mazzucco sagte, er sei in einer halben Stunde da.

Zwanzig Minuten später bog er auf die Tankstelle ab. Noch mal fünf Minuten später befand er sich zusammen mit dem Angestellten, dem Chef und einer Tasse beschissen schmeckendem Maschinenkaffee im Büro. Der Chef spulte durch die Videoaufnahmen, während Mazzucco mit dem Angestellten sprach.

»Gleich nachdem es angefangen hatte zu regnen«, wiederholte Mazzucco.

»Richtig, das müsste kurz nach elf gewesen sein. Die Nachrichten im Radio waren gerade zu Ende.«

»Und sie kam herein?«

»Richtig. Sie hat zehn Dollar bezahlt und ist wieder rausgegangen, um zu tanken.«

»War jemand bei ihr? Im Wagen vielleicht?«

Er wirkte unsicher. »Niemand kam mit ihr herein. Ich glaube nicht, dass noch jemand im Porsche war, aber ...«

»Ich hab's.«

Es war der Chef, der gesprochen hatte. Mazzucco drehte sich zu dem kleinen Schwarz-Weiß-Bildschirm auf dem vollen Schreibtisch, dort war ein Standbild von einem hellen Porsche Carrera vor einer der Zapfsäulen zu erkennen. Der Zeitstempel zeigte 23:03 Uhr. Mazzucco blätterte in seinem Notizbuch ein paar Seiten zurück und verglich die Angaben zum Nummernschild mit dem auf dem Bild. Gut, es handelte sich um Duttons Wagen.

Er bat den Chef, die Aufnahme weiterlaufen zu lassen. Sie sahen, wie Kelly ausstieg und den Wagen mit der Fernbedienung abschloss. Sie betrat den Laden, kam wieder heraus, tankte, schloss den Wagen auf und stieg ein. Der Wagen fuhr auf die Kamera zu, bog ab und verschwand.

Genau das, was der Mitarbeiter von der Nachtschicht gesagt hatte, sahen sie hier in scharfer, tonloser Schwarz-Weiß-Aufnahme. Nur eine Sache passte nicht ins Bild.

»Lassen Sie das noch mal laufen«, bat Mazzucco.

Die drei sahen sich die Aufnahme noch einmal an. Nach der Hälfte hatte Mazzucco kapiert, was damit nicht stimmte.

26

Wir brauchten zwanzig Minuten bis zu Boden nach Hause. Er wohnte in einem bescheidenen Bungalow in Reseda. Vor dem Haus trieben sich ein paar Fotografen herum, doch nicht genug, als dass man sie als lästig hätte bezeichnen können. Ohne weiter auf sie zu achten, gingen wir zur Tür. Ich behielt meine Sonnenbrille auf und ließ den Kopf gesenkt, doch die Fotografen nahmen sowieso eher Boden ins Visier. Er reagierte nicht auf die Fragen, die sie ihm zuriefen, würdigte die Fotografen nicht mal eines Blickes. Ich bemerkte einen gelangweilten Tonfall in den Fragen, was hieß, sie waren es satt, so schnell ignoriert zu werden, und was auch hieß, dass Boden in genau der richtigen Weise mit ihnen umging. Ich folgte ihm ins Haus, wo er zum Wohnzimmer zeigte.

»Möchten Sie einen Kaffee oder so was? Ich würde Ihnen ein Bier anbieten, aber ich denke, es ist noch zu früh.«

»Schon in Ordnung«, antwortete ich.

Das Wohnzimmer war wie der Rest des Hauses, klein und ordentlich. Zwei Ledersofas, ein Beistelltisch, ein Bücherregal und ein großer Fernseher waren die einzigen Einrichtungsgegenstände. Auf dem Bücherregal standen mehrere gerahmte Fotos, einige mit einer dünnen, ernst dreinblickenden Frau Ende dreißig, die anderen mit einem dunkelhaarigen Mädchen, die, wie ich vermutete, Kelly in unterschiedlichen Lebensphasen zeigten. Boden merkte, dass ich mir die Bilder betrachtete, und nickte.

»Das ist sie.«

»Ihre Frau ist nicht mehr hier?«, fragte ich.

»Woher wissen Sie das?«

»Kelly ist auf den Fotos mit ihr noch ein Kind. Und diejenigen, auf denen sie allein zu sehen ist, wurden nicht digital aufgenommen.«

Boden lächelte missmutig. »Sie sind gut, Blake. Rachel ist 2000 abgehauen. Hab seit zehn Jahren nichts mehr von ihr gehört. Vermutlich würden Sie sie finden, wenn Sie sich darauf konzentrierten.«

»Möchten Sie, dass ich das tue?«

»Eher nicht. Vielleicht meldet sie sich, wenn sie hört,

was …« Seine Stimme brach, doch er fasste sich wieder. »Was mit Kelly passiert ist.«

Ich setzte mich auf eins der Sofas und ließ den Blick durchs Zimmer gleiten. Eigentlich hatte ich keinen Grund gehabt, Bodens Einladung anzunehmen. Ich war froh darüber, wenn man das in einem solchen Fall überhaupt sein konnte, dass Kelly von ihrem Mörder nicht als persönliches Ziel ausgewählt worden war, deswegen würde ich hier wahrscheinlich nichts Wichtiges erfahren. Ich konnte mir gut vorstellen, was er mich fragen würde, und mir war klar, dass ich ihm eine Abfuhr erteilen würde. Andererseits wusste man nie genau, was einmal wichtig werden könnte.

Boden nahm seinen Blick von den Fotos und wandte sich zu mir. Die Haut um seine glänzenden Augen war rot.

»Würden Sie mir noch mal sagen, welches Interesse Sie an diesem Kerl haben?«

»Ich glaube, ich kann ihn aufhalten.«

»Sie glauben nicht, dass das die Polizei schafft?«

Ich überlegte mir die Antwort auf diese gereizte Frage sehr sorgfältig. »Normalerweise würde ich denken, sie könnte das.«

»Normalerweise?«

»Ich glaube, dieser Kerl ist nicht normal. Ich glaube, er wird wieder töten und weiterziehen, bevor ihm die Polizei zu nahe kommt. Wenn er verschwindet, hätten wir keine Chance mehr.«

Boden zog die Augen zu Schlitzen zusammen. Hatte ich zu viel gesagt? Verraten, dass es hier ein persönliches Element gab? Er ließ sich von seinem Misstrauen nichts anmerken, sofern er eines hegte. »Vielleicht zieht er sowieso weiter, nachdem die Leichen jetzt gefunden wurden.«

Ich nickte. »Das ist ein Risiko. Aber ich glaube nicht, dass er schon fertig ist.«

»Sie sagen das, als wäre es etwas Gutes.« Boden verzog sein Gesicht. »Blake, ich habe etwa fünfundzwanzigtausend Dollar gespart.«

Ich begann, den Kopf zu schütteln, doch er hielt eine Hand nach oben.

»Moment. Ich weiß, das klingt für Sie vielleicht nach nicht viel, und ich kann Sie nicht im Voraus bezahlen, aber wenn Sie dieses Schwein finden, können Sie alles haben.«

»Wir kommen nicht ins Geschäft.«

Wieder kniff er die Augen zusammen. »Reicht das etwa nicht?«

»Das ist es nicht. Den Auftrag erledige ich kostenlos.«

Eine Minute lang schwieg er. »Und warum wollen Sie kostenlos arbeiten?«

»Nennen Sie es Gemeinschaftssinn.«

»Komische Einstellung für einen Berater.« Boden sah wieder zu den Fotos seiner Tochter. »Und was tun Sie mit ihm, wenn Sie ihn finden? Ist das auch kostenlos?«

»Ich bin kein Auftragsmörder.«

»Sie sind eine Menge nicht. Kein Polizist, kein Kopfgeldjäger, kein Scharfschütze. Ich frage Sie noch einmal: Was passiert mit ihm, wenn Sie ihn finden?«

»Das weiß ich vermutlich dann, wenn ich ihn gefunden habe.«

27

»Wie lange brauchen Sie?«, fragte der dünne, junge Techniker mit Blick auf seine beiden Bildschirme.

Allen überlegte, kam aber zu dem Schluss, dass sie keine Ahnung hatte. »Wie lange können Sie mir geben?«

Der Techniker lehnte sich zurück und kratzte sich am Bart, den er unter seiner Unterlippe zu kultivieren versuchte. »Ich muss bis drei Uhr noch einen Bericht fertig machen. Ich könnte kurz um den Block gehen und mir einen Kaffee besorgen. Das dauert normalerweise eine Viertelstunde.«

»Könnte es nicht auch zwanzig Minuten dauern?«

Er verzog sein Gesicht und sah zu den Eintrittskarten für die Lakers, die Allen ihm gegeben hatte. »Block 320«, las er vor. »Das klingt nach dem Nasenbluten-Block.«

Allen kniff verärgert die Augen zusammen. Die Eintrittskarten hatten zweihundert Dollar gekostet, und er wollte wegen zwanzig Minuten feilschen? Sie beugte sich vor. »Ich glaube, wir werden gleich hier einen Nasenbluten-Block haben.«

Ihr Telefon summte, weil eine Nachricht einging. Sie nahm es in die Hand, um zu sehen, ob sie von Mazzucco stammte. Tat sie nicht, sondern von Denny, der wahrscheinlich den vorigen Abend wiedergutmachen wollte. Allen löschte die Nachricht ungelesen und sah erwartungsvoll zum Techniker zurück.

Er erhob sich grinsend. »Okay, abgemacht. Aber wenn jemand fragt, haben Sie mein Passwort erraten.«

»Wie lautet Ihr Passwort?«

»Netter Versuch.«

Der Techniker verschwand mit seinen Lakers-Tickets, um sich einen Kaffee zu holen. Allen setzte sich und stellte den Stuhl ein, bevor sie sich den Bildschirmen widmete. Das National Crime Information Center, die NCIC-Datenbank, war die Schlüsselressource des FBI, um Verbindungen zwischen Verbrechen, die in unterschiedlichen Staaten begangen wurden, zu erkennen. Mit anderen Worten, es war das ideale Werkzeug für Allen. Im Sinne der Kooperation vermittelte das FBI Zugang zu örtlichen Behörden in allen fünfzig Staaten. Der Zugang zum System an sich war für Polizisten nicht beschränkt, doch gewöhnlich gab es eine Wartezeit und eine Menge Papierkram. Die Basketballtickets hatten sie diese Hürden umgehen lassen, doch Allen wusste, dass die elektronischen Spuren, die sie hinterließ, nicht zu löschen waren, sollte jemand einen Grund haben, danach zu suchen. Und sie wusste, dass die Wahrscheinlichkeit, dass Mr Lakers sie decken konnte, ungefähr so groß war wie die, dass seine Mannschaft die Entscheidungsrunde gewann, doch dieses Risiko wollte sie gerne eingehen. Wenn sie keinen Beweis dafür fand, dass der Mörder auch in den fehlenden Jahren tätig war, würde ihre Suche vielleicht als eine von Hunderttausenden Suchen, die jedes Jahr im ganzen Land durchgeführt wurden, unbemerkt bleiben.

Wenn sie allerdings fand, was sie erwartete, würde jemand anders früher oder später nach denselben Informationen suchen. Ihr dämmerte langsam, dass sie mit jemandem über ihren Verdacht sprechen musste, und wenn sie weiterhin – egal wie – an dem Fall beteiligt bleiben wollte, müsste dies bald geschehen.

Ihr Telefon klingelte. Mazzuccos Nummer wurde angezeigt. Sie zögerte einen Moment, ließ es schließlich klingeln. Gerne hätte sie sich mit ihrem Partner ausgetauscht und erfahren, ob er mit den Tankstellen Glück gehabt hatte, doch sie könnte ihn auch nach den zwanzig Minuten zurückrufen.

Sie brauchte nicht lange, bis sie fand, was sie wissen wollte.

Ohne Prüfung der einzelnen Fälle ließ es sich nicht mit Sicherheit sagen, aber wenn man wusste, wonach man suchte, zeigte sich ein grässliches Muster. Die Sache war kompliziert, weil sie nicht nach einer Verbrechensart suchte, nicht nur die offenen und ungelösten Foltermorde der vergangenen zweieinhalb Jahre berücksichtige, sondern auch die Todesfälle, in denen die Leichen so zersetzt waren, dass sich die Todesursache nicht mehr ermitteln ließ. Zudem musste sie ungelöste Vermisstenfälle miteinbeziehen, die ins Profil passten. Interessanterweise kam heraus, dass die Vielfalt der in Washington verübten Morde keine Abweichung darstellte. Die Opferprofile in den einzelnen Staaten schienen unterschiedlicher zu sein als die in L.A. Ob dies etwas zu bedeuten hatte?

Allen fand mögliche Fälle in sechs Staaten. In jedem Fall waren die Toten an abgelegenen Orten gefunden worden und wiesen Folterwunden und mindestens eine Wunde von einem ungewöhnlich gezackten Messer auf. Die Opferprofile, die Beseitigungsmethode und die offizielle Todesursache variierten, doch die gezackten Wunden blieben eine Konstante, die einem nur auffiel, wenn man genau hinsah.

Noch interessanter war, dass jemand bereits eine Verbindung zwischen einem bestätigten Mord und dem Fall einer vermissten Person einige Monate davor hergestellt hatte: eine Frau aus Kentucky und ein Jugendlicher aus Iowa. Offenbar hatte der Mörder in beiden Fällen keine große Vorsicht walten lassen, weil er beide Male dieselbe Art der Entführung gewählt hatte – und Allen spürte einen Schauder, als sie sah, was es war. Beide Opfer hatten nachts angehalten, um zu tanken, und die Überwachungskameras hatten aufgenommen, dass jemand in ihr unverschlossenes Fahrzeug gestiegen war, während sie bezahlt hatten. In beiden Fällen waren die Aufnahmen typischerweise nicht von bester Qualität, und der Verdächtige hatte sein Gesicht von der Kamera abgewendet. Doch die Berichte zeigten, dass man von demselben Täter ausging, dem man auch schon einen Namen gegeben hatte: der Diener. Weitere ähnliche Fälle hatte es allerdings nicht gegeben. Die Spuren waren im Sand verlaufen, und ob es sich tatsächlich um denselben Täter handelte, war nie bewiesen worden. Allen aber ging davon aus. Und sie ging davon aus, dass es ihr Täter war.

»Zeit ist um.«

Allen riss ihren Kopf herum. Der Techniker stand mit einem großen Pappbecher Kaffee hinter ihr.

»Haben Sie, was Sie brauchen?«, fragte er, als sie schwieg.

»Ja. Und noch ein bisschen mehr.«

28

Nachdem ich Bodens Haus verlassen hatte, fuhr ich bis zur 101 und auf dieser weiter Richtung Westen, während ich über meinen nächsten Schritt nachdachte.

Crozier wäre nicht leicht zu finden. Ihn mit den üblichen Mitteln aufzuspüren würde ich nicht schaffen. Auf jeden Fall war klar, dass er seinen Namen seit Langem abgelegt hatte. Abgeworfen wie eine tote Haut, wahrscheinlich gleich, nachdem er aus Winterlong ausgeschieden war. Telefon-, Kreditkarten- und Fahrzeugdaten würden mir nichts nützen. Höchstwahrscheinlich hielt er sich fern von allen Orten, die ich mit seinem früheren Leben in Verbindung bringen könnte. Das wusste ich, weil er bestimmt alles getan hatte, was auch ich getan hatte, um unsichtbar zu werden.

In Hollywood wollte ich mir etwas zum Essen besorgen. Auf dem Weg dorthin fuhr ich an einem Friedhof vorbei, bei dem ich auf die Idee kam, später noch etwas nachzuprüfen. In einem ruhig wirkenden Imbiss auf dem Santa Monica Boulevard setzte ich mich an einen der hinteren Plätze und bestellte ein Käsesteak und einen Kaffee. Während ich darauf wartete, sah ich mir die anderen Gäste an. Auch eine Gewohnheit von mir.

Es waren etwa zehn Personen unterschiedlichen Geschlechts, Alters, Auftretens und unterschiedlicher ethnischer Herkunft hier – typisch für ein Sammelbecken wie L.A.

Crozier würde aller Wahrscheinlichkeit nach anders aussehen. Ich erinnerte mich an ihn als großen, schlanken Mann mit zerzaustem blondem Haar und einem ungepflegten Schnurrbart. Fast alle Männer, die ich in den Eliteeinheiten kennengelernt hatte, waren ziemlich stolz auf ihre Freiheit, sich nicht an die strengen Frisurvorschriften des herkömmlichen Militärs halten zu müssen. In gewisser Hinsicht entsprach die Pflege eines schmuddeligen, individualistischen Äußeren der Vorschrift. Oft dachte ich, wenn man sich als verwegener, rebellischer Nonkonformist vom Rest seines Teams unterscheiden wollte, gelang einem das am schnellsten, wenn man sein Haar ordentlich frisierte, sich zweimal am Tag rasierte und abends die Stiefel putzte.

Seitlich auf meinem Tisch klemmten in einem hölzernen Halter zwei normale Speisekarten, eine für die Kinderteller und ein kleines Plastikpaket mit Buntstiften. Ich nahm die Karte für die Kinderteller und legte sie mit der Vorderseite nach unten auf den Tisch, um die leere Rückseite nutzen zu können. Mit dem blauen Stift fertigte ich eine Skizze von Crozier an, wie ich ihn gekannt hatte. Das Haar, der Schnurrbart, die Form seines Gesichts und seiner Kiefer. Ich musste mich zurückhalten, um ihm nicht die verspiegelte Sonnenbrille zu verpassen, die er immer getragen hatte. Ich schloss die Augen und versuchte, mich zu erinnern, wie seine Augen ohne diese Brille ausgesehen hatten, dann zeichnete ich sie ein. Ein paar Sekunden lang sah ich mir das Bild an. Nicht schlecht, aber auf keinen Fall perfekt. Die Augen richtig hinzubekommen bereitete mir Probleme.

Ich zeichnete das Gesicht neben dem ersten erneut. Die allgemeine Form behielt ich bei, versuchte es aber mit kürzerem Haar und ohne Schnurrbart. Dieses Bild zu entwerfen dauerte länger, weil es auf reiner Spekulation basierte. Ich hatte noch nicht einmal ein nebeliges Bild vor meinem geistigen Auge, an das ich mich halten konnte. Als ich fertig war, sah ich mir auch dieses neue Gesicht einen Moment an. Die Augen stimmten immer noch nicht. Ich verglich sie mit denjenigen auf dem ersten Bild und seufzte. Die glatt rasierte Version sah ziemlich anonym aus, und das aus gutem Grund, wie ich vermutete. Ich konnte nicht wissen, wie sich Crozier verändert hatte. Vielleicht hatte er sein Haar länger und sich einen Vollbart wachsen lassen, statt beides abzuschneiden beziehungsweise zu rasieren. Vielleicht hatte er sich den Schädel vollständig kahl rasiert, oder er hatte sowieso eine Glatze bekommen. Vielleicht trug er eine Brille oder gefärbte Kontaktlinsen.

Wenn die Polizei durch einen Zeichner oder einen Computer ein Phantombild von einem Verdächtigen erstellt und dieses so allgemein aussieht, dass es nutzlos ist, wird es »Geist« genannt. Meine Zeichnung war schlimmer, weil ich nicht einmal einen Geist vor mir hatte, sondern ein Fantasiegebilde. Es war …

»Nicht schlecht.«

Ich blickte zum Kellner auf, der mit meinem Käsesteak am Tisch stand. Er war ein stämmiger Kerl irgendwas über zwanzig mit kurzärmeligem schwarzem Hemd.

»Danke für das Kompliment«, sagte ich.

Der Kellner strahlte mich an. »Sieht scharf aus. Wer ist er?«

Ich dachte kurz nach. »Bin ich mir echt nicht ganz sicher.«

Der Kellner sah mich verwirrt an und stellte das Sandwich vor mir auf den Tisch. »Guten Appetit.«

Ich aß rasch, lehnte einen Nachtisch ab, bestellte aber einen weiteren Kaffee. Während ich diesen trank, überflog ich auf meinem Telefon einige lokale und nationale Nachrichtenseiten. Ich erfuhr kaum etwas Neues.

Die Morde des Samariters.

Ich dachte noch eine Weile über diese Vorgehensweise nach. Es schien unwahrscheinlich, dass er die Pannen dem Zufall überließ, was auch sehr gut zu Crozier passte. In einem der *LA Times*-Artikel stand, dass jeder, der Informationen zu den Morden liefern konnte, Kontakt mit den Detectives Allen oder Mazzucco von der Mordkommission aufnehmen sollte. Es gab eine 800er-Nummer, doch ich wollte nicht mein Mobiltelefon verwenden, nachdem ich mein anderes Telefon schon entsorgen musste.

Er war irgendwo da draußen. Crozier. Der Samariter. Ich dachte an das ruhige, zurückhaltende Ungeheuer, das ich kennengelernt hatte, und zum ersten Mal, seit ich in diesem Bereich arbeitete, war ich in gewisser Hinsicht über den Auftrag, den ich übernommen hatte, besorgt. Könnte es daran liegen, dass ich gar keinen Auftraggeber hatte? Nein, das war Quatsch. Der Samariter musste aufgehalten werden, und vielleicht war ich derjenige, der dies schaffen könnte. Damit würde mir keine wohlverdiente Pause vergönnt sein.

Die vorangegangenen Jahre hatte ich peinlich genau aufgepasst, dass sich meine Wege nicht mit denen von Winterlong kreuzten. Ich war mir nicht sicher, ob meine früheren Auftraggeber bereits die Verbindung hergestellt hatten, doch das würden sie spätestens dann tun, wenn Crozier verhaftet und erkennungsdienstlich erfasst werden würde. Dann wären einige schwierige Fragen zu beantworten, die für die Polizei und vielleicht auch für das FBI in Sackgassen enden würden, und das wiederum würde dazu führen, dass weniger verantwortungsbewusste Leute ein Interesse an dem Fall hätten. Und an allen, die damit zu tun hatten.

Ich wusste, ich würde Crozier allein auftreiben können. Es würde Zeit brauchen, aber ich könnte es schaffen. Es wäre sicher sauberer, das Problem zu lösen, ohne jemals in Kontakt mit den örtlichen Behörden zu kommen.

Es gab nur ein Problem. Der Samariter hatte innerhalb von zwei Wochen bereits drei Opfer in Los Angeles auf dem Gewissen. Ich war mir nicht sicher, warum er in seine Heimatstadt zurückgekehrt war, ob ihn etwas Persönliches zu seinen Wurzeln zurückgezogen hatte, doch ich war mir sicher, dass er mit seinem Vorhaben, Menschen zu töten, noch nicht fertig war. Menschen hier zu töten, oder dort, wohin auch immer er als Nächstes gehen würde, wenn er sich entschied weiterzuziehen. Ich würde ihn aufspüren, egal ob es eine Woche, einen Monat oder ein Jahr dauern würde. Ich würde ihn aufspüren und aufhalten, egal wie. Doch bis dahin würden noch weitere Menschen sterben. Weitere Kelly Bodens.

Ich trank meinen Kaffee aus und traf eine Entscheidung. Ich nickte dem Kellner zu und bat um die Rechnung und um eine andere Sache. »Wissen Sie, wo es hier in der Gegend ein Münztelefon gibt?«

Er legte sein Gesicht ungläubig in Falten. »Was haben wir für ein Jahr? 1986?«

»Ich bin eben ein altmodischer Typ.«

Er zuckte traurig mit den Schultern, als wäre dies eine Beerdigung, und zeigte über die Straße. »Ich glaube, in dem Laden da drüben gibt's noch eins.«

Drei Minuten später telefonierte ich mit einer Frau, die so gelangweilt klang, als würde sie den ganzen Tag dieselben Anrufe entgegennehmen.

»Ich würde gerne mit Detective Allen sprechen, wenn er gerade Zeit hat.«

Ein Seufzen. »Er ist eine Sie. Geht es um den Fall in den

Hügeln?« Die Dame ließ durchklingen, dass sie mit diesem Anruf keinen größeren Durchbruch erwartete.

»Richtig.«

»Welcher Art sind Ihre Informationen?«

»Darüber muss ich mit Detective Allen sprechen.«

Wieder ein Seufzen, diesmal hörbarer. »Name und Telefonnummer.«

»Ich rufe noch einmal an«, erwiderte ich und legte auf. Von einem früheren Auftrag wusste ich, dass die Mordkommission nicht im LAPD-Hauptquartier im Parker Center untergebracht war. Nach einer weiteren schnellen Suche im Internet hatte ich herausgefunden, dass die Abteilung, seit ich das letzte Mal hier gewesen war, umgezogen war. Sie befand sich nun im neuen Police Administration Building auf der West 1st Street. Es gab eine andere Nummer, die ich jetzt anrief.

»LAPD, Sonderabteilung Mordkommission, wen möchten Sie sprechen?«

»Detective Allen, bitte.«

»Darf ich sagen, wer anruft?«

»Mein Name ist Englehart. Sie erwartet meinen Anruf.«

In der darauffolgenden Pause überlegte ich, ob die Lüge reichte, um mich durchstellen zu lassen, und was ich sagen würde, wenn dies der Fall wäre. Ich bekam nicht die Gelegenheit, dies herauszufinden.

»Sie ist im Moment nicht zu sprechen, Mr Englehart. Soll ich eine Nachricht aufnehmen, oder soll ich Sie zum Anrufbeantworter durchstellen?«

»Schon in Ordnung«, antwortete ich mit unbekümmerter Stimme. »Ich rufe später noch einmal an. Wann wäre eine gute Zeit?«

»Was den heutigen Tag betrifft, bin ich mir nicht sicher, aber Sie könnten eine Nachricht hinterlassen.«

Ich dankte ihr und legte auf. Eine rasche Suche im Internet ergab ein paar interessante Dinge über Detective Allen. Die einzige weibliche Polizistin in der Mordkommission mit diesem Namen war Jessica Allen. Sie war erst vor Kurzem von Washington nach L.A. gekommen, nachdem in einem Fall mit gefälschten Beweisen, bei dem ihr Partner wegen Korruption angeklagt worden war, der Verdacht auch auf sie gefallen war. In den Artikeln zu dem Fall wurde auch die Liste ihrer Disziplinarverfahren wegen ihrer aufmüpfigen Art aufgeführt. Andererseits war ihre Aufklärungsrate hinsichtlich der Mordfälle musterhaft. Was den Korruptionsfall betraf, war nichts an ihr haften geblieben, doch mir war klar, dass es Gerüchte geben würde. Bei so etwas gab es immer Gerüchte.

Ich wusste nicht, wie empfänglich Detective Allen für das Angebot meiner Unterstützung sein würde, und ich war mir auch gar nicht sicher, ob ich ihr dieses Angebot machen sollte. Aus meiner begrenzten Erfahrung mit dem LAPD wusste ich, dass sie großen Wert darauf legten, ihre Angelegenheiten ausnahmslos innerhalb des eigenen Hauses zu lösen.

Und nun?

Ich war in Los Angeles, daher war sicher, was auch immer als Nächstes kommen würde, würde mit einer Fahrt beginnen.

29

Allen und Mazzucco trafen sich auf halbem Weg zwischen ihren jeweiligen Ausgangspunkten in einem Imbiss auf der Vine Street in Hollywood. Sie bestellten Sandwiches und setzten sich auf Hocker am Fenster. Allen ließ Mazzucco zuerst reden, denn sie wusste, dass sie etwas mehr Zeit brauchen würde für das, was sie ihm zu sagen hatte.

»Also bin ich letzte Nacht zwei verschiedene Wege von der Bar in Santa Monica zu den Duttons nach Hause gefahren. Insgesamt kam ich an vier Tankstellen vorbei. An drei erinnerte sich niemand an einen Porsche, aber die Bänder von den Kameras habe ich trotzdem mitgenommen.«

»Sie hatten tatsächlich Bänder?«

»Du weißt, was ich meine. Das Zeug ist heute alles digital.«

»Macht das Leben einfacher.«

»Macht es einfacher, die Aufnahmen zu bekommen, der Rest wird deswegen noch lange nicht einfacher. Das blöde Zeug muss man sich trotzdem noch ansehen. Die Aufnahmen der Tankstellen von Samstagnacht habe ich per E-Mail bekommen und heute Morgen angefangen, sie durchzusehen.«

»Und was ist mit der vierten Tankstelle?«

»Darauf wollte ich gerade kommen. Die haben mich gebeten, heute noch mal wiederzukommen, weil der Typ, der Samstagnacht gearbeitet hat, heute tagsüber da ist. Ehrlich gesagt, wollte ich nicht noch mal rausfahren, habe ihn aber angerufen und gefragt, ob er sich an einen silberfarbenen Porsche erinnert. Volltreffer. Kurz bevor es zu regnen anfing, kam eine junge Frau zur Kasse, auf die die Beschreibung von Kelly Boden passt, und hat das bisschen Benzin, das sie brauchte, bar bezahlt. Vermutlich wollte sie sichergehen, dass sie es bis zu den Duttons nach Hause schafft.«

»Was ihr leider nicht gelungen ist.«

»Richtig.«

Allen dachte an die Fälle in Iowa und Kentucky – der Mann, der an den Tankstellen ins Auto gestiegen war. »Hast du sie auf der Aufnahme gesehen?«

»Ja.«

»Lass mich raten: Sie hält, geht rein, um das Benzin zu bezahlen, und jemand steigt in ihren Wagen.«

Mazzucco blickte sie überrascht an. »Nicht so ganz.«

»Was meinst du damit?«

Mazzucco zog sein Telefon aus der Innentasche und öffnete die Galerie. »Ich habe die Aufnahme abgespeichert.«

Er drückte die Abspieltaste, um die tonlose Schwarz-Weiß-Aufnahme zu starten. Die Kamera war über der Tür angebracht und erfasste einen breiten Winkel des Tankstellenbereichs und eine Nahaufnahme der Personen, die den Kassenraum betraten. Sarah Duttons Porsche war in der oberen rechten Ecke zu sehen, der hintere Teil ragte knapp darüber hinaus. Die Neonlampen spiegelten sich in breiten Streifen im Glas und Lack des Porsche. Kelly Boden stieg von der Fahrerseite aus, ging auf die Kamera zu, während sie in ihrer Tasche kramte. Sie sah aus, als wäre sie in Eile.

»Okay. Behalte den Wagen im Auge«, sagte Mazzucco. »Mir ist das beim ersten Mal auch entgangen.«

Allen sah zum Wagen. Sie hatte keine Ahnung, wonach sie suchte, doch dann passierte dort etwas. Es war, als würde sich ein Stück des Schattens unter dem Wagen lösen und länger werden wie eine sich ausbreitende Pfütze. Sie merkte, was es war, und dass das Neonlicht auf etwas deutete, was außerhalb des Blickwinkels der Kamera lag.

»Da ist jemand auf der anderen Seite des Wagens.«

Der Schatten wechselte die Position, machte eine Bewegung, als wolle dieser Jemand die Wagentür öffnen. Dann zog sich der Schatten zurück.

»Hat sie den Wagen abgeschlossen?«, fragte Allen.

Mazzucco nickte. »Ja, die Scheinwerfer haben kurz geblinkt, als sie ausstieg. Ich denke, er hat versucht, ins Wageninnere zu gelangen ... vielleicht um den Kofferraum zu öffnen.«

»Aber er hat es nicht geschafft.«

»So sieht's aus.«

Kelly tauchte wieder auf, diesmal den Rücken der Kamera zugewandt, und rannte zum Porsche, den Blick auf den ungewohnten Schlüssel gerichtet auf der Suche nach dem richtigen Knopf. Schließlich blinkten die Lichter wieder. Einen Moment war sie hinter der Windschutzscheibe nicht zu sehen, weil sie wahrscheinlich tankte, dann stieg sie wieder ein. Sie startete den Motor, fuhr auf die Kamera zu und bog nach rechts ab, wo sie aus dem Blickfeld verschwand, um sich dem zu stellen, was ihr von ihrem Leben noch blieb. Allen hatte das seltsame Gefühl, als könne sie Kelly retten, wenn sie die Aufnahme zurückspulte.

»Also stieg er nicht in den Wagen. So weit wissen wir Bescheid«, sagte sie. »Man sieht den Kofferraum und die Vordersitze, und man muss vorne einsteigen, um auf die Rücksitze zu gelangen. Dann stehen wir also immer noch am Anfang.«

»Nicht ganz«, widersprach Mazzucco. »Wir wissen jetzt, dass jemand versuchte einzusteigen. Das heißt, er hatte es auf sie abgesehen, zumindest ab der Tankstelle.«

»Der Schatten muss er sein, oder? Er folgte ihr von der Tankstelle, brachte sie irgendwie dazu anzuhalten.«

Mazzucco sah sie vorsichtig an. »Okay, erzähl's mir.«

»Was soll ich dir erzählen?«

»Woher wusstest du, dass dort ein Typ zu sehen sein müsste? Ist es das, worüber du gestern gesprochen hast? Dass du weißt, es gibt noch weitere Morde?«

Allen kannte diesen Blick ihres Partners, aber nur aus dem Verhörzimmer. Sie sah sich im Imbiss um, falls jemand hier war, der lauschte. Niemand in Hörweite. Keine Entschuldigungen diesmal. Sie seufzte. »Okay.«

Er sah zufrieden aus. Als hätte er halb erwartet, enttäuscht zu werden, aber jetzt erfreut war, dass sie die richtige Entscheidung getroffen hatte. Sie hätte ihn am liebsten in den Boden gestampft.

»Du hast schon mal gesehen, wie dieser Kerl vorgeht?«

»Vielleicht. Ich gehe davon aus.«

»Aber ich bin dein Partner, seit du hierhergekommen bist. Das heißt, ich habe es auch gesehen.«

»Nein, das war, bevor ich herkam.«

Er kniff die Augen zusammen. »Du meinst in Washington?«

Allen nickte.

Mazzucco hob eine Augenbraue. Ein Mörder, der an beiden Küsten tätig war? »Wann?«

»Vor zwei Jahren. Vielmehr zweieinhalb.«

»Wer war sie? Das Opfer?«

Allen konnte ein leises Lächeln nicht unterdrücken, weil Mazzucco eine Vermutung entschlüpft war. »Das ist das Problem, Mazzucco. Sie war ein Er.«

»Weiter.«

»Das Geschlecht war nicht der einzige Unterschied«, fuhr sie fort. »Alter, ethnische Herkunft, sozioökonomischer Status ... selbst die Art, die Leiche zu entsorgen, war unterschiedlich.«

»Dann verstehe ich das nicht«, sagte Mazzucco.

»Das Opfer in Washington war ein schwarzer Mann, mindestens fünfzig, obdachlos und mittellos. Er wurde aus dem Potomac gezogen. Er trieb schon mindestens eine Woche im Wasser, daher war zuerst nicht klar, dass es sich um einen Mord handelte. Die Leiche konnte nicht identifiziert werden. Vermutlich wurde er von niemandem vermisst.«

»War er gefoltert worden?«

Allen zuckte mit den Schultern. »Ja, aber auch das passte nicht ganz. Das Mädchen hier wurde aufgeschlitzt, der Mann in Washington verbrannt.«

»Du meinst angezündet?«

Allen schüttelte den Kopf. »Nicht so. Er war mit Wunden übersät, aber die waren ausgebrannt. Als hätte ihn jemand gefesselt und mit einem heißen Messer bearbeitet. Wie gesagt, alles war anders. Bis auf eine Sache.«

»Todesursache?«

Allen nickte.

»Kehle durchgeschnitten? Gezackte Wunde?«

»Genau gleich. Weder davor noch danach habe ich eine solche Wunde gesehen. Er muss ein besonderes Messer verwendet haben. Ein anderes als das für die Folterungen.«

Mazzucco biss von seinem Sandwich ab und kaute. Er wirkte skeptisch. »Du hast also zwei Mordfälle, die zwei Jahre und dreieinhalbtausend Kilometer voneinander entfernt verübt wurden. Ähnliche Todesursache, klar, aber ...«

»Hast du schon mal einen Kehlkopfschnitt gesehen, Mazzucco?«

»Klar.«

»Und einen, der so aussieht wie unsere? Hast du jemals ein Foto davon gesehen?«

»Nein. Nein, habe ich nicht. Aber das heißt doch nur, dass zwei Mörder ein ähnliches Messer verwendet haben. Außerdem haben wir zwei völlig unterschiedliche Opferprofile – unterschiedliche Arten der Folter und der Beseitigung, und sie wurden jeweils am anderen Ende der Staaten getötet.«

»Ich weiß. Logisch gesehen hast du recht, aber es handelt sich um denselben Kerl. Es ist nicht nur der Kehlkopfschnitt, sondern alles. Wenn du dir besondere Einzelheiten herausgreifst, gibt es eine Menge Ähnlichkeiten. Verletzliche Opfer, möglicherweise entführt, gefoltert, erledigt und dann entsorgt. Es ist, als diene alles andere nur der Verschleierung, aber die groben Züge sind alle gleich.«

Mazzucco sah immer noch aus, als bräuchte er Zeit, um die Infos zu verarbeiten. »Du bist Tarantino-Fan, stimmt's?«, fragte er, nachdem er nachgedacht hatte. Zuerst glaubte Allen, er wolle das Thema wechseln.

»Ich mag die frühen Sachen lieber, ja. Aber worauf willst du hinaus?«

»Tarantino macht Gangsterfilme, Kung-Fu-Filme und Western, aber es sind alles Tarantino-Filme.«

Allen grinste. »Genau. Davon rede ich doch.«

»Der Stil hinter der Form«, sagte Mazzucco und nickte. »Okay, ich habe verstanden. Aber du weißt, dass das sonst niemand verstehen wird. Nicht, ohne dass du ihm mehr gibst.«

Allen räusperte sich und blickte auf ihr noch kaum angerührtes Sandwich.

»Allen?«, fragte er.

»Es gibt mehr. Eine ganze Menge.«

30

Allen brauchte weitere zehn Minuten, um Mazzucco auf ihren Stand der Dinge zu bringen. Er hörte zu, ohne sie allzu oft zu unterbrechen, und sie war froh, dass er nicht wütend war, weil sie ihr Wissen so lange für sich behalten hatte. Als sie fertig war, dachte er nach.

»Du weißt, dass wir das Lawrence erzählen müssen?«

Allen stimmte seufzend zu. Er hatte natürlich recht, aber sie wusste, welchen Rattenschwanz das nach sich ziehen würde. Sie ließen den Rest ihres Essens stehen und gingen zu ihrem Wagen. Mazzucco schaffte es vor ihr auf die Fahrerseite und schob den Sitz ein ganzes Stück nach hinten. Allen beschwerte sich nicht, dass sie nicht fahren durfte. Als sie um die Ecke bogen, stand ein blauer Chevrolet am Straßenrand. Hinter dem Lenkrad saß ein Mann mit Sonnenbrille. Er rührte sich nicht, als sie vorbeifuhren.

»Weißt du, auf eine Art ändert das eigentlich nichts«, sagte Mazzucco. »Auch wenn dieses Arschloch rumtourt, ist es doch immer noch unsere Aufgabe, ihn in Los Angeles aufzuhalten. Wir müssen schließlich den frischen Spuren nachgehen.«

Allen nickte, doch sie war auf den Außenspiegel konzentriert, in dem sie einen Wagen ein Stück hinter ihnen zu beobachten versuchte. Sie glaubte, der blaue Chevrolet war kurz nach ihnen losgefahren.

Sie bogen auf den Sunset Boulevard ab Richtung 101. Die beiden Fahrzeuge hinter ihnen blieben zunächst auf der Vine, doch ein paar Sekunden später folgte ihnen der blaue Chevrolet auf den Sunset.

»Fahr hier nach links.«

»Was?«

»Tu's einfach. Ich erklär's dir gleich.«

Mazzucco bremste scharf und bog in eine Seitenstraße ab. Allen wies ihn an, noch ein paarmal abzubiegen, bis sie einen leeren, mit Maschendraht umzäunten Platz hinter einem offenen Tor entdeckte.

»Fahr da rein«, sagte sie rasch und deutete nach vorne.

Mazzucco gehorchte, fuhr durchs Tor und drehte eine halbe Runde auf dem Kies, bis sie wieder Richtung Tor standen.

»Was ...?«

»Warte kurz«, unterbrach ihn Allen. »Guck nach einem blauen Chevrolet.«

Zwanzig Sekunden später raste der Chevrolet vorbei. Der Fahrer, der immer noch seine Sonnenbrille trug, drehte sich auch diesmal nicht nach ihnen um.

Mazzucco sah zu Allen. Seine Frage war eindeutig. Sie

nickte. Kies wirbelte auf, als sie durchs Tor wieder nach draußen fuhren. Zwischen ihnen und dem Chevrolet befand sich noch ein Fahrzeug.

»Willst du ihn anhalten?«, fragte Mazzucco und sah zum Blaulicht, das auf dem Armaturenbrett lag.

»Schauen wir, wohin er uns führt.«

Sie folgten ihm weitere sechs Straßenzüge, dann bog er nach links und gleich wieder nach rechts ab. Mazzucco schaffte es, dass sich immer mindestens ein anderer Wagen zwischen ihnen befand, doch Allen war klar, dass der Fahrer sie bereits gesehen hatte, wenn er wusste, wonach er suchte.

Einen Straßenzug weiter schaltete die Ampel von Grün auf Gelb. Die Bremslichter des Chevrolet leuchteten auf, als er sein Tempo drosselte, doch plötzlich drückte er aufs Gas, schoss los und bog nach links in ein Parkhaus ab. Zwei oder drei der entgegenkommenden Fahrzeuge drückten auf die Hupe, Mazzucco musste warten, bis sie vorbeigefahren waren.

Der Eingang war von einer Schranke versperrt. Mazzucco hielt an der Schranke und zeigte dem Angestellten im Kassenhäuschen seine Dienstmarke. »Wir suchen nach einem blauen Chevrolet Malibu, der hier gerade durchgefahren ist.«

Der Angestellte deutete nach links und öffnete die Schranke. Mazzucco wies ihn an, niemand nach draußen zu lassen, und fuhr ins Parkhaus. Als sich die Schranke hinter ihnen wieder senkte, lächelte er zu Allen. »Jetzt haben wir ihn in die Ecke gedrängt. Und? Worum geht's?«

»Er hat uns verfolgt. Ich würde gerne herausfinden, warum.« Sie ließ das Fenster ganz nach unten gleiten, nahm ihre Beretta 92FS aus ihrem Schulterholster, entsicherte sie und spannte den Hahn. Mazzucco verzog sein Gesicht wegen der Missachtung der strengen Waffenvorschrift, sagte aber nichts.

Sie drehten eine langsame Runde durchs Erdgeschoss, sahen aber nicht den blauen Wagen, nach dem sie Ausschau hielten. Die Runde führte sie fast bis zum Eingang zurück, bevor sie die Rampe nach oben erreichten. Das leise Quietschen von Gummi auf Beton wurde durch den Widerhall von den Wänden verstärkt, als Mazzucco eine Ebene höher rumpelte. Er drehte den Kopf von links nach rechts, Allen hielt ihre Waffe fest umklammert. Sie überlegte, Mazzucco zu fragen, warum es sich ein bisschen so anfühlte, als führen sie in eine Falle, statt den Fahrer des Chevrolets in die Ecke zu drängen.

Die zweite Ebene war leer.

Sie fuhren die nächste Rampe nach oben aufs Dach. Allen hörte das leise Brummen eines Motors um die Ecke hinter der Reihe geparkter Fahrzeuge. Zwischen den Wagen hindurch erhaschte sie einen Blick auf den blauen Chevrolet. Er bewegte sich nicht. Mazzucco drückte aufs Gaspedal und bog am Ende des Parkdecks nach rechts. Der blaue Chevrolet stand mit der Schnauze zur Brüstung. Mazzucco trat auf die Bremse und hielt zwanzig Meter vom Chevrolet entfernt. Allen beugte sich aus dem Fenster und zielte, beide Hände um die Waffe gelegt, auf die Kopfstütze des Fahrersitzes. Von ihrer Position aus konnte sie nicht erkennen, ob dort jemand saß oder nicht. Sie riss den Kopf nach links, dann nach rechts, die Waffe immer auf den Wagen gerichtet. Mazzucco stieg aus und spannte seine eigene Waffe. Allen tastete nach dem Griff, öffnete die Tür und stieg ebenfalls aus.

»LAPD«, rief sie. »Bleiben Sie im Wagen sitzen und legen Sie die Hände aufs Lenkrad.«

Keine Antwort.

Mazzucco ging auf den Wagen zu, doch Allen schüttelte den Kopf.

»Ich glaube, ich bin dran. Gib mir Deckung.«

Er öffnete den Mund, um zu widersprechen. Allen warf ihm nur einen kurzen Blick zu, der sagte: *Lass das mit diesem dämlichen männlichen Beschützerinstinkt.* Er ließ es, zuckte nur mit den Schultern und zielte auf die Fahrerseite des Chevrolet.

Allen wiederholte ihre Warnung, diesmal lauter, und ging vorsichtig auf die Fahrertür zu, den Finger fest auf den Abzug gelegt. Als sie den Wagen erreichte, sah sie, dass dort niemand saß. Weder vorne noch hinten. Der Motor lief im Leerlauf. Sie griff durchs offene Seitenfenster, drehte am Zündschlüssel, um den Motor auszuschalten, und öffnete die Tür.

»Allen!«

Sie wirbelte herum, riss die Waffe mit. Mazzucco blickte in dieselbe Richtung, zielte auf einen Mann, der irgendwie zwischen sie und den Wagen geraten war. Er hielt seine Hände äußerst entspannt nach oben. Er trug einen dunklen Anzug, ein hellblaues Hemd und die Sonnenbrille, die Allen aufgefallen war.

»Wer sind Sie?«, fragte Mazzucco und ging auf den Mann zu, der sich von den beiden auf ihn gerichteten Waffen nicht beeindrucken ließ.

»Guten Abend«, sagte der Mann mit dünnem Lächeln. »Detectives Allen und Mazzucco, Mordkommission. Richtig?«

Weder Allen noch Mazzucco erwiderten etwas darauf. Allen kniff die Augen zusammen und hielt ihre Waffe auf die Stelle gerichtet, wo sich der Bügel der Sonnenbrille über die Nase des Mannes wölbte.

»Das stimmt. Wären Sie jetzt bitte so nett, uns zu verraten, wer, zum Teufel, Sie sind?«

31

»Sie können mich Blake nennen«, stellte sich der Mann in dunklem Anzug vor.

»Blake, und weiter?«, fragte Allen.

»Carter Blake.«

»Okay«, sagte sie, die Waffe weiterhin auf ihn gerichtet. »Dann ... erzählen Sie uns, warum Sie zwei Polizisten verfolgen.«

»Ich könnte in der Lage sein, Ihnen bei Ihren Ermittlungen zu helfen.«

»Ach ja?«, fragte Mazzucco. »Bei welchen Ermittlungen denn?«

Der Mann, der sich Blake nannte, sah sie an, als wäre er ernsthaft verwirrt. »Also ehrlich, Detective, irgendwie dachte ich, Sie wären in Vollzeit mit diesem Samariter beschäftigt. Aber vielleicht ist das doch nicht so.«

»Was wissen Sie über den Samariter, Sie Schlaumeier?«, wollte Allen wissen. »Und fangen Sie mit einem überzeugenden Grund an, warum ich nicht glauben sollte, dass Sie es sind.«

Blake schien zu überlegen. »Also, ich glaube nicht, dass er so dumm ist, um vor Sie zu treten und sich Ihnen vorzustellen. Leider.« Er nickte nacheinander zu den Waffen. »Bestünde vielleicht die Möglichkeit ...«

»Drehen Sie sich um – langsam – und legen Sie Ihre Hände aufs Autodach«, bellte Mazzucco.

Das tat Blake dann auch, während Mazzucco auf ihn zuging. Allen gab ihm Deckung. Er trat Blakes Beine auseinander, tastete ihn mit einer Hand schnell und gründlich ab. Er zog ein zusammengefaltetes Blatt aus Blakes Tasche, begutachtete es konzentriert, behielt es aber anschließend in der Hand. Aus Blakes Gesäßtasche zog er den Geldbeutel und untersuchte den Inhalt. Schließlich sah er zu Allen und nickte.

»Okay, drehen Sie sich um«, rief sie.

Auch diesmal gehorchte er den Anweisungen. Allen senkte die Waffe, ließ sie aber gespannt, den Finger am Abzug, bereit, sie bei Bedarf wieder ins Spiel zu bringen.

»Was tun Sie hier, Mr Blake?«, fragte sie in gesprächigerem Tonfall.

»Tut mir leid, wenn ich Sie überrascht habe. Im Fernsehen hieß es, jeder, der zu den Ermittlungen etwas beitragen könnte, soll Kontakt mit den Detectives Allen oder Mazzucco aufnehmen.«

»Sie wissen, was das heißt, wenn man so was sagt, Blake?«

»Die Zentrale anrufen?«

»Bingo. Die leitenden Detectives zu verfolgen ist nicht das, was wir als gewünschte Methode zur Kontaktaufnahme bezeichnen.«

»Ich entschuldige mich«, sagte er. »Mir schien es die beste Möglichkeit zu sein, Ihre Aufmerksamkeit zu erhalten. Mich von der Menge abzuheben.«

Mazzucco kniff die Augen ungläubig zusammen. »Wollen Sie damit sagen, Sie haben sich mit Absicht schnappen lassen?«

Blake nickte, als wäre das klar. »Warum sollte ich sonst freiwillig in eine Sackgasse fahren?« Er nahm langsam seine Arme nach unten und schob sie gemütlich in seine Hosentaschen, bevor er fortfuhr. »Aus Erfahrung wusste ich, dass es nicht einfach sein würde, auf herkömmliche Weise mit Ihnen in Kontakt zu treten. Aber jetzt sind wir ja so weit.«

»Jetzt sind wir so weit«, wiederholte Allen ausdruckslos.

»Was ist das?« Mazzucco hielt das Blatt Papier hoch, das er aus Blakes Tasche gezogen hatte. Allen erkannte zwei Zeichnungen vom Gesicht eines Mannes darauf.

Blake zuckte mit den Schultern. »Ein Hobby. Sie können es behalten, wenn es Ihnen gefällt.«

»Sehr großzügig von Ihnen.«

»Und was können Sie uns über den Mörder sagen?«, fragte Allen. »Ich glaube, das ist die Frage aller Fragen. Ansonsten wären wir drei hier ja umsonst zusammengekommen.«

»Ich kann Ihnen dabei helfen, ihn zu schnappen.«

»Sie glauben nicht, dass wir das auf unsere Weise schaffen?«, fragte Mazzucco in scharfem Ton.

»Ich glaube, wir können den Kerl schneller schnappen, wenn wir zusammenarbeiten«, antwortete Blake, der die Frage erwartet hatte.

Mazzucco schüttelte den Kopf. »Wir brauchen keine Hilfe von Hobbydetektiven. Trotzdem danke.«

Allen merkte an Mazzuccos Tonfall, dass er mehr aus Blake herauslocken wollte. Wer oder was auch immer der Kerl war, wie ein Amateur benahm er sich nicht. Er wirkte nicht einmal wie ein Privatdetektiv. Gegen ihren eigenen Willen war Allens Neugier geweckt.

»Eigentlich bin ich Profi«, erwiderte Blake gelassen. »In dem Sinne, dass ich damit meinen Lebensunterhalt verdiene.«

»Sie helfen bei Ermittlungen in Mordfällen?«, fragte Allen. War er so etwas wie ein Berater? Wenn ja, warum entschied er sich für diese unorthodoxe Art der Annäherung?

»Ich suche Menschen. Gewöhnlich Menschen, die sich nicht finden lassen wollen. Wenn Sie mich mit in Ihre Ermittlungen einbeziehen, werde ich für Sie den Samariter finden.« Das sagte er ohne Anmaßung und nicht in reißerischem Tonfall, als würde er voller Selbstvertrauen feststellen, dass das Gras grün ist. Und das bereitete Allen leichte Kopfschmerzen.

Sie sah Mazzucco an und hob ihre Augenbrauen zu der wortlosen Frage, ob er noch etwas sagen wollte. Sein Gesicht drückte Zurückhaltung und leichte Verwirrung aus. Auch er wusste nicht, was er von diesem Typ halten sollte.

Allen sicherte ihre Waffe und schob sie in das Holster zurück. Was auch immer dieser Kerl war, er stellte für die beiden keine direkte Gefahr dar – jedenfalls vertraute sie in diesem Fall ihrem Instinkt. Und jetzt? Sie konnten nicht einfach hier auf dem Dach eines Parkhauses stehen bleiben und sich gegenseitig ansehen, solange ein Berg Arbeit auf sie wartete. Blake gab so wenig wie möglich preis, selbst wenn er mit vorgehaltener Waffe gefragt wurde. Er vermutete wohl, dass er ihr Interesse geweckt hatte. Sie konnten dieses Spiel weiterspielen. Sie setzte ein gelangweiltes Kundendienstlächeln auf. »Tut mir leid, Mr Blake. Selbst wenn ich davon ausgehe, dass Sie über hervorragende Referenzen verfügen, gibt unser Budget leider nicht genug her, um einen Berater zu bezahlen. Ich fürchte, wir müssen den Fall mit unserem eigenen mageren Talent lösen.«

Sie sah zu Mazzucco, um eine Bestätigung zu erhalten. Er zuckte mit den Schultern. *Schade.*

»Wenn Sie uns eine Nummer und eine Adresse geben, unter der wir Sie erreichen können, wenn wir mit Ihnen sprechen müssen, würden wir Ihre Zeit heute nicht weiter beanspruchen.«

Blake schwieg. Sein Ausdruck hinter seiner Sonnenbrille war nicht zu deuten. Er entfernte sich ein paar Schritte vom Ford, ging auf den blauen Chevrolet zu und hielt seine offene Hand in Allens Richtung. Sie merkte, dass sie noch immer seinen Schlüssel hatte. Sie überlegte, ihn einfach zu behalten, wurde sich aber ärgerlicherweise bewusst, dass sie keinen Grund dazu hatte – sie konnte nicht einmal von ihm verlangen, schnell hier abzuhauen. Also warf sie ihm den Schlüssel zu.

Blake fing ihn mit der rechten Hand, seine linke ließ er in seine Innentasche gleiten. Er reichte ihr eine einfache Visitenkarte mit einer handgeschriebenen Mobilnummer.

»Ich wohne in einem Hotel«, sagte er. »Bin erst letzte Nacht hergeflogen. Ich weiß nicht, wo ich heute Nacht sein werde, aber ich werde auf dieser Nummer antworten, wenn Sie bereit sind anzurufen.«

Allen nahm die Karte und rieb das Papier zwischen ihren Fingern. Außer dass es sich dick und teuer anfühlte, verriet sie sonst nichts.

Blake sah von Allen zu Mazzucco und wieder zurück und nahm schließlich seine Sonnenbrille ab. Allen war von seinen Augen überrascht. Sie waren grün, doch statt des amüsierten, spielerischen Blicks, den sie aufgrund seines Tonfalls erwartet hatte, drückten seine Augen kalte Absicht aus.

»Ich möchte hier keine Zeit mehr verschwenden, weder Ihre noch meine, daher komme ich gleich zur Sache. Wenn Sie eine Empfehlung brauchen, rufen Sie Special Agent Elaine Banner vom FBI in Chicago an. Fragen Sie sie, wie sie Caleb Wardell geschnappt hat.«

Allen wurde wachsam bei dem Namen. Er war ihr nicht nur als Polizistin bekannt, sondern auch aus dem Fernsehen.

»Wenn Sie einen Beweis möchten, dass ich Ihnen helfe, gebe ich Ihnen einen kleinen Vorgeschmack«, fuhr er fort. »Rufen Sie die Infos zu Sergeant Willis Peterson auf, der in North Carolina als vermisst gilt. Schauen Sie, ob er ins Muster passt. Dann schauen Sie, ob Sie in der Reiseroute des Samariters einen weiteren Staat hinzufügen wollen.«

Allen spürte, wie sich Mazzuccos Blick in sie hineinbohrte. Er dachte dasselbe wie sie: Wie, zum Teufel, konnte dieser Kerl darüber Bescheid wissen? Niemand wusste, dass dieser Fall über die Grenzen von Los Angeles hinausging. Peterson. Sie schob den Namen beiseite, öffnete den Mund, um Blake daran zu erinnern, dass sie sein Angebot bereits abgelehnt hatten. Er kam ihr zuvor.

»Ich warte, bis Sie Ihre Überprüfungen abgeschlossen haben, dann können Sie mich anrufen.« Er ging wieder um seinen Wagen herum. »Und übrigens verlange ich kein Geld für meine Dienstleistungen, Detectives. Dieser hier geht aufs Haus.«

32

Eine Stunde später sahen sie im fünften Stock des Präsidiums, wie Lieutenant Lawrence die Augen schloss und seine rechte Schläfe mit zwei Fingern massierte.

»Also noch mal, um die Sache klarzustellen«, sagte er. »Sie wollen mir also sagen, dass dieser Mörder in sechs anderen Staaten aktiv war, bevor er zu uns kam. Ist das richtig?«

Allen nickte. »Mindestens sechs, Sir. Ich habe so ein ungutes Gefühl, dass wir noch mehr finden, sobald wir anfangen zu suchen.« *Zum Beispiel in North Carolina*, dachte sie.

Lawrence öffnete die Augen und sah sie streng an. »Wobei nicht wir es sein werden, die dann anfangen zu suchen. Seit wann hatten Sie den Verdacht, dass dieser Typ über den Bundesstaat hinaus tötet?«

Allen wollte schon antworten, als Mazzucco sich räusperte und ihr zuvorkam. »Das haben wir vor etwa zwei Stunden herausgefunden, als wir …«

»Die Frage war nicht an Sie gerichtet, Detective«, unterbrach ihn Lawrence mit lauter Stimme. »Und beantwortet meine Frage in keiner Weise. Allen, seit wann hatten Sie diesen Verdacht?«

Allen schluckte. »Seit gestern, Sir. Als wir die erste Leiche sahen.«

»Gestern.«

»Ja, Sir.«

Lawrence sah auf seine Uhr. »Dann haben Sie das mehr als dreißig Stunden für sich behalten.«

»Ich konnte nicht ...«

Lawrence brachte sie mit einem Wink seiner Hand zum Schweigen. »Das erklären Sie mir ein anderes Mal. Was an der Leiche hat Ihren Verdacht erregt?«

»Die Wunden an der jungen Boden. Sie waren ... besonders. Ich hatte ähnliche Wunden vor ein paar Jahren an einer Leiche in Washington gesehen.«

»Dann wurde also ein ähnliches Messer verwendet. Und?«

Allen schüttelte den Kopf. »Ein solches Wundmuster hatte ich vorher noch nicht gesehen. Aber es waren auch nicht nur die Wunden. Irgendwie hatten die beiden Fälle viel gemeinsam, trotz all der Unterschiede. Ich rief einen meiner Kontakte in Washington an und bat ihn, ein paar Sachen für mich nachzuprüfen. In der Zwischenzeit habe ich die offenen und ungelösten Fälle des Metro PD in der Datenbank nachgesehen und weitere Morde gefunden, die genau in das Muster passen.«

»Wir hatten uns überlegt, dass es besser wäre, unseren Verdacht erst zu überprüfen, bevor wir damit zu Ihnen kommen wollten«, meldete sich Mazzucco zu Wort.

»Sie waren mit von der Partie?«, fragte Lawrence an Mazzucco gewandt.

»Ja, Sir.«

»Stimmt das?«, fragte er Allen.

Allen sah zu Mazzucco, dessen Blick ihre Zustimmung verlangte. Sie konnte nicht. »Das stimmt nicht, Sir. Detective Mazzucco hat erst vor ein paar Stunden davon erfahren.«

»Das dachte ich mir. Dann haben Sie also das NCIC ohne Genehmigung angezapft und was herausgefunden?«

»Weitere vierzehn mögliche Opfer in sechs Staaten.«

Lawrence seufzte. »Und vorher wurde keine Verbindung hergestellt?«

»Bei zwei, aber es gab nichts Konkretes, um die Fälle miteinander zu verknüpfen. Keine Fingerabdrücke oder DNA. Eine ziemlich unterschiedliche Vorgehensweise, nur das Wundmuster war gleich. Nach so etwas kann man keine Datenbank durchsuchen, es musste sich vielmehr ein und dieselbe Person mehr als ein Opfer ansehen. Instinkt war nötig, nicht Erbsenzählen.«

»Dann hat unser dreifacher L.-A.-Mörder nach derzeitigem Stand mehr als ein Dutzend Opfer im ganzen Land auf dem Gewissen. Ist es das, was Sie mir sagen wollen, Detective Allen?«

»Möglicherweise noch mehr. Wir können nicht wissen, wann oder wo er begonnen hat. Nicht ohne weiteres Personal.«

»Was der einzige Grund ist, warum Sie damit jetzt zu mir kommen.«

»Ich wollte nicht …«

»Detective Allen, ich habe Ihrem Partner bereits gesagt, man möge mir diesen Quatsch ersparen. Sie wollten den Fall nicht ans FBI verlieren.«

Sie schwieg einen Moment. »Ich wollte erst ein Stück vorankommen, bevor sie uns den Fall wegnehmen würden.«

»Das ist nicht Ihre Entscheidung, Allen. Die mögliche Anzahl von Opfern allein macht diesen Fall zu einem Fall fürs FBI, ganz zu schweigen von der Tatsache, dass er die Staatsgrenzen überschreitet. Sobald wir das FBI verständigen, sind die alles andere als glücklich darüber, dass Sie bereits einen Tag verstreichen ließen, bevor die Ermittlungen beginnen konnten.«

»Das tut mir leid, Sir.«

»Nein, das tut es Ihnen nicht. Sie haben genau das getan, was Sie zu tun beabsichtigt haben. Sie haben sich so sehr in den Fall eingebracht, dass Sie glauben, nicht mehr davon abgezogen werden zu können.«

Mazzucco sah zu Allen und von ihr wieder zu Lawrence. »Ach, jetzt seien Sie nicht so, Lieutenant. Sie hat doch gute Fortschritte gemacht. Wenn sie damit gestern zu Ihnen gekommen wäre, wären wir bestimmt noch nicht so weit. Gestern hatte sie nichts Konkretes in der Hand. Bei allem gebührenden Respekt, wir müssen an dem Fall beteiligt bleiben.«

»Bei allem gebührenden Respekt, ich muss nichts tun, was ich nicht tun will.« Lawrence sah Mazzucco eindringlich an, um sicherzugehen, dass er verstanden wurde, und wandte sich dann an Allen. »Sie sind sechs Monate bei uns. Sehe ich das richtig, Allen?«

»Das ist richtig.«

»Sie kamen mit einigem Gepäck zu uns. Ihnen eilte der Ruf der Gehorsamsverweigerung voraus, außerdem hätten Sie ein paar Abkürzungen genommen.«

Allen schaffte es, nicht zusammenzuzucken. Es war das erste Mal, dass Lawrence ihre Vergangenheit erwähnte, seit sie hier war.

»Vielleicht kamen Sie mit einer Menge Vorstellungen über das LAPD her, über die Art, wie wir hier arbeiten. Vielleicht dachten Sie, Sie würden gut hier reinpassen.«

»So würde ich das nicht ausdrücken.«

»Ich habe Sie nicht um Ihre Meinung gebeten. Ich ging davon aus, dass ich das nicht sagen muss, aber da habe ich mich offenbar getäuscht. Mit diesem Scheiß kommen Sie hier nicht durch, Allen. Nicht in dieser Abteilung und nicht in einem Fall, mit dem ich zu tun habe.«

Allen öffnete den Mund, um sich erneut zu entschuldigen, besann sich aber eines Besseren.

»Wenn Sie den Verdacht haben, dass ein Fall größer ist, als er auf den ersten Blick erschien, kommen Sie zuerst zu mir. Sie spielen nicht Cowboy und Indianer. Ich entscheide, was wir wann tun. Ist das klar?«

Allen nickte. »Ja, Sir.«

Lawrence sah sie einen ungemütlich langen Moment an, bevor er dasselbe mit Mazzucco tat.

»Das ist alles.«

Die beiden schauten sich nachdenklich an und drehten sich Richtung Tür, um den Raum und den Fall hinter sich zu lassen. Doch Lawrence hielt sie zurück.

»Eine Sache noch.«

Sie drehten sich wieder zu seinem Schreibtisch und warteten.

»Lassen Sie Ihre Telefone eingeschaltet. Ich brauche Sie wieder hier drin, wenn ich mit dem FBI spreche. Was wahrscheinlich ziemlich bald sein wird.«

Allens Gesicht hellte sich auf. »Heißt das ...«

»Das ist alles.«

Wieder drehten sich die beiden zur Tür. Allen konnte ein Lächeln nicht unterdrücken. Mazzucco warf ihr einen wütenden Blick zu, doch sie glaubte, auch an ihm den Anflug eines erleichterten Lächelns erhascht zu haben.

33

Lawrence zu informieren hatte Vorrang gehabt, doch Allen und Mazzucco wussten, was sie überprüfen mussten, sobald sie wieder an ihren Schreibtischen sitzen würden, auch wenn sie selbst nicht damit einverstanden waren. Carter Blake war ein unbekannter Faktor, doch wenn das FBI beteiligt wurde, überlegte sich Allen, wäre es gut, sich einen Weg offen zu halten, der etwas abseits von den Ermittlungen lief. Dabei musste sie sehr vorsichtig sein. Was für eine Polizistin wäre sie denn, wenn sie nicht einem Mann gegenüber misstrauisch wäre, der wie aus dem Nichts mit höchst spezifischen Informationen über eine Mordserie auftauchte?

Sie setzten sich an ihre jeweiligen Schreibtische einander gegenüber. Beide hatten das Gefühl, die Stille füllen zu müssen, während ihre Rechner aus dem Schlaf erwachten.

»Nein.« Mazzucco schüttelte den Kopf. »Ich mag ihn nicht.«

»Ich auch nicht«, pflichtete Allen kühl bei.

»Gut.««

»Prima.«

Nach einer Pause fuhr Mazzucco fort: »Soll ich North Carolina überprüfen?«

Allen nickte seufzend. »Ich nehme das FBI. Ich glaube, ich brauche etwas Übung.«

Zehn Minuten später hing Allen in der Warteschleife der FBI-Zentrale von Chicago und wartete auf einen Kontakt mit Agent Banner. Während sie der Mozart-Musik lauschte, bedauerte sie ihre vorherigen Worte. Bisher hatte sie zumindest herausgefunden, dass es Banner tatsächlich gab und sie auch wirklich bei der Jagd auf Wardell beteiligt war, um ihn auf seinem Feldzug durch Chicago und den Mittleren Westen aufzuhalten. Es zeigte sich sogar, dass genau sie es gewesen war, die ihn für immer aufgehalten hatte.

Ihr Partner am Schreibtisch gegenüber murmelte leise vor sich hin. Die Hälfte der Zeit versuchte er, sie auf dem Laufenden zu halten, die andere Hälfte sprach er nur mit sich selbst. So wie es sich anhörte, schien auch die North-Carolina-Verbindung eine genauere Untersuchung wert zu sein. Natürlich würden sie einen weiteren Fall, den sie dem Samariter in die Schuhe schieben konnten, sofort den Jungs vom FBI übergeben müssen, bevor sie irgendwie weiterkommen würden.

Mazzucco hob den Kopf. »Dieser Sergeant Peterson gilt offiziell als vermisst. Vermisst im endgültigen Sinn, soweit ich das verstehe. Es gibt aber auch mindestens eine weitere nicht identifizierte Leiche im selben Waldabschnitt.«

»Ist irgendwas Auffälliges daran?«

Mazzuccos Stirn kräuselte sich. »Das kann man so und so sehen. Wahrscheinlich wurde deswegen auch nichts gefunden. Ich werde den örtlichen Polizeichef mal anrufen. Der Typ heißt Harding.«

»Ich hoffe, du hast mehr Glück als ich.«

Er grinste, griff zum Telefon und wählte die Nummer, während er immer wieder auf dem Bildschirm kontrollierte, ob er sie richtig abtippte. Schließlich lehnte er sich zurück und wartete, bis sich am anderen Ende jemand melden würde.

»Weißt du, was ich denke?«, fragte er Allen, als sich ihre Blicke wieder kreuzten.

»Dass er unsere Zeit verschwendet?«

Er schüttelte den Kopf. »Im Gegenteil. Aber mir fällt ein sehr guter Grund ein, warum dieser Blake weiß, dass der Fall in North Carolina mit dem Samariter zusammenhängt.«

Allen ließ sich Zeit, bis sie darauf etwas erwiderte. »Das kam mir auch in den Sinn.«

Mazzucco wandte sich ab, als sich am Telefon jemand meldete, und stellte sich seinem Kollegen im Alten Nordstaat vor. Rasch verfiel er in einen freundlichen Plauderton. Ganz im Gegensatz zu den kurzen, kalten Gesprächen, die Allen meist auf ihrer Leitung führte. Sie hatte allerdings keine Zeit, weiter darüber nachzudenken, weil die Wartemusik plötzlich unterbrochen wurde und sich eine Stimme mit »Special Agent Banner« meldete.

Der Klang über dem hohen Hintergrundgeräuschpegel war metallisch. Mobiltelefon. Allen, die überrascht worden war, räusperte sich, bevor sie sich vorstellte.

»LAPD, hm?«, sagte die Frau. Trotz des statischen Rauschens bemerkte Allen einen fast desinteressierten, leicht feindlichen Unterton.

»Das ist richtig«, erwiderte sie in dem Versuch, einen ähnlichen Unterton zustande zu bringen. »Ich dachte, Sie wären im Moment nicht verfügbar.«

»Bin ich auch nicht. Aber mit dem Namen, den Sie erwähnten, haben Sie sich etwas Zeit erkauft.«

Allen spürte ein vertrautes Kitzeln in ihrem Bauch. Es war das Gefühl, das sie immer bekam, wenn sich bei einer Ermittlung eine gewisse Richtung ergab, wohin auch immer sie führen würde.

»Ich habe ihn vor einer Stunde kennengelernt«, sagte sie.

»In L.A.?«

»In L.A.«

Banner am anderen Ende der Leitung schwieg, während sie die Aussage verarbeitete. »Ich weiß, dass Sie am Fall des Samariters arbeiten. Wer ist unsere Verbindung?«

Allen räusperte sich. »Das weiß ich noch nicht.«

Es herrschte eine ungemütliche Pause, weil keine von beiden nur freundlich plaudern wollte. Allen brachte schließlich das Gespräch wieder auf das eigentliche Thema. »Dieser Blake, er sagt, er will uns helfen. Ich habe natürlich meine Bedenken geäußert. Er sagte mir, ich soll mich bei Ihnen nach der Jagd auf Wardell erkundigen.«

»Wenn er seine Hilfe anbietet, schlage ich vor, dass Sie sie annehmen«, erwiderte Agent Banner rasch und in einem Ton, als würde sie eine Untergebene zurechtweisen.

»*Vorschlag* ist angekommen, Agent«, schoss Allen zurück.

»Schön, dass ich Ihnen helfen konnte«, sagte Banner. »Schönen Ta...«

»Moment.« In der kurzen Pause konnte Allen das Echo ihrer eigenen Stimme hören. »Kann ich dem Kerl vertrauen?«

Wieder schwieg Banner einen Moment. Wäre das Knacken nicht gewesen, hätte Allen angenommen, Banner hätte aufgelegt.

»Ich vertraue eigentlich niemandem. Jedenfalls nicht mehr«, sagte sie schließlich. »Aber Carter Blake würde ich mein Leben anvertrauen.« Dann sagte Banner rasch, sie müsse los, und legte auf, bevor Allen ihr danken konnte.

Mazzucco hatte bereits sein eigenes Gespräch beendet und sah zu ihr herüber.

»North Carolina sieht gut aus.«

Wieder klingelte Allens Telefon, doch sie drückte die Taste für die Rufumleitung auf den Anrufbeantworter.

»Hast du dort mit dem Polizeichef gesprochen?«

Mazzucco stöhnte bejahend. »Offenbar bin ich heute nicht der Erste, der ihn deswegen angerufen hat. Kannst aber nichts gewinnen, wenn du errätst, wer mir zuvorkam.« Er sah auf seinen Notizblock hinunter. »Harding hat Petersons Verschwinden untersucht und ist mit dem Ergebnis so zufrieden, wie man mit einem Mord ohne Leiche nur sein kann. Aber es wurde ja diese andere Leiche gefunden. Zuerst gingen sie davon aus, es wäre Peterson. Harding sagte, er würde den Wald gern mit den entsprechenden Mitteln umgraben lassen, weil er seinen Arsch darauf verwetten würde, dass es noch mehr Leichen dort gibt.«

»Sein Wunsch wird vielleicht bald in Erfüllung gehen.«

»Stimmt. Ich habe zwar nichts gesagt, aber vermutlich wird das FBI später noch mit ihm sprechen. Harding ist überzeugt, dass damals, vor fünf Jahren, ein Serienmörder am Werk war. Bis jetzt hat er zwar noch nichts Konkretes, was bei mir aber die Frage aufwirft, woher, zum Teufel, dieser Sherlock Holmes davon weiß.«

Allen dachte über Mazzuccos Zweifel nach, die auch sie hegte, dachte aber auch an das, was Agent Banner gesagt hatte – und daran, wie sich ihre Stimme dabei völlig verändert hatte.

»Er lässt sich nicht in die Karten gucken«, stimmte sie zu.

Mazzucco sah sie an, schüttelte dann den Kopf. »Nein, das ist eine schlechte Idee. Ich meine, ihn im Auge behalten? Absolut. Was mich betrifft, halte ich ihn für interessant. Aber ihn an den Ermittlungen beteiligen? Mit ihm zusammenarbeiten? Nie.«

»Er gab uns eine Spur. Das brauchte er nicht zu tun.«

»Er spielt mit uns, Jess.«

»Agent Banner sagt, er sei in Ordnung.«

»Ach, jetzt verneigst du dich vor der Weisheit des FBI? Das ist ein ziemlicher Sinneswandel.«

Sie warf ihm einen vernichtenden Blick zu.

»Meinst du, es gibt eine Möglichkeit, dass Lawrence sich darauf einlassen wird?«, fragte er.

Er wandte den Kopf ab, dachte darüber nach, wirkte zermürbt.

»Behelligen wir ihn nicht damit. Noch nicht. Wir verfolgen einfach eine vielversprechende Spur.«

»Ich glaube, du willst mich verarschen.«

Allens Telefon klingelte. Sie reagierte nicht, ließ seine Frage zwischen ihnen schweben, während sie seinem Blick standhielt. Er blinzelte immer zuerst, wenn sie sich so ansahen. Schließlich blickte er zur Seite.

»Mach mit. Ich glaube, wir müssen mit diesem Typ sprechen.«

Bevor er antworten konnte, klingelte auch sein Telefon. Nachdem er sich gemeldet hatte, hörte er zu und sagte schließlich: »Ja, sie ist hier. Ich sag's ihr.« Er legte auf.

»Was ist?«

»Der Chef will dich vor der Pressekonferenz sprechen. Über Blake unterhalten wir uns noch!«

34

Evergreen Memorial Park and Crematory war der älteste Friedhof in Los Angeles. Er lag in Boyle Heights im Osten der Stadt. Ich musste mich noch immer daran gewöhnen, in L.A. zu fahren, und brauchte eine Weile, um den Ort zu finden, der sich völlig abseits der Touristenpfade befand. Die Gegend war arm, von Mexikanern geprägt, und je weiter ich fuhr, desto mehr spanische Reklametafeln und Ladennamen sah ich. Nach dem heutigen Tag wusste ich dank der Suche nach diesem bestimmten Friedhof mehr über die Gottesäcker von Los Angeles, als ich wissen wollte.

Zum Beispiel wusste ich, dass Evergreen eindeutig nicht der Ort war, um die Gräber der toten Filmstars zu besuchen. Dazu ging man besser zum Hollywood Forever, dem prächtigen Friedhof, der praktischerweise gleich hinter den Mauern von Paramount Studios lag. Dieser zog die größten und besten Hollywood- und Prominentenleichen an, von Rudolph Valentino bis zu Dee Dee Ramone. Die hochpreisige Kundschaft bedeutete auch, dass sich Fans aus der ganzen Welt an diesem Ort versammelten, wo die Filmstars endlich einmal stillhielten, wenn Fotos von ihnen gemacht wurden. Dort wurden Filme gedreht, und manchmal sogar Rockkonzerte veranstaltet.

Evergreen Cemetery war da ganz anders. Seine Berühmtheiten waren weniger berühmt, schneller der Vergessenheit anheimgegeben. Pioniere von Südkalifornien, ein paar örtliche Politiker. In letzter Zeit war hier niemand Bekanntes beerdigt worden. Ging man auf den Evergreen Cemetery, tat man es, weil man ein bestimmtes Grab besuchen wollte. Genau das, was auch ich hier gerade tat.

Der Himmel im Osten zog sich zu, als ich in respektvollem Schritttempo von der North Evergreen Avenue durch die breite Öffnung der Sandsteinmauer und weiter über die großzügigen Asphaltwege fuhr, die die achtundzwanzig Hektar große Nekropole durchzogen. Als Erstes fiel mir auf, dass der Name »Evergreen« falsch gewählt war. Hier gab es hin und wieder Palmen, doch die alles überdeckenden Farben waren staubiges Braun und Gelb. Bewässerung war teuer, und die Bewohner hier brauchten kein Wasser mehr. Die Grabsteine waren entlang der gewundenen Zufahrtswege in ordentlichen Reihen aufgestellt. Sie sahen aus wie riesige Dominosteine, die nur darauf warteten, umgestoßen zu werden.

Der Bereich, der mich interessierte, befand sich am anderen Ende. Ein Abschnitt, der der Stadt von den ehemaligen Besitzern als Friedhof für Arme geschenkt worden war. Als die Stadt wuchs und gedieh, wurde der Flecken vom County übernommen, und als ihnen der Platz ausging, wurde ein Krematorium errichtet, um die unbekannten, unbetrauerten und mittellosen Toten zu verbrennen, statt zu beerdigen. Angesichts des knappen Platzes kaufte die Stadt das Grundstück Mitte der Sechzigerjahre vom L.A. County zurück, schaufelte drei Meter frische Erde über die Fläche und begrub die Toten auf ihren Vorgängern. Diese verblüffend einfache Vorgehensweise hatte durchaus etwas Praktisches.

Als ich die ungefähre Stelle gefunden hatte, nach der ich suchte, parkte ich am Straßenrand und stieg aus. Ich war während meiner Fahrt durch den Friedhof ein paar wenigen anderen Fahrzeugen und sogar ein oder zwei Leuten begegnet, die zu Fuß unterwegs waren, doch als ich mich jetzt umblickte, war niemand zu sehen. Jedenfalls niemand, der mir Probleme bereiten würde. Die Sonne verschwand bereits hinter den Palmen, und die Luft wurde leicht kühl, weswegen ich mir meine Jacke vom Rücksitz schnappte.

Erst nach einer weiteren Viertelstunde fand ich die gesuchte Reihe und ließ den Blick über die Gräber gleiten. Die Dämmerung brach herein, und es wurde schwierig, die Inschriften aus der Ferne zu lesen, doch besonders ein Grab zog meine Aufmerksamkeit auf sich. Ich blickte mich wieder um, sah nichts und niemanden. Der Chevrolet am Fuß des Abhangs war dunkelblau lackiert, doch in der Dämmerung wirkte er grell, in der staubigen Umgebung voller Grabsteine irgendwie fehl am Platz. Mein ungutes Gefühl führte ich zum Teil auf meinen letzten Besuch eines Friedhofs zurück, bei dem mir beinahe mein Hirn weggepustet worden war.

Ich ging die Reihe entlang und blieb am zehnten Grabstein stehen. Er war aus Granit und von guter Qualität. Mit Sicherheit eindrucksvoller als das, was man für einen der ursprünglichen Bewohner dieses Teils des Friedhofs erwartet hätte. Ich ging in die Hocke, um die Inschrift zu lesen. Drei unterschiedliche Vornamen: David, Martha und Terri. Dreimal derselbe Nachname: Crozier. Drei unterschiedliche Geburtsdaten, dreimal derselbe Todestag.

4. Januar 1997.

Unter den Namen und Daten ein Bibelzitat:

> *Und fürchtet euch nicht vor denen,*
> *die den Leib töten und die Seele nicht können töten;*
> *fürchtet euch aber vielmehr vor dem,*
> *der Leib und Seele verderben kann in der Hölle.*
> *Matthäus 10, 28*

Am Fuß des Grabsteins lag etwas, das mir bereits aufgefallen war, als ich die Reihe betreten hatte: eine einzelne rote Rose, deren Blütenblätter wie eine Faust zusammengezogen waren, die aber immer noch frisch aussah. Ich berührte sie, um zu überprüfen, ob sie so echt war, wie sie aussah. War sie. Ich richtete mich wieder auf und drehte mich langsam um die eigene Achse. Selbst in dem dämmrigen Licht war zu bemerken, wie trocken der Friedhof war. Tagsüber war es für diese Jahreszeit ziemlich kühl gewesen, trotzdem konnte die Rose hier erst vor ein paar Stunden abgelegt worden sein.

Ich sah mich auf der riesigen Fläche mit den gleichmäßig aufgestellten Grabsteinen um. Eine Stadt der Toten. Noch immer sah ich keine Menschenseele, hatte aber das Gefühl, beobachtet zu werden. Auch eines der Gefühle, die schwierig zu erklären sind, doch lieber nicht übergangen werden sollten. Mit einem letzten Blick auf den Grabstein der Familie Crozier fragte ich mich, wer die Inschrift ausgewählt hatte, bevor ich mich umdrehte und über die zwei Schichten Leichen zu meinem Wagen zurückging.

35

»Siehst gut aus, Allen.«

Sie sah Coleman nicht an. Der ständige Unterton mangelnder Ernsthaftigkeit war aus seiner Stimme herauszuhören, doch Allen wusste nicht, ob es diesmal seine Absicht war, oder ob seine Stimme einfach immer so klang. Nur sie beide und Mazzucco befanden sich im Raum. Niemand, dem er sich beweisen musste, daher waren seine Worte vielleicht tatsächlich als Kompliment gedacht.

»Bin froh, dass dir das gefällt.«

Sie sahen sich die Pressekonferenz vom Abend auf Channel 7 an, die unten im Presseraum abgehalten worden war. Allen hatte den Polizeichef von L.A. erst zehn Minuten vorher kennengelernt, bevor sie vor die laufenden Kameras getreten waren. Der Chef war ein wuchtig gebauter Mann von sechzig Jahren mit Polizistenschnauzer und ständig müdem Blick. Er hatte Allen wie eine langjährige Freundin begrüßt, eine oder zwei scharfsinnige Fragen gestellt und den Startschuss gegeben.

Er hatte die Pressekonferenz mit der Erklärung eröffnet, dass sie jetzt mit dem FBI zusammenarbeiten, weil der Fall komplexer wurde, als man vorher hatte erwarten können. Er sprach fünf Minuten lang und klang souverän und ruhig, obwohl seine Vorlage erst eine halbe Stunde vorher zu Papier gebracht worden war. Als er fertig war, fegte er ein paar laute Fragen vom Tisch und stellte die leitende Ermittlerin im Fall des Samariters vor, Detective Jessica Allen.

Während sich Allen die Aufnahme ansah, blieb ihr Gesichtsausdruck undurchdringlich, doch innerlich zuckte sie zusammen, als sie in der Fernsehaufzeichnung zu sprechen begann. Sie hasste es, sich selbst zu sehen, und das Wissen, dass diese Aufnahme im ganzen Land und auch sonst in der Welt verbreitet wurde, half ihr dabei nicht.

»Guten Abend«, sagte sie auf dem Bildschirm und las von der vorbereiteten Erklärung ab, die sie in den Händen hielt. Sie war froh, dass das Zittern ihrer Hände nicht zu sehen war. »Wie Sie wissen, entdeckten gestern Morgen gegen acht Uhr Beamte des Los Angeles Police Department nach einem Hinweis eines Passanten die Leichen von drei Mordopfern, die in den Santa Monica Mountains vergraben worden waren. Wir haben die Leichen als Kelly Boden, Carrie Elaine Burnett und Rachel Anne Morrow identifiziert.«

Im Hintergrund wurde bei der Erwähnung des Fernsehstars Carrie Elaine Burnett durcheinandergeredet. Deswegen hatte Allen sie zwischen die beiden anderen Opfer gepackt und die Namen so schnell wie möglich vorgelesen.

»Die gerichtsmedizinischen Voruntersuchungen zeigen, dass alle drei Frauen wahrscheinlich vom selben Täter umgebracht wurden. Nachforschungen ergaben weitere Fälle, die unserer Meinung nach in Zusammenhang stehen könnten und sich« – sie machte eine Pause, um kurz in die Kamera zu blicken – »seit 2010 in sieben verschiedenen Bundesstaaten ereignet haben.«

Theatralisches Luftschnappen und laute Fragen von der Meute der Journalisten. Allen sah wieder nach unten und sprach mit erhobener Stimme weiter.

»Das LAPD arbeitet in diesem Fall ab jetzt mit dem FBI zusammen. Wir verfolgen eine Reihe aktiver Spuren, und wir nehmen an, dass sich der Täter noch im Großraum von Los Angeles aufhält. Eine Richtung unserer Ermittlungen geht davon aus, dass es der Täter derzeit auf Frauen abgesehen hat, die allein im Auto unterwegs sind, besonders nachts. Es ist möglich, dass er den Fahrerinnen Hilfe anbietet, wenn diese eine Panne in einer abgeschiedenen Gegend haben. Wir raten Ihnen daher: Fahren Sie nachts nicht alleine, solange es nicht absolut notwendig ist. Sorgen Sie für einen vollen Tank und schließen Sie Ihren Wagen ab, wenn Sie tanken. Halten Sie die Türen die ganze Zeit über geschlossen und halten Sie nur an, wenn Sie von einem Streifenwagen dazu aufgefordert werden. Wir raten allen Bürgern und Bürgerinnen zur Wachsamkeit und bitten Sie, jegliches verdächtige Verhalten zu melden, die entsprechende Telefonnummer und die E-Mail-Adresse werden hier eingeblendet.«

Allen beendete ihren Vortrag mit einem »Danke«, um darauf hinzuweisen, dass sie bereit war, Fragen zu beantworten. Die erste von einem aus der Meute war besonders dumm.

»Detective Allen, hat es der Samariter auf berühmte Leute abgesehen?«

Allen beobachtete ihr Gesicht auf dem Bildschirm, während sie der Frage zuhörte, und war erfreut zu sehen, dass sie ihren Ärger erfolgreich im Zaum halten konnte, während sie dem Sprecher in die Augen blickte und den Kopf schüttelte, sobald er seine Frage beendet hatte. »Dafür haben wir keinen Beweis. Wenn Sie sich auf Ms Burnett beziehen, so wissen wir nicht, ob dem Mörder bewusst war, dass es sich um eine bekannte Persönlichkeit aus dem Fernsehen handelte.«

Womit wir schon zu zweit wären, dachte Allen, ohne es zu sagen.

Eine andere körperlose Stimme meldete sich aus dem Bereich, den die Kamera nicht erfasst hatte. Sie stammte von Jennifer Quan von KABC: »Wurden die Morde in den anderen Staaten auf die gleiche Weise begangen?«

Allen brauchte eine Sekunde zum Nachdenken, daher bat sie Quan, ihre Frage zu wiederholen.

»Handelte es sich immer um allein fahrende Frauen? Und wenn ja, wie schaffte er es, so lange unentdeckt zu bleiben?«

Allen räusperte sich. Sie wollte das bisschen an Information zu den weiteren Morden nicht so einfach preisgeben.

»Tut mir leid, aber diese Informationen kann ich Ihnen im Moment nicht geben.«

»Sie meinen, Sie wissen es nicht, oder ...«

»Nächste Frage.«

Während Allen auf dem Bildschirm sah, wie sie die Fragen konterte, dachte sie über die Vorgehensweise nach. Wenn sich die Fälle in den anderen Staaten so sehr voneinander unterschieden, könnte es dann nicht auch frühere Fälle in L.A. geben, die auch von dieser scheinbar neuen »Samariter«-Vorgehensweise abwichen? Fälle, die nichts mit der Entführung aus einem Fahrzeug zu tun hatten? Ihre kurze Begegnung mit den Medien hatte sie gerade daran erinnert, wen sie auf diesen Fall ansprechen könnte.

Auf dem Bildschirm hörte sie sich die nächste Frage an.

»Übernimmt das FBI den Fall? Wann können wir mit ihnen sprechen?«

Allen warf dem Fragenden einen kurzen, sarkastischen Blick zu. Jetzt, als sie die Szene eine halbe Stunde später sah, freute sie sich, dass das beabsichtigte *Leck mich* gut rüberkam. Coleman neben ihr schnaubte vergnügt.

»Sie haben den Polizeichef gehört«, sagte sie und nickte in Richtung ihres Vorgesetzten. »Wir arbeiten eng mit dem FBI zusammen mit dem Ziel, den Täter so schnell wie möglich dingfest zu machen. Das FBI wird die über mehrere Staaten durchgeführte Ermittlung koordinieren und das LAPD bei den laufenden Ermittlungen hier in Los Angeles unterstützen.«

Dies war die offizielle Version, und Allen freute sich über die Überzeugung, mit der sie sie rübergebracht hatte. Das FBI war in den letzten beiden Jahrzehnten diplomatischer geworden, und sie ließen sich ungern als diejenigen hinstellen, die hereinrauschen und sich alles unter den Nagel reißen, was einen großen Fall betrifft. Heutzutage ging es um behördenübergreifende Vernetzung von Sondereinheiten und gemeinsame Kommunikationsstrategien. Dies bedeutete, dass Allen auf dem Papier die drei L.-A.-Morde in enger Zusammenarbeit mit dem FBI behalten würde. In Wirklichkeit blieb es bei der alten Geschichte: Die Jungs von der Regierung übernahmen diesen Fall, und Allen durfte mitmachen, solange sie nach ihren Regeln spielte.

Noch ein paar Minuten wurden Fragen gestellt, bevor der Polizeichef der Sache ein Ende setzte und die Zuschauer daran erinnerte, dass sie sich über Twitter auf dem Laufenden halten konnten. Erst jetzt, auf dem Bildschirm, bemerkte Allen, mit welchem Unbehagen er den letzten Satz gesagt hatte.

Mazzucco schaltete den Fernseher aus und wandte sich zu Allen, während er viermal laut in die Hände klatschte. »Das hätte ich nicht besser hinbekommen.« Er lächelte.

»Komm schon, Jon, du hasst diesen Scheiß mehr als ich.«

»Das wollte ich damit auch zum Ausdruck bringen!«

Allen lächelte. »Um wie viel Uhr treffen wir uns mit unseren kooperativen, koordinierten Kollegen noch mal?«

»Scheiß-FBIler«, brummte Coleman leise und sah zu seinem eigenen, weniger ruhmreichen Fall: eine Zweiundsiebzigjährige, die während eines Einbruchs in Compton erschossen worden war.

»Morgen früh um halb neun«, antwortete Mazzucco.

»Hatten die heute keine Zeit, mit uns zu sprechen, hm?«, überlegte Allen.

»Ich hatte heute Abend vorgeschlagen, aber ihnen reichte, dass ihr Leiter mit Lawrence telefoniert hat. Offenbar können sie loslegen, bevor sie mit uns gesprochen haben. Sie wollen an der psychologischen Besprechung teilnehmen und sich dann mit uns kurzschließen.«

»Da wette ich drauf, dass sie ohne uns loslegen. Sie schicken uns eine Botschaft. Oder vielmehr mir.«

Mazzucco nickte und lächelte. »Keine Sorge, es geht um *uns*. Ist dasselbe wie immer. Bei denen impliziert das *uns* nicht nur du und ich, sondern das gesamte Department.«

Allen wandte sich wieder zum Bildschirm, wo aus dem Hubschrauber gedrehte Aufnahmen vom Vormittag gezeigt wurden. Mazzucco hatte recht. Uns und sie. Sie hatten dank Allens Heimlichtuerei eine schlechtere Ausgangsbasis, und es war nicht so, als gäbe es zwischen den beiden Behörden nicht schon genug Reibungspunkte, doch sie wusste, es lag an Lawrence, ihr eine Chance zu geben. Aber Lawrence würde die Veranstaltung nicht mehr leiten. Sie war neugierig, wie ihre Beteiligung am nächsten Morgen nach der Besprechung mit dem FBI-Kontakt aussehen würde.

Doch vorher musste sie einen Anruf erledigen.

36

»Wer auch immer dran ist, sei gewarnt, dass ich äußerst betrunken bin.«

So, wie die Worte am anderen Ende miteinander verschmolzen, und mit der Kneipenmusik im Hintergrund klang es, als sagte der Sprecher die Wahrheit. Allen räusperte sich. »Smith? Hier ist Detective Allen.«

Allen hörte ein Schlurfen, bevor Eddie Smith weitersprach, dabei aber etwas nüchterner klang. »Oh, das ist aber eine Ehre. Was kann ich für Sie tun, Detective?«

»Ich habe überlegt, ob wir zwei uns nicht wieder gegenseitig helfen könnten.«

»Das zu hören gefällt mir.« Er klang auf Anhieb interessiert. Allen überlegte, ob sie einen Fehler beging. »Ich habe Sie heute Abend im Fernsehen gesehen. Nicht schlecht.«

»Das höre ich dauernd. Können wir das mit den Höflichkeiten sein lassen?«

»Na klar.«

»Sie haben die Pressekonferenz gesehen, also wissen Sie über die anderen Morde des Samariters Bescheid.«

»Ja. Ziemlich eindrucksvoll, wenn Sie mit all den anderen Fällen recht haben.«

Er klang tatsächlich sehr beeindruckt, dachte Allen. »So kann man es auch ausdrücken«, erwiderte sie kalt. »Jedenfalls habe ich über die letzten Morde hier in L.A. nachgedacht. Es ist nicht öffentlich bekannt, aber die drei Opfer hier ...«

»... ähneln sich«, beendete er den Satz. »Um das zu sehen, muss man nicht auf der Polizeiakademie gewesen sein. Diese drei Frauen könnten fast Schwestern sein.«

»Richtig«, stimmte Allen zu. Sie hatte keinen Grund, beeindruckt zu sein, dass Smith sich die Sache bereits durch den Kopf hatte gehen lassen. »Jedenfalls kam ich zu dem Schluss, dass es nicht bei den drei Opfern hier blieb. Was ist, wenn er noch weitere Menschen in L.A. getötet hat, wir aber die Verbindung noch nicht hergestellt haben?«

»Das würden Sie eher herausgefunden haben als ich, Detective.«

Sie war sich nicht ganz sicher, aber er hatte sie missverstanden. »Ich dachte nur, Sie könnten Ihr ... Portfolio durchgehen. Nachsehen, ob Ihnen etwas in die Augen springt, was ungefähr im letzten Jahr passiert ist, irgendwas, was wir vielleicht übersehen haben.«

»Ich weiß, wonach Sie suchen. Gezackte Kehlkopfschnitte, stimmt's?«

Zum hundertsten Mal verfluchte Allen denjenigen, der diese Information verraten hatte. »Ja, so was in der Art. Ich habe bei uns nachgeprüft, aber das ist alles sehr ungenau. Ich dachte, Sie könnten sich einmal Ihre alten Fotos ansehen.«

»Tut mir leid, so was haben wir nicht.«

»Das wissen Sie einfach so? Wie können Sie sich so sicher sein?«

»Ich habe sie alle bei mir. Hier oben.«

Allen stellte sich ihn vor, wie er mit dem Finger an seinen Kopf tippte, und erschauderte bei dem Gedanken, wie es in Eddie Smiths Hirn aussehen mochte.

»Richtig«, sagte sie. Sein medienbasiertes Wissen von dem Wundmuster erinnerte sie an den anderen Grund, warum sie anrief. »Smith, wissen Sie zufällig, wer die Einzelheiten durchsickern ließ? Uns wäre es lieb gewesen, wenn das nicht passiert wäre.«

»Sie bekommen das, was ich habe, umsonst, weil es nicht viel ist.«

»Schießen Sie los.«

»Ich habe gehört, es war ein Polizist, der mit dieser Reporterin gesprochen hat. Ein Uniformierter, der am Tatort war.«

»Das dachten wir uns. Vermutlich haben Sie keinen Namen gehört?«

Smith kicherte. »Allen, die M&Ms hassen mich fast genauso wie ihr. Sie kommen nur zu mir, wenn es nicht anders geht.«

»M&Ms?«

»Massenmedien.«

»Was soll ich sagen, Smith? Sie kommen doch ganz liebenswürdig rüber.«

»Ha, ha. Ich habe ja gesagt, dass es nicht viel ist. Und wann darf ich mir mal Hilfe erhoffen?«

»Ihr Tag wird kommen, Smith.«

»Ich fühle mich ausgenutzt.«

»Klar. Gute Nacht.«

Allen drückte die Austaste und dachte über das Gespräch nach. Ihre Vermutung, dass es noch weitere Leichen in L.A. gab, die nicht ins Profil der drei am Tag zuvor entdeckten Opfer passten, hatte sich nicht bewahrheitet. Weder Allen noch die anderen Detectives, die sich seit dem Morgen mit dem Fall beschäftigten, hatten etwas zutage gefördert. Wenn Smith also von keinen anderen Leichen wusste, sah es sehr danach aus, als hätte der Samariter seine Arbeit in Los Angeles erst vor Kurzem begonnen. Doch das erklärte immer noch nicht die bei den anderen Fällen nicht vorhandene Übereinstimmung, was den Opfertyp betraf.

Die Informationen, über die sie bisher verfügten, legten nahe, dass der Mörder in den anderen Bundesstaaten jeweils zwischen vier und sechs Opfer auf dem Gewissen hatte, bevor er weitergezogen war. Das hieß, die Zeit lief. Die Zeit, die sie hatten, um den Samariter zu schnappen, und, was wichtiger war, die Zeit, die sie hatten, bevor eine andere junge Frau mit dunklem Haar und braunen Augen in einem flachen Grab gefunden wurde.

37

Der Samariter saß am Steuer.

Er war fast jede Nacht unterwegs, nicht nur dann, wenn er sich entschlossen hatte zu jagen. Es war eine beruhigende Gewohnheit, sich noch vor Mitternacht auf den Weg zu machen, bei geöffneten Fenstern durch die Straßen zu fahren und wieder zurück zu sein, bevor die ersten Pendler unterwegs waren. Die Tage hasste er, die langen Schnellstraßen, die wie Arterien verstopft waren, voll mit Metall und Auspuffgasen und widerlich schwitzenden Menschen. Nachts herrschte noch immer Verkehr, doch man konnte sich trotzdem problemlos durch die riesige, ausgedehnte Stadt bewegen. Der Verkehr lief dann wie geschmiert, die Fahrer waren weniger hektisch, weniger in Eile, um ihr Ziel zu erreichen. Die Landstraßen waren noch ruhiger, und genau dort war der Samariter am liebsten.

Die Berge und die sich windenden zweispurigen Straßen hatten ihm in den Nächten der vergangenen zwei Wochen gute Dienste geleistet. Und das sowohl wegen des spärlichen Verkehrs als auch weil die Abgeschiedenheit seine Beute ängstlicher machte, wenn er sie aufgespürt hatte, sodass sie empfänglicher waren für seine Hilfe. Das war natürlich ein glücklicher Umstand. Es hatte andere praktische Gründe, seine Opfer in dieser Gegend auszusuchen. Doch in dieser Nacht hielt er lieber Abstand, auch wenn er mit Sicherheit das nächste Mal ... in Begleitung hierher zurückkehren würde.

Die Polizei wusste bereits von einigen der anderen Morde. Er hatte sich nicht allzu große Sorgen gemacht, als er es in den Nachrichten gesehen hatte und klar war, dass sie in der Vergangenheit wühlten. Das hatte er erwartet, seit die Leiche vom Samstag entdeckt worden war. Eigentlich hatte er dies schon länger erwartet, war verwundert, dass sein Werk so lange nicht in einem Zusammenhang gesehen worden war. Vielleicht war er deswegen mit dem Vergraben der letzten Leichen so unachtsam gewesen, oder vielleicht lag es nur an der Bequemlichkeit, weil er wieder zu Hause war. Er hatte immer darauf geachtet, keine physischen Beweise zurückzulassen, nie dieselbe Schusswaffe ein zweites Mal zu benutzen, und selbst jetzt wusste er, dass es nichts Konkretes gab, um die Fälle forensisch miteinander in Verbindung zu bringen oder gar auf ihn zurückzuführen. Und das war auch nur einer der Vorteile davon, ein Mann zu sein, der nicht existierte.

Er fuhr mit zugelassener Höchstgeschwindigkeit, ohne mehr auf die Straße zu achten als nötig, und hielt den Blick auf die Gegend gerichtet. Die dunklen Geschäfte zogen an ihm vorbei, hin und wieder eine erleuchtete Kneipe mit den Gästen, die vor der Tür rauchten, wie es das Gesetz verlangte. Vom umweltverschmutzten gelben Nachthimmel darüber wurde die Lichtverschmutzung noch verstärkend reflektiert. Aus der Lücke zwischen zwei Gebäuden leuchtete das Schild mit dem Hollywood-Schriftzug zu ihm herab. Er hielt am Straßenrand an und schaltete den Motor aus. Die Geräusche der Straße hinter ihm wirkten klein und verloren in der Leere zwischen ihm und den Hügeln. Er stützte einen Arm auf dem offenen Fenster ab und erinnerte sich an den Ort in den Bergen.

Ein lautes Klopfen am Dach riss ihn aus dem Rhythmus seiner Gedanken. Er drehte den Kopf und blickte zu einem Polizisten hinauf, dessen Faust noch immer dort auf dem Dach des Transporters lag, wo er geklopft hatte.

»Guten Abend, Sir.«

Der Samariter schaute sich nach einem Partner um, sah aber keinen. Er blickte in den Spiegel, wo zwanzig Meter hinter ihm ein Streifenwagen parkte. Leer, aber eingeschaltete Scheinwerfer. Die Standardworte kamen ihm locker über die Lippen. »Gibt es ein Problem, Officer?«, Perfekt. Genau das, was ein normaler Mensch sagen würde. Er riss die Augen auf und versuchte, entsprechend nervös zu blicken.

»Steigen Sie bitte aus dem Wagen.«

Der Samariter blinzelte und löste den Sicherheitsgurt, öffnete die Tür und stieg aus.

Der Polizist bat ihn, dort stehen zu bleiben, und ging um den Wagen herum, den er mit der Taschenlampe ableuchtete. Auf der Höhe der Ladefläche blieb er stehen und richtete den Strahl der Lampe hinein. Dort war nichts zu sehen, alles sauber und ordentlich geputzt. Als der Polizist wieder an der Fahrertür war, schaltete er die Taschenlampe aus und klemmte sie in geübter Manier wieder an seinen Gürtel.

Er sah aus, als wäre er schon sein Leben lang Streifenpolizist – Ende vierzig, das Haar an den Seiten so kurz geschoren, dass man darauf schließen konnte, dass er unter seiner Mütze eine Glatze hatte.

»Gehört Ihnen dieses Fahrzeug, Sir?«

Der Samariter nickte. »Ja.«

»Führerschein und Fahrzeugpapiere, bitte.«

Er zögerte eine Sekunde zu lange. Der Polizist, der mit einem raschen Blick den Innenraum des Wagens überprüft hatte, betrachtete ihn genauer. Der Samariter sah zur Kehle des Polizisten hinauf. Dessen Halsschlagader war leicht zu erreichen, der Beamte wäre in weniger als einer Sekunde bewusstlos. Er würde ihn beiseiteschaffen und dafür sorgen können, dass seine Leiche nie gefunden werden würde.

Doch den Streifenwagen würde er nur schwer losbekommen, und die Spur des Polizisten würde sich mit Sicherheit bis hierher verfolgen lassen. Noch eine Sorge: Was wäre, wenn er bereits das Autokennzeichen durchs System gejagt hatte?

»Ist das ein Problem, Sir?«, fragte der Polizist, der seine Hand ein Stücke näher zu seinem Holster gleiten ließ.

Er schüttelte den Kopf, murmelte eine Entschuldigung und griff durchs Fahrerfenster, um die Dokumente aus dem

Handschuhfach zu holen. Es war weniger riskant mitzuspielen. Die Routinekontrolle würde nichts ergeben.

Der Polizist sah ihn einen Moment eindringlich an, dann senkte er den Blick zum Führerschein. Der Samariter ließ seine Hände starr an den Seiten herunterhängen.

»Sie leben noch immer hier?«, fragte er, als er die Adresse las.

»Ja.«

»Hübscher Ort.«

»Mir gefällt er.«

Es gab nichts, worüber er sich Sorgen machen musste. Das Foto war von ihm, und obwohl der Name gefälscht war, gab es keine Möglichkeit, das herauszufinden. Der Führerschein und die Kfz-Anmeldung waren beide echt, und das Fahrzeug war unter demselben Namen gekauft und zugelassen. Das würde der Polizist mit einer raschen Überprüfung bestätigen können.

Doch das war nicht nötig. Der Polizist nickte und reichte ihm die Papiere zurück.

»Danke, Sir. Nur eine Routinekontrolle.«

»Kein Problem, Officer.«

Der Samariter stieg wieder in seinen Wagen und sah im Rückspiegel, wie der Polizist zu seinem Auto zurückging. Er wartete einen Moment, bis ihm klar wurde, dass der Polizist wartete, bis er weggefahren war. Er gehorchte, startete den Motor und lenkte seinen Transporter langsam auf die Straße zurück.

Er beobachtete den Streifenwagen im Rückspiegel, bis er um die Ecke gebogen war, dann gestattete er sich ein Lächeln. Vielleicht war es dieses Scharmützel mit der Obrigkeit, eine Erinnerung daran, dass seine Zeit begrenzt war, jedenfalls spürte er plötzlich die ersten Anzeichen seines Drangs.

Er war Zeit, sich wieder auf die Jagd zu begeben.

1996

»Ziemlich geil, was?« Kimberley strahlte stolz.

Er sagte nichts, lächelte aber rasch, als er den Blick über die kleine Ansammlung an Gebäuden gleiten ließ. Sie waren leer und still, waren über die Jahre hinweg von dem ziemlich gemäßigten Klima konserviert worden. Ein kühler Wind wurde durch den aus den Gebäuden gebildeten Korridor geleitet. Ein altes Schild, das an Ketten an einer der Markisen hing, quietschte leise, ansonsten war alles ruhig.

Ganz plötzlich war Robbies Begeisterung geweckt, nachdem er den größten Teil der Strecke über gemeckert und gestöhnt hatte. »Woher wusstest du von diesem Ort?«

Kimberley verzog theatralisch ihren Mund und zuckte mit dem Kopf. Er fand es wunderbar, wie ihr dunkles Haar um ihre Augen hüpfte. »Ich könnte es dir sagen, Robbie, aber dann müsste ich dich töten.«

Neben dem letzten Gebäude auf der Hauptstraße stand ein niedriger, zum Teil eingerissener Zaun. Kimberley setzte sich darauf, er lehnte sich neben ihr dagegen, und gemeinsam warteten sie, bis Robbie sie eingeholt haben würde.

»Hey, Robbie, wie wär's mit einem Erinnerungsfoto?« Sie sah zu ihm auf. Sie war ein paar Zentimeter kleiner, obwohl sie zwei Jahre älter war. »Heute ist ein richtig schöner Tag«, sagte sie.

Wieder griff er in seinen Rucksack, schob den oberen Teil des Inhalts zur Seite – Kimberleys Walkman, ein paar einzelne Kassetten – und zog die Kamera heraus. Es war ein Wegwerfteil, wie man es in den Jahren vor der digitalen Fotografie benutzt hatte. Er warf Robbie den Apparat zu, der danach schnappte und fluchte, als er auf den Boden fiel.

»Hey, jetzt guck doch wenigstens mal her.«

Robbie machte ein Bild von den beiden und setzte sich zu ihnen auf den Zaun. Eine Zeitlang genossen sie einfach die Stille, bis Robbie wieder zu sprechen begann. Er beschloss, die beiden allein zu lassen und den Ort etwas unter die Lupe zu nehmen.

Ein Stück entfernt stand etwas erhöht ein Haus. Es sah wirklicher aus … echter als die dünnen Skelette und Hüllen weiter entfernt. Es war ein breites Gebäude mit Holzverkleidung und einer großen Veranda davor, im Dach war eine kleine Gaube eingebaut. Als er die Veranda erreichte, sah er nach hinten. Kimberley und Robbie saßen auf dem Zaun und deuteten mit dem Finger irgendwohin. Er überlegte, sie zu rufen, änderte aber seine Meinung. Er umfasste den Türknauf und drehte ihn. Die Tür war nicht verschlossen. Er wusste nicht, warum ihn das überraschte.

Als er die Tür aufdrückte, kam ihm der Geruch von Staub und schaler Luft entgegen. Direkt vor ihm führte eine Treppe nach oben. Ihm fiel die kleine Dachgaube wieder ein. Er stieg die Treppe hinauf. In dem niedrigen Raum befand sich nur ein Tisch in der Ecke. Im Fenster, das dort hinausging, wo er gerade hergekommen war, fehlte die Scheibe. Er trat ans Fenster und lehnte sich mit einer Hand an die dünne Strebe in der Mitte. Kimberley und Robbie saßen noch immer auf dem Zaun, Kimberley warf lachend den Kopf nach hinten.

Ohne sich dessen bewusst zu werden, hatte er die Holzstrebe immer fester umfasst, und war erstaunt, dass sie zerbrach. Er trat ein Stück zurück und sah sich auf dem Dachboden um.

Dies war genau das, wonach er gesucht hatte, ohne sich dessen bewusst gewesen zu sein. Ein ruhiger Ort. Ein abgeschiedener Ort. Ein Haus ohne Eigentümer in einer Stadt ohne Namen. Ein Ort, an dem er Dinge tun konnte, von denen nie jemand etwas erfahren würde.

38

Ich hatte das Sherman Oaks Hotel am Morgen verlassen. Dank des wenigen Gepäcks, mit dem ich reiste, brauchte ich nicht länger als eine Nacht an einem Ort zu bleiben. Alles, was ich dabeihatte, passte bequem in eine Tasche. Der Manager des neuen Hotels sagte, mein Zimmer sei das beste in seinem Haus, weil es das einzige mit völlig ungehindertem Blick auf das Hollywood-Schild sei.

Vielleicht aus einem Gehorsamkeitsgefühl heraus schaltete ich im Zimmer als Erstes das Licht aus und trat ans Fenster. Das Schild wirkte in der Nacht weiß und sauber, doch ich wusste, aus der Nähe würde es alt und schmutzig aussehen. Ich wusste auch, dass es eingezäunt war, um die Besucher davon abzuhalten, entweder ein Stück Geschichte zu klauen oder sich einen Platz in der Geschichte zu sichern, indem sie nach oben kletterten und in den Tod sprangen. Vermutlich war ich nicht der erste Mensch, der daran dachte, aber mir schien es eine gute Metapher für Hollywood zu sein: ansehen ja, aber berühren verboten. Ja nicht zu nahe kommen!

Wieder dachte ich an Carol, schon zum zweiten Mal innerhalb von zwei Tagen. Wohin war sie gegangen? Auch nach Westen? Vielleicht war sie irgendwo hier in der Stadt, einer der Millionen leuchtender Stecknadelköpfe in der Dunkelheit.

Ich knöpfte mein Hemd auf und berührte die lange weiße Narbe auf meiner Brust. Nicht die Stichwunde, die Wardell mir zugefügt hatte, sondern diejenige, die noch ein paar Jahre älter war. Die Narbe hatte mir lange keine Sorgen bereitet, juckte aber an diesem Tag schon die ganze Zeit. Ich fuhr mit dem Finger das weiche, erhabene Gewebe entlang.

Den Blick auf das Hollywood-Schild gerichtet, dachte ich darüber nach, wie es als Leuchtfeuer Menschen aus der ganzen Welt anzog. Ein Sirenenruf, der die Ahnungslosen anlockte, um sie von der Stadt verschlingen und wieder ausspucken zu lassen. Eine Stadt voller Neuankömmlinge, voller Menschen, die sich und ihre Vergangenheit neu erfanden. Hauptziele für den Samariter.

Ich ging davon aus, dass Allen mich am nächsten Tag unter der Nummer anrufen würde, die ich ihr gegeben hatte. Wenn nicht, musste ich bereit sein, den Samariter allein aus dem Verkehr zu ziehen.

DIENSTAG

39

Obwohl Allen fast zwei Tage nicht geschlafen hatte, fand sie es schwierig abzuschalten, als sie kurz nach Mitternacht nach Hause gekommen war.

Nach etwa einer Stunde gab sie auf und wechselte aufs Sofa im Wohnzimmer. *Die drei Tage des Condor* war der Spätfilm, der gezeigt wurde. Doch nach zwanzig Minuten merkte sie, dass sie sich nicht konzentrieren konnte, daher sah sie wieder die Fallakten durch und erstellte eine Liste mit den Orten der möglichen Fälle des Samariters, sortiert nach Datum. Die Fälle waren auf der gesamten Karte verteilt. Häufungen von Morden über einen Zeitraum von ein paar Wochen, gefolgt von einer mehrmonatigen Pause, dann eine neue Anhäufung in einer anderen Stadt. Die Fälle reichten lange Zeit zurück, vielleicht fünf Jahre, und begannen in North Carolina. Das ließ sie wieder an Blake denken, den Typen, der wie aus dem Nichts mit seinem Hilfsangebot und einer Referenz vom FBI aufgetaucht war. Sie wusste, Mazzucco wollte ihn nicht dabeihaben, doch sie selbst überlegte ernsthaft, die Nummer auf der ansonsten nackten Visitenkarte anzurufen. Da jetzt das FBI beteiligt war, war es wenigstens etwas, an dem sie sich festhalten konnte, und vielleicht eine Möglichkeit, diesem Pack einen Schritt voraus zu sein.

Sie verstand natürlich Mazzuccos Sorge, doch sie vertraute auch ihrem eigenen Instinkt. Sie glaubte nicht, dass Blake das Profil des Samariters erfüllte, und das nicht nur dessentwegen, was Agent Banner gesagt hatte. Etwas an seiner Art wirkte ... stabil? Zuverlässig. Und er hatte ihnen die Spur zu Peterson verraten, was hieß, er kannte sich aus.

Dennoch wäre es interessant, hinter seine Fassade zu blicken. Sie verbrachte eine Zeitlang im Internet und am Telefon, um sich ein Bild von Carter Blake zu machen, und außer der Bestätigung, dass sein Führerschein echt war, hatte sie mehr Probleme damit, die Nuss zu knacken als gedacht. Mit dem Führerschein hatte sie jedoch einen Vorteil: Er hatte gesagt, er sei Sonntagabend in L.A. gelandet, und fliegen hieß, dass man sich ausweisen musste.

Irgendwann war sie wohl der Erschöpfung erlegen, weil sie plötzlich nach einer Stunde Schlaf erschreckt aufwachte.

Als sie die Tür zum Besprechungszimmer öffnete, saßen drei Männer und eine Frau um den Tisch: Mazzucco, Lieutenant Lawrence, Lieutenant Anne Whitmore aus dem Büro des Polizeichefs und ein anderer Mann in dunklem Anzug, den sie nicht kannte – der FBI-Verbindungsmann. Lawrence blickte ostentativ auf die Wanduhr, als sie sich setzte. Selbst Mazzucco warf ihr einen leicht sauren Blick zu.

»Tut mir leid.« Sie lächelte, hoffte aber, das grelle Sonnenlicht, das durchs Fenster strömte, würde die dunklen Ringe unter ihren Augen nicht allzu sehr betonen. »Hab mich immer noch nicht an den Verkehr in dieser Stadt gewöhnt.«

Der FBI-Typ erwiderte ihr Lächeln und reichte ihr seine Hand über den Tisch hinweg. »Sie sind nicht von hier?«, fragte er. »Ich bin Special Agent James Channing ... Jim.« Er war Mitte vierzig, vermutete sie. Gut in Form, breite Schultern, gesunde Kalifornienbräune. Keine dunklen Schatten unter den Augen. Wahrscheinlich war er um fünf Uhr aufgestanden und vor seinem Frühstück aus Haferbrei und Fruchtsaft zwanzig Kilometer gerannt.

»Ich komme ursprünglich aus Washington. Metro PD. Wurde vor einem halben Jahr hierherversetzt«, erklärte sie so knapp wie möglich, um die anderen nicht weiter zu verärgern.

Channing nickte und sah zu Lawrence. »Müssen wir …?«, fragte er. Er meinte, ob sie Allen erst auf den neusten Stand bringen müssten.

»Ich glaube nicht. Detective Allen weiß alles, was wir wissen.« Er fixierte Allen mit seinen Augen. »Vielleicht auch mehr.«

Sie mied seinen Blick und räusperte sich. Es war das Letzte, was sie wollte – sich bei dieser Besprechung in die Defensive begeben.

»So, wie soll die Sache jetzt laufen?«, frage sie Channing mit absichtlich herausforderndem Ton.

Channing blinzelte und brauchte einen Moment, um sich zu sammeln. »Es geht um einen großen Fall, das brauche ich Ihnen nicht zu sagen. Wir haben mehrere Leute auf die möglichen Spuren zu diesem Mörder angesetzt, seit Lieutenant Lawrence gestern Nachmittag mit uns Kontakt aufgenommen hat.«

Er hatte das *gestern Nachmittag* nicht extra betont, was hieß, dass er entweder sehr diplomatisch über die Tatsache hinwegsah, dass das LAPD zunächst Informationen über eine Mordermittlung für sich behalten hatte, die die Grenzen zu anderen Bundesstaaten überschritt, oder Lawrence hatte diesen Teil ausgelassen. Sie wettete auf die zweite Möglichkeit.

»Wie ich erklärt habe, bevor Sie hereingekommen sind, haben wir bereits mehrere möglicherweise miteinander in

Zusammenhang stehende Fälle in weiteren vier Staaten entdeckt, womit wir auf insgesamt elf Staaten kommen. Mögliche Opfer? Über sechzig.«

»Sieht aus, als würde das Schwein eine Rundreise durch Amerika machen«, meldete sich Lieutenant Whitmore zu Wort. »Ich hoffe, er sammelt Vielfliegermeilen.« Whitmore hatte kurzes, dunkles Haar, war etwa eins fünfundfünfzig groß und von schlanker Statur. Vom Äußeren her wirkte sie winzig, hatte aber eine laute, selbstbewusste Stimme, die keinen Widerspruch duldete.

Allen war Whitmore nur einmal zuvor begegnet und kannte sie nicht gut genug, um zu sagen, ob es sich um einen Witz handelte. Es würde um einiges leichter sein, den Mörder zu schnappen, wenn er Linienflüge benutzte, doch in Anbetracht des Profils, das sie bereits erstellt hatte, bezweifelte sie es.

»Wir wissen natürlich nicht mit Sicherheit, dass alle diese Fälle zusammenhängen«, fuhr Channing fort. »Es könnten weniger, aber auch mehr sein. Um das herauszufinden wäre es am besten, wenn wir uns diesen Kerl schnappen und ihn fragen würden.«

Allen grinste und sah zu Mazzucco. »Na, so was. Wieso ist uns das nicht eingefallen?«

»Immer mit der Ruhe, Allen«, sagte Lawrence.

Das Lächeln auf Channings Gesicht erstarb, als er sich wieder zu Allen wandte. Sie überlegte, ob er verärgert war, war aber ihrerseits verärgert, weil sie sah, dass er ... ihr gegenüber Geduld zeigte. Anders konnte sie es nicht beschreiben. »Sie haben tolle Arbeit geleistet, indem sie die Fälle hier und in einigen der anderen Staaten miteinander verbunden haben, Detective«, beruhigte er sie. »Das stellt niemand infrage.«

»Aber jetzt können die großen Jungs die Sache übernehmen«, sagte Mazzucco, wahrscheinlich weil er wusste, dass Allen es aussprechen würde, wenn er es nicht täte.

Channing seufzte kaum hörbar, aber zu Allens Zufriedenheit laut genug. Er sah zu Lawrence, als wolle er ihn um Hilfe bitten, doch von dessen Seite kam nichts.

»Das ist etwas direkter ausgedrückt, als mir lieb ist«, sagte Lawrence nach einer Sekunde, »aber ich denke, das ist das, weswegen wir hier sind, Agent Channing.«

»Aber so wird das nicht laufen, Lieutenant. Wir sehen keinen Grund darin, auf die örtliche Erfahrung zu verzichten. Ich bin hier, um eine Verb…«

»Die fünf Schritte im Umgang mit örtlichen Polizisten können Sie sich sparen, Agent. Was heißt das in der Praxis? In diesem Fall?«

Channing nickte und lächelte, als wäre er froh, dass er direkt sprechen konnte, von Mensch zu Mensch. »Das FBI untersucht diese Morde als staatenübergreifenden Fall. Sind wir am besten dafür ausgerüstet, diese Arbeit landesweit auszuführen? Selbstverständlich. Die Morde in Ihrem Revier erfolgten erst vor Kurzem, und Sie führen bereits sehr erfolgreiche Ermittlungen durch, soweit ich sehen konnte. Will ich darauf nur aufgrund irgendeines Ego-Streits verzichten, den wir mit dem LAPD angeblich in der Vergangenheit geführt haben? Nein, natürlich nicht. Ich brauche Sie an Bord. Wir brauchen jede erdenkliche Hilfe.« Er hatte jedem der vier Anwesenden in die Augen geblickt, als letztes Allen.

Allen war hin- und hergerissen zwischen Hass und Bewunderung, weil sein Verhalten sehr effektiv war. Ihr war klar, warum er für die sehr heikle Aufgabe als Verbindungsmann zum LAPD ausgewählt worden war. Mit dieser Fähigkeit im Umgang mit Menschen würde er bestimmt irgendwann in die Politik wechseln.

An der Tür wurde geklopft. Felicia von der Rezeption schob ihren Kopf durch die nur einen Spaltbreit geöffnete Tür. »Lieutenant Lawrence?«

Lawrence hob den Kopf. »Der Psychologe? Schicken Sie ihn rein.«

Felicia schloss die Tür und kam kurz darauf wieder zurück, um den psychologischen Berater eintreten zu lassen. Er war ziemlich groß und sehr dünn, hielt einen Aktenkoffer aus Leder in der Hand, trug einen hellgrauen Anzug mit passender Krawatte und ein weißes Hemd. »Dr. Gregory Trent«, begrüßte Lawrence ihn und reichte ihm die Hand. »Das ist Lieutenant Anne Whitmore aus dem Büro des Polizeichefs, und Special Agent Jim Channing vom FBI. Die Detectives Allen und Mazzucco kennen Sie vielleicht bereits.«

Trent lächelte kurz, als er Allen die Hand reichte. Sie kannte ihn eigentlich nicht, doch sie hatte ihn bereits gesehen, und sie wusste, wie viel er für eine Stunde nahm. Sie wusste außerdem, dass Lawrence ihn mochte, weil er genau und schnell arbeitete, eine seltene Kombination, die ihn in die Lage versetzte, exorbitante Stundensätze zu verlangen.

Nach der Vorstellungsrunde und als jeder seinen Kaffee vor sich stehen hatte, öffnete Trent seinen Aktenkoffer und nahm ein paar Unterlagen heraus. »Bevor ich anfange, würde ich Sie um Ihren Eindruck von dem Täter dieser drei Morde bitten«, sagte er, an alle fünf gewandt. Er sprach mit britischem Akzent, dessen scharfe Kanten nach mindestens zehn Jahren in Südkalifornien abgeschliffen worden waren.

»Eigentlich sieht es nach weit mehr als drei …«, begann Channing.

»Dazu kommen wir noch«, schnitt Trent ihm das Wort ab. »Meine Info war, ein Profil für den Unbekannten zu erstellen der die drei Menschen, die in den Santa Monica Mountains gefunden wurden, getötet, verstümmelt und vergraben hat. Darauf habe ich mich konzentriert.« Er schwieg kurz und sah die Anwesenden wieder der Reihe nach an. »Mir ist natürlich klar, dass dem Täter in der Zwischenzeit weitere Morde in anderen Bundesstaaten angelastet werden. Meiner Einschätzung der ergänzenden Informationen nach, die ich gestern erhielt, kann ich mit ziemlicher Sicherheit sagen, dass Sie aller Wahrscheinlichkeit nach mit Ihrer Vermutung, dass die Fälle in den anderen Bundesstaaten mit unseren drei Morden zusammenhängen, auf dem richtigen Weg sind. Eigentlich kommen Sie damit einer meiner wichtigsten Empfehlungen zuvor. Wenn wir all das berücksichtigen, bin ich vor allem daran interessiert, wie die Ermittler diesen Mörder einschätzen.«

Alle Blicke wandten sich zu Mazzucco und Allen. Mazzucco kratzte sich über seine Rasurbrandstellen und sah zu Allen, bevor er antwortete.

»Dass er kein Anfänger ist, war eindeutig mein erster Gedanke, und es sieht aus, als hätte sich diese These bereits erhärtet. Alle drei Opfer wiesen dieselben Wunden auf. Kein Zögern, keine Abweichung. Er experimentierte nicht herum, tat nur, was er zu tun gewohnt war.«

Niemand im Raum sprach Mazzucco wegen seiner Verwendung des männlichen Personalpronomens an, wie Allen bemerkte. Bei Ermittlungen in Mordfällen waren alle daran gewöhnt, einen nicht identifizierten Mörder mit *er* zu bezeichnen. Es war nicht nur eine Floskel, sondern man konnte auch getrost darauf vertrauen, dass der Täter ein Mann war, wenn laut Statistik nur wenige Frauen wegen Serienmordes an Fremden verurteilt wurden. Auch Allen wäre überrascht, wenn es sich bei dem Samariter um eine Frau handeln würde.

Mazzucco machte eine Pause, als überlege er, wie er den nächsten Gedanken in Worte fassen konnte.

»Es lag daran, wie die Opfer ... abgefertigt wurden. Sie wissen, was ich meine? Er wusste, was er tun wollte, und das tat er so sorgfältig und effizient wie möglich. Auch die Gräber waren so: gerade tief genug, um sie vor den Kojoten zu schützen. Er entledigte sie ihrer Kleider und ihrer Habseligkeiten und ließ ihre Fahrzeuge verschwinden. Wäre der Erdrutsch nicht gewesen, hätten wir drei Fälle von vermissten Personen, und wir wären, was diesen Kerl betrifft, kein bisschen schlauer.«

Trent wirkte zufrieden, sagte aber nichts, sondern sah zu Allen.

Allen räusperte sich und überlegte, wie sie ihre Antwort strukturieren könnte, um nicht darüber diskutieren zu müssen, dass sie ihren Verdacht länger zurückgehalten hatte, als sie es hätte tun sollen. »Die Vorgehensweise bei den Entführungen sieht ziemlich einheitlich aus, zumindest was diese drei Fälle betrifft. Er hat es auf Frauen abgesehen, die nachts alleine mit dem Auto unterwegs sind. Schlau, weil sie dann am verletzlichsten sind und weil er mit ihnen am leichtesten umgehen kann. Zuerst gingen wir von der Annahme aus, dass er sie irgendwie dazu bringt anzuhalten, doch eins der Opfer hat den Pannendienst angerufen, bevor es verschwand. Das heißt, er sucht möglicherweise Menschen, die liegen geblieben sind, bietet ihnen Hilfe an und entführt sie.«

»Daher der Name, den ihr für ihn erfunden habt«, sagte Trent.

»Das ist nicht unsere Schuld«, wehrte Allen ab. »Sie wissen, wie das ist. Ohne griffigen Namen kann man keine Zeitungen verkaufen.«

Trent neigte den Kopf zur Seite. »Ich würde behaupten, das tut Ihren Ermittlungen keinen Abbruch, Detective. Wenn ein Name für unseren Mörder zur Öffentlichkeitswirkung beiträgt, macht es Ihre Arbeit leichter, wenn es darum geht, die Menschen auf Sicherheit und Wachsamkeit zu trimmen.«

Darauf erwiderte Allen nichts, sondern überlegte, ob sie ihm einen Punkt gewähren sollte. »Der Samariter« war als Name ganz nützlich für den Zweck der öffentlichen Wachsamkeit. Er wies sogar darauf hin, in welchen Situationen die Menschen am meisten aufpassen sollten, sofern er an seiner Vorgehensweise festhielt. Dafür gab es keine Garantie, besonders weil er in anderen Gegenden anders vorgegangen war.

Jim Channing lehnte sich zurück, als er sicher war, dass Allen nichts mehr sagen wollte. »Dr. Trent«, begann er, ließ sich aber kaum seinen Ärger anmerken, weil er zuvor unterbrochen worden war. »Ich glaube, wir sind alle an Ihrer Expertenmeinung über den Typ des Menschen interessiert, mit dem wir es hier zu tun haben.«

Trent zielte mit einem Moment des Schweigens auf Wirkung ab. Ein Leuchten in seinem Auge verriet, wie sehr er die Aufmerksamkeit und die Erwartungshaltung seiner Zuhörer genoss. »Ich arbeite seit mehr als zwanzig Jahren im Bereich der forensischen Psychologie. Ich habe meine Fähigkeiten dazu genutzt, dieser und anderen Behörden zu helfen, eine Menge Mörder aufzuspüren. Das behalten Sie bitte im Kopf, wenn ich Ihnen sage, dass dieser Mensch, dieser ... Samariter ... ohne Zweifel der gefährlichste Psychopath ist, der mir im Laufe meiner Ermittlungen je untergekommen ist.«

40

Alles in allem brachte Dr. Trents Bericht nichts, was sie sich nicht schon bezüglich Geschlecht, ethnischer Zugehörigkeit oder Persönlichkeit gedacht hatten. Was überraschte, war, wie wenig überrascht Trent über die Enthüllung Dutzender zuvor unentdeckter Morde in anderen Staaten war.

Nachdem Trent sich alle verfügbaren Informationen zu den drei anfänglichen Morden genau angesehen hatte, war er der Meinung, dass sie nach einem hochgradig funktionierenden Psychopathen suchten, der seine Arbeit mit strenger Methodik und einer Menge Erfahrung im Töten von Menschen erledigte. Was das Profil betraf, dachte Trent, sie sollten nach einem weißen, über dreißig oder vierzig Jahre alten amerikanischen Mann suchen. Intelligent, gerissen und psychisch stark. Aufgrund der anfänglichen Beweise ging er davon aus, dass der Mörder in Los Angeles geboren worden war. Dies schloss er aus der Wahl der Entführungsmethode und des Ablageortes für die Leichen, aber auch aus der Tatsache, dass der Mörder eine Möglichkeit gefunden hatte, die Autos der Opfer verschwinden zu lassen, was die Spur noch kälter machte. Wenn ... Trent räumte ein, seine anfängliche Meinung über den Samariter, er stamme aus L.A., dürfe durchaus in Zweifel gezogen werden, wenn man die möglicherweise mit den L.A.-Morden zusammenhängenden Fälle betrachtete, die in anderen Staaten entdeckt worden waren. Doch er hielt daran fest, dass der Täter zumindest so lange hier gelebt hatte, um sich ausreichend Ortskenntnisse verschafft zu haben. Er meinte, es gebe keinen Grund dafür, dass er L.A. als Ausgangsbasis nutzte, um von dort aus in die anderen Jagdgebiete zu reisen.

Trent sagte, der Täter sei möglicherweise ein ruhiger und zurückhaltender Mensch, ein Einzelgänger. Er habe wenige enge Freunde, könne aber einer festen Arbeit nachgehen. Er sei bescheiden, aber nicht unnahbar, wenn man den Vorgang der Entführung berücksichtige, und wahrscheinlich bei Bedarf auch charmant. Und er sei fähig, sich der Umgebung anzupassen wie ein Wolf im Schafspelz.

Diese Worte hatten die Erinnerung an die Begegnung auf

dem Dach des Parkhauses wachgerufen. Offene Hände und ein entwaffnendes Lächeln. *Ich glaube nicht, dass er so dumm ist, um vor Sie zu treten und sich Ihnen vorzustellen.*

Sie versuchte, diesen Verdacht für den Moment beiseitezulegen und sich auf das zu konzentrieren, was der Psychologe sagte.

Dass es keine Hinweise auf sexuelle Übergriffe an den weiblichen Opfern gab, halte er für interessant, jedenfalls was das spezielle Opferprofil in L.A. betreffe. Er bestätigte Allens Eindruck, dem Samariter gehe es nur ums Töten, weil er nicht von sexueller Aggression angetrieben werde, sondern von dem prickelnden Gefühl, das Leben eines anderen Menschen zu beenden. Nebenbei bemerkte Trent, das sexuelle Desinteresse lasse sich möglicherweise auch auf sein »normales« Leben übertragen, und könne auf eine schwierige Beziehung zu seiner Mutter deuten. Bei diesen Worten lächelte er entwaffnend. »Aber dann muss ich irgendwo ein paar Freud'sche Theorien einfließen lassen, sonst sind die Leute enttäuscht.« Dem folgend, wäre Trent nicht überrascht gewesen, wenn die Mutter des Mörders – oder eine andere ihm nahestehende Frau – den Opfern ähnelte.

So weit die Routine. Doch Trent hatte noch eine andere Vermutung, die Allen an die Worte des Gerichtsmediziners erinnerte. Er hielt es für sehr wahrscheinlich, dass der Samariter eine militärische Ausbildung genossen hatte. Aber nicht irgendeine.

»Er plant diese Morde sorgfältig«, fuhr er fort. »Es sind keine zufälligen Morde aus Leidenschaft, auch wenn er seine Arbeit genießt – daran besteht kein Zweifel. Die Planung, der Aufbau, die Durchführung, die Art, wie er die Fahrzeuge, die Kleidung und die persönlichen Sachen der Opfer entsorgt. Die Vorsicht, keine DNA-Spuren zu hinterlassen. Dass er seine Opfer an einem Ort entführt, an einem anderen tötet und an einem weiteren ablegt. Es hat etwas Keimfreies. Den Beweis auslöschen, dass er jemals dort war.

»Was sagen Sie da?«, fragte Channing, der FBI-Verbindungsmann. »Sie meinen, er verfüge über Erfahrung in Geheimoperationen? CIA oder so was?«

»Das würde passen«, stimmte Trent zu. »Ein normaler Soldat würde eher eine Waffe benutzen. Und höchstwahrscheinlich Menschen in einem Amoklauf töten statt einen nach dem anderen. Die Vermutung, dass er ausgebildet ist, und seine Herangehensweise lassen die Schlussfolgerung zu, dass er über diese Art von Hintergrund verfügt.«

Channing verwies auf die anderen Fälle in elf Staaten, von denen vermutet wurde, dass sie mit L.A. in Verbindung stünden. Dr. Trent wiederholte, er sei nicht gebeten worden beziehungsweise habe keine Zeit gehabt, sich die Einzelheiten anzusehen, aber er sei sich sicher, dass es keine Widersprüche zu dem gab, was er zu den Ermittlungen in L.A. gesagt habe. Eigentlich bestätige alles, was er bisher gelesen habe, sein Fazit: ein intelligenter, pingeliger, einzelgängerischer Psychopath mit militärischer Ausbildung. Die Möglichkeit mehrfacher Morde in anderen Staaten beweise nur, wie sorgfältig der Mörder vorgehe: großes Einzugsgebiet, einige Leichen verstecken, andere auffinden lassen. Er habe mindestens fünf Jahre, möglicherweise länger unentdeckt agiert.

Schließlich bestätigte er ihre Vermutung, dass sich der Haupttatort nicht weiter als fünf bis zehn Kilometer vom Ablageort befinde. Womit immer noch Zehntausende von Häusern und Wohnungen und Hunderte von Kilometern von Wanderwegen zu überprüfen blieben. Trents letzte Worte schienen einen greifbaren Schauder im Raum zu erzeugen.

»Leider wird er nicht aufhören zu töten, bis er geschnappt

wird. Diese Art von Mörder kennt keine Erschöpfungszustände.«

Am Ende der Besprechung fand Allen zwei verpasste Anrufe auf ihrem Telefon vor: einen von Denny, den anderen von Darryl Caine vom Verkehr. Den Zweiten rief sie zurück und erfuhr, dass sie einen Durchbruch erzielt hatten: Die Polizei von Long Beach hatte Sarah Duttons Porsche ausfindig gemacht.

Allen beschwerte sich nicht, als Mazzucco anbot zu fahren, und sie saßen fast die ganze Fahrt über schweigend nebeneinander, während sie die Informationen verarbeiteten, die sie gerade erhalten hatten. Mazzucco durchbrach die Stille nach einer langsamen Viertelstunde auf der 710.

»Dann haben wir den Täterkreis auf einen nach außen hin normalen Mann mit psychopathischen Neigungen eingeschränkt.« Er sah von links nach rechts. »Offenbar hat er sich die richtige Stadt ausgesucht.«

»Die Spezialeinsatzsache ist interessant«, sagte Allen. »Erinnerst du dich, dass Burke gesagt hat, er hätte so was schon bei der Armee gesehen? Es passt, und es ist etwas spezifischer. Wenn Trent eine Idee entwickelt, könnten wir den Täterkreis auf diese Weise eingrenzen.«

»Hast du nicht gesagt, Profiling hältst du für einen Haufen Scheiße?«

Allen war abgelenkt, als ihr plötzlich wieder Blake einfiel. »Allen?«

Sie sah zu ihm herüber. »Wann habe ich das gesagt?«

»Erst neulich?« Er dachte nach. »Letzte Woche. Aber du hast viel geredet.«

Allen verdrehte die Augen. »Das meinte ich nicht. Ich habe nur über Leute geredet, die eine Menge Knete abkassieren, nur weil sie den gleichen gesunden Menschenverstand haben wie du und ich. Aber ja, okay, ich geb's zu. Diesmal hat er was gesagt, was tatsächlich nützlich sein kann.«

»Sein kann. Weißt du, was das Problem ist?«

»Das Gleiche wie vorher: den Kreis der Verdächtigen einzugrenzen.« Allen sah aus dem Fenster, wo der Verkehr auf der anderen Seite des Mittelstreifens vorbeiflog. »Die Vereinigten Staaten führen seit fünfzehn Jahren gegen verschiedene Länder Krieg. Wahrscheinlich laufen mehr Leute mit solchen Fähigkeiten und Erfahrungen herum, wie Trent sie beschrieben hat, als jemals zuvor in der Geschichte.«

»So, wie du das sagst, macht mir das Angst.«

»Und wenn wir über die CIA oder die SEALs oder was auch immer reden, haben wir es mit einem geheimem Territorium und von der Regierung genehmigten falschen Identitäten zu tun.«

»Vielleicht kann uns Channing dabei helfen.«

Allen lächelte ihn über ihre Brille hinweg an. »Immer der Optimist, Jon.« Und nach einer Minute des Schweigens: »Ich denke, wir sollten mit Blake sprechen.«

Mazzucco verzog das Gesicht. Sagte nichts.

»Die Peterson-Spur sieht doch gut aus, oder?«

»Das FBI bearbeitet sie mit«, gab er zu und sah zu ihr herüber. »Vielleicht sollten sie Blake auch mitbearbeiten.«

Sie erzählte ihm von ihrem Versuch in der vergangenen Nacht, seinen Hintergrund zu durchforsten, und dass ihr bestätigt wurde, dass er erst nach dem Mord an Boden in L.A. gelandet und zudem von so weit hergekommen war, dass er sich höchstwahrscheinlich Samstagabend noch nicht in Los Angeles hatte aufhalten können. Mazzucco sagte wieder nichts.

Kurz darauf erreichten sie die Adresse in Long Beach, eine Autowerkstatt. Ein Schild davor verriet ihnen, dass es sich um O'Gradys Rundum-Autoservice handelte und er einheimische und ausländische Autos reparierte. Im Laden trafen sie zwei uniformierte Polizisten und einen Mechaniker, einen schwerfälligen Schwarzen in engem blauem Overall. Sarah Duttons Porsche Carrera stand auf einer Hebebühne und war mit Tüchern bedeckt.

Allen zog ihren Dienstausweis aus der Tasche und stellte sich und Mazzucco den beiden Polizisten – einem Mann und einer Frau – und dem Typen im Overall vor.

»Wir hatten den Hinweis bekommen, dass dieser Kerl hier einen gestohlenen Porsche hat«, erklärte der Polizist. »Wir haben die Fahrgestellnummer überprüft und herausgefunden, dass es sich um den Wagen handelt, den Sie suchen.«

»Hey«, warf der Mechaniker ein und gestikulierte dabei mit seinen Händen. »Ich habe doch gesagt, dass ich nicht wusste, dass die Karre hier gestohlen ist.«

Die Polizistin, Officer Danniker, sah auf ihre Notizen hinunter und wieder zu dem Mann hinauf. »Das stimmt. Sie sagten, Sie ... äh ... fanden ihn«, erwiderte sie ausdruckslos.

Der Mechaniker war dreißig Zentimeter größer und mindestens siebzig Kilo schwerer als sie, dennoch hielt er ihrem direkten Blick nicht stand.

»Ja, ich meine, ich kenne einen Typ, der ihn gefunden hat. Er brachte ihn her. Ich wollte euch gerade anrufen, als ...«

Er brach mitten im Satz ab. Allen und Mazzucco sahen sich an, hielten sich im Hintergrund und überließen der Polizistin das Feld. Sie brauchten ohnehin nur die Bestätigung für eine Information.

»Und dieser Typ, den Sie kennen ... Ist das eine Angewohnheit von ihm ... Autos zu finden?«

Der Mechaniker öffnete den Mund, um etwas zu sagen, hielt aber inne, als würde er das Mindestmaß an Mithilfe berechnen, bei der er davonkommen würde, wenn er sie leistete.

Allen sah zu Mazzucco, der ihrer Aufforderung nachkam.

»Vielleicht haben Sie es noch nicht kapiert, aber hier geht es um Mord. Ich bin sicher, Sie wollen unsere Ermittlungen nicht behindern. Sie sind doch ein aufrechtes Mitglied der Gesellschaft, oder?«

Der Mechaniker sah wie ein besorgtes Tier von Mazzucco zur Polizistin. Er seufzte und nickte widerwillig. »Er heißt Luis Herrera. Das haben Sie aber nicht von mir. Er sagte, ein weißer Typ parkte ihn in Watts, stieg aus und ging weg, ohne den Motor auszuschalten.« Er sah wieder von einem zum anderen, als erwarte er, dass sie darüber lachten, dass jemand in einer rauen Gegend einen unverschlossenen Porsche stehen ließ und die Leute dort praktisch aufforderte, ihn zu stehlen.

Hätte Allen nicht gewusst, woher der Wagen stammte, hätte sie den Gedanken tatsächlich als lächerlich abgetan, doch so ergab er einen gewissen Sinn. Es war eine einfache Möglichkeit, die Entsorgung des Fahrzeugs zu delegieren. Wenn der Samariter es mit den anderen Autos auch so gehandhabt hatte, standen die Chancen gut, dass sie in Einzelteile zerlegt oder umlackiert und dann verkauft worden waren. Es würde in jedem Fall schwierig sein, sie wiederzufinden, und selbst wenn, würden sie bestenfalls herausfinden können, wo sie abgestellt worden waren.

»Wir brauchen die Adresse von diesem Herrera«, sagte Allen. »Ich nehme nicht an, dass er gesagt hat, wie dieser menschenfreundliche Autofahrer ausgesehen hat.«

Der Mechaniker ließ den Kopf sinken und sah zu ihr auf. Er spielte den Dummen.

»Der weiße Typ, der den Schlüssel im Porsche stecken ließ«, sagte sie langsam.

Er schüttelte den Kopf. »Nee. Hat aber gesagt, er sah gruselig aus.«

»Was heißt gruselig?«

Der Mechaniker zuckte mit den Schultern. »Ich weiß nicht. Dass er wie ein Wahnsinniger aussah, denke ich. Ich hab gesagt, das muss er wohl auch sein.« Er grinste und sah zu dem abgedeckten Porsche. Sein Grinsen erstarb, als ihm bewusst wurde, dass ein Fahrzeug zu finden noch lange nicht hieß, dass man es behalten durfte.

Sie riefen die Forensik an, um den Wagen sicherstellen zu lassen. Die beiden Uniformierten freuten sich sichtlich, dass sie Herrera holen und aufs Revier bringen sollten, wo Allen ihn verhören wollte. Die Jagd nach dem Samariter war eine große Sache, und Allen war nicht überrascht, dass sie erpicht darauf waren, an den Ermittlungen teilzunehmen, wenn auch nur am Rande. Sie ging nicht davon aus, dass es schwierig sein würde, Herrera zur Kooperation zu veranlassen. Wahrscheinlich war sein Vorstrafenregister schon so lang, dass ein Handel sehr attraktiv aussehen würde, um der Anklage wegen des Diebstahls eines Porsche zu entgehen. Viel Nützliches würden sie wahrscheinlich nicht erfahren, aber zumindest würden sie überprüfen können, ob Dr. Trents Aussagen zum Aussehen des Samariters zutrafen.

Fünf Minuten später saßen Mazzucco und Allen im Wagen und fuhren Richtung Zentrum.

»Sackgasse«, sagte Mazzucco.

»Hä?«

»Wenn er den Porsche auf der Straße stehen ließ, kannst du darauf wetten, dass er ihn vorher sterilisiert hat. Wir werden nichts finden.«

»Und was ist mit Blake?

Mazzucco hielt schweigend den Blick auf die Straße gerichtet. »Ich muss was überprüfen«, sagte er schließlich. »Dauert wahrscheinlich ein, zwei Stunden. Ich setze dich am Revier ab.«

41

Sie machten einen kurzen Umweg, um sich etwas zum Mittagessen zu besorgen. Sie hatte den Imbiss kurz nach ihrem Umzug entdeckt und war stolz auf ihren Fund. Sie bestellte zwei Cheeseburger mit gegrillten Zwiebeln und Spezialsoße.

Sie aßen im Wagen, ohne viel zu reden, dann fuhren sie weiter zum Polizeirevier. Mazzucco hielt sich bedeckt, was sein Ziel betraf, als er Allen auf der West 1st Street absetzte, aber das war ihr ganz recht. Sie versprach, ihn anzurufen, stieg aus und marschierte über den dreieckigen Platz.

Während sie auf den Haupteingang zuging, sah sie, dass jemand auf einer der Steinbänke auf der anderen Seite des Platzes saß. Der Mann hob einen Arm zum Gruß und lächelte hinter seiner Sonnenbrille. Allen wandte den Blick ab und ging weiter, musste aber stehen bleiben, als sie ihren Namen hörte.

Der große Mann rannte quer über den Platz und lächelte. Sie achtete darauf, neutral zu bleiben.

»Hey«, sagte er, als er sie erreicht hatte.

»Was machst du hier?«

»Du hast nicht auf meine Anrufe reagiert«, sagte er. Als würde das alles beantworten.

»Hast du echt geglaubt, es gäbe einen Grund dafür, Denny?«

Denny versuchte, verwirrt auszusehen, was ihm aber nicht gelang. »Geht es um vorgestern Abend?«

Allen seufzte. »Nein, es geht um jeden Abend. Ich dachte, du hättest die Nachricht verstanden.«

Jetzt wirkte seine Verwirrung echt. »Du hast mir eine Nachricht geschickt?«

Jesus Maria. Hatte sie sich jemals von diesem Kerl angezogen gefühlt? Sie war erstaunt, dass sein Grips reichte, um sich morgens anzuziehen.

»Denny ...« Allen war dankbar, als sie von ihrem Telefon unterbrochen wurde. Sie entschuldigte sich und drehte ihm den Rücken zu. Fast schon erwartete sie – oder wünschte es sich –, dass es Blake war, doch es war eine Festnetznummer mit der Vorwahl von Los Angeles. Was hieß, dass es sich um Arbeit handeln musste, weil leider der Einzige, den sie in L.A. kannte, direkt hinter ihr stand.

»Allen hier.«

Es war Danniker, die Polizistin, die sie zuvor in der Werkstatt getroffen hatte.

»Wir haben Luis Herrera abgeholt. Wir sind mit ihm auf dem Polizeirevier. Können Sie herkommen?«

»Gute Arbeit. Ich stehe schon draußen. Wo sind Sie?«

Danniker erklärte, auf welchem Stock und in welchem Verhörzimmer sie war. Allen dankte ihr und beendete das Gespräch, während sie sich wieder zu Denny drehte. Er sah sie mit dem gefühlvollen Hundeblick an, den sie allzu lange für seelische Tiefe gehalten hatte.

»Ich muss los.«

»Kann ich dich anrufen?«

»Nein. Tschüs, Denny.«

Sie ging Richtung Tür, ohne sich noch einmal umzudrehen.

Zwanzig Minuten später saß sie in einem Verhörzimmer gegenüber Luis Herrera. Officer Danniker, von Allen gebeten zu bleiben, stand an der Wand.

Herrera war groß und kräftig, seine Arme waren mit Tätowierungen übersät. Bisher war er keine große Hilfe gewesen, auch wenn er alles so locker preisgegeben hatte, wie es Allens Hoffnung gewesen war, nachdem sie ihm Milde wegen des Fahrzeugdiebstahls versprochen hatte.

»Ich schwör's, Mann, der Kerl hat den Wagen einfach da stehen lassen. Schlüssel im Zündschloss. Wir mussten ihm gar nichts antun.« Herrera riss die Augen weit auf, jammerte beinahe, als mache er sich Sorgen, man könne ihm nicht glauben, dass jemand einfach ein Hunderttausend-Dollar-Auto stehen ließ.

Allen erinnerte ihn daran, dass es nicht unbedingt eine Einladung war, ein Auto zu nehmen, nur weil jemand es stehen gelassen hatte – auch wenn ihr klar war, dass in diesem Fall genau das damit bezweckt worden war –, und forderte ihn auf, den Fahrer zu beschreiben.

Herrera wirkte verlegen. »Es war ein … Weißer?«

»Richtig überzeugt klingen Sie aber nicht«, stellte Allen fest.

»Ich, äh … hatte was getrunken …« Herrera verzog sein Gesicht. »Einen Hut vielleicht? Eine Baseballkappe?«

»Farbe? War ein Mannschaftsabzeichen drauf? Lakers? Kings?«

Herrera wand sich noch ein paar Sekunden, bevor er rundheraus fragte: »Wie soll denn der Kerl aussehen, den ich gesehen haben soll?«

Alle Formalitäten außer Acht lassend, beendete Allen das Verhör.

Sie verließ das Verhörzimmer und ging den Flur entlang ins Nachbarzimmer, das leer stand. Auf der anderen Seite befand sich das Gebäude der *LA Times*. Sie zog ihr Telefon aus der Tasche und blätterte durch ihre Kontakte bis zu einer Nummer, die sie erst kürzlich hinzugefügt hatte. Den Finger über das grüne Symbol haltend, zögerte sie einen Moment, während sie den nächsten Schritt überlegte. Und ließ schließlich den Finger sinken.

Es dauerte einen Moment, bis der Anruf geschaltet war,

und nach drei Klingeltönen meldete sich eine männliche Stimme.

»Detective Allen?«

»Wie wär's, wenn wir uns treffen, Mr Blake? Ich bin sicher, wir finden ein paar Sachen, über die wir reden können.«

42

Die neue Zentrale des Los Angeles Police Department auf der West 1st Street war glänzender Ausdruck der Firmenphilosophie, dass die Behörde ihre Probleme von früher hinter sich gebracht hatte und in die leuchtende Zukunft des einundzwanzigsten Jahrhunderts geschritten war. Das rechteckige, zehnstöckige Gebäude sah mit den riesigen Glasflächen und dem offen Platz davor fast einladend aus.

Ich meldete mich am Empfang an und wurde durch einen Metalldetektor geschickt. Der Fahrstuhl brachte mich in den dritten Stock, wo ich durch das Großraumbüro der Mordkommission geführt wurde. Ein paar Mitarbeiter hoben misstrauisch die Köpfe, als ich durch ihr Heiligstes schritt. Meine Begleitung deutete in dem Labyrinth aus Schreibtischen und Arbeitsnischen auf Detective Allen. Sie stand mit verschränkten Armen am anderen Ende des Büros an ihrem Schreibtisch und war ähnlich gekleidet wie am Tag zuvor: grauer Hosenanzug mit lavendelfarbener Bluse. Allerdings hatte sie heute ihr Haar zu einem Pferdeschwanz zusammengebunden. Aus unserer kurzen Begegnung und aus den anderen Infos, die ich über sie herausgefunden hatte, ging ich nicht davon aus, dass sie zu den Menschen gehörte, die viel Zeit damit verbrachten, ihr Haar im Laufe des Tages zu richten.

Wir reichten uns die Hände. Sie lächelte kühl.

»Mr Blake, danke, dass Sie gekommen sind.« Sie sah auf die Wanduhr. »Sie sind aber schnell hier.«

»Ich war in der Nähe«, antwortete ich.

Sie bat mich, ihr zu folgen. Wir gingen einen Flur entlang, der an einer Seite mit Türen gesäumt war. An einer dieser Türen blieben wir stehen, sie legte ihre Hand auf den Türknauf, hielt aber inne, als jemand ihren Namen rief.

Wir drehten uns in die Richtung des Rufers, ein großer, kräftiger Mann Mitte vierzig, der auf uns zukam. Allen seufzte so laut, dass ich schon dachte, ihr wäre es egal, wenn der Typ es hörte. Er trug einen grauen Anzug und eine Krawatte, doch allein wegen der Art, wie er sich bewegte, bekam ich das Gefühl, dass er sich in einem Kampfanzug wohler fühlte. Ich tippte auf SWAT.

»Wer ist der Typ?«, fragte er herausfordernd, während er mich ansah, ohne mich anzusprechen.

»Das ist Carter Blake. Er hilft uns im Samariter-Fall. Blake, das ist Captain Don McCall von der Abteilung Sonderermittlung.«

Ich hielt ihm meine Hand hin, die er übersah. Ich lag ganz gut, als ich McCall der SWAT zuordnete. Ich wusste ein bisschen was über seine Abteilung, vor allem aus Zeitungsberichten über die Anwendung übermäßiger Gewalt. Die Abteilung Sonderermittlungen stand in dem Ruf, ihre kontroversen Methoden mit den guten Ergebnissen zu rechtfertigen, die sie in harten Fällen erzielte. Manchmal auch tödliche Ergebnisse, für den Verdächtigen.

»Also, wer ist er? Sie sind nicht vom FBI.«

»Ich bin nicht vom FBI.«

»Er ist selbstständig. Hast du ein Problem damit, McCall?«

McCall starrte mich ein paar Sekunden an, doch ich reagierte nicht. Er wandte sich an Allen, ohne weiter auf mich zu achten. »Ich wollte dich hier abfangen, Allen. Wenn du einen Verdächtigen hast, kommst du zuerst zu mir, dann gehst du zu den FBIlern, okay? Wir können unser Haus selbst sauber halten.« Mit diesen Worten sah er wieder zu mir.

»Du wirst der Erste sein, der es erfährt, McCall.« Allens Stimme steckte voller Sarkasmus. Sie bemühte sich kein bisschen, ihre Haltung zu verstecken.

McCall bewegte seinen Kopf scharf auf sie zu und verletzte in aggressiver Weise ihre Distanzzone. Ich musste den Drang unterdrücken, eine Hand auf seine Brust zu legen und ihn zurückzudrücken, doch Allen blinzelte nicht einmal.

McCall schüttelte lächelnd den Kopf. »Wenn du es sagst, du Heimlichtuerin.«

Wieder sah er zu mir und schüttelte den Kopf, bevor er den Flur weiter entlangging.

»Tut mir leid«, entschuldigte sich Allen, als er fort war. »Er wird mürrisch, wenn er eine Weile niemanden erschossen hat.«

Allen öffnete die Tür zu einem kleinen Besprechungszimmer mit vom Boden bis zur Decke reichenden Fenstern, die auf die Spring Street hinausgingen. Der Tisch war etwas zu groß für diesen Raum und abgesehen von einem Tablet-PC und einem aufgeklappten Laptop leer. Allen ging um den Tisch herum und setzte sich mit dem Rücken zum Fenster an den Tisch. Ich nahm den Platz ihr gegenüber ein.

»Ich vermute, Ihr Partner ist mit dieser Idee auch nicht einverstanden.«

»Er untersucht im Moment etwas anderes. Aber ich weiß nicht, ob sich irgendjemand von uns damit wohlfühlt.«

»Ich will nur helfen. Sie haben meine Referenzen überprüft?«

Sie nickte. »Ich habe mit Ihrem FBI-Kontakt gesprochen.

Detective Mazzucco hat sich die North-Carolina-Verbindung angesehen.«

»Und?«

»Und wir sind noch dabei.«

Ich verstand. Ich hatte einen Fuß in der Tür, aber für echte Kooperation müsste ich mich noch gewaltig anstrengen.

»Wir mussten uns auch anderswo umsehen«, fuhr Allen fort. »Erforderliche Sorgfalt und so. Schließlich haben Sie uns ja nicht viel gegeben. Ihre Mobilnummer ist nicht registriert, kein Vertrag. Das habe ich irgendwie erwartet. Es gibt nicht viel, an dem wir anknüpfen können, was seltsam ist. Sie scheinen nicht viele Fußabdrücke zu hinterlassen.«

Ich zuckte mit den Schultern, als hielte ich das für unbedeutend. »Ich schätze meine Privatsphäre.«

»Scheint so«, sagte sie. »Der Führerschein ist echt, aber mehr steckt auch nicht dahinter. Keine Beschäftigung, keine medizinische Vergangenheit. Ihre Adresse ist in New York City; sieht nach einem Bürogebäude aus.«

Sie hielt kurz inne, um mir die Gelegenheit zu geben, ihre Worte zu bestätigen oder ihr zu widersprechen. Doch ich sagte nichts, sondern wartete darauf, dass sie fortfuhr, um dieses Geplänkel hinter uns zu bringen.

»Ich vermute, Sie haben nur einen Führerschein, weil man den heutzutage absolut braucht«, sagte sie schließlich. »Nicht nur zum Führen eines Fahrzeugs, sondern auch als Ausweis mit Foto. Ohne diesen ist es schwierig zu fliegen oder einen Wagen zu mieten. Daher konnte ich davon ausgehen, dass Ihr Name auf der Passagierliste der Flüge nach L.A. stand.«

Ich war beeindruckt und konnte ein Lächeln nicht unterdrücken. Auch weil dies half, ein mögliches Problem für uns beide zu lösen.

»Es dauerte eine Weile, aber schließlich fand ich einen

Carter Blake, der Samstagnacht von Fort Lauderdale nach L.A. geflogen ist. Über diese Info habe ich mich gefreut.«

»Ich bin froh, dass Sie das herausgefunden haben.« Der Blick zwischen uns sagte mir, was wir nicht auszusprechen brauchten. Jetzt konnte sie sich ziemlich sicher sein, dass ich in der Nacht, als der Samariter das letzte Mal zugeschlagen hatte, fünftausend Kilometer von L.A. entfernt gewesen war. Es bedeutete, dass uns ein guter Start bevorstand.

Allen schob den Laptop zur Seite und legte ihre Hände auf den Tisch. »Okay, bevor wir weitermachen, möchte ich nur eine Sache wissen.«

»Das klingt fair.«

»Warum bieten Sie uns Ihre Dienstleistung umsonst an?«

Diese Frage hatte ich natürlich erwartet. Die einfache Antwort – weil ich ihn schnappen wollte – würde eine neugierige Polizistin nicht befriedigen, was hieß, jeden Polizisten, der was auf dem Kasten hatte. Die komplexe Antwort, die Antwort, die nicht nur erklärte, warum ich ihn schnappen wollte, sondern warum ich in der einzigartigen Position war, dies zu tun, kam nicht infrage. Vor diesem Hintergrund hatte ich zwei vernünftige Erklärungen für meine scheinbare Großzügigkeit. Je nachdem, wie misstrauisch Detective Allen sein würde, könnte die erste schon reichen. Und sie war eigentlich nicht einmal eine Verzerrung der Wahrheit. Wenn Allen wollte, könnte sie es ganz leicht überprüfen.

»Unterm Strich bin ich an dem Fall interessiert«, antwortete ich. »So sehr interessiert, dass ich herkam, um mehr herauszufinden. Und ich will ehrlich zu Ihnen sein: Ich dachte tatsächlich darüber nach, Ihnen meine Dienstleistung auf professioneller Basis anzubieten.«

»Warum hat sich das geändert?«, wollte sie wissen und sah mich vorsichtig an.

Ich zögerte, als wolle ich nicht weitergehen. »Ich fuhr gestern zu den Gräbern, nur um mich umzusehen. Dort begegnete ich jemandem. Richard Boden, dem Vater eines der Opfer. Das wissen Sie natürlich.«

Allen sagte nichts, und auch ihr Gesicht verriet nichts.

»Zunächst war er abweisend, hielt mich vielleicht für einen Reporter oder für einen Gaffer. Wir unterhielten uns eine Weile, und ich erklärte, warum ich dort war. Er bot mir an, mich zu engagieren. Ich lehnte ab und sagte, diesen Fall würde ich ohne Bezahlung erledigen.«

Allen lächelte, was mir sagte, dass ich auf der anderen Schiene fahren musste. »Sie boten Ihre Dienstleistung also kostenlos an, nur weil sie helfen wollten. Wie rührend.«

»Sie glauben mir nicht?«

»Ich glaube niemandem, der quer durchs Land fliegt, um sich für einen Auftrag anzupreisen, und ihn dann kostenlos übernehmen will. Nicht ohne einen besseren Grund als diesen.«

Ich seufzte und hob wie ertappt meine Hände. »Okay, das ist nicht der einzige Grund.«

»Aha, dann mal los.«

»Ich möchte diesen Kerl schnappen, und ich habe mit Boden gesprochen. Ich bin aber nicht ganz altruistisch. Wenn ich Ihnen helfe, den Samariter zu fangen, ist es … man könnte sagen, gut für meinen Lebenslauf.«

Sie nickte, auch wenn sie noch skeptisch wirkte. »Wie ein Staranwalt, der einen großen Fall kostenlos erledigt? Damit Sie dem nächsten Kunden eine Menge mehr abknöpfen können?«

Sie sah mich an, ich sah schweigend zurück.

»Okay«, sagte sie schließlich. »Sehen wir, ob Sie uns helfen können.«

Ich erhob mich und zog meinen Stuhl auf ihre Seite des Tischs.

»Zunächst einmal sollten wir das FBI die alten Fälle abarbeiten lassen und sie im Moment zurückstellen. Wir müssen uns auf das Hier und Jetzt konzentrieren. Auf Los Angeles.«

Sie wirkte etwas erleichtert, als hätte ich eine Last von ihren Schultern genommen. »Wo wollen Sie also anfangen?«

»Es gibt nur einen Ort, an dem wir anfangen können«, antworte ich. »Bei den Opfern.«

43

»Die Erste, die vergraben wurde – die Erste, von der wir wissen –, war Rachel Morrow.«

Allen rief die Akte auf ihrem Tablet auf und vergrößerte das Bild – eine Porträtaufnahme – mit Daumen und Zeigefinger. Es stammte mit Sicherheit von der Kfz-Zulassungsstelle, weil es aussah wie die meisten Bilder dieser Art – eine wahrheitsgetreue Darstellung der allgemeinen Erscheinung eines Menschen mit ethnischer Herkunft, Geschlecht, Alter, Haarfarbe und dem ganzen Rest, aber irgendwie ohne das Wesen dieses Menschen zu erfassen. Vor einiger Zeit hatte ich gelesen, warum das so war. Etwas wegen der Kombination aus grellem Licht und dem unterschwelligen Druck zu wissen, dass dieses Bild die nächsten fünf oder zehn Jahre auf einem offiziellen Dokument zu sehen sein wird.

»Die Buchhalterin«, sagte ich.

»Der Kandidat hat hundert Punkte. Woher wussten Sie das?«

»Aus den Nachrichten.«

Sie schnaubte.

»Das war übrigens ein ungewöhnlicher Schritt«, sagte ich. »Die Information über das Wundmuster an die Medien rauszugeben.«

»Das war nicht mein Schritt. Wenn ich rausfinde, wer das war, werde ich dafür sorgen, dass er die nächsten Wochen Schwierigkeiten haben wird, ohne Krücken zu gehen.«

»Hat jedenfalls meine Aufmerksamkeit geweckt.«

Ich berührte den Bildschirm, um das Bild zu verkleinern, und suchte nach den persönlichen Hintergrundinformationen. Ich brauchte etwa fünfmal länger als für das Umblättern einer echten Seite in einer Fallakte.

»Ich hasse diese Dinger«, sagte ich. »Verwendet man keine Ermittlungsakten in Papierform mehr?«

Allen lächelte und schüttelte den Kopf. »Sie meinen diese blauen Ordner, in denen immer die Hälfte des Kaffees landet? Einige der älteren Kollegen klammern sich noch daran. Sie wissen schon, diejenigen, die mit der modernen Welt keine Berührungspunkte haben.«

Ich tat die sarkastische Bemerkung mit einem Schulterzucken ab. »Neu heißt nicht unbedingt besser. Ich lege gerne alles vor mich hin.«

»Sie tun älter, als Sie wirklich sind, Blake.«

Allen rief mit ein paar geschickten Wischbewegungen den Rest der Informationen auf, die ich benötigte, und gab mir das Tablet zurück, damit ich mir den Rest der Akte ansehen konnte. Die Hintergrundinformationen zum Opfer, Einzelheiten zu ihrem zuletzt bekannten Aufenthaltsort und zu ihrem Wagen, die letzten Personen, die sie lebend gesehen haben. Mit der Versuch-und-Irrtum-Methode wurde ich mit dem Berührungsbildschirm vertrauter, sodass ich tiefer eintauchen konnte. Ich las den Obduktionsbericht und sah mir ein paar Bilder an, vor allem die mit dem seltsam gezackten Wundmuster. Wenn ich nach den Nachrichtenbeiträgen und dem Besuch auf dem Friedhof noch eine weitere Bestätigung brauchte, dann bekam ich sie hier. Ich kannte diese Wunden. Ich hatte die Waffe gesehen, mit der sie einem Opfer zugefügt worden waren. Ich blätterte zu den vermissten Personen zurück und sah mir das Datum an.

»Sie wurde erst eine Woche später als vermisst gemeldet«, stellte ich fest.

»Stimmt. Der Ehemann war nicht in der Stadt, keine Kinder. Die Letzten, die sie gesehen haben, waren ihre Kollegen.«

»Alibi?«

»Finnland.«

Ich nickte, schloss die Morrow-Akte und tippte auf den Ordner daneben mit dem Namen Carrie Elaine Burnett. Der Reality-TV-Star. Ich überflog die Akte, die ähnlich aufgebaut war: Hintergrund, zuletzt gesehen, Obduktion. Ich wusste, dass diese drei Akten die gleichen grausigen Schilderungen enthielten. Und die Spur für alle drei Opfer endete am selben Ort: Alle wurden zuletzt gesehen, wie sie nachts in einen Wagen stiegen, und ab da schienen sie wie vom Erdboden verschwunden zu sein. Bis ihre Leichen entdeckt wurden.

Doch bei Burnett gab es eine neue Falte im Muster, weil ihr letzter Kontakt per Telefon gewesen war, und zwar mit der Einsatzleitung vom südkalifornischen Pannendienst. Ich fragte Allen nach dem Anruf.

»Das stimmt. Um 22:17 Uhr in der Nacht des Zehnten. Ihr Wagen hatte eine Panne in Laurel Canyon, sie war sich nicht sicher, warum. Sie stimmte zu, dort auf den Abschleppwagen zu warten. Der Fahrer brauchte sechsunddreißig Minuten bis zur fraglichen Stelle. Als er eintraf, war weder von Burnett noch von ihrem Wagen etwas zu sehen. Aber daher wissen wir die ungefähre Zeit der Entführung – irgendwann zwischen 22:17 Uhr und 22:53 Uhr.«

»Das gibt Ihnen einen Hinweis auf die Vorgehensweise des Mörders. Er sucht Personen, die eine Panne haben, und bietet seine Hilfe an, dann verschwinden die Leute für immer.«

»Wie ein guter Samariter, nur nicht ganz so gut«, sagte Allen.

»Haben Sie mit dem Abschleppdienst gesprochen?«

Sie verdrehte die Augen. »Ob Sie's glauben oder nicht, Sie sind nicht der Erste, dem das einfällt. Sobald wir die Vorgehensweise erkannt hatten, stand das ganz oben auf unserer Liste. Wie sonst wäre er an sie herangekommen?«

»Tut mir leid. Ich habe nicht daran gezweifelt, dass Sie das getan haben.«

»Okay. Also ja, wir haben mit dem Fahrer gesprochen. Felsenfestes Alibi.«

»Felsenfest?«

»Besser gesagt digitalfest. Eine Kamera im Fahrerhaus bestätigt seinen Bericht. Er hat die ganze Nacht gearbeitet.«

Ich nickte und rückte nachdenklich vom Tisch fort. In normalen Entführungsfällen sucht die Polizei gewöhnlich nach jemandem, dem das Opfer vertraut – einem Bekannten oder jemandem mit Autorität. Das war in diesem Szenario nicht unbedingt der Fall. Wenn ein Wagen eine Panne hat, nimmt man gerne jegliche Art von Hilfe an. Crozier könnte jeder sein.

»Was ist mit der Letzten, dieser Boden?«, fragte ich. »Die gleiche Geschichte?«

»Das wissen wir nicht mit Sicherheit. Aber es gibt genügend Ähnlichkeiten, um es für wahrscheinlich zu halten. Sowohl Morrow als auch Boden wurden eindeutig entführt, während sie irgendwo mit dem Wagen unterwegs waren. Beide fuhren nachts und alleine, beide hielten sich mehr oder weniger in derselben Gegend auf. Bei Boden gibt es noch eine andere Sache: Wir haben die Aufnahme einer Überwachungskamera von der Tankstelle an dem Abend, als sie entführt wurde. Und wir glauben auch, dass noch jemand anderes auf der Aufnahme zu sehen ist.«

»Sie glauben?«

»Man sieht ihn nicht, nur seinen Schatten. Wir glauben, er hat versucht, in Bodens Wagen zu gelangen, aber der war abgeschlossen.«

Ich dachte darüber nach. »Weiß man, ob auch Boden und Morrow eine Panne hatten?«

»Keine Anrufe beim Pannendienst. Aber in beiden Fällen verschwand der Wagen zusammen mit den Opfern. Bisher konnten wir nur den Porsche ausfindig machen, den Boden fuhr, und das war ein glücklicher Durchbruch. Der Samariter hätte sich jemanden mit einem weniger begehrenswerten Wagen aussuchen sollen.«

»Waren sie Mitglieder?«

Allen lächelte. »Sie stellen die richtigen Fragen. Nein, keine war Mitglied im Automobilclub.«

»Könnten sie einen anderen Pannendienst oder eine Werkstatt angerufen haben? Oder egal wen oder was?«

»Morrows Ehemann sagte, sie habe ein Prepaid-Handy gehabt wie Sie. Kein Vertrag, daher wissen wir nicht, wen sie angerufen haben könnte. Bodens Telefon war bereits vorher ausgeschaltet worden. Könnte sein, dass sie es selbst getan hat oder, was wahrscheinlicher ist, dass der Akku leer war. Sie wissen ja, was Mobiltelefone heute an Saft benötigen.« Sie tippte auf ihr eigenes Telefon. »Das Ding hält die Ladung ungefähr so lange wie ein Wasserträger mit durchschossenem Eimer.«

Ich lächelte und blätterte in der Morrow-Akte durch die

Personendaten. Ich suchte nach etwas, auch wenn ich mir nicht sicher war, wonach. Dann hatte ich es. »Wo ist der Wagen?«

»Habe ich doch gesagt: Wir haben ihn nicht gefunden.«

»Nein, ich meine, hier steht nichts von ihrem Wagen. Was für einen Wagen fuhr sie?«

Allen sah ihn verwirrt an, unsicher darüber, warum dies wichtig sein sollte. »Einen blauen Honda Civic, eher nicht der Erinnerung wert. Warum?«

»Vielleicht ist es nichts«, antwortete ich. »Ich gehe dabei von der Vermutung aus, dass der Mörder sie in derselben Weise entführt hat wie Burnett und Boden.«

»Hilfe bei einer Panne anbieten?«

»Ja, und auch von der Vermutung, dass die Zeit zwischen Panne und Entführung ausreichte, um jemanden anzurufen.«

»Okay, aber da wir keinen ...«

»Sie hat weder den Automobilclub noch einen ihrer Freunde angerufen. Sofern ihr Mobiltelefon also noch Strom hatte, muss sie jemand anderen angerufen haben.«

Ich wartete eine Sekunde, bis Allen kapiert hatte. »Zum Beispiel ihre reguläre Werkstatt. Wenn sie geöffnet hatte.«

Ich nickte. »Genau. Wie gesagt, es könnte unbedeutend sein, aber es ist eine Überprüfung wert. In Anbetracht Ihrer Ressourcen glauben Sie ...?«

»... dass wir ihre Werkstatt mithilfe ihres Fahrzeugs ausfindig machen können?«, unterbrach mich Allen. »Klar, aber es geht schneller, wenn wir uns die Buchungen von ihrem Kreditkartenkonto im letzten Jahr ansehen. Wenn sie ihren Wagen in letzter Zeit zur Reparatur oder Inspektion gebracht hat, kriegen wir die Adresse.«

»Das zu überprüfen lohnt sich.«

Allen erhob sich. »Bin gleich wieder zurück.« Auf halbem

Weg zur Tür drehte sie sich um und öffnete den Mund, um irgendeine Warnung von sich zu geben.

»Ist schon in Ordnung«, wimmelte ich ab. »Ich werde nirgendwohin gehen. Ich sehe mir den Rest des Zeugs an, solange Sie weg sind.«

Allen schloss die Tür hinter sich. Ich blätterte noch einmal durch die Fotos der Opfer. Morrow, Burnett, Boden. Die drei waren sich so ähnlich, dass sich der Mörder in dieser Serie an einen bestimmten Typ hielt, was aber bei den anderen, im ganzen Land begangenen Morden anders war. Ich öffnete die Zusammenfassung der Besprechung mit dem FBI-Verbindungsmann. Sie war kurz und auf den Punkt gebracht, führte offene und ungelöste Mordfälle und die Suche nach vermissten Personen in mehreren Staaten auf, mit denen der Samariter in Verbindung gebracht werden könnte. Alles in allem waren es dreiundsechzig Fälle in elf Staaten – eine Ein-Mann-Epidemie, die erst jetzt entdeckt worden war. Die beiden Fälle aus North Carolina, die ich gefunden hatte, waren auch aufgeführt, aber am Ende der Liste, ohne die chronologische Reihenfolge einzuhalten, was darauf hindeutete, dass sie erst kürzlich hinzugefügt wurden. Die Daten machten sie aber zu den ersten Gliedern in der langen Kette. Ich hatte guten Grund zu glauben, dass Sergeant Willis Peterson Patient Nummer eins dieser besonderen Epidemie gewesen war.

Allein aus der Zusammenfassung konnte ich erkennen, dass Crozier sehr vorsichtig gewesen war. Viele der Morde waren offiziell überhaupt keine Morde, sondern Vermisstenfälle, bei denen etwas ungereimt war. Selbst wenn das FBI auch nur die Hälfte dieser Fälle dem Samariter anlastete, hieß das, dass Leichen unentdeckt in flachen Gräbern irgendwo zwischen den Meeren vor sich hin rotteten. In den Fällen, in denen die Leichen gefunden worden waren, war dies so, weil der Mörder keinen Versuch unternommen hatte, sie zu verstecken, sondern sie in ihren Wohnungen oder in ihrer Arbeit oder an abgeschiedenen Orten im Freien zurückgelassen hatte. Die genaue Todesursache variierte, und ich überlegte, ob dies mit seinem praktischen Denken zu tun hatte, unentdeckt bleiben zu wollen. Vielleicht war die Vielfalt im Opferprofil dieselbe – zwei mit einer Klappe.

Doch in Los Angeles war bisher alles anders. Drei junge Frauen, alle weiß, alle brünett. Alle in derselben Weise entführt, gefoltert und getötet. Ich bezweifelte nicht, dass Crozier hinter diesen Morden steckte, doch ich fragte mich, ob die neue Methode etwas bedeutete.

Ich lehnte mich zurück und überlegte, wie lange Allen benötigen würde, um die Spur mit Morrows Werkstatt zu überprüfen. Was hatte sie noch über den Fahrer vom Abschleppdienst gesagt, der durchs Raster gefallen war? Nachdem ich mir die Sache noch einmal durch den Kopf hatte gehen lassen, kam ich zu dem Schluss, dass sie in einem Punkt unrecht hatte. Sie hatte gesagt, bei den Ermittlungen die Spur mit dem Fahrer vom Abschleppdienst zu verfolgen sei logisch gewesen, denn »wie sonst« wäre er an diese Frauen herangekommen? Ich dachte an das, was sie über die Tankstelle und den Schatten gesagt hatte, der aussah, als hätte jemand versucht, in den Wagen zu steigen. Ich wusste, es gab eine andere Möglichkeit.

44

Verdammt, Allen!

Nicht zum ersten Mal spürte Mazzucco das Bedürfnis, Lawrence den Antrag für einen neuen Partner vorzulegen. Er bekam den Frust nicht in den Griff, als er auf der Butler

Avenue zum Polizeirevier West L.A. fuhr. Zufällig sein altes Revier, bevor er Detective wurde. Er hatte die letzten beiden Stunden damit verbracht, einen Verdacht zu bestätigen, doch er hatte auch viel über seine Partnerin nachgedacht.

Allen. Er wusste, was sie tun würde. Wusste, dass sie Blake trotz seiner Warnungen mit ins Spiel brächte. Die Bestätigung, dass der Kerl tatsächlich über verwendbare Informationen verfügte, reichte ihr. Klar, Blake stellte eine verführerische Gelegenheit dar, die wie aus dem Nichts aufgetaucht war, aber genau deswegen mussten sie ihn mit Vorsicht genießen – ein Wort, das, so befürchtete Mazzucco, nicht zu Allens Vokabular gehörte. Er hatte es im Wagen an ihrem Blick gesehen, dass sie Blake anrufen würde. Fast glaubte er, dass sie nicht anders konnte, als Abkürzungen zu nehmen, um schnellere Fortschritte zu erzielen. So war sie, seit er sie kannte, und bestimmt auch schon vorher. Sie beide hatten nie explizit die Gerüchte über sie angesprochen, und bis jetzt war Mazzucco das recht gewesen. Soweit es ihn – wenn nicht auch alle seine Kollegen – betraf, war Allen vom ersten Tag an ein unbeschriebenes Blatt. Warum war sie also so erpicht darauf, diese leere Seite mit schwarzer Tinte zu besudeln?

Mazzucco war sich fast sicher, dass sie, während er drüben in West L.A. war, mit Blake gesprochen hatte und ihm dann die vollendete Tatsache präsentierte. Warum war er also dorthin gefahren? Federmeyer war ein offenes Kapitel, das geschlossen werden musste, aber die Sache hätte auch warten können. Hatte er es darauf angelegt? Hatte er gewollt, dass Allen zum Telefon griff und Blake anrief, und zwar allein, damit er, Mazzucco, die Verantwortung abgeben konnte? Er schob den Gedanken beiseite, als er sich seinem Ziel, dem zweistöckigen Gebäude, näherte. Solche Fragen waren schwierig zu beantworten, und sie ständig durchzukauen war unproduktiv.

Er klingelte, fuhr durchs Tor und stellte den Wagen ab. Wie es das Glück so wollte, saß der Mann, mit dem er sprechen musste, am Empfang. Federmeyer sah auf, als Mazzucco durch die Glastür trat. Nur kurz wirkte er überrascht, was er aber mit einem freundlichen Grinsen überdeckte.

»Mazzucco«, rief er. »Was bringt so ein hohes Tier wie dich hier runter? Dachte nicht, dass wir dich hier noch einmal sehen würden, nachdem du Detective geworden bist. Hast du schon den Schwarzen Mann geschnappt?«

Mazzucco zuckte unverbindlich mit den Schultern. »Ich kann immer einen Grund finden, um bei meiner alten Arbeit vorbeizuschauen.« Er hatte einen Grund oder eigentlich zwei. Er beschloss, den nicht strittigen zuerst zu nennen, andernfalls könnte er auf keine der beiden Fragen eine Antwort erhalten.

»Ich wollte ein paar Dinge mit dir durchgehen. Wegen des Ablageortes.«

»Schieß los«, forderte Federmeyer ihn auf. »Auch wenn du es besser weißt als ich. Wir hier haben ja immer den Traumjob – die Umgebung absichern. Das kennst du ja.«

Mazzucco überlegte, ob dies nur ein verräterisches Zeichen oder ein unschuldiger Kommentar war. Egal wie, er erwiderte darauf nichts.

»Wie kommt ihr eigentlich voran mit der Suche nach dem bösen Samariter?«, fragte Federmeyer. »Ich habe gesehen, dass das FBI seine Nase reingesteckt hat.«

»So übel ist das gar nicht«, erklärte Mazzucco. »Sie haben Kopfschmerzen wegen ein paar alter Fälle, die sich übers ganze Land verteilen, während wir uns auf die letzten konzentrieren. Alles in allem würde ich sagen, ich bin dankbar für ihre Hilfe.«

Federmeyer sah ihn wie vor den Kopf gestoßen an, als könne er nicht verstehen, warum Mazzucco sich vor einem kleinen Büroscharmützel scheute. »Schön und gut«, sagte er noch immer lächelnd, aber mit etwas kühlerer Stimme. »Was kann ich für dich tun, Detective?«

»Wie gesagt, ich wollte ein paar Dinge überprüfen. Die Art von Dingen, die jemand am Tatort wahrscheinlich bemerken würde. Zum Beispiel, ob du irgendwelche verdächtigen Fahrzeuge in der Gegend gesehen hast. Ich weiß, die Medien und Paparazzi und Gaffer waren da, aber gab es irgendwas Ungewöhnliches? War vielleicht dasselbe Fahrzeug mehr als einmal dort?«

Federmeyer zuckte mit den Schultern und schüttelte den Kopf. »Ich habe nichts gesehen. Meine Jungs auch nicht. Andernfalls hätte ich davon erfahren. Der Vater eines der Opfer tauchte ein paarmal auf, aber er hat direkt mit uns gesprochen.«

»Richard Boden?«

»Ja, Boden. Er war auch mal Polizist. SDPD. Anständiger Kerl, wenn du weißt, was ich meine. Hätte ihm gerne geholfen.«

»Hast du irgendwann einen dunkelblauen Chevrolet Malibu gesehen? Oder jemanden, der mit Boden sprach?«

Federmeyers Gesicht signalisierte, wie angestrengt er nachdachte. Er bemühte sich sehr, offen und behilflich zu wirken. Zu sehr. »Kann dir leider nicht helfen. Zwei Paparazzi kamen sehr nahe an Boden ran, um Fotos zu machen, aber er hat sie weggebissen. Danach hielten sie Abstand.«

»Okay«, sagte Mazzucco. »Noch mal kurz von vorne. Du hast gesagt, Boden sprach mit dir, und du wolltest ihm helfen.«

Federmeyer konnte sein Misstrauen nicht verbergen. »Das stimmt. Das habe ich doch gerade gesagt.«

»Hat dich sonst noch jemand angesprochen? Jemand, dem du auch helfen wolltest?«

Pause. »Um was geht's hier eigentlich?«

Mazzucco sah nach rechts und links. Ein paar Polizisten trieben sich hier herum, gingen zur Kaffeemaschine. Zwei böse dreinblickende Zivilisten saßen neben der Tür auf Plastikstühlen. Niemand in Hörweite. Er beugte sich vor und stützte sich mit beiden Händen auf dem Tresen ab.

»Ich weiß, dass du es warst, Federmeyer. Gezackte Wunden. Du wusstest, dass wir das zurückhalten, aber du hast es an Jennifer Quan von KABC verkauft.«

»Diese Nutte«, zischte Federmeyer leise. »Was ist mit dem Informantenschutz?«

»Was ist mit schwerem Vergehen im Amt, Federmeyer? Diese Information könnte die gesamte Ermittlung zunichtemachen.«

»Komm schon, Mazzucco«, wehrte sich Federmeyer mit etwas lauterer Stimme. »Wir kennen uns doch schon lange. Das ist doch keine große Sache.«

»Schon lange«, wiederholte er. »Du hast mich nie gemocht. Und ich glaube, geheime Informationen an die Presse weiterzugeben, welche die Ermittlungen in einem Mordfall gefährden könnten, ist eine große Sache.«

»Komm schon, Mazzucco.«

»*Detective* Mazzucco. Ja, es ist eine große Sache, wenn du mir meinen Fall vermasselst.« Er sah Federmeyer einen Moment schweigend ins Gesicht, um ihm zu zeigen, dass er es ernst meinte. »Ich werde es an Bannerman weitergeben.«

Er drehte sich um, um zu gehen, doch Federmeyer rief ihm hinterher: »Warum hängst du das nicht deiner Partnerin an, wenn du Schwierigkeiten hast, einen Verdächtigen zu finden?«

Mazzucco blieb wie erstarrt stehen, bis er sich umdrehte und langsam zu Federmeyer zurückging. Federmeyer erhob sich zu voller Höhe und schob sein Kinn vor. Mazzucco starrte ihn gute zwanzig Sekunden an. Lange genug, damit das Hintergrundgeschnatter vollständig erstarb und sich alle dem Streit am Empfang zuwandten.

»Nur damit du es weißt, Lieutenant«, sagte Mazzucco. »Quan hat dich nicht verraten. Das hast du selbst getan, du dämlicher Depp. Sie hatte alle Einzelheiten zu den Wunden und dem Spitznamen von derselben Quelle. Ich wusste, dass sie die Idee, ihn den Samariter zu nennen, von dir hatte, aber für den Rest brauchte ich von dir die Bestätigung. Ich denke, das würde man *Detective*-Arbeit nennen, hm?«

Mazzucco wartete nicht auf eine Antwort. Er drehte sich um und drückte die Tür mit einem lauten Schlag auf. Auf dem Weg zu seinem Wagen erhielt er eine SMS. Sie stammte von Allen.

Komm in 30 Min. zu uns ins Washington and Crenshaw.
Zu *uns*. Na toll.
Verdammt, Allen!

45

Allen brauchte nicht lange, bis sie die gesuchte Adresse aufgetrieben hatte. Rachel Morrow war in den vergangenen vierzehn Monaten dreimal in derselben Werkstatt gewesen. Diese bot einen Abschleppdienst an, sie lag innerhalb der Reichweite von Morrows wahrscheinlicher Strecke nach Hause in der Nacht ihres Verschwindens, und sie hatten unter der Woche bis Mitternacht geöffnet. Alle drei Kästchen konnten abgehakt werden.

Wir überlegten, vorher anzurufen, entschieden uns aber dagegen. Allen sagte, sie überrasche Leute gerne unangemeldet. Dann seien sie unvorbereitet, was in jedem Fall ein Vorteil war, damit sie keine Zeit hatten, nachzudenken und sich im Vorfeld schon Antworten auf die Fragen zu überlegen. Ich konnte Allen nur zustimmen.

Vierzig Minuten fuhr ich hinter ihrem Ford her, bis wir am Ziel waren. Der nervige Rhythmus aus Bremsen und Gasgeben kostete Zeit, doch es gelang mir locker, Allen nicht aus den Augen zu verlieren. Ich dachte über sie nach, während ich sie von hinten beobachtete, wie sie mich ab und zu im Rückspiegel beobachtete. Bevor wir aufgebrochen waren, hatte sie mir ein paar weitere Fragen über mich und meinen Hintergrund gestellt, denen ich ohne große Schwierigkeiten ausweichen konnte. Ich war angenehm überrascht über ihren Mangel an Neugier. Offenbar war sie, nachdem sie meine Referenzen überprüft hatte, im Moment an nichts Weiterem interessiert. Aus unserer kurzen Begegnung auf dem Dach des Parkhauses am Tag zuvor schloss ich, dass ihr Partner nicht so flexibel war.

Detective Mazzucco wartete bei heruntergelassener Scheibe in seinem grauen Ford vor der Werkstatt auf uns. Er erblickte uns, sobald wir um die Ecke bogen, und nickte zu sich selbst in grimmiger Bestätigung, als er meinen Wagen sah. Er stieg aus, als Allen direkt hinter ihm parkte. Ich parkte direkt hinter Allen und beschloss, Mazzucco nicht meine Hand zu reichen, als wir auf ihn zugingen. Er stand mit verschränkten Armen da, sah mich an und warf Allen einen Blick zu, der sagen sollte: *Wir unterhalten uns später.*

»Wie lief's mit deinem Vorhaben?«, fragte Allen, ohne auf die Tatsache Bezug zu nehmen, dass ich anwesend war.

»Ziemlich so wie erwartet. Das erzähle ich dir später. Sagst du mir vielleicht, warum wir hier sind?«

Allen sah die Straße entlang zur Werkstatt. Ein rot-weiß-blaues Schild, auf dem PATRIOT AUTO REPAIR stand. »Rachel Morrow hat hier immer ihren Wagen reparieren lassen. Wir denken, sie könnte sie in der Nacht, als sie verschwand, angerufen haben.«

Die Werkstatt erstreckte sich über einen großen Bereich. Es gab mehrere Buchten, von denen die meisten um diese Zeit mit Rolltoren verschlossen waren. Überall hingen Schilder, die für Autoservice, Karosseriearbeiten und die Tatsache warben, dass es hier einen Abschleppdienst gab. Am Ende der Buchten befand sich ein kleines Büro. Auf dieses gingen sie zu, Mazzucco drückte gegen die Glastür und hielt sie für mich und Allen auf. Der Schreibtisch war nicht besetzt. Beim Öffnen der Tür war ein elektronisches Glockenspiel aktiviert worden, und eine Minute später trat ein großer, glatzköpfiger Mann mit Brille und blauem Overall durch die Tür hinter dem Schreibtisch. Er durchschaute uns auf Anhieb: drei Leute in Businesskleidung und mit entschlossenem Gesichtsausdruck.

»Was kann ich für Sie tun?«, fragte er argwöhnisch, auch wenn er versuchte, entspannt zu klingen.

Mazzucco zeigte seine Dienstmarke und stellte sich und Allen vor. Mich ließ er außen vor, und der Mechaniker fragte nicht nach mir.

»Sind Sie der Leiter hier?«, fragte Mazzucco, nachdem der Mann das Zeigen der Dienstmarke mit einem kurzen Handwedeln beantwortet hatte.

»Richtig. Anthony Letta.«

»Mr Letta, haben Sie am Abend des 10. April hier gearbeitet? Es war ein Freitag.«

Er dachte kurz nach und nickte. »Ich habe freitags frei. Jedenfalls sollte das so sein. Ich kann gar nicht sagen, wie oft…«

»Wir sind an allen Aufzeichnungen für diesen Abend interessiert«, fiel Mazzucco ihm ins Wort. »Sagen wir zwischen zehn Uhr und Mitternacht. Vor allem, ob jemand angerufen hat, um abgeschleppt zu werden. Vielleicht hatte jemand eine Panne und blieb liegen.«

Letta zuckte mit den Schultern. »Das ist schon ein paar Tage her. Ich muss im Rechner nachsehen.«

Allen lächelte. »Wenn es Ihnen nichts ausmacht.«

Letta klickte mit der Maus, um den Bildschirmschoner verschwinden zu lassen, kratzte sich am Kinn, während er kurz nachdachte, und begann schließlich zu tippen. Das schaffte er nur langsam, weil er die Buchstaben suchen musste. Seine Stirn kräuselte sich, wenn er mit seinen dicken Fingern die falsche Taste erwischte und dann die Rücktaste suchte. Ich beobachtete währenddessen Allen und Mazzucco. Allen sah ihren Partner an, versuchte, seinen Blick zu erhaschen, den er allerdings stur auf Letta gerichtet hielt. Ich überlegte, irgendeine Bemerkung zu machen, um das unangenehme Schweigen zu brechen, entschied mich aber dagegen.

Eine Ewigkeit später hatte Letta ein Ergebnis. »Okay. 10. April?«

Allen nickte. »Zwischen zweiundzwanzig Uhr und Mitternacht.« Sie gab nicht allzu viele Einzelheiten preis, um ihn nicht zu Schlussfolgerungen oder Spekulationen zu verleiten. Nur die Fakten zählten.

»Schauen wir mal ... ja, wir mussten am 10. jemanden abschleppen. Daran waren Sie doch interessiert, oder? Oh, Moment mal ...« Er blinzelte über den Rand seiner Brille hinweg. »Nein, mussten wir nicht. Wir erhielten einen Anruf gegen zweiundzwanzig Uhr fünfundvierzig. Mein Fahrer machte sich auf den Weg, aber von dem Kunden war keine Spur zu sehen.«

»Auf welcher Straße?«, fragte Allen mit neutraler Stimme.

Wieder kniff Letta die Augen zusammen, um zu lesen. »Mulholland Drive.«

Allen und Mazzucco sahen sich an, dann warf sie mir einen aufgeregten Blick zu.

Letta bemerkte davon nichts. Er meinte wohl, einfach eine Niete gezogen zu haben. »So was passiert. Kunden rufen an, um sich abschleppen zu lassen, dann wird ihnen klar, dass ihnen nur das Benzin ausgegangen ist, oder der Motor startet plötzlich wieder, und sie hauen ab, ohne sich die Mühe zu machen, uns Bescheid zu geben.« Er schüttelte den Kopf.

Allen legte eine Hand auf den Rand des Bildschirms. »Mr Letta, kam der Anruf von einem Ihrer Stammkunden?«

Er machte ein verwirrtes Gesicht. »Ich müsste nachsehen, ob …«

»Wie hieß der Kunde?«

Er sah auf den Bildschirm. »Morrow.«

Allen nickte. »Danke. Können Sie uns jetzt noch sagen, wo sich ihr Mitarbeiter, der den Abschleppwagen fuhr, jetzt befindet.«

Alle drei erwarteten wir, dass Letta erklärte, er werde wieder den Rechner bemühen müssen, doch er schüttelte nur lächelnd den Kopf. »Das ist einfach. Der hat sich heute krankgemeldet, deswegen müssen Sie ihn zu Hause besuchen.«

46

Aus Erfahrung wusste ich, dass Geschäftsführer und -inhaber nur ungern die Privatadressen von Mitarbeitern herausgaben, auch an Polizisten, die sich ausgewiesen hatten. Letta bereitete uns aber kein Problem. Im Gegenteil, er war froh, uns alles zum Fahrer des Abschleppwagens geben zu können, was er hatte. Tomasz Gryski wollte er ohnehin loswerden. Er kam ständig zu spät, brauchte für seine Fahrten viel zu lang und war obendrein noch anmaßend. Letta hatte keine Ahnung, warum wir an Gryski interessiert waren, und er schien es auch nicht wissen zu wollen. Er sah die Sache offenbar eher als Erleichterung, um etwas gegen Gryski in der Hand zu haben, wenn es um dessen Entlassung ging.

»Gryski«, wiederholte Allen, die die Schreibweise zweimal überprüfte. »Klingt polnisch.«

»Scheint so.« Letta war dies offenbar bisher nicht aufgefallen. »Er spricht aber ohne Akzent.«

»Wie sieht er aus?«, fragte ich. Mazzucco warf mir einen strengen Blick zu, sagte aber nichts.

»Groß, etwa so wie Sie, denke ich. Dunkles Haar, braun gebrannt. Gut in Form.«

»Arbeitet er schon lange hier?«, fragte Allen.

Tat er nicht. Etwa seit einem Monat, und nein, Letta hatte sich die Zeugnisse nicht genauer angesehen. Es arbeiteten ständig zwischen zwanzig und dreißig Fahrer hier, und abgesehen von einem Kern aus wenigen Langzeitbeschäftigten herrschte eine hohe Fluktuation. Gryskis Arbeitsmoral und allgemeine Einstellung bedeuteten, dass er den Betrieb eher früher als später verlassen würde. Letta versorgte uns mit einem Ausdruck von Gryskis eingescanntem Meldebogen, auf dem die aktuelle Adresse in Arlington Heights, das Geburtsdatum, die vorherigen Arbeitgeber und die Sozialversicherungsnummer vermerkt waren. Sein letzter Arbeitgeber war laut Angaben eine Tankstelle nicht weit von Patriot Auto Repairs.

Mazzucco hatte noch eine letzte Frage – erhielt Patriot Aufträge vom Automobilclub? Wenn ja, hieß das, dass dieselbe Person Zugang zu den Daten sowohl zur Panne von

Morrow als auch Burnett gehabt hatte und vielleicht auch vor dem Abschleppwagen des Automobilclubs am Pannenort gewesen sein konnte. Wieder machte Letta ein verwirrtes Gesicht. »Das stimmt. Manchmal schanzen sie uns Aufträge zu.«

Wir dankten ihm und machten uns sogleich auf den Weg zu der Adresse in Arlington Heights. Bevor wir losfuhren, ließ Mazzucco die Sozialversicherungsnummer überprüfen – und sie stellte sich als gefälscht heraus. Das hieß natürlich nicht unbedingt, dass Tommy Gryski der Samariter war, sondern erst mal nur, dass er etwas zu verbergen hatte.

Wir fuhren mit drei Wagen Richtung Westen: an der Spitze Mazzucco, dann Allen, am Schluss ich. Die Sonne ging vor uns über dem Meer unter, und ihre vom Smog reflektierten Strahlen erzeugten Los Angeles' eigene Version des Polarlichts.

Der ausgedruckte Meldebogen lag auf dem Beifahrersitz neben mir, und immer wenn der Verkehr stockte, nutzte ich die Gelegenheit, ihn zu überfliegen. Es gab natürlich kein Foto, doch laut Geburtsdatum konnte Gryski als Crozier durchgehen. Das Gleiche galt für Lettas Beschreibung. Das hieß nicht, dass er Crozier war, aber es hieß auch nicht das Gegenteil. Ich nahm mein Telefon heraus und überprüfte im Internet die Postleitzahl in Arlington Heights. Es handelte sich um einen Wohnkomplex mit einer Menge zu vermietender Zimmer und wahrscheinlich einer hohen Fluktuation. Ich fragte mich, ob wir dort irgendwas finden würden. Wenn die Sozialversicherungsnummer eine Erfindung war, könnte es die Adresse genauso gut sein. Ich rief einen Stadtplan auf und wechselte in die Satellitenansicht der Adresse. In der vergrößerten Ansicht verschaffte ich mir einen Überblick über die Gegend.

Der Wohnkomplex lag auf dem West Adams Boulevard.

Die Sonne war bereits untergegangen, als wir eintrafen, und die Straßenlaternen tauchten die Umgebung in gelbes Licht. Das Gras vor dem heruntergekommenen Gebäude war verdorrt, über den Brüstungen hing Wäsche zum Trocknen. Mazzucco hatte Glück mit den Ampeln gehabt und war vor uns dort. Er wartete im Wagen auf uns. Allen und ich parkten direkt hinter ihm und stiegen aus. In der Nähe bellten Hunde, als sie uns hörten.

»Blake«, sagte Mazzucco, der mich, seit wir die Werkstatt verlassen hatten, zum ersten Mal wenigstens widerwillig ansah. »Wir hätten gerne, dass Sie hier warten. Wir haben schon genügend Regeln gebrochen, weil Sie dabei waren, als wir mit dem Werkstattleiter gesprochen haben, aber es geht nicht, dass Sie dabei sind, wenn wir einen Verdächtigen besuchen. Ich bin sicher, das verstehen Sie.«

Allen sagte nichts, sondern sah mich nur entschuldigend an. Ihr war klar, dass jetzt nicht die Zeit war, weitere Grenzen bei ihrem Partner zu überschreiten. Das verstand ich natürlich. Es entsprach genau dem, was ich von Mazzucco erwartet hatte.

»Kein Problem«, erwiderte ich. »Ich warte im Wagen.«

»Ich erwarte nicht, dass wir Probleme bekommen«, erklärte Allen. »Wenn der Kerl tatsächlich was mit den Entführungen zu tun hat – was weit hergeholt ist –, ist das hier sicher auch nicht die richtige Adresse. Wahrscheinlich werden wir irgendeine alte Dame wecken.«

Ich nickte, weil ich ihre Logik nachvollziehen konnte. »Aber zumindest heißt das, wir haben einen Ort, an dem wir anfangen können, nach ihm zu suchen. Und wenn er nichts mit der Sache zu tun hat, könnte er in der Nacht, als er losfuhr, um Morrow abzuschleppen, etwas Wichtiges gesehen haben.«

Allen hielt ihren Blick einen Moment länger auf mich gerichtet als Mazzucco, als sie sich umdrehten. Ich stieg wieder in meinen Wagen, als die beiden das Gebäude betraten und den Knopf für den Fahrstuhl drückten. Gryskis Wohnung – sofern es wirklich seine Wohnung war – lag im zweiten Stock. Ich wartete, bis sich die Türen geschlossen hatten, dann stieg ich aus und ging den schmalen Weg entlang, der seitlich zur Rückseite des Hauses führte.

47

Allen klopfte auf die linke Seite ihrer Jacke, als sich die Fahrstuhltüren schlossen. Sie wollte sichergehen, dass ihre Beretta noch dort steckte für den Fall, dass sie sie brauchte. Das Gebäude war alt, und dazu passte der klapprige, langsame Fahrstuhl. Allen sah zu Mazzucco, der die Stockwerksanzeige beobachtete.

»Tut mir leid, okay?«

»Nein, tut es dir nicht.«

»Er kann uns helfen. Er ist echt gut – schau dir doch nur die North-Carolina-Sache an. Den Fall hätten die bis jetzt noch nicht entdeckt.«

»Wie gesagt, das ist genau das, was mir Sorgen bereitet.«

»Und das jetzt hier war eine gute Spur. Wir wären nicht hier, wenn ...«

»Die Spur könnte auch ins Leere führen. Selbst wenn dieser Gryski von Morrows Panne wusste, gibt es keine Möglichkeit, ihn mit der Entführung dieser Boden in Verbindung zu bringen, weil sie keine Möglichkeit hatte zu telefonieren. Es gibt hundert Gründe, warum Menschen ihre Arbeitgeber anlügen. Abgesehen davon hätten wir ihn früher oder später auch selbst gefunden.«

Allen schwieg, damit sich die Wogen von allein glätteten. Es schien zu funktionieren. Nach einer Weile seufzte Mazzucco. »Ich habe die undichte Stelle gefunden. Ed Federmeyer vom Revier West.«

»Dein früherer Kollege?«

Mazzucco nickte. »Genau der. Und es ist echt mein Fehler. Ich hätte wissen müssen, dass ich nichts sagen darf, solange er in der Nähe ist.«

Allen war froh. Mazzuccos Themawechsel bedeutete, dass er vielleicht bereit war, wenigstens im Moment einen Schlussstrich unter die Angelegenheit zu setzen, dass sie die Entscheidung, Blake miteinzubeziehen, allein getroffen hatte. Sie kannte ihn bereits so gut, um zu wissen, dass er eine Sache nicht so einfach durchgehen ließ, wenn er echt sauer war.

»Dieses dämliche Dreckschwein«, sagte sie rasch. »Hast du mit ihm gesprochen?«

»Ja, hab ihm gesagt, ich würde es seinem Vorgesetzten melden.«

Allen hob eine Augenbraue.

»Hast du ein Problem damit, Allen?«

»Nein, kein Problem.«

Wieder seufzte Mazzucco. »Er wird mit einer Verwarnung oder so einem Quatsch davonkommen.«

Ein Pling ertönte, als der Fahrstuhl hielt und die Türen zur Seite glitten.

»Es ist Wohnung 3E, oder?«, fragte sie, als sie auf den Flur trat.

Mazzucco antwortete nicht. Er stieß sie nur in den Fahrstuhl zurück, als jemand am anderen Ende des Flurs mit ohrenbetäubendem Lärm das Feuer auf sie eröffnete.

48

Ich sah das Mündungsfeuer auf dem Balkon im zweiten Stock, bevor ich die Schüsse hörte. Allen und Mazzucco würden nicht die Zeit gehabt haben, um es bis zur Wohnung zu schaffen, daher sah es nach einem Präventivangriff aus. Und damit waren alle Zweifel ausgeräumt, dass Gryski etwas zu verbergen hatte.

Ich zählte fünf Schüsse, als ich bereits auf halbem Weg zur Feuerleiter war, die ich auf den Satellitenbildern gesehen hatte, und huschte geduckt das letzte Stück weiter. Um das Gebäude herum befanden sich vor allem Parkplätze, freie Flächen, die von Betonpfeilern unterbrochen wurden. Auf beiden Seiten der Fläche zwischen diesem Haus und den Nachbargebäuden standen Bananenstauden, die mit ihren breiten, gummiartigen Blättern das Licht der Straßenlaternen abschirmten. Ich drückte mich gegen die dem Gebäude abgewandte Seite der Säule, die der Feuerleiter am nächsten war, und wartete, fluchte aber, weil ich keine Waffe hatte mitnehmen dürfen. Über mir hörte ich Schritte auf dem Beton und rasches Atmen, dann rief Allen eine Warnung. Die Schritte hielten einen Moment inne, dann wurde ein Schuss aus der Nähe abgegeben, gefolgt von zwei Schüssen von weiter oben. Betonsplitter und Staub wirbelten auf, wo sich ein Schuss am Fuß der Feuerleiter in den Boden bohrte. Und schließlich polterte ein großer Mann die letzten drei Stufen herunter.

Ich war bereit, koordinierte meinen Sprung so, dass ich ihn genau in der Körpermitte traf und zu Boden warf. Ich landete auf seinem Rücken, als er mit dem Gesicht nach unten fiel und die Waffe nach hinten drehte, doch ich packte ihn am Handgelenk und versuchte, ihm mit meiner anderen Hand die Waffe aus seinen Fingern zu ziehen. Ich versuchte, sein Gesicht zu erkennen, doch es war zu dunkel.

Während ich noch an der Waffe zerrte, wurde ich plötzlich von etwas Großem, Dunklem umgehauen. Es war ein Hund. Ein großer Hund, wahrscheinlich ein Pitbull. Ich rollte durchs Gras, um seinen Zähnen zu entkommen, was Gryski nutzte, um zu fliehen. Dies ließ ihn für den Hund zu meinem Glück als bessere Beute erscheinen, und er rannte ihm hinterher.

»Sind Sie in Ordnung?«, fragte Allen plötzlich neben mir mit gezogener Waffe. Ich drehte mich um und sah, wie Mazzucco ihr die Treppe herunter folgte.

Ich nickte. »Und Sie?«

»Ja, aber es war knapp.«

Zu dritt verfolgten wir Gryski. Er war den Seitenweg Richtung Straße gerannt. Der Hund riss an seinem Hosenbein, wurde aber von einem Schuss aus nächster Nähe in seinen Schädel aus Gryskis Waffe erledigt. Allen rief ihm hinterher, sie werde schießen, was aber eine leere Drohung war. Sie konnte nicht blind in Richtung einer belebten Straße schießen. Ich weiß nicht, ob sie daran dachte, Gryski jedenfalls nahm sich die Warnung nicht zu Herzen. Wir rannten an dem toten Hund vorbei, als Gryski bereits die Straße erreichte. Meine Erinnerung an die nach meinem Gesicht schnappenden Zähne machten es mir schwer, wenigstens ein bisschen Mitleid für den Hund aufzubringen.

Gryski rannte quer über die Straße. Ein dunkler Geländewagen musste auf die Gegenspur ausweichen, um ihn nicht zu überfahren. Von Hupen begleitet erreichte Gryski die andere Straßenseite und verschwand in einer Seitengasse. Bremsen quietschten, Blech prallte auf Blech, als der Geländewagen einen Bus auf der anderen Straßenseite rammte.

»Scheiße!«, schrie Mazzucco, als wir die Straße überquerten. »Renn weiter«, rief er zu Allen, während er selbst den Weg zur Fahrerseite des Geländewagens einschlug, wo eine Frau mit abartig abgewinkeltem Kopf an der Scheibe lehnte.

Allen und ich rannten weiter und in die Gasse hinein. Sie mündete auf einen Hof, der von mehreren Wohnhäusern umgeben war. Geradeaus und links befand sich jeweils ein weiterer Zugang. Welchen hatte Gryski genommen? Allen wies mir wortlos den linken, näher gelegenen Zugang zu.

Ich rannte durch den gewölbten Tunnel, der unter die Häuser hindurchführte, bis ich zu einer Hauptstraße kam. Ich schaute nach links und rechts, sah aber nur Autos, keine Fußgänger, was die Aufgabe leichter machte. Auf der anderen Straßenseite befand sich ebenfalls eine Häuserreihe, dazwischen wieder eine Gasse. Ich überquerte bereits die Straße, als ich Allen in der Ferne hörte, wie sie irgendwelche Anweisungen rief. Sie befahl jemandem, etwas fallen zu lassen. Ich kehrte auf dem Absatz um und rannte den Weg zurück, den ich gekommen war. Als ich den Hof wieder erreicht hatte, hörte ich zwei rasch hintereinander abgegebene Schüsse aus dem Tunnel gegenüber. Dies war mein neues Ziel.

»Es ist okay«, rief Allen. »Sauber.«

Am Ende des Tunnels erreichte ich eine weitere Gasse. Gryski saß zusammengekauert in einer Ecke, den Kopf gesenkt, die linke Hand umklammerte eine Wunde am rechten Arm. Seine Waffe lag auf dem Boden.

»Er hat zuerst geschossen«, sagte Allen, ging ein paar Schritte auf Gryski zu und kickte die Waffe von ihm fort. Sie wirkte leicht geschockt, aber ich wusste, das würde nicht lange andauern.

Ich kniete neben Gryski, der mit funkelnden Augen zu mir aufblickte.

»Pieprzy twoj matk!«

Ich ging auf seinen Vorschlag nicht ein – meine Mutter ist sowieso nicht mehr aufzufinden –, sondern sah mir sein Gesicht eingehend an. Pockennarben, Hakennase, buschige Augenbrauen. Eindeutig nicht Dean Crozier. Eindeutig nicht der Samariter.

49

»Was hat er gesagt?«, wollte Allen wissen, während Blake die Wunde des Verdächtigen untersuchte.

»Nichts Wichtiges.« Blake sah zu ihr auf. Er wirkte aufgebracht, als hätte er nicht das vorgefunden, was er erwartet hatte. Allen war immer noch optimistisch. Wenn Gryski der Samariter war, würden sie die Beweise in seiner Wohnung finden.

»Ich weiß, dass du Englisch sprichst«, sagte Blake zu Gryski. »Warum bist du weggelaufen?«

Gryski drehte sein Gesicht fort. »Ich will einen Anwalt.«

Blake schüttelte den Kopf und erhob sich. »Sind Sie verletzt?«, fragte er und ließ seinen Blick über Allen gleiten.

»Alles in Ordnung. Vermutlich dachte er, es wäre sicherer, mich zu erschießen, als schneller zu rennen als ich.« Sie deutete auf Gryskis linkes Bein. Seine Jeans war zerrissen und voller Blut. Sah aus, als hätte der Hund ein gutes Stück Fleisch erwischt. Als Allen aus dem Tunnel aufgetaucht war, hatte er auf sie gewartet und das Feuer eröffnet. Das zweite Mal, dass er in kurzer Zeit versucht hatte, einen Polizisten zu töten, was ihm zum Glück nicht gelungen war. Allen war froh, dass sie ihn nicht hatte töten müssen, wenn auch nur weil ihr damit noch die Gelegenheit zu einem Verhör blieb.

»Sein Fehler«, sagte Blake.

Er erhob sich und ging umher, ohne auf die weiteren Beleidigungen auf Polnisch und Englisch zu achten, während Allen die Schießerei meldete. Wie sie erwartet hatte, wurde sie angewiesen, dort zu bleiben. Man werde umgehend ein paar Kollegen hinschicken. Sie sah durch den Tunnel und fragte sich, wo Mazzucco so lange steckte. Mit Sicherheit hatte er den Straßenunfall bereits den Sanitätern überlassen. Es waren seitdem einige Minuten vergangen.

»Ich muss hier warten«, sagte sie zu Blake. »Sie sollten gehen und die Wohnung zusammen mit Mazzucco überprüfen. Vielleicht ...«

Blake schüttelte den Kopf und zog Allen ein Stück von Gryski fort. »Ich glaube nicht, dass er derjenige ist, den wir suchen«, sagte er mit leiser Stimme.

»Woher ...« Allen unterbrach ihre Frage, als sich hinter ihnen Schritte näherten. Mazzucco kam mit wütendem Gesicht auf sie zu, das Telefon in der rechten Hand.

Er ließ seinen Blick über den Tatort gleiten, dann sah er zu Allen, ob sie verletzt war, und schließlich zu Blake. »Bitte sagen Sie, dass Sie es nicht waren.«

»Ich war's«, sagte Allen. »Er hat zuerst geschossen.«

»Jesus Maria.« Mazzucco stieß erleichtert die Luft aus. »Zumindest das ist eine gute Nachricht.«

»Was meinen Sie damit?«, wollte Blake wissen.

»Ich wurde gerade von Lawrence angerufen. Man fand einen verlassenen Wagen in der Innenstadt. Mit Blut auf den Sitzen.«

Allen brauchte einen Moment, bis sie kapierte, was ihr Partner meinte. »Burnetts Wagen? Oder der von Morrow?«

»Weder noch. Es ist heute Abend passiert.«

50

Die Uniformierten und der Krankenwagen brauchten nicht lange, bis sie auftauchten und sich um Gryski kümmerten. Die Sanitäter behandelten seine Schulter, während die Polizisten die Aussagen von Allen und Mazzucco aufnahmen. Die Abfolge der Ereignisse war leicht wiederzugeben und zu bestätigen. Allen und Mazzucco führten die Beamten zum Flur in Gryskis Wohnhaus. Allen wurde von den Beamten erst einmal entlastet, doch die Interne Ermittlung werde mit ihr am Morgen sprechen müssen, was für eine Schießerei mit Polizistenbeteiligung normal war, doch in Anbetracht der Umstände gingen sie davon aus, dass es sich um eine reine Formsache handelte. Die Sanitäter brachten Gryski ins Krankenhaus, wo ihm die Polizisten seine Rechte vorlasen und ihn fragten, wer er war und warum er fortgerannt war.

Wir wollten uns gerade auf den Weg zu dem verlassenen Fahrzeug machen, als Allen einen Anruf erhielt, der die Fahrt dorthin überflüssig machte: Die Leiche der Fahrzeughalterin war in einer Gasse nicht weit von ihrem mit Blut befleckten Wagen gefunden worden.

Vierzig Minuten später hatten wir den Tatort des letzten Samariter-Mordes erreicht, eine nichtssagende Gasse zwischen zwei Gebäuden ein paar Blocks vom Staples Center entfernt. Die üblichen Mitspieler waren rasch eingetroffen und erledigten ihre jeweiligen Aufgaben. Auch das FBI mischte kräftig mit. Uniformierte LAPD-Beamte hatten die Gasse von beiden Seiten abgesperrt. Die Vertreter der üblichen Medien und die Paparazzi kämpften um die beste Position. Ihre Kollegen kreisten in mindestens zwei Hubschraubern über uns. Dank des Tempos der Medien im einundzwanzigsten

Jahrhundert fand ich den – bisher noch unbestätigten – Namen des Opfers noch vor Allen oder Mazzucco heraus, indem ich die örtlichen Nachrichtenseiten aufrief. Der Wagen war in der Valencia Street gefunden worden, einer Nebenstraße zwischen West Pico und Venice Boulevards. Ein Jogger hatte ein geparktes Fahrzeug gemeldet, bei dem die Tür offen stand. Dank der Innenbeleuchtung sah er die Flecken auf dem Polster. Das LAPD hatte den Fundort schnell abgeriegelt, war aber nicht in der Lage gewesen zu verhindern, dass das Nummernschild von Teleobjektiven aufgenommen und nach einer illegalen Überprüfung einer gewissen Alejandra Castillo, einer Angestellten aus Silver Lake, zugeordnet wurde.

Wir wurden von einem der Uniformierten an der Absperrung vorbei in die Gasse geführt. Dreißig Meter weiter drängten sich Menschen um die Leiche. Es gab für mich keine Überraschungen mehr angesichts dessen, was ich bereits wusste. Das Opfer war eine junge Latina. Sie trug einen dunklen Rock und eine weiße Bluse – Arbeitskleidung, denn sie war anscheinend auf dem Weg vom Büro nach Hause gewesen. Sie saß auf dem Boden, angelehnt gegen eine Hauswand, als schliefe sie oder wäre betrunken. Was aber niemand auch nur beiläufig so gedeutet hätte.

Ihre Bluse vorne war von oben bis unten mit Blut durchtränkt, ihr Kopf nach vorne gekippt. Es ließ sich zwar nicht mit Sicherheit sagen, aber ansonsten gab es wohl keine weiteren Auffälligkeiten. Das Blut hatte sich auf dem Boden gesammelt, was hieß, dass es sich hier nicht nur um den Ablageort, sondern um den Haupttatort handelte. Ich zählte die Unterschiede – bereits auf den ersten Blick waren drei Abweichungen zu erkennen.

Allen und ich hielten uns am Rand der kleinen Menschenansammlung zurück und ließen Mazzucco den Vortritt. Er sah unter das Kinn der Toten, nickte und drehte sich zu einem der FBI-Forensiker. »Dumme Frage, aber die vorläufige Todesursache?«

»Wetten werden keine mehr angenommen, Detective. Verblutung durch Verletzung der Halsschlagader. Sieht nach einem einzelnen Schnitt von links nach rechts aus. Der Täter stand wahrscheinlich hinter dem Opfer, oder er ist Linkshänder. Das werden wir demnächst herausgefunden haben.«

»Anzeichen von Folter? Würgemale oder dergleichen?«

»Bisher nicht, aber Sie kennen den Ablauf: warten, bis die Obduktion abgeschlossen ist.«

Mazzucco dankte ihm und sah zu uns beiden herauf. Ich ließ Allen zuerst sprechen. »Das ist mir alles unbekannt«, sagte sie.

»Woran denken Sie?«, fragte ich, auch wenn mir das mehr oder weniger klar war.

»Das Opfer ist bekleidet, wurde am Tatort zurückgelassen, statt woanders hingebracht und vergraben. Ein himmelweiter Unterschied zu den anderen drei Fällen.«

»Das stimmt«, sagte ich. »Aber die Gemeinsamkeiten der drei Opfer in den Hügeln ist die Ausnahme. Denken Sie an das nationale Gesamtbild.«

Mazzucco richtete sich auf und wischte sich den Dreck von den Knien seines Anzugs. »Die gezackten Kanten sehen gleich aus«, erklärte er. »Sieh es dir selbst an.«

Allen beugte sich nach unten und untersuchte die tödliche Wunde aus der Nähe, bevor sie zur Bestätigung wieder zu Mazzucco und dann zu mir aufblickte. »Ich denke, das war unser Typ.«

»Das denke ich auch«, sagte ich.

»Also gut, er ist es.«

Gleichzeitig drehten wir uns um, als jemand diese Worte

sagte. Ein großer Agent in geschniegeltem Anzug stand hinter uns.

»Channing«, grüßte Allen ihn.

Der Mann nickte zu Allen und Mazzucco, bevor er mich ansah und darauf wartete, dass ich ihm vorgestellt wurde. Er würde wohl noch eine Weile warten müssen, was meine beiden Begleiter betraf, daher streckte ich meine Hand in seine Richtung.

»Carter Blake.«

»Special Agent Channing«, stellte er sich vor und schüttelte sie, sah aber zu Allen. Damit ersparte er sich die Frage, wer ich war.

»Mr Blake unterstützt uns bei den Ermittlungen«, erklärte Allen. »Als unabhängiger Berater.«

Channing schien die Worte zu überdenken. Sein Blick zuckte von Allen über Mazzucco zu mir. Dann hob er die Schultern. »Je mehr, desto besser.« Er tat, als könnte er sich mit mir abfinden, konnte es aber nicht. Er war nur etwas geschliffener als jemand wie dieser McCall, den ich bereits kennengelernt hatte.

»Wie läuft's mit Ihrem Fall, Channing?« Mazzucco betonte das »Ihrem« etwas mehr. Ich fragte mich, ob Agent Channing es bemerken würde. Er tat es.

»Es geht immer um denselben Fall, wie Sie wissen, Detective.« Er lächelte. »Mit ziemlicher Sicherheit haben wir zwei weitere Morde entdeckt, die vor acht Monaten vom Samariter begangen wurden, in einer kleinen Stadt ganz in der Nähe von Minneapolis.« Channing sah sich um, als wolle er nicht, dass sonst noch jemand zuhörte, und beugte sich näher zu Mazzucco vor. »Aber das ist noch nicht alles. Es gibt eine mögliche Überlebende, mit der wir gerade sprechen.«

Allen unterbrach ihren Versuch, Desinteresse zu heucheln. »Eine Überlebende?«

Channing nickte. »Eine Prostituierte. Stieg mit einem Freier in einen Wagen, fühlte sich bedroht, als er die Türen verriegelte, und kletterte durchs Fenster nach draußen, als sie einen Streifenwagen sah. Das Datum des Vorfalls liegt genau in dem Zeitraum, in dem sich der Samariter dort aufgehalten hatte.«

»Können wir mit ihr sprechen?«

»Klar«, antwortete Channing. »Ich halte Sie auf dem Laufenden.«

Allen wollte schon protestieren, doch Channings Telefon klingelte. Er wandte sich von uns ab.

»Ich denke, wir werden mit dieser Überlebenden nie sprechen«, flüsterte Mazzucco.

Allen schüttelte den Kopf. »Natürlich nicht. Aber ich denke, wir erhalten die Einzelheiten aus zweiter Hand. In der Zwischenzeit gibt's hier genug zu tun, damit uns nicht langweilig wird.« Sie sah zum Opfer.

»Gleiche Tatwaffen, aber keine Folter und kein Versuch, die Leiche verschwinden zu lassen«, fasste Mazzucco zusammen. »Warum diese Änderung in der Vorgehensweise? Bisher hat sie doch für ihn funktioniert.«

»Haben Sie je von dem Beobachtereffekt gehört?«, fragte ich.

Mazzucco sah mich an, als hätte er vergessen, dass ich da war. »Klar«, antwortete er vorsichtig. »Indem man etwas beobachtet, verändert man es.«

»Genau. Sie fanden die Ablagestelle; Sie entdeckten die anderen Morde. Er weiß, er wird beobachtet, und deswegen ändert er sein Verhalten.«

Allen trat ein paar Schritte von der Leiche zurück und rieb sich die rechte Schläfe. »Die Änderung hat aber nichts Gutes bewirkt.«

Ich sah zur schmächtigen, reglosen Gestalt, die noch vor kurzem ein atmender, lebender Mensch gewesen war – ein Mensch, der gestorben war, weil jemand ein Zeichen setzen wollte.

»Ich denke, er will uns eine Botschaft schicken«, sagte Mazzucco nach einer Pause. »Er hat keine Angst weiterzumachen. Er wird sich vor uns nicht verstecken.«

»Botschaft angekommen«, pflichtete Allen bei.

»Aber dieser Mord sagt uns auch andere Dinge«, hielt ich dagegen. »Vielleicht sagt er uns mehr, als der Samariter uns verraten will.«

51

Zuerst konnte der Samariter seinen Augen nicht trauen.

Es war ein kleines Risiko, in die Gasse zurückzukehren, nachdem die Polizei eingetroffen war, doch nur ein kleines. So etwas hatte er vorher schon mal getan. In einer großen Stadt wie dieser, in der nach einer Gewalttat viele Gaffer wie Motten vom Licht angezogen wurden, gab es ausreichend Deckung. Ihn unterschied nichts von den anderen Menschen. Er passte sich perfekt an. Selbst wenn ihn einer der Polizisten in einem Moment göttlicher Eingebung anlaberte oder durchsuchte, gäbe es nichts, was ihn mit der Frau in der Gasse in Verbindung brachte. Er war mit dem Blut nicht in Berührung gekommen, als er der Frau die Kehle durchgeschnitten hatte. Er war geübt darin, und er wusste, wie man bei Bedarf dem Blutstrom entgehen musste.

Das Einzige, was er bei sich trug und Fragen aufwerfen konnte, war ein magnetischer Sender in seiner Tasche. Es wäre leicht, ihn, falls nötig, einfach irgendwo fallen zu lassen, außerdem war er so klein und unauffällig, dass er auch als Parkhausmünze hätte durchgehen können.

Er war absichtlich erst hergekommen, nachdem die Polizei den Tatort abgeriegelt hatte, damit er sich unter die Gaffer mischen und die Polizei aus sicherer Entfernung beobachten konnte. Er hatte sich für ein paar zufriedenstellende Minuten das Kommen und Gehen der Polizei und des FBI angesehen, den Spekulationen der Medienleute und den anderen Neugierigen um sich herum zugehört. Gerade als er hatte gehen wollen, war ein grauer Ford mit rasanter Geschwindigkeit um die Ecke gebogen und hatte nicht unweit von den Zuschauern geparkt. Er war nicht überrascht, als die beiden Detectives ausstiegen, Allen und Mazzucco, denen die Leitung des Falls übergeben worden war. Doch dann hatte hinter ihnen ein blauer Chevrolet gehalten, eindeutig kein Polizeifahrzeug. Dennoch hatten Mazzucco und Allen gewartet, bis der Fahrer ausgestiegen war. An der Absperrung hatte etwas Chaos geherrscht, als sich ein Polizist den Medienleuten genähert hatte. Einige hatten Fragen gerufen, die der Samariter aber kaum hören konnte. Die Fahrertür des blauen Chevrolet wurde geöffnet, und ein Mann in dunklem Anzug stieg aus.

Er war ein paar Jahre älter, und sein Aussehen hatte sich geändert, doch der Samariter erkannte ihn auf Anhieb. Es lag an der Art, wie er sich bewegte, wie er seinen prüfenden Blick über die Straße gleiten ließ. Der Mann im Anzug nickte zu Allen, dann überflog er die Menge – eine Vorsichtsmaßnahme, die ihm in Fleisch und Blut übergegangen war. Der Samariter hielt eine Hand vor sein Gesicht, als wolle er sich kratzen, und wandte sich zur Gasse in dieselbe Richtung wie der Rest der Menge, doch aus dem Augenwinkel heraus beobachtete er die drei Neuankömmlinge.

Er. Was tat *er* hier?

Bevor sich die Frage vollständig in seinem Kopf gebildet hatte, wusste er die Antwort. Sobald die landesweiten Morde aufgedeckt worden waren, hatte er gewusst, dass so etwas wie das hier möglich werden könnte. Dass jemand aus seinem alten Leben seine Handschrift in seinen Taten erkennen würde. Dann war dieser Typ also beauftragt worden, ihm auf die Pelle zu rücken.

Allen sprach mit dem Polizisten an der Absperrung, den sie zu kennen schien. Der Polizist stellte eine Frage, den besorgten Blick auf den Mann im Anzug gerichtet. Der Samariter trat ein paar Schritte näher, bis er Allens Worte verstehen konnte. »… hilft uns bei den Ermittlungen. Er heißt Blake.«

Blake. So nannte er sich jetzt also.

Der Samariter setzte sich von der Menge ab, nachdem die beiden Detectives und der Mann im Anzug die Gasse betreten hatten. Niemand beachtete ihn, als er die Straße entlangging und im Vorbeigehen die hintere Stoßstange des Chevrolet streifte. Niemand bemerkte das kleine magnetische Teil, das er unter die Stoßstange schob.

52

»Das sagt uns mehr über ihn, als er preisgeben will?«, wiederholte Allen. »Was meinen Sie damit?«

Blake antwortete eine Weile nicht. Er betrachtete noch immer die Leiche, die an der Wand lehnte, doch er schien durch sie hindurchzublicken.

»Ich brauche etwas Zeit zum Nachdenken«, sagte er schließlich und versprach, Allen und Mazzucco bei der nächsten Gelegenheit anzurufen. Mit diesen Worten marschierte er Richtung Absperrung und verließ den Tatort. Allen bemerkte, wie

Agent Channing ihn im Vorbeigehen beobachtete, obwohl Channing sich auf sein Telefonat zu konzentrieren schien.

Allen sah zu Mazzucco, der Blake ebenfalls nachdenklich hinterhersah.

»Er wächst dir ans Herz«, sagte Allen.

»So weit würde ich nicht gehen.« Mazzucco drehte sich wieder zu ihr. »Du könntest auch eine Pause gebrauchen, Jess. Du arbeitest seit Sonntag ununterbrochen an dem Fall. Außerdem bist du heute Abend fast getötet worden. Warum folgst du nicht Blakes Beispiel und kommst morgen früh wieder? Ich habe das hier im Griff.«

Allen wollte schon widersprechen, doch Mazzuccos Blick sagte, dass er ihr an diesem Tag bereits sehr entgegengekommen war, jetzt aber auf seine Position beharrte. Wahrscheinlich war er nicht so naiv zu glauben, sie würde nach Hause gehen und tatsächlich schlafen, doch er konnte dafür sorgen, dass sie etwas Abstand bekam. So schlimm war die Idee nun auch nicht.

Channing hatte sein Telefonat beendet und kehrte zur Leiche zurück, als Allen die Gasse verließ. Sie duckte sich unter das Absperrband hindurch und marschierte wie bei einem Spießrutenlauf durch das Gedränge der Medienleute, die ihr die Kameras, Telefone und Aufnahmegeräte vors Gesicht hielten. Wahrscheinlich würde es so was wie eine Pressekonferenz geben, sobald die Leiche abtransportiert war. Voraussichtlich mit Agent Channing sowie Lawerence und dem Polizeichef. Es wäre interessant, sie in den Spätnachrichten zu sehen, wenn auch nur um zu erfahren, wer das Sagen hatte.

Den Blick auf den Bürgersteig gerichtet, erschrak sie, als sie beinahe einem großen Mann vor die Brust rannte, der am Rand der Menge stand. Er trug eine Lederjacke und eine rotweiße Kappe der L.A. Clippers und war so sehr auf das

Treiben auf der anderen Seite der Absperrung fixiert, dass auch er sie nicht bemerkt hatte. »Polizei, gehen Sie aus dem Weg«, brummte sie. Der Mann trat stirnrunzelnd zur Seite und wandte sich wieder der Gasse zu.

Allen schüttelte den Kopf. Das einzige Problem mit abgesperrten Bereichen war, dass sie irgendwo endeten. Sie hasste es, sich mit Reportern und den auf morbide Weise faszinierten Gaffern abgeben zu müssen.

Sie zog ihr Telefon heraus und ließ sich über den aktuellen Stand zu Gryski informieren. Er lag bewacht im Northwest Community Hospital und war bereits erkennungsdienstlich erfasst und angeklagt worden. Auch seinen echten Namen hatte er verraten: Stefan Sikorski. Der Name war schneller zu überprüfen gewesen als die Fingerabdrücke, und genauso schnell war klar gewesen, warum er das Feuer eröffnet hatte. Er war bereits mehrmals wegen Einbruchs und schwerer Körperverletzung verurteilt worden, und im Moment war er der Hauptverdächtige in einem Fall von bewaffnetem Raubüberfall.

»Danke, habe verstanden: das Drei-Verstöße-Gesetz«, stöhnte Allen. Dieses Gesetz besagte, dass jemand für fünfundzwanzig Jahre ins Gefängnis wandern konnte, wenn er dreimal kleinere Verbrechen begangen hatte. Dafür reichte schon ein Ladendiebstahl, doch ein drittes Gewaltverbrechen würde Sikorski auf jeden Fall das Genick brechen. Grund genug für ihn, das Feuer auf zwei Polizisten zu eröffnen, weil er nichts mehr zu verlieren hatte.

Allen dankte dem Kollegen am anderen Ende und drückte die Austaste. Als sie auf ihr Fahrzeug zuging, rief jemand hinter ihr ihren Namen.

»Detective Allen? Ach, kommen Sie, nur fünf Sekunden.«

Seufzend drehte sie sich um und sah ein vertrautes, lächelndes Gesicht: Eddie Smith. Die Mutation, wie Mazzucco ihn nannte. Er lächelte entschuldigend, die Hände demütig aneinandergelegt.

»Können Sie mir nicht irgendwas geben?«

Sie schüttelte den Kopf. »Tut mir leid, Smith.«

»Aber er ist es, oder? Der Samariter?«

»Ich kann weder bestätigen noch ...«

»Okay, okay«, sagte er. »Wie wär's, wenn Sie mir erzählen, wer der Neue ist?«

»Bitte?«

Smith sah zur Gasse und dann wieder zu ihr. »Der Typ im Anzug, der mit Ihnen und Mazzucco eingetroffen ist. Er ist kein Polizist, oder?«

»Er hilft uns. Er ist Spezialist.«

»Ein Spezialist?« Smiths Blick verriet, dass dies der wahre Grund war, warum er sie angesprochen hatte. Das Personal hinter der Absperrung bestand ausschließlich aus FBI-lern, Polizisten und Forensikern. Ein Zivilist passte nicht ins Schema. Smith hatte offenbar eine Geschichte gerochen, einen neuen Ansatz in diesem Fall. Allen beschloss, Blakes Beteiligung herunterzuspielen. Sie kannte ihn nicht gut, aber sie ging nicht davon aus, dass er zu denjenigen gehörte, die jemandem ein Interview gaben.

»Ja«, erklärte sie desinteressiert. »Sie wissen schon, Profiling und dieser Kram. Hat uns bisher auch nicht weitergebracht, um das Schwein zu schnappen. Ich denke, wir werden in ein paar Tagen wieder Kontakt mit ihm aufnehmen, wenn uns bis dahin nichts Besseres einfällt.«

Smith schürzte die Lippen und nickte. »Klar. Noch eine Frage?«

Allen stöhnte aufgebracht. Sie wollte Smith auf ihrer Seite behalten, aber es gab Grenzen. »Eine.«

Er machte eine Kunstpause und beugte sich vor. »Er ist es, oder? Der Samariter?« Als er merkte, dass er sein Glück überstrapaziert hatte, begann er zu grinsen.

Allen öffnete die Wagentür und wandte sich von ihm ab. »Gute Nacht, Smith.«

53

Ich fuhr eine Zeitlang, nachdem ich Allen und Mazzucco verlassen hatte, durchs Zentrum auf der Suche nach einem ruhigen Hotel.

Die Innenstadt von L.A. war anders als jede andere, die ich bisher gesehen hatte. Die Wolkenkratzer und Lichter erweckten den Eindruck, man befände sich im Stadtzentrum, was tagsüber zum Teil auch stimmte. Doch am Abend waren die Büros geschlossen, die Pendler verteilten sich quer über die Stadt, wenn sie zurück nach Santa Monica, Glendale und Encino fuhren. Es waren natürlich immer noch Menschen hier: Reinigungskräfte, hin und wieder ein Polizist und städtische Arbeiter, Obdachlose, aber keine Menschenmassen. Verglichen mit New York, Paris oder London, Städte, in denen nach Sonnenuntergang eine nächtliche Parallelwelt entstand, war L.A. tot. Ein seltsames Konstrukt: am Tag ein Nest aus leuchtenden Hochhäusern und teuren Geschäften, am Abend fast eine Geisterstadt. Sie erinnerte mich an eine dieser alten Gruselfilme, wo sich die Einwohner tagsüber ganz normal verhalten, abends aber sich in ihre Häuser verziehen, um sich vor den Gestalten der Nacht zu schützen.

Ich schaltete das Radio ein und suchte, bis ich einen Musiksender gefunden hatte. Bob Dylans »Desolation Row«. Die gespenstische Mundharmonika gepaart mit der einsamen

Umgebung lenkte meine Gedanken zurück auf meine Jagdbeute und seine Gewohnheit, sich in verlassenen Gegenden an Opfer heranzuschleichen, die allein unterwegs waren. Bevor Crozier nach Los Angeles zurückgekehrt war, hatte er aus Mangel an Zeugen seine »Du kommst aus dem Gefängnis frei«-Karte benutzen können. Einige der Menschen, denen er nachgestellt hatte, waren von der Gesellschaft Vergessene gewesen: Penner, Prostituierte und Drogenabhängige. Menschen, die er sich rasch und in aller Ruhe schnappen konnte und die nur selten vermisst wurden. Andere, wie Sergeant Peterson, wurden vermisst, doch ihr Mörder hatte darauf geachtet, keine Spuren zu hinterlassen. Gab es keine Leiche, war es schwierig zu sagen, ob an der Vermisstensache etwas ungereimt war.

Ich dachte daran, wie sich das Opferprofil in Los Angeles kaum wahrnehmbar geändert hatte von einem nahezu zufälligen Opfer zu einem eindeutigen Typ: junge dunkelhaarige Frauen, die allein mit einem Auto fuhren. Die Beweise, die ich gesehen hatte, gaben mir keine Sicherheit, aber ich hatte das Gefühl, dass er mehr Zeit mit diesen Opfern verbracht hatte als mit denjenigen in den anderen Staaten. Und wieder fragte ich mich, was dies bedeutete. Dann überlegte ich, wie sich die Vorgehensweise mit dem letzten Opfer wieder geändert hatte.

Mazzucco hatte natürlich recht gehabt. Der Samariter schickte uns eine Botschaft, ließ uns wissen, dass er sich der Herausforderung stellen würde, nachdem seine Aktivitäten öffentlich geworden waren. Aber es bedeutete auch etwas anderes. Er hatte beschlossen, mit dieser Frau keine Zeit zu verlieren. Er hatte sie nicht lange festgehalten, sondern höchstwahrscheinlich vom Wagen in die Gasse geführt und dort getötet. Er hatte sie nicht gefoltert und nicht entkleidet, und er hatte keinen Versuch unternommen, die Leiche zu vergraben oder zu verstecken. Er hätte sie in einen der Müllcontainer werfen können, die in der Nähe standen, und somit die Suche um mindestens ein oder zwei Stunden hinauszögern können.

Warum also hatte er es nicht getan? Die einzige Antwort war, dass er die Suche nicht verlängern wollte. Er wollte, dass man die Leiche so schnell wie möglich fand. Und der einzige Grund dafür war Irreführung.

Ich war gut geübt darin, Irreführungen aufzudecken. Die Menschen, hinter denen ich her war, wussten oft, dass man nach ihnen suchte, daher gaben sie sich Mühe, alle Spuren zu verwischen. Sie legten falsche Fährten, nutzten falsche Namen. Wenn sie noch ein bisschen Verstand hatten, verließen sie ihre üblichen Pfade. Von diesem Standpunkt aus ging es nur noch darum, diesen Menschen zu durchschauen, dem man hinterherjagte, und die absichtliche Irreführung vom Zufall zu unterscheiden. Beim Samariter war es das Gleiche. Das hieß, ich musste mich nicht darauf konzentrieren, was er diesmal getan hatte, sondern auf das, was er nicht getan hatte.

Um mich in Ruhe damit beschäftigen zu können, suchte ich mir ein entsprechendes kleines Hotel. Das grüne Neonschild warf einen seltsamen, fremden Schein über die Straße. Ich parkte in der Tiefgarage unter dem Gebäude und mietete ein Zimmer im ersten Stock. Ich überlegte, den Fernseher einzuschalten, entschied mich aber dagegen. Ich zog meinen Anzug aus und hängte ihn auf einen dieser Hotelbügel, die keinen Haken hatten, sondern mit einem verdickten Ende in eine Öse gehängt wurden, um sie für Diebe uninteressant zu machen. Ich duschte im Dunkeln, wickelte mir das Handtuch um die Hüfte und legte mich aufs Bett. Anschließend stellte ich den Wecker auf sechs Uhr und beschloss, Allen gleich als Erstes anzurufen. Aus dem Fenster gab es nicht viel zu sehen, nur die nichtssagende Fassade des Hauses gegenüber. Der grüne Schimmer des Schildes erfüllte das Zimmer.

Erschöpft von diesem langen Tag, schlief ich bald ein, träumte von verlassenen Städten und Wesen der Nacht.

1996

Er hörte durch die Tür noch das Gespräch von draußen, das immer wieder durch Kimberleys Lachen unterbrochen wurde. Er nahm den Rucksack ab, stellte ihn auf die Dielen und kniete sich daneben.

Er nahm die drei Flaschen Wasser heraus, die mittlerweile lauwarm waren, und stellte sie auf den Boden. Dann nahm er Kimberleys Walkman und ihre Kassetten heraus: Nirvana und Alice in Chains. Aber auch Metallica, weil sie keine Grunge-Puristin war. Ihren zusammengeknüllten Pullover legte er sorgfältig neben die Flaschen, den Walkman und die Kassetten. Schließlich tauchte er mit der Hand ganz nach unten, wo er den Griff des Messers umklammerte, das er dort hineingelegt hatte. Er nahm es heraus und zog es aus der Scheide. Es war ein Jagdmesser, der Griff aus Hartholz, oben und unten mit Aluminium verstärkt. Ins Holz waren die Buchstaben DC eingraviert, die Initialen seines Vaters. Wie lange würde sein Vater brauchen, bis er merkte, dass sein Messer fehlte? Er hoffte, dass er das Fehlen erst bemerkte, wenn er das Messer wieder zu Gesicht bekäme.

Während er den Griff umfasste und den Stimmen draußen lauschte, wurde ihm bewusst, wie lange er auf diesen Moment gewartet hatte. Er hatte vorsichtig sein wollen, weil er nicht erwischt werden wollte. Aber jetzt hatte sich die perfekte Gelegenheit wie von selbst ergeben. Aus dem, was Kimberley und Robbie erzählt hatten, wusste er, dass Robbie nur wenige Freunde in Blackstones hatte. Niemand würde ihn wirklich vermissen, wenn er zufällig verschwand. Er war siebzehn und würde in Kalifornien in einem Jahr die Volljährigkeit erreicht haben. Damit war es unwahrscheinlich, dass er in eine neue Pflegefamilie kommen sollte. Jugendliche wie er rannten ständig weg, und von ihnen wurde nie wieder was gehört.

Und ein letztes Mal griff er in den Rucksack und holte den Rest der Sachen heraus, die er mitgenommen hatte: ein Stück Kunststoffwäscheleine und ein Klebeband. Dieses wollte er als Knebel benutzen, ging aber jetzt davon aus, dass er es nicht mehr benötigte.

Er richtete sich auf und trat ans Fenster. Die anderen beiden saßen noch immer dort unten auf dem kaputten Zaun. Er rief ihnen zu, sie sollten rasch hochkommen, weil er ihnen etwas zeigen wolle.

Eine Minute später hörte er das Quietschen der Haustür und Robbies angestrengtes Keuchen. »Wir sollten bald zurückgehen«, sagte er, als er vor Kimberley die Holztreppe hinaufstieg. Seine Stimme zitterte seltsam, als wäre er nervös oder ängstlich, weil sie in ein fremdes Haus eindrangen.

Wusste der Junge, was ihn erwartete? Natürlich nicht. Andernfalls hätte er das Haus nicht betreten. Wäre schon gar nicht erst mit zum Wandern gekommen. Vielleicht spürte er unbewusst die Falle wie ein Tier. Allerdings war es längst zu spät, um etwas dagegen zu tun.

Robbie sah sich auf dem Dachboden um, verwirrt darüber, dass es hier scheinbar nichts zu sehen gab.

»Okay, was …?«

Ihre Blicke trafen sich, Robbie versuchte, sich einen Reim auf seinen Begleiter zu machen, der mit nacktem Oberkörper und einem Messer in der Hand vor ihm stand.

»Was …?«, wiederholte er, doch dann bekam er Panik.

Er drehte sich um und wollte fliehen, rannte aber gegen Kimberley, die hinter ihm die Treppe heraufkam. Sie japste überrascht und wollte schon mit Robbie schimpfen, doch dann sah sie das Messer und riss ihre braunen Augen weit auf.

»Was ist hier los?«, fragte sie mit ruhiger Stimme.

MITTWOCH

54

Das Klingeln des Telefons auf dem Nachttisch neben dem Bett riss mich aus dem Schlaf.

Als ich nach meinem Mobiltelefon griff, verstand ich nicht, warum die Anzeige nicht leuchtete. Erst dann wurde mir klar, dass es nicht mein Telefon war, das mich geweckt hatte, sondern das vom Hotel. Ich blinzelte ein paarmal, um einen klaren Blick zu bekommen, und griff zum Hörer.

»Hallo?«

»Mr Romita?«

Die Stimme klang wie die des Mitarbeiters an der Rezeption. Ich überlegte kurz, ob dies der Name war, mit dem ich mich angemeldet hatte. John Romita wurde 1966 der Nachfolger von Steve Ditko, der bis dahin den Spider Man gezeichnet hatte. Ich nehme gerne die Namen von Comiczeichnern, weil sie anders als Schauspieler oder Athleten den meisten Menschen unbekannt sind, aber sie lassen sich leichter behalten als frei erfundene Namen.

»Genau. Gibt es ein Problem?«

»Es tut mir leid, dass ich Sie zu dieser Stunde stören muss, aber hier ist ein Anruf von Ihrem Onkel. Er sagt, es sei dringend.« Seine Stimme klang nach einer Mischung aus Sorge und Neugier.

»Mein Onkel?«

»Ja, Sir. Onkel Winter.«

Jetzt war ich so wach, als hätte jemand einen Eimer eiskaltes Wasser über mir ausgekippt. Ich setzte mich auf und schnappte mir mein Mobiltelefon, aktivierte die Aufnahmefunktion und hielt es an den Hörer. Ich räusperte mich und versuchte, lässig zu klingen, als ich den Rezeptionist bat, mir Onkel Winter durchzustellen. So gut schien ich die Aufgabe nicht gemeistert zu haben, weil der Rezeptionist bevor er weiterschaltete noch sagte: »Tut mir leid, Sir. Ich hoffe, es ist nichts Ernstes.«

Ich ging davon aus, dass es etwas Ernstes war, und wurde nicht enttäuscht.

Nach einer langen Pause hörte ich Straßenlärm, der blechern verzerrt wurde. Ein Mobiltelefon. Und dann hörte ich eine sanfte, vertraute Stimme, die wie eine Kreuzung aus der eines Leichenbestatters und eines Buchhalters klang. »Guten Morgen. Ich muss schon sagen, du bist ein Mann mit vielen Namen.«

Das Telefon mit der anderen Hand haltend, stand ich auf und ging bis an die Mauer neben dem Fenster, wohin die Schnur gerade reichte. Von dort aus spähte ich nach unten auf die grün erleuchtete Straße einen Stockwerk tiefer. Niemand zu sehen. Ich überflog die dunklen Fenster des Bürogebäudes gegenüber. Auch dort bewegte sich nichts.

»Dasselbe könnte ich über dich sagen«, erwiderte ich.

Wieder eine Pause, dann die kalte Stimme. Langsam, besonnen. »Ich freue mich, dass du nicht beschlossen hast, Zeit damit zu verlieren, so zu tun, als wüsstest du nicht, wer ich bin. Das habe ich immer an dir geschätzt, Blake. Deine ... Direktheit. Ich nehme an, du lässt dich lieber mit Blake anreden. Das heißt, lieber als ...«

»Blake passt ganz gut.«

»Dann also Blake. Ich sehe, du bist immer noch beschäftigt.« In seiner Stimme schwang etwas Herablassendes mit. Am liebsten hätte ich durchs Telefon gegriffen und den Kerl gewürgt.

»Du warst auch nicht gerade untätig. Wo steckst du jetzt, Crozier? In der Nähe? Ich nehme an, dass du auch nicht an deinem alten Namen festhältst.«

»Sei nicht lächerlich.«

Ich wusste nicht, worauf er dies bezog, aber ich hatte auch nicht erwartet, dass er mir seine Adresse nennt.

Ich wich vom Fenster zurück und untersuchte das Zimmer auf Anzeichen, dass jemand eingetreten war. Mir fiel nichts auf, und auch der dünne Streifen Klebeband befand sich noch dort an der Tür, wo ich ihn befestigt hatte. Das war gut.

»Verstehe mich nicht falsch, ich freue mich über deinen Anruf. Es ist schön, nach all den Jahren wieder von dir zu hören. Aber ich muss morgen ganz früh raus, wie wär's also, wenn du zur Sache kommst?«

»Zur Sache? Die Sache war, nur zu bestätigen, dass du es wirklich bist. Es schien irgendwie ... unwahrscheinlich, dass du für die Polizei arbeitest.«

»Glaub es.«

»Dann hatte ich recht. Du bist nicht mehr bei unseren gemeinsamen Freunden.«

»Schon lange nicht mehr.«

»Aber warum tust du das, Blake? Warum mischst du dich in etwas ein, was dich nichts angeht?«

»Mich in Dinge einzumischen, die mich nichts angehen, gehört irgendwie zu meinen Leitbildern.«

In der Pause, die wieder entstand, dachte ich, im Hintergrund ein tief fliegendes Flugzeug zu hören. Start, nicht Landung, wie ich zu erkennen glaubte. Als er weitersprach, klang er fast verwirrt. »Mit Sicherheit solltest du dir mehr als sonst jemand der Gefahren deiner Einmischung bewusst sein. Du weißt, was ich dir antun kann.«

»Dieses Risiko gehe ich ein. Weil du andersherum auch weißt, was ich tun kann.«

»Lass es sein, Blake. Die Warnung ist ernst gemeint.«

»Dafür ist es zu spät.«

»Schade. Aber wie du willst.«

Der Anruf wurde beendet. Ich knallte den Hörer aufs Telefon, rannte zum Fenster und blickte hinauf zum Himmel. Keine Chance. Das hohe Gebäude gegenüber ließ nur ein schmales Rechteck des noch dunklen Himmels frei. Ich ging zur Tür, riss sie auf und rannte den Flur entlang zum Notausgang am anderen Ende, wo ich die Stange nach unten drückte, um sie zu öffnen. Ich trat hinaus auf das Gitter. Hier hatte ich einen freien Blick Richtung Westen, weil die riesige Fläche aus niedrigeren Häusern bis zu den Bergen heranreichte. Ein Passagierflugzeug stieg auf und verschwand in den Wolken. Ansonsten konnte ich keine weiteren Flugzeuge sehen. Es war noch zu früh.

Ich rannte zurück ins Hotelzimmer, schaltete den Rechner ein und ließ gleichzeitig die Aufnahme vom Telefonat mit dem Samariter laufen, konzentrierte mich aber auf die Hintergrundgeräusche. Das Flugzeug, das ich gesehen hatte, war vom LAX gestartet, und ich war mir ziemlich sicher, dass es das gewesen war, das ich im Hintergrund gehört hatte. Wegen seiner Position in dem Moment, als ich den Notausgang erreicht hatte, und der Lautstärke der Motoren auf der Aufnahme wusste ich, dass sich Crozier beim Anruf ganz in der Nähe des Flughafens befunden haben musste, wenn nicht gar direkt unter der Flugschneise.

Ich schloss die Augen und versuchte, das unbehagliche

Gefühl zu ignorieren, das mir die Stimme auf dem Aufnahmegerät bereitete. Ich hörte Straßenlärm, das unaufhörliche Rauschen von vorbeifahrenden Autos. Im Hintergrund rief jemand einem anderen einen Gruß zu. So ganz abgelegen war die Stelle nicht. Ich schüttelte den Kopf. War der Samariter noch so schlau wie damals, hatte er diesen Anruf weitab von seinem Versteck aus getätigt. Andererseits macht jeder mal einen Fehler. Und dies zumindest war ein Anfang.

Doch dann hörte ich es. Es überschnitt sich ganz kurz mit seiner Stimme, als er sagte: *Sei nicht lächerlich*. Eine Glocke. Eine sehr spezielle Glocke. Die Art, die man vor einem Feuerwehrhaus hört, wenn sich die Türen öffnen, damit die Passanten sich so schnell wie möglich aus dem Staub machen, um die Feuerwehrautos durchzulassen.

Ich suchte im Internet nach Feuerwachen unter der Flugschneise. Es gab nur eine.

55

Normalerweise lasse ich mich nicht gerne um Viertel vor sechs durch den Anruf eines Serienmörders wecken, aber in diesem Fall gereichte mir dies sehr zum Vorteil. Der Verkehr in L.A. war zu dieser Zeit handhabbar. Dank des GPS-Senders in meinem Telefon fand ich die schnellste Strecke und hatte zwanzig Minuten später die Feuerwehr in Inglewood erreicht.

Die Straße war vierspurig und unnatürlich ruhig. Ich parkte direkt vor dem Feuerwehrhaus. Wie die meisten Gebäude in Los Angeles war auch dieses niedrig und breit. Hinter zwei großen geschlossenen Toren befanden sich zwei Parkbuchten, die aussahen wie eine Vorstadtgarage, die zu doppelter Größe aufgeblasen worden war. Das Sternenbanner hing schlaff am Mast herunter, am Mast daneben waren ein Horn und ein Scheinwerfer angebracht, mit denen der Verkehr alarmiert wurde, wenn die Feuerwehrwagen herausfuhren. Ich sah mir die Vorrichtung genauer an und versuchte abzuschätzen, wie weit entfernt Crozier gestanden haben mochte. Wahrscheinlich nicht allzu weit.

Plötzlich hörte ich im Westen ein Dröhnen, das immer lauter wurde. Ich brauchte einen Moment, bis mir klar war, um was es sich handelte. Der Lärm rückte näher und wurde noch lauter, bis ich nach oben sah, wo ein Passagierflugzeug über meinen Kopf hinwegzog. Der morgendliche Verkehr hatte begonnen. Das Flugzeug stieg immer höher, der Motorenlärm wurde leiser, und die Stille kehrte zurück.

Ich sah mich um. Auf der anderen Straßenseite befand sich ein weiteres niedriges, breites, nichtssagendes Gebäude hinter einem zwei Meter hohen Zaun. Hinter einer hundert Meter entfernten Kreuzung begann die Wohngegend mit Bungalows und Apartmenthäusern. Ich ging in Richtung der Kreuzung und schaute immer von einer Seite zur anderen. Ein Mann kam mir entgegen, der aber wegsah, weil ich ihn offen anstarrte, und ging schließlich in einem weiten Bogen an mir vorbei. Wahrscheinlich fragte er sich, warum die Verrückten sich zu dieser nächtlichen Stunde draußen herumtrieben.

Und dann veranlasste mich etwas, mich umzudrehen. Ich sah die Straße entlang in die Richtung, aus der ich gekommen war. Dort stand ein anderer Mann unter einer Straßenlaterne, das Gesicht im Schatten. Ein Mann, der sich nicht bewegte. Ein Mann, der mich anzustarren schien.

Ich ging auf ihn zu, mit jedem Schritt immer etwas schneller. Er straffte sich und trat einen Schritt zurück. Ich legte wieder einen Zahn zu, dann rannte er los.

Auch ich rannte los, holte langsam auf. Ich überlegte, ihm etwas hinterherzurufen, aber was hätte das für einen Sinn gehabt? Die Straße war leer und ruhig, nur unsere Schritte waren zu hören. Er duckte sich und verschwand nach links in ein Gebäude. Als ich näher kam, sah ich, dass es ein Parkhaus war, ähnlich dem, in dem ich Allen und Mazzucco das erste Mal begegnet war.

Ich hörte Schritte auf einer Treppe. Nach oben, nicht nach unten. Hinter dem Fußgängereingang führte eine Betontreppe hinauf. Ich nahm zwei Stufen auf einmal bis zur zweiten Ebene. Die niedrige Decke wurde von Betonpfeilern gestützt. Die quadratische Fläche war etwa zweihundert Meter lang und breit und wurde vorne und hinten von dicken Mauern, rechts und links von halbhohen Mauern eingefasst, sodass die Luft gut zirkulieren konnte. Die Fläche stand halb voll mit Autos, was hieß, dass es hier eine Menge Verstecke gab.

Die Parkbuchten waren in Zweierreihen angeordnet, die Gänge dazwischen so breit, dass zwei Autos aneinander vorbeifahren konnten. Ich wählte den mittleren Gang, hielt Augen und Ohren offen, während ich vorsichtig losmarschierte, den Kopf von einer Seite zur anderen schwenkte, um den Platz zwischen den Autos zu inspizieren, ohne allzu lange in eine Richtung zu sehen.

Auf halbem Weg zwischen Treppe und der Wand gegenüber blieb ich stehen und lauschte. Verharrte eine ganze Minute reglos, hörte nichts, wusste aber, dass er hier war. Die Anzahl der Schritte ließ nicht darauf schließen, dass er zur nächsten Ebene weitergegangen war. Ich wartete noch eine Minute. Ich hätte, wenn nötig, die ganze Nacht warten können.

Doch plötzlich wurde die Luft wieder mit Lärm erfüllt. Hier im geschlossenen Raum war er lauter als der Düsenflieger. Ein Autoalarm, der von den Mauern und der niedrigen Decke widerhallte und verstärkt wurde. Ein schwarzer Geländewagen in der letzten Reihe vor der durchgehenden Mauer vor mir ließ wütend seine Scheinwerfer aufblinken. Es war eine Aufforderung, aufmerksam zu sein, ein Leuchtfeuer, das mich führen sollte. Genau deswegen achtete ich nicht darauf.

Statt in Richtung des schwarzen Geländewagens zu rennen ließ ich mich auf den Boden fallen und sah unter die Fahrzeuge in die Richtung der Mauer vor mir. Dort war er, ein Schatten auf dem vom Neonlicht beleuchteten Boden, und krabbelte in Richtung der halben Mauer. Als er merkte, dass ich ihn gesehen hatte, richtete er sich auf. Zwischen ihm und mir befanden sich noch zwei Reihen Fahrzeuge.

Ich zwängte mich zwischen zwei Wagen in der ersten Reihe und huschte über den Gang, während er die linke Mauer erreichte. Im Licht konnte ich ihn besser sehen, auch wenn er mir den Rücken zukehrte. Er trug Jeans, eine dunkle Jacke und eine grüne Baseballkappe. Größe und Statur passten. Ich tauchte durch die beiden letzten Wagenreihen und von dort entlang der Mauer gegenüber der Treppe, als er bereits ein Bein über die Brüstung schwang. Er hievte sich über den Rand und ließ sich fallen. Nur knapp verpasste ich ihn mit der Hand, als er losließ. Ich sah die drei Meter nach unten, wo er zur Seite rollte. Die Rückseite des Parkhauses wurde von einer drei Meter breiten Versorgungsstraße gesäumt, dahinter stand ein Maschendrahtzaun. Mit geducktem Kopf, sodass ich kaum etwas von ihm erkennen konnte, rannte er auf den Zaun zu, krallte sich auf halber Höhe in die Maschen und kletterte geschickt hinauf. Der obere Rand des Zauns befand sich einen halben Meter unter meiner Position und drei Meter von mir entfernt.

Ich trat einen Schritt zurück und schätzte den Abstand

zwischen der Mauer und der Decke des Parkhauses und den Abstand zum Zaun ab. Dann rannte ich ein paar Schritte rückwärts, bevor ich die Richtung wechselte und geduckt auf die Mauer zurannte und mich vom Rand abstieß in der Hoffnung, den Zaun nicht zu verfehlen.

Ich hatte den Abstand richtig eingeschätzt. Die Wucht, mit der ich den Kerl rammte, als er über den Zaun kletterte, warf uns beide auf die andere Seite. Doch leider änderte sich auch mein Winkel, und plötzlich wurde mir bewusst, dass ich mit dem Gesicht voraus auf harten Asphalt fiel. Ich riss meine Arme nach vorne und versuchte, meinen Körper zu beugen und die Beine Richtung Boden zu reißen, um mich irgendwie zu schützen.

Ich spürte einen dumpfen Schmerz, als ich auf dem Boden aufkam, und kalkulierte sogleich den Schaden. Gebrochener Knöchel, vielleicht auch das Bein. Sechs Wochen in Gips. Sofern mir meine Zukunft noch sechs Wochen bescherte.

Meine Beute hatte mehr Glück gehabt als ich und sich am Zaun festhalten können. Von dort ließ er sich nach unten fallen und landete auf den Füßen und einer Hand, während ich versuchte, mich umzudrehen und aufzustehen. Ein stechender Schmerz in meinem linken Knöchel ließ mich wieder nach hinten fallen.

Er umrundete mich wie einen wilden Hund, sah mir direkt ins Gesicht, wobei über seinem halben Oberkörper der Schatten seiner Kappe lag. Eine Weile blieb er so auf der Lauer, als überlege er sich etwas oder als wolle er etwas sagen. Doch dann rannte er quer übers Gelände.

Ich drehte mich auf die Seite und wollte wieder aufstehen, legte aber mein ganzes Gewicht aufs rechte Bein. Zu dem umzäunten Bereich gehörten ein Stück Land und ein verwittertes zweistöckiges Lager. Vorne hing ein verbeultes Schild, das von einem fast genauso verbeulten ZU VERMIETEN-Schild verdeckt wurde, auf dem eine Telefonnummer stand.

Der Mann erreichte eine Feuerschutztür an der Seite des Gebäudes. Zwei Sekunden später hatte er sie geöffnet und war drin.

Vorsichtig trat ich mit dem linken Fuß auf. Mein Knöchel tat höllisch weh, doch er war nicht gebrochen, nur übel verstaucht. Mühsam humpelte ich auf das Lager zu.

56

Der Mann mit der Mütze hatte die Tür hinter sich abgeschlossen, sodass ich nicht weiterkam. Hatte er die Zeit gehabt, das Schloss in der kurzen Zeit zu knacken, in der ich ihn an der Tür gesehen hatte? Ich glaubte nicht. Das hieß, jemand hatte die Tür zufällig nicht verriegelt – was irgendwie praktisch war –, oder jemand hatte die Tür absichtlich nicht abgeschlossen. Vielleicht derselbe, dem ich gerade hinterherjagte.

Die gesamte halbe Stunde seit dem Ende des Telefonats mit dem Samariter bis jetzt war voller hektischer Aktivität gewesen. Ich hatte kaum Zeit gehabt nachzudenken, sondern nur instinktiv gehandelt. Eine Aktion nach der anderen – die Spur verfolgen, die Möglichkeiten eingrenzen, die erst jetzt zu einem eindeutigen Weg geschrumpft waren, und so fragte ich mich, ob es beabsichtigt war, dass ich diesem Weg folgte. Es war fast zu einfach: eine Aktion nach der anderen, die zu einer unvermeidlichen Schlussfolgerung führten. Und da ich im Telefonat so voreilig geprahlt hatte, wusste der Samariter, wozu ich in der Lage war.

Entweder war der Samariter etwas unaufmerksam und schlampig geworden, oder, im Gegenteil, sehr vorsichtig und sehr gut organisiert. Ich überlegte, wie ich mir an seiner Stelle die Situation austüfteln würde. Das wäre gar nicht so schwer – der Trick wäre, dafür zu sorgen, es nicht allzu schön aussehen zu lassen, um wahr zu sein. Wenn ich damit recht hatte, hieß das, ich tappte dem Mörder auf direktem Weg in die Falle.

Ich belastete meinen verstauchten Knöchel noch etwas mehr. Er tat immer noch weh, war aber stabil. Ich ging meine Möglichkeiten durch. Ich könnte Allen anrufen und herkommen lassen. Am besten mit Verstärkung. Aber das würde Zeit kosten. In diesem Gebäude gab es wahrscheinlich mehr als einen Ausgang, und ich konnte nicht an mehreren Stellen gleichzeitig sein. Es bestand immer noch die Möglichkeit, dass es keine Falle, sondern dass das Lager eine Sackgasse war. Vielleicht hatte der Samariter nicht auf den Flug um fünf Uhr vierzig nach Newark geachtet, bevor er mich angerufen hatte. Vielleicht hatte er nicht die Feuerwehr angerufen, um ein Feuer in seiner Nachbarschaft zu melden.

Ich zog ein Etui aus meiner Jacke und wählte den passenden Dietrich. Zehn Sekunden später sprang das Schloss auf. Ich hielt den Atem an, drehte den Knauf und zog die Tür vorsichtig zu mir heran. Die verrosteten Angeln quietschten leise.

Ich öffnete die Tür bis zum Anschlag, stellte mich auf die Schwelle und lauschte. Meine Augen konnten immerhin undeutlich Umrisse und Kanten erkennen, das hieß, es war nicht ganz dunkel. Die Luft, die mir Richtung Tür entgegenwehte, roch muffig und alt. Von irgendwoher aus dem Innern hörte ich ein kurzes Flügelschlagen. Und noch etwas. Ich musste den Kopf näher durch die Türöffnung schieben, um mir sicher zu sein, dass ich Musik hörte. Irgendetwas Altes, aus den Dreißigern oder Vierzigern. Ein Schlager. Ich ging einen Schritt in die Dunkelheit hinein, dann noch einen zweiten.

Ich brauchte eine weitere Sekunde, bis sich meine Augen ausreichend angepasst hatten, und ich merkte, dass es hell genug war, damit ich meine unmittelbare Umgebung erkennen konnte. Ein Blick nach oben verriet mir den Grund: Durch ein großes Loch in dem verrosteten Dach zehn Meter über mir drangen das Mondlicht und das reflektierte Licht einer Straßenlaterne herein. Vor mir erstreckte sich ein Flur mit Wänden aus Spanplatten. Ich vermutete, dass die große Lagerfläche in Räume unterteilt worden war, in Büros oder Werkstätten oder dergleichen. Etwa zwanzig Meter vor mir führte eine Metalltreppe in die obere Etage, die eher einer Empore glich und sich etwa über die Hälfte der Grundfläche erstreckte. Ich war mir nicht sicher, aber ich dachte, von dort oben musste die Musik kommen.

Ich blinzelte ein paarmal, um meine Augen noch schneller an die Dunkelheit anzupassen, und ließ den Blick über den Boden vor mir gleiten. Er war mit Löchern übersät, in einigen Ecken spross Unkraut, und an mehreren Stellen lagen Haufen mit Metall- und Maschinenteilen. Ich ging Richtung Treppe, ohne den kaputten Fuß allzu sehr zu belasten, und achtete darauf, nicht zu stolpern. Ich versuchte, einige der Türen zu öffnen, an denen ich vorbeikam, doch sie waren verschlossen. Als ich die Treppe erreichte, sah ich nach oben.

Hier war die Musik lauter. Klang nach Bing Crosby oder jemand anderem aus dieser Zeit. Ich hätte Crozier nicht für einen Fan von Popmusik gehalten. Die Treppe sah wackelig aus, auf einer Seite fehlte das Geländer. Vorsichtig setzte ich einen Fuß auf die erste Stufe und stützte mich darauf ab. Sie hielt, ohne sich zu beschweren, daher ging ich weiter. Fast war ich oben angekommen, als sich plötzlich etwas direkt vor meinem Gesicht bewegte. Ich schnellte mit dem Oberkörper nach hinten und klammerte mich ans Geländer, bevor ich sah, dass es eine Taube war, die mich erschreckt hatte. Oder vielmehr hatten wir uns gegenseitig erschreckt. Sie flatterte nach oben und verschwand durch die Öffnung im Dach nach draußen.

Langsam stieß ich den Atem aus und hielt ihn an, um zu lauschen. Nichts außer meinem Herzschlag und der Musik. Ich stieg eine Stufe weiter hinauf und sah einen dünnen Lichtstreifen knapp über dem Boden. Das Licht schien durch den Spalt am Fuß eines Stapels mit Holzpaletten. Schließlich hatte ich das Ende der Treppe erreicht. Die Empore, die mehr an den Dachbalken befestigt war, als dass sie von unten gestützt wurde, war mit festen Brettern ausgelegt. Die Stapel mit Paletten direkt vor mir bildeten eine Wand. Von irgendwo dahinter drangen Licht und Musik bis zu mir durch. Zehn Meter links von mir standen die Paletten etwa vierzig Zentimeter vom Rand entfernt. Diesen müsste ich mit Seitenschritten entlanggehen, ohne von einem Geländer vor einem Sturz in drei Meter Tiefe geschützt zu sein. Ich legte meine freie Hand auf die Paletten und begann, mich vorsichtig auf den Spalt zuzubewegen. Ich sah nach unten – die abgetrennten Bereiche hatten keine Decken. Es war, als blickte ich in einen Weinkarton, der in einzelne Fächer unterteilt war. Im dämmrigen Licht erkannte ich, dass einige der Räume leer, andere mit undefinierbaren Dingen vollgestellt waren.

Zwei weitere Vögel nahmen Reißaus, als ich ihr Heiligtum störte. Ich konnte so leise sein, wie ich wollte, aber wenn jemand hinter der Palettenwand auf mich wartete, war er von den Tauben schon zur Genüge gewarnt worden. Ich tröstete mich damit, dass weder die Musik noch das Licht ausgeschaltet worden waren.

Als ich die Lücke zwischen den Paletten erreicht hatte, trat ich dankbar einen Schritt vom Rand zurück. Zwischen den

Stapeln befand sich ein enger, dreißig Zentimeter breiter und ungefähr sieben Meter langer Gang. Am anderen Ende brannte Licht, ein schwaches Licht wie von einer kleinen Tischlampe. Ich sah auch noch etwas anderes – einen dunkelroten Fleck. Die Musik erstarb, und es herrschte einen Moment Stille. Ich war fast erleichtert, als ein anderes Lied einsetzte.

Ich kannte das Lied von irgendwoher, nicht aber die Stimme des Sängers, der wahrscheinlich vor dreißig Jahren in hohem Alter gestorben war. Er sang von dem Mädchen seiner Träume. Ich ging weiter, hielt dabei Ausschau nach allen Stellen zwischen den Paletten, die die Möglichkeit zu einem Hinterhalt boten. Über mir erstreckte sich nur die verrostete Decke, an der in regelmäßigen Abständen Lampen mit kaputten Birnen hingen. Als ich der Blutlache näher kam, sah ich, dass es gerade anfing zu gerinnen. Das hieß, es war erst vor Kurzem vergossen worden.

Ich bog um die Ecke, hielt kurz inne und trat ins Licht.
Scheiße.
Auf dem Holzboden lag die Leiche einer Frau. Sie war nackt und, ihre Handgelenke mit Seilen gefesselt, zur Seite gedreht. Auf ihrem Rücken und der Rückseite ihrer Beine befanden sich tiefe Einschnitte. Ihr Gesicht war von ihrem blutdurchtränkten Haar wie mit einem Leichentuch verdeckt, nicht aber die gezackte, klaffende Wunde an ihrem Hals. Ich fluchte laut und widerstand dem Drang, etwas zu zertrümmern. Eine Stimme in meinem Hinterkopf sagte in gemäßigtem, nüchternem Ton: *Die hier geht auf dich.* Der Samariter, der sich alles andere als der Herausforderung widersetzte, ließ seine Aktivitäten eskalieren. Diese Frau hier, wer auch immer sie sein mochte, war meinetwegen gestorben. Um mir eine Botschaft zu schicken.

Ich wandte mich erst einmal von der Leiche ab und sah mir

den Rest des Tatorts an. Jemand hatte sich zwischen Paletten eine verborgene, etwa drei mal fünf Meter große Höhle geschaffen, beleuchtet von einer batteriebetriebenen Lampe, die auf einem der Deckenquerbalken stand. Auf einem kleinen Schreibtisch in der Ecke gegenüber dem Zugang befanden sich drei Gegenstände: eine billige Stereoanlage, aus deren Lautsprechern die Musik drang, ein blutdurchtränktes Fensterleder und etwas, das nach einer kleinen schwarzen Aktentasche aussah, die aufgeklappt, aber von mir abgewandt war. An einem der Deckenbalken in der Nähe war ein gleich unterhalb des Knotens abgeschnittenes Seil befestigt. Ich brauchte nicht zu den gefesselten Handgelenken der Leiche zu blicken, um zu erkennen, dass die Enden der Seile zueinanderpassten. Das Schwein hatte die Frau aufgehängt, während er seinen Spaß mit ihr hatte.

Ich sah wieder zur Toten. Sie war groß und blond und auch von der Statur her anders als die ersten drei L.A.-Opfer. Wieder eine bewusste Abweichung. Sie passte perfekt zu meiner Arbeitstheorie darüber, was der Samariter im Schilde führte.

Vorsichtig, um nicht ins Blut zu treten, ging ich um die Leiche herum zum Schreibtisch, während ich aus meiner Jackentasche ein Paar Latexhandschuhe zog. Diese streifte ich mir über, bevor ich den Sänger mitten in der ständigen Wiederholung seiner unsterblichen Ergebenheit abwürgte. Ich wandte mich dem Aktenkoffer zu, der, wie sich zeigte, keiner war, sondern eher eine Kiste mit ledernem Deckel. Ich hatte solche Kisten schon gesehen, und ich konnte mir gut vorstellen, was sie enthielt. Ich drehte sie am Deckel um. Das Innere war mit rotem Samt ausgeschlagen, in den Vertiefungen lag eine Sammlung von Messern. Skalpelle, Schälmesser, Ausbeinmesser. Das Ganze sah aus wie die Ausrüstung eines

Chirurgen. Aber kein Chirurg hätte eine Verwendung für das größte Messer aus der Sammlung gehabt.

Es war ein verzierter Dolch, ein sogenannter Kris, der auf Java für Zeremonien verwendet wurde. Der Griff war vergoldet und mit einem wirbelförmigen Muster verziert. Die wellenförmige Klinge war zwanzig Zentimeter lang, die rasiermesserscharfen Kanten schimmerten im Licht der Lampe. Die Waffe übte eine seltsame Anziehungskraft auf mich aus. Ich wollte sie in die Hand nehmen, ihr Gewicht spüren, testen, wie scharf die Klinge war. Ich widerstand aber dem Drang allein wegen der unwahrscheinlichen Möglichkeit, dass der Samariter seine Fingerabdrücke hinterlassen hatte. Aber selbst wenn, wären sie nicht von Nutzen gewesen.

Ich war so damit beschäftigt, den Dolch zu betrachten, dass ich den Lärm eines sich nähernden Hubschraubers erst bemerkte, als er sich direkt über mir befand.

Unten wurde ein Fenster eingeschlagen, gleich anschließend fiel etwas mit dumpfem Schlag auf den Betonboden. Es folgten die gleichen Geräusche noch einmal. Rasch eilte ich den schmalen Gang zurück, der zum Erdgeschoss führte und wo zwei dicke Rauchwolken nach oben stiegen. Der Samariter hatte mich in die Falle gelockt, aber anders als erwartet. Ich stieß die kleine Lampe vom Balken, sodass sie auf dem Boden zerbrach und der unheilvolle Raum in Dunkelheit getaucht wurde. Von draußen hörte ich das Quietschen und Knacken eines Megafons, dann eine schroffe, strenge Stimme.

»Hier ist das LAPD. Sie sind umzingelt. Legen Sie Ihre Waffen ab und kommen Sie aus dem Gebäude.«

57

»Hallo?« Allen war nur halb wach, als sie den Anruf von Mazzucco annahm – sie hatte Angst gehabt, es könnte wieder Denny sein –, doch seine nächsten Worte rissen sie mit einem Ruck aus dem Schlaf.

»Ich habe gerade mit McCall gesprochen. Er sagt, sie hätten einen Hinweis zum Samariter bekommen und umzingeln ein altes Lagergebäude in Inglewood. Genau in diesem Moment dringen sie ein.« Mazzucco klang angespannt, seine zurückgehaltene Wut war gut zu spüren.

»Was soll der Scheiß?«

»Aua. Du musst nicht schreien, Jess. Ich weiß. Sie sagen, sie hätten versucht, uns zu erreichen, aber ...«

»Quatsch. Mein Mobiltelefon lag die ganze Zeit neben mir.«

»Meins auch. Jess, wir können darüber reden ...«

»Verstanden. Gib mir nur die Adresse, dann treffen wir uns dort. Moment.« Sie suchte hektisch nach einem Stift und einem Stück Papier. »Dieses Arschloch.«

»Ich weiß.«

Sie fand einen Schminkstift und kritzelte die Adresse des Lagergebäudes auf eine ungeöffnete Rechnung ihrer Kabelanschlussfirma. Ohne sich zu verabschieden, legte sie auf und zog sich die Sachen an, die sie bereits am Abend zuvor getragen hatte. Es war keine Zeit, sich hübsch zu machen.

Sie nahm die 405 Richtung Süden. Die Sonne war noch nicht aufgegangen, doch der frühmorgendliche Verkehr drängte bereits durch die Arterien, die L.A. durchzogen. Die gesamte Fahrt über versuchte sie zu vergessen, wie gerne sie diesem dämlichen Don McCall den Kopf abreißen würde, und sich auf das zu konzentrieren, was wichtig war. Wer hatte die Spur zum Samariter geliefert? Woher wussten sie, dass sie ernst gemeint war? Wie hatte McCall es geschafft, ihnen die Sache einfach aus der Hand zu nehmen? Ihr nächster Gedanke war Blake. War es ihm gelungen, den Mörder in seinem Versteck aufzuspüren? Vielleicht war er derjenige, der die Polizei verständigt hatte.

Nein, wahrscheinlich nicht. Allen kannte Carter Blake noch nicht einmal einen Tag, doch sie konnte Menschen gut einschätzen, und ihr Instinkt sagte ihr, dass er ein ehrlicher Kerl war. Vielleicht behielt er einige Dinge für sich, aber mit Sicherheit würde er Allen nicht absichtlich aus dem Rennen werfen, nur um einem Deppen wie McCall den Vortritt zu lassen.

Sie sah bereits, wie die blauen Lichter von den Fenstern und Mauern reflektiert wurden, noch bevor sie in die Straße bog, auf der sich das Lagergebäude befand. Mazzuccos Wagen sowie eine Reihe Streifenwagen und zwei von McCalls Transportern standen schon dort. Über dem Ganzen schwebte ein Hubschrauber und ließ seinen Suchscheinwerfer über die Dächer gleiten. Allen parkte und rannte auf die Absperrung zu. McCall war mit einem seiner Männer dort. Auch Mazzucco war da und drückte zur Unterstützung seiner Argumente den Zeigefinger auf McCalls mit Panzerweste gesicherte Brust.

»Was soll das hier, verdammt noch mal?«, schrie sie ihn an.

McCall drehte sich zu ihr. Er schaffte es nicht, sich ein blasiertes Grinsen zu verkneifen, oder vielleicht hatte er auch keine Lust dazu, es zu versuchen. »Was weißt du schon, Allen? Ich denke, ich war der Erste, der es erfahren hat, hm?«

Etwas an der Art seiner Worte ließ Allen stutzen. Sein Blick sagte, dass er ihr Informationen vorenthielt und dabei seinen Spaß hatte.

»Das ist nicht dein Fall, McCall. Es ist nicht einmal ...« Sie sah zum Lager, wo sich das absolute Chaos ereignete. McCall hatte absichtlich alle anderen ausgeschlossen, und die Schuld würde wahrscheinlich sie als leitende Ermittlerin tragen müssen. »Wo ist die Sondereinheit. Wo ist das FBI?«

»Wie ich schon deinem Partner gesagt habe, kannst du das mit Lawrence klären. Wir erhielten einen Anruf und mussten agieren. Ihr habt die Sache im wahrsten Sinne des Wortes verpennt.«

»Wir sprechen später darüber«, sagte Allen. »Erzähl kurz, was, zum Teufel, hier los ist.«

Eine Sekunde schien McCall zu überlegen, nicht zu antworten, besann sich aber eines anderen. Vielleicht hatte er das Gefühl, er könnte sich Großmut leisten. »Meine Leute sind reingegangen. Wir haben die beiden Eingänge an der Vorder- und Rückseite gesichert und ein paar Blend- und Rauchgranaten reingeworfen. Jeder, der da drin ist, wird schnell hier draußen sein.«

»Ihr seid einfach reingegangen?«, fragte Mazzucco.

Allen schüttelte den Kopf. »Natürlich. Was hast du erwartet? Scharfsinn?«

»Hey, leck mich«, erwiderte McCall. »Jetzt hau ab, Schnucki. Hier wird gearbeitet.«

Allen drehte durch. Sie stürzte sich auf McCall, wurde aber von Mazzucco, der ihren Ausbruch vorhergesehen hatte, an der Hüfte gepackt und zurückgehalten. McCalls Mann, der zu spät reagierte, schob sich zwischen die beiden und McCall.

»Ihr habt ihn gehört«, sagte er ungerührt und funkelte die beiden an.

Mazzucco sah Allen in die Augen. »Später.«

Sie nickte und entspannte sich, schob ihr Kinn in Richtung

von McCalls Handlanger, während sie von Mazzucco zwei Schritte zurückgezogen wurde.

McCall war ein paar Schritte in die entgegengesetzte Richtung zurückgewichen, jetzt legte er zwei Finger an den Hörer seines Headsets. »Rooker, Lagebericht.«

Allen wich noch ein Stück weiter zurück und sah zum Gebäude. Und dann merkte sie, dass sie im Eifer des Gefechts jemanden ganz und gar vergessen hatte.

»Wo ist er?«

»Wer ist wo?«, hakte Mazzucco nach.

»Wo ist Blake?«

McCall, der zugehört hatte, grinste. »Habe ganz vergessen, es euch zu sagen, Allen. Unser Anrufer hat auch einen Namen genannt.«

58

Ich zwängte mich durch den engen Gang zwischen den Paletten zurück und spähte über den Rand nach unten. Der Rauch zog bereits durchs ganze Gebäude. Offenbar hatten sie von beiden Seiten aus Rauch- und Blendgranaten durch die Fenster geworfen. Im Erdgeschoss wäre ich geblendet oder völlig desorientiert, doch ironischerweise hatte mich die provisorische Todeskammer vor den Sprengsätzen geschützt.

Der Rauch hatte schon den größten Teil des offenen Bereichs im Erdgeschoss erfüllt, stieg nach oben und verteilte sich in den kleinen, abgetrennten Räumen. Es war, als stünde ich auf dem Berg und betrachtete mir den Morgennebel in den Tälern unter mir. Am Hintereingang, durch den ich hereingekommen war, bemerkte ich eine Bewegung. Ich kauerte mich an den diesem Ausgang am nächsten stehenden Palettenstapel und versuchte, mich auf die Bewegung zu konzentrieren. In einer Minute würde der Rauch so dicht sein, dass ich nur noch ein paar Schuhe direkt vor meiner Nase erkennen würde, doch im Moment war ich noch hoch genug, um die mindestens vier Gestalten zu erkennen, die durch den Eingang huschten, wo der Rauch noch dünner war. Körperpanzerung, Helme mit Visier, Sturmgewehre. Ein SWAT-Team. Höchstwahrscheinlich LAPD, vielleicht auch das FBI. Egal wer mich besuchte, gut war es nicht.

Ich erinnerte mich an den SIS-Typen, dem ich vorher begegnet war. McCall hieß er. Wenn McCalls Männer so waren wie er, gehörten sie zu der Sorte, die schossen, ohne vorher zu fragen. Wenn ich ihre Anzahl am Hintereingang korrekt einschätzte und berücksichtigte, dass dieselbe Anzahl durch den Vordereingang hereinkam, hieß das mindestens acht trainierte Männer mit gepanzerten Westen und Granaten und M4er gegen einen unbewaffneten Mann in hübschem Anzug.

Ich sah mich in der unmittelbaren Umgebung um, wofür mir nur noch wenige Sekunden bleiben würden, sah aber nichts, das mir helfen könnte. Ich erinnerte mich an das Loch im Dach und blickte hinauf, verwarf allerdings die Idee gleich wieder, dort hindurch zu fliehen. Es befand sich fünfzehn Meter von mir entfernt und zehn Meter über dem Boden des Erdgeschosses. Der nächste Dachbalken war drei Meter vom Loch entfernt. Selbst wenn es weniger gewesen wären, wummerte immer noch der Hubschrauber direkt über mir und ließ den Strahl seines Suchscheinwerfers immer wieder durchs Loch und die Fenster im Obergeschoss tanzen. Hinter mir befand sich ein enger Durchgang, am Ende eine Backsteinmauer – eine Sackgasse mit einer Leiche.

Sollte ich irgendwie rauskommen, dann nur übers Erdgeschoss.

Ich sah wieder nach unten zum Hintereingang, wo die vier Männer ins Lager eingedrungen waren. Es wurde immer schwieriger, etwas zu erkennen. Sie verteilten sich im hinteren offenen Bereich des Lagers. Ich hörte leise Stimmen, als würden sie sich Codeworte zurufen. Schließlich hatte mich der Rauch erreicht, und meine ohnehin schon eingeschränkte Sicht wurde vollständig vernebelt. Ich duckte mich, umfasste den Rand des Bodens und beugte mich vor. Nach einem tiefen Atemzug ließ ich mich blind ins Leere fallen. Ich hoffte, ich hatte mir die Kammern unter mir korrekt eingeprägt.

Ich landete auf dem Betonboden, achtete aber darauf, meine rechte Seite mehr zu belasten. Leider konnte ich nicht verhindern, dass ich auch mit dem verletzten Fuß hart aufschlug, aber ich schaffte es, nicht laut aufzustöhnen. Ich hörte einen Ruf, drei Schüsse aus einem Automatikgewehr, das Splittern von Holz. Alles weit genug entfernt. Ich wartete und atmete aus. Vermutlich war ich in der zweiten Reihe der Kammern gelandet, was hieß, dass die Typen da draußen erst die erste Reihe sichern mussten. Gut gemacht, Blake, dachte ich. Du hast dir ein paar Extraminuten gesichert, bevor du wie ein Sieb durchlöchert wirst. Hier unten konnte ich etwas besser sehen. Wie gehofft hielten die Werkstätten oder Büros, oder welchem Zweck auch immer die Räume gedient hatten, den Rauch etwas ab, sodass ich hier drin viel besser sehen konnte als draußen auf der freien Fläche.

Der Raum war ungefähr dreieinhalb mal dreieinhalb Meter groß. Auch die Wände waren dreieinhalb Meter hoch, sodass ich mir vorkam wie in einer Holzkiste ohne Deckel. Und ich, der Springteufel, wartete nur darauf, durch eine Feder nach oben geschleudert zu werden. Die Kiste war praktisch leer, in den Wänden befanden sich Löcher und abgenutzte Stellen, wo Regale oder Tafeln gehangen hatten. Die Tür führte, wie ich wusste, auf den Mittelgang. Da mir nicht viele Möglichkeiten blieben, drückte ich vorsichtig die Klinke nach unten und zog die Tür auf. Ich hatte den vagen Plan, weiter ins Nest der Kammern vorzudringen, doch damit war ich mit meinen Ideen auch schon am Ende. Ich wusste nur, je länger es dauerte, bis ich erschossen oder gefesselt wurde, desto besser. Der Rauch war im Mittelgang viel dichter. Ich wandte mich in die Richtung, von der ich hoffte, mich von den Männern zu entfernen, und schlich los.

Hier konnte ich weniger sehen als je zuvor, konnte kaum meine eigenen Schuhe erkennen. Ich hielt mich dicht an der Wand, ließ meine Hand über die Türen gleiten, an denen ich vorbeikam. Als ich dachte, es wäre an der Zeit, durch eine dieser Türen zu treten, hörte ich in einem nicht erkennbaren Abstand hinter mir eine laute Stimme.

»Stehen bleiben!«

Ich nahm mir die Zeit, darüber nachzudenken. Ich war auf der Höhe einer der Kammern, zu der es zufällig keine Tür gab. Ich huschte hinein, bevor die Stimme weitere Befehle bellen konnte. Es wurde nicht geschossen. War die Aufforderung eine Täuschung gewesen? Vielleicht hatte er etwas gesehen, den Hauch einer Bewegung, doch mit Sicherheit hatte er mich egal aus welcher Entfernung nicht deutlich erkennen können. Nicht bei diesem Rauch. Ich sah mich in meiner neuen Kiste um. Hier war trotz der fehlenden Tür immer noch etwas mehr zu erkennen als auf dem Mittelgang. Diese Kiste war ein Büro gewesen. An einer Wand hingen Regale, in einem stählernen Aktenschrank fehlten die Schubladen. An einer anderen Wand stand ein Schreibtisch, in der Mitte ein zerbrochener Drehstuhl.

Wieder meldete sich eine Stimme. Mit Sicherheit dieselbe. Klarer Befehlston, wie er ihn eingedrillt bekommen hatte.

»Kommen Sie mit den Händen über dem Kopf heraus. Sonst erschieße ich Sie.«

Ja, es musste eine Täuschung sein, doch eine fundierte. Der Typ da draußen musste etwas gesehen haben, konnte sich aber nicht sicher sein, was. Wenn es ein Mensch gewesen war, durfte er davon ausgehen, dass dieser Mensch sich in einem der Räume versteckte. Meine Vermutung wurde bestätigt, als eine Tür vielleicht vier Räume entfernt eingetreten wurde. Zwanzig Sekunden später die nächste. Er ging methodisch vor. Raum für Raum. Jetzt sprach er leise, wie im Plauderton, über seinen Kopfhörer mit einem seiner Kollegen, wie ich vermutete. Das war gar nicht gut.

Eine Pause, dann die nächste Tür, die eingetreten wurde. Wahrscheinlich nebenan. Dieser Kerl wartete nicht auf seine Verstärkung, sondern wollte den bösen Buben ganz allein erledigen. Es würde nicht lange dauern, bis ein oder zwei andere nachrückten, aber nicht alle. Noch nicht. Vermutlich war eine der Gruppen nach oben gegangen. Wann würden sie die Leiche entdecken?

Nicht mehr lange und er hätte die Räume durchsucht. Noch ein paar Sekunden, und ich würde erledigt sein. Vorsichtig, um keinen Lärm zu machen, stieg ich auf den Schreibtisch und lauschte. Schlürfende Stiefel, etwas, das im Nachbarraum umgestoßen wurde, wahrscheinlich mit dem Gewehrlauf. Ich wartete, bis er zurückging. Ich ließ ihm Zeit, bis er wieder auf dem Mittelgang war, dann umfasste ich den oberen Rand der Wand und hievte mich hinüber, musste jedoch darauf achten, schnell, aber nicht laut zu sein. Ein einfaches Manöver ... unter normalen Umständen. Hoch, rüber, runter. Ich landete in der Nachbarkiste auf dem rechten Fuß und huschte zur Tür, die mein Verfolger dankenswerterweise offen gelassen hatte. Ich trat auf den Gang und wartete.

Fünf Sekunden später erschien der Typ in der Nachbartür, den Kopf leicht in die Richtung gedreht, in die zu gehen er gedachte – in die zu mir entgegengesetzte. Er trug die übliche Kampfmontur: schwarze Uniform, Körperpanzerung über dem Brustkorb, schwarzer Helm mit Visier. Ich schlug ihm mit der rechten Handkante gegen die Kehle. Das erforderte absolute Präzision, da ich den schmalen Spalt zwischen dem Panzer und dem Visier treffen musste, und zwar so hart, um ihn sofort bewusstlos zu schlagen, ohne ihn zu töten.

Der Polizist gab einen Gurgellaut von sich und stürzte. Sein Helm knallte auf den Boden, seine Bushmaster M4 hüpfte scheppernd ein Stück weiter. Ich ging in die Hocke und fühlte seinen Puls. Er war noch zu spüren, ebenso wie sein Atem. Dann zog ich seine Handfeuerwaffe aus seinem Holster. Eine Beretta. Ich prüfte, ob sie gesichert war, und schob sie hinten in meinen Hosenbund, bevor ich den Gang entlangrannte.

Am Ende befand sich eine letzte Tür. Diese öffnete ich und betrat einen weiteren Gang, der von der hintersten Wand des Abschnitts mit den abgetrennten Räumen und einer Backsteinmauer begrenzt war. Ich hatte gehofft, einen Notausgang vorzufinden, der in der Eile, das Lagerhaus zu umzingeln, übersehen worden war. Was ich aber fand, war eine große zweiflügelige Bodenklappe. Sie war abgeschlossen, doch das Vorhängeschloss sah beruhigend alt aus. Beruhigend, weil es offenbar nicht zum Drehbuch des Samariters gehörte. Er hätte ein neues Vorhängeschloss verwendet. Dieses Schloss verdiente etwas mehr Aufmerksamkeit. Es war so alt und billig, dass ich es hätte mit einem Schuss öffnen können, doch ich wollte meine Position nicht verraten, solange meine Verfolger noch das ganze Lager durchsuchen mussten. Ich nahm wieder mein Etui heraus und aus diesem zwei kleinere Dietriche, von denen der zweite passte. Aus Gewohnheit zählte ich die Sekunden, die ich fürs Öffnen brauchte. Sechs. Eher kein Weltrekord, aber ganz ordentlich.

Ich zog den Bügel des Vorhängeschlosses aus der Halterung und öffnete eine der Bodenklappen. Darunter war es stockfinster. Keine Leiter. Wie tief könnte es bis zum Kellerboden hinuntergehen? Hoffentlich nicht allzu weit. An der Innenseite der Klappe befand sich ein Griff, sodass ich sie hinter mir würde schließen können. Ich setzte mich auf den Rand der Öffnung, zog die Klappe so weit zu wie möglich, um selbst noch hindurchzupassen. Mit einer Hand hielt ich mich am Rand fest, mit der anderen umfasste ich den Griff und rutschte nach unten. Kurz bevor die Klappe meine Finger einklemmen würde, ließ ich den Rand los und die freie Hand zum Griff schnellen. Meine Füße baumelten in der Luft. Ich bin eins achtzig groß, meine Arme sind von der Schulter bis zu den Fingerspitzen etwa fünfundsiebzig Zentimeter lang. Das hieß, der Keller war mindestens zwei Meter fünfzig hoch. Ich hob den linken Fuß etwas höher als den rechten und hoffte, nicht allzu tief zu fallen, als ich den Griff losließ.

Die gute Nachricht war, dass ich eine Sekunde später harten Boden unter meinen Füßen spürte. Die schlechte war, dass ich meinen verletzten Knöchel nicht schützen konnte. Ein stechender Schmerz durchfuhr ihn, ich rollte auf den Rücken und umfasste meinen Fuß, rieb ihn eine Weile, bis der Schmerz etwas nachließ. Der Boden unter mir fühlte sich uneben und staubig an. Ich zog mein Telefon heraus, schaltete die Taschenlampenfunktion ein und leuchtete nach oben, um mir zu bestätigen, dass ich nur ein paar Zentimeter tief gefallen war.

Nach den vergangenen zwanzig Minuten in Dunkelheit

und Rauch hatte ich das Gefühl, in die Sonne zu blicken. Blinzelnd schwenkte ich den Schein der Lampe um mich herum. Die Decke befand sich etwa drei Meter über mir und war von schweren Stahlträgern durchzogen, die Backsteinmauern setzten hier am Fundament auf, und der Boden war gestampft. Meiner Idee, dass dieses Lager der Hauptarbeitsplatz des Samariters war, widersprach die Tatsache, dass der Keller ein weit besserer Ort für seine Tätigkeiten gewesen wäre als die Empore. Licht und Geräusche wären gut gedämpft gewesen, ein Gefangener würde zwischen Tag und Nacht nicht unterscheiden können. Doch hier gab es keine Fußeisen und keine Blutflecke.

Der Samariter hatte nicht beabsichtigt, dass ich in diesen Teil des Lagers vordrang. Hätte er sich die Zeit genommen, nach hier unten zu sehen, hätte er dafür gesorgt, dass es keinen Ausweg für denjenigen gab, der es bis hierher geschafft hatte. Ich ließ den Schein meines Telefons wieder über die Mauer gleiten. Einige Backsteine fehlten. Ich trat näher und fand meine Hoffnung bestätigt – hinter dem Loch befand sich der Keller des Nachbargebäudes. Ich zog an einem Stein. Er war locker. Mit einem Schlag meiner Handkante bewegte ich ihn ein Stück und konnte ihn schließlich ganz herausziehen. Von oben drangen wieder Schüsse herunter, als einer der Polizisten das Feuer auf eine Taube oder einen gefährlichen Schatten eröffnete. Ein Stück entfernt hörte ich Schritte auf dem Betonboden.

Ich begann, die anderen Backsteine am Rand der Öffnung herauszunehmen.

59

Erst eine Stunde nach McCalls Invasion war das Lagerhaus gesichert und der Rauch abgezogen, sodass Allen und Mazzucco hineinkonnten. Die Sonne ging an dem blassblauen Himmel auf und überzog die Straßen mit einem goldenen Schimmer.

Bis dahin war viel passiert. Ray Falco, einer von McCalls Männern, war bewusstlos, aber ansonsten unverletzt in einem Gang innerhalb des Labyrinths aus Kammern gefunden worden. McCalls Mannschaft war der Spur bis dorthin gefolgt, wo ihr Verdächtiger geflohen war: ein Loch in der Wand, das in den Nachbarkeller führte. Als es entdeckt wurde, war ihre Beute schon längst verschwunden. Schließlich hatte das zweite Team eine grausamere Entdeckung gemacht: die verstümmelte Leiche einer jungen Frau.

Wie Alejandro Castillo passte auch diese Frau nicht zum Typ der Opfer, die am Sonntag entdeckt worden waren, doch die Handschrift war unmissverständlich. Und diesmal hatte der Samariter einige seiner Werkzeuge zurückgelassen. Vielleicht war er unterbrochen worden, überlegte Allen. Oder vielleicht war es genau das, was er sie glauben lassen wollte.

Mit spitzen Fingern hielt sie vorsichtig das Messer am Handschutz, der die Klinge vom Griff trennte. Die superscharfe, gewundene Klinge schimmerte im Licht. Mit der anderen Hand zog Allen die Skizze aus der Tasche, die der Gerichtsmediziner anhand der Muster der früheren Wunden angefertigt hatte, und verglich sie. Perfekte Übereinstimmung.

Der Leichenbeschauer, der nun Dienst hatte, war derselbe, der bereits am Sonntag die Voruntersuchungen durchgeführt hatte.

»Sieht nach demselben Täter aus«, bestätigte er mehr sich selbst als den anderen. Es war ja nicht so, dass das irgendjemand bezweifelte. Es gab allerdings andere Spekulationen, die fragwürdiger waren.

»Zumindest wissen wir jetzt, wer es ist.«

Allen sah, dass Don McCall ihnen auf die Empore gefolgt war. Offenbar hatte er sich der erhitzten Diskussion mit den ersten beiden FBI-Agenten entzogen, die an den Tatort gekommen waren. Channing war noch nicht hier, doch Allen bezweifelte nicht, dass er etwas dazu sagen wollte, dass man ihn hatte links liegen lassen. Willkommen im Club, dachte sie bitter. McCall war mit einem jungen, uniformierten Polizisten von draußen hereingekommen. Er klang wütend und abwehrend, als wolle er alle warnen, seine Mannschaft nicht dafür zu kritisieren, dass der Verdächtige entwischt war. Allen verdrehte die Augen und legte das Messer vorsichtig auf den Tisch, bevor sie sich McCall zuwandte.

»Ich habe dir gesagt, dass es nicht Blake ist«, sagte sie. »Der Samariter hat dich an der Nase herumgeführt, McCall. Er muss es gewesen sein, der dir den Tipp gegeben hat. Die Sache ist doch viel zu praktisch. Selbst du musst das kapieren.«

»Ach, ja?«, blaffte McCall. »Ich habe gerade mit Falco gesprochen, und seine Beschreibung von dem Kerl, der ihm den unerwarteten Schlag versetzt hat, passt haargenau auf den Typen, den ich in der Zentrale kennengelernt habe. Mit dir. Das muss ich dir schon lassen, Allen. Du bist dem Täter ziemlich schnell auf die Pelle gerückt. Schade nur, dass du es nicht gemerkt hast.«

»Darauf basiert deine Behauptung? So ein Qua...«

»Das ist nicht alles«, schnitt er ihr das Wort ab. »Sagen Sie ihr, was wir gerade gefunden haben, Officer.«

Er sprach zu dem Polizisten links von sich, hielt den Blick

aber auf Allen gerichtet. Der Polizist war Mitte zwanzig und noch etwas grün hinter den Ohren. Er räusperte sich. »Äh ...«

»Erzählen Sie von dem Wagen.«

Der junge Polizist räusperte sich erneut. »Äh, das stimmt, Detective. Wir haben einen Straßenblock entfernt einen blauen Chevrolet Malibu gefunden. Einen Mietwagen. Vor zwei Tagen gemietet auf den Namen Carter Blake.«

McCall hob seine Augenbrauen und formte seine Hände in Allens Richtung zu einer »Und? Zufrieden?«-Geste.

Mazzucco schielte zu Allen, sagte aber nichts.

Allens Gedanken rasten. Es konnte nicht Blake gewesen sein, der diese Frau getötet hatte, doch die Indizienbeweise nahmen eindeutig zu. Allerdings war die Grundlage etwas wackelig – ein anonymer Anruf, der viel zu perfekt ins Bild passte.

»Vielleicht war er hier«, räumte sie nach einer Minute ein. »Das heißt aber nicht, dass er der Gesuchte ist.«

McCall schüttelte vergnügt den Kopf. »Du weißt nicht einmal, was du angerichtet hast, oder? Du hast zugelassen, dass ein Serienmörder an den Ermittlungen zu seinen eigenen Verbrechen beteiligt wird. Du bist erledigt, Allen.«

»Sie hat recht«, ergriff Mazzucco das Wort, der bis jetzt nur zugehört hatte.

Allen empfand Dankbarkeit, doch ein Blick in das Gesicht ihres Partners sagte ihr, dass er dies nicht aus Loyalität ihr gegenüber gesagt hatte – jedenfalls nicht nur –, sondern aus dem Bauchgefühl heraus, dass die Sache viel zu perfekt passte.

Mazzucco war einen Schritt auf McCall zugegangen, den Blick immer auf seine Augen gerichtet. »Wir erhalten einen anonymen Anruf, bei dem dir gesagt wird, wo du einen Mörder auf frischer Tat ertappst, und das kommt dir nicht allzu einfach vor? Es ist nicht jemand, der nur sagt: ›Hey, ich habe was Verdächtiges gesehen‹, sondern ein anonymer Anrufer, der zufällig auch den Namen des Verdächtigen kennt? Was hat er vorgewiesen? Blakes Terminplan? Das ist Quatsch, McCall. Du hast ihm in die Karten gespielt.«

McCall trat noch näher, setzte aber seine vergnügte Maske ab. »Dieser Mörder hat mit den falschen Leuten gespielt. Wir schnappen ihn uns, noch bevor der Tag zu Ende ist. Tot oder lebendig.«

Allen schüttelte den Kopf. McCall hatte gerade mehr enthüllt, als er die Absicht hatte. Vielleicht hielt er Blake für den Samariter, vielleicht auch nicht. Das war egal. Für ihn zählte nur, dass Blake einen von McCalls Männern niedergeschlagen und dem Ganzen noch eins draufgesetzt hatte, indem ihm die Flucht gelungen war. Um etwas anderes ging es McCall nicht, und das bedeutete, dass er leichtfertig eine Ermittlung in die falsche Richtung lenkte, nur um wieder einen Ausgleich zu schaffen.

»Du bist ein Arschloch, McCall«, schimpfte Allen, die zum ersten Mal ihre volle Verachtung für ihn herausließ. Ihr Telefon summte, daher nahm sie nur am Rande wahr, dass McCall irgendetwas zurückrief, während sie auf die Anzeige sah. Plötzlich wurden McCalls Beleidigungen unwichtig. Lieutenant Lawrence rief an.

60

In einem grauen, fensterlosen Zimmer auf der anderen Seite des Landes stellte ein kleiner, aber kräftig gebauter Mann namens Davis seine Kaffeetasse ab und griff beim zweiten Klingeln zum Telefon auf seinem Schreibtisch. Die Stimme am anderen Ende klang panisch, forderte ihn auf, den Fernseher einzuschalten oder ins Internet zu gehen.

Davis war verwirrt. »Was ist passiert?«

Die Stimme sagte, es sei einfacher, es selbst zu sehen. Zehn Sekunden später hatte er die Webseite der *LA Times* aufgerufen und konnte nicht anders, als dem Anrufer zuzustimmen. Er legte wortlos auf und überflog die Geschichte. Sein Blick schnellte zum Foto am oberen Rand, als brauche er eine Bestätigung. Das war übel. Wahrscheinlich sehr übel. Sein Mann an der Westküste hatte mehr oder weniger bestätigt, dass es Crozier war, der umherzog, um Menschen zu töten. Crozier war ein Problem, klar, aber eins, mit dem sich umgehen ließ. Diese neue Entwicklung machte die Angelegenheit jedoch viel komplizierter.

Er musste mit Faraday sprechen, das war so weit klar. Auf dieses Gespräch freute er sich nicht. Faraday war an diesem Vormittag in New York und würde sich über die Unterbrechung nicht freuen. Er wählte die Nummer des Büros in New York.

»Direktorium«, meldete sich eine jung klingende, weibliche, aber strenge Stimme. Kein »Guten Morgen« oder »Was kann ich für Sie tun?«, und mit Sicherheit keine Firmen- oder Abteilungsbezeichnung. Davis nannte seinen Namen und sagte, er müsse dringend mit Faraday sprechen. Die Dame erwiderte nichts, sondern ließ ihn nach einem Klick eine halbe Minute in der Leitung hängen. Natürlich ohne Wartemusik. Danach meldete sich wieder eine weibliche Stimme, aber eine reifere, selbstsicherere, kältere.

»Ich bin gerade mit was beschäftigt, Davis. Ich hoffe, die Sache ist gut.«

»Es geht um Los Angeles.«

Pause. »Die Vorkehrungen sind getroffen, Davis. Sie wi…«

»Ich rede nicht von Crozier. Nicht nur von ihm. Die Polizei hat gerade ein Foto von ihrem Verdächtigen veröffentlicht.«

»Spannen Sie mich nicht auf die Folger, Davis.«

Davis schloss die Augen und wappnete sich. Dann nannte er den Namen. Nur zwei kurze Worte, aber er wusste, sie könnten alles ändern.

61

Wie erwartet, war der Anruf eine Einbestellung zum Gespräch. Allen ließ Mazzucco am Lager zurück und kämpfte allein gegen den Verkehr der Stoßzeit an. Lawrence sagte nichts, als sie die Tür zu seinem Büro öffnete. Er forderte sie nicht auf einzutreten, nickte auch nicht in Richtung eines Stuhls. Er sah sie nur an, bis sie hereinkam und die Tür schloss.

Allen wappnete sich und ging ein paar Schritte auf den Schreibtisch zu. Lawrence starrte sie weiterhin an.

»Lieutenant …«

Lawrence unterbrach sie mit einem Wink seiner Hand.

»Ersparen Sie sich das. Erklären Sie mir nur, warum Sie einen Zivilisten in die Ermittlung von Serienmorden einbezogen haben, die anscheinend genau von diesem Zivilisten begangen wurden?« Seine Stimme hatte am Anfang noch ganz ruhig geklungen, war aber angeschwollen, bis er die letzten drei Worte geradezu gebrüllt hatte. Allen war schockiert. Bis jetzt dachte sie, Lawrence wäre nicht in der Lage, derart auszurasten.

»Lieutenant, das ist eine abgekartete Sache. Blake ist nicht der Samariter.«

Jetzt war es Lawrence, der leicht schockiert dreinblickte.

»Aber warum fanden wir seinen Mietwagen vor dieser Folterkammer? Warum gab McCalls Mann eine Beschreibung von ihm ab, die auf ihn passte wie die Faust aufs Auge?«

»Das weiß ich noch nicht. Ich weiß nur, dass es ziemlich praktisch ist, dass uns ein anonymer Anrufer zu dieser Adresse führte und sagte, es handle sich um den Samariter. Wer hat angerufen? Woher wusste er Bescheid?«

»Das ist eine interessante Frage, aber ich habe eine bessere: Wo, zum Teufel, steckt Blake? Wenn er unschuldig ist, wo hält er sich dann auf?«

Stimmt, gute Frage, dachte Allen. Sie hatte ein paarmal versucht, ihn auf seinem Mobiltelefon zu erreichen, war aber auf dem AB gelandet. Wenn Blake schlau war – und das war er –, hatte er das Telefon entsorgt oder zumindest ausgeschaltet, sobald er das Lagerhaus verlassen hatte.

»Vielleicht hat er Angst. Vielleicht gefällt ihm nicht, dass sein Name und seine Beschreibung im Zusammenhang mit diesem Fall veröffentlicht wurden. Denken Sie doch mal nach, Lawrence. Der Samariter hat jahrelang unentdeckt agiert. Endlich haben wir eine Spur, und er ist verunsichert. Deswegen beschäftigt er uns mit einem netten Täuschungsmanöver. An der Leiche im Lager finden wir kein Fitzelchen DNA, genauso wenig wie bei den anderen.«

»Warum sind Sie so überzeugt, dass Blake sauber ist?«

Allen seufzte und bemühte sich um Informationsoffenlegung: der Anruf zu Agent Banner, die Flugzeiten, die bewiesen, dass Blake zum Zeitpunkt des Mordes an Kelly Boden fünftausend Kilometer entfernt war. Lawrence wirkte nicht überzeugt, aber sie wusste, dass er es auch vom Gegenteil nicht hundertprozentig war, weil sich ein guter Polizist mit dreißigjähriger Berufserfahrung nicht so einfach über den Tisch ziehen ließ. Er wusste besser als sie, dass man einen perfekten Hinweis selten ohne Grund erhielt.

Als Allen endete, lehnte sich Lawrence zurück und verschränkte die Arme. »Das ist nicht Ihr erster Minuspunkt, den Sie sich bei mir einhandeln, Detective Allen. Erklären Sie mir, warum ich Sie nicht sofort vom Dienst suspendieren sollte.«

»Kommen Sie, Lieutenant.«

»Was würden Sie tun? Was würden Sie in meiner Position tun, hm? In meiner Behörde gibt es ein wandelndes Pulverfass, das den offiziellen Kanälen Informationen vorenthält, andere Informationen an nicht zuständige Zivilisten weitergibt ...«

»Ich würde diesen Mitarbeiter vom Dienst suspendieren«, gab Allen zu. »Sobald der Fall erledigt ist. Weil ich jemanden bräuchte, der den echten Mörder jagt, während alle anderen damit beschäftigt sind, nach dem zu suchen, dem die Morde fälschlicherweise in die Schuhe geschoben werden.«

Lawrence sah sie an. Sein Gesichtsausdruck war unmöglich zu lesen. »Es tut mir leid, Allen«, sagte er schließlich.

»Lieutenant ...«

»Sie haben mir keine andere Wahl gelassen. Das verstehen Sie sicher.«

Allen schluckte. »Ja, Sir.«

»Das FBI ist total sauer. Ich habe vor zehn Minuten mit Agent Channing telefoniert. Er hat gefragt, warum wir ihn in Bezug auf das Lager erst informiert haben, als die Sache schon am Laufen war.«

»Das war nicht mein ...«

»Das weiß ich, Allen. Aber sie wollten auch wissen, warum sie nicht über Blake Bescheid wussten. Sie wollten wissen, warum sie offenbar nicht in unseren Telefonverteiler aufgenommen wurden, und darauf hatte ich keine Antwort.« Er machte eine Pause und schüttelte frustriert den Kopf.

»Es tut mir leid, Lieutenant.«

»Zwei Wochen Suspendierung ohne Gehalt, wirksam ab sofort.« Mit offener Hand deutete er auf die leere Fläche seines Schreibtisches.

Wortlos zog Allen ihre Beretta aus dem Holster und legte sie auf den Tisch, anschließend nahm sie das Lederetui mit ihrer Dienstmarke und ihrem Dienstausweis heraus und legte es daneben. Sie drehte sich zur Tür, blieb aber stehen, als Lawrence doch noch etwas sagte.

»Ich überlasse es Ihnen, mit Mazzucco zu sprechen. Sagen Sie ihm selbst, dass Sie vom Fall abgezogen wurden. Besser, er erfährt es von Ihnen. Ich gehe davon aus, dass Sie einiges zu regeln haben.«

Allen drehte sich um und blickte zu Lawrence. Er hatte sich von ihr abgewandt und starrte demonstrativ zum Bildschirm. Meinte er, was sie dachte, dass er meinte? Ihre eigenen Worte fielen ihr wieder ein: *Weil ich jemanden bräuchte, der den echten Mörder jagt, während alle anderen damit beschäftigt sind, nach dem zu suchen, dem die Morde fälschlicherweise in die Schuhe geschoben werden.*

»Wir sehen uns in zwei Wochen, Detective.«

Allen lächelte. »Ja, Sir. Ich habe verstanden.«

62

Sobald Allen die Tür hinter sich zugezogen hatte, griff sie zu ihrem Telefon und sah, dass sie eine Nachricht erhalten hatte. Wie gehofft, stammte sie von Mazzucco. Sie lautete nur: *Ruf mich sofort an.*

Sie ging die Treppe zur Eingangshalle hinunter und nach draußen, während sie überlegte, ob sie Lawrence' Botschaft richtig verstanden hatte. Doch eigentlich war das egal, weil sie wusste, was sie zu tun hatte. Sie entfernte sich zehn Schritte vom Gebäude, bevor sie Mazzuccos Mobilnummer wählte. Während sie dem Freizeichen lauschte, blickte sie auf die andere Straßenseite das Rathaus hinauf.

»Wie lief's mit Lawrence?«, meldete sich Mazzucco statt mit einem Hallo.

»Er hat mich für zwei Wochen vom Dienst suspendiert.«

Mazzucco schwieg, bevor er darauf etwas erwiderte. »Kann eher nicht sagen, dass ich überrascht bin. Was wirst du also tun?«

»Er hat gesagt, ich soll dich anrufen, und dass er mich in zwei Wochen wiedersehen will.«

»Allen ...«

»Ich denke, ich möchte meinen Urlaub mit dir verbringen. Was hältst du davon?«

»Hat es irgendeinen Sinn, dir zu erzählen, was ich davon halte?«

»Wahrscheinlich nicht. Blake ist nicht unser Mann, Jon.«

»Das weiß ich.«

Das überraschte sie. »Wirklich?«

»Ich bilde mir ein, Menschen gut einschätzen zu können. Außerdem glaube ich, dass du mit dem anonymen Tipp recht hast. Das ist Schwachsinn.«

Allen grinste und dankte Gott, dass Mazzucco endlich einmal einen kühlen Kopf bewahrte. »Wie lief's mit dem Inhaber?« Als Allen von Lawrence angerufen worden war, hatte sich Mazzucco bereit erklärt, den eingetragenen Inhaber des Lagerhauses zu überprüfen, einen gewissen William J. Carron.

Mazzucco seufzte. »Also gut. Ich bin vor einer halben Stunde hergekommen – musste fast die Tür einschlagen, bis Carron endlich aus dem Bett kam.«

»Und?«

»Und er ist der Inhaber, mehr aber auch nicht. Er sagte, er sei in letzter Zeit nicht mehr dort gewesen. Er hat es 2007 bei einer Auktion gekauft und hatte die Idee, es in Luxuswohnungen umzuwandeln.«

»Luxuswohnungen? In diesem Teil der Stadt?«

»Hey, das war vor dem Zusammenbruch. Jedenfalls hat er ein Alibi für heute Nacht. Er hat mit einem Freund in einer Kneipe gesessen, bis sie zugemacht hat, dann hat er zu Hause neben seiner Frau geschlafen, bis ich ihn aufgeweckt habe. Er war ziemlich überrascht, als ich ihm von der Leiche in seinem Lager erzählte.«

Allen schüttelte den Kopf. »Wieder eine Sackgasse.«

»Ich war noch nicht fertig, Jess. Nachdem ich ihm von der Leiche erzählt habe, fragte ich, ob er mit Sicherheit in letzter Zeit nicht dort gewesen wäre. Er erinnerte sich, dass er vor etwa sechs Monaten kurz dort war, um das Lager einem potenziellen Käufer zu zeigen.«

»Und?«

»Und er erinnert sich nicht an viel. Ich habe das Gefühl, der Kerl hätte Schwierigkeiten zu beschreiben, was er gestern Abend gegessen hat. Er erinnert sich nur, dass es ein Mann war, der irgendwie interessiert war, sich aber nicht mehr gemeldet hat.«

»Den Namen hat er sich nicht gemerkt?«

»Es kommt noch besser. Er verneinte, aber ich drängte weiter, er solle uns wenigstens etwas geben. Schließlich sah er auf dem Notizblock nach, der neben seinem Telefon liegt. Zum Glück bekam er im vergangenen Jahr nicht viele Anrufe. Die Telefonnummer war immer noch da. Und ein Name stand daneben – Dean –, obwohl das die Möglichkeiten auch nicht gerade einschränkt.«

»Mobil oder Festnetz?«, fragte Allen und hoffte auf das Zweite.

Sie hörte ein Lächeln in seiner Stimme, als er antwortete. »Festnetz. Die Nummer gehört zu einer Adresse in Santa Monica.« Er legte eine Pause ein, um sie zu ärgern. »Ich denke, das brauchst du eigentlich nicht zu wissen, jetzt, wo du vom Dienst suspendiert bist und so …«

Allen grinste. »Gib mir einfach die Adresse, du Wichser.«

63

Mazzucco parkte am Straßenrand ein paar Hausnummern von der genannten Adresse in Santa Monica entfernt. Allen stellte ihren Wagen hinter ihm ab, und sie stiegen gleichzeitig aus. Die Häuser sahen ziemlich gleich aus: einstöckig mit großen Vorgärten. Die einzige Abwechslung boten die Anstriche – weiß oder in Pastelltönen – und die Gärten – makellos oder verwildert.

Es war ein ungewöhnlich klarer Morgen. Die Sonne direkt vor ihnen stand tief und schien grell. Die beiden behielten ihre Sonnenbrillen auf, während sie wortlos auf die Nummer 2224 zugingen. Das Haus sah eher nicht verlassen aus.

Es unterschied sich nicht sehr von den anderen. Die pastellblaue Farbe müsste erneuert werden. Der Hof war zugewuchert, der weiße Lattenzaun davor eigentlich nicht mehr zu gebrauchen. Die Fenster waren nicht vernagelt, was wahrscheinlich hieß, dass es noch bewohnt war. Die Vorhänge allerdings waren geschlossen. Sie spürte einen Schauder, als sie zum Haus blickte. Irgendetwas stimmte hier nicht. Was perverserweise hieß, dass es sich als Teil des Puzzles richtig anfühlte. Vielleicht bisher das größte Teil.

Sie sah zu Mazzucco. Er sagte nichts. Das brauchte er auch nicht. Einem Nichtpolizisten wäre es schwierig zu erklären, aber etwas war an die richtige Stelle gerutscht. Plötzlich hatte eine Spur, wegen der sie sich lieber nicht allzu große Hoffnungen gemacht hatten, angefangen, vielversprechend auszusehen.

Das Tor war praktisch aus den Angeln gehoben, trotzdem hatte sich jemand, der das letzte Mal gekommen oder gegangen war, die Mühe gemacht, es zu verschließen. Mazzucco öffnete den Riegel und musste das Tor anheben, um es öffnen zu können. Er ging zur verglasten Eingangstür voraus. Allen behielt die Fenster im Auge, achtete darauf, ob sich die Vorhänge bewegten.

Als sie die Tür erreichten, zögerte Mazzucco, bevor er klopfte. Allen wusste, was er dachte, und öffnete ihre Jacke, um ihm ihr leeres Holster zu zeigen. Er zuckte mit den Schultern, zog seine eigene Waffe heraus und klopfte dreimal fest und laut an die Tür. Das Klopfen eines Polizisten, das man nur schwer überhören konnte. Sie warteten eine Minute. Zwei Minuten. Allen beobachtete die Fenster.

Mazzucco hob erneut die Hand, um zu klopfen, behielt sie aber in der Luft, als sich ein Wagen mit langsamer werdender Geschwindigkeit näherte. Sie drehten sich in die Richtung des Motorengeräuschs. Hinter ihnen stand ein dichter Busch, der den Blick zum Haus von dieser Seite der Straße aus verstellte. Ein grüner Dodge tauchte hinter dem Busch auf, wollte schon in die Einfahrt einbiegen, um vor dem Haus zu parken. Der Fahrer trug wie sie eine Sonnenbrille. Sobald er die beiden Polizisten sah, lenkte er zur Straße zurück und zögerte den Bruchteil einer Sekunde, um sich die Besucher näher anzusehen.

Allen ging auf das Tor zu und ließ ihre Hand automatisch

zur Tasche gleiten, um ihre Dienstmarke herauszuholen, bis sie sich daran erinnerte, dass sie auch diese nicht mehr hatte. Der Fahrer des Wagens drückte aufs Gas und raste mit quietschenden Reifen los.

Sie rief »Stopp!«, als der Wagen aus ihrem Blickfeld verschwand. Sie rannte auf den Bürgersteig, konnte aber nur noch sehen, wie der Dodge hundert Meter weiter um die Ecke verschwand.

»Mist!«

Mazzucco stand neben ihr. »Hast du das Nummernschild erkannt?«

Sie schüttelte den Kopf. Es hatte keinen Sinn, zu ihren eigenen Autos zu rennen. Der Fahrer des Dodge könnte schon zwei Kilometer weiter sein, bis sie gewendet und die Straßenecke erreicht haben würden.

Mazzucco nahm sein Telefon heraus, meldete ihren Standort und bat um eine schnelle Fahndung nach einem grünen Dodge Charger mit einem männlichen Fahrer am Steuer, wahrscheinlich weiß oder Latino.

»Schauen wir mal, ob wir Glück haben«, sagte er, als er das Gespräch beendete.

»Das bezweifle ich«, erwiderte Allen. »Der Kerl sah aus, als wüsste er, wie man sich aus dem Staub macht.« Sie sah zum Haus. »Vielleicht haben wir mit dem, was sich im Haus befindet, mehr Glück.«

Mazzucco zögerte, bevor er ihr zur Tür folgte. Mit verschränkten Armen sah er zu, wie Allen das Schloss knackte. Ein Lächeln umspielte seine Lippen, als sie zu ihm aufsah.

»Willst du nicht wenigstens irgendwas Missbilligendes sagen?«

Mazzucco schüttelte den Kopf. »Über den Punkt sind wir hinaus, seit ich dir diese Adresse genannt habe.«

Allen lächelte und nickte.

»Je nach dem, was wir da drin finden, können wir alles so lassen, wie es ist, und uns einen Durchsuchungsbefehl besorgen«, fuhr er fort.

»Du hast schon zu viel Zeit mit mir verbracht. Was ist mit den Vorschriften passiert?«

Mazzucco streckte die Hand aus, drückte die Klinke mit dem Handrücken nach unten und öffnete die Tür. »Wenn das sein Haus ist, könnte er hier etwas verstecken. Das will ich überprüfen, bevor wir irgendwas anderes tun.«

Allen ließ Mazzucco mit einer Geste den Vortritt. Genau das mochte sie an Mazzucco: Er befolgte die Regeln so lange, bis sie ihm im Weg standen, wenn er das Richtige tun wollte.

Innen war es düster, alle Lampen ausgeschaltet. Die Vorhänge waren allerdings so dünn und billig, dass es kein Problem war hindurchzusehen. Es roch leicht feucht und modrig, aber nicht nach Verwesung, einen Gestank, gegen den Allen sich bereits gewappnet hatte. Das war ein gutes Zeichen, hieß aber nicht unbedingt, dass hier keine Leiche versteckt war. In Washington hatte Allen mit einem Fall zu tun gehabt, bei dem eine Leiche zweifach in Duschvorhänge aus Plastik eingewickelt drei Jahre unbemerkt vom aktuellen Eigentümer des Hauses unter den Bodendielen im Schlafzimmer gelegen hatte.

Sie betraten einen kurzen Flur mit jeweils zwei Türen rechts und links. Sie prüften die Räume der Reihe nach: Wohnzimmer, Küche, Schlafzimmer eins, Schlafzimmer zwei. Am Ende befand sich eine Tür mit Milchglasscheibe, das Badezimmer. Sie brauchten nicht lange, um festzustellen, dass sich niemand im Haus befand, egal ob freiwillig oder gezwungen. Eigentlich gab es abgesehen von einem gemachten Bett in einem der Schlafzimmer und ein paar Lebensmitteln im Kühlschrank keinen Hinweis darauf, dass hier überhaupt jemand wohnte. Doch das tat jemand. Höchstwahrscheinlich jemand, der einen grünen Dodge Charger fuhr.

Allen beäugte das Telefon auf dem Nachttisch, mit dem vermutlich der Besitzer des Lagers angerufen worden war. Mit Sicherheit ein Ausrutscher, aber ein verständlicher. Wenn der Bewohner dieses Hauses tatsächlich der Samariter war, hatte er wohl nicht damit gerechnet, dass man sich nach all den Monaten an seine Nummer erinnerte, auch wenn die Polizei jemals Grund gehabt hätte, danach zu suchen. Sie hatte das Gefühl, dass das abgekartete Spiel vom Morgen improvisiert war – ein absichtlicher Versuch, die Behörden von der Spur abzulenken, aber nicht unbedingt von langer Hand geplant.

Sie bemerkte, dass etwas unter dem Telefon lag. Etwas Flaches wie ein Zettel oder eine Visitenkarte. Sie zog den Ärmel ihrer Jacke über ihre Hand und schob das Telefon ein Stück zurück. Es war ein Foto. Sie wägte das Risiko ab, entschied sich für *scheiß drauf*, schob das Telefon ganz zurück und nahm das Foto vorsichtig an der Kante in die Hand.

Es war ein echtes Foto, was hieß, kein digitales, auf Glanzpapier ausgedrucktes, sondern eins von einer echten Kamera aufgenommenes und von einem echten Film entwickeltes. Das war nicht nur am Papier oder an der Art des Bildes zu erkennen, sondern weil es eindeutig zehn oder zwanzig Jahre alt war. Die Farben waren verblasst, und es wies Flecken und Knicke auf, als wäre es oft in die Hand genommen und angeschaut und vielleicht von einem Platz zum nächsten gelegt worden.

Es zeigte zwei Jugendliche, die auf einem Zaun saßen – einen Jungen und ein Mädchen. Beide wirkten nicht älter als sechzehn, und wenn Allen hätte raten müssen, hätte sie gesagt, dass das Mädchen älter war als der Junge.

Der Junge war groß für sein Alter. Er hatte kurzes schmutzigblondes Haar, und sein schmales, kantiges Gesicht sah aus, als bräuchte es noch ein paar Jahre, bis es öfter als einmal pro Woche rasiert werden müsste. Er trug eine Sonnenbrille, ein weißes T-Shirt und eine kurze Khakihose, die bis an seine Knie reichte. Der Träger seines Rucksacks hing über seiner rechten Schulter.

Es war das Mädchen, für das Allen sich mehr interessierte, weil sie sehr vertraut aussah. Braune Augen, ihr dunkles Haar in einer Weise geschnitten, die vermuten ließ, dass das Foto aus den Neunzigern stammte. Abgesehen vom Stil erinnerten sie Haar, Augen und Gesichtszüge an die drei Leichen, die sie in den Santa Monica Mountains gefunden hatten. Das war garantiert kein Zufall.

Sie trug eine bis zur Hälfte der Oberschenkel abgeschnittene Jeans und ein ausgebleichtes schwarzes T-Shirt mit gelbem Smiley, dessen Augen mit einem Kreuz durchgestrichen waren. Allen hatte schon Jugendliche mit solchen Hemden gesehen. Wahrscheinlich war es das Symbol für irgendeine Rockband.

Das Bild schien an einem warmen Sommertag aufgenommen worden zu sein. Vielleicht in Kalifornien oder irgendwo anders, wo es warm war. Im Vordergrund gab es nicht viel zu sehen, der Hintergrund links wurde von Gestrüpp und Himmel eingenommen, rechts befand sich ein Gebäude. Es musste so etwas wie eine Bar oder ein Imbiss sein, weil im Fenster ein Neonschild zu erkennen war, auch wenn es nicht eingeschaltet war. Sie konnte die Buchstaben S, T und E und den Anfang von etwas lesen, das nach einem V aussah. Steve, vielleicht? Steve's Diner?

Als Mazzucco sie von nebenan rief, steckte sie das Foto in ihre Tasche.

Mazzucco kniete im anderen Schlafzimmer vor einem Schrank. Er trug Handschuhe und hob vorsichtig den Deckel einer mittelgroßen Kiste, die im Schrank gestanden hatte. Allen hatte bereits solche Kisten gesehen. Kisten, die eine besondere Kombination von alltäglichen Gegenständen enthielten, die von einem bestimmten Menschentyp an einem Ort wie diesem aufbewahrt wurden.

»Kabelbinder aus Plastik, Klebeband, ein Messer, etwas Gaze«, zählte Mazzucco das Inventar auf. »Vermutlich als Augenbinde.«

»Folterausrüstung.«

Mazzucco nickte. Allen wollte ihm von dem Foto erzählen, doch wie er so vor dem Schrank kniete, erinnerte sie sich an eine gruselige Szene, die sich vor nicht allzu langer Zeit ereignet hatte. Ein anderer Partner, ein anderes Haus eines anderen Kriminellen. Leise sprach sie Mazzucco mit dessen Namen an.

Er sah zu ihr auf. »Was ist?«

»Der Schuss könnte für mich nach hinten losgehen, je nachdem, was passiert. Ich wollte dir nur etwas sagen, bevor ...«

Mazzucco fühlte sich sichtlich unwohl. »Bevor ...«, wiederholte er nach einer Weile.

»Na ja, nur für den Fall. Vielleicht sind wir nächste Woche zur selben Zeit keine Partner mehr. Ich wollte dir nur von der Sache in Washington erzählen.«

»Der Victor-Lewis-Fall? Allen, wir müssen darüber nicht reden.«

»Doch. Lewis war hundertprozentig schuldig. Das musst du wissen. Wir wussten allerdings nicht, was wir in seinem Haus finden würden. Bratton, mein Partner, beschloss, das zu ändern. Er platzierte das Halsband des Opfers in Lewis' Schrank.«

Mazzucco wartete schweigend, dass sie fortfuhr.

»Zu dem Zeitpunkt wusste ich nicht, dass er es getan hatte. Ich dachte, der Fall wäre klar. Irgendwie fand Lewis' Anwalt heraus, was passiert war. Es gab eine Untersuchung. Bratton und ich wurden suspendiert. Er kam zu mir nach Hause und erzählte mir, was er getan hatte, flehte mich an auszusagen, ich hätte gesehen, wie er das Halsband gefunden hatte.«

»Aber du hast es nicht getan«, sagte Mazzucco.

»Woher wusstest du das?«, fragte Allen überrascht.

Mazzucco zuckte mit den Schultern. »Wie gesagt, ich kann Menschen gut einschätzen.«

»Ich habe niemandem erzählt, dass er mir gegenüber ein Geständnis abgelegt hat, aber ich habe mich auch nicht hinter ihn gestellt. Am Ende hat man ihn sowieso drangekriegt. Ein neuer Kollege hat ausgesagt, er hätte das Halsband nach dem Mord gesehen. Allerdings tauchte es in der Inventarliste nicht auf, weil Bratton es an sich genommen hatte.«

»Du hast das Richtige getan, Allen.«

»Meinst du? Ich dachte immer, egal was passiert, man muss sich hinter seinen Partner stellen. Aber als ich in dieser Situation war, dachte ich ... dachte ich einfach ... wir müssen besser als die anderen sein, weißt du?«

Mazzucco nickte. »Trotzdem hättest du dir die Sache einfacher machen können, indem du Bratton auslieferst, aber das hast du nicht getan.«

»Nur weil ich ihm nicht dabei helfen wollte, einen falschen Beweis an den Tatort zu schmuggeln, heißt das nicht, dass ich helfen wollte, einen guten Polizisten in den Knast zu schicken.« Sie lachte freudlos. »Am Ende nahm die Hälfte der Polizisten aus unserer Behörde an, ich hätte auch was damit zu tun, wäre aber mit einem blauen Auge davongekommen, die andere Hälfte dachte, ich hätte meinen Partner vor einen Bus gestoßen. Neunundneunzig Prozent meiner Kollegen hassten mich sowieso. Daher entschied ich mich für die schlimmste Möglichkeit.«

»Von meinem Standpunkt aus gesehen ist dem nicht so.«

Sie schwieg eine Minute. »Danke, Jon«, sagte sie schließlich.

»Wofür?«

»Dafür, dass du zu dem einen Prozent gehörst.«

»Ich freue mich immer, wenn ich recht habe.« Er wirkte angesichts der uncharakteristischen Gefühlsanwandlung zwischen ihnen unangenehm berührt und senkte den Blick zur Folterausrüstung. »Stellen wir das lieber wieder zurück und machen Meldung.« Er sah wieder zu ihr auf. »Hast du was gefunden?«

Sie erinnerte sich an das Foto und reichte es ihm, achtete aber darauf, nicht die Oberfläche zu berühren. »Ich weiß nicht. Vielleicht.«

Er betrachtete das Bild und hob anschließend erwartungsvoll den Kopf. »Das Mädchen passt zum Opferprofil.« Er nickte.

»Sieht aus, als hätte er es ständig bei sich gehabt«, sagte sie. »Was bedeutet es deiner Meinung nach?«

Mazzucco zuckte mit den Schultern. »Könnte eine Menge bedeuten. Vielleicht sind sie beide Opfer. Vielleicht ist der Junge auf dem Bild er. Viel kann man aus dem Bild nicht schließen.

»Erkennst du den Ort?«

Mazzucco sah sich das Bild noch einmal an und schüttelte den Kopf. »Sollte ich?«

»Ich weiß nicht. Ich dachte, es könnte hier irgendwo in der Nähe sein. Das Licht und die Farben passen zu Südkalifornien. Es hat etwas Vertrautes. Ich kann's nur nicht fassen.«

»Es könnte hier in der Gegend sein«, stimmte Mazzucco

zu. »Andererseits gibt es auch an vielen anderen Orten blauen Himmel und Staub. Könnte Brisbane in Australien sein. Wirst du es zurücklegen?«

»Okay, okay.« Allen zog ihr Telefon heraus und machte ein Bild von dem Original, bevor sie es auf den Nachttisch zurücklegte. Dann gingen die beiden wieder nach draußen, schlossen die Tür, und Mazzucco rief die Zentrale an.

64

Der Durchsuchungsbefehl ließ nicht lange auf sich warten. Teil einer bundesweiten Ermittlung zu sein hatte auch seine Vorteile.

Allerdings gehörte Allen offiziell nicht mehr dazu, daher hatte sie sich für einen strategischen Rückzug zu ihrem Wagen entschieden und Mazzucco allein am Haus warten lassen. Kurz darauf fielen das LAPD und die FBI-Leute in das unauffällige Haus ein. Und noch einmal kurze Zeit später schwirrte der erste Nachrichtenhubschrauber in der Luft, angezogen von dem Treiben wie Fliegen von frischem Aas. Allen saß im Wagen und trommelte mit den Fingern aufs Lenkrad. Sie war frustriert, dass sie draußen bleiben musste. Sie dachte über das nach, was sie im Haus gefunden hatten, und über den Mann im grünen Dodge. Aber sie dachte auch über ihr Gespräch mit Mazzucco nach. Sie hatte nicht die Absicht gehabt, ihm von der Sache zu erzählen. Sie hatte nicht vorgehabt, irgendjemandem jemals davon zu erzählen. Trotzdem hatte sie das Gefühl, als wäre ein Gewicht von ihren Schultern genommen worden. Mazzucco hatte gesagt, sie hätte das Richtige getan, und zum ersten Mal gestattete sie sich, diesen Gedanken für richtig zu halten.

Sie fragte sich, warum ihr in ihrem Privatleben nie ein Mann wie Mazzucco begegnete. Stattdessen schien sie es nur mit einer langen Kette aus Dennys zu tun zu haben.

Gegen halb zwölf tauchte Mazzucco aus dem Haus auf und ging zu ihr.

»Hast du kurz Zeit?«, fragte er.

Allen beugte sich über den Beifahrersitz und öffnete die Tür. Er stieg ein und brachte sie auf den aktuellen Stand der Ermittlungen.

Die Folterausrüstung sowie eine nicht registrierte Smith & Wesson SD40 samt einem Dutzend Schachteln Munition waren rasch gefunden worden. Auf einem Arbeitstisch im zweiten Schlafzimmer hatten sie die ausgeschlachteten Reste von elektronischen Geräten gefunden, aber auch das entsprechende Miniaturwerkzeug. Mazzucco erzählte, einer der Techniker habe erkannt, dass einige Teile zu hochwertigen Abhörgeräten und Peilsendern gehörten. Im Papierkorb unter dem Tisch seien Seiten aus neueren Ausgaben der *LA Times* gefunden worden, aus denen die Bilder und Artikel wie für ein Album ausgeschnitten worden waren. Es dauerte nicht lange, bis bestätigt wurde, dass die Ausschnitte aus Artikeln über den Samariter stammten. Doch das Album, sofern es eins gab, war im Haus nirgends zu finden gewesen, was hieß, er verwahrte die Ausschnitte woanders auf. Das waren schließlich die schlechten Nachrichten: Die Basis des Samariters war noch immer nicht gefunden worden. Es gab keine Anzeichen, dass in diesem Haus irgendjemand getötet worden war.

Die gute Nachricht war, dass es im ganzen Haus frische, verwendbare Fingerabdrücke gab, was vermuten ließ, dass der Samariter nicht mit einer Entdeckung seines Verstecks gerechnet hatte. Ein perfekter Satz Abdrücke war bereits von einer frischen Milchtüte im Kühlschrank genommen und ins Labor geschickt worden. Die Jungs vom FBI wollten die Fingerabdrücke verarbeiten, was Mazzucco nur recht sein konnte, weil deren Labor schneller arbeitete, und da der Samariter landesweit agierte, war es wahrscheinlich, eine Übereinstimmung mit den Fingerabdrücken aus Kalifornien und aus einem anderen Staat zu erhalten.

Mazzucco hatte sich davon überzeugt, dass die Forensiker gute Arbeit leisteten, und sich dann zurückgezogen. Er hatte in der Zentrale seinen Papierkram zu erledigen, und abgesehen davon hatte er gehört, dass Agent Channing auf dem Weg war. Er stieg aus Allens Wagen und versprach, sie anzurufen, sollte sich was wegen der Fahndung nach dem Dodge ergeben.

Allen blickte ihm hinterher und ging ihre Möglichkeiten durch. Es war sinnlos, noch länger hierzubleiben, ohne offiziell an den Ermittlungen beteiligt zu sein, doch sie wusste eigentlich nicht, wohin sie sonst gehen sollte. Der momentane Mittelpunkt war hier.

Sie sah auf ihrem Telefon nach verpassten Anrufen, weil sie irgendwie eine Nachricht von Blake erwartete, doch es war nichts angekommen. Sie hatte bereits den Schlüssel ins Zündschloss gesteckt und startete den Motor, als jemand sanft an die Scheibe klopfte. Sie erschrak – Jim Channing blickte sie leicht amüsiert an. Sie verspürte den Drang, einfach loszufahren, stattdessen drehte sie den Schlüssel wieder zurück und stieg aus.

»Ich habe gehört, Sie wurden …«, begann Channing.

»Das bin ich«, unterbrach ihn Allen. »Aber dies hier ist ein freies Land, und ich kann hinfahren, wo immer ich will.«

Channing zuckte mit den Schultern. »Egal. Das war gute Arbeit, Detective. Haben Sie sich den Verdächtigen angeschaut?«

»Bitte?«

Channing zeigte wieder sein gewinnendes Lächeln. »Mein Fehler. Ich wollte fragen, ob Detective Mazzucco irgendwas gesehen und Ihnen die Informationen weitergegeben hat.«

Allen räusperte sich. Wenn Channing ihre Verbindung zu Blake gegen sie verwenden wollte, ließ er sich nichts anmerken. Noch nicht. Und warum sollte er auch? Sie hatte ihm im Grunde genommen einen Gefallen getan, indem sie die Professionalität des FBI im Vergleich zu ihrem unprofessionellen Verhalten herausgestellt hatte.

»Nicht viel. Männlich, wahrscheinlich weiß. Sonnenbrille und Kappe. Sein Wagen, ein grüner Dodge Charger, ist zur Fahndung ausgeschrieben. Bisher noch nicht gefunden. Was nicht überrascht. schließlich hat der Kerl schon mehrmals ein Fahrzeug verschwinden lassen.«

Channing, der die Straße entlanggeblickt hatte, sah wieder zu ihr.

»Sie halten diesen Kerl also für einen Komplizen?«

»Einen Komplizen?«

»Der mit Blake zusammenarbeitet.«

Sie überlegte mitzuspielen, um eine ruhige Kugel zu schieben. Doch nicht zum ersten Mal entschied sie sich, den Weg des größeren Widerstands zu gehen. »Blake ist nicht der Täter. Ich denke, er wurde reingelegt.«

Channing sah sie schweigend an, weil er sich weigerte, allzu schnell nach dem Köder zu schnappen. »Wo ist er dann?«

»Wo wären Sie, wenn die Hälfte der Polizisten der Stadt nach Ihnen suchen und Ihr Gesicht im Zusammenhang mit etwas, das Sie nicht getan haben, in den Morgennachrichten gezeigt werden würde?«

Diesmal zögerte er nicht. »Ich würde mich stellen. Ich würde dem LAPD vertrauen und mich verhören und meine Unschuld feststellen lassen, damit die Polizei die anderen Ermittlungsstränge weiterverfolgen kann.«

»Verdammt, Channing. Und das sagen Sie auch noch, ohne eine Miene zu verziehen. Ich bin beeindruckt.«

»Na, hören Sie mal. Er wurde in seiner, nennen wir es Werkstatt mit einer Leiche erwischt. Auf frischer Tat ertappt.«

»Aufgrund eines gut informierten Hinweises von einer bisher noch unbekannten Person. Eine Person, von der ich glaube, dass sie hier in diesem Haus wohnt. Und wenn es seine Werkstatt sein sollte, warum wurden nur die Beweise für diesen einen Mord gefunden? Wir müssen immer noch herausfinden, wohin er die anderen gebracht hat.«

»Er hat mehrere sichere Häuser. Vielleicht ist das hier auch eins davon. Vielleicht gehören die Fingerabdrücke, die im Moment überprüft werden, Carter Blake. Vielleicht war Blake der Kerl in dem grünen Dodge. Können Sie das ausschließen? Seien Sie ehrlich zu mir.«

Allen stieg die Galle bis zum Hals. Channing hatte die Gute-Laune-Maske ein Stück nach unten rutschen lassen und, was ihre letzte Bemerkung betraf, viel zu schnell reagiert. »Ich muss dringend wohin.«

Sie öffnete die Wagentür, stieg ein und startete den Motor. Sie sah nicht auf, als Channing sich mit dem Arm auf der Fensteröffnung abstützte. »Das müssen Sie mit Sicherheit, Detective.«

Sie wollte ihr Gesicht nicht sehen lassen. Wollte ihm nicht zeigen, dass er einen wunden Punkt getroffen hatte. Weil sie es nicht konnte – sie konnte nicht schwören, dass der Typ mit Sonnenbrille und Kappe nicht Blake gewesen war.

65

Als Allen vom Haus des Samariters losfuhr, wurde ihr plötzlich bewusst, wie fertig sie war. Nach allem, was seit Mazzuccos Anruf am frühen Morgen passiert war, hatte sie das Gefühl, bereits einen ganzen Arbeitstag hinter sich zu haben.

Da sie in der Zentrale nicht gerne gesehen war, beschloss sie, nach Hause zu fahren, um einen Kaffee zu trinken und etwas zu essen. Die Fahrt nutzte sie dazu, die Zweifel, die Channing in ihr geweckt hatte, wieder abzuschütteln. Wenn Blake wirklich der Samariter wäre und die Frau im Lager getötet hätte, wer hätte dann den Hinweis gegeben? Außerdem wusste sie aufgrund der Flugdaten, dass Blake nicht Kelly Boden getötet haben konnte. Doch das schloss ihn bezüglich der anderen Morde nicht aus. Nicht einmal für die Frau in der Gasse vom Abend zuvor. Er hätte sie töten können, bevor er sich mit Mazzucco und ihr vor Gryskis Wohnung getroffen hatte. Es wäre verwegen, aber genau das war eine Eigenschaft, die den Mörder kennzeichnete.

Vielleicht war Channings Idee eines Komplizen doch nicht so daneben. Zwei Männer arbeiten zusammen und morden abwechselnd, sodass sich Blake in Florida aufhalten kann, während sein Kollege Boden umbringt. Eine solche Konstellation hatte es durchaus schon gegeben.

Doch dieses Konstrukt passte irgendwie nicht. Es war lächerlich, aber sie hatte das Gefühl, sie würde Blake bereits kennen. Und was noch lächerlicher war, sie vertraute ihm.

Sie bemühte sich, etwas zu finden, mit dem sie ihre Gedanken beschäftigen könnte, und dachte an das Bild, das sie im Haus gefunden und mit ihrem Handy fotografiert hatte. Sie wartete, bis sich der Verkehr mal wieder staute, und nutzte die Gelegenheit, sich das Bild anzusehen. Ein Junge, ein Mädchen und ein Gebäude. Irgendwo, wo es warm war, mit Wüstenklima. Vielleicht L.A., vielleicht der Mars. Was kam ihr an dem Bild aber so vertraut vor? Wieder betrachtete sie die Gesichter. Junge, frische Gesichter. Auch wenn sie unterschiedliche Haarfarben hatten, sahen sie sich ähnlich, als könnten sie miteinander verwandt sein – Bruder und Schwester, vielleicht Cousin und Cousine. Sie lächelnd, er mit ernstem Blick.

Es war sinnlos. Da das Foto schon sehr alt war, würden die beiden heute auf jeden Fall ganz anders aussehen. Sofern sie noch lebten. Das Mädchen war, wie Allen aufgrund der Ähnlichkeit mit den ersten drei Opfern in L.A. schloss, vermutlich bereits tot.

Ein Chor aus wütenden Hupen hinter ihr holte sie aus ihren Gedanken zurück. Der Verkehr war bereits wieder ins Rollen gekommen. Fast automatisch hob sie den Mittelfinger zu dem ihr am nächsten stehenden Wagen und drückte aufs Gaspedal.

Als sie ihre Wohnung betrat, überlegte sie, dass eine Dusche sinnvoller wäre als ein Kaffee. Zuerst ging sie allerdings ins Schlafzimmer, wo sie ihre Privatwaffe aus der Kommode neben ihrem Bett nahm. Es war eine Beretta 92FS, das gleiche Modell wie ihre Dienstwaffe. Sie lud sie und schob sie in ihr Holster. Anschließend legte sie das Holster sorgfältig auf die Bettdecke, zog sich aus, warf ihre Kleider achtlos aufs Bett und ging ins Bad. Dort stieg sie in die Dusche und drehte das Wasser auf.

Mit geschlossenen Augen ließ sie das Wasser über ihr Gesicht laufen, sah das Bild von den beiden Jugendlichen vor sich, als würde es auf die Innenseite ihrer Lider projiziert werden. Wieso kam ihr das Bild so seltsam vertraut vor, auch wenn sie sich fast sicher war, keinen der beiden Jugendlichen jemals vorher gesehen zu haben?

Und dann hatte sie es: Es waren nicht die beiden Personen, sondern es war das Gebäude im Hintergrund. Das ausgeschaltete oder vielleicht kaputte Neonschild: S-T-E und noch etwas. Sie öffnete die Augen und rieb sie mit Daumen und Zeigefinger trocken. Das Wort mit den fehlenden Buchstaben hieß nicht »Steve's Place« oder »Steve's Diner«, sondern »Stewarton's«.

Sie wusste es, auch wenn sie das Gebäude nie mit eigenen Augen gesehen hatte. Sie spürte einen leisen Zweifel, fragte sich, ob sie von ihrer Erinnerung getäuscht wurde, von etwas, das fast korrekt in ihrem Gedächtnis abgespeichert war, dessen Rest aber unbewusst korrigiert wurde, um zu dem Schild auf dem Foto zu passen. Nein, sie war sich zu neunundneunzig Prozent sicher, und es gab eine einfache Möglichkeit, daraus hundert Prozent werden zu lassen.

Allen drehte das Wasser ab, stieg aus der Dusche, schnappte sich ein Handtuch und trocknete sich mit ruppigen Bewegungen ab. Dann wickelte sie sich in das Handtuch und trat durch die offene Badezimmertür in den Flur. Als sie sich Richtung Wohnzimmer wandte, blickte sie zufällig zur Wohnungstür.

Dort stimmte etwas nicht.

Sie erstarrte mitten im Gehen. Es dauerte einen Moment, bis sie herausgefunden hatte, was es war: das Schloss. Als sie hereingekommen war, hatte sie die Tür nur zugedrückt, bis das Schloss eingerastet war, doch jetzt war der Knauf herumgedreht und die Tür verriegelt, was Allen tagsüber nie tat, sondern nur über Nacht.

Ihr stockte der Atem, während sie im Flur stand und leise ein paar Tropfen von ihrem noch nassen Körper auf den Boden fielen.

Jemand hatte die Tür von außen geöffnet, war in die Wohnung gekommen und hatte dann die Tür wieder verriegelt. Man konnte sie nicht von außen verriegeln, was hieß, dass außer Allen noch jemand in der Wohnung war. Und dieser Jemand musste gewusst haben, dass sie unter der Dusche gestanden hatte, und jetzt wissen, dass sie das Wasser wieder abgedreht hatte.

Sie lauschte. Außer dem Tropfen auf den Flurboden und in der Dusche war nichts zu hören. Sie sah nach rechts und links den Flur entlang. Drei Meter weiter links lag das Schlafzimmer, rechts auf einer Seite die Küche und am Ende das Wohnzimmer. Sie entschied sich fast automatisch für das Schlafzimmer, und zwar aus einem guten Grund: Dort lagen ihre Kleider mitsamt der Waffe.

Langsam schlich sie Richtung Schlafzimmer, setzte vorsichtig einen Fuß vor den anderen, während sie immer wieder verstohlen nach hinten sah. Sie widerstand dem Drang loszurennen, weil sie nicht wusste, ob der Eindringling im Schlafzimmer wartete. Ein Schauder lief bei diesem Gedanken über ihren noch immer feuchten, plötzlich kalten Rücken.

Sie überlegte, wie lange es her war, seit sie den Flur betreten und die verriegelte Tür bemerkt hatte. Realistisch gesehen, konnte es sich höchstens um eine Minute handeln, doch es fühlte sich wie eine Stunde an. Wer auch immer hier war, musste ihr Zögern und ihre mangelnde Entscheidungsfreudigkeit bemerkt haben.

Allen merkte ihrerseits, dass sie noch immer den Atem anhielt, als sie auf die offene Schlafzimmertür zuging. Hatte sie selbst sie offen gelassen? Keine Ahnung. Kurz vor der Tür blieb sie stehen und prüfte, wie viel sie durch den Spalt erkennen konnte. Das war leider nur ein frustrierend kleiner Teil des Schlafzimmers. Dass sie niemanden sehen konnte, hieß nicht, dass niemand am Fenster oder hinter der Tür stand.

Was sie sah, war ein Teil ihres ungemachten Bettes. Auch ihre Jacke auf der Bettdecke sah sie, und eine Delle, wo sie ihr Schulterholster deponiert hatte, bevor die Jacke darauf gelandet war. Aber allzu erleichtert durfte sie deswegen nicht sein, weil jemand zwischen ihr und der Waffe stehen könnte. Sie spähte hinter sich und ließ den Atem langsam und leise ausströmen. Nach einem weiteren Atemzug öffnete sie die Tür ganz, ließ ihren Blick durchs Zimmer gleiten, während sie ihre Hände nach der Delle unter der Jacke ausstreckte, und vergewisserte sich, dass niemand im Zimmer war.

Doch dann hörte sie einen Schritt auf dem Holzboden, eine Sekunde später gefolgt von dem nächsten. Sie sah zum Holster, in der Hoffnung, dass sie noch Zeit hätte, die Waffe herauszuziehen, zu entsichern und zur Tür zu zielen, bevor …

Ungläubig starrte Allen nach unten. Das Lederholster mit dem Schultergurt lag ungefähr noch dort, wo sie es zehn Minuten zuvor hingelegt hatte.

Doch die Waffe war verschwunden.

66

»Guten Tag, Agent.«

Agent Jim Channing sah nach hinten zur Tür des Hauses, das von seinen Agenten mehr oder weniger auseinandergenommen worden war. Detective Mazzucco stand dort mit einer Sandwich-Tüte in der einen Hand und einem Papphalter mir zwei Bechern Kaffee in der anderen.

»Suchen Sie Allen?«

Mazzucco zögerte, bevor er antwortete. »Allen ist vom Dienst suspendiert.«

Channing lächelte. »Sie kam zufällig vorbei. Sie haben sie gerade verpasst. Sie sagte, sie müsste irgendwohin.«

Mazzucco erwiderte darauf nichts, sondern sah zu beiden Seiten an Channing vorbei, als wäre er sich nicht ganz sicher, ob er ihm glauben sollte. Schließlich zuckte er mit den Schultern und nickte in Richtung der beiden Kaffees. »Ich glaube, dann habe ich einen übrig.« Er hielt den Papphalter Channing hin, der das Angebot mit einem Nicken annahm.

»Wie klappt's hier?«, fragte Mazzucco, als Channing seinen ersten Schluck Kaffee nahm.

Channing schaffte es, sein Gesicht nicht zu verziehen, als er merkte, dass mindestens drei Löffel Zucker im Milchkaffee waren. »Viel haben wir nicht gefunden«, sagte er und ließ den Blick durch den Flur und ins Schlafzimmer gleiten. »Abgesehen von der Folterausrüstung, für die natürlich jeder halbwegs gescheite Strafverteidiger eine Erklärung fände, wenn es je so weit käme. Wir wissen nur, dass hier seit einer Weile jemand wohnt, der ein sehr spartanisches Leben führt. Essen im Kühlschrank, das für ein paar Tage reicht, nichts Besonderes. Ein paar Bücher, einschließlich einer Bibel, ein paar Kleidungsstücke und ein paar elektronische Teile, anscheinend Spürsender. Aber nichts, was beweisen würde, dass hier jemand gegen seinen Willen festgehalten wurde – kein Blut, keine Damenunterwäsche oder dergleichen. Wir wollten uns den Namen auf dem Mietvertrag ansehen, haben aber festgestellt, dass es keinen gibt. Das Haus ging 2009 in den Besitz der Bank über und ist seitdem offiziell unbewohnt. Ich denke, heutzutage gibt es genügend leer stehende Wohnungen und Häuser, sodass die Banken nicht mitbekommen, wenn einige heimlich bewohnt werden.«

Mazzucco nahm einen Schluck von seinem Kaffee und schwieg, weil er wartete, dass Channing fortfuhr. Eine klassische Verhörtechnik. Channing schluckte, um den süßen Nachgeschmack aus seinem Mund zu bekommen, und drückte das Mundstück im Plastikdeckel nach unten, wie er es immer tat.

Er beschloss, dieselbe Taktik anzuwenden wie bei Allen und zu sehen, wie er mit ihrem Partner klarkam.

»Um die Wahrheit zu sagen, Detective Mazzucco ... Jon, oder?«

Mazzucco nickte langsam, als wäre er nur widerwillig bereit, sich mit dem Vornamen anreden zu lassen.

»Ich bin mir nicht sicher, ob uns diese Spur irgendwohin führt. Ich meine, klar, die Verbindung mit dem Lager in Inglewood ist interessant, wenn es sich um dieselbe Person handelt ...«

»Und was ist mit dem Typen in dem grünen Dodge, der abgehauen ist, sobald er uns als Polizisten nur gerochen hat?«, fiel ihm Mazzucco ins Wort.

Channing zuckte mit den Schultern, als hätte er dagegen nicht viel zu sagen. »Das ist ein guter Punkt und muss weiterverfolgt werden. Aber wenn der Kerl hier illegal wohnt, hat er Grund genug, das Weite zu suchen.«

Mazzucco öffnete den Mund, um etwas zu erwidern, als jemand Channing auf die Schulter tippte. Hinter ihm stand Agent Moreno, eine große Frau Mitte zwanzig in ihrem ersten Dienstjahr nach der Akademie. Sie sah ernst aus, als ob sie zum ersten Mal seit Dienstantritt von etwas überrascht worden war.

»Was haben Sie für mich, Isabella?«

Moreno fühlte sich sichtlich unwohl. Sie sah zu Mazzucco, der mit frisch erwachtem Interesse zurückblickte.

»Es geht um die Fingerabdrücke, Sir. Das Labor hat sich gemeldet.« Sie deutete mit dem Kopf Richtung Wohnzimmer, um Channing vorzuschlagen, unter vier Augen mit ihr zu sprechen. Er war in Versuchung, dies zu tun, wollte es sich aber mit Mazzucco nicht verderben, indem er ihn offen ausschloss. Er nickte zu Mazzucco und lächelte Moreno an.

»Schon in Ordnung. Sie können reden. Wir ziehen hier doch alle am gleichen Strang.«

Morenos Unbehagen schien noch stärker zu werden. Sie sah Channing eine Weile an, bevor sie nachgab. »Das Labor folgte, wie man mir versicherte, der Standardvorgehensweise trotz der Dringlichkeit. Zuerst ließen sie die Fingerabdrücke durch die örtlichen Datenbanken laufen und prüften alles, was gespeichert ist.« Sie schielte während dieser Worte zu Mazzucco.

»Und?«

»Und die Suche löste einen DR17 aus.«

»Einen DR17?«

»Ein Warnhinweis, in diesem Fall vom Heimatschutz. Er bedeutet: Vergesst, dass ihr gefragt habt.«

Channing kniff die Augen zusammen. Plötzlich bedauerte er, dieses Gespräch in Anwesenheit von Mazzucco zu führen, doch jetzt war es zu spät.

»Okay«, sagte er, versuchte aber, seine Stimme neutral und sicher wirken zu lassen. »Und was ist passiert, als wir die Fingerabdrücke durch die nationale Datenbank laufen ließen?«

»Das ist das Komische daran, Sir. Als Nächstes ließen sie sie durch die VICAP-Datenbank laufen.« Die Abkürzung stand für *Violent Criminal Apprehension Program*, einer nationalen Datenbank, die dazu diente, Ähnlichkeiten zwischen Gewaltverbrechen in verschiedenen Bundesstaaten aufzudecken. Sie stand dem FBI und Polizisten zur Verfügung, die einen schriftlichen, freundlich formulierten Antrag stellten.

»Über diese Datenbank erhielten wir einen Treffer und ein paar weitere Infos. Aber mir wurde gesagt, wir dürfen einen Anruf vom Heimatschutz erwarten.«

»Also, wer ist er?«, wollte Channing wissen, achtete aber darauf, nicht zu verraten, wie ungeduldig die Frau ihn machte. Er erwartete, sie würde ihm sagen, die Fingerabdrücke passten zu einem der Morde in einem anderen Bundesstaat. Auf das, was sie aber tatsächlich sagen würde, war er nicht vorbereitet.

»Er ist ein toter Mann, Sir.«

»Bitte?«

»Dean Crozier, geboren 1980 hier in L.A., ging 1998 zur Armee und fiel 2004 in Afghanistan während eines Einsatzes. Er ist seit über zehn Jahren tot.«

Channing sah in Mazzuccos Richtung und wünschte sich, er könnte dessen Gedächtnis für die letzten drei Minuten auslöschen. Mazzuccos Gesicht war undurchdringlich, während er einen Schluck von seinem Kaffee nahm und die Vorstellung beobachtete.

»Aber das ergibt doch keinen Sinn. Diese Fingerabdrücke stammen aus diesem Haus. Sie sind überall in diesem Haus, immer dieselben. Sie wurden erst vor Kurzem von jemandem hier hinterlassen.«

Moreno starrte ihn mit großen Augen an, als mache sie sich Sorgen, dass er ihr hier an Ort und Stelle erklären wollte, dass ihr Ermittlungsergebnis unmöglich sei.

»Danke, Agent.« Channing entließ sie mit einem angestrengten Lächeln. Moreno wandte sich dankbar um und ging nach draußen.

Mazzucco sah ihr hinterher, hob dann seine Augenbrauen in Channings Richtung. »Ich höre zum ersten Mal von einem offiziell toten Hausbesetzer.«

Channing stellte den verzuckerten Kaffee auf den Boden und ging zu Mazzucco. Mazzucco blieb reglos stehen, erwiderte lediglich den Blick mit dem Hauch eines Lächelns.

»Wir gehen der Sache auf den Grund, Detective. In der Zwischenzeit hat die Suche nach Carter Blake unsere oberste Priorität.«

»Lassen Sie mich raten: Auch in dieser Richtung keinen Fortschritt?«

Channing ließ die Beleidigung an sich abprallen. »Ihre Partnerin scheint sich diesem Kerl ziemlich verbunden zu fühlen.«

»Hat sie Ihnen das gesagt?«

»Sie hat die Angewohnheit, ihre eigenen Wege zu gehen. Ist dem nicht so?«

Mazzucco schwieg eine Minute, bevor er den Blick abwandte. »Ich denke, ich fahre lieber in die Zentrale. Ich muss mich beim Lieutenant melden.«

Channing lächelte. »Seien Sie vorsichtig, Detective. Man kann sich so schnell in die Irre führen lassen, besonders wenn es Ihre Partnerin ist, die die Führung übernimmt.«

Mazzucco nickte und wandte sich zur Tür.

»Genießen Sie den Kaffee, Agent.«

Channing sah Mazzucco hinterher, der den Weg entlang bis zum Bürgersteig ging und um die Ecke verschwand. Dann zog er sein Telefon heraus und wählte eine Nummer, die er erst kürzlich in seine Kontakte aufgenommen hatte. Es klingelte ein paarmal, bevor sich eine schroffe, gehetzte Stimme meldete.

»McCall.«

»Captain McCall, hier ist Agent Jim Channing, FBI.«

»Ach ja?« Mit seiner Stimme verriet er, dass er überrascht, aber auch misstrauisch war.

»Wie geht's Ihrem Kollegen, demjenigen, der von Blake angegriffen wurde?«

»Er wird's überleben. Sie machen es sich langsam zur Gewohnheit, ihre Sorge über Verletzungen am Arbeitsplatz zum Ausdruck zu bringen, oder rufen Sie nur aus Nettigkeit an?«

Channing lächelte. »Eigentlich wollte ich Ihre Meinung zu einer Ihrer Kolleginnen hören. Jessica Allen.«

67

Ich lehnte mich auf Allens Ledersofa zurück und rieb die linke Seite meines Kiefers, um sie wieder zum Leben zu erwecken, während ich auf sie wartete.

Nach einer Minute erschien sie in der Tür, hatte ein Handtuch um ihr feuchtes Haar gewickelt und sich Jeans und T-Shirt angezogen. Und sah noch genauso sauer aus wie ein paar Minuten zuvor.

»Möchten Sie ein bisschen Eis dafür?«, fragte sie kurz angebunden.

Ich schüttelte den Kopf. Ich hatte zugelassen, dass sie nach mir ausholte; irgendwie hatte sie es verdient.

»Was fällt Ihnen ein, in meine Wohnung einzubrechen, Blake? Ich dachte, Sie wären *er*.«

»Von denen scheint sich eine ganze Menge herumzutreiben.«

»Wo ist meine Waffe?«

Ich nickte zum Fernsehtisch. Vorsichtshalber hatte ich sie von dort, wo sie aller Wahrscheinlichkeit nach hatte liegen müssen, hierhergetan. So heftig, wie Allen reagiert hatte, war dies auch im Nachhinein noch eine gute Entscheidung gewesen.

»Ich hatte befürchtet, Sie würden mir keine Gelegenheit geben, die Sache zu erklären.«

Den Blick auf mich gerichtet, ging sie durchs Zimmer und griff zur Waffe, nahm das Magazin heraus, prüfte die Ladung und schob es wieder hinein. Sie zielte nicht auf mich, aber sie legte auch die Waffe nicht wieder zur Seite.

»Dann erklären Sie.«

»Möchten Sie sich vielleicht setzen, oder ...«

»Alles gut, danke.«

»Ich habe die Frau im Lager nicht getötet. Ich kam zehn Minuten vor der Polizei dorthin – ich wurde reingelegt. Das muss Ihnen doch in den Sinn gekommen sein, oder? Der Kerl, nach dem Sie suchen, ist nicht so nachlässig.«

»Sagen wir, ich dachte, es könnte mehr dahinterstecken, als man mit dem bloßen Auge sieht. Weiter.«

»Irgendwie fand er das Hotel, in dem ich abgestiegen war. Er rief mich letzte Nacht an und wollte reden.«

»Er rief Sie an? Der Samariter rief Sie an?«

»Ja. Ich denke, er hat mich gestern Abend vom Tatort aus verfolgt. Von der Gasse aus.«

»Moment. Warum sollte er ein Interesse an Ihnen haben? Sie sind an den Ermittlungen offiziell überhaupt nicht beteiligt.«

Ich hatte gehofft, dass sie darauf nicht zu sprechen kommen würde.

»Vermutlich hat er bemerkt, dass ich Ihnen helfe. Er überprüfte mich und kam zu dem Schluss, ich wäre als Nichtpolizist entbehrlich und unglaubwürdig, wenn man mich zusammen mit dem letzten Opfer in einem Lager fände.«

Allen wartete, dass ich weiterredete. Als ich es nicht tat, richtete sie die Waffe auf mich und ging zum Regal, wo ihr Telefon stand. Ohne den Blick von mir abzuwenden, griff sie danach und begann, eine Nummer zu wählen.

»Was machen Sie da?«

»Ich mache Meldung. Ich werde sagen, ich halte Carter Blake fest, und ich hätte gerne, dass man ihn abholt.«

»Moment. Ich dachte, Sie glauben mir.«

»Das habe ich nicht gesagt. Ich hatte Zweifel an der Art, wie sich die Sache im Lager ereignet hat. Aber ich glaube kein einziges Wort von dem, was Sie gerade gesagt haben.«

»Es ist die Wahrheit, Allen. Er hat mich aufgespürt, mich angerufen und mich wie einen Idioten ins Lager gelockt. Ich war so scharf darauf, ihn festzunageln, dass ich nicht klar denken konnte.«

»Davon spreche ich nicht, und das wissen Sie. Wer auch immer Ihnen das angehängt hat, hat Sie nicht zufällig ausgewählt. Und Sie haben sich diesen Fall auch nicht per Zufall ausgesucht.«

Beide schwiegen wir eine Weile, dann drückte sie die nächsten drei Ziffern. Die Piepstöne klangen wie eine schräge Werbemelodie.

»Noch eine Ziffer, Blake. Wenn ich sie drücke, ist die Zeit abgelaufen.«

»Moment.«

Sie ließ einen Finger über der letzten Taste schweben und sah mich erwartungsvoll an.

»Womit habe ich mich verraten?«, fragte ich.

Allen legte das Telefon nicht beiseite, sondern nahm nur den Finger von der Taste. »Ich habe nie geglaubt, dass Sie nur aus einer Laune heraus hergekommen sind. Sie tauchten schon ein paar Stunden, nachdem die Geschichte in den Nachrichten war, hier auf. Das war für mich der Beweis, dass Sie es darauf angelegt haben.«

Ich schwieg weiterhin. Die erste Regel, wenn man in einem Loch steckt: Hör auf zu graben.

»Ich schob meinen Zweifel aber beiseite, weil ich den Eindruck hatte, Sie tun das, um Ihren Lebensunterhalt damit zu verdienen, und weil ich Ihre Referenzen überprüft habe. Ich dachte, Sie könnten uns helfen. Das entscheidende Argument war gestern Abend.«

»Der Fahrer vom Abschleppdienst?«, fragte ich.

Sie nickte. »Sie wussten in dem Moment, in dem Sie Gryski sahen, dass er nicht der Samariter ist. Woher? Er passte ins Profil, und er widersetzte sich seiner Verhaftung. Genau wie ein in die Ecke getriebener Mörder es getan hätte. Aber Sie wussten, er war es nicht, sobald Sie sein Gesicht sahen. Mir war es auf Anhieb klar – Ihre Körpersprache änderte sich, als Sie nicht das Gesicht sahen, nach dem Sie gesucht hatten. Was heißt, Sie wissen, nach wem Sie suchen. Richtig?«

»So einfach ist das nicht.«

»Dann machen Sie es einfach.«

Ich hatte das Bedürfnis, mir selbst eine gegen den Kopf zu klatschen, in der Hoffnung, wieder zu Verstand zu kommen. Zweimal in den letzten vierundzwanzig Stunden hatte ich die Menschen unterschätzt, mit denen ich zu tun hatte. Zuerst Crozier und jetzt Allen. Mit brutaler Gewalt und Glück hatte ich mich im ersten Fall aus der Affäre ziehen können, doch was diese Situation betraf, sah ich nichts, was mich retten könnte. Das würde nur gegenseitiges Vertrauen schaffen.

»Sie sagten, Sie hätten mich nach unserem ersten Gespräch überprüft«, sagte ich.

»Das habe ich versucht. Viel habe ich nicht gefunden, abgesehen von Ihrer Freundin vom FBI.«

»Das ist richtig. Und ohne Sie beleidigen zu wollen, Sie könnten über noch mehr Zuständigkeiten verfügen und kämen zu demselben Ergebnis. Ich bin jetzt freiberuflich tätig, aber das war nicht immer der Fall.«

»Das dachte ich mir«, erwiderte sie. »Also, was war's? CIA? NSA? Irgendwas in der Art?«

Ich schüttelte den Kopf. »Kleiner. Ich arbeitete für eine sehr geheime, sehr gut finanzierte Gruppe, die schwierige Aufträge an Orten erledigte, an denen die Vereinigten Staaten eigentlich nicht hätten sein dürfen.«

»Sie meinen so was wie geheime Operationen? Hinrichtungen, die sich abstreiten lassen, oder so?«

Ich sagte nichts.

»Das passt zu dem leeren Blatt. Ist Blake denn überhaupt Ihr richtiger Name?«

»Das ist er jetzt.«

»Spielen Sie nicht den Schlaumeier.« Sie drückte die Austaste des Telefons, legte es aufs Regal zurück und nahm die Waffe wieder nach unten. »In welcher Verbindung stehen Sie zu unserem geheimnisvollen Mann? Sie kennen offenbar sein Gesicht und seine Methoden. Stand er auf einer Art Abschussliste? Ist er euch entwischt?«

»Niemand ist entwischt, Allen. Und leider ist es noch viel schlimmer.«

Sie machte einen Moment ein verwirrtes Gesicht, bis sie verstanden hatte. »Er war einer von euch.«

»Er hieß Dean Crozier. Ich weiß nicht, wie er sich heute nennt. Er arbeitete gewöhnlich am funktionalen Ende unserer Operationen. Ihm gefiel seine Arbeit ein bisschen zu sehr.«

»Möchte ich die Einzelheiten wissen?«

»Eher nicht. Er war nicht der Einzige, der seinen Spaß am Töten hatte, doch ihm gefiel es mehr als alles andere auf der Welt. Möchten Sie wissen, warum ich auf den Fall aufmerksam wurde, Allen? Aus demselben Grund, der Ihnen auffiel. Ich erkannte seine Handschrift: die Foltermale, die gezackten Wunden.«

»Er verwendete damals dasselbe Messer?«

»Ja. Es nennt sich Kris. Ihre Leute werden eins im Lager gefunden haben. Ich glaube nicht, dass es das einzige ist.«

Allen legte die Waffe auf den Beistelltisch und setzte sich neben mich. »Und weiter?«

»Er stammt aus L.A. Das war der andere Grund, warum ich wusste, dass er es ist. Seine Familie wurde Mitte der Neunziger umgebracht. Der Fall wurde nie abgeschlossen. Er hatte ein einfaches, altes Jagdmesser für diesen Mord verwendet. Danach wurde er Soldat und fand ein paar weitere Jahre später seinen Weg in unseren kleinen Club. Als er uns verließ, hatte er seine Lehrzeit hinter sich. Das war der Zeitpunkt, als die landesweiten Morde begannen.«

»Welcher war der erste?«

»Fort Bragg, wo die Sondereinheiten ausgebildet werden. Den allerersten Mord der Serie beging er an einem Sergeant, über den er sich während der Grundausbildung geärgert hatte.«

»Peterson?«, vergewisserte sich Allen. »Den Namen haben Sie uns genannt. Das passt. Das FBI fand ein paar Fälle, die noch weiter zurückliegen und passen könnten, aber in Fort Bragg wurde der erste Mord begangen, bei dem das Opfer eine gezackte Wunde aufwies. Vielleicht hatte er Angst, der Mord könnte auf ihn zurückzuführen sein, deswegen tötete er den anderen Typen, um die Sache zufälliger aussehen zu lassen.«

Ich schüttelte den Kopf. »Er konnte nicht gefunden werden. Darüber machte er sich keine Sorgen. Crozier will töten, Punkt. Mit Peterson hatte er ein Opfer gefunden, um anzufangen, das aber genauso gut passte, wie es jedes andere auch getan hätte.«

Ein paar Minuten saßen wir einfach schweigend da, bis mir eine andere Frage einfiel, eine, über die ich bereits früher nachgedacht hatte. »Haben Sie das zweite Opfer von gestern Abend identifiziert? Die aus dem Lager?«

Mazzucco hatte sie vor dem Haus des Verdächtigen auf dem Laufenden gehalten. Das Opfer war identifiziert worden, nachdem ihre Mitbewohnerin sie als vermisst gemeldet hatte und ihr Wagen in der Nähe des Lagers gefunden worden war. »Ja, Erica Dane. Sie wohnte in der Nähe, nur ein paar Hundert Meter vom Lager entfernt, schaffte es aber leider nicht bis nach Hause.« Allen dachte kurz über etwas nach. »Drei Leichen draußen in den Hügeln: Boden, Morrow und Burnett. Zwei gestern Abend: Castillo in der Gasse und Dane im Lager. Das macht fünf Morde in diesem Zeitraum.«

»Fünf, von denen wir wissen.«

»Genau darüber mache ich mir Sorgen. Was ist, wenn er mit L.A. fertig ist, Blake? Sie haben den Bericht des FBI über die anderen Fälle gelesen. Ach, Sie wussten schon vor dem FBI über diese Fälle Bescheid. Der Durchschnitt in allen Regionen lag bei fünf oder sechs Opfern.«

Dieser Gedanke war auch mir gekommen. Wenn wir das Verhalten des Samariters auf der Grundlage seines räumlichen Vorgehens einschätzten, müssten wir uns Sorgen machen, dass er wieder verschwinden würde, nur um ein halbes oder ein Jahr später woanders wieder aufzutauchen. Er würde so vorsichtig vorgehen, dass man erst bemerken würde, dass er am Werk war, wenn er wieder weitergezogen sein würde. Aber hier in Los Angeles war alles anders. Es gab ein paar auffällige Unterschiede.

»Er wird noch eine Weile bleiben. Er ist noch nicht fertig.«

»Ist das wieder Ihr Beobachterprinzip?«

»Ja. Indem wir seine Methode, seine Vorgehensweise beobachten, haben wir sie geändert. Vielleicht hätte er aufgehört, wäre weitergezogen, aber er hat sich anders entschieden. Er hat die Intensität erhöht. Und jetzt wissen Sie über die andere Sache Bescheid, die Verbindung zu mir. Sein Plan gestern Abend funktionierte, von außen betrachtet, ziemlich gut – er sorgte dafür, dass alle nach mir statt nach ihm suchten, weil er wollte, dass ich aus dem Verkehr gezogen werde, aber das hat nicht geklappt. Er wird erst weiterziehen, wenn er die Sache zwischen mir und ihm erledigt hat. Er weiß, ich bin zu gefährlich für ihn. Bis jetzt kam er immer ungestraft davon. Wenn er von L.A. aus weiterzieht, muss er immer die Angst haben, dass ich weiter nach ihm suche, bis ich ihn finde. Und das würde mir auf jeden Fall gelingen.«

»Sie klingen ziemlich selbstsicher.«

»Es gibt noch eine Sache.«

»Und zwar?«

»Ich denke, L.A. war schon anders, noch bevor die Leichen entdeckt wurden. Ich denke, er kam aus einem bestimmten Grund hierher. Und ich denke, die Morde letzte Nacht sollten uns davon ablenken.«

68

Allen dachte darüber nach. »Geht es darum, was Sie vorher gesagt haben? Über diesen Crozier, dass er aus L.A. stammt? Sie gehen davon aus, dass es so etwas wie eine persönliche Verbindung gibt.«

»Dessen bin ich mir sicher«, bestätigte ich. »Etwas – oder jemand – brachte ihn nach all der Zeit wieder hierher zurück.« Ein Zucken in ihren Augen verriet mir, dass das, was ich sagte, zu einer anderen Information passte. Sie wusste etwas, was ich nicht wusste. »Was ist es?«

Weil sie zögerte, befürchtete ich schon, sie würde damit

hinterm Berg halten. Doch das tat sie nicht, vielleicht weil sie zur selben Schlussfolgerung gekommen war wie ich ein paar Minuten zuvor – dass wir Fortschritte machen, wenn wir uns gegenseitig verraten, was wir wissen.

»Wir haben den Eigentümer des Lagers ausfindig gemacht. Sein Alibi ist gesichert, aber er erinnerte sich an einen Mann, der sich vor ein paar Monaten für das Lager interessierte. Der erste potenzielle Käufer seit Langem, deswegen blieb er in seinem Gedächtnis haften. Wir wollten uns mit dem Interessenten unterhalten, doch er suchte das Weite, sobald er uns vor dem Haus an der angegebenen Adresse sah. Das Haus wurde von der Bank verpfändet, aber jemand wohnt dort. Jemand, der dort eine kleine Folterausrüstung und ein paar hochwertige Spürsender verwahrte.«

Ich überlegte. »Das Haus … befindet es sich in Santa Monica?«

Allen nickte und nannte den Namen der Straße.

»Dort hat Crozier vor zwanzig Jahren gewohnt.«

Allen blies die Wangen auf und stieß die Luft wieder aus, während sie die Information verarbeitete. »Und was meinten Sie mit der Ablenkung? Abgesehen davon, Ihnen alles anhängen zu wollen?«

»Darüber habe ich nachgedacht, nachdem ich gegangen bin. Die Frau in der Gasse, Castillo, war das erste Opfer, nachdem die Leichen in den Hügeln gefunden worden waren. Sie war das erste Opfer, das er absichtlich finden ließ.«

»Dann war ihm bewusst, dass er wegen dieses Falls beobachtet wird.«

»Nicht nur das. Er hat den Drang zu töten. Das ist eine Tatsache. Aber ich glaube, mit Castillo und Dane wollte er uns eher eine Botschaft schicken und nicht nur seinen Drang befriedigen.«

»Das hat Mazzucco auch gesagt – er würde uns zeigen, dass er keine Angst hat.«

»Und auch in diesem Fall nicht nur das«, sagte ich. »Er wollte uns wissen lassen, dass beide Morde auf seine Kappe gehen. Die Vorgehensweise bei der Entführung aus den Fahrzeugen, die gezackten Wundmuster. Aber gestern Abend überlegte ich, worin die Unterschiede, nicht die Gemeinsamkeiten liegen.«

»Das ist einfach: Die ersten drei wurden vergraben, bei den letzten beiden hat er sich keine Mühe gegeben, irgendwas zu verheimlichen.«

»Und weiter?«

»Die ersten drei Opfer wurden eine Zeitlang festgehalten und gefoltert, bevor sie getötet wurden. Bei Castillo hatte er keine Zeit dafür. Diesen Mord hat er in aller Eile begangen.«

»Das war's, wovon wir ausgehen sollten. Aber er ging das Risiko ein und legte Castillo in aller Öffentlichkeit ab. Ein Risiko, das er bei den anderen drei Leichen minimierte.«

»Indem er sie in den Hügeln vergrub, wo sie, wie er glaubte, unentdeckt bleiben würden. Aber die letzten beiden Leichen wollte er entdecken lassen. Um uns eine Botschaft zu schicken und Ihnen den Fall von Dane in die Schuhe zu schieben.«

»Und es steckt noch mehr dahinter. Was fehlt im Unterschied zu den ersten drei Morden?«

Allen dachte kurz nach. »Ein Haupttatort.«

»Genau. Die ersten drei Opfer wurden an einem Ort entführt, an einem zweiten gefoltert und getötet und an einem dritten abgelegt. Den zweiten Ort haben wir bisher nicht gefunden.«

»Ich weiß, worauf Sie hinauswollen, Blake. Ich habe auf der Akademie einen Kurs über geografisches Profiling belegt.

Boden und Morrow wurden offenbar auf dem Mulholland Drive entführt, Burnett auf dem Laurel Canyon Boulevard. Alle drei in einem Radius von acht Kilometern vom Ablageort entfernt. Die Möglichkeit besteht ...«

»... dass er sie irgendwo in der Nähe getötet hat.«

»Und deswegen sorgte er dafür, dass wir die letzten beiden Opfer kilometerweit entfernt am anderen Ende der Stadt finden – um uns abzulenken, wie Sie sagten. Wenn man die Sache so betrachtet, ist es eher eine Bestätigung als eine Ablenkung.« Allen rieb sich die Schläfen. »Wir gingen schon von der Annahme aus, dass er ein paar Kilometer vom Ablageort eine Folterkammer betreibt. Das einzige Problem ist, den Bereich einzugrenzen.«

»Die Wohnung in Santa Monica wäre nahe genug«, sagte ich.

Sie schüttelte bereits den Kopf. »Dieses Haus war es nicht. Es war sauber. Dort hat er sich nur versteckt.« Sie machte eine kurze Pause, in der sie kaum wahrnehmbar erschauderte. »Seine ... Werkstatt ist woanders.«

Ich massierte meine Knöchel, um meinen Frust abzubauen. »Und das könnte überall im Umkreis dieser paar Kilometer vom Ablageort sein. Es könnte ein anderes Haus sein. Irgendein geschützter Ort in den Bergen. Dort oben gibt es eine Menge alte Wege. Eine Hütte, vielleicht auch eine Höhle.«

Allen zog aus ihrem Bücherregal eine Karte vom Großraum Los Angeles, die sie gekauft hatte, als sie hierhergezogen war. Ein Blick darauf verstärkte nur den Umfang unserer Aufgabe. Es gab mindestens zwölf Gemeinden in dem Bereich, den wir absuchen mussten. Einige der Hauptwanderwege waren gut gekennzeichnet, aber ich wusste, dass es auch unzählige nicht markierte Wege gab. Während ich die dünnen Striche betrachtete, fielen mir andere Bergpfade ein, die ich gesehen hatte und die sich Welten entfernt von diesen hier befanden, in Wasiristan und Kaschmir und Peru. Je länger ich mir die Karte ansah, desto überzeugter war ich, dass Croziers Versteck irgendwo in den Bergen lag. Irgendwo, wo er schwer zu finden sein würde. Ein Ort, wo er in seinem Element sein würde. Ich erzählte Allen von meinem Bauchgefühl, was ihr ein Stöhnen entlockte.

»Also eine Stecknadel im Heuhaufen. Sind Sie das erste Mal in L.A.?«

»War schon mal hier, aber nur etwa für eine Woche.«

»Prima. Dann verfügen wir beide zusammen über weniger als ein Jahr Erfahrung mit dieser Stadt. Abgesehen von dem, was wir …« Sie brachte ihren Gedanken nicht zu Ende.

»Was ist los?«

Nach einer Sekunde hatte sie sich wieder gesammelt und erzählte von dem Foto, das sie im Haus des Samariters in Santa Monica gefunden hatte, und hielt mir ihr Handy hin. Das Bild war ziemlich gut getroffen. Es zeigte zwei Jugendliche, die vor einem Laden oder einer Bar standen, im Hintergrund war Gestrüpp zu sehen. Doch zunächst achtete ich nicht so sehr auf den Hintergrund.

»Das ist er«, sagte ich leise.

»Crozier? Sind Sie sicher?«

»Hundert Pro. Er ist hier jünger, aber er ist es. Er war schon ein Mörder, als das Bild aufgenommen wurde, auch wenn er damals noch niemanden getötet hatte.« Mir kam ein gruseliger Gedanke. »Allen, wer ist das Mädchen? Haben Sie sie identifiziert?«

Sie zuckte mit den Schultern. »Ich weiß ja erst seit jetzt, dass es sich um Crozier handelt. Ich dachte, sie könnten verwandt sein. Könnte sie zur Familie gehören?«

»Ich glaube nicht. Ich habe ein Bild von seinen Eltern und

seiner Schwester gesehen, die er getötet hat. Seine Schwester hatte blondes Haar und grüne Augen. Nicht brünett mit braunen Augen wie diese hier.«

»Wer ist sie dann?«

»Ich weiß nicht. Aber ich denke, das finden wir heraus, weil sie ...«

»Weil sie ins Profil der ersten drei L.-A.-Opfer passt«, beendete Allen meinen Satz. »Das haben wir auch festgestellt. Glauben Sie, sie war die Erste? Dass er Frauen aussucht, die so aussehen wie sie?«

Ich sagte nichts, dachte aber, Allen könnte recht haben. Schließlich sah ich mir den Hintergrund genauer an. Das Gebäude und die Landschaft waren eher nichtssagend. Mir fiel nichts Besonderes ins Auge. Die teilweise zu erkennende Schrift auf dem Schild könnte jedoch reichen, um den Ort ausfindig zu machen. »Sieht aus, als könnte es irgendwo in den Bergen liegen. Wir können das Gebiet eingrenzen. Überprüfen, ob es Geschäfte in den umliegenden Gemeinden gibt, deren Namen mit S-T-E beginnen, Steve's oder etwas Ähnliches. Das Bild ist natürlich zwanzig Jahre alt, aber ...« Ich schwieg, als Allen den Kopf schüttelte.

»Ich kenne dieses Gebäude, Blake.«

»Warum haben Sie dann nichts ...«

»Ich kenne es, aber ich weiß nicht genau, wo es liegt.« Allen überlegte, bevor sie fortfuhr. »Ich habe mich unter der Dusche daran erinnert und wollte nachsehen, als Sie die Güte besaßen, mir eine Heidenangst einzujagen. Ich habe das Haus gesehen, war aber nie dort.«

Allen verschwand wieder und kehrte mit einem bunten, rechteckigen Gegenstand zurück. Diesen warf sie mir zu. Es war eine DVD-Hülle. Eine zweifelhafte romantische Komödie aus den Achtzigern, die ich nicht kannte. Die Hauptdarsteller waren ein weniger bekanntes Brat-Pack-Mitglied und ein Unterwäsche-Model.

Ich sah zu Allen auf. »Ernsthaft?«

Sie nickte.

Allen schaltete den DVD-Spieler ein, bevor wir uns vor den Fernseher hockten. Sie hatte den Film seit ein paar Jahren nicht gesehen, daher musste sie vorspulen, um das zu finden, wonach sie suchte. Etwa nach der Hälfte des Films wechselte der Schauplatz von der Stadt in eine eher ländliche Umgebung. Die sich zankenden Helden waren auf der Flucht vor irgendwelchen Drogenhändlern und hatten sich, ihre Hände aneinandergefesselt, in einer kleinen Stadt verkrochen. Ich erkannte einen Teil der Landschaft, auch wenn ich sie, genauso wie Allen, nicht mit eigenen Augen gesehen hatte. Ich erkannte sie, weil sie während eines Großteils des letzten Jahrhunderts als Schauplatz für viele Filme gedient hatte – für Western, Krimis und auch *Star-Trek*-Episoden. Und in den Achtzigerjahren für romantische Komödien. Als Allen die Szene fand, die sie suchte, hielt sie das Bild an. Der Mund des Unterwäsche-Models stand bizarr offen, weil sie gerade mit dem Brat Packer stritt. Im Hintergrund war das Gebäude vom Foto zu sehen. Hier war das Neonschild eingeschaltet, und man erkannte das ganze Wort. *Stewartson's.* Kein V, sondern ein W.

»Oft werden die Drehorte einfach verlassen, wenn man sie nicht mehr braucht. Das ist billiger, als sie abzureißen.«

»Haben Sie eine Ahnung, wo genau sich das hier befindet oder befand?«, fragte ich.

Sie schüttelte den Kopf. »Aber wir können jemanden auftreiben, der das weiß.«

»Allen, dieser Fall hat mehr Löcher als ein Sieb. Wenn Sie den Rest des LAPD und das FBI mit an Bord holen, bekommt das auch der Samariter mit. Vielleicht schon bevor wir das Haus gefunden haben.«

Sie lächelte, als hätte ich einen Witz gemacht.

»Was ist?«, fragte ich verwirrt.

»Ich könnte sie nicht mit an Bord holen, selbst wenn ich wollte. Ich bin vom Dienst suspendiert.«

»Das geht vermutlich auf meine Kappe.«

Sie nickte. »Und jetzt mache ich die Sache noch komplizierter, indem ich einen Mordverdächtigen beherberge.« Sie muss etwas in meinem Gesicht gelesen haben, weil sie die Stirn runzelte. »Sie haben mich überprüft?«

Ich zuckte mit den Schultern. »Sie haben mich überprüft?«

Darauf hatte sie keine Antwort, deshalb stellte sie die nächste Frage. »Wieso haben Sie mich nicht nach der Sache in Washington gefragt?«

»Weil es mich nichts angeht und nichts mit diesem Fall zu tun hat.«

Sie sah mich lange an. Ich dachte, sie würde mehr darüber erzählen, doch sie kehrte zum vorherigen Thema zurück. »Ich habe nicht darüber gesprochen, dass ich eine Anzeige in einer Zeitung schalten will, sondern darüber, zu meinem Partner zu gehen.«

»Mazzucco? Trauen Sie ihm, sind Sie sicher, dass er den Mund hält?«

»Darüber brauchen wir uns keine Sorgen zu machen.«

69

Mazzucco saß bereits seit zehn Minuten an seinem Schreibtisch und versuchte, alles an Informationen zu sammeln, was er über egal welchen Dean Crozier in L.A. City und County finden konnte, als sein Telefon klingelte. Allens Mobilnummer wurde angezeigt. Den Blick auf den Bildschirm vor sich gerichtet griff er zum Hörer.

»Ich wollte dich gerade anrufen. Wo steckst du?«

»Bei mir zu Hause«, antwortete sie. In ihrer Stimme schwang etwas Seltsames mit, vielleicht eine künstliche Lockerheit. Jemand anderes hätte es nicht bemerkt, aber das war der Vorteil, wenn man seit sechs Monaten Tag und Nacht zusammenarbeitete.

»Ist jemand bei dir?«, fragte Mazzucco.

Allen verneinte erst nach einer kurzen Pause, aber die reichte, um ihm zu bestätigen, dass sie log. Blake war bei ihr. Mazzucco wusste, dass er nicht der Mörder war, doch er wusste auch, dass die Tatsache, dass sie ihn bei sich aufnahm, Allens Laufbahn beenden könnte. Er schob diese Befürchtung für einen Moment beiseite.

»Hör zu, Channings Leute haben die Fingerabdrücke aus dem Haus im Eilverfahren überprüfen lassen. Du wirst es nicht glauben.«

»Versuch's doch.«

»Die Fingerabdrücke waren durch den Heimatschutz unter Verschluss. Wer weiß, was das bedeutet. Aber das FBI hat seine Goldkarte benutzt und einen Treffer gelandet. Und jetzt kommt's: Die Fingerabdrücke gehören einem Toten.«

Nach einer Pause klang sie etwas seltsamer. Zögernd. »Wie hieß er?«

»Crozier. Dean Crozier.«

Allen schwieg, weswegen Mazzucco fortfuhr: »Ich überprüfe ihn gerade. Der Typ war beim Militär, was zu seinem Profil passt. Wurde während eines Einsatzes getötet. Aber die Fingerabdrücke waren neu, Allen. Sie wurden auf dieser Milchtüte im Kühlschrank gefunden. Ich meine …«

»Was hast du sonst noch über ihn ermittelt?«

»Also, hör zu. Seine Familie wurde 1997 getötet. Crozier war der Hauptverdächtige, aber es konnte ihm nichts nachgewiesen werden.«

»Dieses Dreckschwein«, sagte sie leise.

»Allen, hörst du mir überhaupt zu? Der Kerl, nach dem wir suchen, ist seit elf Jahren tot. Allerdings hat man vergessen, ihm das zu sagen. Was gibt's?« Er hatte sich daran erinnert, dass Allen ihn eigentlich angerufen hatte. Er erwartete, dass sie sagte, sie hätte von Blake gehört, doch ihre Worte überraschten ihn.

»Ich habe auch was. Eine Spur zum Foto.«

Er brauchte einen Moment, bis er sich erinnerte. »Das von heute Morgen aus dem Haus?«

»Ja, ich weiß, wo es aufgenommen wurde, Jon.«

Sie erklärte, wie sie das Bild aus einem alten Film erkannt hatte, und dass manchmal alte Drehorte in den Bergen sich selbst überlassen wurden.

Es klang vielversprechend. »Wir suchen immer noch nach dem Haupttatort innerhalb der Reichweite der Ablagestelle«, merkte Mazzucco an. »Möglicherweise abgeschieden und irgendwo abseits vom Trubel. Das würde passen.«

»Er ist dort, Jon. Ich weiß es.«

»Wir müssen damit zu Lawrence gehen«, sagte er, bevor ihm ein anderer Gedanke kam und er vor Ärger stöhnte. »Mist, wahrscheinlich müssen wir damit auch zu Channing gehen.«

»Und ihm was erzählen? Dass wir ein Sonderkommando brauchen, das sich ein altes, verfallenes Gebäude vornimmt, weil es mich an etwas erinnert, das ich in einem Film gesehen habe?«

»Du hast das Foto aus Croziers Haus.«

»Nein, habe ich nicht. Das hat das FBI, wie du weißt. Weil wir beide nicht einer Hausdurchsuchung vorgegriffen und eine illegale Durchsuchung durchgeführt haben.«

»Meine Güte ...«

»Und außerdem wissen sie immer noch nicht, wer im Haus war. Sie konzentrieren sich immer noch auf Blake.«

Mazzucco seufzte frustriert. Gegen diesen Punkt konnte er nichts sagen, spürte aber, dass er wieder gegen seinen Willen von Allen mitgezogen wurde. »Und welche Alternative hast du?«

»Wir sehen selbst nach. Das einzige Problem ist, dass diese Orte auf keiner Karte verzeichnet sind. Es sind keine richtigen Orte. Deswegen dachte ich, falls du zufällig jemanden kennst, den wir fragen könnten ...«

»Was das betrifft, kann ich noch mehr«, antwortete Mazzucco leicht zögernd. »Ich könnte mit jemandem reden. Jemandem, der weiß, wo wir suchen müssen.«

»Klingt nach einem Plan, Partner.«

»Treib's nicht zu weit, *Partnerin*. Sobald ich auch nur annähernd eine Bestätigung dafür bekomme, dass sich unser Mann dort oben versteckt, hole ich alle anderen zu Hilfe. Einen Grund dafür, warum wir dort waren, können wir uns später ausdenken.«

»Du bist der Chef.«

Mazzucco schnaubte und versprach, Allen zurückzurufen. Er ging die Kontakte-Liste in seinem Handy durch auf der Suche nach einem Mann, den er von seiner vorherigen Dienststelle in West L.A. kannte. Darrick Bromley war vierundzwanzig Jahre bei der Polizei gewesen und betätigte sich seit seiner Pensionierung als gut verdienender Berater für Film und Fernsehen. Er wählte Bromleys Mobilnummer und verbrachte etwa eine Minute mit Freundlichkeiten, bevor er zur Sache kam. Er beschrieb, wonach er suchte, den groben Bereich, wo er das Haus vermutete, und den Titel des Films, den Allen erwähnt hatte.

»Du weißt schon, dass es da draußen eine Menge von diesen alten Drehorten gibt, Jon«, sagte Bromley nach einer langen Pause.

»Ich verstehe«, erwiderte Mazzucco halb resigniert. Plan B hieß, Satellitenbilder nach potenziellen Orten durchzusehen. Doch dann lachte Bromley.

»Tut mir leid, ich konnte nicht widerstehen. Ja, ich kenne den Ort, den du suchst. Ich war sogar schon da. Vor ein paar Jahren jedenfalls stand das Haus noch dort. Es liegt ganz in der Nähe eines Wanderwegs.« Er dachte kurz nach. »Weißt du, wo sich die alten Raketenstandorte befinden?«

Mazzucco war nur kurz verwirrt, bevor ihm klar war, dass Bromley über die stillgelegten Raketenabwehranlagen sprach, von denen L.A. während des Kalten Kriegs umgeben war. »Einige kenne ich. Eine liegt oben im San Vicente National Park, oder?«

»Den meine ich. Du fährst bis zum Ende des Mulholland und peng, schon bist du da.«

Mazzucco spürte so etwas wie einen Stromstoß. Mulholland. Allen hatte also recht. Bromley gab ihm grob die Richtung von der stillgelegten Raketenabwehranlage zum alten Drehort durch, und Mazzucco versprach ihm, ihn zum Bier einzuladen. Zwei Minuten später hatte er die Position dank Google Maps gefunden. Der Ort lag dreieinhalb Kilometer vom Raketenstandort entfernt. Einfach eine der Feuerschneisen entlang, dann einen knapp einen Kilometer langen Trampelpfad weiter. Sowohl vom Mulholland Drive als auch, mit einem Geländefahrzeug, vom Ablageort der Leichen aus gut zu erreichen.

Er griff zum Telefon und tippte in der Liste der letzten Anrufe auf Allens Nummer. In der Pause, in der er auf die Verbindung wartete, dachte er über Allens Zögern nach, als er sie gefragt hatte, ob sie allein war.

70

Während Allen sich fertig machte, um zu gehen, versorgte ich meinen verletzten Knöchel mit einem Verband aus ihrem Erste-Hilfe-Kasten. Er half zumindest ein bisschen, sodass ich den Fuß etwas belasten konnte. Während ich einen Kaffee kochte, gingen mir die beiden Jugendlichen auf dem Foto nicht mehr aus dem Kopf. Crozier mit noch jemandem. Sie könnte etwas Wichtiges bedeuten, das wir bisher übersehen hatten. Mazzucco rief keine zehn Minuten nach Allens Anruf zurück. Ich war beeindruckt. Sie machte sich Notizen und nannte ihm ihre private E-Mail-Adresse, zu der er ihr einen Link schicken sollte.

»Das muss es sein«, sagte sie, überzeugt von ihren Worten. Sie klang aufgeregt. Dieses Gefühl kannte ich selbst nur allzu gut – das Gefühl, wenn sich eine verheißungsvolle Spur bestätigt und man spürt, wie die Lösung immer näher rückt. »Ja, das finde ich. Wir treffen uns dann gleich dort.«

Sie legte auf und wandte sich zu mir um. »Das ist es, Blake. Es liegt genau an der richtigen Stelle.« Ohne auf eine Antwort zu warten, ging sie zum Rechner, und eine Minute später sahen wir uns eine perfekte Satellitenaufnahme von einer dürren Hochebene an, die von Hügelketten umgeben war. Auf der Hochebene waren drei Gebäudegruppen zu erkennen. Sie hatte recht. Das musste es sein.

»Wann brechen wir auf?«, wollte ich wissen.

Sie schüttelte den Kopf, noch bevor ich meine Frage beendet hatte. »Nichts da. *Wir* brechen nicht auf.«

»Was meinen Sie damit?«

Statt zu antworten, griff sie zur Fernbedienung, die auf dem Beistelltisch lag, und schaltete den Fernseher ein. Der Nachrichtenticker, nur dass sich der Lauftext diesmal unter einem mir sehr vertrauten Gesicht befand. Sie hatten das Foto aus meinem Führerschein verwendet. Worte wie »gefährlich« und »gesucht« sprangen mir aus der roten Schrift auf weißem Untergrund entgegen.

»Sie sind ein ziemlich gesuchter Mann, Blake. Ich weiß nicht, wie Sie es unentdeckt hierhergeschafft haben, aber Sie bleiben hier, bis wir diesen Kerl erwischt haben.«

Ich wollte schon protestieren, doch dann fiel mir ein, dass es etwas gab, was ich auch von hier aus erledigen konnte, und fügte mich. »Rufen Sie mich an, wenn Sie mich brauchen?«

Sie zögerte. »Klar.«

Bevor sie ging, bat ich sie, mir das Bild auf ihrem Handy zu schicken, das sie vom Foto im Haus des Samariters gemacht hatte. Ich sah mir vor allem das Mädchen darauf an.

Ich hatte so eine Ahnung, das Mädchen auf dem Foto könnte noch leben. Und ich musste sie finden, bevor sich dies ändern würde.

71

Dem Samariter machte es nichts aus zu warten.

Zuerst hatte er das Zielfahrzeug ausgemacht und sich anschließend einen Platz genau zwischen diesem und der Tür zum Treppenhaus gesucht, der nicht von den beiden Überwachungskameras der Tiefgarage erfasst wurde.

In den vergangenen zwanzig Jahren hatte er sich sehr an die langen Wartezeiten gewöhnt, auf die kurze, plötzliche Aktionen folgten. Er konnte nicht nur lange warten, ohne sich zu ärgern, sondern freute sich mittlerweile darauf, weil er die Zeit nutzte, um über frühere Taten nachzudenken und jeden Aspekt einer kürzlich erfolgten Tötung zu analysieren. Um Fehler und verpasste Gelegenheiten zu erkennen.

In den vergangenen Tagen hatte er zu viel von beidem erlebt. Die Entdeckung der drei Leichen war Pech gewesen, doch die Einmischung der Polizei hatte ihn nicht sonderlich beunruhigt. Das war schon mehrmals passiert: in Fort Bragg, in St. Louis, in Kansas City. Die Behörden waren ihm dicht auf den Fersen gewesen, in Kansas City allerdings war er gezwungen gewesen, seine Aktivitäten einzustellen und weiterzuziehen. Das Problem hier war etwas komplexer. Zum einen war das LAPD größer, besser ausgestattet und erfahrener bei der Suche nach Menschen wie ihm als alle anderen Police Departments im Land. Und das war auch schon so gewesen, bevor das FBI beteiligt war. Der Samariter hatte es nie zuvor mit Verfolgern zu tun gehabt, die mit einem solchen Aufgebot an Ressourcen und Mitarbeitern gesegnet waren. Er war sich nicht ganz sicher, wie die Verbindung zu seiner vorherigen Arbeit hergestellt worden war, aber eigentlich hatte ihn das nicht überrascht. Es war unvermeidlich, dass früher oder später jemand die anderen Fälle aufdecken würde.

Die Einmischung des Mannes, der sich jetzt Carter Blake nannte, war bisher die gefährlichste Entwicklung. Blake hatte ihm bereits echte Probleme bereitet und würde es mit Sicherheit auch weiterhin tun, sofern er es schaffte, sich dem Zugriff durch die Polizei zu entziehen. Er war nicht im Geringsten überrascht gewesen, dass Blake seiner kleinen Falle entkommen war, doch sein wichtigstes Ziel, den Hauptverdacht auf Blake zu lenken, hatte er damit erreicht. Es war die einzig logische Vorgehensweise gewesen, Blakes größten Vorteil – die Ähnlichkeiten zwischen ihm und sich – für sich zu nutzen.

Doch die Notwendigkeit zu schnellem Handeln hatte ihn zu seinem ersten vermeidbaren Fehler verleitet. Diesem war sein Haus in Santa Monica zum Opfer gefallen. Er nahm an, die Polizei hatte es gefunden, weil er vor einiger Zeit das Lager als Kaufinteressent besichtigt hatte. Nach seiner Rückkehr in die Stadt hatte er sich mehrere Immobilien angesehen, doch diese war für seine Zwecke am besten geeignet gewesen, bis er sich für eine passendere Basis entschieden hätte. Erst nachdem er die Sache mit Blake in Gang gesetzt hatte, war ihm eingefallen, dass er den Termin mit dem Lagerbesitzer übers Festnetz verabredet hatte. Er war nicht davon ausgegangen, dass der Besitzer ein solch gutes Ablagesystem führte, doch offenbar hatte er sich in diesem Punkt geirrt.

An einem anderen Ort und zu einer anderen Zeit hätte allein Blakes Einmischung gereicht, dass er weitergezogen wäre, um den Schaden zu begrenzen. Doch das konnte er nicht. Noch nicht.

Aufmerksam hielt er den Blick auf die Tür zur Treppe gerichtet, während er nachdachte, und er war auch mit seiner ganzen Aufmerksamkeit wieder dort, als er das Klappern von Frauenschuhen auf den Betonstufen hörte. Er rückte noch etwas weiter in den Schatten, als die Tür geöffnet wurde und Detective Allen erschien. Sie steckte ihr Telefon wieder ein, nachdem sie offenbar ein Gespräch beendet hatte. Die Tür fiel hinter ihr ins Schloss, als sie durch die Tiefgarage zu ihrem Auto ging. Der Samariter beobachtete sie, blieb absolut reglos. Sie schien besorgt, in Eile zu sein. An der leichten Wölbung ihrer Jacke sah er, dass sie bewaffnet war, doch unter ihren Hosenbeinen zeichnete sich nichts ab, das auf eine Ersatzwaffe am Knöchel schließen ließ. Als sie drei Meter von ihm entfernt war, trat er vor und nannte ihren Namen.

Allen blieb ruckartig stehen und riss den Kopf herum. Gleich darauf entspannte sie sich.

»Was machst du hier?«

Der Samariter zog zur Andeutung eines Lächelns die Mundwinkel auseinander. Es fühlte sich seltsam, unnatürlich an. »Ich habe mir Sorgen um dich gemacht.«

»Sorgen? Um mich?« Misstrauen in ihrer Stimme. Er war darüber nicht überrascht.

Er nickte, wechselte zu einem ernsten Gesichtsausdruck. »Das stimmt. Es geht um diesen Blake. Der ist jetzt überall in den Nachrichten. Ich habe Angst, dass er hinter dir her ist.«

Allen nickte, als würde sie darüber nachdenken. »Okay. Danke, aber es ist alles gut. Blake hat möglicherweise bereits die Stadt verlassen.«

Er trat einen Schritt vor. Sie wich zurück, er bemerkte ihren Blick Richtung Wagen, der keinen halben Meter entfernt stand. Hatte sie Verdacht geschöpft? Hatte er sein Spiel ausgereizt?

»Bist du sicher. Mit dir ist alles in Ordnung?«

»Ich melde mich später noch mal«, sagte sie. »Ich hab's eilig.«

Er sagte nichts, als sie sich umdrehte und den Wagen bereits über die Fernbedienung öffnete, während sie noch zu ihm eilte. Der Samariter ließ kurz seinen Blick durch die Tiefgarage gleiten. Wenn Allen Verdacht geschöpft hatte, wäre es besser, sie gleich aus dem Verkehr zu ziehen. Es wäre leicht, sie einzuholen, als sie stehen blieb, um die Tür aufzuziehen. Er könnte sich sehr, sehr leise bewegen. Er könnte sie überwältigen, bevor es ihr klar werden würde. Er könnte ihr das Messer an die Kehle drücken und sie zwingen, in den Kofferraum ihres Wagens zu klettern. Oder er könnte sie gleich hier aufschlitzen und verbluten lassen, bis sie vom nächsten Bewohner entdeckt werden würde, der nach Hause kam.

Allen erreichte ihren Wagen und fummelte am Türgriff. Mit einem letzten Blick zurück zu ihm stieg sie ein.

Nein. Der Samariter bekämpfte den größer werdenden Drang. Er schloss die Augen und atmete durch die Nase ein, durch den Mund aus. Seine impulsive Art hatte ihm bereits Probleme beschert. Ein unbedachter Mord oder eine spontane Entführung ohne vorherige Planung wären verrückt. Besonders weil er wusste, dass er seinen Drang schon bald würde befriedigen können.

Er entspannte sich und beobachtete Allen nur, die den Motor startete, aus der Parkbucht fuhr, die Tiefgarage verließ und dem Unheil entkam. Für den Moment zumindest.

72

Ich saß auf dem Sofa und schaute eine Weile Fernsehen, während ich versuchte, meine Gedanken auf die Reihe zu bringen. Ich achtete nicht wirklich auf das, was gesagt wurde, nahm aber nur die wichtigen Dinge wahr. Schwerpunkt war die Suche des FBI nach einem gewissen Carter Blake, der an einem Tatort in Inglewood gesehen worden war. Erst vor Kurzem war bekannt gegeben worden, dass in dem Lager eine weitere Leiche entdeckt worden war, die mit den Samariter-Ermittlungen in Zusammenhang gebracht wurde. Der Typ vom FBI, Channing, hatte mit der Presse gesprochen, wollte aber nicht bestätigen, dass es sich bei dem Mann, der gegenwärtig gesucht wurde, um den Samariter handelte.

»Ich kann nur sagen, meine Damen und Herren, er ist eine Person von besonderem Interesse für die Polizei. Sie werden Ihre eigenen Schlussfolgerungen ziehen.«

Wunderbar. Je mehr ich mir Channing ansah, desto weniger mochte ich ihn. Ich bekam das Gefühl, dass er zu der Sorte Mensch gehörte, die sich nicht um so unbedeutende Dinge wie Schuld und Unschuld scherten, wenn es darum ging, einen großen Fall zum Abschluss zu bringen und die Lorbeeren einzuheimsen. Die Polizei würde mir keinen einzigen dieser Morde nachweisen können, weil ich keinen begangen hatte, aber ich war schon an so vielen Jagden auf Menschen beteiligt gewesen und wusste, dass der Verdächtige manchmal nicht lange genug lebte, um dahin zu kommen. Allen hatte recht gehabt: Der sicherste Ort für mich war im Moment genau hier.

Ich schaltete den Fernseher aus und ging zu Allens Rechner, der auf der anderen Seite des Wohnzimmers stand. Das Mädchen auf dem Foto war wichtig. Nicht weil sie den drei Opfern in den Hügeln ähnelte, sondern umgekehrt, weil die drei Opfer ihr ähnelten.

Beim Betrachten des Bildes wurde mir klar, dass sie der Grund war, warum diese drei Frauen getötet worden waren. Von Anfang an hatte ich mich gefragt, warum Crozier nach dieser langen Zeit nach Hause zurückgekehrt war. Wenn seine Vorgehensweise kaum wahrnehmbar von zufälligen Morden zu einem sich manifestierenden Opferprofil wechselte, bedeutete das, dass er nur übte, um sich auf einen bestimmten Menschen vorzubereiten. Die Wahl von Castillo und Dane als die letzten Opfer – beide wichen von diesem Profil ab – hatten diesen Verdacht in demselben Maß verstärkt, wie die Orte ihres Todes mir gesagt hatten, dass er versuchte, die Aufmerksamkeit von den Ablageorten in den

Hügeln abzulenken. Der Samariter wollte meine Aufmerksamkeit wie bei einem Hütchenspiel stören. Sieh nicht dahin, sondern dorthin.

Doch das Foto vermittelte etwas anderes. Das Mädchen darauf sah Crozier leicht ähnlich. Vielleicht eine Cousine oder eine Halbschwester. Entscheidend war, dass er es so lange aufbewahrt hatte. Es war wichtig für ihn.

Ich hatte nicht daran gedacht zu überprüfen, ob Crozier noch weitere Verwandte in L.A. hatte. Die Artikel, die ich hatte auftreiben können, berichteten, die ganze Familie außer ihm sei getötet worden.

Vor fünfzehn Jahren hätte ich nicht innerhalb von weniger als zwei Tagen finden können, wonach ich suchte, ohne nicht mindestens ein Dutzend Mal zu telefonieren und geheime Dokumente zu Rate zu ziehen. Jetzt reichte es, in irgendeinem Wohnzimmer zu sitzen und auf einer Tastatur herumzutippen.

Nach fünf Minuten hatte ich die zentralen Stellen in Croziers Leben von seiner Geburt bis sechs Monate nach der Ermordung seiner Eltern herausgefunden. Nichts davon half mir direkt, aber jetzt wusste ich, welche Highschool er besucht hatte. Auf der Internetseite der Schule konnte ich mir innerhalb einer halben Minute die Jahrbücher des letzten halben Jahrhunderts anzeigen lassen. Ich blätterte durch die entsprechenden Jahre, auf denen ich Fotos von Crozier und seiner Schwester fand. Dann blätterte ich wieder zurück und sah genauer hin. In der Ausgabe von '96 fand ich sie, die junge Frau auf dem Foto. Ihr Haar war hinten zusammengebunden, doch die Augen, die Wangenknochen und das Lächeln waren dasselbe. Ein Name – Kimberley Frank – und ein Zitat standen darunter: *Es ist besser auszubrennen, als zu verblassen.* Der nihilistische Satz stand im Widerspruch zu dem strahlenden Mädchen. Angesichts des Datums ging ich davon aus, dass das Mädchen das Neil-Young-Zitat im veröffentlichten Abschiedsbrief von Kurt Cobain gelesen hatte. Es passte zum Nirvana-T-Shirt auf Allens Foto.

Fünf Minuten später hatte ich die Verbindung. Kimberley Frank war Croziers Halbschwester väterlicherseits. David Crozier hatte etwa achtzehn Monate vor Croziers Geburt eine andere Frau geschwängert. Diese starb, als Kimberley zwei Jahre alt war, und die nächsten zwölf Jahre hatte sie in einer Pflegefamilie verbracht, bis sie in einer betreuten Wohngemeinschaft mit Namen Blackstones landete. Während dieser Zeit, 1996, besuchte sie Croziers Highschool, wo sie, wie ich vermutete, irgendwie herausfanden, in welcher Verbindung sie zueinander standen. Was bedeutete, dass Kimberley Frank die einzige Blutsverwandte war, die 1997 das Familienmassaker überlebt hatte.

Weitere fünf Minuten später hatte ich alles, was ich brauchte, einschließlich einer Adresse in Los Angeles. In Santa Monica.

Die Straße verlief parallel zu derjenigen, in der Allen das Haus des Samariters gefunden hatte.

Das letzte Puzzleteil machte die dringende Suche zu einer lebensnotwendigen. Ich nahm mein Telefon heraus und wählte Allens Nummer, landete aber auf dem Anrufbeantworter und hinterließ eine Nachricht.

»Allen. Ich habe mir das Foto vorgenommen, und Sie sollten sich so schnell wie möglich um eine Kimberley Frank kümmern.«

Ich nannte ihr die Adresse, drückte die Austaste und überlegte den nächsten Schritt. Allen hatte recht, dass ich mich von der Öffentlichkeit fernhalten sollte. Das Sicherste war, mich nicht vom Fleck zu rühren.

Ja, genau.

Ich schaltete den Rechner aus und ging ins Badezimmer. Der Spiegel war von Allens Dusche noch beschlagen. Ich wischte ein Stück frei, um das, was ich sah, mit dem Führerscheinfoto zu vergleichen, das ein paar Minuten zuvor im Fernsehen gezeigt worden war.

Der Führerschein war der einzige Ausweis, den ich besaß. Hätte ich auch auf diesen verzichten können, hätte ich es getan. Er war das Mindestmaß an offiziellen Dokumenten, das ich brauchte, um mich in sinnvoller Weise frei bewegen zu können.

Die Vorgaben für die Fotos sind ziemlich streng und zielen auf die leichtere Verarbeitung durch die Gesichtserkennungssoftware, doch diese Vorgaben lassen sich so umgehen, dass ein Foto kaum von Nutzen ist. Ironischerweise hilft ein neutraler Gesichtsausdruck, damit das Bild einem weniger ähnelt. Ein lächelndes Gesicht ist aussagekräftiger als eins mit leerem, starrem Blick, den ich nur allzu gerne gezeigt hatte. Ich hatte auch extra mein Haar etwas länger wachsen lassen, als ich es für gewöhnlich trug, und mich vier Tage lang nicht rasiert. Statt mir wie sonst ein Hemd und ein Jackett anzuziehen, verkleidete ich mich mit einem schwarzen T-Shirt unter einem Kapuzenpulli. Nimmt man zu dieser Mischung noch die Tatsache hinzu, dass ich seit der Aufnahme um drei Jahre gealtert war, blickte mir schon fast ein anderer Mensch aus dem Spiegel entgegen.

Im Badezimmerschrank fand ich eine Schachtel mit Einwegrasierer und etwas Rasiergel mit Rosenduft – die Sorte, die in pinkfarbener Dose abgefüllt wird und doppelt so viel kostet wie für Männer, obwohl es sich um genau dasselbe Produkt handelt. Ein paar Minuten später war ich frisch rasiert und hatte mein Haar ordentlich nach hinten gebürstet.

Schlimmstenfalls sah ich aus wie der große Bruder des Typen auf dem Führerscheinfoto, der als Buchhalter arbeitete. Man musste schon genau hinsehen, um die Ähnlichkeit zu erkennen, hoffte ich.

Ich überlegte, denselben Weg nach draußen zu gehen, den ich gekommen war, durch die Tiefgarage, wo ich mir eins der Autos schnappen könnte. Nur widerwillig entschied ich mich dagegen. Unterm Strich war der Diebstahl eines Autos gefährlicher, als mit dem Taxi zu fahren. Ich setzte meine Sonnenbrille auf und fuhr mit dem Fahrstuhl ins Erdgeschoss, von wo aus ich das Gebäude verließ und losmarschierte. Schon als Fußgänger in L.A. unterwegs zu sein war auffallend. Dieses Gefühl wurde immer schlimmer. Wäre es nicht doch besser gewesen, ein Fahrzeug zu klauen? Ein roter Ford fuhr etwas zu langsam an mir vorbei, und ich hatte den Eindruck, der Fahrer drehte sich zu mir um. Ich hoffte, es war müßige Neugier und kein Wiedererkennen.

Eine Minute später näherte sich ein Taxi mit eingeschaltetem Licht. Ich winkte es heran und stieg ein, nannte dem Fahrer die Adresse und versank im Sitz, den Blick auf die leeren Bürgersteige gerichtet, während wir am späten Nachmittag durch den dichten Verkehr krochen.

73

Auf der 101 ging es zur Abwechslung mal ziemlich zügig voran. Es war kurz vor der absoluten Stoßzeit, und Allen hatte Zeit, einen Blick auf ihr Telefon zu werfen. Blake hatte angerufen. Sie hörte die Nachricht ab und drückte wieder die Austaste. Sie dachte über die seltsame Begegnung in der Tiefgarage vor ein paar Minuten nach. Wenn sie keine Angst gehabt hätte, dass jemand Blake in ihrer Wohnung fand, wäre sie deutlicher geworden und hätte ihrem besorgten Besucher gesagt, er solle sich gefälligst nicht hier herumtreiben. Doch sie schob diesen Gedanken wieder beiseite, wählte noch einmal Mazzuccos Nummer und hoffte, sie würde ihn erreichen, bevor er ging.

Nach dem fünften Klingeln wollte Allen aufgeben. Doch dann meldete sich jemand. Aber die Stimme gehörte nicht zu Mazzucco, sondern zu dem Menschen, mit dem sie als Letztes telefonieren wollte: Joe Coleman, dem Witzbold der Abteilung.

»Allen«, sagte er. Sie konnte aus seiner Stimme heraushören, wie er grinste. »Ich habe gehört, du warst ein böses Mädchen.«

»Für den Scheiß habe ich keine Zeit, Coleman. Willst du mir helfen oder lieber auflegen und vergessen, dass ich angerufen habe?«

Nach einer Pause sagte er gedrückt, aber neugierig: »Was brauchst du?«

Allen sprach schnell, bat ihn, sich bei der Kfz-Zulassungsstelle einzuloggen, um sich nach einer gewissen Kimberley Frank zu erkundigen, und ihr die Daten per E-Mail zu schicken. Sie legte auf, ohne auf eine Antwort zu warten. Hatte sie einen Fehler gemacht, ihm so weit zu trauen? Doch schon eine oder zwei Minuten später meldete ihr Telefon den Eingang einer E-Mail. Sie tippte auf den Bildschirm, die Augen auf die Straße gerichtet, und sah schließlich nach unten.

Die E-Mail enthielt das Bild eines nun älteren, dennoch gut wiederzuerkennenden Gesichts. Es bestand kein Zweifel. Sie war es – das Mädchen vom Foto des Samariters. Dann verschwand das Bild, und Blakes Nummer blitzte auf.

»Allen?« Seine Stimme hallte in der Leitung, im Hintergrund hörte sie Verkehr, als säße er in einem Wagen.

»Ja, bin dran. Ich habe doch gesagt, Sie sollen in der Wohnung bleiben. Sie sind zu ...«

»Das ist jetzt egal. Haben Sie Kimberley Frank überprüft?«

»Ja, sieht wie das Mädchen vom Foto aus. Aber woher wissen wir, dass Crozier diese Frau im Visier hat? Gut, das Foto zeigt, dass sie sich kennen, aber sonst?«

»Sie ist seine Schwester, Allen. Seine Halbschwester.«

Das ließ sie aufmerken. Wenn Crozier seine Familie getötet hatte, ergab es einen Sinn, dass er die Aufgabe zu Ende bringen wollte. »Aber wenn er seine Familie aus irgendeinem Zorn heraus getötet hat, warum hat er sich dann nicht gleich auch um sie gekümmert?«

»Sie vergessen was. Damals war er höchstwahrscheinlich Anfänger. Er hatte die Morde geplant, und er war so schlau, ungeschoren davonzukommen, doch er stand noch unter Beobachtung. Wenn die eigene Familie getötet wird, kann man dem Misstrauen nicht entgehen, egal wie schlau man ist. Selbst wenn er damals gewollt hätte, hätte er seine Halbschwester nicht töten können, solange die Gemüter erhitzt waren. Drei Monate später ging er zur Armee. Vielleicht hat er mit allem, was er bis jetzt getan hat, nur auf diesen einen Punkt gezielt. Jetzt ist der Kreis vollendet.«

Während er sprach, dachte Allen über die beiden Bilder von Kimberley Frank nach, die im Abstand von mehr als fünfzehn Jahren aufgenommen worden waren, aber bestimmte Gemeinsamkeiten aufwiesen: weiblich, weiß, brünettes Haar; vom Aussehen her zwischen Mitte zwanzig und Anfang dreißig. Genau wie Boden, Morrow und Burnett.

»Er ist von ihr besessen«, sagte sie mehr zu sich als zu Blake. »Deswegen sahen die drei Opfer wie sie aus. Er tötet sie immer wieder.«

Blake begann wieder zu sprechen, doch Allen sagte, sie

werde ihn zurückrufen, und drückte die Austaste. Sie hatte in der Zwischenzeit eine SMS erhalten. Sie stammte von Mazzucco: *Habe Straße gefunden. Sehen wir uns gleich?*

Allen verzog ihr Gesicht und wägte die Möglichkeiten ab. Die nächste Ausfahrt lag eineinhalb Kilometer entfernt. Sie könnte die 101 verlassen und zu Kimberley Franks Adresse fahren, doch dafür würde sie mindestens zwanzig Minuten brauchen. Und Mazzucco war bereits auf dem Weg zu dem verlassenen Drehort. Sie konnte nicht an beiden Plätzen gleichzeitig sein. Sie griff wieder zum Telefon und wollte die Einsatzleitung anrufen, um einen Streifenwagen zu Kimberley Frank zu schicken und sie in Polizeigewahrsam nehmen zu lassen. Aber sie war ja vom Dienst suspendiert. Deshalb rief sie wieder Coleman an und bat ihn, den Uniformierten die Anweisung zu erteilen, Kimberley bei sich zu Hause festzuhalten, bis sie eintreffen würde.

Als sie das Gespräch beendet hatte, drosselte sie das Tempo und nahm die Abfahrt. Mazzucco würde noch eine Zeitlang allein zurechtkommen müssen. Oberste Priorität hatte jetzt Kimberley Frank.

74

Das Taxi hatte bereits Kimberley Franks Haus erreicht, als ich mein Gespräch mit Allen beendete. Ich nahm an, dass sie einen Streifenwagen herschicken lassen würde, daher hatte ich es besonders eilig. Mit lauterer Stimme bat ich den Fahrer, langsamer zu fahren, um mir vorab aus der Ferne einen kurzen Eindruck zu verschaffen.

Weder auf der Straße vor dem Haus noch in der Einfahrt standen Autos. Drei Häuser weiter ließ ich den Fahrer anhalten, um auszusteigen, und reichte ihm das Geld. Den Rest sollte er behalten. Der junge Mann, Anfang zwanzig und vom Aussehen her aus dem Nahen Osten, lächelte mich an, betrachtete mich aber genauer, als er den Schein entgegennahm.

»Sind Sie berühmt oder so? Sie kommen mir bekannt vor.«

Ich rückte die Sonnenbrille zurecht. »Erwischt. *American Idol* vor ein paar Jahren.«

Zuerst schien er zu zweifeln, doch dann lächelte er. »Das muss es sein. Hey, ist Simon Cowell echt …«

»Schlimmer«, fiel ich ihm ins Wort, stieg rasch aus und schlug mit der flachen Hand seitlich aufs Taxi. Ich wartete, bis es um die nächste Ecke gebogen war, und ging schließlich die Straße entlang zu Kimberley Franks Haus.

Ungefähr zehn Meter vor der Haustür bekam ich ein mulmiges Gefühl. Die Tür war nur angelehnt. Man ließ in Los Angeles nicht freiwillig die Haustür angelehnt, selbst in einem relativ sicheren Viertel wie diesem hier nicht. Meine Sinne konzentrierten sich auf Geräusche und Bewegungen, als ich mit der Schulter die Tür aufdrückte. Sie quietschte und gab mir den Blick frei auf das, was nach einem Kampfplatz aussah: umgekippte Möbel, eine zerbrochene Vase, das Telefon auf dem Boden, das Kabel aus der Wand gerissen, gleich daneben ein zertrampeltes Mobiltelefon. Ein Geräusch von innen war nicht zu hören.

Ich wollte gerade das Haus betreten, als ich eine sich nähernde Polizeisirene hörte. Ich trat zurück und sah mich um. Ein Weg, von einem niedrigen Zaun zum Nachbargrundstück begrenzt, führte seitlich am Haus vorbei. Dorthin huschte ich, sprang über den Zaun und rannte hinters Nachbarhaus. Zum Glück war niemand im Garten. Ich kletterte über einen alten, verrosteten, ungefähr ein Meter achtzig hohen Eisenzaun zu einem engen Verbindungsweg zwischen dieser und der nächsten Straße. Ich landete in dem Moment auf der anderen Seite, als der Polizeiwagen vor Kimberley Franks Haus hielt.

Ich lief den Verbindungsweg entlang bis zur Straße. Ich brauchte einen Wagen, und zwar schnell, und ließ den Blick die Straße entlanggleiten. In diesem ziemlich reichen Viertel herrschte am Straßenrand kein Mangel an neuen und fast neuen Fahrzeugen. Das einzige Problem war: Neuere Fahrzeuge waren auch mit neueren Sicherheitsvorkehrungen ausgestattet. Sie waren etwas schwieriger aufzubrechen und sehr viel schwieriger kurzzuschließen. Ich brauchte etwas Altes. Und dann sah ich ihn. Zweihundert Meter entfernt auf der anderen Straßenseite. Nicht alt, sondern antik. Ein 1973er Chevrolet Camaro Z28. Rot mit doppelten schwarzen Streifen auf der Motorhaube. Unter normalen Umständen ein viel zu hübsches Auto für mich, um es zu stehlen. Aber ich hatte es eilig, und meine Umstände waren alles andere als normal.

Der Samariter hatte sich sein letztes Opfer geschnappt, und es gab nur einen Ort auf der Welt, an den er mit ihm gehen würde.

75

Der alte Drehort war natürlich nicht durch GPS zu bestimmen, weil es kein echter Ort war. Doch dank Darrick Bromleys Beschreibung und den Satellitenbildern aus dem Internet sowie einer guten, altmodischen Landkarte, die aufgeklappt auf seinem Beifahrersitz lag, war Mazzucco in der Lage gewesen, die Route mit ziemlicher Genauigkeit zu berechnen. Er hatte sogar Bilder von dem Drehort gefunden, sodass er wusste, wie er vom Boden aus aussah.

Der erste Teil der Fahrt ging nur geradeaus: den Mulholland Drive bis zum Ende, vorbei an der letzten Ansammlung von Häusern und weiter, bis die Straße in den San Vicente National Park führte. Mazzucco bog nach links auf die West Mandeville Fire Raod, die an der LA-96-Nike-Missile-Basis vorbeiführte. Er folgte der kurvigen Straße etwa zwei Kilometer bis zur nächsten Abzweigung nach links auf eine schmale Straße bergauf. Dort drückte er den Tageskilometerzähler. Auf dem nächsten Abschnitt würde es keine Hinweisschilder geben, er musste vielmehr Bromleys Wegbeschreibung folgen und sich an den Fotos aus dem Internet orientieren. Dank der Satellitenbilder hatte er herausgefunden, dass der Schotterweg, der zu seinem Ziel führte, nach fast dreieinhalb Kilometern von dieser Straße abzweigte.

Als der Kilometerzähler die 3,5 erreicht hatte, drosselte Mazzucco das Tempo und hielt rechts Ausschau nach Anzeichen von einem Pfad. Bei 3,6 sah er ihn. Ein schmaler Feldweg, unbefestigt und fast verdeckt von Sträuchern. Wäre Mazzucco nicht so langsam gefahren und hätte er nicht nach diesem Weg gesucht, wäre er vorbeigefahren und damit kein bisschen schlauer.

Er hielt an und stieg aus, untersuchte die verborgene Zufahrt. Mehrere Reifenspuren überkreuzten sich in beide Richtungen und sahen ziemlich frisch aus. Jedenfalls ließ sich erkennen, dass jemand diesen Weg seit dem starken Regen Samstagnacht benutzt hatte.

Er zog sein Telefon heraus und schickte Allen eine SMS. Wenn sie direkt von zu Hause aus herfuhr, müsste sie in zwanzig Minuten hier sein. Er hatte ein Problem damit, hier auf sie zu warten, genauso wie er ein Problem damit gehabt hatte, auf den Durchsuchungsbefehl warten zu müssen: Dort oben könnte jemand sein, der genau jetzt Hilfe brauchte, nicht erst in zwanzig Minuten.

Sein Telefon surrte in seiner Hand. Er öffnete die Nachricht, von der er dachte, sie wäre von Allen. *Voraussichtliche Ankunftszeit zum Abendessen? X*

Das schlechte Gewissen quälte ihn. Er hatte den ganzen Tag kaum an Julia oder Daisy gedacht. Rasch tippte er eine Antwort, dass Julia nicht auf ihn warten solle. Wenn Allen mit dem alten Drehort recht hatte, könnten sie dem Samariter noch an diesem Tag das Handwerk legen. Vielleicht würde sich die Lage dann ein bisschen entschärfen, und er würde es zur Abwechslung mal wieder regelmäßig rechtzeitig nach Hause schaffen. Vielleicht.

Er überlegte, wieder einzusteigen und den Weg entlangzufahren, entschied sich aber dagegen. Wenn er richtig gerechnet hatte, war das Haus etwa siebenhundert Meter entfernt. Diese Strecke könnte er in ein paar Minuten zu Fuß gehen. Damit würde er nicht Gefahr laufen, dass jemand, der zufällig dort oben war, den Motor hörte.

Er würde sich einen kurzen Überblick verschaffen und auf Allen warten, wenn es so aussah, dass er Verstärkung brauchte. Mazzucco prüfte seine Waffe, schloss den Wagen ab und begann, den Schotterweg hinauf in die Wildnis zu gehen.

76

Allen befand sich auf dem Santa Monica Boulevard etwa eineinhalb Kilometer von Kimberley Franks Haus entfernt, als ihr Telefon erneut klingelte. Der Verkehr war aus irgendeinem Grund völlig zum Erliegen gekommen. Es war Blake, wie sie auf dem Display sah. Hinter ihr hörte sie schwach die Sirene eines Krankenwagens. Wahrscheinlich ein Unfall. Sie hoffte, er hatte den Streifenwagen nicht davon abgehalten, zum Haus von Kimberley Frank zu fahren. Doch Blakes erste Worte machten diese Befürchtung zur reinen Theorie.

»Er hat sie schon.«

»Was?«

»Ich war gerade bei Kimberley Frank zu Hause. Sie ist weg, und es sieht aus, als hätte sie das nicht freiwillig getan. Wir müssen raus in die Berge. Ich bin schon auf dem Weg dorthin.«

»Mit welchem Wagen?«, fragte Allen, kam aber seiner Antwort zuvor. »Will ich gar nicht wissen. Okay, Mazzucco ist schon draußen. Wir fahren hin. Ich war gerade auf dem Weg zu Franks Haus ...«

Der Krankenwagen fuhr auf der anderen Spur an ihr vorbei. Als das Heulen der Sirene wieder nachließ, schienen sich weitere zu nähern.

»Wo treffen wir uns?«, fragte sie, als sie wieder ihre eigene Stimme hören konnte.

»Erinnern Sie sich an den alten Raketenstandort, den wir auf der Karte gesehen haben?«, fragte Blake nach einer Sekunde.

»Klar. Bin in zwanzig Minuten dort.«

Sie drückte eine Taste auf dem Armaturenbrett, um das Blaulicht und die Sirene einzuschalten, fuhr aus der Schlange, wendete und drückte das Gaspedal durch.

77

Captain Don McCall parkte in der Universal City Overlook. Er wusste, Allen fuhr zur Adresse in Santa Monica, doch er hatte andere Pläne und hielt sich in der Gegend des Mulholland Boulevard. Er war ohnehin nicht mehr an Allen interessiert, sondern an Blake. Nicht nur Channings Verdacht, dass Allen noch immer Kontakt mit dem Flüchtigen hatte, war ein Volltreffer, sondern auch seine Einschätzung, dass McCall am besten dazu geeignet war, der Sache auf den Grund zu gehen. Schade nur für Channing, dass er das Ergebnis nicht sehen würde. McCalls Mobiltelefon klingelte wieder – Rookers Privatnummer wurde angezeigt. Beiden Männern, denen er so sehr vertraute, dass er sie an der Überwachung beteiligte, hatte er das Versprechen abverlangt, diese Sache unbedingt aus den offiziellen Kanälen fernzuhalten. Er nahm das Gespräch an und hielt das Telefon schweigend ans Ohr.

»Captain? Es gab wieder einen Anruf auf das Telefon der Zielperson. Sie fährt nicht mehr nach Santa Monica. Sieht aus, als hätte sie diesmal ein Treffen arrangiert.«

McCall lächelte. »Gleiche Stimme am Telefon?«

»Gleiche nicht identifizierte männliche Stimme. Sie fahren beide raus in die Berge.«

»Wo findet das Rendezvous statt?«

»Unbestätigt. Sie sagten etwas über einen Raketenstandort. Ich glaube, das könnte …«

»Ich weiß, wohin sie fahren.«

»Möchten Sie, dass ich …?«

»Nein«, unterbrach ihn McCall rasch. »Ich werde das Treffen persönlich beobachten. Ich möchte ihnen zuvorkommen und sehen, wohin sie anschließend gehen. Wenn ich Verstärkung brauche, rufe ich Sie an.«

Pause. »Captain …«

»Habe ich Sie nach Ihrer Meinung gefragt?«

»Verstanden, Sir.«

McCall drückte die Austaste und schaltete das Telefon aus. Er setzte die Sonnenbrille ab, weil die Sonne mittlerweile am Untergehen war, und startete den Motor. Er hatte einen Vorsprung vor Blake und Allen, aber den brauchte er, weil er vorbereitet sein wollte.

78

Der Himmel wurde immer dunkler, als sich Mazzucco vorsichtig dem Hügelkamm näherte. Dahinter senkte sich das Gelände zu einer Ebene ab, die sich Richtung Norden erstreckte. Auf dieser Ebene war der Filmset errichtet worden.

Früher muss der Anblick ziemlich beeindruckend gewesen sein. Es gab drei Gebäudegruppen. Die nächstgelegene und größte war die Attrappe einer Hauptstraße. Die meisten Gebäude bestanden nur aus Fassaden, von denen einige im Lauf der Jahre bereits umgekippt waren. Hinter einigen Fassaden allerdings verbargen sich vollständige Häuser samt Dächern. Mazzucco vermutete, dass diese auch für Innenaufnahmen verwendet worden waren. Am anderen Ende befand sich die Bar vom Foto, das Allen gefunden hatte, das Stewarton's. Auch sie bestand nur aus der Fassade. Mazzucco brauchte ein paar Sekunden, um das leise Knarren zuordnen zu können. Es stammte von einem Holzschild, das an einer einzelnen Kette vor einem der vorgetäuschten Häuser hing und im Wind langsam vor und zurück schaukelte.

Trotz des heruntergekommen Zustands der vergessenen Filmstadt war Mazzucco beeindruckt von der Handwerkskunst und der Liebe zum Detail. Dies lag wohl daran, dass heute so etwas nicht mehr gemacht wurde. Heute wurden Filme in echten Städten gedreht, die dem, was gebraucht wurde, am nächsten kamen, und ein paar Computerfreaks ergänzten den Rest.

Etwas abseits der Hauptstraße stand eine Scheune. Die Seiten waren irgendwann wahrscheinlich mal leuchtend rot gewesen, doch jetzt blätterte die Farbe ab und war so braun wie getrocknetes Blut. Das Wellblechdach, nicht für die Ewigkeit gebaut, war in sich zusammengesunken. Das andere Gebäude stand gegenüber der Scheune und befand sich bereits nicht mehr auf der Hauptstraße.

Es war ein Haus. Mazzucco hatte den Film, von dem Allen gesprochen hatte, nicht gesehen, doch angesichts der Größe ging Mazzucco davon aus, dass es eine zentrale Rolle gespielt hatte. Es war eins der fertiggestellten Gebäude. Aus der Ferne sah es echt aus, schien der Zeit besser getrotzt zu haben als der Rest der Stadt. Es war ein breites Haus mit sanft abfallendem Dach und einem Giebelfenster in der Mitte. An der Vorderseite erstreckte sich eine lange Veranda. Mazzucco hielt den Blick für eine oder zwei Minuten auf dieses Haus gerichtet, weil er nach Anzeichen von … ja, was genau suchte? Um das Haus herum bewegte sich nichts, doch wenn er sich anstrengte, glaubte er, Eindrücke in dem weichen Boden zu erkennen. Hier hatte vor Kurzem ein Fahrzeug gestanden.

Auf dem Weg nach oben hatte er sein Telefon stumm gestellt. Wenn der Samariter hier war, wollte er sich als Letztes von einem klingelnden Telefon verraten lassen. Jetzt sah er, dass er eine SMS von Allen erhalten hatte. Sie sei verspätet, aber auf dem Weg. Der letzte Satz lautete: *Ich bringe einen Freund mit*.

Mazzucco wusste genau, was das bedeutete, doch hier am Rand des verlassenen Filmsets konnte er nicht sagen, dass er über Blakes Teilnahme traurig war. In einer Situation wie dieser waren sie zu dritt besser dran als zu zweit. Oder allein. Doch es änderte nichts an der Tatsache, dass er erkunden musste, ob jemand in der Scheune oder im Haus festgehalten wurde.

Er erhob sich und ging die Straße hinunter, die zum Filmset führte. Nach kurzem Überlegen entschied er sich, nicht die Hauptstraße zu nehmen. Zu viele Fenster, selbst wenn sich hinter den meisten nur eine Sperrholzplatte befand. Deshalb ging er den Streifen zwischen der Rückseite einer Gebäudereihe und der Scheune entlang. Auf der Höhe der Scheunentür bemerkte er weitere Reifenspuren. Er blieb stehen und sah sich um. Es war windstill. Von dieser Seite zeigte sich die Häuserreihe als nackte Wand, die durch lange Holzstreben gestützt wurde. Schließlich sah er wieder zur Scheune. Obwohl die Holzwände verrottet und an manchen Stellen durchlöchert waren, war die Doppeltür fest verschlossen.

Mazzucco ging rasch darauf zu und sah sie sich genauer an. Sie war doch nicht ganz geschlossen. Einer der Flügel war verzogen, als wäre die Tür verschlossen oder verriegelt gewesen und dann aufgebrochen worden. Der Spalt dazwischen war so breit, dass er seine Hand hineinschieben und die Tür aufziehen konnte. Sie kratzte über den Boden. Mazzucco hob seine Waffe und richtete sie in die Öffnung.

Es war dunkel in der Scheune. Es gab keine Fenster, Licht drang nur durch die kaputte Stelle des Dachs herein. Die Scheune war etwa fünfzehn Quadratmeter groß und, soweit er sehen konnte, bis auf ein paar verrottete Heuballen leer. Mazzucco nahm an, sie hatten nur als Kulisse gedient und waren am Ende des Drehs hier liegen gelassen worden wie alles andere auch. Und das fehlende Tageslicht war mit Sicherheit eine gewollte Entscheidung der damaligen Filmregisseure gewesen. Als sich Mazzuccos Augen an das Halbdunkel gewöhnt hatten, sah er, dass die Scheune doch nicht leer war, sondern dort zwei Fahrzeuge standen, die nicht vom dämmrigen Licht erfasst wurden, das durch das Loch im Dach schien. Sie wirkten in dieser Umgebung fremd, weil sie beide ziemlich sauber und ziemlich neu waren. Das eine Fahrzeug kannte er – der grüne Dodge, den sie ein paar Stunden zuvor vor Croziers Haus gesehen hatten.

Das andere war ein Pritschenwagen, ebenfalls grün, aber dunkler. Mit kalifornischem Kennzeichen. Als Mazzucco darauf zuging, sah er, dass sich am Ende der Ladefläche eine Abschleppvorrichtung mit aufgerolltem Seil befand. Perfekt, um einer Fahrerin mit liegen gebliebenem Wagen Hilfe anzubieten. Das musste es sein, das Fahrzeug des Samariters.

Mazzucco hielt die Waffe auf das Fenster des Pritschenwagens gerichtet, als er ein paar Schritte auf ihn zuging. Er konnte nicht erkennen, ob jemand drin war. Als er die Hand nach dem Türgriff ausstreckte, starrte er erschreckt auf das, was auf dem Vordersitz lag. Eine digitale Spiegelreflexkamera und eine Schultertasche aus Leinen. Eine Sekunde blieb er dort stehen und überlegte, was ihm an der Ausrüstung auffiel, bis sich sein Magen zusammenzog, als ihm die Erkenntnis kam.

Er griff in seine linke Jackentasche und zog die Skizze heraus, die er von Blake erhalten hatte. Die beiden Versionen eines Gesichts auf der Rückseite einer Speisekarte. Etwas an dem Gesicht kam ihm vertraut vor. Deswegen hatte er das Bild behalten. Er faltete das Blatt mit einer Hand ganz auseinander, und ganz plötzlich lichtete sich der Nebel, und er wusste, wer der Mann auf der Zeichnung war. Die Ähnlichkeit war nicht perfekt. Eigentlich ähnelte es dem Jungen auf dem Foto und jemand anderem jeweils nur zur Hälfte. Jemandem, den er kannte. Das schien jetzt über jeden Zweifel erhaben zu sein.

Er wollte gerade nach seinem Telefon greifen, um Allen anzurufen, als er ein Geräusch hörte.

Er hielt inne und lauschte. Da war es wieder, ein gedämpftes Klopfen, als würde jemand gegen etwas treten. Aufmerksamkeit wecken wollen. Das Geräusch kam nicht aus der Scheune, sondern von draußen. Er war sich nicht sicher, doch das Geräusch schien von weiter entfernt herzukommen, nicht von der Straße.

Mazzucco drehte sich um und rannte zur Tür zurück. Der letzte Rest der Abendsonne machte die dunklen Bereiche beiderseits der Tür noch dunkler. Er war noch zwei Schritte von der Türschwelle entfernt, als ein Teil der Dunkelheit auf der linken Seite lebendig wurde und sich mit rasender Geschwindigkeit auf seine Nase zubewegte.

Mazzucco drehte sich auf dem Absatz, und schon erhielt er einen zweiten Schlag, diesmal ins Genick, während ihm kräftige Finger die Waffe aus der Hand nahmen. Er wurde herumgedreht, seine Knie gaben nach, und er fiel auf den Boden. Im Viereck des Lichts sah er seinen eigenen Schatten und den des anderen. Er wollte sich schon umdrehen, als sich ein Arm um seinen Oberkörper legte; er griff mit beiden Händen nach oben, um sich zu befreien, merkte aber, dass es ein dringenderes Problem gab. Ganz besonders das Gefühl von scharfem Stahl an seinem Hals. Mazzucco erstarrte und entspannte seine Arme.

»Ich bin Polizist«, sagte er leise.

»Ich weiß«, flüsterte eine Stimme, als könne jemand lauschen.

Dann wurde an seinem Kopf gerissen, und er hörte ein Geräusch, als würde ein Schlauch durchgeschnitten. Das Bild von Julia, wie sie allein zu Abend aß, blitzte vor ihm auf, Daisy. Das Letzte, was er hörte, war das Flüstern:

»Du hättest nicht herkommen sollen.«

79

Allen hatte gerade auf den Tachometer geblickt, als sie auf dem Mulholland Drive um die nächste Kurve fuhr. Daher wusste sie, dass sie mit ungefähr achtzig Stundenkilometern unterwegs war, als jetzt einer der hinteren Reifen platzte. Der Wagen rutschte zur Straßenseite, sie riss die Augen weit auf, ihre Hände wurden weiß, während sie das Lenkrad in dem Versuch umklammerte, die zwei Tonnen Stahl auf dem zu halten, was nur noch wie ein schmaler Streifen Asphalt aussah. Sie zog das Lenkrad nach rechts, was den Wagen aber nur ins Schleudern brachte. Ein entgegenkommendes Fahrzeug wechselte auf die andere Spur und entging dem Unfall nur knapp. Ihr eigener Wagen schleuderte zwar nicht mehr, rutschte aber wieder Richtung Straßenkante, drängte auf die Leitplanke am Rand des Abhangs zu, die sie gleich durchbrechen würde wie ein Vorschlaghammer ein Stück Balsaholz.

Doch dann bekamen die drei noch intakten Reifen wieder Halt auf dem Asphalt und gehorchten zumindest dem Lenkrad. Der Wagen änderte seine selbstmörderische Bahn, sodass er in einem 45-Grad-Winkel – eher seitlich als frontal – gegen die Leitplanke prallte. Diese wurde eingedellt, hielt aber, Funken sprühten gegen das Seitenfenster, während der Wagen am Metall entlangrutschte.

Allen sperrte ihre Augen noch weiter auf, als sie sah, dass die Leitplanke ein Stück weiter vorne endet. Sie riss das Lenkrad erneut nach rechts, doch der Wagen behielt seinen Kurs, als wären die Räder eingerastet.

Dann sah Allen, wie die Landschaft gerade noch rechtzeitig langsamer an ihr vorbeizog. Das Quietschen ließ nach, und der Funkenregen versiegte, als es keine Leitplanke mehr gab. Doch das Bild, das sich Allen durch die Windschutzscheibe bot, wirkte, als hätte jemand die Welt da draußen leicht geschubst.

Allen blinzelte ein paarmal, bis ihr klar war, dass sich der Wagen geneigt hatte, nicht die Welt. Die rote untergehende Sonne blendete sie. Der Motor lief noch, hustete aber zwischendurch. Als sie die Hand nach dem Schlüssel ausstreckte, um den Motor abzuschalten, kippte der Wagen ein Stück weiter zur Seite.

Allen erstarrte und hielt den Atem an. Sie wandte den Blick so weit zur Seite, wie sie konnte, ohne den Kopf zu drehen, damit sich der Wagen nicht mehr bewegte.

Die linken Reifen hatten keinen Kontakt mehr zur Straße, sondern hingen irgendwie über dem steilen Abhang in der Luft. Die Leitplanke schützte nur die enge Kurve, nicht mehr den nachfolgenden geraden Abschnitt. In der Kurve hatte die Leitplanke Allen vor einem Absturz bewahrt, doch jetzt würde eine falsche Bewegung reichen, um den Wagen nach unten kippen zu lassen.

Ganz langsam griff sie mit der rechten Hand nach unten und öffnete mit dem Daumen den Sicherheitsgurt. Sie stieß unwillkürlich einen Schrei aus, als der Gurt nachließ, sich ihr Körper leicht zur Seite neigte und sie etwas auf der dem Abhang zugewandten Seite knarren hörte.

Sie schloss die Augen für eine Sekunde und ermahnte sich, Ruhe zu bewahren. Panik und Hast waren absolut nicht die Lösung, um sie heil aus dieser Situation zu befreien. Sie öffnete die Augen wieder, drehte langsam und ganz vorsichtig den Kopf fort vom Abhang zum Türgriff. Ebenso vorsichtig hob sie ihre Hand und legte sie auf den Türgriff. So weit, so gut. Mit zwei Fingern drückte sie am Griff, bis sie dachte, die Tür müsste sich öffnen, was diese aber nicht tat. Nun probierte sie es mit vier Fingern. Irgendein Teil auf der Fahrerseite quietschte leise. Sie biss die Zähne zusammen und drückte fester. Der Griff bewegte sich, der Wagen allerdings neigte sich noch ein Stück zur anderen Seite. Allen drückte ohne Pause weiter, und plötzlich gab es einen Ruck, und die Tür öffnete sich. Durch die Erdanziehungskraft kippte der Wagen weiter nach links. Auch die Reifen auf der rechten Seite hoben nun von der Straße ab, und Allen war über ihre Klarheit überrascht, mit der sie feststellte, dass es angesichts des Neigungswinkels kein Zurück mehr gab.

Verzogenes Metall quietschte, als sie die Tür noch ein Stück weiter aufdrückte. Sie stemmte ihren Fuß gegen das Armaturenbrett und schob ihren Oberkörper durch die Tür, prallte mit ihren Armen und einer Seite ihres Kopfes auf den Asphalt, als der Wagen in die entgegengesetzte Richtung rollte. Ihr Bein schrammte dabei über den Türrahmen, und ihre Haut wurde aufgerissen. Sie versuchte, ihre Hände in den Asphalt zu krallen, als der Wagen immer weiter kippte und einen höchst bedrohlichen Winkel einnahm. Allen schrie auf, als sich ihr Fuß in etwas verfing und sie spürte, wie sie mitgerissen wurde.

Dann rutschte ihr Fuß aus dem Schuh, und der Wagen stürzte mit einem Höllenlärm in die Tiefe.

Allen lag mit dem Gesicht auf der Straße, hielt die Augen geschlossen, bis das Knallen und Knirschen nachgelassen hatten. Dann öffnete sie die Augen und erhob sich langsam, zuckte zusammen, als sie sah, dass ihr Fuß verdreht war. Sie humpelte an den Straßenrand, sah den Abhang hinunter, wo ihr Ford dreißig Meter tiefer als Schrotthaufen lag. Plötzlich wurde der Schmerz in ihrem Fuß unwichtig. Sie hinkte auf die andere, die sichere Straßenseite und kotzte, schlurfte noch ein bisschen weiter zur Seite und setzte sich. Es ging ihr nur leicht besser.

Sie brauchte ein paar Minuten, um sich zu sammeln und eine Bestandsaufnahme ihrer Möglichkeiten zu machen. Sie war dem Tod nur knapp entkommen, doch sie hatte immer noch eine Aufgabe zu erledigen. Das einzige Problem war: Wie sollte sie das tun? Sie hatte noch ihre Waffe, doch ihr Telefon hatte auf der Beifahrerseite gelegen. Selbst wenn sie in der Lage gewesen wäre, vorsichtig nach unten zu krabbeln, hätte sie wahrscheinlich ein kaputtes Telefon vorgefunden. Keine Möglichkeit, Blake oder Mazzucco anzurufen. Keine Möglichkeit, den Rest der Strecke zum Versteck des Samariters zu Fuß zurückzulegen, jedenfalls nicht mit diesem Knöchel. Die Sonne war im Westen fast untergegangen, und es wurde immer dunkler.

Sie hörte das Fahrzeug, bevor sie es sah. Das leise Brummen eines Dieselmotors. Ein vorsichtiger Fahrer, der die Kurven langsam nahm. Und dann tauchte er auf. Ein grüner Pritschenwagen, vorne nur der Fahrer. Allen sah dem Fahrzeug einen Moment entgegen, bevor sie ihren unverletzten Fuß auf die Straße stellte und dem Fahrer winkte, damit er anhielt. Der Wagen wich zur Mitte hin aus, sodass Allen schon dachte, er würde einfach so an ihr vorbeifahren, doch dann drosselte er das Tempo. Als er auf ihrer Höhe war, sah sie, dass der Mann eine Sonnenbrille trug. Schließlich leuchteten die Bremslichter auf, und er blieb an einer breiten Stelle der Straße stehen. Der Fahrer öffnete die Tür und stieg aus.

Allen kniff die Augen ein Stück zusammen, weil sie nicht glaubte, was sie sah.

Der Mann ging mit verwirrtem Blick ein paar Schritte auf sie zu, dann begann er zu lächeln. »Allen?«, rief Eddie Smith in einem Ton, der vermittelte, dass auch er es nicht glauben konnte. Er ging weiter auf sie zu. »Was machst du ...« Er sah, dass sie humpelte, dass ein Arm und ein Bein aufgeschürft waren und bluteten, und dass sie nur noch einen Schuh anhatte. »Jesus Maria! Bist du verletzt? Was ist passiert?«

Allen brauchte einen Augenblick, um durchzuatmen und ihre Gedanken zu sammeln. Sie nickte in die Richtung des abgestürzten Ford. »Probleme mit dem Wagen.«

Smith überquerte die Straße und blickte nach unten, dann wieder zu Allen, dann wieder den Hang hinunter und noch einmal zu ihr.

»Scheiße!«, rief er. Er ging zu ihr, reichte ihr den Arm, damit sie sich abstützen konnte. »Komm. Du brauchst Hilfe.«

Sie zitterte, als sie zu ihm aufblickte. Er trug eine grüne Baseballkappe. Der Rand warf in dem Zwielicht einen Schatten über sein Gesicht.

»Ja, die brauche ich wirklich.«

80

Der Samariter hatte einen Vorsprung vor mir, doch ich wusste nicht, wie viel. Ich wusste nur, dass er Kimberley Frank hatte und sie sterben würde, wenn ich ihn nicht aufhielt. Ich setzte alles darauf, dass Crozier zu seinem Versteck in den Bergen zurückfuhr. Allen hatte gesagt, sie und Mazzucco hätten den Standort des verlassenen Filmsets eingegrenzt, und sie hatte mir eine grobe Wegbeschreibung gegeben, doch ich war froh, dass wir uns auf dem Weg dorthin treffen wollten.

Nicht zum ersten Mal machte ich mir Sorgen, dass der verlassene Filmset eine falsche Fährte war. Das geografische Profiling legte nahe, dass sich das Versteck in der Nähe befand – die relative Nähe zum Ablageort der ersten drei Leichen machte dies wahrscheinlich. Doch das hieß nicht, dass der Samariter auch wirklich diesen Ort gewählt hatte.

Trotz allem war es das Einzige, woran wir uns halten konnten, weil der Ort auf dem Foto zu sehen war. Crozier hatte über zwei Jahrzehnte und wer weiß in wie vielen Gegenden an diesem Foto festgehalten. Das hieß, der Ort war für ihn bedeutend. Das Foto sah aus, als zeige es sorglose Jugendliche auf einem Ausflug – vielleicht auf einer Wanderung oder einer Radtour durchs Gebirge. Sie hatten einen vergessenen Ort gefunden und etwas Zeit dort verbracht.

Man brauchte kein großes logisches Verständnis, um zu erkennen, dass das Foto dem Samariter wie ein Talisman gedient hatte. Er hatte es all die Jahre aufbewahrt, wahrscheinlich alle Farben, Linien und Einzelheiten im Gedächtnis gespeichert. Der Ort in den Bergen war praktisch: abgeschieden und von der Welt vergessen und damit ein perfektes Versteck für die grausame Aufgabe des Samariters. Die Zeit, die ich mit Dean Crozier bei Winterlong verbracht hatte, hatte mir einen Einblick in seine Psyche vermittelt. Daher war ich mir nun doch sicher, dass er auf dem Weg zu diesem Filmset war.

Ich fuhr immer nur um zehn Stundenkilometer schneller den Mulholland Drive entlang als vorgeschrieben. Die untergehende Sonne wurde in unzähligen Punkten von der Stadt unter mir reflektiert, der Himmel war mit purpurfarbenen Streifen durchzogen. Jemand sagte einmal, L.A. sei die schönste Stadt der Welt, wenn man sie nachts aus der Ferne betrachte. Damit hatte er wohl recht. Die Traumpaläste der Filmstars verschwanden langsam, je weiter ich mich von L.A. entfernte, bis sich die Straße öffnete und ich das Gefühl hatte, die Stadt tatsächlich verlassen zu haben.

Ich dachte über den Ursprung des Namens »Samariter« nach. Das Gleichnis vom barmherzigen Samariter spielte auf der Straße von Jerusalem nach Jericho, die von Räubern beherrscht war und den Beinamen »Straße des Blutes« trug.

Dort hatte der Barmherzige Samariter den verletzten Reisenden gerettet. Diesmal hatte der Samariter seine eigene Straße des Blutes geschaffen. Ich drückte das Gaspedal ein Stück tiefer, als ich meinen Wagen durch die Kurven führte.

Ein paar Fahrzeuge kamen mir entgegen, an einer Stelle fuhr ich an einem grünen Pritschenwagen vorbei, der am Straßenrand stand. Zwei Personen saßen darin. Ich sah nicht genau hin. Später würde ich mich fragen, wie anders alles gelaufen wäre, hätte ich mehr Interesse an dem grünen Pritschenwagen gezeigt.

Ich hielt Ausschau nach der Stelle, von der Allen gesprochen hatte und die bald schon vor mir auftauchte – ein pilzförmiges, etwa zehn Meter hohes Gebäude in den Hügeln. Wie unser angestrebtes Ziel war auch dieses ein verlassenes Relikt aus der Vergangenheit, eine von sechzehn Flugabwehrbasen, die während des Kalten Kriegs rund um die Stadt errichtet worden waren. Ein zylinderförmiger Turm wurde von einer breiten, überhängenden Plattform bedeckt. Die Zufahrt von der Hauptstraße aus führte an den Überresten einer Kontrollstelle vorbei. Den Bunker gab es auch noch, ebenso wie die Hinweise, dass Unbefugten der Zutritt verboten war. Doch die Kontrollstelle war nicht mehr besetzt, und es gab keine Zäune, die den Hinweisschildern zu ihrem Recht verholfen hätten. Von der Zufahrtsstraße ab führte ein schmalerer Weg weiter nach oben, vorbei am Turm bis zum Parkplatz. Heute wurden Unbefugte ermutigt – die neueren Schilder hießen die Touristen willkommen und luden sie ein, auf die Plattform zu steigen und den atemberaubenden Rundumblick auf die Berge und das Becken von Los Angeles zu genießen.

Überraschenderweise war der Parkplatz leer. Ich hatte Allen erwartet, da sie einen Vorsprung hatte. Der Treffpunkt war ihre Idee gewesen, und ich hatte zugestimmt. Mir war nur allzu bewusst, mit wem wir es zu tun hatten, und ich wollte so viel Verstärkung haben wie möglich.

Ich stellte mich in eine der Parkbuchten, ohne den Motor auszuschalten, zog mein Telefon heraus und wählte Allens Nummer. Keine Antwort – kein gutes Zeichen. Ich sah nach hinten zur Hauptstraße, ob sich von dort ein Fahrzeug näherte. Nichts. Ich konnte nicht länger warten, nicht solange der Samariter jemanden gefangen hielt. Eine Gefangene, die noch lebte, wie ich hoffte. Wahrscheinlich würde ich länger brauchen, um den Drehort zu finden, aber es war besser, als Däumchen zu drehen, während ich hier auf Allen wartete.

Seufzend schob ich den Automatikhebel auf Parken. Ich musste über vieles nachdenken, aber das war kaum eine Entschuldigung dafür, nicht zu merken, dass sich jemand dem Fahrzeug näherte.

»Steigen Sie aus dem Wagen, Blake.«

Langsam hob ich die Hände und drehte den Kopf nach links, um aus dem offenen Fenster zu sehen. Dort wurde mit einer Neun-Millimeter-Kimber-Solo auf mich gezielt. Ich erkannte den Besitzer.

»McCall, stimmt's?«

Der stämmige Polizist trug eine kugelsichere Weste über einem schwarzen T-Shirt und sah sehr professionell aus: Die Waffe mit beiden Händen auf mich gerichtet, aber weit genug entfernt, sodass ich sie nicht erreichen konnte. Er antwortete mit einem Ruck seines Kopfes, um seinem Befehl Nachdruck zu verleihen. Den Blick auf die Mündung gerichtet, griff ich langsam nach unten und öffnete die Tür. Er trat einen halben Schritt zurück, weil er befürchten musste, dass ich ihn mit der Tür rammen würde. Dergleichen hatte ich nicht vor, doch es war interessant, seine Vorsichtsmaßnahmen zu beobachten. Wie hatte er mich gefunden? Ganz kurz zog ich in Betracht, dass Allen mich verraten hatte, verwarf diesen Gedanken aber eine Nanosekunde später wieder. Sie und McCall hassten sich wie die Pest. Er wäre der letzte Mensch auf dieser Erde gewesen, dem sie helfen würde. Zumindest nicht absichtlich.

»Hände schön oben lassen. Steigen Sie langsam aus und legen Sie Ihre Hände an den Kopf.«

Ich tat, wie mir befohlen wurde. Als ich ausstieg, wagte ich es, mich kurz umzuschauen. Auf der Straße und auf der Aussichtsplattform über uns war niemand zu sehen. Keine Verstärkung, keine Scharfschützen.

»Wo ist der Rest vom Schützenfest?«

McCall lächelte. »Keine Sorge, die werde ich noch früh genug anrufen.«

Es gefiel mir nicht, wie er es sagte. Doch solange McCall bereit war, mit mir zu reden, hielt ich es für eine gute Sache, genau dies zu tun.

»Sie wissen, dass ich die Frau in dem Lager nicht umgebracht habe. Ich habe niemanden getötet.«

»Klar, Blake. Sie waren rein zufällig dort. Ray Falco lässt übrigens grüßen. Er ist der Polizist, den Sie niedergeschlagen haben.«

Wenn ich mir McCall so ansah, wusste ich, dass er sich einen Dreck darum scherte, ob ich der Samariter war oder nicht. Ihm war es egal, weil nur eins für ihn wichtig war: dass ich einen seiner Jungs umgehauen hatte und seiner Mannschaft entkommen war. Ihn vor dem FBI erniedrigt hatte. Er hatte nicht die Absicht, mich zu verhaften. Er würde mich kaltblütig erschießen und behaupten, ich hätte mich der Verhaftung widersetzt. Und es gab nichts, was ihn aufhalten würde. Er war Polizist, ich ein gesuchter Mann auf der Flucht, und die nächste Zeugin war vielleicht noch zwei Kilometer entfernt. Sollte sich herausstellen, dass ich wirklich der Samariter war, wäre er der Held. Wenn nicht? Egal. Ich war ein bedauerliches Opfer der Umstände.

Ich ging meine Möglichkeiten durch. Viele waren es nicht. Daher stellte ich ihm eine Frage, zum Teil um Zeit zu gewinnen, zum Teil weil ich mir eine Antwort wünschte.

»Wie haben Sie mich gefunden?«

»Das haben Sie Ihrer Freundin, Detective Allen, zu verdanken. Wir nennen sie bei uns nur Verbrecherhure. Wussten Sie das?«

»Vermutlich müsst ihr sie bei irgendeinem Namen nennen. Außer dass sie als Polizistin zweimal so viel wert ist wie Sie.«

McCalls Augen verengten sich. Das war nicht die Antwort, die er erwartet hatte. »Wollen Sie nicht wissen, wie sie Sie verraten hat?«

Ich zuckte mit der Schulter. »Ich denke nicht, dass sie das getan hat.«

»Denken Sie noch einmal darüber nach.«

»Ich denke, jemand hat ihr Telefon angezapft. Wir haben uns hier über unsere Mobiltelefone verabredet. Es ist immer besser, darauf zu verzichten, aber in diesem Fall ging es nicht anders.«

»Sie sind schlau, Blake. Sie wissen, was mit schlauen Typen passiert?«

»Ja. Sie nutzen dumme Typen, um die Dreckarbeit erledigen zu lassen. Allens Telefon vorsichtshalber anzapfen zu lassen, war ein schlauer Schachzug. Zu schlau für Sie. Wer hält Ihre Fäden in der Hand, McCall?« Ich konnte es mir allerdings schon denken. Agent Channing – er hatte vermutet, dass Allen mich bei sich unterbrachte, und McCall dazu benutzt, sie auszuspionieren. Er hatte sich allerdings getäuscht, weil McCall nicht die Absicht hatte, jemand anderen mitspielen zu lassen.

McCall umfasste seine Waffe noch etwas fester und biss die Zähne aufeinander. »Sie sind ja so was von tot. Wissen Sie das? Ich werde ihnen eine Kugel in Ihr verdammtes Hirn jagen, und dafür wird man mir eine Medaille verpassen. Ich werde …«

»Natürlich werden Sie mich erschießen, McCall. Eine andere Möglichkeit haben Sie ja nicht. Ich meine, ich habe Falco windelweich geschlagen, und er hatte keine fünf Kilo Übergewicht und war keine zwanzig Jahre über seine Blütezeit hinaus.«

Es war ein Spiel um Leben und Tod mit einer Chance von fünfzig zu fünfzig. Als setze man beim Roulette alles auf Rot. McCall würde entweder so schlau sein und mir eine Kugel zwischen die Augen platzieren, oder er würde sich den Köder schnappen. Sein Finger spannte sich um den Abzug, und seine Nasenflügel flatterten, dann senkte er die Waffe und steckte sie in sein Holster.

Er trat einen Schritt vor und jagte mir seine Faust in meinen Magen. Ich hatte bereits beschlossen, ihm ein paar gute Schläge zu gönnen. Das würde ihm Sicherheit verschaffen, ihn davon abhalten, seine Entscheidung zu überdenken. Ich spannte meinen Bauch an, hatte aber immer noch das Gefühl, von einem Zaunpfahl gerammt zu werden. McCall anzustacheln hatte dazu gedient, genau diese Reaktion zu provozieren, doch er war viel stärker, als er aussah. Seinen nächsten Schlag mit der Linken konnte ich vorhersehen und wich aus, der dritte kam den Bruchteil einer Sekunde schneller als erwartet und traf mich direkt über meiner linken Augenbraue. Ich trat einen Schritt zurück und wischte mir Blut aus den Augen. Drei kräftige Schläge in weniger Zeit, als man braucht, um es auszusprechen. Auch McCall wusste es. Er lächelte nämlich wieder.

»Sind Sie jetzt nicht mehr so gesprächig, hm? Oder haben Sie noch mehr schlaue Sprüche für mich? Lassen Sie mal hören.«

Ich schüttelte den Kopf. »Meine Mutter hat mir immer gesagt, ich soll nett zu älteren Menschen sein.«

Wumm. Der nächste Hammerschlag in meinen Magen. Ich hatte meine Muskeln wieder angespannt und damit einen guten Teil der Wucht abgefangen, aber einen weiteren Schlag von dieser Sorte wollte ich nach Möglichkeit vermeiden. Ich ließ mich auf den Boden fallen und krümmte mich. Ich hoffte, er würde sich nicht als Boxprofi aufspielen. Das würde meinen nächsten Schritt vermasseln. Aber er enttäuschte mich nicht. Statt mir eine Hand zu reichen und mir beim Aufstehen zu helfen, ging er einen Schritt zurück und holte mit dem Fuß weit aus, um mir seitlich an den Kopf zu treten. Ich blockte den Tritt mit einem Unterarm ab, gleich darauf den nächsten, während ich meinen Blick auf seine Füße gerichtet hielt und seine Bewegungen abpasste. Beim dritten Tritt war ich bereit. Ich packte seinen Stiefel mit beiden Händen und drehte ihn mit voller Kraft um, sodass McCall den Boden unter den Füßen verlor. Angesichts seiner kugelsicheren Weste war es sinnlos, ihn irgendwo am Oberkörper zu schlagen, deswegen entschied ich mich für ein tieferes Ziel. Ich nahm all meine Wut zusammen, die sich während der letzten Schläge angehäuft hatte, und lenkte sie in meinen rechten Ellbogen, den ich ihm in die Eier rammte. Er schrie auf und trat um sich. Ich wich zurück, warf mich auf ihn und brach ihm mit einem kräftigen Schlag meiner Rechten das Nasenbein.

Er griff zu seinem Holster nach unten und zog die Pistole

heraus. Sein Problem war, er war nicht mehr außerhalb meiner Reichweite. Ich umfasste sein Handgelenk und schob es zurück, als er den Abzug drückte und die Waffe zwischen uns einen Schuss abgab. Ich rammte meine Stirn gegen seine Nase, und mit beiden Händen brach ich die Knochen seiner Hand, in der er die Waffe hielt, sodass ihm die Pistole aus der Hand rutschte. Doch er wollte noch nicht aufgeben, sondern schlug mit seiner linken Hand so fest gegen meine Schläfe, dass ich unzählige Sterne sah, die mir kurz die Sicht auf sein verzerrtes, hasserfülltes Gesicht nahmen. Ich hatte noch immer eine ziemlich gute Ahnung von unseren jeweiligen Positionen, quetschte seine gebrochene Hand mit meiner linken. Als er aufschrie, ließ ich ihn mit meiner rechten Hand los und rammte meinen Ellbogen in sein Gesicht. Einmal, zweimal, dreimal.

Ich blinzelte, bis ich wieder etwas sah. McCall hatte aufgehört zu kämpfen. Er atmete noch, wenn auch nur mit kratzendem Geräusch aus dem blutigen Loch, das vorher sein Mund gewesen war.

Die Waffe behielt ich und erhob mich vorsichtig, ohne den Blick von McCall zu nehmen für den Fall, dass er sich tot stellte. Tat er nicht. Der zweite oder dritte Schlag mit meinem Ellbogen hatte ihn tief ins Traumland geführt. Ich wischte mir den Rest des Blutes aus meinem linken Auge und sah mich um. Immer noch niemand hier, immer noch keine Allen.

Da ich auf keinen Fall wollte, dass McCall mir folgte, nahm ich mir die Zeit, ihn abzutasten. In einem Holster an seinem Fußknöchel steckte seine Ersatzwaffe, eine kompakte Ruger .380, die ich mir in meine eigene Tasche steckte. Und seinen Autoschlüssel fand ich. Er hatte wahrscheinlich ein Stück abseits der Straße geparkt. Ich warf die Schlüssel den Hügel in

Richtung des San Fernando Valley hinab, dann zog ich ihm Stiefel und Socken aus, die ich so weit wie möglich in unterschiedliche Richtungen fortwarf.

Ich wollte den Tag aber nicht ohne eine gute Tat verstreichen lassen. Deswegen legte ich das Schwein in die stabile Seitenlage, damit er nicht an seinem eigenen Blut erstickte. Auf dem Weg zum Camaro überlegte ich, wie McCall diese Situation erklären würde. Wahrscheinlich würde er nie wieder mit jemandem darüber reden.

81

Der Mann, den Jessica Allen als Eddie Smith kannte, ließ sich von ihr erzählen, wohin sie wollte, und nickte. »Ja, ich weiß, wo das ist. Triffst du dich dort oben mit jemandem?«

»Mit meinem Partner«, antwortete Allen kurz angebunden und blickte stur geradeaus.

Der Samariter fuhr lächelnd weiter. Nicht zu schnell und nicht zu langsam. Es gab keinen Grund zur Eile. Sie hatte ihn gebeten, genau in die Richtung zu fahren, in die auch er fahren wollte. Wobei er sie nicht an ihrem gewünschten Zielort absetzen würde. Der Ort, der ihm vorschwebte, war ein kleines Stück weiter weg und ein kleines bisschen abgeschiedener. Mittlerweile wurde es dunkel draußen. Er schaltete die Scheinwerfer ein.

Ein paar Minuten lang schwiegen sie. Er hatte mit seiner Vorsicht absolut recht gehabt, weil Allen und Blake dahintergekommen waren. Vielleicht nicht hinter alles, aber es war genug, um sie hierherzulocken, wo alles begonnen hatte.

Der Samariter drehte den Kopf zu Allen, die aber instinktiv wegsah. Wahrscheinlich weil sie wegen des fast tödlichen Unfalls noch aufgeregt war. Oder hatte sie einen Verdacht? Auch in der Tiefgarage ein paar Stunden zuvor war sie misstrauisch gewesen. Aber das war eigentlich nicht wichtig. Nicht mehr. Für seine Opfer war es zu spät, sobald sie neben ihm auf dem Beifahrersitz saßen. Er spürte ein aufgeregtes Kribbeln in seinem Bauch dessentwegen, was bevorstand. Allen würde ein Genuss werden. Eine ungeplante Dreingabe. Er war ihr in der Hoffnung gefolgt, sie würde ihn zu Blake führen, doch von seinem alten Waffenbruder hatte er keine Spur gesehen. Jedenfalls hatte es keinen Sinn, deswegen extra irgendwohin zu fahren. Und er hatte keinen Zweifel, dass Blake den Verlust beweinen würde. Eine weitere Bestätigung, wer der Bessere war.

»Du hast Glück, dass du überlebt hast«, sagte er. Allen schwieg, wollte wahrscheinlich nicht an den Unfall denken.

Es stimmte, sie hatte wirklich Glück, dass sie überlebt hatte. Die kleine Sprengladung, die er in ihren Reifen geschoben hatte, sollte nur ihren Wagen lahmlegen, keinen tödlichen Unfall provozieren. Er hatte nicht damit gerechnet, dass sie wie eine Irre fuhr. Er war froh, dass sie überlebt hatte. Im Moment jedenfalls.

Hinter der nächsten Biegung tauchte nicht ganz zwei Kilometer vor ihnen die Plattform des Aussichtsturms auf. In ein oder zwei Minuten würde es Zeit sein, die Maske fallen zu lassen.

Er hatte überlegt, wie er mit Allen verfahren sollte. Gewöhnlich reichte es, die Türen zu verriegeln und weiterzufahren. Wäre er Akademiker, hätte er ein Selbsthilfebuch darüber schreiben können, was man tun kann, um einem bevorstehenden Mord zu entgehen, weil alle Frauen hier draußen die gleichen Phasen durchlaufen hatten, ohne in angemessener Weise zu reagieren. Erste Phase: Verwirrung, die rasch in Ungläubigkeit wechselte. Dann Angst. Dann verhandeln.

Die nachfolgende Phase der Trauer variierte. Zeit für Schwermut gab es nicht, und er war sich ziemlich sicher, dass sich keine von ihnen jemals mit der Situation abgefunden hatte. Stattdessen schienen sie abzuwarten, als hofften sie, es würde sich noch etwas ergeben, um fliehen zu können. Immer war er überrascht, dass keins der Opfer die Möglichkeit der Gewalt in Betracht gezogen hatte, um einen letzten Versuch zur Flucht zu nutzen. Aber alle waren wieder eine Phase zurück zur Angst gegangen.

Er hegte keine Hoffnung, dass das Standardmuster für Detective Allen Bestand haben würde. Als er vom Mulholland Drive abbog und am San Vicente Mountain Park vorbeifuhr, wiederholte er in Gedanken die geplante Abfolge der Aktionen: anhalten und warten, bis sie sich zur Tür dreht, um sie zu öffnen; dann beiläufig ihren Namen nennen, als hätte sie etwas vergessen, und wenn sie sich wieder zu ihm drehte, ihr mitten ins Gesicht schlagen. Wenn sie danach immer noch bei Bewusstsein wäre, würde er ihr für den Rest der Zeit die Hände fesseln. Dann würde der Spaß beginnen.

»Smith.«

Der Samariter drehte sich zu Allen und entdeckte, dass sie mit ihrer Beretta neun Millimeter auf ihn zielte. Trotz seiner Überraschung war er beeindruckt. Er hatte kurz vorher in ihre Richtung geblickt, doch ihr Gesicht war dem Beifahrerfenster zugewandt gewesen. Sie musste die Waffe im Bruchteil einer Sekunde gezogen haben, um jetzt auf ihn zielen zu können.

»Für wie dämlich hältst du mich eigentlich?«, fragte sie.

Der Samariter sagte nichts. Er sah keinen Grund, das Schauspiel fortzuführen. Das wäre erniedrigend gewesen. Er ließ Allen reden, während er sich eine Lösung für das aktuelle Problem überlegte.

»Du tauchst zufällig in meiner Tiefgarage auf, und dann stehst du zufällig gleich parat, nachdem ich eine Reifenpanne hatte? Wobei das keine Reifenpanne war. Ich habe einen Knall gehört, bevor der Reifen tatsächlich platzte. Du hast ihn manipuliert, oder?«

»Sehr gut, Detective«, sagte er. »Ich entschuldige mich. Ich wollte auf keinen Fall deine Intelligenz beleidigen.«

»Nette Tarnung. Als Fotograf. Gibt dir die Möglichkeit, an den Tatort zurückzukehren, ohne Verdacht zu erregen.«

Eine scharfsinnige Beobachtung, dachte der Samariter. Doch das war nicht der einzige Vorteil gewesen, sich als Smith auszugeben, sondern vor allem die Möglichkeit, nach der Entdeckung der ersten drei Leichen mit jemandem innerhalb des LAPD sprechen zu können. So hatte er den Überblick darüber gehabt, wie wenig sie wussten, bevor Blake sich entschieden hatte, seine Nase in diese fremde Angelegenheit zu stecken.

Allen schüttelte den Kopf. »Ich hätte es eher wissen können. Vorgestern Abend hast du dich verraten. Am Telefon. Das ist mir aber erst jetzt aufgefallen. Du wusstest, dass sich die Fälle in L.A. von den anderen unterschieden, weil sich hier die Opfer ähnlich sahen. ›Wie Schwestern‹, hast du gesagt. Allerdings hatten wir keine Einzelheiten zu den Morden in den anderen Staaten preisgegeben, daher war nur bekannt, dass sich alle Opfer ähnelten.«

»Du hast recht, das war nachlässig«, stimmte er zu. Im selben Maß, wie er sich selbst rügen musste, wuchs seine Bewunderung für Allen.

»Was hast du mit Kimberley Frank angestellt?«

Er lächelte. Er vermutete, diese Entdeckung ging auf Blake. »Sie lebt, Detective Allen. Du könntest sie sogar kennenlernen.«

Er war während ihrer Unterhaltung langsamer gefahren, und jetzt tauchte auf der linken Seite die Zufahrt zur Raketenbasis auf. Er drückte das Gaspedal wieder ein Stück durch, und die Tachonadel stieg.

Allen beugte sich zu ihm und drückte die Mündung ihrer Waffe gegen seine Schläfe. »Anhalten. Sofort.«

»Okay.«

Der Samariter riss das Lenkrad so kräftig nach rechts, dass der Wagen genau im richtigen Moment gegen einen Baum gegenüber vom Eingang knallte. Allens Seite bekam den Löwenanteil des Aufpralls ab, doch auch er wurde heftig nach vorne und wieder zurückgeschleudert, als der Wagen so plötzlich gestoppt wurde. Sie zuckten ein zweites Mal nach vorne, als der Wagen, dessen Hinterräder beim Aufprall von der Straße abgehoben hatten, mit einem Ruck auf dem Boden aufsetzte. Die Waffe wurde Allen aus der Hand gerissen und landete im Fußraum. Allens Kopf hing schlaff zur Seite mit einem verblüfften Ausdruck im Gesicht. Bevor sie die Auswirkungen des zweiten Unfalls innerhalb einer halben Stunde verarbeiten konnte, streckte der Samariter seine Hand nach ihr aus und quetschte ihre Halsschlagader zusammen. Nur so lange, bis sie ohnmächtig wurde. Er wollte ihr im Moment nicht mehr schaden als nötig. Wollte sie sich für später aufheben.

Sie öffnete dabei den Mund, während sie ihre Augen rollen ließ und ihn anblickte, dann rollten sie nach oben, und ihr Kinn fiel auf ihre Brust.

Der Samariter stieg aus und begutachtete den Schaden. Auf der Beifahrerseite war die Motorhaube um den Baum gewickelt, und so, wie der Wagen stand, konnte er nicht sagen, ob die Vorderachse gebrochen war. Er warf einen Blick hinauf zum Parkplatz, sah aber niemanden, der dort wartete.

Ansonsten wäre derjenige schon längst losgerannt, um nachzusehen, was den Lärm verursacht hatte. Auch Fahrzeuge standen dort keine, was hieß, der Samariter würde den Rest des Weges zu Fuß hinter sich bringen müssen.

Er zog Allen aus dem Wagen und legte sie auf die Straße. Aus einer Kiste auf der Ladefläche nahm er seine Ausrüstung heraus und fesselte Allens Hände mit einem Kabelbinder, ließ aber ihre Füße frei. Er hatte nichts dagegen, sie den Rest der Strecke zu tragen, doch wenn sie wieder zu sich käme, ginge es schneller, wenn sie selbst laufen würde. Schließlich beugte er sich nach unten, legte seine Arme um ihre Taille und hievte ihren schlaffen Körper über seine Schulter. Er musste drei Kilometer gehen, deswegen legte er ein zügiges Tempo vor. Und schließlich hatte er noch einen anderen Gast, den er nicht warten lassen wollte.

82

Detective Mazzucco lag auf dem schmutzigen Boden der Scheune, seine immer noch offenen Augen starr nach oben gerichtet. Es sah aus, als hätte ihm der Mörder die Kehle von hinten durchgeschnitten. Die gezackte Wunde quer über seinen Hals sah ekelerregend vertraut aus. Ich hielt noch immer die Waffe in der Hand, die ich McCall abgenommen hatte. Jetzt schob ich sie mir hinten in den Hosenbund und kniete mich neben den toten Polizisten.

Ich spürte das seltsame Verlangen, ein Tuch zu suchen und über Mazzuccos Leiche zu legen oder zumindest seine Augen zu schließen, doch das durfte ich nicht. Abgesehen davon, dass ich keine Spuren hinterlassen wollte, durfte ich den Samariter vor allem nicht wissen lassen, dass jemand hier war.

Er war darauf nicht vorbereitet, daher wollte ich ihn nicht warnen, wenn es sich vermeiden ließ. Ich suchte die Leiche ab, fand aber nichts Wichtiges. Waffe und Mobiltelefon hatte ihm der Mörder mit Sicherheit bereits abgenommen und so weit von hier entsorgt wie möglich. Ich erhob mich und sah mir die unmittelbare Umgebung um die Leiche herum genauer an. Im Innern der Scheune war es fast stockdunkel, doch da der Tote nah genug am Tor lag, konnte ich genug erkennen. Das Einzige, das ich fand, gehörte komischerweise mir. In Mazzuccos Jackentasche steckte die Skizze von Crozier, die ich vor ein paar Tagen angefertigt hatte. Warum hatte er sie behalten? Warum hatte er sie ausgerechnet hierher mitgenommen?

Ich erhob mich und sah nach draußen. Lauschte auf Geräusche, auf ein sich näherndes Fahrzeug. Nichts. Ich sah wieder nach unten.

Ich dachte über die Position der Leiche nach. Die Totenstarre hatte noch nicht eingesetzt, was hieß, Mazzucco war erst weniger als zwei Stunden tot. Das Licht müsste besser gewesen sein, sodass es sicherlich schwieriger gewesen war, ihn zu überraschen. Doch es war klar, dass Mazzucco aus dem Hinterhalt überfallen worden war, weil seine Hände keine Wunden aufwiesen. Wenn er das Gesicht Richtung Ausgang gewandt hatte, hieß das, dass er beim Angriff auf dem Weg nach draußen gewesen war. Was hatte seine Aufmerksamkeit auf sich gezogen?

Ich warf einen letzten Blick auf Mazzuccos Leiche. Es war Zeit, das Haus zu durchsuchen, das ich am anderen Ende des Filmsets gesehen hatte.

Ich ging bis zu einer Stelle, wo sich eine Lücke zwischen zwei Fassaden an der Hauptstraße befand. Von dort aus hatte ich einen guten Blick auf die Zufahrtsstraße, die über den

Hügelkamm führte. Eine Minute blieb ich stehen und lauschte. Nichts. Vielleicht hatte mich die Begegnung mit McCall allzu lange aufgehalten, sodass ich den Samariter verpasst hatte.

Ich trat von der Lücke zurück und sah zum Haus. Es war dunkel. Vielleicht war dort auch nichts mehr, oder, schlimmer noch, vielleicht hatte er Kimberley Frank bereits getötet und war wer weiß wohin abgehauen. Es gab nur eine Möglichkeit, um das herauszufinden.

Vorsichtig näherte ich mich dem Haus, behielt dabei die Fenster im Blick, falls sich dort etwas bewegte. Meine Idee, von hinten ins Haus einzudringen, löste sich in Wohlgefallen auf, weil es auf der Rückseite weder einen Eingang noch Fenster gab. Auch wenn das Haus voll ausgebaut war, hatte man offenbar nur die Ansicht von vorne benötigt.

Ich ging auf der anderen Seite wieder nach vorn und blieb vor den drei Stufen zur Veranda stehen. Durch die Fenster rechts und links der Tür war nichts zu sehen, kein Anzeichen von Leben, kein Licht. Ich ging die Veranda hinauf und versuchte, die Tür zu öffnen. Sie war verschlossen. Ich wollte gerade meine Dietriche herausholen, als ich von innen gedämpfte Schläge hörte. Es klang, als würde jemand auf etwas treten oder stampfen. Jemand, der nicht sprechen konnte, aber auf sich aufmerksam machen wollte. Jemand, der vielleicht schwer verletzt war.

Ich trat einen Schritt zurück, hob meinen rechten Fuß und rammte ihn neben dem Knauf in die Tür. Das Holz knackte, und ein weiterer Tritt ließ die Tür nach innen schnellen. Im Haus war es so dunkel wie in einer Krypta. Ich erkannte einen breiten Flur, der genügend Platz für Filmkameras bot. Auf beiden Seiten befanden sich jeweils zwei Türen, eine breite Treppe führte in die obere Etage. Es war heiß, als hätte das

Haus den ganzen Tag über die Wärme absorbiert und wollte sie jetzt nur widerwillig wieder abgeben. Hitze, gepaart mit einem vertrauten Gestank. Dem nach getrocknetem Blut.

Nach einer kurzen Pause begann das Klopfen erneut, aber drängender. Es kam von oben. Ich rannte die Treppe hinauf, die quietschte und knarrte, als wäre sie es nicht gewohnt, benutzt zu werden. Oben angekommen, erkannte ich im letzten Licht der Dämmerung, das durch das einzige obere Fenster drang, einen großen, einzelnen Raum mit Dachschrägen und offenen Balken. An einem dieser Balken hing ein Paar Handschellen.

Am anderen Ende des Raums, in der dunkelsten Ecke, keuchte jemand heftig. Meine Augen gewöhnten sich an die Dunkelheit, als ich darauf zuging. Eine junge dunkelhaarige Frau lag dort geknebelt und mit verbundenen Augen. Ihre Handgelenke waren mit Kabelbinder gefesselt, ihre Hände lagen in ihrem Schoß. Sie hatte die Knie nach oben gezogen, den Kopf in meine Richtung gedreht, als lausche sie aufmerksam. Selbst in der Dunkelheit erkannte ich, dass es sich um Kimberley Frank handelte.

Als sie meine sich nähernden Schritte hörte, keuchte sie noch schneller. Durch den Knebel hörte ich drei unmissverständliche Worte: »Oh mein Gott.«

»Es ist in Ordnung«, rief ich, als ich auf sie zuging und die Umgebung nach unerwarteten Überraschungen absuchte. Die nackten Bodendielen sahen aus, als wären sie lackiert oder lasiert. Der Raum war bis auf einen Holzstuhl mit Lehne und einem kleinen Tisch unmöbliert. »Ich heiße Carter Blake, Kimberley. Ich bin hier, um Ihnen zu helfen.«

Der Knebel saß fest. Ich brauchte einen Moment, um ihn zu lockern, und ließ ihn über ihr Kinn nach unten rutschen wie ein Halstuch. Als ich die Augenbinde nach oben zog, blinzelte sie mich mit ihren braunen Augen an. Sie wirkte seltsam ruhig, als beobachte sie mich mit unbeteiligter Neugier.

»Woher kennen Sie meinen Namen?«

Ich antwortete nicht, weil ich zu sehr damit beschäftigt war nachzusehen, was sich auf dem Tisch befand. Es bestätigte, dass dieser Ort nicht nur dazu diente, Gefangene festzuhalten. Es gab Messer und Klingen und Sägen in allen Größen und Formen. Eine Kiste wie diejenige, die ich im Lager gesehen hatte. Handschellen und Kabel. Werkzeuge. Und erst jetzt sah ich, dass der Boden an manchen Stellen uneben war – er war nicht gestrichen oder lackiert, sondern voller Blut. Fast der ganze Boden war in unterschiedlich dicken Schichten und in einer Menge damit überzogen, woraus ich schloss, dass die ersten drei Opfer des Samariters hier gestorben waren.

Auf dem Tisch lag noch etwas anderes, das mir, obwohl es harmlos wirkte, mehr als die Mordwerkzeuge einen Schauder über den Rücken laufen ließ. Es war ein großes, dickes Fotoalbum. Ich hatte eine Ahnung, was es enthielt. Ich legte eine Hand auf den Ledereinband, als ich von Kimberleys drängender Stimme aufgehalten wurde.

»Sie müssen sich beeilen. Er wird zurückkommen.«

Sie hatte recht. Wir durften keine Zeit verlieren. Ich nahm ein kurzes Messer vom Tisch und ging zurück in die Ecke, in der Kimberley saß.

»Das verstehen Sie nicht. Er wird Sie töten. Er ist mein Halbbruder. Ich dachte ...«

»Dass er tot ist?«

Sie sah mich überrascht an, hielt aber die Handgelenke ruhig, während ich mit dem Messer die Fesseln aufschnitt. Ich untersuchte ihre Handgelenke. Abschürfungen, die nicht allzu schlimm aussahen.

»Können Sie gehen?«

Sie rieb sich ihre Waden und nickte unsicher.

»Dann lassen Sie uns von hier verschwinden.«

Ich beugte mich nach unten, legte mir einen ihrer Arme über meine Schulter und richtete mich wieder auf. Gemeinsam gingen wir Richtung Treppe. Das Vibrieren ihrer zitternden Muskeln übertrug sich auf mich wie elektrischer Strom.

»Woher wussten Sie ...?«

»Konzentrieren Sie sich nur aufs Gehen.« Ich versuchte, meine Stimme ruhig und besänftigend klingen zu lassen. »Wir können später darüber reden, ja?«

Sie schluckte und bemühte sich, einen Fuß vor den anderen zu setzen. Doch sie konnte ihren Redefluss nicht unterdrücken. »Er hat meinen Vater getötet. Ist schon Jahre her. Und seine Mutter und seine Schwester. Die Polizei wusste, dass er es war, aber ...«

»Es ist in Ordnung, Kimberley. Wir verschwinden von hier. Es ist vorbei.«

»Nein, Sie verstehen das nicht. Er ist irre.«

Ich ersparte es mir, darauf etwas zu erwidern, und führte sie die Treppe hinunter. Etwa auf der Hälfte bekam sie einen Krampf im Bein. Sie schrie auf und kippte zur Seite, wobei sie ihr ganzes Gewicht auf einen Teil der Stufe legte, der vermodert war. Das Holz unter ihr zerbröselte, und sie rutschte aus meinem Arm und purzelte die letzten Stufen hinunter. Zum Glück war es nicht mehr weit, und sie blieb vor der offenen Tür auf allen vieren liegen.

Rasch rannte ich ihr hinterher und ging in die Hocke, um zu sehen, ob alles in Ordnung war. Nur eine Sekunde wandte ich meinen Rücken der Tür zu. Sie drehte ihr Gesicht zu mir und riss die Augen auf, als sich ein Schatten über uns legte.

Ich wirbelte in dem Moment herum, in dem etwas Hartes

seitlich gegen meinen Kopf knallte. Ich fiel auf den Rücken und erhaschte einen kurzen Blick auf eine große Gestalt, die sich als Silhouette vor dem Abendhimmel abzeichnete, bevor dunkle Wolken meine Sicht vernebelten.

83

Als ich langsam wieder zu mir kam, wurde mir schwach bewusst, dass die Stimme, die ich hörte, nicht zu dem Durcheinander an Geräuschen und Bildern passte, die durch mein Unterbewusstsein purzelten. Die Stimme klang bedauernd, aber philosophisch. Ich hatte Schwierigkeiten zu verstehen, was gesagt wurde, als würde mein Hirn erst hochfahren und seine Spracheinstellung wiederfinden müssen. Dann machte es klick, und ich hörte drei leise gesprochene Worte.

»Ein ziemliches Chaos.«

Ich hielt meine Augen geschlossen und versuchte herauszufinden, was hier passierte, weil ich nicht davon ausging, dass es etwas Gutes war. Das Letzte, woran ich mich erinnerte, war, dass ich Kimberley Frank geholfen hatte aufzustehen, und dann ... dann war alles wieder da. Der Samariter war in der Tür erschienen, gleichzeitig hatte mich etwas am Kopf getroffen.

Es war, als hätte ich das korrekte Passwort eingetippt. Plötzlich funktionierten all meine Sinne wieder. Mir war übel, und die linke Seite meines Schädels tat weh. Das gedämpfte Vogelgezwitscher und der Verkehrslärm aus der Ferne ließen mich glauben, ich wäre irgendwo draußen, doch der feuchte, schimmlige Geruch sprach für ein Haus. Sensorische Wahrnehmung aus einer anderen Region: Meine Hände befanden sich hinter mir, die Innenseiten meiner Handgelenke fest an einen Holzbalken oder -pfosten gebunden. Ich spürte den Hautkontakt zu jemand anderem, als wären wir beide Rücken an Rücken gefesselt. Die Scheune. Wir waren in der Scheune.

Ich hörte, wie jemand neben mir in die Hocke ging. »Komm schon, Blake«, flüsterte die Stimme. »Ein Mensch, der bei Bewusstsein ist, atmet anders als ein Bewusstloser. Das weißt du genauso gut wie ich.«

Ich öffnete die Augen. Der Samariter starrte mich an. Er hatte sich verändert. Er hatte einige Kilos verloren, hatte mehr Falten um die Augen. Er war glatt rasiert, und sein Haar war kurz geschoren. Er sah zur Seite und berührte mit einem Finger die Wunde an meinem Kopf. Ich zuckte zusammen, als mich ein plötzlicher Schmerz durchfuhr, dann zeigte er mir seinen blutigen Finger.

»Das war schon immer dein Problem, Blake. Hast dich immer zu sehr für die Angelegenheiten anderer interessiert.«

»Ich denke, keiner von uns beiden hat sich sehr verändert, Crozier.«

Er blinzelte. »Sprich mich nicht mit diesem Namen an.«

»Wäre dir der Samariter lieber? Ja?«

»Ich ziehe nichts vor. Ich bin nichts und niemand. Das solltest du verstehen.«

Ich erinnerte mich an die Hände, die meine berührten, und nahm an, dass sie zu Kimberley gehörten. Sie fühlten sich warm an, was ein gutes Zeichen war. Ich bewegte meine gefesselten Hände nach oben, um eine Reaktion von dem Menschen hinter mir zu provozieren, zuckte aber, als die scharfen Fesseln meine Handgelenke aufschabten. Ich vermutete, er hatte Kabelbinder benutzt. Lieber das als Draht, aber nur, wenn ich etwas Platz schaffen konnte, um sie loszuwerden. Allerdings würde das nicht passieren, solange wir in dieser Position verharren mussten.

»Kimberley?«, rief ich. »Sind Sie in Ordnung?«

Der Samariter zog seine Mundwinkel amüsiert auseinander. »Das ist nicht Kimberley«, sagte er.

Ich brauchte eine Sekunde, bis ich merkte, wer hinter mir saß. »Allen?«

Schweigen hinter mir. Der Samariter lächelte anerkennend.

»Sie ist noch bewusstlos. Echt bewusstlos, meine ich. Aber wir müssen sie bald wecken.«

»Wo ist Kimberley?«

Meine Frage wurde mit einem seltsamen Lachen des Samariters beantwortet. Mehr gab er nicht von sich. Ich beschloss, ihn zum Reden zu animieren, da Reden im Moment das einzige Werkzeug war, das mir zur Verfügung stand. »Warum tust du das?«

Der Samariter verzog sein Gesicht, bis es Enttäuschung zeigte. »Blake.« Ein tadelnder Tonfall.

»Ja, ich weiß – du lebst, um zu töten. Sehr beeindruckend. Aber warum sie? Was hat dir deine Schwester angetan?«

Jetzt sah er mich verwirrt an, als wäre die Antwort glasklar. »Sie hat mich zu dem Mann gemacht, der ich heute bin.«

Ich hörte eine Bewegung hinter mir. Nicht von Allen, die immer noch bewusstlos war, sondern von jemand anderem. Schritte. Eine Sekunde bevor die schlanke, graziöse Gestalt in mein Blickfeld trat, lief es mir eiskalt den Rücken hinunter, als mir klar wurde, wie falsch wir alle gelegen hatten.

»Sie«, sagte ich nur.

Kimberley Franks Gesicht blieb undurchdringlich, doch ihre Augen lächelten. »Mein Held«, sagte sie.

1996

Dean Crozier unternahm keinen Versuch, dem fliehenden Jungen hinterherzujagen, als er auf dem Weg die Treppe hinunter anhalten musste. Panisch schob er sich gegen Kimberley, weil er an ihr vorbeiwollte, verstand aber nicht, warum sie ihm immer noch den Weg blockierte.

»Was ist hier los?«, rief er. »Was ist hier los? Dein Bruder ist total durchgeknallt. Das ist hier los.«

»Oh«, sagte Kimberley, die den Blick ihrer braunen Augen von Robbie zu ihrem neu gefundenen Bruder gleiten ließ, den Bruder, den sie erst zwei Wochen zuvor entdeckt hatte. »Ist das alles?«

Robbie sah nach hinten zu ihm, dann wieder zu Kimberley, bevor er ein zweites Mal versuchte, zur Treppe zu rennen. Kimberley war zu schnell für ihn. Sie hieb mit ihrem provisorischen Wanderstab fest auf sein Genick.

Robbie schrie auf und stolperte nach vorne. Crozier sprang ihn an, riss ihn zu Boden und drückte ihm sein Knie zwischen die Schulterblätter. Er legte das Messer zur Seite, zog Robbies Hände nach hinten und umwickelte seine Handgelenke fest mit der Wäscheleine. Robbie wehrte sich, doch obwohl die beiden Jungs fast gleich alt waren, kam er gegen Croziers Kraft nicht an.

Als er fertig war, ließ er ihn wieder auf den Boden fallen. Kimberleys Augen leuchteten vor Aufregung. Es würde ihr erstes Mal sein. Über die Sache zu reden, sie zu planen war anregend gewesen, doch jetzt würde es tatsächlich passieren.

Kimberley ging um Robbie herum und hob das Klappmesser vom Boden auf. Dann legte sie ihre linke Hand auf Croziers Wange und gab ihm einen zärtlichen Kuss auf die Lippen.

»Bist du bereit, Bruder?«

84

Ich hörte das singende Geräusch, als der Samariter die Stahlklinge aus der Lederscheide zog. Den Kris. Die böse gebogene Klinge leuchtete im durch die Tür dringenden Mondlicht wie ein übergroßes Schmuckstück.

Kimberley streckte ihre Hand aus, woraufhin ihr der Samariter das Messer mit einem sanften Lächeln überreichte. Sie ging vor mir in die Hocke und blickte in meine Augen, berührte mit der Spitze des Kris meine Kehle und drückte vorsichtig zu. Mit einem scharfen Stich wurde meine oberste Hautschicht durchbohrt. Ich gönnte dieser Frau nicht die Genugtuung, mich zusammenzucken zu sehen, und erwiderte nur stur ihren Blick.

»Hörern Sie, Kimberley. Sie müssen nicht das tun, was er sagt, wir können ...«

Als sie den Kopf schüttelte, war mir klar, dass ich alles falsch verstanden hatte. Ich ließ die letzten Minuten noch einmal an mir vorbeiziehen. Die Unterwürfigkeit, mit der er ihr das Messer überreicht hatte. Sein seliger Blick, als mir seine Schwester das Messer an die Kehle gedrückt hatte. *Sie machte mich zu dem Mann, der ich heute bin.*

»Sie sind es«, sagte ich. »Sie sind der Samariter.«

»So weit würde ich nicht gehen, Blake«, erwiderte sie. Man könnte es eher ein Familienunternehmen nennen.«

Ich sah zu Crozier hinüber, der seinen Blick auf das Messer an meiner Kehle gerichtet hielt. War er scharf darauf, Blut spritzen zu sehen, oder machte er sich Sorgen, dass er mich nicht für sich haben konnte?

Ich sah zu Kimberley zurück. »Die anderen Morde übers ganze Land verteilt ...«

»Diese sind nicht mein Verdienst. Die gehen alle aufs Konto meines Bruders. Eine große Aufgabe, oder? Und ihm gebührt ein großes Kompliment.«

Ich sah von Kimberley wieder zu ihrem Halbbruder, der schwieg, seit Kimberley das Wort ergriffen hatte. Eine interessante Familiendynamik.

»Ich musste lange Zeit ohne … Verwöhnung auskommen, Blake«, fuhr sie fort. »Mehr als zehn Jahre. Dann erhielt ich einen Brief von ihm, in dem er erklärte, was er tat. Und dass er oft an die Zeit dachte, als wir noch Kinder waren. Er sagte, ich solle die Augen nach seiner Arbeit aufhalten. Er würde mir kleine Botschaften hinterlassen, die nur ich lesen könnte. Er sagte, eines Tages werde er zu mir zurückkommen. Und er hielt sein Versprechen.«

Ich drehte mich von ihr fort, aber wegen der Messerspitze an meiner Kehle nicht zu schnell, und richtete mich direkt an Crozier. »Ich denke, in dieser Beziehung hat sie die Hosen an. Das hat etwas Tröstliches. Es wurde ja auch Zeit, dass die Gleichberechtigung in der Gemeinde der durchgeknallten Serienmörder Einzug hält.«

Kimberley wirkte verwirrt, aber eher durch die Tatsache, dass ich mit Crozier und nicht mit ihr sprach, und öffnete den Mund, um etwas zu sagen. Doch ich sprach weiter zu Crozier.

»Warum also suchst du hier in L.A. Opfer aus, die wie sie aussehen? Vielleicht wegen so was wie unterdrücktem Hass deiner Schwester gegenüber?«

Crozier schüttelte lächelnd den Kopf. »Das wird nicht funktionieren, Blake. Du kannst mich nicht wütend machen.« Er kam auf uns zu, trat neben seine Schwester und legte eine Hand auf ihre Schulter. Mit geschlossenen Augen beugte er sich zu ihr und roch in ihrem Haar. »Diese anderen, die gehörten nicht hierher.«

Kimberley lächelte ihn bescheiden an, als hätte sie von einem Liebhaber ein Kompliment erhalten. Dann sah sie mit plötzlich wiedererwachtem Eifer zu mir. »Schneid die Polizistin ab«, sagte sie, den Blick immer noch auf mich gerichtet. »Wir können sie zuerst ins Haus bringen.«

Crozier griff zu einem anderen Messer, diesmal zu einem kleineren, und drückte mich mit einer Hand auf meinem Rücken ein Stück nach vorne. Kimberley zog ihr Messer ein paar Zentimeter zur Seite, um mir nicht die Kehle durchzuschneiden. Das hätte ihr den Spaß für später verdorben.

Allens Körper hinter mir bewegte sich, als Crozier den Kabelbinder durchschnitt; sie sackte nach vorne. Ihr Gewicht, mit dem sie an den Fesseln gezogen hatte, hatte mir das Blut abgeschnürt, doch nun begann es wieder zu zirkulieren. Und jetzt, nachdem ich das Gewicht nicht mehr spürte, boten sich mir auch ein paar Möglichkeiten.

Allen murmelte irgendetwas, weil sie wieder zu Bewusstsein zu kommen schien, als Crozier sie sich über die Schulter hievte. Mit der freien Hand deutete er zum offenen Ausgang. »Du kannst zuhören, während wir uns um sie kümmern. Leider ist die Zeit ein wesentlicher Faktor, aber ich werde dafür sorgen, dass es ein erinnerungswürdiger Moment bleibt. Vielleicht kannst du die Zeit nutzen, um dir vorzustellen, du wärst an ihrer Stelle.«

Es hatte keinen Sinn, gegen diese geisteskranke Logik zu argumentieren. Ich wollte vielmehr an den logischen, praktischen Soldaten appellieren, den ich gekannt hatte. »Dafür hast du keine Zeit. Allen und Mazzucco werden gleich als vermisst gemeldet werden. Die Polizei wird sie bald aufgespürt haben.

»Worauf willst du hinaus?«

»Lass Allen gehen. Mit mir kannst du tun, was du willst.«

Der Mund des Samariters zuckte vergnügt. »Glaubst du ehrlich, du wärst wichtig, *Blake*?« Er betonte meinen Namen spöttisch, als wolle er mich daran erinnern, wie vergänglich alles war. Namen, Gesichter, Leben.

Kimberley drückte die Spitze des Kris etwas fester gegen meinen Hals, als wägte sie meinen Vorschlag ab. Ich spürte, wie ein Tropfen Blut nach unten zu meinem Kragen lief.

»Keine Sorge. Es dauert nicht lange, bis wir wiederkommen«, sagte sie.

Und dann war das Messer fort, und mit ihr Kimberley und der Samariter.

85

Ich wartete, bis ich ihre Schritte nicht mehr hörte und sicher sein konnte, dass sie fort waren. Crozier hatte es eindeutig eilig gehabt, weil er die schnellste und effektivste Art gewählt hatte, mich und Allen zu fesseln, nämlich uns gemeinsam und nicht einzeln an ein festes Objekt zu binden.

Weil Allen meine Fesseln nicht mehr nach unten gezogen hatte, war ich jetzt allerdings nicht mehr so sicher angebunden wie vorher, sondern mir blieb ein bisschen Bewegungsfreiheit. Ich zog die Knie an und stemmte meine Fersen in den Boden. Zuerst konnte ich meine Handgelenke nicht bewegen, und die Kabelbinder schnitten noch fester ein. Ich änderte den Winkel etwas und konnte meinen Rücken am Pfosten nach oben schieben. Schon eine Minute später schaffte ich es sogar aufzustehen. Mit geschlossenen Augen wappnete ich mich gegen den mir bevorstehenden Schmerz.

Dann begann ich, meine Handgelenke an der Kante des Pfostens auf und ab zu bewegen. Das Plastik rieb und schnitt in meine Haut, doch ich behielt den Rhythmus bei. Das Plastik wurde warm, Blut lief an meinen Händen hinab und vermischte sich mit dem Schweiß, machte sie heiß und glitschig. Die vom Holz abstehenden Splitter verstärkten den Schmerz, und gerade als ich aufgeben wollte, riss das Plastik. Ich kippte nach vorne, konnte den Sturz gerade noch mit den Unterarmen abfedern. Ich richtete mich auf und begutachtete meine Handgelenke – sie waren aufgerissen und blutig.

Ich hörte einen Schrei aus der Richtung des Hauses. Er stammte von Allen.

Ich verschwendete meine Zeit nicht mit der Suche nach meiner Waffe oder nach der von Allen. Der Samariter und seine Schwester hatten sicher dafür gesorgt, dass sie nicht irgendwo in unserer Nähe herumlagen, wenn auch nur für den unwahrscheinlichen Fall, dass wir uns befreiten. Ich war auf dem Weg zur Tür, erstarrte aber, als ich ein anderes Geräusch ganz in der Nähe hörte.

Schritte.

86

Rasch und so leise wie möglich huschte ich an die Seite der Scheunentür und hielt den Atem an, was meiner Lunge nach der anstrengenden Befreiung schwerfiel. Kaum hatte ich mich in Position begeben, stoppten die Schritte vor der Tür, und ich hörte jemanden atmen. Ohne zu wissen, wo genau er stand, konnte ich nicht wissen, ob er den Pfosten, an dem ich angebunden gewesen war, sehen konnte. Das Blut in meinen Adern erstarrte, als Allen erneut schrie. Ich brachte jedes Quäntchen meiner Willenskraft auf, um mich nicht zu bewegen und um den Atem anzuhalten.

Dann trat Crozier durch die Tür. Die Verwirrung, die er den Bruchteil einer Sekunde an den Tag legte, zeigte mir zum ersten Mal an diesem Abend, dass ich Glück hatte. Von außen hatte er den nackten Pfosten nicht sehen können. Vielleicht war er kurz stehen geblieben, um zum Haus zurückzublicken und Allens Schmerzensschreie zu genießen. Das war mir mehr oder weniger egal. Ich rannte von der Seite her auf ihn zu, umklammerte ihn an der Taille und warf ihn zu Boden, ohne dass er den Kris, den er noch immer in der Hand hielt, fallen ließ.

Seine leuchtenden Augen starrten in meine, als ich auf ihn fiel. Meine Sinne waren hoch konzentriert. Alles passierte wie in Zeitlupe. Seine Faust spannte sich noch mehr um den Griff des Kris. Mein Instinkt sagte mir, dass ich mich zuerst um dieses Messer kümmern musste. Es blockieren, danach schnappen, es ihm aus der Hand reißen.

Ich achtete nicht auf diesen Instinkt, sondern gab dem Drang nach, ihm Schmerzen zufügen zu wollen, statt eigene zu vermeiden. Ich boxte ihm heftig ins Gesicht, spürte, wie die Zähne hinter seinen Lippen nachgaben. Es war ein einzelner Schlag, für den er keine Zeit zur Verteidigung gehabt hatte. Und dieser Schlag nahm fast alle Kraft aus dem Stich mit dem Kris, den er mir in meine linke Seite versetzen wollte. Sein Handgelenk schlug gegen meinen linken Arm, und die fünfzehn Zentimeter lange Klinge verharrte zwei Zentimeter über meinen Schulterblättern in der Luft. Immer wieder schlug ich auf ihn ein. Mir wurde klar, dass ich mich schon vorher mit McCall geprügelt hatte. Nie zuvor hatte ich auf einen Menschen so heftig eingeschlagen. Wahrscheinlich noch nicht einmal auf einen Sandsack. Ich wollte sein Gesicht in den Boden schlagen, bis nichts von ihm übrig sein würde.

Doch irgendwie steckte er die Schläge weg. Bevor ich ihn

ein viertes Mal schlagen konnte, legte er seine linke Hand unter meine Kehle und drückte zu. Aus dem Augenwinkel heraus sah ich den Kris aufblitzen, den er von hinten in mich hineinrammen wollte. Ich verlagerte mein Gewicht und riss meinen linken Unterarm rechtzeitig nach oben, um den Stich abzublocken. Mein Unterarm fühlte sich an, als hätte jemand mit einem Stock daraufgeschlagen. Ich hatte kein Gleichgewicht mehr, und als er sich unter mir krümmte, rutschte ich von ihm herunter und zuckte zusammen, weil mein verletzter Knöchel unter seinem Körper verdreht wurde. Er schaffte es, sich auf einem Knie abzustützen, während ich nach hinten fiel. Das Messer pfiff, als er es mit der Rückhand durch die Luft sausen ließ. Ich stieß mich vom Boden ab, um der Bewegung auszuweichen, schaffte es aber nicht ganz, weil mir die Klinge mein Hemd aufschlitzte. Ich sah, während ich stürzte, nach unten zu meinem Bauch. Blut, aber kein tiefer Schnitt. Ein paar Zentimeter näher an Crozier, und ich hätte meine Eingeweide vom Boden aufsammeln können.

Er stellte sich auf und ging in die Offensive, indem er auf mich zusprang. Sein Gesicht war eine grässliche Maske aus Hass. Blut lief aus seinem kaputten Mund und seiner platt gemachten Nase. Ich rollte zur Seite, als er von oben mit dem Messer auf mich einstechen wollte, und blockierte seinen Arm bei seinem zweiten Versuch. Auf diese Glückssträhne konnte ich allerdings nicht bauen. Bevor er wieder ausholen konnte, packte ich seine Hand und drehte sie, damit er den Kris fallen ließ. Den Blick seiner stechenden Augen auf mich gerichtet, ließ er aber nicht locker. Mit seiner anderen Hand griff er nach meinem Gesicht, vor allem nach meinen Augen. Da ich seine Hand, in der er das Messer hielt, nicht loslassen konnte, riss ich mein Kinn nach oben, um mein Gesicht zu schützen, und kniff die Augen zusammen. Ich agierte nun blind und richtete meine gesamte Energie auf seine Hand mit dem Messer. Nein, nicht um es ihm zu entreißen, sondern um es in seine Richtung zu stoßen.

Ich änderte also meine Taktik von Drehen zu Drücken. Crozier, der eifrig darauf bedacht war, sein Messer mit einer Hand zu halten, während er versuchte, mir mit der anderen die Augen auszudrücken, war darauf nicht vorbereitet. Zu spät gab er die Sache mit meinen Augen auf, um seine linke Hand als Verstärkung zu nutzen. Ich hatte nämlich die Spitze des Kris bereits zwei Zentimeter in seine Kehle gebohrt. Er würgte und wollte das Messer zurückziehen, doch ich wechselte die Position, stemmte meinen Handballen gegen die Unterseite des Griffs und schob die Klinge immer weiter, immer weiter nach oben und ließ sein warmes Blut an meinen Armen hinablaufen.

Aus seiner Kehle drang ein schrecklich gurgelndes Geräusch, und von seinen Augen war nur noch das Weiße zu sehen. Aber erst jetzt entspannte sich seine Hand. Ich schob seinen Körper auf den Boden, wischte mir das Blut von den Händen. Doch ich hatte keine Zeit, um auszuruhen. Oder ich hatte alle Zeit der Welt, weil es für Allen vielleicht schon zu spät war.

Die Luft fühlte sich kühl auf meiner Haut an, als ich durch die Scheunentür torkelte. Im Dachboden des Hauses brannte ein Licht. Das Schreien hatte aufgehört, aber ich hörte leise Stimmen durch das Fenster, in dem sich keine Scheiben mehr befanden. Eine einseitige Unterhaltung. Kimberley machte eine Pause, wählte vielleicht ein anderes Werkzeug aus.

Ohne auf die stechenden Schmerzen zu achten, die meinen Fuß mit jedem Schritt durchfuhren, rannte ich zur Haustür, die offen stand. Ich hatte die zweite Stufe erreicht, als ich von oben den ersten Schuss hörte.

87

Wie erstarrt blieb ich auf der Treppe stehen, umfasste das Geländer, als ich den zweiten Schuss hörte. Zwei Schüsse so dicht hintereinander hießen, dass es nur ein Ziel gab.

Allen. Es war zu spät. Kimberley hatte sie getötet.

Meine Gedanken rasten, um diese neue Information zu verarbeiten. Es ergab keinen Sinn. Die beiden folterten ihre Opfer, ließen sie leiden. Crozier und seine Schwester wollten, dass ich machtlos zuhörte, bevor ich selbst an der Reihe sein würde. Selbst wenn Kimberley beschlossen haben sollte, Allen aus ihrem Elend zu befreien, hätte sie keine Pistole benutzt. Meiner Einschätzung nach behielt sich Kimberley den letzten, tödlichen Schlag vor. Den würde sie sich aus keinem Grund abnehmen lassen.

Das nächste Geräusch verriet mir, dass sie es nicht getan hatte. Ich hörte ein Keuchen und schleppende Schritte. Kimberley erschien oben an der Treppe, in ihrer Hand ein langes, dünnes, blutverschmiertes Messer. Ich spannte mich an, um mich auf einen Angriff vorzubereiten, doch dann sah ich, dass es nicht nötig war. Blut lief aus einem Loch in der Mitte ihrer Stirn, als hätte jemand einen Stöpsel gezogen. Sie verdrehte ihre Augen und stürzte auf den Boden, ihr Kopf fiel auf die Stufen. Von dort starrten mich ihre toten Augen an. Erst jetzt bemerkte ich, dass sich auch unter ihr Blut befand, das aus einer Wunde aus dem Bauch sickerte.

Langsam ging ich weiter, hielt mich geduckt, aber legte den Kopf so, dass ich in den Raum blicken konnte. Das Erste, was ich sah, war Allen. Ihr Oberteil war zerrissen, und sie hing an den Handschellen, die ich bereits kannte. Ihr Oberkörper blutete aus mehreren Schnitten. Sie sah mich nicht an, sondern starrte auf etwas oder jemanden außerhalb meines Blickwinkels. Ich ging zwei Stufen weiter hoch, sodass ich den größten Teil des Dachbodens überblicken konnte.

Die Person, die Kimberley hingerichtet hatte, stand ein paar Schritte von der Treppe entfernt mit Blick zu Allen. Die Waffe, mit der er Kimberley getötet hatte, hielt er in der rechten Hand. Er wirkte ganz ruhig, war gut in Form. Mitte zwanzig, kräftig, etwa eins achtzig. Er hatte etwas Adrettes: kurzes dunkles Haar, Brille mit dünnem Gestell, Jeans, schwarzes Polohemd. Er sah aus wie ein Doktorand an einem Wochenende auf dem Land.

Allen hatte mich nicht bemerkt. Sie hielt den Blick starr auf ihren Retter gerichtet. Ich vermutete, er war durch ihre Schreie zum Haus gelockt worden.

»Danke«, sagte Allen. Sie klang außer Atem. »Wie haben Sie ...?«

Der Mann mit der Brille sagte nichts, sondern hob nur die Waffe und zielte auf Allens Kopf.

88

»Stopp«, sagte ich und ging die letzten Stufen hinauf.

Der Mann drehte sich zu mir, die Waffe weiterhin auf Allen gerichtet. Seine braunen Augen blinzelten hinter der Brille, während er leidenschaftslos die neue Situation einschätzte.

»Carter Blake, richtig?«, fragte er.

»Kenne ich Sie?«

»Nein. Sie waren vor meiner Zeit dabei.«

Ich sah zu Kimberley und der Position der Einschüsse. Einen mitten ins Brustbein, einen zwischen die Augen, um die Sache vollends zu erledigen. Professionell.

»Winterlong«, sagte ich.

»Ich habe viel von Ihnen gehört.«

»Wie geht es Drakakis?

Er blinzelte wieder. »Ist nicht mehr dabei. Wo ist Crozier?«

»Tot. In der Scheune.« Ich deutete zu Allen. »Wir wollten gerade gehen.«

Er hielt seine Waffe immer noch auf sie gerichtet, schüttelte kurz den Kopf. »Das ist eine gründliche Säuberung. Keine Zeugen.«

Ich sah zu Allen, sie sah zu mir und dann zu dem Mann mit der Waffe. »Wer ist der Kerl, Blake?«

Ohne zu antworten, trat ich einen Schritt auf den Mann mit der Brille zu. Er reagierte nicht, also ging ich noch einen, noch zwei Schritte weiter, bis wir nur noch eineinhalb Meter voneinander entfernt waren.

»Nicht näher kommen.«

»Wenn Sie schießen, sterben Sie als Nächstes.« Ich spannte meine blutige Hand an.

Dorthin senkte er den Blick, ließ ihn über mein blutdurchtränktes Hemd nach oben gleiten bis zu meinem Gesicht. »Ich sehe keine Waffe.«

»Ich werde keine brauchen.«

»Ich bin derjenige mit der Waffe.«

»Sie haben von mir gehört«, sagte ich. »Sie wissen, dass Sie mich nicht töten können.«

»Vielleicht hat sich die Lage geändert.«

»Vielleicht.«

Eine Minute standen wir einfach so da und sahen uns an. Ich beschloss, ihm bei seiner Entscheidung zu helfen. »Die Polizei kommt. Sie haben dafür keine Zeit. Allen weiß sowieso nichts.«

Er blieb ruhig, hielt die Waffe auf Allen und seinen Blick

auf mich gerichtet. Dann hob er die Mündung nach oben und sicherte die Waffe wieder, ging zur Treppe, ohne den Blick von mir abzuwenden. Ich erwartete so etwas wie einen Abschiedsgruß wie »Die Sache ist noch nicht vorbei« oder »Man sieht sich«, aber von seiner Seite kam nichts. Die braunen Augen hinter seiner Brille immer noch stur auf mich gerichtet, stieg er die Treppe hinunter und war weg.

Ich ging quer durch den Raum und sah zu Kimberley zurück. Das Blut aus der Wunde in ihrem Oberkörper sammelte sich unter ihr und sickerte in die Dielen, wo sich die frische Schicht mit den alten Flecken vermischte. Ich zog meine Jacke aus und hängte sie Allen über die Schultern. Sie hielt ihre Augen geschlossen, zuckte zurück, als ich sie berührte.

»Jetzt ist es vorbei«, sagte ich leise.

89

Sobald ich Allen von ihren Fesseln befreit hatte, untersuchte ich ihre Wunden. Sie musste ärztlich versorgt werden, daran bestand kein Zweifel, doch sie lebte. Die Schnitte waren oberflächlich, hatten dazu gedient, ihr Schmerzen zuzufügen, Blut fließen zu lassen, ohne sie dabei zu töten. Der Samariter und seine Schwester hatten sich gerne Zeit gelassen. Meine und Allens Waffen lagen auf dem Tisch neben den Messern und Werkzeugen und einem Telefon, das, wie ich vermutete, Crozier gehörte.

Ich nahm mir einen Moment Zeit, um das Fotoalbum zu öffnen, bedauerte es aber im gleichen Moment. Hunderte von Bildern der Opfer des Samariters. Männer und Frauen jeden Alters und jeder Rasse. Lebendig, tot oder mit dem Wunsch, tot zu sein. Der Tod war mir nicht fremd, doch dies hier überstieg auch meine Erfahrung. Nun innerlich gewappnet, blätterte ich nach hinten durch, wo sich die neuesten Fotos befanden. Boden, Burnett und Morrow. Auch Kimberley war auf einigen abgebildet, mit gierigem Funkeln in ihren Augen. Mir fiel ein, mit welcher Dringlichkeit sie mich vor dem Buch gewarnt hatte. Jetzt war mir klar, warum.

»Was ist das?«, rief Allen.

Ich schluckte und klappte das Album zu in dem Wissen, dass sich einige Bilder tief in mein Gedächtnis eingebrannt hatten. Ich ging zu Allen und half ihr, zur Treppe zu gehen, wo wir über Kimberleys Leiche stiegen und dann nach unten gingen.

»Geht's Ihnen so weit gut?«, fragte ich, als wir endlich an der frischen Luft waren.

Allen zitterte, nickte aber. »Wo ist Mazzucco?«

Ich schüttelte den Kopf. »Tut mir leid.«

Sie blinzelte nicht, sondern fragte nur: »Wo?«

Ich zeigte in die Richtung der Scheune, wollte ihr aber sagen, dass sie hierbleiben sollte, weil sie nicht in der Lage war, sich so etwas anzusehen, doch ihr Gesichtsausdruck hielt mich davon ab.

Ich folgte ihr mit ein paar Schritten Abstand zur Scheune, ließ sie aber allein hineingehen. Schon kurz darauf erschien sie wieder in der Tür. Sie trug meine Jacke nicht mehr über den Schultern. Ich wusste, sie hatte damit Mazzuccos Gesicht zugedeckt.

Zuerst sah sie mich nicht an, sondern holte tief Luft und drehte sich zu dem Filmhaus mit dem einzelnen beleuchteten Fenster.

»Macht es Ihnen was aus, mir zu erklären, was da gerade passiert ist?«

»Wir lagen falsch. Kimberley war nicht das Ziel. Er tötete

diese Frauen nur ihr zu Ehren. Sie half ihm. Ich denke, sie half ihm auch dabei, seine Familie zu töten.«

»Dann war sie zwar der Grund, warum er nach L.A. zurückkam, aber anders, als wir dachten.«

»Es gibt immer etwas, was man nicht weiß«, sagte ich.

»Was ist mit dem Typen mit der Waffe? War er von ... früher?«

Ich nickte. »Sie mögen keine Menschen, die die Aufmerksamkeit auf sie lenken. Wäre Crozier lebendig geschnappt worden ...«

»Unerwünschte Aufmerksamkeit. Ich verstehe. Was ist mit den Fingerabdrücken?«

»Das Boot ist schon abgefahren, erinnern Sie sich? Seine Fingerabdrücke aus dem sicheren Haus wurden schon verarbeitet. Das nennt man Schadensbegrenzung.«

Sie nickte. »Danke, übrigens.«

Ich sagte nichts. Alles in allem fand ich nicht, dass mir Allen für irgendwas danken sollte.

Sie lehnte sich gegen die Scheune, schloss die Augen und streckte ihre Hand aus. »Geben Sie mir das Telefon.« Ich reichte es ihr. Sie wandte sich von mir ab und erledigte das Telefonat. Als sie fertig war, drehte sie sich wieder zu mir. »Sie werden bald hier sein. Sie sollten gehen.«

Ich sah sie mir von oben bis unten an. Äußerlich betrachtet, wirkte sie einigermaßen normal, trotzdem ...

»Gehen Sie!«, rief sie, als sie mein Zögern bemerkte. »Wenn die Kollegen kommen, solange Sie noch hier sind, kann ich Sie nicht mehr schützen!«

Widerstrebend nickte ich und verschwand, ließ sie an der Scheune stehen, während sie auf die Kavallerie wartete.

Ich ging auf der Straße rasch in die entgegengesetzte Richtung. Zum Camaro zurückzugehen stand nicht zur Diskussion, auch wenn die Polizei noch nicht auf dem Weg war. Ich stellte mir die Landkarte von dieser Gegend vor und erinnerte mich, dass sich keine zehn Kilometer Richtung Westen entfernt eine Straße befand. Ich orientierte mich an den Sternen, die man hier oben tatsächlich sehen konnte, und marschierte los. Eine Stunde und ein paar Zerquetschte später hatte ich die Straße erreicht, nach der ich gesucht hatte.

Auf dem Asphalt ging ich Richtung Osten weiter. Wenn ich mich richtig erinnerte, würde ich Los Angeles in ungefähr siebzehn Kilometern von Nordwesten aus erreichen. Dort würde ich in einen Bus steigen und so viele Kilometer zwischen mich und Los Angeles bringen wie möglich. Doch im Moment war die klare, frische Nacht ideal für einen Marsch – trotz meiner Verletzungen, die ich im Moment aber kaum spürte. In etwa drei Stunden würde ich mein Ziel erreicht haben. Sofern kein barmherziger Samariter anhalten und mich mitnehmen würde.

ZWEI WOCHEN SPÄTER

Ein anderer Tag, ein anderer Friedhof.

Ich beobachtete die Beerdigung aus der Ferne von einer Bank am Zaun aus. Eine kleine Gruppe war gekommen, um dabei zu sein, wenn Kelly Boden unter einem strahlenden kalifornischen Himmel der Erde übergeben wurde. Ihr Vater, ein paar entfernte Familienangehörige, Sarah Dutton und zwei jüngere Männer in schwarzen Anzügen, die, wie ich vermutete, die Freunde von Sarah und Kelly waren. Und Allen. Seit der Nacht im Haus des Samariters war noch nicht viel Zeit vergangen, aber ich hatte mir gedacht, sie würde sich über die ärztlichen Anweisungen hinwegsetzen, um hierherzukommen. Das überraschte mich nicht im Mindesten.

Während ich das dachte, drehte sie zufällig ihren Kopf in meine Richtung. Als sie mich sah, hielt sie den Blick eine Weile auf mich gerichtet, dann wandte sie sich wieder dem Sarg zu. Es war ein bisschen unheimlich, die zeitliche Übereinstimmung, als hätte sie ein Signal von mir oder sonst woher empfangen.

Der Pfarrer hielt die Bibel aufgeschlagen in den Händen und sprach ein paar Worte. Ich war zu weit entfernt, um genau zu hören, was er sagte, doch ich hatte schon so vielen Beerdigungen beigewohnt, dass ich die Worte wahrscheinlich schon selbst auswendig aufsagen konnte.

Schließlich griffen die beiden Freunde, der Vater und ein anderer männlicher Verwandter, nach den Seilen und ließen den Sarg langsam ins Grab hinabsinken. Diesmal in ein echtes Grab. Ich wusste nicht, wie viel einem diese Dinge bedeuteten, sobald man tot war, doch es war besser als ein anonymes Loch in den Santa Monica Mountains.

Schließlich löste sich die kleine Trauergemeinde auf und ging zu den verschiedenen Ausgängen. Allen blieb noch, sprach ein paar Minuten mit Richard Boden, bis er sie kurz umarmte. Sie reichten sich zum Abschied die Hände, und Boden ging zu den anderen Trauergästen.

Allen drehte sich wieder zu mir, schien über etwas nachzudenken, dann kam sie den Hügel hinauf.

»Ich dachte nicht, dass ich Sie jemals wiedersehen würde«, sagte sie. »Ich habe Sie nicht für einen anhänglichen Menschen gehalten.«

Sie setzte sich neben mich, und gemeinsam blickten wir den Hügel hinunter zum frischen Grab.

»Bin ich auch nicht«, erwiderte ich. »Aber ich wollte sehen, wie es Ihnen geht. Sie im Krankenhaus zu besuchen stand nicht zur Debatte, aber ich dachte mir, dass Sie hierherkommen.«

»Sie sind echt gut darin, Menschen zu finden, die nicht gefunden werden wollen.«

»Ich denke, das habe ich mir verdient.«

Sie drehte sich mit leicht zur Seite geneigtem Kopf zu mir. »Tut mir leid, Blake. Nichts davon war Ihr Fehler. Mir geht es gut ... dank Ihnen.«

Über ihrem Kragen ragte das Ende einer fast verheilten Narbe heraus. Sie berührte sie mit der Hand, und ihre Augen sprühten vor Ärger, der mir zehnmal mehr als ihre Worte versicherte, dass es ihr wirklich gut ging. »Sehen Sie mich nicht so an, Blake. Ich bin doch keine Schwerverletzte.«

»Entschuldigung.«

Sie seufzte, wurde wieder etwas lockerer. »Okay, meine Träume sind nicht gerade toll.«

»Das passiert.«

»Mit der Zeit wird es besser gehen, denke ich«, fuhr sie fort. »Es hilft zu wissen, dass es wirklich vorbei ist. Dass beide tot sind.«

»Um Mazzucco tut es mir leid.«

»Mir auch. Er und seine Frau haben ein Baby, wissen Sie. Ein kleines Mädchen.«

Ich sagte nichts. Es schien nichts zu sagen zu geben. Die Wellen der Zerstörung, die Croziers Wahnsinn geschlagen hatte, schienen sich noch weiter auszubreiten. Ich wusste, sie würden noch eine Weile zu spüren sein.

»Boden möchte Ihnen danken.«

»Was haben Sie ihm gesagt?«

»Nichts, was zu sehr ins Detail ging. Keine Sorge. Aber mehr, als ich sonst jemandem erzählt habe. Sie werden streng genommen immer noch zum Verhör gesucht.«

Ich nickte. »Damit komme ich zurecht.«

Ich wusste, dass das LAPD und das FBI noch mit mir sprechen wollten, auch wenn ich nicht mehr gejagt wurde. Die Beweise im Haus reichten aus, um zu bestätigen, dass die Morde zunächst von Crozier allein, später gemeinsam mit seiner Halbschwester verübt worden waren.

Allen seufzte. »Geben Sie ihnen noch eine Woche, dann sind sie damit durch. Das LAPD hat gerade sechs Morde aufgeklärt, neun, wenn man die Morde von '97 dazuzählt. Das FBI wird in den nächsten Jahren eine Menge ungeklärter Mordfälle zum Abschluss bringen. Niemand weint Crozier und seiner Schwester eine Träne nach. Der Fall ist eine bombensichere Sache. Man braucht die Geschichte nicht zu verkomplizieren.«

Ich lächelte. Wahrscheinlich hatte Allen recht mit der Polizei und auch mit dem FBI. Ich war nicht zu greifen, würde ihnen aber auch keine Schwierigkeiten machen, nachdem der Samariter endlich außer Gefecht gesetzt war. Doch es gab auch andere Menschen, die sich über mich Gedanken machten. Menschen, die sich nicht so leicht zufriedenstellen ließen.

Die Berichterstattung rund um den ganzen Fall war, wie vorausgesehen, sehr intensiv. Die offizielle Geschichte lautete, dass es in Afghanistan eine Aktenpanne gegeben hatte, was erklärte, wie Dean Crozier offenbar von den Toten auferstanden war. Ich überlegte, ob dies eine Vermutung der Behörden oder die von oben diktierte Version war. Aber das war egal und nur eine plausible Erklärung für etwas, was der Öffentlichkeit nie wirklich erklärt werden würde.

Niemand würde je genau erfahren, wohin Crozier nach seiner Rückkehr in die USA gegangen war. Die einzigen Spuren, die er hinterlassen hatte, waren die Leichen, die manchmal Jahre bis zu ihrer Entdeckung hatten warten müssen. Klar war allerdings, dass er achtzehn Monate zuvor nach Los Angeles zurückgekommen war. Er hatte sich zur Deckung als Eddie Smith ausgegeben, um sich wieder mit der Stadt und den Gesetzeshütern vertraut machen zu können. Die ganze Zeit über hatte er kurze Reisen in andere Teile des Landes unternommen, war eine oder zwei Wochen unterwegs gewesen, um ungestraft morden zu können, dann war er, ohne einen Verdacht auf sich gezogen zu haben, nach L.A. zurückgekehrt.

In einer Sache korrigierte ich Allen. »Das LAPD hat diese Fälle nicht abgeschlossen, Allen. Das haben Sie getan, Sie haben sich darauf konzentriert, Sie haben das Haus des Mörders gefunden. Das war hervorragende Polizeiarbeit. Das nächste

Mal, wenn Ihnen jemand an den Karren fahren will, erinnern Sie ihn daran.«

»Dass ich den Samariter zur Strecke gebracht habe, hm?« Sie lächelte.

Sie streckte ihre Hand aus, ich nahm sie in meine und schüttelte sie.

»War schön, mit Ihnen zu arbeiten, Detective.«

»Gleichfalls. Vielleicht tun wir das irgendwann wieder einmal.«

»Ihnen zuliebe hoffe ich das nicht.«

Wieder lächelte sie und erhob sich. Ich sah ihr hinterher, als sie den Hügel hinunter und zum Haupttor des Friedhofs ging, ohne sich noch einmal umzudrehen.

Ich blieb noch einen Moment sitzen, genoss die Sonne auf dem Gesicht und dachte über Träume nach. Über Narben und über die Vergangenheit – die Dinge, die man mit sich herumschleppt, egal wie sehr man davor weglaufen will.

Langsam wurden die Schatten länger, und ein Friedhofsarbeiter erschien an Kelly Bodens Grab, um die Erde, die daneben auf einem Haufen lag, auf den Sarg zu schaufeln. Er bewegte sich mit geübter Lockerheit. Bald würde er seine Arbeit erledigt haben, und nach und nach würde sich das neue Grab all den anderen angleichen. Doch bis dahin würde ich schon lange fort sein.

Dank

Laura Morrison erhält diesmal den Löwenanteil meines Danks, weil sie mir den Raum gegeben, mich ermutigt und mir hin und wieder gedroht hat. All das war nötig, um zu schreiben. Ich möchte Jemima Forrester danken, weil sie eine fantastische Lektorin ist und alles, was sie vorschlägt, eine Verbesserung darstellt. Luigi Bonomi, weil er ein Agent par excellence ist, immer bereit zur Ermutigung und zu hilfreichen Vorschlägen. Alison Bonomi, weil sie Leute findet, die gefunden werden wollen. Thomas Stofer für eine unglaublich schnelle und aufschlussreiche Rückmeldung zum ersten Entwurf und dafür, dass er mir etwas über einen der Charaktere sagte, was dieser vor mir geheim halten wollte. Ava, Scarlett und Max (alias Oliver), weil sie mich zwangen, mit meiner Zeit zum Schreiben äußerst effizient umzugehen. Graeme Williams, Angela McMahon, Jo Gledhill, David Young, Andrew Taylor, Alex Young und alle anderen von Orion, weil sie einfach nur wunderbar sind – ihr habt mir wahrscheinlich einen unrealistisch rosigen Blick auf die Verlagswelt vermittelt. Caron Macpherson, Craig Robertson, Alexandra Sokoloff, Douglas Skelton, Michael Malone und den Rest der Glasgower Krimi-Unterwelt. Mary Hays und James Stansfield, weil sie das ganze Zeug lasen, bevor meine Fehler korrigiert wurden. Heidi, weil sie mir L.A. nahegebracht hat. All den Bloggern, Rezensenten, Lesern, Buchhändlern und Bibliothekaren, denen *Der Rushhour-Killer* gefiel und den anderen davon erzählten – ich hoffe, Ihr mögt diesen Krimi genauso.

Mason Cross

wurde 1979 in Glagow geboren. Er studierte Englisch an der Universität von Stirling und ist derzeit im Wohltätigkeitssektor tätig. Cross lebt mit seiner Frau und seinen drei Kindern in Glasgow. »Blutinstinkt« ist nach »Der Rushhour-Killer« der zweite Band in der Thrillerreihe um den Ermittler Carter Blake.

Mehr von Mason Cross:

Der Rushhour-Killer. Thriller
(auch als E-Book erhältlich)